Acqua Alta
Sanft entschlafen

DONNA LEON verließ mit 23 Jahren New Jersey, wo sie 1942 geboren wurde, um in Perugia und Siena weiterzustudieren. Sie blieb im Ausland, arbeitete als Reiseleiterin in Rom, als Werbetexterin in London und als Lehrerin an amerikanischen Schulen in Europa und Asien. Gegenwärtig lehrt sie englische und amerikanische Literatur an einer Universität in der Nähe von Venedig, wo sie seit 1981 lebt. Ihr erstes Buch *Venezianisches Finale*, ein raffinierter Opernkrimi, wurde mit dem renommierten japanischen Suntory-Preis für den besten Kriminalroman 1991 ausgezeichnet.

DONNA LEON

Acqua Alta
Sanft entschlafen

Zwei Romane in einem Band

Aus dem Amerikanischen
von Monika Elwenspoek

Weltbild

Die amerikanische Originalausgabe von „Acqua Alta" erschien 1996 unter
dem Titel *Acqua Alta* bei HarperCollins Publishers, New York.

Die amerikanische Originalausgabe von „Sanft entschlafen" erschien 1997
unter dem Titel *Quietly in Their Sleep* bei Macmillan, London.

Besuchen Sie uns im Internet:
www.weltbild.de

Lizenzausgabe mit freundlicher Genehmigung der Diogenes Verlag AG Zürich
für Verlagsgruppe Weltbild GmbH, Steinerne Furt, 86167 Augsburg

Acqua alta
Copyright der Originalausgabe © 1996 Donna Leon
Copyright der deutschen Ausgabe © 1997 Diogenes Verlag AG Zürich
Übersetzung: Monika Elwenspoek
Das Motto aus: Mozart, *Don Giovanni,* in der Übersetzung von Thomas Flasch,
Reclam Verlag, Stuttgart 1986

Sanft entschlafen
Copyright der Originalausgabe © 1997 Donna Leon
Copyright der deutschen Ausgabe © 1998 Diogenes Verlag AG Zürich
Übersetzung: Monika Elwenspoek
Das Motto aus: Mozart, *Così fan tutte,* in der Übersetzung von Dietrich Klose,
Reclam Verlag, Stuttgart 1992
Die göttliche Komödie von Dante in der Übersetzung von Philaletes,
Diogenes Verlag, Zürich 1991

Umschlaggestaltung: Jarzina Kommunikations-Design, Köln
Umschlagmotiv: Mauritius Images, Mittenwald
Gesamtherstellung: Bagel Roto-Offset GmbH & Co. KG,
Gewerbegebiet Sachsen-Anhalt Süd, Kirchweg,
06721 Schleinitz
Printed in Germany
ISBN 3-8289-7766-9

2009 2008 2007 2006
Die letzte Jahreszahl gibt die aktuelle Lizenzausgabe an.

DONNA LEON

Acqua Alta

Roman

Aus dem Amerikanischen
von Monika Elwenspoek

Weltbild

Dalla sua pace
La mia depende,
Quel che a lei piace
Vita mi rende,
Quel che le incresce
Morte mi da.

S'ella sospira
Sospiro anch'io;
E mia quell'ira,
Quel pianto è mio;
E non ho bene,
S'ella non l'ha.

Von ihrem Frieden
hängt der meine ab,
was ihr gefällt,
schenkt neues Leben mir,
was Schmerz ihr bringt,
gibt mir den Tod.

Seufzt sie,
seufze auch ich;
ihr Zorn ist der meine,
ihre Tränen auch;
ich bin nicht glücklich,
wenn sie es nicht ist.

DON GIOVANNI

1

Es herrschte friedvolle Häuslichkeit. Flavia Petrelli, Primadonna der Mailänder Scala, stand in der warmen Küche und schnitt Zwiebeln. Vor ihr lagen in getrennten Häufchen Flaschentomaten, zwei feingeschnittene Knoblauchzehen und zwei bauchige Auberginen. Sie stand, über das Gemüse gebeugt, vor der Marmorplatte des Küchentresens und sang, füllte den Raum mit den goldenen Tönen ihres Soprans. Hin und wieder strich sie mit dem Handrücken eine dunkle Locke zurück, die sich, kaum hinters Ohr geklemmt, wieder löste und ihr erneut über die Wange fiel.

Am anderen Ende des großen Raumes, der fast den gesamten obersten Stock des venezianischen Palazzo aus dem vierzehnten Jahrhundert einnahm, lag Brett Lynch, Besitzerin der Wohnung und Flavias Geliebte, auf einem beigefarbenen Sofa, ihre nackten Füße gegen die eine Armlehne gestemmt, den Kopf auf der anderen, und las die Partitur von *I Puritani* mit, während die Musik – Nachbarn hin, Nachbarn her – aus zwei großen Lautsprechern auf Mahagonisockeln dröhnte. Die Musik schwoll an und erfüllte den Raum, als die singende Elvira sich anschickte, dem Wahnsinn zu verfallen – und das sogar doppelt. Unheimlich, zwei Elviras gleichzeitig zu hören, die eine, die Flavia vor fünf Monaten in London aufgenommen hatte, sanft aus den Lautsprechern; die andere aus der Küche – die Stimme der zwiebelschneidenden Frau.

Flavia, die in völliger Übereinstimmung mit ihrer Plattenstimme sang, unterbrach sich hin und wieder mit Fragen wie: »Uff, wer behauptet eigentlich, ich hätte eine Mittellage?« oder: »Soll das ein B sein, was die Streicher da spielen?« Nach jeder Unterbrechung nahm ihre Stimme die Musik wieder auf, ihre Hände das Zwiebelschneiden. Links von ihr stand auf kleiner

Flamme eine große Bratpfanne, in der eine Lache aus Olivenöl auf das erste Gemüse wartete.

Vier Etagen tiefer wurde die Klingel gedrückt. »Ich geh schon hin«, sagte Brett, legte die offene Partitur auf den Boden und erhob sich. »Wahrscheinlich die Zeugen Jehovas. Die kommen gern sonntags.« Flavia nickte, schob eine dunkle Haarsträhne aus dem Gesicht und widmete sich erneut den Zwiebeln und Elviras Wahnsinn, den sie mittendrin wieder aufnahm.

Barfüßig, froh über die Wärme der Wohnung an diesem Nachmittag Ende Januar, lief Brett über die Holzdielen auf den Flur, hob neben der Tür den Hörer der Sprechanlage ab und fragte: »*Chi c'è?*«

Eine Männerstimme antwortete auf italienisch: »Wir kommen vom Museum. Mit Unterlagen von Dottor Semenzato.«

Merkwürdig, daß der Direktor des Museums im Dogenpalast ihr Unterlagen schickte, und das am Sonntag, aber vielleicht hatte ihn der Brief doch alarmiert, den Brett ihm aus China geschrieben hatte – obwohl es vor ein paar Tagen am Telefon nicht so geklungen hatte –, und er wollte ihr vor dem Gesprächstermin, den er ihr widerwillig für Dienstag vormittag eingeräumt hatte, etwas zu lesen geben.

»Bringen Sie's rauf, wenn es Ihnen nichts ausmacht. Oberster Stock.« Brett hängte den Hörer zurück und drückte auf den Knopf, der vier Etagen tiefer die Tür öffnete; dann ging sie zurück und rief Flavia durch das Schluchzen der Violinen zu: »Jemand vom Museum. Mit Unterlagen.«

Flavia nickte und nahm sich die erste Aubergine vor, die sie in der Mitte durchschnitt, dann gab sie sich, ohne einen Takt auszulassen, wieder dem ernsten Geschäft hin, aus Liebe den Verstand zu verlieren.

Brett ging zur Wohnungstür zurück, bückte sich, um die umgeschlagene Ecke eines Läufers richtig hinzulegen, und öffnete die Tür. Von unten waren Schritte zu hören, dann kamen zwei Männer ins Blickfeld, die am letzten Treppenabsatz innehielten. »Nur noch sechzehn Stufen«, rief Brett mit einladendem Lächeln und stellte rasch einen nackten Fuß auf den anderen, als der kalte Luftzug aus dem Treppenhaus sie traf.

Sie blieben unter ihr auf der Treppe stehen und sahen zu der offenen Tür herauf. Der erste hatte einen großen Umschlag in der Hand. Sie ruhten sich einen Moment aus, bevor sie die letzten Stufen in Angriff nahmen, und Brett lächelte erneut und rief aufmunternd: »*Forza.*«

Der erste, klein und blond, lächelte zurück und betrat das letzte Treppenstück. Sein Begleiter, größer und dunkler, holte noch einmal tief Luft und kam ihm nach. Als der erste Mann bei der Tür angelangt war, blieb er stehen und wartete auf den anderen. »*Dottoressa Lynch?*« fragte der Blonde.

»Ja«, antwortete sie, indem sie zurücktrat, um sie hereinzulassen.

Beide murmelten höflich: »*Permesso*«, als sie die Wohnung betraten. Der erste, der unter dem kurzgeschnittenen blonden Haar zwei sehr hübsche dunkle Augen hatte, streckte ihr den Umschlag hin. »Das hier sind die Unterlagen, *dottoressa.*« Und als er ihn ihr aushändigte, fügte er hinzu: »Dottor Semenzato bittet Sie, sich das gleich anzusehen.« Sehr sanft, sehr höflich. Der Große lächelte und drehte sich zur Seite, abgelenkt von einem Spiegel links neben der Tür.

Brett senkte den Kopf und begann den Umschlag zu öffnen, der mit rotem Lack versiegelt war. Der Blonde kam einen Schritt näher, als ob er ihr den Umschlag abnehmen wollte, um ihr beim Aufmachen zu helfen, doch ganz plötzlich trat er hinter sie, packte sie brutal und hielt sie an beiden Armen fest.

Der Umschlag fiel zuerst auf ihre nackten Füße und landete dann zwischen ihr und dem zweiten Mann auf dem Boden. Er schob ihn mit dem Fuß beiseite, wie um den Inhalt nicht zu beschädigen, und stellte sich dicht vor sie. Während er dies tat, verstärkte der andere den Klammergriff um ihre Arme. Der Große beugte sich aus seiner beträchtlichen Höhe zu ihr hinunter und sagte mit leiser, sehr tiefer Stimme: »Sie wollen doch Ihre Verabredung mit Dottor Semenzato nicht einhalten, oder?«

Der Zorn packte sie noch vor der Angst, und ersterer sprach aus ihr. »Lassen Sie mich los, und verschwinden Sie.« Dabei versuchte sie sich mit einer abrupten Drehung aus der Umklammerung zu befreien, doch der Mann packte sie nur noch fester und preßte ihr die Arme an den Körper.

Hinter ihr wurde die Musik lauter, und Flavias doppelte Stimme erfüllte den Raum. So perfekt sang sie die Stelle, man hätte nicht sagen können, daß es zwei Stimmen waren, nicht eine, die da von Schmerz und Liebe und Verlust sangen. Brett drehte den Kopf nach der Musik um, hielt aber dann mit einer bewußten Willensanstrengung mitten in dieser Bewegung inne und fragte den Mann, der vor ihr stand: »Wer sind Sie? Was wollen Sie?«

Seine Stimme veränderte sich wie sein Gesicht, das häßlich wurde. »Keine Fragen, du Schlampe.«

Erneut versuchte sie sich aus dem Griff herauszuwinden, aber es war unmöglich. Sie verlagerte ihr Gewicht auf einen Fuß und stieß mit dem anderen nach hinten, doch ihr nackter Fuß konnte dem Mann, der sie festhielt, nichts anhaben.

Hinter sich hörte sie ihn sagen: »Los schon, mach's.«

Sie wollte gerade den Kopf zu ihm hindrehen, als der erste Schlag sie traf, genau in den Magen. Der plötzliche, explodierende Schmerz warf ihren Körper mit solcher Wucht nach vorn, daß sie beinah freigekommen wäre, aber der Mann riß sie zurück und richtete sie wieder auf. Der andere schlug erneut zu, traf sie diesmal unter der linken Brust, und sie reagierte wie zuvor mit einer unwillkürlichen Bewegung, die ihren Körper nach vorn krümmte, um ihn vor diesem gräßlichen Schmerz zu schützen.

Dann begann er in so schneller Folge, daß sie die Schläge gar nicht mehr mitzählen konnte, auf ihren Körper einzudreschen, wobei er immer wieder Brüste und Rippen traf.

Hinter ihr sang Flavias Stimme von der glückseligen Zukunft, der sie entgegensah, da sie bald Arturos Braut sein werde, und dann traf der Mann sie an der Schläfe. Ihr rechtes Ohr dröhnte, und sie konnte die Musik nur noch mit dem linken hören.

Sie war sich nur eines Gedankens bewußt: Sie durfte keinen Laut von sich geben, weder schreien noch rufen, noch wimmern. Die Sopranstimmen hinter ihr verschmolzen in jubelnder Freude, und ihre Lippe platzte unter der Faust des Mannes.

Der hinter ihr ließ ihren rechten Arm los. Er brauchte sie nicht mehr festzuhalten, aber er hielt sie mit einer Hand aufrecht und drehte sie herum, bis sie ihm das Gesicht zuwandte. »Sie werden Ihre Verabredung mit Dottor Semenzato nicht einhalten«, sagte er mit immer noch sehr tiefer, höflicher Stimme.

Aber sie nahm ihn nicht mehr wahr, hörte seinen Worten nicht mehr zu, nur entfernt noch war sie sich der Musik bewußt, der Schmerzen und der dunklen Angst, daß diese Männer sie umbringen könnten.

Ihr Kopf hing vornüber, und sie sah nur die Füße. Sie ahnte mehr, wie der Große sich plötzlich auf sie zubewegte, und spürte etwas Warmes an ihren Beinen und im Gesicht. Sie hatte die Kontrolle über ihren Körper verloren, und der scharfe Geruch ihres eigenen Urins stieg ihr in die Nase. Das andere Warme war Blut, sie schmeckte es und sah es auf den Boden tropfen und an die Schuhe der Männer spritzen. Sie hing zwischen ihnen und konnte nur denken, daß sie keinen Laut von sich geben durfte, wünschte nur, sie ließen sie endlich fallen, damit sie sich zusammenkrümmen und dem Schmerz entfliehen konnte, der ihren ganzen Körper beherrschte. Und während dies alles geschah, erfüllte Flavia Petrellis zweifache Stimme den Raum mit jubelnder Freude, schwang sich über den Chor und den Tenor, ihren Geliebten, empor.

Mit der größten Anstrengung, die sie je in ihrem Leben für etwas aufgebracht hatte, hob Brett den Kopf und sah in die Augen des Großen, der jetzt unmittelbar vor ihr stand. Er lächelte sie an, ein so vertrauliches Lächeln, als hätte sie das Gesicht eines Geliebten vor sich. Langsam streckte er die Hand aus, umschloß ihre linke Brust, drückte sie sanft und flüsterte: »Willst du noch mehr, *cara*? Mit einem Mann ist es schöner.«

Ihre Reaktion war ganz unwillkürlich. Ihre Faust traf ihn ins Gesicht und rutschte ab, ohne ihm etwas anzuhaben, aber die plötzliche Bewegung riß sie von der Hand des anderen Mannes los. Rückwärts sank sie gegen die Wand, deren Festigkeit sie an ihrem Rücken fühlte, als gehörte dieser gar nicht zu ihr.

Sie spürte, wie sie nach unten rutschte, merkte, wie ihr Pullover von der rauhen Backsteinmauer hochgeschoben wurde. Langsam, ganz langsam, wie in einer extremen Zeitlupe, sank sie an der Wand hinunter, und die grobe Fläche scheuerte an ihrer Haut, während die Schwerkraft an ihrem Körper zog.

Dann geriet alles durcheinander. Sie hörte Flavias Stimme die Cabaletta singen, aber dann hörte sie Flavias andere Stimme, die nicht mehr sang, sondern wütend schrie: »Wer sind Sie? Was machen Sie da?«

»Hör nicht auf zu singen, Flavia«, wollte sie sagen, aber sie wußte nicht mehr, wie man sprach. Sie fiel zu Boden, das Gesicht zum Wohnzimmer, wo sie vor dem Licht, das aus dem anderen Raum einfiel, die Umrisse der wirklichen Flavia sah, hörte die herrliche Musik, die mit ihr hereinbrandete, und sah das große Küchenmesser in Flavias Hand.

»Nein, Flavia«, flüsterte sie, aber keiner hörte sie.

Mit einem Satz war Flavia bei den beiden Männern, die ebenso überrascht waren wie sie selbst und keine Zeit zum Reagieren hatten. Das Messer ratschte über den Unterarm des Kleineren. Er schrie vor Schmerz auf, zog den Arm an sich und legte die freie Hand über die Wunde. Blut quoll durch den Stoff seines Jacketts.

Erneute Zeitlupe. Dann sprang der Große zur noch immer offenstehenden Wohnungstür. Flavia zog das Messer an ihre Hüfte und machte zwei Schritte auf ihn zu. Der Verwundete stieß mit dem linken Fuß nach ihr und traf sie seitlich am Knie. Sie fiel hin, aber nur auf die Knie, das Messer noch immer stoßbereit.

Wie auch immer die beiden Männer sich verständigten, es geschah stumm, aber sie stürmten gleichzeitig zur Tür. Dort hielt der Große gerade lange genug inne, um sich nach dem Umschlag zu bücken, doch im Knien hieb Flavia mit dem Messer nach seiner Hand, und er fuhr zurück und ließ den Umschlag auf dem Boden liegen. Flavia sprang hoch und rannte ihnen nach, hielt aber nach ein paar Stufen an und kam in die Wohnung zurück, wobei sie mit dem Fuß die Tür hinter sich zustieß.

Sie kniete sich neben die andere Frau, die auf dem Rücken lag. »Brett, Brett«, rief sie, während sie auf die Freundin hinunterblickte. Der untere Teil von Bretts Gesicht war voller Blut, das ihr aus Nase und Lippe quoll und aus einer Platzwunde an der linken Stirnseite strömte. Sie hatte ein Knie unter sich gezogen, ihr Pullover war bis ans Kinn hochgerutscht und entblößte ihre Brüste. »Brett«, sagte Flavia noch einmal, und einen Augenblick lang hielt sie die völlig reglose Frau für tot. Sie schob den Gedanken gleich wieder von sich und legte eine Hand an Bretts Hals.

Langsam, wie die Morgendämmerung an einem dunklen Wintertag, öffnete sich zuerst ein Auge, dann das andere, doch da es allmählich zuschwoll, ging es nur zur Hälfte auf.

»*Stai bene?*« fragte Flavia.

Als einzige Antwort kam nur ein tiefes Ächzen. Aber es war immerhin eine Antwort.

»Ich hole Hilfe. Nur keine Sorge, *cara*. Die sind ganz schnell hier.«

Sie rannte ins andere Zimmer, zum Telefon. Eine Sekunde lang begriff sie nicht, was sie daran hinderte, den Hörer abzunehmen, dann sah sie das blutige Messer, die weißen Knöchel ihrer Hand, die den Griff umklammerte. Sie ließ es fallen und griff nach dem Hörer. Mit steifen Fingern wählte sie 113. Nach zehnmaligem Klingeln meldete sich eine Frauenstimme und fragte, was sie wolle.

»Hier ist ein Notfall. Ich brauche eine Ambulanz. In Cannaregio.«

Gelangweilt erkundigte sich die Stimme nach der genauen Anschrift.
»Cannaregio 6134.«
»Tut mir leid, Signora. Es ist Sonntag, und wir haben nur eine zur Verfügung. Ich muß sie auf die Warteliste setzen.«
Flavias Stimme wurde lauter. »Hier ist eine Frau verletzt. Jemand hat versucht, sie umzubringen. Sie muß ins Krankenhaus.«
Die Stimme am anderen Ende nahm einen Ton müder Geduld an. »Ich habe es Ihnen doch schon erklärt, Signora. Wir haben nur ein Sanitäterteam, und das muß vorher noch zu zwei anderen Notfällen. Sobald es frei ist, schicken wir es zu Ihnen.« Als sie keine Antwort von Flavia bekam, fragte die Stimme: »Signora, sind Sie noch dran? Wenn Sie mir noch einmal die Adresse geben, setze ich Sie auf die Liste. Signora? Signora?« Auf Flavias Schweigen hin legte die Frau am anderen Ende auf, und Flavia stand mit dem Hörer in der Hand da und wünschte, es wäre noch das Messer.

Mit zitternden Fingern legte Flavia den Hörer auf und ging zurück in die Diele. Brett lag noch dort, wo sie gelegen hatte, aber irgendwie war es ihr gelungen, sich auf die Seite zu drehen, und nun lag sie reglos da, einen Arm über der Brust, und stöhnte.

Flavia kniete sich neben sie. »Brett, ich muß einen Arzt holen.«

Flavia hörte ein ersticktes Geräusch, und Bretts Hand näherte sich langsam der ihren. Die Finger berührten kaum Flavias Arm, dann sank die Hand auf den Boden. »Kalt«, war das einzige, was sie sagte.

Flavia stand auf und ging ins Schlafzimmer. Sie riß das Bettzeug herunter, schleifte es in die Diele und deckte die reglose Gestalt auf dem Boden zu. Dann öffnete sie die Wohnungstür, ohne sich vorher durch den Spion zu vergewissern, ob die beiden Männer womöglich zurückgekommen waren. Sie ließ die Tür hinter sich offen, rannte zwei Treppen tiefer und hämmerte gegen die Tür der Wohnung unter der ihren.

Kurz darauf öffnete ihr ein großer Mittvierziger mit beginnender Glatze, der in der einen Hand eine Zigarette, in der anderen ein Buch hielt. »Luca«, keuchte Flavia, die sich beherrschen mußte, um nicht loszuschreien, weil sich das alles so hinzog und niemand ihrer Geliebten zu Hilfe kam. »Brett ist verletzt. Sie braucht einen Arzt.« Plötzlich versagte ihr die Stimme, und sie schluchzte. »Bitte, Luca, bitte, holen Sie einen Arzt.« Sie griff nach seinem Arm, unfähig weiterzusprechen.

Ohne ein Wort ging er in seine Wohnung zurück und schnappte sich von einem Tischchen neben der Tür sein Schlüsselbund. Das Buch ließ er auf den Boden fallen, zog die Tür hinter sich zu und verschwand über die Treppe nach unten, ehe Flavia noch etwas sagen konnte.

Flavia eilte, zwei Stufen auf einmal nehmend, in die Wohnung zurück. Sie blickte auf Brett hinunter und sah eine kleine Blutlache, die sich unter ihrem Gesicht langsam ausbreitete; eine Haarsträhne schwamm darauf. Vor Jahren hatte sie einmal gelesen oder gehört, daß man Menschen im Schockzustand wach halten solle, daß es gefährlich sei, wenn sie einschliefen. Also kniete sie sich erneut neben die Freundin und rief ihren Namen. Das eine Auge war inzwischen ganz zugeschwollen, aber beim Klang ihres Namens öffnete die Amerikanerin das andere einen winzigen Spalt und sah Flavia an, ohne ein Erkennen zu zeigen.

»Luca ist unterwegs. Der Arzt kommt jeden Moment.«

Langsam schien Bretts Blick zu verschwimmen, dann richtete er sich wieder fest auf Flavia. Sie bückte sich tiefer, strich Brett die Haare aus dem Gesicht und merkte, wie ihr dabei Blut über die Finger lief. »Es wird alles gut. Die müssen gleich hier sein, und dann wirst du versorgt. Alles wird wieder gut, Liebes. Mach dir keine Sorgen.«

Das Auge ging zu, öffnete sich wieder, blickte in die Ferne, dann wieder in die Nähe. »Tut so weh«, flüsterte sie.

»Ist ja gut, Brett. Es wird alles wieder gut.«

»Tut weh.«

Flavia kniete neben ihrer Freundin, blickte in das eine Auge, versuchte es mit ihrer Willenskraft offen- und klar zu halten und murmelte dabei Dinge, die gesagt zu haben sie sich nie erinnern würde. Irgendwann fing sie an zu weinen, aber das wurde ihr nicht bewußt.

Sie sah Bretts Hand, halb unter den Decken versteckt, griff danach und hielt sie sanft in der ihren, so sanft wie die Daunen der Decke auf dem Körper ihrer Geliebten. »Es wird alles wieder gut, Brett.«

Dann hörte sie Schritte und laute Stimmen aus dem Treppenhaus. Einen Augenblick dachte sie, es könnten die beiden Männer sein, die zurückkamen, um zu Ende zu führen, was immer sie hatten tun wollen. Sie stand auf und ging zur Tür, die sie rechtzeitig zuwerfen zu können hoffte, aber dann sah sie Lucas Gesicht und hinter ihm einen Mann in Weiß mit einer schwarzen Tasche in der Hand.

»Gott sei Dank«, sagte sie, und es überraschte sie selbst, daß sie das wörtlich meinte. Hinter ihr verstummte die Musik. Elvira war endlich wieder mit ihrem Arturo vereint, und die Oper war zu Ende.

2

Flavia trat zur Seite und ließ die beiden Männer eintreten. »Was ist denn los? Was ist passiert?« fragte Luca mit einem Blick auf den Deckenberg und das, was darunter lag. »*Mio dio*«, entfuhr es ihm, und er wollte sich zu Brett hinunterbeugen, aber Flavia hielt ihn mit ausgestrecktem Arm zurück und zog ihn beiseite, damit der Arzt an die am Boden liegende Frau herankonnte.

Er bückte sich und legte ihr die Hand an den Hals. Als er den Puls fühlte, langsam, aber kräftig, schlug er die Decken zurück. Ihr Pullover hatte sich, ein blutiger Strick, unter ihrem Hals zusammengeschoben, so daß Rippen und Oberkörper entblößt waren. Die Haut war gerötet und an einigen Stellen aufgeplatzt und begann sich zu verfärben.

»Signora, können Sie mich hören?« fragte der Arzt.

Brett gab einen Laut von sich; Worte waren noch zu schwierig.

»Signora, ich werde Sie jetzt umdrehen. Nur ein wenig, damit ich etwas sehen kann.« Er gab Flavia ein Zeichen, die sich auf der anderen Seite der reglosen Gestalt hinkniete. »Halten Sie die Schultern fest. Ich muß ihre Beine strecken, damit ich sehe, was los ist.« Er faßte Bretts linkes Bein an der Wade und legte es ausgestreckt vorsichtig hin, dann tat er dasselbe mit dem rechten. Langsam drehte er sie auf den Rücken, und Flavia ließ gleichzeitig die Schultern auf den Boden sinken. Das alles bereitete Brett nur neuen Schmerz, und sie stöhnte.

Der Arzt wandte sich wieder an Flavia: »Holen Sie mir eine Schere.« Gehorsam ging Flavia in die Küche und nahm eine Schere aus einem großen geblümten Keramiktopf auf dem Tresen. Dabei merkte sie, wie es ihr heiß aus der Pfanne mit Olivenöl entgegenschlug, die zischelnd und brodelnd immer noch auf dem Herd stand. Rasch drehte sie die Flamme aus und lief in die Diele zurück.

Der Arzt nahm die Schere, zerschnitt den blutgetränkten Pullover und pellte ihn vorsichtig von Bretts Körper. Der Schläger hatte einen dicken Ring an der rechten Hand getragen und damit Spuren hinterlassen, kleine runde Abdrücke, die sich dunkel von dem graublauen Fleisch ringsum abhoben.

Der Arzt beugte sich wieder über die Liegende und sagte: »Machen Sie bitte die Augen auf, Signora.«

Brett bemühte sich zu gehorchen, aber sie bekam nur das eine auf. Der Arzt nahm eine kleine Taschenlampe aus seiner Tasche und richtete den Strahl auf ihre Pupille. Sie zog sich zusammen, und Brett schloß unwillkürlich das Auge.

»Gut, gut«, sagte der Arzt. »Jetzt möchte ich, daß Sie den Kopf etwas bewegen, nur ein ganz klein wenig.«

Obwohl es sie sichtlich anstrengte, schaffte Brett es.

»Und nun den Mund. Können Sie ihn öffnen?«

Als sie es versuchte, japste sie vor Schmerz, ein Laut, bei dem Flavia sich gegen die Wand lehnen mußte.

»Jetzt werde ich Ihre Rippen abtasten, Signora. Sagen Sie mir bitte, wenn es weh tut.« Behutsam befühlte er, eine nach der anderen, ihre Rippen. Zweimal stöhnte sie auf.

Er nahm ein Päckchen sterilen Mull aus seiner Tasche und riß es auf. Aus einer Flasche mit Antiseptikum befeuchtete er den Mull und begann langsam das Blut von ihrem Gesicht zu wischen. Sobald er es weggetupft hatte, quoll neues aus ihrer Nase und der klaffenden Wunde an ihrer Unterlippe. Er winkte Flavia zu sich, die sich wieder neben ihn kniete. »Hier, drükken Sie ihr das auf die Lippe, und lassen Sie nicht zu, daß sie sich bewegt.« Damit gab er Flavia den blutigen Mulltupfer, und sie tat wie geheißen.

»Wo ist das Telefon?« fragte der Arzt.

Flavia deutete mit dem Kopf zum Wohnzimmer. Der Arzt verschwand durch die Tür, und Flavia hörte ihn wählen, danach mit jemandem im Krankenhaus sprechen und eine Trage anfordern. Warum war sie darauf nicht selbst gekommen? Sie wohnten so nah beim Krankenhaus, sie brauchten gar kein Ambulanzboot.

Luca, der hinter ihr stand, begnügte sich schließlich damit, die Decke wieder über Brett zu ziehen.

Der Arzt kam zurück und beugte sich zu Flavia hinunter. »Sie werden bald hier sein.« Dann sah er Brett an. »Ich kann Ihnen nichts gegen die Schmerzen geben, bevor wir Sie nicht geröntgt haben. Sind die Schmerzen schlimm?«

Für Brett bestand die ganze Welt aus Schmerzen.

Der Arzt sah, daß sie fröstelte, und fragte: »Haben Sie noch mehr Decken?« Luca ging ins Schlafzimmer und kam mit einer weiteren Steppdecke zurück, die er mit der Hilfe des Arztes über Brett breitete, obwohl es nicht viel zu nützen schien. Ihre Welt war kalt geworden, und sie spürte nur Kälte und Schmerz.

Der Arzt richtete sich auf und fragte, an Flavia gewandt: »Was ist denn passiert?«

»Ich weiß es nicht. Ich war in der Küche, beim Kochen. Als ich herauskam, lag sie auf dem Boden, so wie jetzt, und zwei Männer waren da.«

»Was für Männer?« wollte Luca wissen.

»Ich weiß es nicht. Einer war groß, der andere klein.«

»Und dann?«

»Ich bin auf sie losgegangen.«

Die Männer wechselten einen Blick. »Wie?« fragte Luca.

»Ich hatte ein Messer. Ich war doch beim Gemüseschneiden, und als ich aus der Küche kam, hatte ich das Messer noch in der Hand. Als ich die beiden sah, habe ich nicht überlegt, ich bin einfach auf sie losgegangen. Sie sind dann die Treppe hinuntergerannt.« Sie schüttelte den Kopf, das alles interessierte sie nicht.

»Was ist mit ihr? Was haben die ihr getan?«

Bevor der Arzt antwortete, entfernte er sich ein paar Schritte von Brett, obwohl sie bestimmt nicht in der Lage gewesen wäre, seine Worte zu hören oder gar zu verstehen. »Sie hat ein paar Rippen gebrochen und einige böse Platzwunden. Außerdem könnte ihr Kiefer gebrochen sein.«

»*Oh, Gesù*«, entfuhr es Flavia, und sie hielt sich rasch die Hand vor den Mund.

»Aber für eine Gehirnerschütterung gibt es keine Anzeichen. Sie reagiert auf Licht und versteht, was ich sage. Trotzdem müssen wir noch röntgen.«

Noch während er das sagte, hörten sie Stimmen im Treppenhaus. Flavia kniete sich neben Brett. »Sie kommen jetzt, *cara*. Es wird alles gut.« Ihr fiel nichts anderes zu tun ein, als ihre Hand auf die Decken über Bretts Schulter zu legen und zu hoffen, daß die Wärme zu der Frau darunter durchdrang. »Es wird alles wieder gut.«

Zwei Männer in weißen Kitteln erschienen an der Tür, und Luca winkte sie herein. Sie hatten ihre Trage vier Etagen tiefer neben der Haustür stehenlassen, wie man es überall in Venedig machen mußte, und statt dessen den Korbstuhl mitgebracht, in dem sie die Kranken durch die engen, verwinkelten Treppenhäuser der Stadt zu tragen pflegten.

Beim Eintreten sahen sie nur kurz auf das blutige Gesicht der Frau am Boden, als wäre es ein alltäglicher Anblick für sie, was wohl auch der Fall war. Luca verzog sich ins Wohnzimmer, und der Arzt wies die Männer an, die Verletzte mit besonderer Vorsicht hochzuheben.

Die ganze Zeit fühlte Brett nichts als die Umklammerung des Schmerzes. Er kam von überall in ihrem Körper, aus der Brust, die sich zusammenzog und jeden Atemzug zur Qual werden ließ, von ihren Gesichtsknochen und dem brennenden Rücken. Manchmal spürte sie die Schmerzen einzeln, dann verschmolzen sie wieder in eins, überfluteten sie, vermischten sich und blendeten alles aus, was nicht Schmerz war. Später sollte sie sich von alledem nur an dreierlei erinnern: die Hand des Arztes an ihrem Kinn, eine Berührung, die zu einem weißen

Lichtblitz in ihrem Hirn wurde; Flavias Hand an ihrer Schulter, die einzige Wärme in diesem Meer von Kälte; und den Moment, als die Männer sie hochhoben und sie aufschrie und ohnmächtig wurde.

Stunden später, als sie aufwachte, war der Schmerz immer noch da, doch irgend etwas hielt ihn auf Armeslänge von ihr ab. Sie wußte, wenn sie sich bewegte, und sei es auch nur einen Millimeter, würde er wiederkommen und noch schlimmer sein, also lag sie völlig still und versuchte, in jeden einzelnen Teil ihres Körpers hineinzuspüren, um festzustellen, wo der schlimmste Schmerz lauerte, doch bevor sie ihrem Gehirn diesen Auftrag geben konnte, wurde sie von Schlaf übermannt.

Später erwachte sie wieder, und diesmal schickte sie ihren Verstand ganz vorsichtig aus, um ihre diversen Körperteile zu erkunden. Der Schmerz wurde immer noch von ihr ferngehalten, und es schien, als wäre Bewegung nicht mehr so gefährlich, so verhängnisvoll. Sie konzentrierte sich auf ihre Augen und versuchte festzustellen, was dahinter lag, Licht oder Dunkel. Sie bekam es nicht heraus, und so ließ sie ihre Gedanken weiterwandern, über ihr Gesicht, wo Schmerz lauerte, zum Rücken, der warm pochte, und dann zu ihren Händen. Eine war kalt, die andere warm. Stunden lag sie, wie es ihr vorkam, reglos da und dachte darüber nach. Wie konnte eine Hand kalt und die andere warm sein? Eine Ewigkeit grübelte sie über diesem Rätsel.

Eine warm, eine kalt. Sie beschloß, die Hände zu bewegen, um zu sehen, ob das etwas änderte, und unendlich viel später fing sie damit an. Sie versuchte die Hände zu Fäusten zu ballen und konnte sie doch nur ein ganz klein wenig bewegen. Aber es genügte – die warme Hand wurde von intensiverer Wärme umschlossen und von oben und unten kaum merklich gedrückt. Sie hörte eine Stimme, von der sie wußte, daß sie ihr vertraut war, aber sie erkannte sie nicht. Warum sprach diese Stimme Italienisch? Oder war es Chinesisch? Sie verstand die Worte, konnte sich aber nicht erinnern, welche Sprache es war. Erneut bewegte sie die Hand. Wie angenehm diese Wärme gewesen war. Sie versuchte es noch einmal, und wieder hörte sie die Stimme antworten, spürte die Wärme. Oh, wie wunderbar. Da waren Worte, die sie verstand, und Wärme, und ein Teil ihres Körpers, der schmerzfrei war. Beruhigt schlief sie ein.

Endlich war sie bei Bewußtsein und verstand, warum eine Hand warm und die andere kalt war. »Flavia«, flüsterte sie kaum hörbar.

Der Druck um ihre Hand verstärkte sich. Die Wärme auch.

»Ich bin hier«, sagte Flavia ganz dicht an ihrem Ohr.

Ohne zu wissen, woher, verstand Brett, daß sie den Kopf nicht drehen konnte, um etwas zu sagen oder ihre Freundin anzusehen. Sie versuchte ein Lächeln, wollte sprechen, aber etwas hielt ihr den Mund zu. Sie versuchte zu schreien, um Hilfe zu rufen, doch die unsichtbare Macht hielt ihr den Mund zu.

»Nicht sprechen, Brett«, sagte Flavia, wobei sie den Druck ihrer Hand verstärkte. »Nicht den Mund bewegen. Er ist mit Draht fixiert. Du hast einen Kiefer gebrochen. Versuch bitte nicht zu sprechen. Es ist alles in Ordnung. Du wirst wieder gesund.«

Es war sehr schwer, alle diese Wörter zu begreifen. Aber der Druck von Flavias Hand genügte, der Klang ihrer Stimme reichte aus, um sie zu beruhigen.

Als sie aufwachte, war sie voll bei Bewußtsein. Es war noch immer ziemlich anstrengend, das eine Auge zu öffnen, aber sie konnte es, auch wenn das andere nicht aufgehen wollte. Sie seufzte, erleichtert, daß sie es nicht mehr nötig hatte, ihren Körper mit Tricks zu überlisten. Sie blickte um sich und sah Flavia, die auf ihrem Sessel zusammengesunken schlief, den Kopf nach hinten gelehnt, den Mund leicht geöffnet. Schlaff hingen ihre Arme links und rechts herunter, ganz dem Schlaf hingegeben.

Während sie Flavia beobachtete, erforschte Brett erneut ihren Körper. Vielleicht konnte sie Arme und Beine irgendwie bewegen, auch wenn es schmerzte. Sie lag offenbar auf der Seite, und ihr Rücken tat weh, ein dumpfer, brennender Schmerz. Nachdem sie nun wußte, daß dies das schlimmste war, versuchte sie, den Mund zu öffnen, und spürte den gräßlichen Druck an den Zähnen. Der Kiefer war mit Drähten fixiert, aber sie konnte die Lippen bewegen. Am schlimmsten war, daß ihre Zunge im Mund eingesperrt war. Bei dieser Erkenntnis überkam sie regelrechte Panik. Wenn sie nun husten mußte? Sich verschluckte? Sie verdrängte den Gedanken mit Gewalt. Wenn sie so klar denken konnte, war sie schon wieder obenauf. Sie sah keine Schläuche an ihrem Bett, keine Streckvorrichtungen. Schlimmer, als es schien, konnte es also nicht sein, und das war erträglich. Gerade noch. Aber doch erträglich.

Urplötzlich erkannte sie, daß sie Durst hatte. Ihr Mund brannte, die Kehle schmerzte. »Flavia«, sagte sie, aber sie hörte sich kaum selbst. Flavia öffnete die Augen und starrte voller Schrekken um sich, wie sie es immer tat, wenn sie plötzlich aufwachte. Nach einer kleinen Weile beugte sie sich ganz nah an Bretts Gesicht heran.

»Flavia, ich habe Durst«, flüsterte Brett.

»Und dir auch einen wunderschönen guten Morgen«, antwortete Flavia, laut lachend vor Erleichterung. Da wußte Brett, daß es ihr bald bessergehen würde.

Flavia drehte sich um und nahm ein Glas Wasser von dem Tisch hinter ihr. Sie bog den Plastikstrohhalm und schob ihn Brett zwischen die Lippen, gewissenhaft auf der linken Seite, weit weg von der geschwollenen Platzwunde, die ihren Mund verzerrte. »Ich habe sogar Eis hineingetan, wie du es gern magst«, sagte sie, während sie den Strohhalm festhielt, solange Brett zu trinken versuchte. Ihre Lippen waren wie versiegelt, aber schließlich gelang es ihr, sie an einer Ecke zu öffnen, und herrlich kaltes Wasser umspülte ihre Zähne und floß in ihre Kehle.

Schon nach wenigen Schlucken zog Flavia das Glas weg und sagte: »Nicht so viel. Warte ein wenig, dann bekommst du mehr.«

»Ich fühle mich wie narkotisiert«, sagte Brett.

»Das bist du auch, *cara*. Alle paar Stunden kommt eine Schwester und gibt dir eine Spritze.«

»Wie spät ist es?«

Flavia sah auf ihre Armbanduhr. »Viertel vor acht.«

Die Zahl sagte Brett gar nichts. »Tag oder Nacht?«

»Tag.«

»Welcher Tag?«

Flavia lächelte und antwortete: »Dienstag.«

»Dienstag früh?«

»Ja.«

»Warum bist du hier?«

»Wo soll ich denn sonst sein?«

»In Mailand. Du mußt heute abend singen.«

»Dafür gibt es zweite Besetzungen, Brett«, meinte Flavia wegwerfend. »Damit sie einspringen, wenn die erste Garnitur krank wird.«

»Aber du bist nicht krank«, murmelte Brett, durch Schmerzen und Medikamente begriffsstutzig geworden.

»Laß das nicht den künstlerischen Direktor der Scala hören, sonst darfst du meine Vertragsstrafe bezahlen.« Flavia war bemüht, einen leichten Ton anzuschlagen.

»Aber du sagst nie eine Vorstellung ab.«

»Tja, nun habe ich es aber getan, und damit fertig. Ihr Amerikaner nehmt die Arbeit immer so ernst«, sagte Flavia. »Willst du noch etwas Wasser?«

Brett nickte und bereute die Bewegung sofort. Sie lag ein paar Sekunden still und hielt die Augen geschlossen, bis Übelkeit und Benommenheit wieder abgeklungen waren. Als sie die Augen öffnete, sah sie Flavia, die sich mit dem Glas in der Hand über sie beugte. Wieder schmeckte sie die herrliche Kühle, schloß die Augen und ließ sich ein Weilchen wegdriften. Dann fragte sie plötzlich: »Was ist eigentlich passiert?«

Bestürzt fragte Flavia: »Erinnerst du dich nicht?«

Brett schloß wieder die Augen. »Doch. Ich erinnere mich. Ich hatte Angst, sie würden dich umbringen.« Wegen der verdrahteten Zähne dröhnte ihr Kopf bei jedem Wort. Flavia lachte darüber, spielte weiter die Tapfere. »Keine Chance. Wahrscheinlich habe ich zu oft die Tosca gespielt. Ich bin kurzerhand mit dem Messer auf sie losgegangen, und den einen habe ich am Arm erwischt.« Sie wiederholte die Bewegung, fuhr mit dem Arm durch die Luft und lächelte, offenkundig in Erinnerung daran, wie der Stich den Mann getroffen hatte. »Ich wünschte, ich hätte ihn umgebracht«, sagte Flavia beiläufig, und Brett glaubte es ihr.

»Und dann?«

»Abgehauen sind sie. Dann bin ich zu Luca runtergelaufen, und der ist rüber ins Krankenhaus, und dann haben wir dich hierhergebracht.« Während Flavia sie ansah, fielen Brett langsam die Augen zu, und sie schlief ein paar Minuten, den Mund halb offen, so daß die groteske Verdrahtung ihrer Zähne sichtbar war.

Plötzlich öffnete sie das eine Auge und blickte um sich, als wäre sie überrascht, sich hier wiederzufinden. Sie sah Flavia und beruhigte sich.

»Warum haben die das getan?« sprach Flavia jetzt die Frage aus, die sie seit zwei Tagen umtrieb.

Es dauerte eine ganze Weile, ehe Brett antwortete: »Semenzato.«

»Vom Museum?«

»Ja.«

»Und? Was haben sie gesagt?«

»Ich verstehe es nicht.« Hätte Brett ohne Schmerzen den Kopf schütteln können, hätte sie es getan. »Ergibt keinen Sinn.« Ihre Worte klangen verzerrt infolge der schweren Klammer, die ihre Zähne zusammenhielt. Sie sagte noch einmal Semenzatos Namen und hielt dann lange die Augen geschlossen. Als sie sie wieder öffnete, fragte sie: »Was fehlt mir alles?«

Flavia war auf die Frage vorbereitet und beantwortete sie kurz. »Zwei Rippen gebrochen. Und der Kiefer ist angeknackst.«

»Was noch?«

»Das ist das Schlimmste. Außerdem ist dein Rücken ziemlich übel aufgeschürft.« Sie sah Bretts Verwirrung und erklärte: »Du bist gegen die Wand gestürzt und im Fallen mit dem Rücken an den Steinen entlanggerutscht. Außerdem ist dein Gesicht ziemlich blau«, schloß Flavia, bemüht, es nicht so ernst klingen zu lassen. »Der Kontrast betont deine Augen, aber ich glaube, insgesamt gefällt mir das nicht so gut.«

»Wie schlimm ist es denn?« fragte Brett, die den scherzhaften Unterton nicht mochte.

»Ach, nicht allzu schlimm«, sagte Flavia, offensichtlich nicht ganz wahrheitsgetreu. Brett warf ihr einen langen, einäugigen Blick zu, der Flavia zu der Erläuterung zwang: »Dein Brustkorb muß noch bandagiert bleiben, und eine Woche oder so wirst du wohl ziemlich steif sein. Er hat gesagt, daß nichts zurückbleibt.« Weil es die einzige gute Nachricht war, die sie hatte, vervollständigte sie die Aussage des Arztes: »In ein paar Tagen nehmen sie dir die Drähte wieder heraus. Es ist nur ein Haarriß. Und deine Zähne sind unbeschädigt.« Als sie sah, wie wenig sie Brett damit aufmunterte, fügte sie hinzu: »Die Nase auch.« Noch immer kein Lächeln. »Keine Narben im Gesicht. Wenn die Schwellung erst einmal abgeklungen ist, siehst du wieder aus wie neu.« Flavia sagte nichts über die Narben, die Brett auf dem Rücken behalten würde, noch äußerte sie sich darüber, wie lange es dauern werde, bis die Schwellungen und Blutergüsse aus ihrem Gesicht verschwunden sein würden.

Brett merkte plötzlich, wie sehr diese kurze Unterhaltung sie ermüdet hatte, und wieder zerrte der Schlaf an ihr. »Geh für ein Weilchen nach Hause, Flavia. Ich werde jetzt schlafen, und dann ...« Ihre Stimme verebbte, bevor sie den Satz noch beenden konnte, und schon schlief sie. Flavia setzte sich in ihrem Sessel zurecht und inspizierte das zerschundene Gesicht, das zur

Seite gedreht vor ihr auf dem Kissen lag. Die Blutergüsse an Stirn und Wangen hatten sich innerhalb der letzten anderthalb Tage fast schwarz verfärbt, und das eine Auge war noch zugeschwollen. Bretts Unterlippe war um den vertikalen Riß herum angeschwollen und klaffte weit auseinander.

Man hatte Flavia mit Gewalt aus dem Behandlungszimmer fernhalten müssen, während die Ärzte an Brett arbeiteten, ihren Rücken säuberten und ihren Brustkorb bandagierten. Sie war auch nicht dabeigewesen, als sie ihr die dünnen Drähte zwischen den Zähnen hindurchfädelten und ihren Kiefer fixierten. Sie hatte nur auf dem langen Korridor des Krankenhauses auf und ab tigern und ihre Ängste denen der anderen Besucher und Patienten zugesellen können, die in kleinen Grüppchen in die Cafeteria gingen und das bißchen Licht suchten, das in den kleinen Hof fiel. Sie war eine Stunde lang nur auf und ab gegangen und hatte sich von verschiedenen Leuten drei Zigaretten erbettelt, die ersten, die sie seit über zehn Jahren wieder rauchte.

Seit dem späten Sonntag nachmittag hatte sie an Bretts Bett gesessen und gewartet, daß sie aufwachte, war nur gestern einmal kurz in die Wohnung zurückgegangen, um zu duschen und einige Telefonate zu führen, wobei sie auch die angebliche Krankheit erfand, die sie heute abend davon abhielt, an der Scala zu singen. Ihre Nerven waren angespannt durch Schlafmangel, zuviel Kaffee, das erneute Verlangen nach einer Zigarette und diesen öligen Schmierfilm von Angst, der sich all denen auf die Haut legt, die sich zu lange in einem Krankenhaus aufhalten müssen.

Sie sah zu ihrer Geliebten hinüber und wünschte sich erneut, sie hätte den Mann umgebracht, der das getan hatte. Flavia Petrelli hatte wenig Sinn für Reue, aber um so mehr für Rache.

3

Hinter ihr ging die Tür auf, aber Flavia wandte den Kopf nicht um, wer es war. Eine Schwester wahrscheinlich. Ein Arzt wohl kaum; die waren rar hier. Kurz darauf hörte sie eine Männerstimme fragen: »Signora Petrelli?«

Sie drehte sich um, wobei sie überlegte, wer das wohl sein konnte und wie er sie hier ausfindig gemacht hatte. An der Tür stand ein relativ großer, kräftig gebauter Mann, der ihr entfernt bekannt vorkam, aber sie konnte ihn nicht einordnen. Einer der Stationsärzte? Oder schlimmer, ein Reporter?

»Guten Morgen, Signora«, sagte er, wobei er regungslos in der Tür stehenblieb. »Ich bin Guido Brunetti. Wir haben uns vor ein paar Jahren schon einmal getroffen.«

Es war der Polizist, der damals in der Wellauer-Sache ermittelt hatte. Nicht unintelligent, erinnerte sie sich, und Brett hatte ihn aus Gründen, die Flavia nie ganz verstanden hatte, *simpatico* gefunden.

»Guten Morgen, Dottor Brunetti«, antwortete Flavia förmlich und bewußt leise. Sie stand auf, vergewisserte sich mit einem Blick, daß Brett noch schlief, und ging zu ihm hinüber. Sie reichte ihm die Hand, und er drückte sie kurz.

»Hat man den Fall jetzt Ihnen übergeben?« fragte sie. Als die Worte heraus waren, merkte sie, wie aggressiv ihre Frage geklungen hatte, und es tat ihr leid.

Er überging ihren Ton. »Nein, Signora. Ich habe Dottoressa Lynchs Namen im Protokoll von dem Überfall gesehen und wollte wissen, wie es ihr geht.« Noch bevor Flavia eine Bemerkung über seine Langsamkeit machen konnte, erklärte er: »Den Fall bearbeitet ein Kollege, ich habe den Bericht erst heute morgen gelesen.« Er sah zu der schlafenden Frau hinüber; legte die Frage in seinen Blick.

»Besser«, sagte Flavia. Sie ging wieder zu Brett und winkte ihn näher an das Bett heran. Brunetti kam durchs Zimmer und blieb hinter Flavias Stuhl stehen. Er stellte seine Aktentasche auf den Boden, stützte beide Hände auf die Stuhllehne und sah auf das Gesicht der zusammengeschlagenen Frau hinunter. Schließlich fragte er: »Was ist passiert?« Er hatte sowohl den Bericht als auch Flavias Aussage gelesen, aber er wollte es von ihr selbst hören.

Flavia verkniff sich die Erwiderung, das herauszufinden sei seine Sache; statt dessen erzählte sie mit gedämpfter Stimme: »Am Sonntag kamen zwei Männer zu Bretts Wohnung. Sie sagten, sie kämen vom Museum und brächten Unterlagen. Brett hat ihnen aufgemacht. Nachdem sie schon ziemlich lange mit ihnen in der Diele war, bin ich nachsehen gegangen, warum sie nicht zurückkam, und da lag sie auf dem Boden.« Brunetti nickte, während sie sprach; das stand alles in der Aussage, die sie gegenüber zwei verschiedenen Polizisten gemacht hatte. »Als ich aus der Küche kam, hatte ich ein Messer in der Hand. Ich war gerade beim Gemüseschneiden und hatte schlicht vergessen, es wegzulegen. Als ich sah, was die machten, habe ich nicht erst nachgedacht. Einen habe ich verletzt. Eine ziemlich böse Schnittwunde am Arm. Daraufhin sind sie aus der Wohnung gerannt.«

»Raubüberfall?« fragte er.

Sie zuckte die Achseln. »Möglich. Aber warum dann das?« Sie deutete mit einer Handbewegung auf Brett.

Er nickte wieder und murmelte: »Richtig, richtig.« Dann trat er vom Bett zurück, stellte sich neben sie und fragte: »Ist viel Wertvolles in der Wohnung?«

»Ja, ich glaube schon. Teppiche, Bilder, Keramiken.«

»Das Motiv könnte also Raub gewesen sein«, meinte er, und für Flavia klang es, als wollte er sich selbst damit überzeugen.

»Die Männer haben gesagt, der Direktor des Museums hätte

sie geschickt. Wie sind die auf so etwas gekommen?« fragte sie. Raub als Motiv erschien ihr nicht plausibel, und das um so weniger, je öfter sie Bretts Gesicht ansah. Wenn dieser Polizist das nicht begriff, würde er gar nichts begreifen.

»Wie schwer sind ihre Verletzungen?« erkundigte er sich, ohne auf ihre Frage zu antworten. »Ich hatte noch keine Zeit, mit den Ärzten zu sprechen.«

»Gebrochene Rippen und ein angebrochener Kieferknochen, aber keine Anzeichen für eine Gehirnerschütterung.«

»Haben Sie schon mit ihr gesprochen?«

»Ja.«

Ihre brüske Antwort erinnerte ihn daran, daß bei ihrem letzten Zusammentreffen keine besondere Sympathie zwischen ihnen geherrscht hatte. »Es tut mir leid, daß so etwas passieren konnte.« Er sagte das wie ein Mensch, nicht wie ein Amtsvertreter.

Flavia nickte flüchtig, antwortete aber nichts.

»Wird sie es überstehen?«

So wie die Frage gestellt war, trug sie ihrer intimen Beziehung zu Brett Rechnung, schloß ihre Fähigkeit mit ein, das Seelenleben ihrer Freundin zu beurteilen und zu erkennen, wieviel Schaden eine solche Mißhandlung ihr zufügen konnte. Flavia war verwirrt, weil sie ihm am liebsten für diese Frage gedankt hätte, mit der er ihre Rolle in Bretts Leben anerkannte. »Ja, sie wird es überstehen.« Dann, sachlicher: »Und die Polizei? Haben Sie schon etwas herausgefunden?«

»Nein, leider nicht«, antwortete Brunetti. »Die Beschreibungen, die Sie von den beiden Männern gegeben haben, passen auf niemanden, den wir hier kennen. Wir haben in den Krankenhäusern von Venedig und Mestre nachgefragt, aber es ist niemand mit einer Messerwunde eingeliefert worden. Der Umschlag wird noch auf Fingerabdrücke untersucht.« Er sagte ihr nicht, daß dies vielleicht durch eingesickertes Blut erschwert würde, auch nicht, daß der Umschlag leer gewesen war.

Hinter ihm bewegte sich Brett unter den Decken, seufzte auf und war wieder still.

»Signora Petrelli«, begann er und hielt inne, suchte nach den richtigen Worten. »Ich würde gern eine Weile bei ihr sitzen bleiben, wenn es Sie nicht stört.«

Flavia ertappte sich bei der Frage, warum sie sich so geschmeichelt fühlte, nur weil er so selbstverständlich akzeptierte, was sie und Brett füreinander waren, dann überraschte sie sich selbst mit der Erkenntnis, daß sie gar nicht genau wußte, was das eigentlich war. Von diesen Gedanken bestimmt, zog sie einen zweiten Stuhl heran und rückte ihn neben ihren.

»*Grazie*«, sagte er. Dann setzte er sich hin, lehnte sich zurück und verschränkte die Arme. Sie hatte den Eindruck, daß er nötigenfalls den ganzen Tag so dazusitzen gedachte.

Er machte keine weiteren Anstalten, sich mit ihr zu unterhalten, saß nur still da und wartete auf irgend etwas. Sie setzte sich neben ihn, erstaunt, wie wenig sie das Bedürfnis verspürte, weiter mit ihm Konversation zu machen oder sich an Benimmregeln zu halten. Sie saß einfach da. Zehn Minuten vergingen. Langsam sank ihr Kopf nach hinten gegen die Stuhllehne, und sie döste ein, dann schreckte sie wieder hoch, als ihr Kopf nach vorn fiel. Sie warf einen Blick auf ihre Uhr. Halb zwölf. Er war seit einer Stunde hier.

»War sie inzwischen wach?« fragte sie ihn.

»Ja, aber nur ein paar Minuten. Gesagt hat sie nichts.«

»Aber sie hat Sie gesehen?«

»Ja.«

»Und erkannt?«

»Ja, ich glaube schon.«

»Gut.«

Nach einer langen Pause fragte er: »Signora, würden Sie gern für ein Weilchen nach Hause gehen? Vielleicht etwas essen? Ich bleibe hier. Sie hat mich gesehen, wird also keine Angst bekommen, wenn sie aufwacht und ich hier bin.«

Vor Stunden hatte Flavia nagenden Hunger verspürt; jetzt war er verschwunden. Aber die Mischung aus Müdigkeit und Ungewaschensein klebte an ihr, und der Gedanke an eine Dusche, saubere Handtücher, frischgewaschene Haare, frische Kleider ließ sie fast japsen vor Sehnsucht.

Brett schlief fest, und in wessen Obhut war sie sicherer als in der eines Polizisten?

»Ja«, sagte sie und stand auf. »Ich bleibe nicht lange. Wenn sie aufwacht, sagen Sie ihr bitte, wo ich hingegangen bin.«

»Natürlich«, sagte er und erhob sich, während Flavia ihre Tasche nahm und hinter der Tür ihren Mantel holte. Auf der Schwelle drehte sie sich zum Abschied um und bedachte Brunetti mit dem ersten richtigen Lächeln, das sie ihm bisher geschenkt hatte. Dann verließ sie das Zimmer und schloß leise die Tür hinter sich.

Brunetti hatte zuerst kaum einen Blick auf den Bericht von dem Überfall geworfen, den Signorina Elettra ihm heute morgen in sein Büro gebracht hatte, zumal nachdem er gesehen hatte, daß die uniformierten Kollegen sich schon damit befaßten. Als sie ihn die Mappe beiseite legen sah, hatte Signorina Elettra gesagt: »Ich dachte, Sie würden sich das vielleicht gern etwas genauer ansehen, Dottore.« Damit war sie in ihr eigenes Büro hinuntergegangen.

Die Adresse hatte ihm nichts gesagt, aber in einer Stadt, die nur sechs verschiedene Postbezirke mit fortlaufenden Hausnummern kennt, waren Anschriften ziemlich bedeutungslos. Der Name hatte ihn mitten aus der Seite angesprungen: Brett Lynch. Er hatte keine Ahnung, daß sie aus China zurück war, hatte sie in den Jahren, die seit ihrem letzten Zusammentreffen verstrichen waren, ganz vergessen. Die Erinnerung an dieses Zusammentreffen und alles, was damit zusammenhing, war es dann, was ihn ins Krankenhaus geführt hatte.

Die schöne junge Frau, die er vor einigen Jahren kennengelernt hatte, war nicht mehr wiederzuerkennen, hätte leicht jede beliebige zusammengeschlagene und mißhandelte Frau sein können, die er im Laufe seiner Arbeit bei der Polizei gesehen hatte. Während er sie betrachtete, listete er im Kopf die Männer auf, von denen er wußte, daß sie solcher Art von Gewalt gegen eine Frau fähig waren – nicht gegen eine, die sie kannten, sondern gegen eine, auf die sie beim Begehen eines Verbrechens trafen. Es wurde eine sehr kurze Liste: Einer saß im Gefängnis von Triest, der andere befand sich dem Vernehmen nach auf Sizilien. Die Liste derer, die einer ihnen bekannten Frau so etwas antun würden, war sehr viel länger, und einige davon hielten sich in Venedig auf, aber er bezweifelte, daß einer von ihnen Brett Lynch kannte oder einen Grund gehabt hätte, ihr das anzutun, falls er sie doch kannte.

Raub? Signora Petrelli hatte den beiden Polizisten, die sie vernommen hatten, gesagt, daß die beiden Männer, die in Bretts Wohnung gekommen waren, offenbar nicht gewußt hatten, daß sich noch jemand dort aufhielt, folglich ergab das Zusammenschlagen keinen Sinn. Wenn sie die Wohnung hätten ausrauben wollen, hätten sie Brett fesseln oder in ein Zimmer sperren und sich dann in aller Ruhe nehmen können, was sie wollten. Keiner der Diebe, die er in Venedig kannte, würde so etwas tun. Wenn also nicht Raub, was dann?

Da Brett die Augen geschlossen hielt, überraschte ihn ihre Stimme, als sie plötzlich sagte: »*Mi dai da bere?*«

Erschrocken beugte er sich vor.

»Wasser«, sagte sie.

Auf dem Tischchen neben ihrem Bett standen eine Plastikkaraffe und ein Becher mit Strohhalm. Er goß Wasser in den Becher und hielt ihr den Strohhalm an die Lippen, bis sie alles ausgetrunken hatte. Hinter ihren Lippen sah er das Geflecht der Drähte, die ihre Kiefer zusammenhielten. Das also war der Grund, warum sie so undeutlich sprach, dies und die Medikamente.

Ihr rechtes Auge öffnete sich, ein intensiveres Blau als die

Haut drum herum.«»Danke, Commissario.« Das Auge blinzelte und blieb offen. »Komischer Ort für ein Wiedersehen.« Wegen der Drähte klang ihre Stimme wie aus einem schlecht eingestellten Radio.

»Ja«, stimmte er zu und mußte über die Absurdität ihrer Bemerkung und seine banale Förmlichkeit lächeln.

»Flavia?« fragte sie.

»Sie ist mal kurz nach Hause gegangen, kommt aber bald wieder.«

Brett bewegte den Kopf auf dem Kissen, und er hörte sie scharf die Luft einziehen. Nach einer kleinen Weile fragte sie: »Warum sind Sie hier?«

»Ich habe Ihren Namen in dem Bericht von dem Überfall gelesen, da wollte ich wissen, wie es Ihnen geht.«

Ihre Lippen bewegten sich ganz leicht, vielleicht ein von Schmerzen abgeschnittenes Lächeln. »Nicht sehr gut.«

Schweigen breitete sich zwischen ihnen aus. Schließlich fragte er, obwohl er es eigentlich nicht hatte tun wollen: »Erinnern Sie sich, was passiert ist?«

Sie gab einen bejahenden Laut von sich und begann dann zu erklären: »Sie hatten Unterlagen von Dottor Semenzato aus dem Museum.« Brunetti nickte, er kannte den Namen und den Mann.

»Ich habe sie eingelassen. Und dann ...«, ihre Stimme verebbte, bevor sie schließlich hinzufügte: »... dann das.«

»Haben die Männer etwas gesagt?«

Ihr Auge schloß sich, und sie lag eine ganze Weile still. Er wußte nicht, ob sie sich zu erinnern versuchte oder nur überlegte, wieviel sie ihm sagen sollte. Es dauerte so lange, daß er schon glaubte, sie wäre wieder eingeschlafen. Doch schließlich murmelte sie: »Haben gesagt, ich soll nicht zu dem Treffen gehen.«

»Zu was für einem Treffen?«

»Mit Semenzato.«

Also kein Raubüberfall. Er sagte nichts. Es war nicht der Augenblick, in sie zu dringen.

Ihre Worte wurden langsamer und undeutlicher. »Heute vormittag, im Museum. Keramiken in der China-Ausstellung.« Eine lange Pause folgte, in der sie sich bemühte, das eine Auge offenzuhalten. »Sie wußten über Flavia und mich Bescheid.« Danach wurde ihr Atem flacher, und er merkte, daß sie wieder eingeschlafen war.

Er saß da, sah sie an und versuchte sich einen Reim auf ihre Worte zu machen. Semenzato war Direktor des Museums im Dogenpalast. Bis zur Wiedereröffnung des restaurierten Palazzo Grassi war es das berühmteste Museum in Venedig gewesen, und Semenzato der wichtigste Museumsdirektor. Vielleicht war er das immer noch. Schließlich hatte der Dogenpalast die Tizian-Ausstellung gezeigt, und alles, was der Palazzo Grassi in den letzten Jahren präsentiert hatte, waren Andy Warhol und die Kelten, beides Produkte des »neuen« Venedig und darum eher Medienspektakel als ernstzunehmendes Kunstereignis.

Semenzato war es gewesen, wie Brunetti sich erinnerte, der vor etwa fünf Jahren die Ausstellung chinesischer Kunst mitorganisiert hatte, und Brett Lynch war dabei als Mittlerin zwischen der Stadtverwaltung und der chinesischen Regierung aufgetreten. Die Ausstellung hatte er gesehen, lange bevor er Brett kennenlernte, und er erinnerte sich noch gut an einige der Exponate: diese lebensgroßen Terrakottastatuen von Soldaten, ein bronzener Kampfwagen und eine komplette Zierrüstung aus Tausenden von ineinandergreifenden Jadestückchen. Es waren auch Gemälde dabeigewesen, die er aber langweilig gefunden hatte: Trauerweiden, bärtige Männer und immer dieselben zierlichen alten Brücken. Die Statue des Soldaten allerdings hatte ihn überwältigt, und er wußte noch, wie er reglos davor gestanden und sich das Gesicht angesehen hatte, aus dem Treue, Mut und Ehre sprachen, Zeichen eines gemeinsamen Menschseins, das zwei Jahrtausende und die halbe Welt umspannte.

Brunetti hatte Semenzato bei verschiedenen Gelegenheiten getroffen und ihn intelligent und charmant gefunden, ein Mann mit jener Patina anmutiger Manieren, wie Leute in öffentlichen Ämtern sie mit den Jahren annehmen. Semenzato war Sproß einer alten venezianischen Familie, einer von mehreren Brüdern, die alle mit Antiquitäten, Kunst oder dem Handel mit diesen Dingen zu tun hatten.

Da Brett an der Ausstellung mitgearbeitet hatte, war es einleuchtend, daß sie sich mit Semenzato traf, wenn sie wieder in Venedig war. Nicht einleuchtend war hingegen, daß jemand zu so brutalen Mitteln griff, um dieses Treffen zu verhindern.

Eine Schwester mit einem Stapel Wäsche auf dem Arm kam, ohne anzuklopfen, herein und bat ihn hinauszugehen, solange sie die Patientin wusch und die Bettwäsche wechselte. Signora Petrelli war offenbar beim Krankenhauspersonal tätig geworden und hatte dafür gesorgt, daß die kleinen Umschläge, *bustarelle* genannt, in die richtigen Hände kamen. Ohne solche »Geschenke« würden in diesem Krankenhaus nicht einmal die einfachsten Dienste an Patienten geleistet, und selbst dann blieb es oft noch der Familie überlassen, die Kranken zu füttern und zu waschen.

Brunetti ging hinaus, stellte sich ans Fenster im Gang und schaute auf den Innenhof, der zu diesem ehemaligen Kloster aus dem fünfzehnten Jahrhundert gehörte. Gegenüber sah er den neuen Pavillon, der mit so großem öffentlichem Trara gebaut und eröffnet worden war – Nuklearmedizin, die fortschrittlichste Technologie, die in ganz Italien zu haben war, die berühmtesten Ärzte, ein neues Zeitalter im Gesundheitswesen für die exorbitant besteuerten Venezianer. Keine Kosten waren gescheut worden: das Gebäude ein architektonisches Wunder, seine hohen Marmorbögen eine moderne Ausgabe der graziösen Bogengänge, die vom Campo SS. Giovanni e Paolo ins Hauptgebäude führten.

Die Eröffnungsfeier hatte stattgefunden, es waren Reden gehalten worden, und die Presse war erschienen, aber genutzt worden war das Gebäude nie. Keine Abflußrohre. Keine Kanalisation. Und keiner, der die Verantwortung dafür übernahm. War es der Architekt, der vergessen hatte, sie in die Pläne einzuzeichnen, oder die Bauunternehmen, die sie nicht dort verlegt hatten, wo sie hingehörten? Sicher war nur, daß niemand dafür verantwortlich war und daß die Abflußrohre nachträglich verlegt werden mußten, mit enormen Kosten.

Brunettis Theorie war, daß es von Anfang an so geplant gewesen war, damit die Baufirmen nicht nur den Vertrag für den neuen Pavillon bekamen, sondern auch noch für den teilweisen Abriß dessen, was sie gebaut hatten, um die vergessenen Abflüsse zu verlegen.

Sollte man darüber lachen oder weinen? Das Gebäude war nach der Eröffnungsfeier, die keine Eröffnung war, nicht bewacht worden, worauf Vandalen eingebrochen waren und einige der Apparaturen demoliert hatten, so daß jetzt das Krankenhaus Wachmänner bezahlte, die in den leeren Korridoren patrouillierten, und die Patienten, denen die Untersuchungs- und Behandlungsmethoden zugute kommen sollten, an andere Krankenhäuser und Privatkliniken verwiesen oder auf Wartelisten gesetzt wurden. Er wußte nicht mehr, wie viele Milliarden Lire ausgegeben worden waren. Und dann mußte man das Pflegepersonal bestechen, damit es die Wäsche wechselte.

Plötzlich tauchte drüben im Hof Flavia Petrelli auf, und er sah sie nahezu gebieterisch über den freien Platz schreiten. Keiner erkannte sie, aber jeder Mann, an dem sie vorüberging, bemerkte sie. Sie hatte sich umgezogen und trug ein langes, purpurfarbenes Kleid, das beim Gehen von einer Seite zur anderen schwang. Über die Schulter hatte sie einen Pelz geworfen, aber nichts so Prosaisches wie Nerz. Wie er ihr so zusah, fiel ihm eine Szene aus einem Buch ein, in der beschrieben wurde, wie eine Frau ein Hotel betritt. So sicher fühlte sie sich in ihrer Wohlhabenheit und ihrer Stellung, daß sie ihren Nerz von der Schulter gleiten ließ, ohne hinzusehen, überzeugt, daß irgendein dienstbarer Geist ihn schon auffangen würde. Flavia Petrelli mußte solche Dinge nicht in Büchern nachlesen; sie besaß dieselbe vollkommene Sicherheit, was ihren Platz in der Weltordnung anging.

Er sah sie in einem der überdachten Treppenaufgänge zu den oberen Stockwerken verschwinden. Sie nahm, wie er feststellte, zwei Stufen auf einmal, eine Hast, die weder zu ihrem Kleid noch zu dem Pelz paßte.

Sekunden später tauchte sie am oberen Treppenende auf, und ihr Gesicht wurde starr, als sie ihn vor dem Zimmer stehen sah. »Was ist los?« fragte sie, während sie rasch auf ihn zukam.

»Nichts. Eine Schwester ist bei ihr.«

Sie ging an ihm vorbei und betrat, ohne anzuklopfen, das Zimmer. Wenige Minuten danach kam die Schwester mit einem Armvoll Bettzeug und einer Emailschüssel heraus. Er wartete noch ein paar Minuten, dann klopfte er und wurde hereingebeten.

Als er ins Zimmer kam, sah er, daß der obere Teil des Bettes etwas hochgestellt war und Brett halb saß, den Kopf von Kissen gestützt. Flavia stand neben ihr und hielt ihr die Tasse an die Lippen, während Brett durch den Strohhalm trank. Der Anblick des zerschundenen Gesichts war nicht mehr so schockierend, entweder weil Brunetti Zeit gehabt hatte, sich daran zu gewöhnen, oder weil er jetzt sehen konnte, daß ein Teil davon noch heil war.

Er bückte sich, nahm seine Aktentasche auf und trat ans Bett. Brett zog eine Hand unter der Decke hervor und schob sie in seine Richtung. Er umfaßte sie kurz mit der seinen. »Danke«, sagte sie.

»Ich komme morgen wieder, wenn ich darf.«

»Ja, bitte. Ich kann es jetzt nicht erklären, aber morgen.« Flavia wollte etwas einwenden, hielt sich aber dann zurück. Sie bedachte Brunetti mit einem Lächeln, das zuerst einstudiert wirkte, dann aber zu ihrer beider Erstaunen ganz natürlich wurde. »Danke, daß Sie gekommen sind«, sagte sie, wobei sie sich und ihn erneut mit der Aufrichtigkeit ihres Tons überraschte.

»Bis morgen dann«, sagte er und drückte noch einmal leicht Bretts Hand. Flavia blieb neben dem Bett stehen, als er aus dem Zimmer ging. Er nahm die Treppe, die sie heraufgekommen war, und bog unten links in den überdachten Portikus ein, der den offenen Hof an einer Seite begrenzte. Eine alte Frau in einem Soldatenmantel saß strickend in einem Rollstuhl an der Wand. Zu ihren Füßen stritten sich drei Katzen um eine tote Maus.

4

Auf dem Rückweg zur Questura ging Brunetti das Gesehene und Gehörte nicht aus dem Kopf. Sie würde gesunden, soviel wußte er; ihr Körper würde heilen und wieder sein, was er vorher gewesen war. Signora Petrelli glaubte, sie werde es überstehen, aber seine Erfahrung sagte ihm, daß die Nachwirkungen einer solchen Gewalttat länger anhalten würden, womöglich jahrelang, und sei es nur in Gestalt immer wiederkehrender Ängste. Aber vielleicht irrte er sich ja und Amerikaner waren da widerstandsfähiger als Italiener, und vielleicht würde sie unbeschadet daraus hervorgehen, aber er konnte seine Sorge um sie nicht unterdrücken.

Als er die Questura betrat, kam ein uniformierter Beamter auf ihn zu. »Dottor Patta sucht Sie, Commissario«, sagte er leise und in ganz neutralem Ton. Alle schienen hier leise und in neutralem Ton zu sprechen, wenn es um den Vice-Questore ging.

Brunetti dankte ihm und steuerte die hintere Treppe an, den schnellsten Weg zu seinem Büro. Das Telefon klingelte, als er eintrat. Er stellte seine Aktentasche auf den Schreibtisch und nahm den Hörer ab.

»Brunetti?« fragte Pattas Stimme unnötigerweise, bevor Brunetti sich noch melden konnte. »Sind Sie es?«

»Ja, Vice-Questore«, antwortete er, während er die Papiere durchblätterte, die sich im Laufe des Vormittags auf seinem Schreibtisch angesammelt hatten.

»Ich versuche Sie schon den ganzen Vormittag zu erreichen, Brunetti. Wir müssen eine Entscheidung wegen dieser Konferenz in Stresa treffen. Kommen Sie doch gleich mal zu mir herunter«, sagte er im Befehlston, den er dann mit einem sehr widerwilligen »bitte« abschwächte.

»Ja, Vice-Questore. Sofort.« Brunetti legte auf, sah die restlichen Papiere durch, öffnete einen Brief, den er zweimal las, und trat dann ans Fenster, um sich noch einmal den Bericht von dem Überfall auf Brett Lynch anzusehen, wonach er sich auf den Weg zu Pattas Büro machte.

Signorina Elettra war nicht an ihrem Arbeitsplatz, aber eine niedrige Vase voller gelber Fresien erfüllte das Zimmer mit einem Duft, der fast so süß war wie ihre persönliche Gegenwart.

Er klopfte und wartete. Auf ein gedämpftes »*Avanti*« hin trat er ein. Patta posierte im Ausschnitt eines der großen Fenster seines Zimmers und blickte auf die ewig eingerüstete Fassade von San Lorenzo hinaus. Das bißchen Licht, das hereinfiel, spiegelte sich auf den Glanzstellen an Pattas Körper: den Schuhspitzen, der Goldkette, die schräg über seiner Weste hing, und dem winzigen Rubin in seiner Krawattennadel. Er sah kurz zu Brunetti herüber und ging an seinen Schreibtisch. Während er das Zimmer durchquerte, fühlte Brunetti sich an Flavia Petrellis Gang über den Hof des Krankenhauses erinnert. Der Unterschied lag einzig darin, daß es ihr völlig gleichgültig war, welche Wirkung sie erzielte; für Patta war Wirkung der einzige Zweck jeder Bewegung. Der Vice-Questore nahm hinter seinem Schreibtisch Platz und bedeutete Brunetti mit einer Handbewegung, sich auf den Stuhl davor zu setzen.

»Wo waren Sie den ganzen Vormittag?« fragte Patta ohne Einleitung.

»Ich habe mich mit dem Opfer eines versuchten Raubüberfalls unterhalten«, erklärte Brunetti. Er drückte sich bewußt so ausweichend – und hoffentlich nichtssagend – wie möglich aus.

»Dafür haben wir die uniformierten Kollegen.«

Brunetti sagte nichts.

Patta wandte sich dem Naheliegenden zu und fragte: »Was ist mit der Konferenz in Stresa? Wer von uns nimmt teil?«

Vor zwei Wochen hatte Brunetti eine Einladung zu einer von Interpol organisierten Konferenz in Stresa am Lago Maggiore bekommen. Er wollte gern teilnehmen, weil dies eine Gelegenheit war, seine freundschaftlichen Beziehungen und Kontakte zu verschiedenen Leuten bei Interpol zu vertiefen, und weil im Programm eine Weiterbildung in den neuesten Computertechniken zum Speichern und Abrufen von Informationen angeboten wurde. Patta, der Stresa als einen beliebten Urlaubsort kannte, dessen Klima zur Flucht vor dem feuchtkalten venezianischen Winter einlud, hatte gemeint, er solle vielleicht besser selbst hinfahren. Da die Einladung jedoch an Brunetti persönlich gerichtet war und ihr eine handgeschriebene Notiz des Organisators beilag, war es Patta schwergefallen, Brunetti den freiwilligen Verzicht darauf schmackhaft zu machen. Und nur höchst widerstrebend hatte Patta es sich versagt, Brunetti die Teilnahme kurzerhand zu verbieten.

Brunetti schlug die Beine übereinander und zückte sein Notizbuch. Wie immer stand auf den Seiten nichts, was mit Polizeiarbeit zu tun hatte, aber wie immer merkte Patta das nicht. »Lassen Sie mich noch mal die Daten prüfen«, sagte Brunetti, während er herumblätterte. »Am sechzehnten, ja? Bis zum zwanzigsten?« Seine Pause war auf Wirkung bedacht, ganz im Einklang mit Pattas wachsender Ungeduld. »Ich bin mir nicht mehr sicher, ob ich in dieser Woche Zeit habe.«

»Von wann bis wann, sagten Sie?« Patta blätterte nun in seinem Schreibtischkalender. »Sechzehnter bis zwanzigster?« Seine Pause war noch mehr auf Wirkung abgestellt als zuvor Brunettis. »Also, wenn Sie nicht können, ich könnte es vielleicht einrichten. Allerdings müßte ich ein Treffen mit dem Innenminister verlegen, das wäre aber eventuell zu machen.«

»Vielleicht wäre es wirklich besser, Vice-Questore. Könnten Sie denn tatsächlich diese Zeit erübrigen?«

Pattas kurzer Blick war nicht zu entziffern. »Ja.«

»Dann wäre das also geregelt«, sagte Brunetti mit falscher Aufrichtigkeit.

Irgend etwas in Brunettis Ton, vielleicht auch nur seine Bereitwilligkeit, ließ bei Patta die Alarmglocken läuten. »Wo waren Sie heute vormittag?«

»Wie ich schon sagte, beim Opfer eines versuchten Raubüberfalls.«

»Welchem Opfer?« fragte Patta mißtrauisch.

»Eine Ausländerin, die hier lebt.«

»Was für eine Ausländerin?«

»Dottoressa Lynch«, antwortete Brunetti und beobachtete, wie der Name bei Patta ankam. Im ersten Moment blieb sein Gesicht ausdruckslos, aber dann verengten sich seine Augen, als er sich langsam erinnerte, wer das war. Brunetti konnte den genauen Moment feststellen, in dem Patta nicht nur einfiel, wer, sondern auch was sie war.

»Diese Lesbe«, murmelte er. »Was ist mit ihr?«

»Sie wurde in ihrer Wohnung zusammengeschlagen.«

»Von wem? Irgend so einem rabiaten Weibsstück, das sie in einer Lesbenbar aufgegabelt hat?« Als er sah, wie seine Worte auf Brunetti wirkten, mäßigte er seinen Ton ein wenig: »Was ist passiert?«

»Sie wurde von zwei Männern angegriffen«, erklärte Brunetti und fügte hinzu: »Von denen keiner lesbisch aussah. Sie liegt im Krankenhaus.«

Patta enthielt sich eines Kommentars und fragte statt dessen: »Haben Sie deswegen keine Zeit, an der Konferenz teilzunehmen?«

»Die Konferenz findet erst nächsten Monat statt, Vice-Questore. Ich habe noch ein paar Fälle in Arbeit.«

Patta schnaubte, um seine Ungläubigkeit auszudrücken, dann fragte er unvermittelt: »Was haben die mitgenommen?«

»Anscheinend nichts.«

»Wieso nicht? Wenn es ein Raubüberfall war.«

»Jemand hat sie davon abgehalten. Und ich weiß auch gar nicht, ob es ein Raubüberfall war.«

Patta ignorierte den zweiten Teil von Brunettis Satz und stürzte sich auf den ersten. »Wer hat sie abgehalten? Diese Sängerin?« wollte er wissen, und es klang so, als ob Flavia Petrelli für ein paar Münzen an Straßenecken sänge, nicht für hohe Gagen an der Scala.

Als Brunetti darauf nicht einging, fuhr Patta fort: »Natürlich war es ein Raubüberfall. Sie hat ein Vermögen in dieser Wohnung.«

Brunetti war nicht im geringsten überrascht von dem puren Neid in Pattas Stimme, seiner üblichen Reaktion auf anderer Leute Reichtum, wohl aber davon, daß sein Vorgesetzter ungefähr zu wissen schien, was sich in Bretts Wohnung befand. »Vielleicht«, sagte er.

»Da gibt es kein Vielleicht«, beharrte Patta. »Wenn es zwei Männer waren, dann war es ein Raubüberfall.«

Gaben Frauen sich demnach von Natur aus eher mit anderen Verbrechen ab? überlegte Brunetti.

Patta sah ihn an. »Das heißt, die Sache gehört ins Raubdezernat. Sollen die das machen. Wir sind hier kein Wohltätigkeitsverein, Commissario. Es ist nicht unsere Aufgabe, Ihren Freunden zu helfen, wenn sie in Schwierigkeiten geraten, schon gar nicht Ihren Lesbierinnen«, sagte er in einem Ton, der gleich ganze Heerscharen solcher Damen heraufbeschwor, als wäre Brunetti so etwas wie eine neuzeitliche Sankt Ursula mit elftausend jungen Frauen im Schlepp, alle jungfräulich, und alle lesbisch.

Brunetti hatte jahrelang Zeit gehabt, sich daran zu gewöhnen, daß vieles, was sein Vorgesetzter von sich gab, von Grund auf irrational war, aber manchmal konnte Patta ihn immer noch damit überraschen, wie verallgemeinernd und hitzig er seine schlimmsten Vorurteile an den Mann brachte. Was ihn wütend machte. »Wäre das dann alles?« fragte er.

»Ja, das wäre alles. Und denken Sie daran, es handelt sich um einen Raubüberfall, mit dem Sie nichts ...« Er unterbrach sich, weil das Telefon klingelte. Verärgert griff Patta nach dem Hörer und schrie in die Muschel: »Ich habe Ihnen doch gesagt, Sie sollen mir keine Gespräche durchstellen.«

Brunetti wartete, ob er jetzt den Hörer aufknallen würde, doch Patta preßte ihn statt dessen fester ans Ohr, und Brunetti sah Erschrecken in sein Gesicht treten.

»Ja, ja, natürlich bin ich zu sprechen«, sagte Patta. »Stellen Sie durch.«

Der Vice-Questore setzte sich etwas aufrechter hin und fuhr sich mit einer Hand durchs Haar, als glaubte er, der Anrufer könne ihn durch den Hörer sehen. Er lächelte, lächelte noch einmal, während er wartete, daß die Stimme am anderen Ende sich meldete. Brunetti hörte das ferne Grummeln einer Männerstimme, dann antwortete Patta: »Guten Morgen, Signore. Ja, danke, sehr gut. Und Ihnen?«

Etwas wie eine Antwort drang zu Brunetti durch. Er sah Patta nach einem Stift auf seinem Schreibtisch greifen, als hätte er den Mont Blanc Meisterstück in seiner Jackentasche vergessen. Er zog sich ein Blatt Papier heran. »Ja, ja, ich habe davon gehört. In diesem Moment habe ich darüber gesprochen.« Er hielt inne, und durch den Hörer tönten weitere Sätze, die bei Brunetti nur als undeutliches Gemurmel ankamen.

»Ja, Signore. Ich weiß. Es ist schrecklich. Ich war entsetzt, als ich davon hörte.« Wieder eine Pause, während am anderen Ende gesprochen wurde. Patta warf Brunetti einen raschen Blick zu und sah ebenso rasch wieder weg. »Ja, Signore. Einer meiner Leute war bereits bei ihr.« Ein Schwall heftiger Worte am anderen Ende. »Nein, Signore, natürlich nicht. Einer, der sie kennt. Ich habe ihm ausdrücklich gesagt, daß er sie nicht belästigen soll, nur sehen, wie es ihr geht, und mit ihren Ärzten sprechen. Natürlich, Signore. Das ist mir völlig klar.«

Patta klopfte mit seinem Stift rhythmisch auf die Schreibtischplatte. Er hörte zu. »Natürlich, natürlich, ich werde so viele Leute darauf ansetzen wie nötig. Wir kennen ihre Großzügigkeit gegenüber der Stadt.«

Er sah wieder zu Brunetti, dann auf den klopfenden Stift in seiner eigenen Hand und zwang sich, ihn wegzulegen. Lange hörte er zu, den Blick auf den Stift geheftet. Ein- oder zweimal versuchte er einen Einwurf, doch die ferne Stimme schnitt ihm das Wort ab. Die Hand fest um den Hörer gespannt, konnte Patta schließlich anbringen: »So bald wie möglich. Ich werde Sie persönlich auf dem laufenden halten, Signore. Ja, natürlich. Ja.« Es blieb ihm keine Zeit mehr für eine Abschiedsfloskel; die Stimme am anderen Ende war schon nicht mehr da.

Sanft legte er den Hörer auf und sah Brunetti an. »Das war, wie Sie wahrscheinlich mitbekommen haben, der Bürgermeister. Ich weiß nicht, wie er von der Geschichte erfahren hat, aber er wußte davon.« Das klang, als verdächtigte er Brunetti, im Bürgermeisteramt angerufen und eine anonyme Nachricht hinterlassen zu haben.

»Die Dottoressa«, begann er, wobei er den Titel in einer Weise aussprach, die Zweifel an der Qualität der Lehre in Harvard und Yale aufkommen ließ, wo Dottoressa Lynch ihre akademischen Grade erworben hatte, »die Dottoressa ist anscheinend mit ihm befreundet – und«, fügte er nach einer inhaltsschweren Pause hinzu, »zudem eine Wohltäterin der Stadt. Der Bürgermeister möchte darum, daß wir die Sache so schnell wie möglich untersuchen und erledigen.«

Brunetti schwieg, denn er wußte, wie gefährlich es jetzt für ihn wäre, irgendwelche Vorschläge zu machen. Er sah die Papiere auf Pattas Schreibtisch an, dann in das Gesicht seines Vorgesetzten.

»Woran arbeiten Sie gerade?« fragte Patta endlich, für Brunetti das Zeichen, daß er ihm den Fall übertragen wollte.

»An nichts, was nicht warten könnte.«

»Dann möchte ich, daß Sie sich der Sache annehmen.«

»Ja, Vice-Questore«, sagte Brunetti in der Hoffnung, daß Patta ihm jetzt keine speziellen Anweisungen erteilte.

Zu spät. »Gehen Sie in ihre Wohnung. Sehen Sie zu, was Sie dort herausfinden können. Reden Sie mit den Nachbarn.«

»Sehr wohl«, sagte Brunetti und stand auf, um ihn möglichst zum Schweigen zu bringen.

»Halten Sie mich auf dem laufenden, Brunetti.«

»Ja, Vice-Questore.«

»Ich will die Sache schnell erledigt haben, Brunetti. Die Frau ist mit dem Bürgermeister befreundet.« Und wie Brunetti wußte, waren Freunde des Bürgermeisters auch Pattas Freunde.

5

Als Brunetti wieder in seinem Büro war, telefonierte er nach Vianello. Kurz darauf trat der Sergente ein und ließ sich schwerfällig auf dem Stuhl vor Brunettis Schreibtisch nieder. Er holte ein kleines Notizbuch aus seiner Uniformtasche und sah seinen Vorgesetzten fragend an.

»Was wissen Sie über Gorillas, Vianello?«

Der Sergente überlegte einen Augenblick und fragte dann unnötigerweise: »Die im Zoo oder die anderen, die dafür bezahlt werden, daß sie zuschlagen?«

»Die bezahlten.«

Vianello ging im Geiste eine Liste durch, die er offenbar im Kopf hatte. »Ich glaube nicht, daß wir hier in der Stadt welche haben, Commissario. Aber in Mestre gibt es vier oder fünf, meist aus dem Süden.« Er hielt kurz inne, um weitere unsichtbare Listen zu durchforsten. »Ich habe gehört, daß es in Padua einige geben soll, und in Treviso oder Pordenone arbeiten angeblich auch welche, aber das sind Provinzler. Die echten sind die in Mestre. Gibt es hier bei uns Ärger mit ihnen?«

Da die uniformierten Kollegen die bisherigen Ermittlungen durchgeführt und auch Flavia vernommen hatten, ging Brunetti davon aus, daß Vianello von dem Überfall wußte. »Ich habe heute vormittag mit Dottoressa Lynch gesprochen. Die Männer, die sie zusammengeschlagen haben, wollten verhindern, daß sie zu einem Treffen mit Dottor Semenzato ging.«

»Vom Museum?« fragte Vianello.

»Ja.«

Vianello dachte einen Augenblick darüber nach. »Dann war es also kein Raubüberfall?«

»Nein, offenbar nicht. Jemand hat sie davon abgehalten.«

»Signora Petrelli?« fragte Vianello.

Das Schweizer Bankgeheimnis würde in Venedig keinen Tag halten. »Ja. Sie konnte sie vertreiben. Aber anscheinend waren sie nicht daran interessiert, irgend etwas mitgehen zu lassen.«

»Kurzsichtig von ihnen. Die Wohnung bietet sich ja geradezu an für Einbrüche.«

Diese Bemerkung gab Brunetti den Rest. »Woher wissen Sie das, Vianello?«

»Die Nachbarin meiner Schwägerin ist ihre Putzfrau. Dreimal die Woche putzt sie dort, und wenn die Dottoressa in China ist, kümmert sie sich um die Wohnung. Sie hat gesagt, was da drin ist, muß ein Vermögen wert sein.«

»Ein bißchen leichtsinnig, derartiges über eine Wohnung zu verbreiten, die so oft leer steht, finden Sie nicht?« meinte Brunetti ernst.

»Genau das habe ich ihr auch gesagt, Commissario.«

»Ich hoffe, sie hat es sich zu Herzen genommen.«

»Das hoffe ich auch.«

Nachdem der indirekte Verweis seine Wirkung verfehlt hatte, kam Brunetti auf die Gorillas zurück. »Fragen Sie noch mal in den Krankenhäusern nach, ob sich der eine, den sie verletzt hat, irgendwo gemeldet hat. Sie muß ihm eine ganz schöne Wunde verpaßt haben. Was ist mit den Fingerabdrücken auf dem Umschlag?«

Vianello sah von seinen Notizen hoch. »Ich habe Kopien nach Rom geschickt und gebeten, uns wissen zu lassen, ob sie etwas dazu sagen können.« Sie wußten beide, wie lange das dauern konnte.

»Versuchen Sie es auch bei Interpol.«

Vianello nickte und fügte seinen Notizen einen Namen hinzu. »Was ist mit Semenzato?« fragte er dann. »Worum ging es bei dem geplanten Treffen?«

»Ich weiß es nicht. Keramiken wahrscheinlich, aber sie war zu sehr mit Schmerzmitteln vollgestopft, um eine klare Aussage zu machen. Wissen Sie etwas über ihn?«

»Nicht mehr als jeder hier in der Stadt, Commissario. Er ist seit etwa sieben Jahren am Museum. Verheiratet, die Frau stammt aus Messina, glaube ich. Oder sonst irgendwo aus Sizilien. Keine Kinder. Gute Familie, und sein Ruf am Museum ist auch gut.«

Brunetti machte sich erst gar nicht die Mühe, Vianello zu fragen, wie er an diese Informationen gekommen war, denn das Archiv an persönlichen Daten, das der Sergente im Lauf seiner Dienstjahre angelegt hatte, konnte ihn inzwischen nicht mehr überraschen. Statt dessen sagte er: »Sehen Sie zu, was Sie über ihn in Erfahrung bringen können. Wo er früher gearbeitet hat und warum er dort weggegangen ist, wo er studiert hat.«

»Wollen Sie mit ihm sprechen, Commissario?«

Brunetti überlegte kurz. »Nein. Wenn der Mensch, der diese Leute geschickt hat, ihr Angst einjagen wollte, soll er ruhig glauben, daß es ihm gelungen ist. Aber ich will wissen, was es über ihn in Erfahrung zu bringen gibt. Und erkundigen Sie sich nach diesen Gorillas in Mestre, ja?«

»Ja, Commissario«, antwortete Vianello und notierte sich das. »Haben Sie die Dottoressa gefragt, ob sie sich an den Akzent der Männer erinnert?«

Daran hatte Brunetti auch schon gedacht, aber er hatte bei Brett zu wenig Zeit gehabt. Ihr Italienisch war perfekt, so daß der Akzent der Männer ihr wahrscheinlich etwas darüber gesagt hatte, aus welchem Teil des Landes sie kamen. »Ich werde sie morgen fragen.«

»Inzwischen sehe ich mal zu, was ich über die Männer in Mestre herausbekommen kann«, sagte Vianello. Damit erhob er sich ächzend von dem Stuhl und ging.

Brunetti schob seinen Stuhl zurück, zog mit der Fußspitze die unterste Schublade seines Schreibtischs auf und legte die Füße über Kreuz darauf. Er lehnte sich weit zurück, verschränkte die Hände hinter dem Kopf, drehte sich um und sah aus dem Fenster. Aus diesem Winkel war die Fassade von San Lorenzo nicht zu sehen, aber dafür ein Stück bewölkter Spätwinterhimmel, der ihn vielleicht inspirieren konnte.

Sie hatte etwas über die Keramiken in der Ausstellung gesagt, und das konnte sich nur auf die Ausstellung beziehen, an deren Einrichtung sie vor vier oder fünf Jahren beteiligt gewesen war und bei der westliche Museumsbesucher zum erstenmal in neuerer Zeit die Wunder hatten sehen können, die derzeit in China ausgegraben wurden. Und in China hatte er auch Brett vermutet.

Ihr Name in dem Protokoll hatte ihn überrascht, ihr mißhandeltes Gesicht im Krankenhaus ihn schockiert. Seit wann war sie wieder hier? Wie lange wollte sie bleiben? Und warum war sie in Venedig? Flavia Petrelli würde ihm vielleicht einige dieser Fragen beantworten können; sie mochte selbst die Antwort auf einige davon sein. Aber das hatte Zeit. Im Augenblick interessierte er sich mehr für Dottor Semenzato.

Unvermittelt ließ er seinen Stuhl nach vorn kippen, griff zum Telefon und wählte aus dem Gedächtnis eine Nummer.

»*Allô?*« meldete sich die bekannte, tiefe Stimme.

»*Ciao, Lele*«, antwortete Brunetti. »Warum bist du nicht unterwegs und malst?«

»*Ciao, Guido, come stai?*« Und ohne auf eine Antwort zu warten, erklärte er: »Zuwenig Licht. Ich war heute morgen an der Fondamenta delle Zattere, bin aber unverrichteter Dinge zurückgekommen. Das Licht ist flach, tot. Da habe ich lieber Mittagessen für Claudia gemacht.«

»Wie geht es ihr?«

»Danke, gut. Und Paola?«

»Gut. Den Kindern auch. Hör mal, Lele, ich möchte gern mit dir reden. Hast du heute nachmittag etwas Zeit für mich?«

»Nur so reden, oder als Polizist?«

»Als Polizist, leider. Glaube ich wenigstens.«

»Ich bin ab drei in der Galerie, wenn du vorbeikommen willst. Bis gegen fünf.« Im Hintergrund hörte Brunetti ein Zischen und ein gemurmeltes *puttana Eva,* dann sagte Lele: »Guido, ich muß Schluß machen. Die Pasta kocht über.« Brunetti hatte kaum noch Zeit, sich zu verabschieden, bevor der Hörer aufgelegt wurde.

Wenn jemand ihm etwas über Semenzatos Ruf sagen konnte, dann Lele. Gabriele Cossato, Maler, Antiquitätenhändler, Liebhaber schöner Dinge, war ebensosehr ein Teil Venedigs wie die vier Tetrarchen, die auf ewig plaudernd rechts an der Fassade von San Marco standen. So lange Brunetti zurückdenken konnte, hatte es Lele gegeben. Wenn Brunetti an seine Kindheit dachte, erinnerte er sich an Lele, einen Freund seines Vaters, und an die Geschichten, die sogar ihm erzählt wurden, denn er war ein Junge, und man erwartete, daß er sie verstand, Geschichten über Lele und seine endlose Folge von *donne, signore, ragazze,* mit denen er am Tisch der Brunettis aufzukreuzen pflegte. Die Frauen waren inzwischen alle fort, vergessen über der Liebe zu seiner langjährigen Ehefrau, aber seine Leidenschaft für die Schönheit der Stadt war geblieben, das und seine schier grenzenlose Vertrautheit mit der Welt der Kunst und allem, was damit zusammenhing: Antiquitäten und Händler, Museen und Galerien.

Brunetti beschloß, zum Mittagessen nach Hause und dann direkt von dort aus zu Lele zu gehen. Aber da fiel ihm ein, daß Dienstag war und Paola mit den Kollegen der Fakultät in der Universität aß, was wiederum hieß, daß die Kinder bei den Großeltern essen würden und er für sich allein kochen und essen müßte. Um das zu vermeiden, ging er in eine Trattoria und dachte beim Essen darüber nach, was an einem Treffen zwischen einer Archäologin und einem Museumsdirektor so wichtig sein konnte, daß man es mit derartiger Brutalität zu verhindern suchte.

Kurz nach drei ging er über die Accademiabrücke und wandte sich nach links zum Campo San Vio, hinter dem Leles Galerie lag. Als Brunetti ankam, fand er den Künstler auf einer Leiter sitzend, in der einen Hand eine Taschenlampe, in der anderen eine isolierte Kombizange, mit der er an einem spaghettiähnlichen Gewirr aus Drähten in einer vertäfelten Nische über der Tür zu seinem Hinterzimmer herumwerkelte. Brunetti war so daran gewöhnt, Lele in seinen dreiteiligen Nadelstreifenanzügen zu sehen, daß er diesen Anblick selbst in der jetzigen Position hoch oben auf einer Leiter nicht komisch fand. Lele schaute herunter und begrüßte ihn: »*Ciao, Guido.* Einen Moment noch, bis ich diese Drähte hier verbunden habe.« Er legte die Taschenlampe auf die oberste Leitersprosse, entfernte die Plastikisolierung von einem Draht und verband das blanke Ende mit einem zweiten. Dann zog er aus seiner Hosentasche eine dicke Rolle schwarzes Isolierband und umwickelte das Ganze damit. Schließlich drückte er mit der Zange den Draht wieder zwischen die anderen. Dann sagte er mit einem Blick nach unten zu Brunetti: »Guido, geh doch bitte mal ins Lager und schalte den Strom wieder ein.«

Brunetti ging in den großen Lagerraum zur Rechten und blieb kurz an der Tür stehen, bis seine Augen sich an die Dunkelheit gewöhnt hatten.

»Gleich links«, rief Lele.

Brunetti drehte sich um und sah den großen Sicherungskasten an der Wand. Er drückte den Hauptschalter hinunter, und der Lagerraum war plötzlich von Licht erfüllt. Er wartete wieder, diesmal darauf, daß seine Augen sich an die Helligkeit gewöhnten, bevor er in den Hauptraum der Galerie zurückging.

Lele war schon von der Leiter heruntergestiegen, die Öffnung über ihm war geschlossen. »Halt mir mal die Tür auf«, sagte er, als er mit seiner Leiter auf Brunetti zukam. Rasch verstaute er sie in dem hinteren Raum und war gleich darauf zurück, wobei er sich den Staub von den Händen wischte.

»*Pantegane*«, sagte er, das venezianische Wort für Ratten, das als Bezeichnung zwar eindeutig war, den Tierchen aber doch etwas Charmantes, Häusliches verlieh. »Sie fressen die Isolierung von den Kabeln.«

»Kannst du sie nicht vergiften?« fragte Brunetti.

»Ach«, schnaubte Lele. »Das Gift mögen sie noch lieber als Plastik. Sie gedeihen prächtig davon. Ich kann im Lager nicht einmal mehr Bilder aufbewahren; sie kommen und fressen die Leinwände. Oder das Holz.«

Unwillkürlich sah Brunetti zu den Bildern an den Wänden der Galerie, Szenen aus der Stadt in leuchtenden Farben, voller Licht und erfüllt von Leles Energie.

»Nein, die sind sicher. Hängen zu hoch. Aber ich warte nur darauf, daß ich eines Tages hereinkomme und feststelle, daß die kleinen Mistviecher sich nachts die Leiter aufgestellt und alle Bilder vertilgt haben.« Daß Lele dabei lachte, ließ seine Worte nicht weniger ernst klingen. Er legte Zange und Isolierband in eine Schublade und wandte sich Brunetti zu. »Also dann, was ist das für ein Gespräch, das du, leider als Polizist, mit mir führen mußt?«

»Semenzato, der Museumsdirektor, und die chinesische Ausstellung, die wir vor einigen Jahren hier hatten«, erklärte Brunetti.

Lele grunzte, ging durch den Raum und stellte sich unter einen schmiedeeisernen Wandleuchter. Er griff nach oben und bog einen der blattförmigen Arme etwas nach links, trat mit einem prüfenden Blick zurück und reckte sich wieder, um noch eine winzige Korrektur vorzunehmen. Zufrieden kam er zu Brunetti zurück. »Er ist seit etwa acht Jahren am Museum, unser Semenzato, und es ist ihm gelungen, eine Reihe internationaler Ausstellungen nach Venedig zu bekommen. Das heißt, er hat gute Beziehungen zu Museen in anderen Ländern und kennt viele Leute.«

»Noch etwas?« fragte Brunetti in neutralem Ton.

»Er ist ein guter Administrator. Hat ein paar hervorragende Leute engagiert und nach Venedig gebracht. Zwei Restauratoren hat er dem Courtauld mehr oder weniger abgeluchst, und er hat sich viel Neues einfallen lassen, um die Ausstellungen der Öffentlichkeit nahezubringen.«

»Ja, das ist mir aufgefallen.« Manchmal hatte Brunetti das Gefühl, Venedig werde zu einer Hure gemacht, die sich zwischen verschiedenen Freiern zu entscheiden hatte: Zuerst bekam die Stadt als Blickfang einen phönizischen Glasohrring verpaßt, tausendfach als Poster reproduziert, das nur allzu rasch durch ein Tizian-Portrait ersetzt wurde, dieses wurde wiederum von Andy Warhol vertrieben, den dann schnell ein silberner keltischer Hirsch ersetzte. Die Museen beklebten jede freie Fläche in der Stadt und buhlten mit allen Mitteln um die Aufmerksamkeit und die Eintrittsgelder der durchreisenden Touristen. Was kam wohl als nächstes? Leonardo-T-Shirts? Nein, die gab es bereits in Florenz. Er hatte jedenfalls schon so viele Ausstellungsplakate gesehen, daß es ihm für ein ganzes Leben in der Hölle reichte.

»Kennst du ihn?« fragte Brunetti, denn das konnte vielleicht der Grund für Leles untypische Objektivität sein.

»Wir sind uns nur ein paarmal begegnet.«

»Wo?«

»Das Museum hat mich einige Male um meine Meinung zu Fayencen gebeten, die ihm angeboten wurden. Ob ich sie für echt hielt oder nicht.«

»Und dabei hast du ihn kennengelernt?«

»Ja.«

»Was für einen Eindruck hattest du von ihm?«

»Er schien mir ein sehr angenehmer, kompetenter Mann zu sein.«

Brunetti hatte genug. »Komm schon, Lele, das ist hier ganz inoffiziell. Ich bin's, Guido, nicht Commissario Brunetti. Ich will wissen, was du von ihm hältst.«

Lele blickte auf die Tischplatte, rückte eine Keramikschale ein paar Millimeter nach links, sah zu Brunetti auf und sagte: »Ich glaube, seine Augen sind käuflich.«

»Was?« entfuhr es Brunetti.

»Na, wie bei Berenson. Sieh mal, man wird Experte für irgend etwas, und dann kommen die Leute zu einem und fragen, ob ein Stück echt ist oder nicht. Und weil man etwas Jahre oder vielleicht sogar ein ganzes Leben lang genau studiert hat, etwa einen Maler oder Bildhauer, glauben sie einem, wenn man sagt, daß etwas echt ist oder nicht.«

Brunetti nickte. In Italien wimmelte es von Experten; und einige von ihnen wußten sogar, wovon sie redeten. »Wieso Berenson?«

»Er hat offenbar seine Augen verkauft. Galeriebesitzer oder Privatsammler baten ihn, irgendwelche Stücke zu begutachten, und manchmal sagte er, sie seien echt, aber dann stellte sich später heraus, daß sie es nicht waren.« Brunetti wollte eine Frage einwerfen, aber Lele ließ ihn nicht zu Wort kommen. »Nein, frag gar nicht erst, ob das nicht ein gutgläubiger Irrtum hätte sein können. Es gibt Beweise, daß er sich hat bezahlen lassen, insbesondere von Duveen, und daß er am Erlös beteiligt war. Duveen hatte viele reiche amerikanische Kunden; du kennst ja die Sorte. Sie machen sich nicht die Mühe, etwas über Kunst zu lernen, wahrscheinlich bedeutet sie ihnen nicht einmal etwas, aber sie wollen, daß man sie als die Besitzer kennt. Also hat Duveen ihre Wünsche und ihr Geld mit Berensons Sachkenntnis und gutem Ruf zusammengebracht, und alle waren zufrieden – die Amerikaner mit ihren Bildern, alle eindeutig beglaubigt, Duveen mit dem Profit aus seinen Verkäufen, und Berenson sowohl mit seinem Ruf als auch mit seinem Anteil.«

Brunetti ließ einen Moment verstreichen, bevor er fragte: »Und Semenzato macht das auch?«

»Ich weiß es nicht genau. Aber von den letzten vier Stücken, die ich begutachten sollte, waren zwei Imitationen.« Er dachte kurz nach und fügte dann widerwillig hinzu: »Gute Imitationen, aber eben doch Imitationen.«

»Woran hast du das gemerkt?«

Lele sah ihn an, als hätte Brunetti ihn gefragt, woher er wuß-

te, daß eine bestimmte Blume eine Rose und keine Iris war. »Ich habe sie mir angesehen«, erklärte er schlicht.
»Hast du sie überzeugt?«
Lele überlegte kurz, ob er beleidigt sein sollte, aber dann fiel ihm ein, daß Brunetti schließlich nur ein Polizist war.
»Die Kuratoren haben beschlossen, die Stücke nicht zu erwerben.«
»Und wer hatte sie erwerben wollen?« Brunetti kannte die Antwort schon.
»Semenzato.«
»Und wer hat sie ihm angeboten?«
»Das haben wir nie erfahren. Semenzato sagte, es sei ein Privatverkauf, er sei von einem Händler angesprochen worden, der die Stücke im Auftrag verkaufen wollte, zwei Teller, angeblich florentinisch, vierzehntes Jahrhundert, und zwei venezianische. Die letzteren beiden waren echt.«
»Alle aus derselben Quelle?«
»Ich glaube, ja.«
»Könnte es sein, daß sie gestohlen waren?« wollte Brunetti wissen.
Lele dachte eine Weile nach, bevor er antwortete. »Vielleicht. Aber bei so bedeutenden Stücken weiß man, wenn sie echt sind, Bescheid. Alle Weiterverkäufe werden festgehalten, und wer sich mit Fayencen auskennt, weiß ziemlich genau, wer die besten Stücke besitzt oder wo sie verkauft werden. Aber diese Frage stellte sich bei den florentinischen Stücken nicht, sie waren ja gefälscht.«
»Wie hat Semenzato reagiert, als du sagtest, sie seien falsch?«
»Oh, er war sehr froh, daß ich es bemerkt und das Museum vor einer peinlichen Erwerbung bewahrt hatte. So hat er's genannt – ›eine peinliche Erwerbung‹ –, als ob es völlig in Ordnung sei, daß der Händler ihm Fälschungen anzudrehen versucht.«
»Hast du darüber etwas zu ihm gesagt?« fragte Brunetti.

Lele zuckte die Achseln, eine Gebärde, in der Jahrhunderte, vielleicht Jahrtausende Überlebenskampf lagen. »Ich hatte nicht das Gefühl, daß er das hören wollte.«

»Und wie ging es weiter?«

»Er hat gesagt, er werde die Stücke dem Händler zurückgeben und ihm sagen, das Museum sei am Erwerb dieser beiden Teller nicht interessiert.«

»Und die anderen?«

»Die hat das Museum gekauft.«

»Vom selben Händler?«

»Ja, ich glaube schon.«

»Hast du gefragt, wer das war?«

Diese Frage trug Brunetti wieder einen dieser Blicke ein. »So etwas fragt man nicht«, erklärte Lele.

Brunetti kannte Lele schon sein Leben lang, darum fragte er jetzt: »Haben die Kuratoren es dir gesagt?«

Lele lachte lauthals vor Vergnügen über die Leichtigkeit, mit der Brunetti ihn vom hohen Roß herunterholte. »Ich habe einen von ihnen gefragt, aber sie hatten keine Ahnung. Semenzato hatte den Namen nie erwähnt.«

»Woher wußte er, daß der Verkäufer nicht versuchen würde, die Stücke, die er zurückbekam, erneut zu verkaufen, an ein anderes Museum oder einen Privatsammler?«

Lele setzte sein schiefes Lächeln auf, bei dem sich der eine Mundwinkel nach unten, der andere nach oben verzog, ein Lächeln, das für Brunetti immer der treffendste Ausdruck des italienischen Charakters gewesen war; nie ganz finster, nie ganz heiter, aber jederzeit bereit, von dem einen auf das andere umzuschalten. »Ich habe keinen Sinn darin gesehen, ihn darauf aufmerksam zu machen.«

»Warum nicht?«

»Ich hatte nie den Eindruck, daß er ein Mensch ist, der sich gern etwas fragen oder sagen läßt.«

»Aber du solltest die Teller begutachten.«

Wieder dieses Grinsen. »Das waren die Kuratoren. Darum meine ich ja, er läßt sich nicht gern etwas sagen. Er hat nicht gern von mir gehört, die Stücke seien nicht echt. Er war höflich und hat mir für meine Hilfe gedankt, das Museum müsse mir dafür dankbar sein, meinte er. Aber gern gehört hat er es nicht.«

»Interessant, oder?« fragte Brunetti.

»Sehr«, stimmte Lele zu, »besonders bei einem Mann, dessen Aufgabe es ist, die Bestände des Museums sauberzuhalten. Und«, fügte er hinzu, »dafür zu sorgen, daß Fälschungen nicht auf dem Markt bleiben.« Er ging an Brunetti vorbei durch den Raum, um an der gegenüberliegenden Wand ein Bild geradezurücken.

»Gibt es sonst noch etwas über ihn zu wissen?« fragte Brunetti.

Lele stand abgewandt, den Blick auf seinem eigenen Gemälde. »Ich denke«, antwortete er, »es gibt wahrscheinlich noch viel mehr, was du über ihn wissen solltest.«

»Zum Beispiel?«

Lele kam wieder zu ihm zurück und sah sich das Bild aus größerer Entfernung an. Er schien zufrieden mit seiner Korrektur oder was er sonst daran gemacht hatte. »Nichts Bestimmtes. Er ist hier in der Stadt sehr geachtet und hat viele Freunde in hohen Positionen.«

»Was meinst du dann?«

»Guido, unsere Welt ist klein«, begann Lele, dann hielt er wieder inne.

»Meinst du Venedig oder die Welt derer, die mit Antiquitäten handeln?«

»Beide, aber vor allem die unsere. Es gibt in der Stadt nur fünf bis zehn, die wirklich zählen: mein Bruder, Bortoluzzi, Ravanello. Und das meiste, was wir machen, bleibt in Hinweisen und Andeutungen versteckt, die so fein sind, daß niemand außer uns sie versteht.« Er sah, daß Brunetti nicht ganz mitkam, und versuchte es ihm zu erklären. »Letzte Woche hat mir jemand eine buntbemalte Madonnenfigur mit dem schlafenden Jesuskind auf dem Schoß gezeigt. Einwandfrei fünfzehntes Jahrhundert. Toskanisch. Aber der Händler hob das Jesuskind hoch – es war separat geschnitzt – und deutete auf den Rücken, wo man ganz schwach zwei übermalte Stellen erkennen konnte.« Er wartete auf Brunettis Reaktion.

Als keine kam, fuhr er fort: »Das hieß, es war ein Engel, kein Jesuskind. An den übermalten Stellen waren die Flügel gewesen, man hatte sie entfernt, weiß der Himmel wann, und die Stellen übermalt, damit das Ganze aussah wie ein Jesuskind.«

»Warum?«

»Weil es immer mehr Engel gegeben hat als Jesuskinder. Und durch das Entfernen der Flügel wurde er ...« Lele verstummte.

»Befördert?« fragte Brunetti.

Leles Lachen erfüllte die Galerie. »Ja, genau. Er wurde zum Jesuskind befördert, und die Beförderung bedeutete, daß er beim Verkauf viel mehr Geld einbringen würde.«

»Aber der Händler hat es dir gezeigt.«

»Das meine ich ja, Guido. Er hat es mir gesagt, indem er es nicht sagte, sondern mir nur die übermalte Stelle zeigte, und das hätte er bei jedem von uns getan.«

»Aber nicht bei einem Laufkunden?« mutmaßte Brunetti.

»Vielleicht nicht«, bestätigte Lele. »Die Stelle war so gut übermalt, daß nur wenige etwas bemerkt hätten. Oder wenn doch, dann hätten sie noch lange nicht gewußt, was es bedeutet.«

»Hättest du es gemerkt?«

Lele nickte rasch. »Letzten Endes ja. Ich hätte es gemerkt, wenn ich das Stück mitgenommen und in meine Wohnung gestellt hätte.«

»Aber der Laufkunde nicht?«

»Nein, wahrscheinlich nicht.«

»Warum hat er es dir dann gezeigt?«

»Weil er dachte, ich würde es vielleicht trotzdem kaufen wollen. Und weil es für uns wichtig ist zu wissen, daß wir uns gegenseitig nicht belügen oder betrügen oder versuchen, ein Stück als etwas weiterzugeben, was es nicht ist.«

»Steckt darin eine Moral, Lele?« fragte Brunetti mit einem Lächeln. Seit seiner Kindheit hatte er in vielem, was Lele ihm erzählt hatte, eine versteckte Moral entdeckt.

»Ich bin nicht sicher, ob man es eine Moral nennen kann, Guido, aber Semenzato gehört nicht zum Club. Er ist keiner von uns.«

»Und wer hat das entschieden, er oder ihr?«

»Ich glaube nicht, daß jemand es wirklich irgendwann entschieden hat. Und mit Bestimmtheit habe ich nie direkt etwas über ihn gehört.« Lele, ein Mann des Bildes, nicht des Wortes, blickte aus dem großen Fenster der Galerie und betrachtete die Lichtmuster auf dem Kanal. »Es ist eher so, daß er nie als einer von uns angesehen wurde, als daß er bewußt ausgeschlossen worden wäre.«

»Wer weiß das sonst noch?«

»Du bist der erste, dem ich das mit den Fayencen erzählt habe. Und ich bin nicht sicher, ob man von irgend jemandem sagen kann, er ›wüßte‹ das, jedenfalls nicht so, daß er es aussprechen könnte. Es ist einfach ein allgemeines Einverständnis.«

»In bezug auf ihn?«

Lachend sagte Lele: »In bezug auf die meisten Antiquitätenhändler im Land, wenn du es genau wissen willst.« Und etwas ernster fügte er hinzu: »Aber ja, auch in bezug auf ihn.«

»Nicht die beste Empfehlung für den Direktor eines der führenden Museen in Italien, wie?« fragte Brunetti. »Da hätte man doch Bedenken, eine bemalte Madonna von ihm zu kaufen.«

Unter neuem Lachen meinte Lele: »Du solltest mal die anderen kennenlernen. Von den meisten würde ich nicht mal eine Haarbürste aus Plastik kaufen.« Beide mußten darüber erst einmal lachen, aber dann fragte Lele, jetzt ganz ernst: »Warum interessierst du dich für ihn?«

Brunettis Diensteid verbot ihm unter anderem, jemals polizeiliche Informationen an Unbefugte weiterzugeben.« »Jemand will verhindern, daß er über die China-Ausstellung vor einigen Jahren spricht.«

»Hmm?« machte Lele, was hieß, daß er Näheres wissen wollte.

»Die Person, die diese Ausstellung damals arrangiert hat, sollte sich mit ihm treffen, wurde aber vorher zusammengeschlagen, brutal zusammengeschlagen, verbunden mit der Aufforderung, nicht hinzugehen.«

»Dottoressa Lynch?« fragte Lele.

Brunetti nickte.

»Hast du schon mit Semenzato gesprochen?« wollte Lele wissen.

»Nein, ich will nicht die Aufmerksamkeit auf ihn lenken. Die sollen ruhig glauben, daß ihre Warnung Erfolg hatte.«

Lele nickte und fuhr sich mit der Hand leicht über die Lippen, wie er es immer tat, wenn er über einem Problem brütete.

»Könntest du dich ein bißchen umhören, Lele? Ob über ihn geredet wird.«

»Woran denkst du?«

»Ich weiß nicht recht. Schulden vielleicht. Frauen. Vielleicht kannst du herausbekommen, wer dieser Händler war oder was er sonst für Leute kennt, die in dem Gewerbe ...« Er ließ den Satz unbeendet, weil er nicht recht wußte, wie er es bezeichnen sollte.

»Er kennt von Berufs wegen jeden in der Branche.«

»Das weiß ich. Aber ich will wissen, ob er in etwas Illegales verwickelt ist.« Als Lele nicht antwortete, sagte Brunetti: »Ich bin mir nicht einmal sicher, was das bedeutet, und ich bin auch nicht sicher, ob du es herausbekommen kannst.«

»Ich bekomme alles heraus«, meinte Lele ruhig; es war eine nüchterne Feststellung, keine Angeberei. Er schwieg eine Weile und fuhr sich weiter mit der Hand über die geschlossenen Lippen. Schließlich ließ er die Hand sinken und sagte: »Gut. Ich kenne ein paar Leute, die ich fragen kann, aber ich brauche einen oder zwei Tage Zeit. Einer, mit dem ich sprechen muß, ist in Burma. Ich rufe dich Ende der Woche an. Reicht dir das?«

»Hervorragend, Lele. Ich weiß nicht, wie ich dir danken soll.«

Der Maler winkte ab. »Danke mir erst, wenn ich etwas herausgefunden habe.«

»Sofern es etwas herauszufinden gibt«, ergänzte Brunetti, wie um etwas von der Antipathie wegzunehmen, die er bei Lele gegenüber dem Museumsdirektor gespürt hatte.

»Etwas gibt es immer.«

6

Als er aus Leles Galerie kam, bog er nach links in die *calle*, die zu der langen, offenen Fondamenta delle Zattere am Canale della Giudecca führte. Übers Wasser sah er die Kirchen Le Zitelle und weiter drüben Il Redentore mit ihren hoch aufragenden Kuppeln liegen. Von Osten wehte ein scharfer Wind, der den Wellen Schaumkrönchen aufsetzte und die Vaporetti herumtanzen ließ wie Spielzeug in einer Badewanne. Selbst aus der Entfernung hörte er das Donnern, als eines der Boote gegen den Anleger krachte, sah es sich aufbäumen und an seiner Vertäuung zerren. Er schlug den Kragen hoch und ließ sich vom Wind schieben, wobei er sich rechts, dicht an den Gebäuden hielt, um der Gischt auszuweichen, die von der Mauer hochsprühte. Il Cucciolo, die Uferbar, in der Paola und er in den ersten Wochen ihrer Bekanntschaft so viele Stunden gesessen hatten, war geöffnet, die große hölzerne Plattform auf dem Wasser davor leer, alle Tische, Stühle und Sonnenschirme waren verschwunden. Für Brunetti war es das erste richtige Anzeichen des Frühlings, wenn diese Tische und Stühle nach ihrem Winterschlaf wieder zum Vorschein kamen. Heute ließ dieser Gedanke ihn frösteln. Die Bar hatte zwar geöffnet, aber er machte einen Bogen darum, denn die Ober hier waren die ungezogensten in der ganzen Stadt, und man konnte ihre arrogante Langsamkeit nur im Tausch gegen Mußestunden in der Sonne ertragen.

Hundert Meter weiter, hinter der Gesuati-Kirche, zog er die Glastür auf und schlüpfte in die willkommene Wärme von Nicos Bar. Er stampfte ein paarmal mit den Füßen auf den Boden, knöpfte seinen Mantel auf und ging an den Tresen. Er bestellte sich einen Grog und sah zu, wie der Ober ein Glas unter die Espressomaschine hielt und daraus einen Dampfstrahl schießen ließ, der rasch zu kochendheißem Wasser kondensierte. Rum, eine Scheibe Zitrone, ein großzügiger Schuß aus einer anderen Flasche, dann stellte der Barmann ihm das Glas hin. Drei Löffel Zucker, und Brunetti war gerettet. Langsam rührte er um, angeregt von dem aromatischen Duft, der ihm langsam in die Nase stieg. Wie die meisten Getränke schmeckte es nicht so gut, wie es roch, aber Brunetti war an diese Tatsache so gewöhnt, daß es ihn nicht mehr enttäuschte.

Die Tür ging auf, und ein Windstoß blies zwei junge Mädchen herein. Sie trugen Skianoraks, mit Pelz gefüttert, der oben herausquoll und ihre geröteten Gesichter umrahmte, dicke Stiefel, Handschuhe und Wollhosen. Sie sahen aus wie Amerikanerinnen, vielleicht auch Deutsche; wenn sie reich genug waren, konnte man das oft nur schwer erkennen.

»Oh, Kimberley, bist du sicher, daß wir hier richtig sind?« sagte die erste auf englisch, während sie ihre smaragdgrünen Augen umherschweifen ließ.

»Es steht hier im Führer, Alison. Muß berühmt sein. Nico.« (Sie sprach den Namen so, daß er sich auf »sicko« reimte, ein Wort, das Brunetti bei seiner letzten Interpolkonferenz aufgeschnappt hatte und das »krankhaft« hieß.) »Berühmt für *gelato*.« Sie sprach es, wie die meisten Amerikaner, »geladdo« aus.

Brunetti brauchte eine Weile, sich auszumalen, wie es jetzt wohl weiterging. Er nippte rasch an seinem Grog, der immer noch so heiß war, daß er ihm die Zunge verbrannte. Er nahm den Löffel und begann zu rühren, ließ das Getränk hoch an der Wand des Glases kreisen, als könnte er es so zum schnelleren Abkühlen zwingen.

»Ah, das ist bestimmt da unter diesen runden Deckeldingern«, sagte die erste, wobei sie sich neben Brunetti stellte und über den Tresen spähte, wo Nicos berühmtes *gelato*, in jahreszeitlich eingeschränkter Auswahl, tatsächlich unter diesen runden Deckeldingern wartete. »Was für eins willst du denn?«

»Meinst du, die haben hier vielleicht Heath Bar?«

»Nee, doch nicht in Italien.«

»Ach so, wahrscheinlich nicht. Dann müssen wir uns wohl mit dem Schlichtesten begnügen, was? Vanille und Schokolade oder so.«

Der Barmann kam herbei, lächelnd angesichts ihrer Schönheit und strahlenden Gesundheit, gar nicht zu reden von ihrem Mut. »*Sì?*« fragte er lächelnd.

»Haben Sie *gelato*?« fragte die eine, das letzte Wort laut, wenn auch nicht korrekt ausgesprochen.

Ohne zu zögern, griff der Barmann, der so etwas offenbar gewöhnt war, hinter sich und nahm zwei Eiswaffeln von einem hohen, umgestülpten Stapel.

»Welche Sorte?« fragte er in passablem Englisch.

»Was haben Sie denn?«

»*Vaniglia, cioccolato, fragola, fiordilatte e tiramisú.*«

Die beiden Mädchen sahen einander verblüfft an. »Ich glaube, wir halten uns lieber an Vanille und Schokolade, was?« meinte eine. Brunetti konnte nicht mehr unterscheiden, welche es war, so ähnlich klangen ihre gelangweilten Nasallaute.

»Ja, wahrscheinlich.«

Die erste wandte sich an den Barmann und sagte: »*Due vaniglia e cioccolato, per favore.*«

Im Handumdrehen war die Tat vollbracht, die Waffeln waren mit Eis gefüllt und über den Tresen gereicht. Brunetti konnte sich nur damit trösten, daß er einen großen Schluck von seinem Grog trank und sich danach das halbvolle Glas lange unter die Nase hielt.

Die Mädchen mußten ihre Handschuhe ausziehen, um die Eiswaffeln entgegenzunehmen, dann mußte die eine beide Waffeln halten, während die andere in ihren Taschen nach viertausend Lire kramte. Der Barmann gab ihnen Servietten, vielleicht in der Hoffnung, sie würden ihr Eis dann drinnen verzehren, aber die Mädchen waren nicht zu bremsen. Sie wickelten die Servietten sorgsam um die Eiswaffeln, stießen die Tür auf und verschwanden in der Nachmittagsdämmerung. Das dumpfe, traurige Schlagen eines weiteren Bootes, das gegen den Kai geworfen wurde, erfüllte die Bar.

Der Barmann warf Brunetti einen Blick zu. Brunetti sah ihn an. Keiner sagte ein Wort. Brunetti trank seinen Grog aus, zahlte und ging.

Inzwischen war es ganz dunkel geworden, und Brunetti hatte es auf einmal eilig, nach Hause zu kommen, raus aus dieser Kälte und dem Wind, der immer noch über die offene Fläche am Ufer pfiff. Er ging zuerst am französischen Konsulat, dann am Giustiniani-Krankenhaus vorbei, einer Aufbewahrungsstätte für Alte, und von dort nach Hause. Da er schnell ausschritt, brauchte er nur zehn Minuten. Im Flur roch es feucht, aber der Steinboden war noch trocken. Um drei Uhr am Morgen hatten die Sirenen *acqua alta* angekündigt und sie alle geweckt, doch die Ebbe hatte eingesetzt, bevor das Wasser durch die Ritzen gedrungen war. In ein paar Tagen war Vollmond, und im Norden, im Friaul, hatte es schwere Regenfälle gegeben, so daß die Nacht möglicherweise das erste richtige Hochwasser des Jahres bringen würde.

Oben in seiner Wohnung angekommen, fand er, was er suchte: Wärme, den Duft einer frisch geschälten Mandarine und die Gewißheit, daß Paola und die Kinder zu Hause waren. Er hängte seinen Mantel an einen Haken neben der Tür und ging ins Wohnzimmer. Dort saß Chiara mit aufgestützten Ellbogen am Tisch, hielt mit der einen Hand ein offenes Buch und steckte sich mit der anderen Mandarinenstückchen in den Mund. Sie sah auf, als er hereinkam, lächelte breit und hielt ihm ein Stück hin. »*Ciao, papà.*«

Er ging durchs Zimmer, froh um die Wärme, in der er plötzlich merkte, wie kalt seine Füße waren. Er trat neben Chiara und beugte sich so weit vor, daß sie ihm das Mandarinenstück in den Mund schieben konnte. Dann noch eins und noch eins. Während er kaute, aß sie die restlichen Stücke, die auf einem Teller neben ihr lagen.

»*Papá*, du hältst das Streichholz«, sagte sie und griff nach einem Streichholzbriefchen auf dem Tisch. Gehorsam löste er eines heraus, zündete es an und hielt die Flamme vor sie hin. Sie nahm eine Mandarinenschale und bog sie um, bis die beiden Enden sich berührten. Dabei schoß ein feiner Strahl ätherischen Öls aus der Schale und loderte auf wie ein buntes Feuerwerk. »*Che bello*«, sagte Chiara mit großen Augen, in denen sich neben den Farben ein Entzücken spiegelte, das offenbar nie kleiner wurde, so oft sie das Spielchen auch spielten.

»Gibt's noch mehr?« fragte Brunetti.

»Nein, *papá*, das war die letzte.« Er zuckte die Achseln, aber erst, nachdem ein Ausdruck echten Bedauerns über ihr Gesicht gehuscht war. »Tut mir leid, daß ich sie alle aufgegessen habe, *papá*. Es sind aber noch Orangen da. Soll ich dir eine schälen?«

»Nein, Engelchen, ist schon gut. Ich warte bis zum Abendessen.« Er streckte den Kopf vor und versuchte einen Blick in die Küche zu werfen. »Wo ist *mamma*?«

»In ihrem Arbeitszimmer«, sagte Chiara, während sie sich wieder ihrem Buch zuwandte. »Und sie ist arg schlecht gelaunt, ich weiß also nicht, wann es was zu essen gibt.«

»Woher weißt du, daß sie schlechte Laune hat?« fragte er.

Sie sah zu ihm auf und verdrehte die Augen. »Ach, *papá*, stell dich nicht so dumm. Du weißt genau, wie sie ist, wenn sie schlechte Laune hat. Zu Raffi hat sie gesagt, sie kann ihm nicht bei seinen Hausaufgaben helfen, und mich hat sie angebrüllt, nur weil ich heute morgen den Müll nicht mit runtergenommen habe.« Sie legte das Kinn auf die Fäuste und blickte auf ihr Buch. »Ich kann es nicht leiden, wenn sie so ist.«

»Weißt du, sie hatte in letzter Zeit ziemlichen Ärger an der Uni, Chiara.«

Sie blätterte eine Seite um. »Ja, ja, du hältst immer zu ihr. Aber es macht keinen Spaß mit ihr, wenn sie so ist.«

»Ich rede mal mit ihr. Vielleicht hilft es.« Beide wußten, wie unwahrscheinlich das war, aber als die Optimisten in der Familie lächelten sie einander hoffnungsvoll zu.

Chiara beugte sich wieder über ihr Buch, und Brunetti bückte sich, drückte ihr einen Kuß aufs Haar und schaltete im Hinausgehen die Deckenlampe ein. Am Ende des Flurs blieb er vor der Tür zu Paolas Arbeitszimmer stehen. Es half meist wenig, mit ihr zu reden, aber Zuhören brachte manchmal etwas. Er klopfte.

»*Avanti*«, rief sie, und er öffnete die Tür. Noch bevor er Paola an der Glastür zur Terrasse stehen sah, sprang ihm das Chaos auf ihrem Schreibtisch in die Augen. Papiere, Bücher und Zeitschriften lagen darauf verstreut; manche aufgeschlagen, manche geschlossen, manche steckten als Lesezeichen in anderen. Nur ein Illusionist oder ein Sehbehinderter hätte Paola als ordentlich bezeichnet, aber dieses Durcheinander sprengte selbst ihre sehr weiten Grenzen. Sie drehte sich um und sah seinen Blick. »Ich suche etwas«, erklärte sie.

»Den Mörder von Edwin Drood?« fragte er, in Anspielung auf einen Artikel, an dem sie letztes Jahr drei Monate lang geschrieben hatte. »Ich dachte, den hättest du schon gefunden.«

»Mach jetzt keine Witze, Guido«, sagte sie in diesem Ton, den sie immer an sich hatte, wenn Humor so willkommen war wie der frühere Freund der Braut. »Ich habe den ganzen Nachmittag damit zugebracht, nach einem Zitat zu suchen.«

»Wofür brauchst du es denn?«

»Für ein Seminar. Ich will mit dem Zitat anfangen, und dazu muß ich denen ja sagen, woraus es ist, also muß ich die Quelle finden.«

»Von wem ist es denn?«

»Vom Meister«, antwortete sie, und Brunetti sah ihren Blick ganz verträumt werden, wie immer, wenn sie von Henry James sprach. Hatte es einen Sinn, eifersüchtig zu sein? überlegte er. Eifersüchtig auf einen Mann, der sich nach allem, was Paola über ihn erzählt hatte, offenbar nicht nur nicht entscheiden konnte, welcher Nationalität er war, sondern sogar welchen Geschlechts?

Das ging nun seit zwanzig Jahren so. Der Meister hatte sie auf ihrer Hochzeitsreise begleitet, war im Krankenhaus bei der Geburt beider Kinder dabeigewesen und schien sich in jedem Urlaub an sie zu hängen. Hartnäckig, phlegmatisch und von einem Erzählstil besessen, der für Brunetti undurchschaubar war, sooft er ihn auf englisch oder italienisch zu lesen versucht hatte, schien Henry James demnach der andere Mann in Paolas Leben zu sein.

»Wie geht denn das Zitat?«

»Er hat damit einmal jemandem geantwortet, der ihn in fortgeschrittenem Alter fragte, was er aus seinen Erfahrungen gelernt habe.«

Brunetti wußte, was von ihm erwartet wurde, und fragte gehorsam: »Und was hat er ihm gesagt?«

»*Be kind and then be kind and then be kind*«, sagte sie auf englisch.

Brunetti konnte der Versuchung nicht widerstehen. »Mit oder ohne Kommata?« fragte er.

Sie warf ihm einen bösen Blick zu. Offensichtlich kein Tag für Scherze, schon gar nicht über den Meister. Um dem Blick zu entrinnen, sagte er: »Scheint mir ein seltsames Zitat für den Beginn einer Literaturvorlesung.«

Sie überlegte, ob sie noch auf seine Bemerkung über die Kommata eingehen oder sich der zweiten zuwenden sollte. Zu seinem Glück – denn er wollte heute abend wirklich gern noch etwas essen – entschied sie sich für letzteres. »Wir fangen morgen mit Whitman und Dickinson an, und mit diesem Zitat hoffe ich, einige meiner widerwärtigeren Studenten friedlich zu stimmen.«

»*Il piccolo marchesino?*« fragte er, eine Verkleinerungsform, mit der er Vittorio, den gesetzlichen Erben des Marchese Francesco Bruscoli, verächtlich machte. Man hatte Vittorio offenbar nahegelegt, sein Studium an den Universitäten von Bologna, Padua und Ferrara abzubrechen, und so war er vor einem halben Jahr schließlich an die Ca' Foscari gekommen und hatte sich für Englische Literatur eingeschrieben, nicht weil er sich für Literatur begeisterte oder interessierte – eigentlich interessierte er sich für nichts, was dem geschriebenen Wort auch nur ähnelte –, sondern einfach deshalb, weil er dank der englischen Kindermädchen, die ihn aufgezogen hatten, die Sprache fließend beherrschte.

»Er ist ein derartiges Charakterschwein«, sagte Paola heftig. »Richtig bösartig.«

»Was hat er denn jetzt wieder getan?«

»Ach, Guido, es geht nicht darum, was er tut. Es geht darum, was er sagt und wie er es sagt. Ob Kommunisten, Abtreibung oder Schwule. Es muß nur eines dieser Themen aufkommen, schon macht er sich darüber her wie eine schleimende Schnecke. Wie toll es sei, daß der Kommunismus in Europa jetzt besiegt ist; daß Abtreibung eine Sünde wider Gott sei. Und die Schwulen –«, sie gestikulierte zum Fenster hin, als wollte sie die Dächer draußen fragen, ob sie das verstehen könnten. »Mein Gott, er findet, man sollte sie alle zusammentreiben und in Konzentrationslager stecken, und wer Aids hat, soll in Quarantäne. Manchmal möchte ich ihm eine reinhauen«, sagte sie mit noch so einer Handbewegung, aber es war, wie sie selbst merkte, ein schwacher Schluß.

»Wie kommen solche Themen in ein Literaturseminar, Paola?«

»Es kommt ja selten vor«, räumte sie ein. »Aber ich höre auch von anderen Professoren so einiges über ihn.« Sie drehte sich zu Brunetti um und fragte: »Du kennst ihn nicht, oder?«

»Nein, aber ich kenne seinen Vater.«

»Was ist der für ein Mensch?«

»Ungefähr dasselbe Kaliber. Charmant, reich, gutaussehend. Und durch und durch bösartig.«

»Das ist ja das Gefährliche an ihm. Er sieht gut aus und ist sehr reich, und viele Studenten würden über Leichen gehen, um mit einem Marchese gesehen zu werden, mag er auch noch so ein Widerling sein. Also äffen sie ihn nach und reden ihm nach dem Mund.«

»Aber warum macht er dir jetzt solches Kopfzerbrechen?«

»Weil ich morgen mit Whitman und Dickinson anfangen will, das habe ich doch schon gesagt.«

Brunetti wußte, daß es sich um Dichter handelte, ersteren hatte er gelesen und nicht gemocht, während er Emily Dickinson zuerst schwierig, aber mit wachsendem Verständnis dann wunderbar gefunden hatte. Er schüttelte den Kopf, was hieß, daß er das näher erklärt haben wollte.

»Walt Whitman war homosexuell, und die Dickinson wahrscheinlich auch. Darum will ich mit diesem Zitat anfangen.«

»Und du glaubst, das würde etwas ändern?«

»Wahrscheinlich nicht«, räumte sie ein, dann setzte sie sich an ihren Schreibtisch und versuchte ein wenig Ordnung darauf zu schaffen.

Brunetti setzte sich in den Sessel an der Wand und streckte die Beine von sich. Paola klappte weiter Bücher zu und legte Zeitschriften zu ordentlichen Stapeln zusammen. »Ich durfte mir heute so was Ähnliches anhören«, sagte er.

Sie hielt in ihrem Tun inne und sah ihn an. »Wie meinst du das?«

»Von einem, der Schwule nicht mag.« Brunetti machte eine Pause und fügte hinzu: »Patta.«

Paola schloß einmal kurz die Augen, dann fragte sie: »Worum ging es?«

»Erinnerst du dich an Dottoressa Lynch?«

»Die Amerikanerin? Die in China ist?«

»Ersteres ja, letzteres nein. Sie ist wieder hier. Ich habe sie heute im Krankenhaus besucht.«

»Was ist denn los?« fragte Paola ehrlich besorgt, während ihre Hände plötzlich über den Büchern stillhielten.

»Sie wurde zusammengeschlagen. Von zwei Männern. Sie sind am Sonntag in ihre Wohnung gekommen, angeblich in einer geschäftlichen Angelegenheit, und nachdem sie ihnen aufgemacht hatte, sind sie über sie hergefallen.«

»Ist sie schwer verletzt?«

»Nicht so schlimm, wie man hätte fürchten können, Gott sei Dank.«

»Was heißt das, Guido?«

»Sie hat einen angeknacksten Kiefer, ein paar Rippenbrüche und ziemlich böse Schürfwunden.«

»Wenn du das nicht so schlimm nennst, schaudert mich bei der Vorstellung, was dann schlimm wäre«, meinte Paola. »Wer hat das getan? Und warum?«

»Es könnte mit dem Museum zusammenhängen, aber es könnte auch etwas mit dem zu tun haben, was meine amerikanischen Kollegen beharrlich als ›lifestyle‹ bezeichnen.«

»Du meinst, daß sie lesbisch ist?«

»Ja.«

»Aber das ist doch verrückt.«

»Ganz deiner Meinung. Aber darum nicht weniger wahr.«

»Fängt das hier jetzt auch an?« Eine rein rhetorische Frage. »Ich dachte, so was gibt es nur in Amerika.«

»Fortschritt, meine Liebe.«

»Aber wieso meinst du, das könnte der Grund sein?«

»Sie hat mir gesagt, die Männer hätten über sie und Signora Petrelli Bescheid gewußt.«

Paola konnte vorschnellen Schlüssen selten widerstehen. »Bevor sie damals nach China ging, hättest du in Venedig kaum jemanden gefunden, der über sie und Signora Petrelli nicht Bescheid wußte.«

Brunetti, der lieber genauer hinsah, widersprach: »Das ist übertrieben.«

»Gut, mag sein. Aber geredet wurde damals schon«, beharrte Paola.

Brunetti beließ es dabei, nachdem er sie schon einmal korrigiert hatte. Außerdem bekam er immer mehr Hunger und wollte gern essen.

»Warum hat das nicht in den Zeitungen gestanden?« fragte Paola unvermittelt.

»Es ist am Sonntag passiert. Ich habe es selbst erst heute morgen erfahren, und auch nur deshalb, weil ihr Name jemandem im Protokoll aufgefallen war. Die Sache war in den Händen der uniformierten Kollegen und wurde als Routinefall behandelt.«

»Routine?« wiederholte sie erstaunt. »Guido, solche Sachen passieren hier nicht.«

Brunetti verzichtete darauf, seinen Hinweis auf den Fortschritt zu wiederholen, und Paola wandte sich, als sie merkte, daß er keine Erklärung anzubieten hatte, wieder ihrem Schreibtisch zu. »Ich kann jetzt nicht länger danach suchen. Muß mir etwas anderes einfallen lassen.«

»Kannst du nicht einfach lügen?« schlug Brunetti obenhin vor.

Paola blickte abrupt auf und fragte: »Was meinst du damit, lügen?«

Für ihn war das vollkommen klar. »Denk dir einfach eine Stelle in einem der Bücher aus, wo das Zitat stehen könnte, und dann sagst du ihnen, daß es da steht.«

»Aber wenn sie das Buch gelesen haben?«

»Er hat doch unzählige Briefe geschrieben, oder?« Brunetti wußte genau, daß dies so war: Die Briefe hatten sie vor zwei Jahren nach Paris begleitet.

»Und wenn sie wissen wollen, in welchem Brief?«

Er fand es nicht nötig, auf eine so dumme Frage zu antworten.

»An Edith Wharton, 26. Juli 1906«, behauptete sie prompt in diesem Ton absoluter Gewißheit, mit dem sie, wie Brunetti schon wußte, stets ihren abenteuerlichsten Erfindungen Glaubwürdigkeit verlieh.

»Klingt gut«, meinte er lächelnd.

»Finde ich auch.« Sie klappte das letzte Buch zu, sah auf die Uhr und dann zu ihm hinüber. »Es ist schon fast sieben. Gianni hatte heute wunderbare Lammkoteletts. Komm mit in die Küche, trink ein Glas Wein und unterhalte mich, während ich sie brate.«

Dante hatte, soweit Brunetti sich erinnerte, die schlechten Ratgeber damit bestraft, daß er sie mit riesigen Flammenzungen umgab, zwischen denen sie auf ewig schmoren mußten. Von Lammkoteletts war da seines Wissens nicht die Rede gewesen.

7

Als die Geschichte schließlich am nächsten Tag in den Zeitungen stand, erschien sie unter der Schlagzeile »Versuchter Raub in Cannaregio« und wurde in kürzester Form abgehandelt. Brett wurde als Expertin für chinesische Kunst dargestellt, die nach Venedig zurückgekehrt war, um bei der italienischen Regierung Zuschüsse für die Ausgrabungen in Xi'an zu beantragen, wo sie die Arbeit chinesischer und westlicher Archäologen koordinierte. Es folgte eine kurze Beschreibung der beiden Männer, deren Angriff von einer nicht genauer bezeichneten *amica* vereitelt worden sei, die sich zur Zeit der Tat in der Wohnung der Dottoressa aufgehalten habe. Brunetti überlegte beim Lesen, welcher *amico* wohl verhindert hatte, daß Flavias Name genannt wurde. Es kamen viele in Frage, vom Bürgermeister der Stadt bis zum Direktor der Mailänder Scala, die jeder ihre bevorzugte Primadonna vor schädlicher Publicity bewahren wollten.

Als er in die Questura kam, schaute er auf dem Weg zu seinem Büro bei Signorina Elettra vorbei. Die Fresien von gestern waren einem Strauß leuchtender Callas gewichen. Sie sah auf, als er hereinkam, und sagte, ohne ihm erst guten Morgen zu wünschen: »Sergente Vianello läßt Ihnen ausrichten, daß seine Nachfragen in Mestre nichts erbracht haben. Er hat mit einigen Leuten dort gesprochen, aber keiner wußte etwas von dem Überfall. Und«, fuhr sie fort, nachdem sie einen Zettel auf ihrem Schreibtisch inspiziert hatte, »es hat sich auch niemand mit einer Messerwunde am Arm in einem der umliegenden Krankenhäuser gemeldet.« Bevor er noch fragen konnte, fügte sie hinzu: »Aus Rom noch keine Antwort wegen der Fingerabdrücke.«

Da es also an keinem Ende weiterging, fand Brunetti es an der Zeit, sich darum zu kümmern, was es über Semenzato noch alles zu erfahren gab. »Sie haben doch früher bei der Banca d'Italia gearbeitet, Signorina?«

»Ja, Commissario, stimmt.«

»Und Sie haben noch Freunde dort?«

»Dort und bei anderen Banken.« Signorina Elettra war keine, die ihr Licht unter den Scheffel stellte.

»Meinen Sie, daß Sie mit Ihrem Computer mal ein zartes Netz auswerfen und feststellen können, was es über Francesco Semenzato zu wissen gibt? Bankkonten, Aktienbesitz, Investitionen jeglicher Art.«

Zur Antwort bekam Brunetti ein so breites Lächeln, daß er sich fragte, mit welcher Geschwindigkeit sich Neuigkeiten in der Questura verbreiteten.

»Aber sicher, Dottore. Nichts leichter als das. Soll ich auch gleich die Ehefrau überprüfen? Ich glaube, sie ist Sizilianerin.«

»Ja, auch die Frau.«

Und noch ehe er seine Frage aussprechen konnte, setzte sie hinzu: »Die Bank hat Probleme mit ihren Telefonleitungen, es könnte also bis morgen nachmittag dauern.«

»Können oder dürfen Sie mir Ihre Quelle nennen, Signorina?«

»Jemand, der warten muß, bis der Chef der Computerabteilung nach Hause geht«, lautete ihre ganze Auskunft.

»Na gut.« Brunetti gab sich mit dieser Erklärung zufrieden. »Dann möchte ich noch, daß Sie auch bei Interpol in Genf nachfragen. Am besten wenden Sie sich an –«

Sie unterbrach ihn lächelnd. »Ich kenne Name und Adresse, Commissario.«

»Heinegger?« fragte Brunetti. Das war der Name des leitenden Kommissars für Wirtschaftskriminalität.

»Ja, Heinegger«, antwortete sie und nannte noch die Adresse und die Faxnummer.

»Wie haben Sie die so schnell erfahren, Signorina?« fragte Brunetti ehrlich verblüfft.

»Ich hatte bei meiner früheren Arbeit oft mit ihm zu tun«, antwortete sie lakonisch.

Obwohl er Polizist war, wollte er im Augenblick lieber nichts Näheres über die Beziehungen zwischen der Banca d'Italia und Interpol erfahren. »Dann wissen Sie ja, was zu tun ist«, war alles, was ihm im Augenblick dazu einfiel.

»Ich bringe Ihnen Heineggers Antwort, sobald ich sie habe«, sagte sie, während sie sich schon ihrem Computer zuwandte.

»Ja, danke. Guten Morgen, Signorina.« Brunetti drehte sich um und ging, mit einem letzten Blick auf die Blumen vor dem offenen Fenster.

Der Regen der letzten Tage hatte aufgehört und damit auch die unmittelbare Gefahr von *acqua alta*; statt dessen war der Himmel kristallklar, und so bestand kaum eine Chance, daß er Lele zu Hause antreffen würde. Lele war sicher irgendwo in der Stadt unterwegs und malte. Brunetti beschloß, ins Krankenhaus zu gehen und Brett weiter auszufragen, denn er wußte noch immer keine klaren Gründe dafür, daß sie um die halbe Welt nach Venedig zurückgekommen war.

Als er in das Krankenzimmer trat, glaubte er im ersten Moment, Signorina Elettra sei auch hier am Werk gewesen, denn von jeder nur verfügbaren Fläche leuchteten ihm Blumen entgegen. Die vermischten Düfte von Rosen, Iris, Lilien und Orchideen erfüllten den Raum, und aus dem Papierkorb quoll zusammengeknülltes Einwickelpapier von Fantin und Biancat, den beiden Blumengeschäften, die Venezianer noch am ehesten aufsuchen würden. Es mußten aber auch Amerikaner, jedenfalls Ausländer, darunter gewesen sein: Kein Italiener würde einer Kranken solche riesigen Chrysanthemensträuße schicken, diese Blumen dienten ausschließlich für Beerdigungen und als Grabschmuck. Er stellte fest, daß es ihm unbehaglich war, solche Blumen in einem Krankenzimmer zu sehen, aber er tat dies Gefühl als schlimmste Form des Aberglaubens ab.

Es waren, wie er entweder erwartet oder gehofft hatte, beide Damen im Zimmer, Brett an das hochgestellte Kopfteil des Betts gelehnt, den Kopf zwischen zwei Kissen, Flavia auf einem Stuhl neben ihr. Zwischen ihnen lagen auf der Bettdecke farbige Skizzenblätter von Frauen in langen, prächtigen Roben, jede mit einem Diadem auf dem Kopf, das ihr einen juwelenfunkelnden Strahlenkranz aufsetzte. Brett sah von den Bildern auf, als Brunetti hereinkam, und bewegte die Lippen leicht; das Lächeln stand nur in ihren Augen. Nach einer kleinen Weile – und etwas kühler – tat Flavia dasselbe.

»Guten Morgen«, sagte er, dann warf er einen Blick auf die Skizzen. Das Wellenmuster am Saum von zweien der Kleider wirkte orientalisch. Aber statt aus den üblichen Drachen bestand das Muster aus abstrakten Klecksen, die einander in grellen Farben zu übertreffen suchten und dabei doch eher den Eindruck von Harmonie erweckten, nicht von Dissonanz.

»Was ist das?« fragte Brunetti mit unverhohlener Neugier, bevor ihm einfiel, daß er sich eigentlich nach Bretts Befinden hätte erkundigen sollen.

Flavia antwortete. »Skizzen für die neue Turandot-Inszenierung an der Scala.«

»Sie werden also singen?« fragte er. Seit Wochen wurde darüber schon in der Presse spekuliert, obwohl die Premiere erst in einem Jahr sein sollte. Die Sopranistin, deren Name in diesem Zusammenhang gerüchteweise erwähnt worden war – so pflegte man sich von seiten der Scala auszudrücken –, hatte von einer interessanten Möglichkeit gesprochen, über die sie nachdenken werde, was klar hieß, daß sie nicht im Traum daran dachte. Flavia Petrelli, die diese Rolle noch nie gesungen hatte, wurde als nächste Möglichkeit genannt, und sie hatte vor gerade erst zwei Wochen eine Presseerklärung abgegeben und gesagt, sie denke nicht im Traum daran, was unter Sopranistinnen schon beinah einer festen Zusage gleichkam.

»Sie sollten lieber nicht versuchen, Turandots Rätsel zu lösen«, sagte Flavia in bemüht leichtem Ton, womit sie ihm zu verstehen gab, daß er etwas gesehen hatte, was er eigentlich nicht hatte sehen sollen. Sie beugte sich vor und sammelte die Zeichnungen ein. Beides zusammen hieß, daß er darüber nicht reden sollte.

»Wie geht es Ihnen?« fragte er nun endlich Brett.

Obwohl Bretts Kiefer nicht mehr fixiert waren, sah ihr Lächeln mit dem leicht offenen Mund und den hochgezogenen Mundwinkeln immer noch etwas schwachsinnig aus. »Besser. Noch einen Tag, und ich kann nach Hause.«

»Zwei«, korrigierte Flavia.

»Ein oder zwei Tage«, verbesserte sich Brett. Und als sie ihn noch immer im Mantel herumstehen sah, sagte sie: »Entschuldigung. Setzen Sie sich doch.« Sie deutete auf einen Stuhl hinter Flavia. Brunetti holte ihn sich, stellte ihn neben das Bett, zog den Mantel aus und legte ihn zusammengefaltet über die Lehne, bevor er sich setzte.

»Fühlen Sie sich in der Lage, über das Geschehene zu sprechen?« fragte er, an beide Frauen gewandt.

»Aber wir haben doch darüber gesprochen, oder nicht?« erwiderte Brett erstaunt.

Brunetti nickte, dann fragte er: »Was haben die Männer gesagt? Was genau? Können Sie sich daran erinnern?«

»Genau?« wiederholte sie verwirrt.

»Ich meine, ob sie so viel geredet haben, daß Sie dem entnehmen konnten, woher sie kamen?« half Brunetti nach.

»Ach so.« Brett schloß die Augen und versetzte sich kurz zurück in den Flur ihrer Wohnung, sah wieder die Männer vor sich, hörte ihre Stimmen. »Sizilianer. Jedenfalls der eine, der mich geschlagen hat. Bei dem anderen bin ich mir nicht sicher. Er hat sehr wenig gesprochen.« Sie sah Brunetti an. »Was spielt das für eine Rolle?«

»Es könnte uns helfen, sie zu finden.«

»Das will ich aber auch hoffen«, mischte Flavia sich ein, ohne daß man hätte erkennen können, ob es hoffnungs- oder vorwurfsvoll gemeint war.

»Hat eine von Ihnen jemanden auf den Fotos erkannt?« fragte er, obwohl er sicher war, daß der Beamte ihn darüber informiert hätte, der ihnen Fotos von Männern vorgelegt hatte, die der von beiden Frauen gegebenen Beschreibung entsprachen.

Flavia schüttelte den Kopf, und Brett sagte: »Nein.«

»Sie sagten, die Männer hätten Ihnen verbieten wollen, sich mit Dottor Semenzato zu treffen. Dann erwähnten Sie noch etwas von Keramiken aus der China-Ausstellung. Meinten Sie die vor einigen Jahren im Dogenpalast?«

»Ja.«

»Ich erinnere mich«, sagte Brunetti. »Die haben Sie doch damals organisiert, nicht?«

Sie nickte unbedacht und mußte den Kopf an die Kissen lehnen, bis die Welt sich zu drehen aufgehört hatte. Dann sagte sie: »Einige Exponate stammten von unserer Ausgrabungsstätte in Xi'an. Die Chinesen hatten mich als Mittlerin ausgesucht. Weil ich Leute kenne.« Obwohl die Drähte entfernt waren, bewegte sie den Unterkiefer vorsichtig; in ihren Ohren dröhnte noch ständig ein tiefes Summen, wenn sie etwas sagte.

Flavia schaltete sich ein und erklärte für sie: »Die Ausstellung ging zuerst nach New York, anschließend nach London. Brett ist zur Eröffnung nach New York geflogen, und am Ende wieder, um für den Transport nach London zu sorgen. Aber vor der Londoner Eröffnung mußte sie nach China zurück. Irgend etwas war bei den Ausgrabungen passiert.« Sie wandte sich an Brett und fragte: »Was war das noch, *cara*?«

»Grabkammer«, sagte Brett nur.

Das genügte offenbar, um Flavia zu erinnern. »Sie hatten gerade den Durchgang zur Grabkammer geöffnet und riefen Brett in London an, sie müsse zurückkommen und die Öffnung des Grabes beaufsichtigen.«

»Und wer war für die Eröffnung der Ausstellung hier in Venedig zuständig?«

Diesmal antwortete Brett: »Ich. Drei Tage vor dem Ende der Ausstellung in London war ich aus China zurück und bin dann mit hierhergekommen, um sie im Dogenpalast aufzubauen.« Sie schloß die Augen, und Brunetti dachte, sie sei müde vom Reden, aber sie öffnete sie gleich wieder und fuhr fort: »Ich bin wieder abgereist, bevor die Ausstellung hier zu Ende ging, und man hat die Exponate nach China zurückgeschickt.«

»Man?« fragte Brunetti.

Brett warf einen kurzen Blick zu Flavia, bevor sie antwortete: »Dottor Semenzato war hier, und meine Assistentin kam aus China, um die Ausstellung abzubauen und alles zurückzuschicken.«

»Das haben also nicht Sie gemacht?« fragte er.

Wieder ein Blick zu Flavia. Dann die Antwort: »Nein, ich konnte nicht dabeisein. Ich habe die Stücke erst in diesem Winter wiedergesehen.«

»Fünf Jahre später?« fragte Brunetti.

»Ja«, sagte sie abwinkend, als erklärte das alles. »Die Sendung wurde zuerst auf dem Rückweg nach China aufgehalten, dann in Peking. Bürokratie. Sie landete in einem Lagerhaus in Schanghai, wo sie zwei Jahre liegenblieb, und danach wurden die Sachen in Peking ausgestellt. Die Stücke aus Xi'an sind sehr spät zurückgekommen, vor drei Monaten erst.« Brunetti sah sie abwägen, wie sie es ihm erklären könnte. »Einige waren nicht die Originale. Es waren Kopien. Nicht der Krieger oder die Jaderüstung – das waren die Originale –, aber die Keramiken; ich wußte es, konnte es aber ohne genauere Untersuchung nicht beweisen, und die konnte ich in China nicht machen.«

Brunetti hatte aus Leles gekränktem Blick genug gelernt, um sich die Frage zu verkneifen, woher sie wußte, daß es Fälschungen waren. Sie wußte es eben, und damit genug. Eine qualifizierte Frage konnte er ihr also nicht stellen, wohl aber eine quantitative. »Wie viele Stücke waren falsch?«

»Drei. Nur allein von der Grabungsstätte in Xi'an, wo ich arbeite.«

»Und andere Stücke aus der Ausstellung?« fragte er.

»Das weiß ich nicht. Solche Fragen kann man in China nicht stellen.«

Die ganze Zeit saß Flavia stumm dabei und sah nur abwechselnd von ihr zu ihm. Daß sie keinerlei Überraschung zeigte, sagte ihm, daß sie alles schon wußte.

»Was haben Sie unternommen?« fragte Brunetti.

»Bisher nichts.«

Da dieses Gespräch in einem Krankenhaus stattfand und sie mit geschwollenen Lippen reden mußte, hielt Brunetti das für eine Untertreibung. »Wem haben Sie davon erzählt?«

»Nur Semenzato. Ich habe ihm sofort von China aus geschrieben, nachdem ich festgestellt hatte, daß einige der zurückgeschickten Stücke gefälscht waren. Ich habe um eine Unterredung gebeten.«

»Und was hat er geantwortet?«

»Nichts. Er hat meinen Brief nicht beantwortet. Ich habe fast zwei Monate gewartet und ihn anzurufen versucht, aber das ist von China aus nicht so einfach. Da bin ich schließlich hergekommen, um mit ihm zu sprechen.«

Einfach so? Man kann jemanden telefonisch nicht erreichen, also hüpft man kurzerhand in ein Flugzeug und fliegt um die halbe Welt, um mit ihm zu reden?

Als hätte sie seine Gedanken gelesen, antwortete sie: »Es geht um meinen Ruf. Ich bin für die Sachen verantwortlich.«

Hier mischte Flavia sich wieder ein. »Die Stücke können vertauscht worden sein, nachdem sie wieder in China waren. Es muß nicht hier passiert sein. Und du bist kaum für das verantwortlich, was mit ihnen passiert ist, nachdem sie wieder dort waren.« Flavias Ton klang richtig feindselig. Brunetti fand es interessant, daß sie offenbar auf ein Land eifersüchtig war.

Ihr Ton war Brett nicht entgangen, denn sie antwortete entschieden: »Es spielt keine Rolle, wo es passiert ist; es ist passiert.«

Um sie beide von diesem Thema abzubringen – und eingedenk dessen, was Lele über das »Wissen« gesagt hatte, ob etwas echt oder falsch war –, fragte Brunetti, ganz Polizist: »Haben Sie Beweise?«

»Ja«, begann Brett, deren Stimme viel matter klang als bei Brunettis Ankunft.

Flavia, die das auch hörte, unterbrach sie beide und sagte zu Brunetti: »Ich glaube, das genügt, Dottor Brunetti.«

Wenn er Brett so ansah, mußte er ihr recht geben. Die Blutergüsse in ihrem Gesicht schienen dunkler geworden, seit er hier war, und sie war tiefer in die Kissen gesunken. Sie lächelte und schloß die Augen.

Er drängte nicht. »Es tut mir leid, Signora«, sagte er zu Flavia. »Aber die Sache kann nicht warten.«

»Wenigstens, bis sie wieder zu Hause ist?« fragte Flavia.

Er warf einen Blick zu Brett, um zu sehen, was sie davon hielt, aber sie schlief schon, den Kopf zur Seite gedreht, den Mund halb offen. »Morgen?«

Flavia zögerte und beschied ihn dann mit einem widerstrebenden Ja.

Er stand auf und nahm seinen Mantel vom Stuhl. Flavia kam bis zur Tür mit. »Sie sorgt sich nämlich nicht nur um ihren Ruf«, sagte sie. »Ich verstehe es zwar nicht, aber sie muß einfach dafür sorgen, daß diese Stücke wieder nach China kommen«, fügte sie mit einem sichtlich verständnislosen Kopfschütteln hinzu.

Flavia Petrelli war eine der besten singenden Schauspielerinnen ihrer Zeit, und Brunetti wußte, daß er unmöglich unterscheiden konnte, wann die Schauspielerin sprach und wann die Frau, aber dies klang doch eher nach der Frau. In dieser Annahme antwortete er: »Das weiß ich, und ich glaube, es ist einer der Gründe, warum ich darüber Bescheid wissen möchte.«

»Und die anderen Gründe?« fragte sie mißtrauisch und überraschte Brunetti mit dem eifersüchtigen Unterton, den er herauszuhören glaubte.

»Ich arbeite nicht besser, wenn ich es aus persönlichen Motiven tue, Signora«, sagte er, womit er das Ende der kurzen Waffenruhe zwischen ihnen signalisierte. Er zog seinen Mantel an und verließ das Zimmer. Flavia blieb einen Augenblick stehen und starrte zu Brett hinüber, dann ging sie zu ihrem Platz am Bett zurück und nahm den Stapel mit den Kostümskizzen wieder in die Hand.

8

Beim Verlassen des Krankenhauses bemerkte Brunetti, daß der Himmel sich verdunkelt hatte und ein scharfer Wind aufgekommen war, der von Süden her über die Stadt fegte. Die Luft war schwer und feucht, Regenluft, und das hieß, daß sie nachts wahrscheinlich von schrillem Sirenengeheul geweckt würden. Er haßte *acqua alta* so abgrundtief wie jeder Venezianer und war schon im voraus wütend auf die glotzenden Touristen, die sich auf den Holzstegen drängen würden, kichernd, gestikulierend, fotografierend und anständigen Leuten im Weg, die nur zur Arbeit oder zum Einkaufen gingen, um irgendwo wieder ins Trockene zu kommen und den Ärger, das Chaos und die ständigen Scherereien hinter sich zu lassen, die das unaufhaltsame Wasser der Stadt brachte. Brunetti rechnete sich bereits aus, daß es ihn nur auf dem Weg von und zur Arbeit berühren würde, wenn er am Fuß der Rialtobrücke über den Campo San Bartolomeo mußte. Glücklicherweise lag die Gegend um die Questura so hoch, daß sie nur bei allerschlimmster Flut überschwemmt wurde.

Er schlug den Kragen hoch, wünschte, er hätte heute früh daran gedacht, sich einen Schal umzubinden, zog den Kopf ein und ließ sich vom Wind vorwärts treiben. Als er hinter Colleonis Statue vorbeiging, schlugen vor ihm die ersten Tropfen aufs Pflaster. Das einzig Gute an dem Wind war, daß er den Regen schräg vor sich her peitschte und die eine Seite der engen *calle* trocken blieb, geschützt durch die Dächer. Klügere als Brunetti hatten sich mit Schirmen ausgerüstet, unter deren Schutz sie dahineilten, ungeachtet all derer, die ihnen ausweichen oder sich ihretwegen ducken mußten.

Als er in der Questura ankam, waren die Schultern seines Mantels durchgeweicht, ebenso die Schuhe. In seinem Zimmer zog er den Mantel aus und hängte ihn auf einen Bügel, den er dann an die Vorhangstange über dem Heizkörper hängte. Wenn einer von der anderen Seite des Kanals herüberschaute, würde er vielleicht einen Mann sehen, der sich in seinem eigenen Dienstzimmer erhängt hatte. War das jemand aus der Questura, so würde er zweifellos als erstes die Stockwerke zählen, um festzustellen, ob es vielleicht Pattas Fenster war.

Auf seinem Schreibtisch fand Brunetti ein einzelnes Blatt Papier, ein Fax von Interpol in Genf, in dem stand, daß nichts über oder gegen Francesco Semenzato vorliege. Unter der ordentlich getippten Mitteilung stand jedoch noch eine kurze, handgeschriebene Notiz: »Es gibt Gerüchte, nichts Definitives. Ich erkundige mich.« Und darunter eine hingekritzelte Unterschrift, die er als Piet Heinegger entzifferte.

Am späten Nachmittag klingelte sein Telefon. Es war Lele, der sagte, es sei ihm gelungen, mit ein paar Freunden Kontakt aufzunehmen, unter anderen mit dem in Burma. Keiner habe direkt etwas über Semenzato sagen wollen, aber Lele habe erfahren, daß der Museumsdirektor offenbar im Antiquitätenhandel tätig war. Nein, nicht als Käufer, sondern als Verkäufer. Einer seiner Gesprächspartner habe erzählt, daß Semenzato in ein Antiquitätengeschäft investiert habe, aber mehr wisse er nicht, weder wo dieses Geschäft sei, noch wem es offiziell gehöre.

»Das klingt, als könnte es einen Interessenkonflikt geben«, sagte Brunetti, »wenn er mit dem Geld des Museums bei seinem Geschäftspartner einkauft.«

»Da wäre er nicht der einzige«, murmelte Lele, aber Brunetti ließ die Bemerkung unkommentiert. »Und noch etwas«, fügte der Maler hinzu.

»Was?«

»Als ich etwas von gestohlenen Kunstwerken erwähnte, sagte einer, er habe da Gerüchte über einen bedeutenden Sammler in Venedig gehört.«

»Semenzato?«

»Nein«, antwortete Lele. »Ich habe nicht gefragt, aber man weiß, daß ich mich für ihn interessiere, also hätte mein Freund es mir bestimmt gesagt, wenn es Semenzato wäre.«

»Hat er einen Namen genannt?«

»Nein. Er kannte ihn nicht. Aber dem Gerücht zufolge ist es ein Herr aus dem Süden.« Lele sagte das in einem Ton, als halte er es für unmöglich, daß einer aus dem Süden ein Herr sein könne.

»Aber kein Name.«

»Nein, Guido. Ich höre mich aber weiter um.«

»Danke, das ist nett von dir, Lele. Ich selbst könnte das nicht.«

»Nein, das könntest du nicht«, meinte Lele ruhig. Und ohne Brunettis Dank auch nur als unnötig abzutun: »Ich rufe dich an, wenn ich etwas höre.« Damit legte er auf.

Brunetti fand, er habe für heute nachmittag genug getan, und da er keine Lust verspürte, sich von *acqua alta* auf dieser Seite der Stadt erwischen zu lassen, ging er früh nach Hause und hatte dort zwei ruhige Stunden für sich, bevor Paola von der Universität kam. Als sie dann da war, durchnäßt vom immer stärkeren Regen, erzählte sie, daß sie das Zitat mit der falschen Quellenangabe zwar benutzt, der verhaßte *marchesino* ihr aber trotzdem alles verdorben habe, indem er eingeworfen habe, ein Schriftsteller mit angeblich so gutem Ruf wie Henry James würde solch dumme Wortwiederholungen doch sicher vermieden haben. Brunetti hörte ihr zu und mußte sich selbst wundern, wie unsympathisch ihm dieser junge Mann, den er nie kennengelernt hatte, im Lauf der letzten Monate geworden war. Essen und Wein taten wie immer das Ihre, Paola zu besänftigen, und als Raffi freiwillig den Abwasch übernahm, strahlte sie vor Zufriedenheit und Wohlbehagen.

Um zehn lagen sie im Bett, sie fest eingeschlafen über einer besonders verunglückten Kostprobe studentischer Schreibkunst, er tief versunken in eine neue Sueton-Übersetzung. Er war gerade an die Stelle gekommen, wo die kleinen Jungen im

Schwimmbad des Tiberius auf Capri baden, als das Telefon klingelte.

»*Pronto*«, meldete er sich, zuerst in der Hoffnung, es sei nichts Polizeiliches, aber in dem Wissen, daß es nachts um zehn vor elf wohl kaum etwas anderes sein konnte.

»Commissario, hier Monico.« Sergente Monico hatte, wie Brunetti sich erinnerte, diese Woche den Nachtdienst.

»Was gibt's, Monico?«

»Ich glaube, einen Mord, Commissario.«

»Wo?«

»Im Palazzo Ducale.«

»Wer?« fragte er, obwohl er es schon wußte.

»Der Direktor.«

»Semenzato?«

»Ja, Commissario.«

»Was ist passiert?«

»Sieht nach Einbruch aus. Die Putzfrau hat ihn vor zehn Minuten gefunden und ist schreiend zu den Wachleuten hintergerannt. Die sind dann in sein Büro hinaufgegangen, haben ihn gefunden und uns angerufen.«

»Was haben Sie unternommen?« Brunetti legte sein Buch auf den Boden neben dem Bett und sah sich nach seinen Kleidern um.

»Wir haben bei Vice-Questore Patta angerufen, aber seine Frau sagt, er ist nicht da, und sie weiß nicht, wo sie ihn erreichen kann.« Konnte beides gelogen sein, dachte Brunetti. »Da habe ich kurzerhand Sie angerufen, Commissario.«

»Haben die Wachleute Ihnen gesagt, was passiert ist?«

»Ja, Commissario. Der Mann, mit dem ich gesprochen habe, sagt, es ist alles voller Blut und sieht so aus, als hätte er einen Schlag auf den Kopf bekommen.«

»War er tot, als die Putzfrau ihn fand?«

»Ich denke schon. Die Wachleute sagen jedenfalls, er war tot, als sie hinkamen.«

»Na gut«, sagte Brunetti und schlug die Decke zurück. »Ich gehe hin. Schicken Sie mir einen – wer hat denn heute nacht Dienst?«

»Vianello, Commissario. Er hatte zusammen mit mir Nachtdienst und ist gleich losgegangen, als der Anruf kam.«

»Gut. Rufen Sie Dottor Rizzardi an und bitten Sie ihn, mich dort zu treffen.«

»Ja, Commissario. Ich wollte ihn sowieso anrufen, nachdem ich mit Ihnen gesprochen hatte.«

»Gut«, sagte Brunetti wieder, schwang die Beine aus dem Bett und stellte die Füße auf den Boden. »Ich denke, ich kann in zwanzig Minuten dort sein. Wir brauchen die Spurensicherung.«

»Ja, Commissario. Ich rufe Pavese und Foscolo an, sobald ich mit Dottor Rizzardi gesprochen habe.«

»In Ordnung. Also, in zwanzig Minuten.« Brunetti legte auf. War es möglich, schockiert und dennoch nicht überrascht zu sein? Ein gewaltsamer Tod, und nur drei Tage nachdem Brett mit ähnlicher Brutalität angegriffen worden war. Während er sich anzog und seine Schuhe zuband, warnte er sich selbst vor irgendwelchen voreiligen Schlüssen. Er ging auf Paolas Bettseite, bückte sich und rüttelte sie sanft an der Schulter.

Sie öffnete die Augen und sah ihn über die Brille hinweg an, die sie seit kurzem zum Lesen trug. Sie war in einen zerschlissenen alten Morgenmantel aus Flanell gehüllt, den sie sich vor über zehn Jahren einmal in Schottland gekauft hatte, darüber trug sie einen irischen Wollpullover, den ihre Eltern ihr vor fast ebenso vielen Jahren zu Weihnachten geschenkt hatten. Als er sie so sah, von ihm aus dem ersten Schlaf gerissen und ihn verwirrt anblinzelnd, fand er, daß sie diesen obdachlosen und offenbar verrückten Frauen doch sehr ähnlich sah, die sich in Winternächten auf dem Bahnhof herumtrieben. Da er sich wegen dieses Gedankens gleich als treulos schalt, bückte er sich in den Lichtschein ihrer Leselampe hinunter und küßte sie auf die Stirn.

»Ruft die Pflicht?« fragte sie, jetzt hellwach.

»Ja. Semenzato. Die Putzfrau hat ihn in seinem Büro im Dogenpalast gefunden.«

»Tot?«

»Ja.«

»Ermordet?«

»Sieht so aus.«

Sie nahm die Brille ab und legte sie auf die Papiere, die vor ihr über die Bettdecke verstreut lagen. »Hast du schon eine Wache vor die Tür der Amerikanerin gestellt?« fragte sie und überließ es ihm, der flinken Logik des Gesagten zu folgen.

»Nein«, gestand er, »aber das werde ich sofort tun, sowie ich im Palazzo Ducale bin. Ich glaube nicht, daß die gleich zwei in einer Nacht riskieren werden, aber ich schicke jemanden hin.« Wie leicht doch »die« auf einmal Wirklichkeit geworden waren, nur weil Brunetti nicht an Zufall und Paola nicht an das Gute im Menschen glaubte.

»Wer hat angerufen?« wollte sie wissen.

»Monico.«

»Gut«, sagte sie, denn sie kannte ihn. »Ich rufe ihn an und sage ihm das mit dem Wachposten.«

»Danke«, sagte er. »Warte nicht auf mich. Ich fürchte, das wird lange dauern.«

»Das hier auch«, meinte sie, indem sie sich vorbeugte und die Blätter zusammenschob.

Er küßte sie noch einmal, diesmal auf den Mund. Sie erwiderte seinen Kuß, und es wurde ein richtiger daraus. Er richtete sich auf, und sie überraschte ihn, indem sie die Arme um seine Taille schlang und ihr Gesicht an seinen Bauch drückte. Sie sagte etwas, aber es war zu undeutlich, um es zu verstehen. Sanft strich er ihr übers Haar, aber in Gedanken war er bei Semenzato und chinesischen Keramiken.

Sie ließ ihn los und griff nach ihrer Brille. Während sie diese aufsetzte, sagte sie: »Vergiß deine Stiefel nicht.«

9

Als Commissario Brunetti von der venezianischen Polizei an dem Ort ankam, wo der Direktor des wichtigsten Museums der Stadt ermordet worden war, hatte er in der rechten Hand eine weiße Einkaufstüte, die in roten Lettern den Namen eines Supermarktes trug. In der Tüte war ein Paar Gummistiefel Größe zweiundvierzig, die er sich vor drei Jahren bei Standa gekauft hatte. Als er in die Wachstube am Fuß der Treppe trat, die zum Museum hinaufführte, gab er die Tüte als erstes einem der Wachmänner, mit der Bemerkung, er werde sie nachher wieder mitnehmen.

Der Mann stellte die Tüte neben seinem Schreibtisch auf den Boden und sagte: »Einer von Ihren Leuten ist schon oben, Commissario.«

»Gut. Es kommen noch mehr. Und der Arzt. Hat die Presse sich schon blicken lassen?«

»Nein, Commissario.«

»Und wo ist die Putzfrau?«

»Wir mußten sie nach Hause bringen. Sie konnte gar nicht aufhören zu weinen, nachdem sie ihn gesehen hatte.«

»Ist es so schlimm?«

Der Wachmann nickte. »Alles voller Blut.«

Kopfwunde, dachte Brunetti. Ja, da war sicher viel Blut geflossen. »Sie wird garantiert einen Aufstand machen, wenn sie nach Hause kommt, und das heißt, daß jemand beim *Gazzettino* anruft. Sorgen Sie bitte möglichst dafür, daß die Reporter hier unten bleiben, wenn sie kommen.«

»Ich werde es versuchen, aber ob es etwas nützt, weiß ich nicht.«

»Halten Sie sie hier fest«, sagte Brunetti.

»Ja, Commissario.«

Brunetti blickte den langen Gang hinunter, an dessen Ende eine Treppe nach oben führte. »Ist das Büro da oben?« fragte er.

»Ja. Gleich links. Sie sehen dann schon das Licht am Ende des Flurs. Ich glaube, Ihr Kollege ist drin.«

Brunetti drehte sich um und ging den Korridor hinunter. Seine Schritte dröhnten unheimlich und hallten von den Wänden und dem Treppenhaus wider. Kälte, diese durchdringende, feuchte venezianische Winterkälte, drang aus dem Fußboden unter ihm und aus den Backsteinwänden des Korridors. Hinter sich hörte er das helle Scheppern von Metall auf Stein, aber es rief niemand, also ging er weiter. Die nächtliche Feuchtigkeit hatte sich als glitschiger Film auf den breiten Steinstufen unter seinen Füßen niedergeschlagen.

Oben wandte er sich nach links dem Licht zu, das aus einer offenen Tür am Ende des Korridors fiel. Auf halbem Weg rief er: »Vianello?« Gleich darauf erschien der Sergente in der Tür, angetan mit einem dicken Wollmantel, unter dem ein Paar leuchtendgelbe Gummistiefel hervorschauten.

»*Buona sera, dottore*«, sagte er und hob dabei die Hand, ein Mittelding zwischen offizieller und privater Begrüßung.

»*Buona sera, Vianello*«, sagte Brunetti. »Na, wie sieht's da drin aus?«

Vianellos faltiges Gesicht blieb unbewegt, als er antwortete: »Ziemlich schlimm, Commissario. Es hat offenbar ein Kampf stattgefunden, ein Riesendurcheinander, umgekippte Stühle, umgeworfene Lampen. Der Direktor war ein kräftiger Mann, woraus ich schließe, daß die zu zweit waren. Aber das sind nur erste Eindrücke. Das Laborteam kann uns sicher mehr sagen.« Er trat beim Sprechen zurück, so daß Brunetti ihm in das Zimmer folgen konnte.

Es sah genauso aus, wie Vianello gesagt hatte: Eine Stehlampe lehnte schräg am Schreibtisch, der mit den Splittern ihres zerbrochenen Glasschirms übersät war; hinter dem Schreibtisch lag ein umgekippter Stuhl; davor ein zusammengeschobener Seidenteppich, in dessen langen Fransen sich das Fußgelenk des daneben tot auf dem Boden ausgestreckten Mannes verfangen hatte. Er lag auf dem Bauch, einen Arm unter dem Körper, den anderen mit nach oben gebogenen Fingern vorgereckt, als wollte er bereits um Gnade an der Himmelspforte bitten.

Brunetti sah sich den Kopf an, den grotesken Heiligenschein aus Blut drum herum, und schaute rasch wieder weg. Aber wohin er auch immer den Blick wandte, überall war Blut: Tropfen auf dem Schreibtisch, ein dünnes Rinnsal vom Schreibtisch zum Teppich, und noch mehr an dem kobaltblauen Backstein, der einen halben Meter neben dem Mann auf dem Boden lag.

»Der Wachmann unten sagt, es ist Dottor Semenzato«, erklärte Vianello in das Schweigen hinein, das von Brunetti ausging. »Die Putzfrau hat ihn gegen halb elf gefunden. Das Büro war von außen abgeschlossen, aber sie hat einen Schlüssel und ist hineingegangen, um zu sehen, ob alle Fenster zu waren, und dann sauberzumachen. Dabei hat sie ihn gefunden. So, wie er da liegt.«

Brunetti sagte noch immer nichts, er trat nur an eines der Fenster und schaute in den Hof des Palazzo Ducale hinunter. Alles war ruhig; die Statuen der Giganti bewachten weiter den Treppenaufgang; nicht einmal eine Katze störte die mondbeschienene Szenerie.

»Wie lange sind Sie schon hier?« fragte Brunetti.

Vianello schob einen Ärmel hoch und sah auf seine Armbanduhr. »Achtzehn Minuten. Ich habe seinen Puls gefühlt, aber da war nichts, und er war kalt. Meiner Schätzung nach ist er seit mindestens zwei Stunden tot, aber das kann uns Dottor Rizzardi sicher genauer sagen.«

In dem Moment hörte Brunetti von links in der Ferne eine Sirene durch die nächtliche Stille heulen und dachte schon, es wäre die Spurensicherung, die in ihrem Boot nahte und sich dabei dumm anstellte. Aber der Sirenenton stieg immer höher, wurde immer lauter und eindringlicher und sank dann langsam wieder in die ursprüngliche Tonlage. Es war die Sirene an San Marco, die der schlafenden Stadt verkündete, daß die Flut stieg: *Acqua alta* hatte begonnen.

Die beiden Männer von der Spurensicherung, deren tatsächliche Ankunft vom Sirenengeheul übertönt worden war, stellten ihre Utensilien im Flur vor dem Zimmer ab. Pavese, der Fotograf, steckte den Kopf ins Zimmer und sah den toten Mann auf dem Boden. Anscheinend unbewegt von dem Anblick, rief er laut, damit die beiden Männer drinnen ihn trotz des Sirenengeheuls hören konnten: »Wollen Sie einen kompletten Satz, Commissario?«

Brunetti wandte sich, als er die Stimme hörte, vom Fenster ab und ging zu Pavese, wobei er sorgsam darauf achtete, daß er dem Toten nicht zu nahe kam, bevor dieser fotografiert und der Fußboden um ihn herum nach Fasern, Haaren und möglichen Schleifspuren abgesucht war. Er überlegte, ob seine Vorsicht eigentlich Sinn hatte, denn allzu viele Leute waren inzwischen schon bei der Leiche gewesen und hatten ihre Spuren hinterlassen.

»Ja, und wenn Sie damit fertig sind, suchen Sie noch nach Fasern und Haaren, danach sehen wir ihn uns an.«

Pavese schien sich nicht daran zu stören, daß sein Vorgesetzter ihm Selbstverständlichkeiten auftrug, und fragte: »Wollen Sie separate Aufnahmen vom Kopf?«

»Ja.«

Der Fotograf machte sich an seinen Geräten zu schaffen. Foscolo, der zweite im Team, hatte schon das schwere Stativ aufgestellt und war dabei, die Kamera darauf festzuschrauben. Pavese bückte sich und wühlte in seiner Tasche, schob Filme und schmale Stapel mit Filtern beiseite, bis er endlich ein Blitzgerät herauszog, an dem ein dickes Kabel baumelte. Er gab Foscolo den Blitz und nahm das Stativ. Ein kurzer Blick auf die Leiche hatte seinem geschulten Auge gereicht. »Ich mache ein paar Aufnahmen vom ganzen Zimmer, zuerst von hier, Luca, dann von der anderen Seite. Unter den Fenstern ist eine Steckdose. Wenn wir die haben, bauen wir die Kamera hier zwischen dem Fenster und dem Kopf auf. Ein paar machen wir von der ganzen Leiche, dann nehmen wir die Nikon für den Kopf. Ich glaube, von links ist es besser.« Er überlegte kurz. »Die Filter brauchen wir nicht. Der Blitz genügt für das Blut.«

Brunetti und Vianello warteten vor der Tür, durch die immer wieder das Blitzlicht zuckte. »Glauben Sie, daß die den Backstein benutzt haben?« fragte Vianello endlich.

Brunetti nickte. »Sie haben den Kopf ja gesehen.«

»Die wollten ganz sichergehen, was?«

Brunetti dachte an Bretts Gesicht und meinte: »Oder es hat ihnen Spaß gemacht.«

»Daran habe ich nicht gedacht«, sagte Vianello. »Aber es könnte schon sein.«

Ein paar Minuten später steckte Pavese den Kopf durch die Tür: »Wir sind fertig mit den Fotos, Dottore.«

»Wann können wir sie haben?« fragte Brunetti.

»Morgen nachmittag, gegen vier, denke ich.«

Ehe Brunetti darauf eingehen konnte, kam Ettore Rizzardi, der *medico legale,* der als Vertreter des Staates hier das Offenkundige amtlich festzustellen hatte, nämlich daß der Mann tot war, und dann etwas zur vermutlichen Todesursache sagen mußte, was in diesem Fall nicht schwer war.

Wie Vianello trug auch Rizzardi Gummistiefel, allerdings waren seine konservativ schwarz und reichten nur bis zum Saum seines Mantels. »Guten Abend, Guido«, sagte er, als er hereinkam. »Der Mann unten sagt, es ist Semenzato.« Und als Brunetti nickte, fragte der Arzt: »Was ist passiert?«

Statt zu antworten, trat Brunetti nur beiseite, damit Rizzardi die unnatürliche Körperhaltung und das Blut sehen konnte. Die Techniker waren inzwischen am Werk gewesen, und gelbe Klebestreifen umrahmten zwei telefonbuchgroße Rechtecke, in denen schwache Schleifspuren zu erkennen waren.

»Darf man ihn jetzt anfassen?« fragte Brunetti, an Foscolo gewandt, der gerade schwarzen Puder auf die Platte von Semenzatos Schreibtisch stäubte.

Der Mann wechselte einen kurzen Blick mit seinem Partner, der dabei war, die Lage des blauen Backsteins mit Klebeband zu markieren. Pavese nickte.

Rizzardi ging als erster zu der Leiche. Er stellte seine Tasche auf einen Stuhl, öffnete sie und holte ein Paar dünne Gummihandschuhe heraus. Er streifte sie über, ging in die Hocke und wollte seine Hand an den Hals des Toten legen, doch als er das Blut an Semenzatos Kopf sah, überlegte er es sich anders und griff statt dessen nach dem abgestreckten Handgelenk. Es war kalt, das Blut darin stand für immer still. Automatisch schob Rizzardi seine gestärkte Manschette hoch und sah auf die Uhr.

Nach der Todesursache mußte man nicht lange suchen: Der Kopf war seitlich an zwei Stellen tief eingedrückt, anscheinend auch noch ein drittes Mal an der Stirn, aber im Tod waren Semenzatos Haare darüber gefallen und verdeckten dies teilweise. Als er sich tiefer hinunterbückte, sah Rizzardi in einer der Vertiefungen direkt hinter dem Ohr gezackte Knochensplitter.

Der Arzt ging auf die Knie, um einen besseren Hebel zu haben, griff unter den Körper und drehte ihn auf den Rücken. Die dritte Vertiefung war jetzt klar zu sehen, die Haut ringsum blau und aufgeplatzt. Rizzardi hob zuerst die eine tote Hand, dann die andere hoch. »Guido, sehen Sie mal«, sagte er und deutete dabei auf den rechten Handrücken des Toten. Brunetti kniete sich neben ihn und betrachtete Semenzatos Handrücken. Die Haut über den Fingerknöcheln war abgeschürft, und ein Finger war angeschwollen und zur Seite abgeknickt.

»Er hat versucht, sich zu wehren«, sagte Rizzardi, dann maß er mit einem Blick den ganzen unter ihm liegenden Körper. »Was meinen Sie, wie groß er ist, Guido?«

»Einsneunzig vielleicht, auf jeden Fall größer als wir.«

»Und schwerer«, fügte Rizzardi hinzu. »Es müssen zwei gewesen sein.«

Brunetti brummte zustimmend.

»Ich würde sagen, die Schläge kamen von vorn, haben ihn also nicht überraschend getroffen, jedenfalls wenn das die Waffe war«, sagte Rizzardi, wobei er auf den knallblauen Backstein wies, der keinen Meter von der Leiche entfernt in seinem abgeklebten Rechteck lag. »Hat das nicht Lärm gemacht?« fragte Rizzardi.

»Unten im Wachraum steht ein Fernseher«, erklärte Brunetti. »Als ich ankam, lief er aber nicht.«

»Das kann ich mir denken«, sagte Rizzardi im Aufstehen. Er zog die Handschuhe aus und stopfte sie in die Manteltasche. »Mehr kann ich jetzt nicht tun. Wenn Ihre Leute ihn mir nach San Michele rüberbringen, sehe ich ihn mir morgen vormittag genauer an. Aber mir scheint die Sache ziemlich klar. Drei schwere Schläge mit der Kante dieses Backsteins auf den Kopf. Mehr war da nicht nötig.«

Vianello, der die ganze Zeit stumm dabeigestanden hatte, fragte plötzlich: »Ist es schnell gegangen, Dottore?«

Bevor er antwortete, betrachtete Rizzardi noch einmal den Körper des Toten. »Das kommt darauf an, wo sie ihn zuerst getroffen haben. Und wie schwer. Es ist möglich, daß er sie noch abgewehrt hat, aber nicht lange. Ich werde mal nachsehen, ob er etwas unter den Fingernägeln hat. Meine Vermutung ist, daß es schnell ging, aber das wird sich zeigen.«

Vianello nickte, und Brunetti sagte: »Danke, Ettore. Ich lasse ihn heute nacht noch rüberbringen.«

»Aber wie gesagt, nicht ins Krankenhaus. Nach San Michele.«

»Natürlich«, antwortete Brunetti, der sich fragte, ob dieser Nachdruck ein neues Kapitel im langjährigen Kampf des Arztes mit dem Direktor des Ospedale Civile bedeutete.

»Dann verabschiede ich mich jetzt, Guido. Morgen nachmittag habe ich wahrscheinlich schon etwas für Sie, aber ich glaube nicht, daß es in diesem Fall irgendwelche Überraschungen geben wird.«

Brunetti stimmte ihm zu. Die physischen Ursachen eines gewaltsamen Todes enthüllten selten Geheimnisse; wenn es welche gab, dann lagen sie im Motiv.

Rizzardi nickte Vianello zu und wandte sich zum Gehen. Plötzlich drehte er sich noch einmal um und warf einen Blick auf Brunettis Beine. »Haben Sie keine Stiefel mit?« fragte er ehrlich besorgt.

»Ich habe sie unten gelassen.«

»Gut, daß Sie daran gedacht haben. Als ich kam, reichte es mir in der Calle della Mandola schon über die Knöchel. Die Faulpelze hatten die Stege noch nicht gelegt, und ich muß jetzt über den Rialto zurück, um nach Hause zu kommen. Inzwischen reicht es mir bestimmt schon bis über die Knie.«

»Nehmen Sie doch die Nummer eins bis Sant'Angelo«, riet Brunetti. Er wußte, daß Rizzardi in der Nähe des Cinema Rossini wohnte, und von dem Bootsanleger kam er rasch dorthin, ohne durch die Calle della Mandola zu müssen, einen der am tiefsten gelegenen Teile der Stadt.

Rizzardi sah auf die Uhr und rechnete rasch nach. »Nein. Das nächste Boot fährt in drei Minuten. Das schaffe ich nie. Und dann müßte ich um diese Nachtzeit zwanzig Minuten warten. Da gehe ich lieber zu Fuß. Außerdem, wer weiß, ob sie auf der Piazza die Stege aufbauen? Wenn die Flut schlimm wird, geht sie uns da bis über die Knie.« Er wollte zur Tür, aber sein Zorn über diese jüngste von den vielen Unannehmlichkeiten, die das Leben in Venedig mit sich brachte, hielt ihn erneut zurück. »Wir sollten mal einen deutschen Bürgermeister wählen. Dann würde so was klappen.«

Brunetti lächelte, sagte gute Nacht und lauschte den Stiefelschritten des Arztes nach, die auf dem steinernen Flur allmählich leiser wurden.

»Ich gehe mal mit den Wachen reden und sehe mich unten um, Commissario«, sagte Vianello und verließ das Zimmer.

Brunetti ging zu Semenzatos Schreibtisch. »Sind Sie hier fertig?« fragte er Pavese. Der Techniker war mit dem Telefon beschäftigt, das auf der anderen Seite des Zimmers gelandet war, offenbar mit solcher Gewalt gegen die Wand geschleudert, daß es ein Stück Verputz herausgeschlagen hatte, bevor es zerbrochen auf den Boden gefallen war.

Pavese nickte, und Brunetti zog die erste Schublade auf: Bleistifte, Kugelschreiber, eine Rolle Klebeband und ein Päckchen Pfefferminz.

In der zweiten lag eine Schachtel Briefpapier mit Semenzatos Namen und Titel sowie dem Namen des Museums. Brunetti sah mit Interesse, daß der Name des Museums kleiner gedruckt war.

Die unterste Schublade enthielt einige dicke braune Aktenordner, die Brunetti herausnahm. Er legte sie auf den Schreibtisch und begann den ersten durchzublättern.

Als die Männer von der Spurensicherung ihm eine Viertelstunde später zuriefen, sie seien fertig, wußte Brunetti über Semenzato noch nicht viel mehr als bei seiner Ankunft, aber er wußte immerhin, daß das Museum in zwei Jahren eine große Ausstellung mit Zeichnungen der Renaissance plante und bereits umfangreiche Leihgaben mit Museen in Kanada, Deutschland und den Vereinigten Staaten von Amerika vereinbart hatte.

Brunetti legte die Akten zurück und schloß die Schublade. Als er aufsah, stand ein Mann in der Tür. Er war klein und stämmig und trug eine Öljacke, unter der ein weißer Sanitäterkittel hervorschaute. Darunter hatte er hohe schwarze Gummistiefel an. »Sind Sie hier fertig, Commissario?« fragte der Mann und deutete mit einer Kopfbewegung auf Semenzatos Leiche. Im selben Moment erschien ein zweiter, ähnlich gekleideter und gestiefelter Mann neben ihm, der eine zusammengerollte Segeltuchbahre so lässig auf der Schulter trug, als wäre es ein Paar Ruder.

Einer der Spurensicherungsleute nickte, und Brunetti sagte: »Ja. Sie können ihn mitnehmen. Bitte gleich nach San Michele.«

»Nicht ins Ospedale?«

»Nein. Dottor Rizzardi möchte ihn nach San Michele gebracht haben.«

»Gut, Commissario«, sagte der Mann achselzuckend. Für sie waren es so oder so Überstunden, und zur Insel San Michele war es weiter als zum Krankenhaus.

»Sind Sie über die Piazza gekommen?« fragte Brunetti.

»Ja. Unser Boot liegt bei den Gondeln.«

»Wie hoch steht es da?«

»Etwa dreißig Zentimeter, würde ich mal sagen. Aber auf der Piazza sind die Stege aufgebaut, so daß man ganz gut herankommen konnte. In welche Richtung wollen Sie denn, wenn Sie hier fertig sind, Commissario?«

»Richtung San Silvestro«, antwortete Brunetti. »Ich überlege nur, wie schlimm es wohl in der Calle dei Fuseri ist.«

Der zweite Mann, größer und dünner als der erste und mit einer Mütze auf dem Kopf, unter der blonde Haarbüschel hervorlugten, antwortete: »Da waren noch keine Stege, als ich vor zwei Stunden auf dem Weg zur Arbeit durchgegangen bin.«

»Wir können den Canal Grande hinauffahren«, sagte der erste. »Dann setzen wir Sie bei San Silvestro ab«, bot er lächelnd an.

»Sehr freundlich von Ihnen«, sagte Brunetti, ebenfalls lächelnd, denn auch ihm war das Wort Überstunden ein Begriff. »Aber ich muß noch einmal in die Questura«, schwindelte er. »Außerdem habe ich ja meine Stiefel unten.« Das stimmte wenigstens, aber auch ohne Stiefel hätte er ihr Angebot abgelehnt. Er fühlte sich nicht sonderlich wohl in der Gesellschaft von Toten und hätte lieber seine Schuhe ruiniert, als in Begleitung einer Leiche nach Hause zu fahren.

Soeben kam Vianello zurück und berichtete, daß er von den Wachen nichts Neues erfahren habe. Einer der Männer habe zugegeben, daß sie in dem kleinen Büro ferngesehen hatten, als die Putzfrau schreiend die Treppe heruntergerannt kam. Und diese Treppe, versicherte Vianello, sei der einzige Zugang zu diesem Teil des Museums.

Sie blieben noch, bis die Leiche fortgebracht war, und warteten dann auf dem Korridor, bis die Männer von der Spurensicherung das Büro abgeschlossen und gegen den Zutritt Unbefugter versiegelt hatten. Alle vier gingen dann zusammen die Treppe hinunter und hielten vor der offenen Tür zum Wachraum an. Der Wachmann, der schon bei Brunettis Ankunft dagewesen war, sah von seiner *Quattroruote* auf, als er sie kommen hörte. Brunetti wunderte sich immer wieder, daß jemand, der in einer Stadt ohne Autos wohnte, eine Autozeitschrift las. Träumten einige seiner vom Meer umschlossenen Mitbürger vielleicht von Autos wie Gefängnisinsassen von Frauen? Sehnten sie sich in der absoluten Stille, die des Nachts über Venedig lag, nach Verkehrsgetöse und Hupkonzerten? Aber vielleicht wollten sie, viel undramatischer, nur bequem vom Supermarkt nach Hause fahren können, vor der Tür parken und die Einkäufe ausladen, statt schwere Tüten durch überfüllte Gassen, über Brücken und dann noch die vielen Treppen hinaufzuschleppen, die wohl das unausweichliche Schicksal aller Venezianer waren.

Der Wachmann erkannte Brunetti und fragte: »Kommen Sie Ihre Stiefel holen, Commissario?«

»Ja.«

»Ich habe sie hier, unter dem Schreibtisch«, sagte er und zog die weiße Einkaufstüte hervor.

Er reichte sie Brunetti, der sie ihm dankend abnahm.

»Sicher aufgehoben«, grinste der Wachmann.

Der Direktor des Museums war vor kurzem erschlagen in seinem Büro gefunden worden, und der oder die Täter waren ungesehen an diesem Wachraum vorbeigegangen, aber wenigstens waren Brunettis Stiefel sicher aufgehoben.

10

Da Brunetti erst nach zwei Uhr nachts heimgekommen war, schlief er am nächsten Morgen bis fast halb neun und erwachte erst, wenn auch unwillig, als ihn Paola leicht an der Schulter rüttelte und sagte, der Kaffee stehe am Bett. Ein paar Minuten konnte er sich dem vollen Bewußtsein noch entziehen, aber dann stieg ihm der Kaffeeduft in die Nase, und er gab auf und stellte sich dem neuen Tag. Paola war verschwunden, nachdem sie ihm den Kaffee gebracht hatte, eine Maßnahme, deren Weisheit sie im Lauf der Jahre erkannt hatte.

Als er seinen Kaffee getrunken hatte, schob Brunetti die Bettdecke zurück und ging zum Fenster. Regen. Er erinnerte sich, daß der Mond in der Nacht fast voll gewesen war, das bedeutete noch mehr *acqua alta* mit dem Gezeitenwechsel. Er tappte den Flur entlang zum Bad und duschte lange, versuchte ausreichend Wärme für den Tag zu speichern. Wieder im Schlafzimmer, zog er sich an und beschloß, während er die Krawatte knotete, lieber noch einen Pullover unters Jackett zu ziehen, da seine geplanten Besuche bei Brett und Lele ihn von einem Ende der Stadt ans andere führen würden. Er zog die zweite Schublade des *armadio* auf und wollte nach seinem grauen Lambswoolpullover greifen. Als er ihn nicht fand, suchte er in der nächsten Schublade, dann in der darüber. Mit detektivischem Spürsinn ging er die Stellen durch, an denen er sein konnte, sah noch in den anderen Schubladen nach und entsann sich dann endlich, daß sein Sohn Raffi ihn sich letzte Woche ausgeliehen hatte. Das bedeutete, daß er aller Wahrscheinlichkeit nach als zusammengeknäulte Wurst unten im Schrank seines Sohnes lag oder völlig zerdrückt ganz hinten in einer Schublade. Raffis in letzter Zeit besser gewordene schulische Leistungen hatten leider noch nicht auf seine Reinlichkeit und Ordnungsliebe abgefärbt.

Er ging durch die Diele und, da die Tür offenstand, gleich weiter ins Zimmer seines Sohnes. Raffi war schon in der Schule, und Brunetti hoffte, daß er den Pullover nicht anhatte. Je mehr er an diesen Pullover dachte, desto lieber wollte er ihn anziehen, und desto ärgerlicher wurde er bei dem Gedanken, sich den Wunsch womöglich nicht erfüllen zu können.

Er öffnete die Schranktür. Jacken, Hemden, ein Skianorak, auf dem Boden diverse Stiefel, Tennisschuhe und ein Paar Sandalen. Aber kein Pullover. Er hing auch nicht über dem Stuhl oder dem Fußende des Bettes. Brunetti zog die erste Schublade der Kommode auf und fand einen wirren Haufen Unterwäsche. In der zweiten waren Socken, meist einzelne und, wie zu befürchten stand, nur zum kleineren Teil gewaschen. Der Inhalt der dritten Schublade sah vielversprechender aus: T-Shirts mit Aufdrucken, die Brunetti jetzt nicht lesen mochte. Er wollte seinen Pullover, keine Werbung für den Regenwald. Als er das nächste T-Shirt zur Seite schob, erstarrte seine Hand.

Unter T-Shirts lagen, nur nachlässig versteckt, zwei Injektionsspritzen, noch ordentlich verpackt in ihren sterilen Plastiktütchen. Brunetti fühlte sein Herz schneller schlagen, während er die Dinger anstierte. »*Madre di Dio*«, sagte er laut, dann sah er rasch über die Schulter, als könnte Raffi gleich hereinkommen und seinen Vater bei der Durchsuchung seines Zimmers erwischen. Er schob die T-Shirts wieder über die Spritzen und machte die Schublade zu.

Plötzlich fiel ihm ein Sonntagnachmittag vor zehn Jahren ein, als er mit Paola und den Kindern zum Lido hinausgefahren war. Raffi war beim Herumrennen am Strand in eine Glasscherbe getreten und hatte sich die Fußsohle aufgeschnitten. Und Brunetti hatte, sprachlos angesichts der Schmerzen, die sein geliebtes Söhnchen litt, ein Handtuch um die Wunde gewickelt, ihn auf den Arm genommen und den Kilometer zum Krankenhaus am Ende des Strandes im Laufschritt zurückgelegt. Zwei Stunden hatte er, nur mit seiner Badehose bekleidet, in dem klimatisierten Warteraum gesessen, frierend vor Angst, bis ein Arzt kam und ihm sagte, mit dem Jungen sei alles in Ordnung. Sechs Stiche und eine Woche auf Krücken, aber sonst gehe es ihm gut.

Warum tat Raffi so etwas? War er, Brunetti, ein zu strenger Vater? Er hatte nie die Hand gegen seine Kinder erhoben, selten die Stimme. Die Erinnerung an seine eigene strenge Erziehung hatte genügt, um in ihm jede Anwandlung von Gewalt ihnen gegenüber zu ersticken. War er zu sehr mit seiner Arbeit, den Problemen der Gesellschaft beschäftigt, um sich mit denen der eigenen Kinder zu befassen? Wann hatte er ihnen zuletzt bei den Hausaufgaben geholfen? Und woher bekam Raffi die Drogen? Und was für welche waren es? Kein Heroin, bitte nicht!

Paola? Sie wußte meist vor ihm, was die Kinder so trieben. Ahnte sie etwas? Konnte es sein, daß sie Bescheid wußte und es ihm nicht gesagt hatte? Und wenn sie nichts wußte, sollte er ihr dann auch nichts sagen, um sie zu schonen?

Er streckte die zittrige Hand aus und setzte sich auf Raffis Bett. Er verschränkte die Hände ineinander, klemmte sie zwischen seine Knie und starrte auf den Boden. Vianello würde wissen, wer hier in der Gegend Drogen verkaufte. Würde Vianello es ihm sagen, wenn er über Raffi Bescheid wußte? Neben ihm auf dem Bett lag ein Hemd seines Sohnes. Er zog es zu sich heran und hielt es sich vors Gesicht, roch den Duft seines Sohnes, denselben, den er zum erstenmal an dem Tag gerochen hatte, als Paola mit Raffi aus dem Krankenhaus gekommen war und Brunetti sein Gesicht auf den runden Bauch des nackten Babys gedrückt hatte. Die Kehle wurde ihm eng, und er schmeckte Salz.

Lange saß er auf dem Bettrand, dachte an die Vergangenheit und verdrängte jeden Gedanken an die Zukunft außer dem, daß er es Paola würde sagen müssen. Obwohl er selbst seine Schuld schon angenommen hatte, hoffte er doch, daß sie ihn davon freisprechen, ihm versichern würde, daß er seinen Kindern Vater genug gewesen sei. Und Chiara? Wußte oder vermutete sie etwas? Und was weiter? Bei diesem Gedanken stand er auf und verließ das Zimmer. Die Tür ließ er offen, wie er sie vorgefunden hatte.

Paola saß im Wohnzimmer auf dem Sofa, die Füße auf dem niedrigen Marmortisch, und las die Morgenzeitung. Das hieß, sie war schon draußen im Regen gewesen, um sie zu holen.

Brunetti blieb an der Tür stehen und sah sie umblättern. Das Radar langjährigen Zusammenlebens ließ sie aufblicken. »Guido, machst du noch etwas Kaffee?« fragte sie, dann wandte sie sich wieder der Zeitung zu.

»Paola«, begann er. Sie registrierte seinen Ton und legte die Zeitung auf ihren Schoß. »Paola«, wiederholte er, ohne zu wissen, was er sagen wollte oder wie er es sagen sollte. »Ich habe zwei Spritzen in Raffis Zimmer gefunden.«

Sie wartete, ob er mehr sagen wollte, dann nahm sie die Zeitung wieder auf und las weiter.

»Paola, hast du gehört, was ich gesagt habe?«

»Hmm?« fragte sie, den Kopf zurückgelegt, um die Schlagzeile oben auf der Seite zu lesen.

»Ich sagte, ich habe zwei Spritzen in Raffis Zimmer gefunden. Ganz unten in einer Schublade.« Er trat durch die Tür und ging auf sie zu, einen Moment von dem irren Drang besessen, ihr die Zeitung aus der Hand zu reißen und auf den Boden zu werfen.

»Da waren sie also«, sagte sie nur und blätterte um.

Er setzte sich neben sie aufs Sofa und nahm seine ganze Beherrschung zusammen, bevor er die Hand auf die Zeitung legte und sie ihr langsam auf den Schoß hinunterdrückte. »Was heißt das: ›Da waren sie also‹?« fragte er gepreßt.

»Guido, was ist denn los mit dir?« erkundigte sie sich, nun ganz ihm zugewandt, nachdem sie die Zeitung nicht mehr vor sich hatte. »Fühlst du dich nicht wohl?«

Er ballte die Hand zur ärgerlichen Faust, wobei er die Zeitung zerknüllte. »Ich sagte, daß ich zwei Spritzen in Raffis Zimmer gefunden habe. Verstehst du nicht?«

Sie sah ihn einen Moment mit großen Augen ganz verwundert an, bis sie begriff, was für ihn Spritzen bedeuteten. Ihre Blicke trafen sich, und er sah, wie Raffis Mutter langsam verstand, daß er dachte, ihr Sohn sei drogenabhängig geworden. Ihr Mund verzog sich, ihre Augen weiteten sich, dann warf sie den Kopf zurück und fing an zu lachen. Sie lachte, lachte in den höchsten Tönen und ließ sich seitwärts aufs Sofa kippen, die Augen voller Tränen. Sie wischte sie ab, konnte aber immer noch nicht aufhören zu lachen. »Oh, Guido«, sagte sie, die Hand vor dem Mund in dem vergeblichen Bemühen, sich zu beherrschen. »Oh, Guido, nein, das kann nicht dein Ernst sein. Doch keine Drogen!« Und wieder schüttelte sie ein neuer Lachanfall.

Brunetti dachte zuerst, das sei die Hysterie echter Panik, aber er kannte Paola zu gut; es war das reine Lachen höchster Belustigung. Mit einer heftigen Gebärde riß er ihr die Zeitung vom Schoß und warf sie auf den Boden. Seine Wut brachte Paola augenblicklich zu sich, und sie setzte sich auf.

»Guido. *I tarli*«, sagte sie, als ob das alles erklärte.

Stand sie auch schon unter Drogen? Was hatten Holzwürmer damit zu tun?

»Guido«, wiederholte sie sehr sanft und ruhig, als spräche sie zu einem gefährlichen Irren. »Ich habe dir vorige Woche erzählt, daß wir den Holzwurm im Küchentisch haben. Die Beine sind schon ganz durchlöchert. Und die einzige Möglichkeit, sie loszuwerden, ist Gift, das man in diese Löcher spritzt. Weißt du nicht mehr, wie ich dich gebeten habe, am ersten sonnigen Tag mit mir den Tisch auf die Terrasse zu tragen, damit die Dämpfe uns nicht alle umbringen?«

Doch, daran erinnerte er sich, aber nur undeutlich. Er hatte nicht richtig zugehört, als sie es sagte, aber jetzt wußte er es wieder.

»Ich habe Raffi gebeten, mir die Spritzen und ein Paar Gummihandschuhe zu besorgen, damit wir den Tisch behandeln können. Ich dachte schon, er hätte es vergessen, aber er hat sie wohl nur in seine Schublade getan. Und dann vergessen, es mir zu sagen.« Sie streckte die Hand aus und legte sie auf seine. »Alles in Ordnung, Guido. Es ist nicht so, wie du dachtest.«

Er mußte sich an den Sofarücken lehnen, so heiß durchströmte ihn die Erleichterung. Er legte den Kopf an die Rückenlehne und schloß die Augen. Er hätte so gern gelacht über diesen ganzen Widersinn, hätte ebenso wie Paola seine Angst ins Lächerliche ziehen wollen, aber es ging nicht, noch nicht.

Als er endlich wieder sprechen konnte, drehte er sich zu ihr um und bat: »Sag davon nichts zu Raffi. Bitte, Paola.«

Sie lehnte sich an ihn, legte die Hand an seine Wange und betrachtete sein Gesicht, und er dachte schon, sie werde es ihm versprechen, aber sie sank ihm hilflos an die Brust und mußte von neuem lachen.

Der Körperkontakt befreite ihn endlich, und er lachte los, kopfschüttelnd zuerst und verhalten, dann steigerte es sich zu einem wilden Johlen der Erleichterung und reinen Freude. Sie schlang die Arme um ihn und zog sich langsam auf seiner Brust hoch, suchte mit ihren Lippen die seinen. Und wie ein jugendliches Pärchen liebten sie sich auf dem Sofa, ohne zu fragen, ob jemand hereinkommen und sie dabei überraschen könnte, ungeachtet der Kleiderhaufen, die auf dem Fußboden landeten, so achtlos hingeworfen wie die in Raffis Schrank.

11

Auf dem Weg zu SS. Giovanni e Paolo und Bretts Wohnung schlüpfte Brunetti hinter der Rialtobrücke in die überdachte Passage rechts von Goldonis Statue. Er wußte, daß Brett wieder zu Hause war, weil der Beamte, der im Hospital anderthalb Tage vor ihrem Krankenzimmer gewacht hatte, nach ihrer Entlassung in der Questura Bericht erstattet hatte. Vor ihrer Wohnung wurde keine Wache postiert, denn ein uniformierter Polizist konnte in einer der engen *calli* Venedigs kaum herumstehen, ohne von jedem Vorübergehenden gefragt zu werden, was er da mache, noch konnte ein Detektiv, der nicht selbst in der Gegend wohnte, sich länger als eine halbe Stunde dort aufhalten, ohne daß in der Questura angerufen und seine verdächtige Anwesenheit gemeldet wurde. Auswärtige mochten Venedig für eine Stadt halten; die Einheimischen wußten, daß es nur ein verschlafenes Provinznest war, das sich mit seinem Hang zu Klatsch, Neugier und Engstirnigkeit nicht vom kleinsten *paese* in Kalabrien oder Aspromonte unterschied.

Obwohl er zuletzt vor mehr als vier Jahren in Bretts Wohnung gewesen war, fand er sie ohne große Schwierigkeiten auf der rechten Seite der Calle del Squero Vecchio, einer so winzigen Gasse, daß die Stadt es nie für nötig gehalten hatte, ein Namensschild anzubringen. Er klingelte, und kurz darauf fragte eine Stimme durch die Sprechanlage, wer da sei. Brunetti war froh, daß sie wenigstens diese kleine Vorsichtsmaßnahme ergriffen; allzuoft betätigten die Einwohner dieser friedlichen Stadt nur den Türöffner, ohne sich vorher zu erkundigen, wer da war.

Das Gebäude war zwar in den letzten Jahren renoviert, das Treppenhaus frisch verputzt und gestrichen worden, aber Salz und Feuchtigkeit waren schon wieder am Werk und griffen die Farbe an, die sich in großen Placken löste und nun auf dem

Boden verstreut lag wie Krümel unter einem Tisch. Als er den vierten und letzten Treppenabsatz erreicht hatte, schaute er hoch und sah, daß die schwere Metalltür zu der Wohnung offenstand, aufgehalten von Flavia Petrelli. Auf ihrem Gesicht lag, wenn auch noch nervös und angespannt, tatsächlich so etwas wie ein Lächeln.

Sie gaben sich an der Tür die Hand, und sie trat zur Seite, um ihn einzulassen. Beide sprachen gleichzeitig, sie sagte: »Ich bin froh, daß Sie da sind«, und er: »*Permesso*«, während er in die Diele trat.

Sie trug einen schwarzen Rock, dazu einen ausgeschnittenen Pullover in einem Kanariengelb, das nur wenige Frauen wagen würden. Die Farbe betonte Flavias olivefarbenen Teint und ihre fast schwarzen Augen. Aber bei genauerem Hinsehen stellte er fest, daß ihre Augen, so schön sie auch waren, müde wirkten, ihr Mund angespannt.

Sie bat ihn abzulegen und hängte seinen Mantel in einen großen *armadio*, der linker Hand in der Diele stand. Er hatte den Bericht der Kollegen gelesen, die nach dem Überfall hiergewesen waren, und konnte nicht umhin, einen Blick auf den Boden und die Backsteinwand zu werfen. Von Blut war nichts zu sehen, aber er roch starke Reinigungsmittel und, wie er vermutete, Bohnerwachs.

Flavia machte keine Anstalten, ihn ins Wohnzimmer zu führen, sondern blieb stehen und fragte leise: »Haben Sie schon etwas herausgefunden?«

»Über Dottor Semenzato?«

Sie nickte.

Bevor er antworten konnte, rief Brett aus dem Wohnzimmer: »Schluß mit den Heimlichkeiten, Flavia, bring ihn herein.«

Sie hatte den Anstand, zu lächeln und die Achseln zu zucken, bevor sie sich umdrehte und ins Wohnzimmer vorausging. Es sah noch so aus, wie er es in Erinnerung hatte, erfüllt von Licht, das durch sechs riesige Oberlichter fiel. Brett saß in dunkelroter Hose und schwarzem Pullover auf einem Sofa zwischen zwei hohen Fenstern. Brunetti sah, daß ihr Gesicht zum Teil noch immer beängstigend blau war, wenn auch längst nicht mehr so verschwollen wie im Krankenhaus. Sie rückte ein bißchen nach links, damit er sich neben sie setzen konnte, und reichte ihm die Hand.

Er nahm die Hand, setzte sich neben sie, sah ihr ins Gesicht.

»Kein Frankenstein mehr«, sagte sie und lächelte, um ihm zu zeigen, daß ihre Zähne nicht mehr mit Drähten fixiert waren wie fast die ganze Zeit im Krankenhaus und daß die aufgeplatzte Lippe so weit verheilt war, daß sie den Mund wieder schließen konnte.

Da Brunetti die selbstherrliche Allwissenheit und damit einhergehende Unbeweglichkeit italienischer Ärzte kannte, fragte er ehrlich überrascht: »Wie haben Sie es geschafft, daß man Sie entlassen hat?«

»Ich habe eine Szene gemacht«, sagte sie schlicht.

Da sie offenbar nichts Näheres dazu sagen wollte, schaute Brunetti zu Flavia, die eine Hand über die Augen legte und bei der Erinnerung daran den Kopf schüttelte.

»Und?« fragte er.

»Da haben sie gesagt, ich kann gehen, wenn ich esse, womit sich mein Speisezettel jetzt auf Bananen und Joghurt erweitert hat.«

Wo sie schon von Essen sprachen, schaute Brunetti sie noch einmal aufmerksamer an und stellte fest, daß ihr Gesicht unter den Prellungen und Wunden tatsächlich schmaler und kantiger geworden war.

»Sie sollten schon etwas mehr essen«, sagte er. Hinter sich hörte er Flavia lachen, aber als er sich nach ihr umdrehte, brachte sie ihn auf den Grund seines Besuchs zurück. »Was ist mit Semenzato? Wir haben es gelesen.«

»Es ist ziemlich genau so, wie es in der Zeitung steht. Er wurde in seinem Büro umgebracht.«

»Wer hat ihn gefunden?« fragte Brett.
»Die Putzfrau.«
»Was war passiert? Wie ist er umgebracht worden?«
»Durch einen Schlag auf den Kopf.«
»Womit?« wollte Flavia wissen.
»Mit einem Backstein.«
Plötzlich hellhörig geworden, fragte Brett: »Mit was für einem Backstein?«
Brunetti sah ihn wieder vor sich, wo er ihn zuerst gesehen hatte, neben der Leiche. »Dunkelblau, etwa doppelt so groß wie meine Hand, aber mit irgendwelchen Zeichen darauf, in Gold.«
»Wie kommt denn der dahin?« fragte Brett.
»Die Putzfrau sagt, er habe ihn als Briefbeschwerer benutzt. Warum interessiert Sie das?«
Sie nickte wie zur Antwort auf eine andere Frage, stemmte sich von der Couch hoch und ging zu den Bücherregalen. Es tat Brunetti richtig weh, mit anzusehen, wie vorsichtig sie sich bewegte, wie langsam sie den Arm hob, um einen dicken Band aus dem Regal zu ziehen. Sie klemmte sich das Buch unter den Arm, kam zurück und legte es auf den Couchtisch. Dann schlug sie es auf, blätterte ein paar Seiten um, drückte sie flach und hielt sie mit den Handflächen am Rand fest.
Brunetti beugte sich vor und betrachtete das Farbfoto. Es schien ein riesiges Tor zu sein, aber es fehlte jeder Maßstab, da keine Mauern rechts und links davon zu sehen waren; das Tor stand frei in einem Raum, vielleicht in einem Museum. Zwei große Stiere bewachten zu beiden Seiten den Durchgang. Der Hintergrund war von demselben Kobaltblau wie der Stein, mit dem Semenzato erschlagen worden war, die Körper der Stiere hatten denselben warmen Goldton. Bei näherem Hinsehen stellte er fest, daß die Mauer ganz aus Backsteinquadern bestand, aus der die Stierkörper sich als Flachrelief heraushoben.
»Was ist das?« Er zeigte auf das Foto.
»Das Ischtartor von Babylon«, sagte sie. »Ein großer Teil ist

rekonstruiert, aber der Stein stammt daher. Oder von einem ähnlichen Bauwerk an gleicher Stelle.« Bevor er noch weiterfragen konnte, erklärte sie: »Ich entsinne mich, einige der Steine im Magazin des Museums gesehen zu haben, als wir dort arbeiteten.«

»Aber wie kam er dann auf seinen Schreibtisch?« fragte Brunetti.

Brett lächelte wieder. »Die Vorteile seiner Stellung, denke ich. Er war Direktor des Museums und konnte sich so ziemlich jedes Stück aus der Sammlung in sein Dienstzimmer holen.«

»Ist das üblich?« wollte Brunetti wissen.

»Ja, durchaus. Natürlich kann man sich keinen Leonardo oder Bellini hinhängen, nur zum Privatvergnügen, aber es ist nichts Ungewöhnliches, daß man ein Dienstzimmer mit Stücken aus dem Magazin des Museums dekoriert, vor allem das Zimmer des Direktors.«

»Wird über diese Art von Leihgaben Buch geführt?« fragte er.

Auf der anderen Tischseite schlug Flavia seidenraschelnd die Beine übereinander und sagte leise: »Ach, so ist das.« Dann fügte sie, als ob Brunetti gefragt hätte, hinzu: »Ich bin ihm nur einmal begegnet, aber ich konnte ihn nicht leiden.«

»Wann bist du ihm begegnet, Flavia?« erkundigte sich Brett, ohne auf Brunettis Frage einzugehen.

»Etwa eine halbe Stunde bevor ich dich kennenlernte, *cara*. Bei deiner Ausstellung im Palazzo Ducale.«

»Es war nicht meine Ausstellung«, korrigierte Brett. Brunetti hatte den Eindruck, daß diese Richtigstellung nicht zum erstenmal erfolgte.

»Meinetwegen«, sagte Flavia. »Jedenfalls war die Ausstellung gerade eröffnet worden, und man zeigte mir die Stadt, mit allem Drum und Dran – Diva auf Besuch und so.« Ihr Ton zog den Gedanken, daß sie eine Berühmtheit sein könnte, ins Lächerliche. Da Brett diese Geschichte ihrer ersten Begegnung wahrscheinlich kannte, nahm Brunetti an, daß die Erklärung für ihn gedacht war.

»Semenzato hat mich überall herumgeführt, aber ich hatte nachmittags eine Probe und war ihm gegenüber vielleicht ein bißchen kurz angebunden.« Kurz angebunden? Brunetti hatte Flavia schon in schlechter Laune erlebt, und kurz angebunden war dafür wohl kaum das richtige Wort.

»Er hat mir dauernd versichert, wie sehr er meine Kunst bewundert.« Sie hielt inne, beugte sich zu Brunetti vor und legte ihm eine Hand auf den Arm, während sie weitersprach. »Das heißt bei solchen Leuten immer, daß sie mich noch nie singen gehört haben und wahrscheinlich auch nicht viel davon hätten, aber sie haben immerhin gehört, daß ich berühmt bin, und darum glauben sie mir Komplimente machen zu müssen.« Nach dieser Erklärung nahm sie ihre Hand wieder weg und lehnte sich zurück. »Ich hatte, während er mir zeigte, wie wunderbar die Ausstellung war« – hier sah sie Brett an und fügte hinzu: »und das war sie ja auch«, bevor sie sich wieder Brunetti zuwandte – »die ganze Zeit das Gefühl, daß er mir eigentlich klarmachen wollte, wie wunderbar *er* war, weil er die Idee gehabt hatte. Obwohl es gar nicht seine war. Aber das wußte ich damals nicht, nämlich daß es eigentlich Bretts Ausstellung war. Kurz und gut, er war mir zu sehr von sich überzeugt, und das hat mir nicht gefallen.«

Brunetti konnte sich gut vorstellen, daß sie nicht gern andere Menschen neben sich hatte, die von sich überzeugt waren. Nein, das war ungerecht, denn sie spielte sich nicht in den Vordergrund. Er mußte zugeben, daß er sich in ihr geirrt hatte, als er das letzte Mal mit ihr zu tun hatte. Hier war keine Eitelkeit im Spiel, sie wußte nur um ihren eigenen Wert, ihr Talent, und er wußte genug über ihre Vergangenheit, um zu verstehen, wie schwer sie sich alles verdient haben mußte.

»Aber dann kamst du mit einem Glas Champagner und hast mich vor ihm gerettet«, sagte sie lächelnd zu Brett.

»Keine schlechte Idee, Champagner«, meinte Brett, um Flavias Erinnerungsstrom ein Ende zu setzen, und Brunetti fand es frappierend, wie sehr ihre Reaktion der von Paola ähnelte, wenn er zu erzählen anfing, wie sie sich kennengelernt hatten, daß sie nämlich in der Universitätsbibliothek am Ende eines Ganges einfach zusammengestoßen waren. Wie oft hatte sie ihn im Verlauf ihres Zusammenlebens dann gebeten, ihr etwas zu trinken zu holen, oder ihn dadurch unterbrochen, daß sie jemand anderem eine Frage stellte. Und warum erzählte er diese Geschichte so gern? Rätsel über Rätsel.

Flavia verstand den Wink, stand auf und ging durchs Zimmer. Es war halb zwölf Uhr vormittags, aber wenn den beiden nach Champagner war, stand es ihm wohl kaum zu, sie davon abzuhalten.

Brett blätterte eine Seite in dem Buch um, doch während sie es sich auf dem Sofa bequem machte, klappte die Seite wieder zurück, und Brunetti sah den goldenen Stier, von dem ein Teilstück Semenzato erschlagen hatte.

»Wie haben Sie ihn kennengelernt?« fragte Brunetti.

»Ich habe bei der China-Ausstellung vor einigen Jahren mit ihm zusammengearbeitet. Unsere Kontakte waren hauptsächlich brieflich, denn ich war ja während der Vorbereitungsarbeiten die meiste Zeit in China. Ich habe eine Reihe von Ausstellungsstücken vorgeschlagen und ihm Fotos davon sowie Maß- und Gewichtsangaben geschickt, denn alles mußte per Luftfracht von Xi'an und Peking nach New York und London zu den dortigen Ausstellungen geschickt werden, dann nach Mailand und per Lastwagen oder Schiff hierher.« Sie hielt kurz inne, dann fuhr sie fort: »Persönlich habe ich ihn erst kennengelernt, als ich hierherkam, um die Ausstellung aufzubauen.«

»Wer hatte zu entscheiden, welche Stücke aus China hierhergeschickt werden sollten?«

Sie verzog bei dieser Frage das Gesicht in nachträglicher Verzweiflung. »Wer weiß?« Als er das offensichtlich nicht verstand, versuchte sie zu erklären. »Beteiligt waren die chinesische Regierung, das heißt ihr Ministerium für Kulturschätze und das Außenministerium; auf unserer Seite« – er hörte sehr wohl, daß sie Venedig ganz unbewußt als ›unsere Seite‹ bezeichnete – »das Museum, das Amt für Kulturschätze, die Guardia di Finanza, das Kulturministerium und noch einige andere Stellen, die zu vergessen ich mich sehr bemüht habe.« Sie ließ im Geiste noch einmal die ganze Bürokratie Revue passieren. »Hier war es schrecklich, viel schlimmer als in New York oder London. Und ich mußte das alles von Xi'an aus machen, mit Briefen, die auf dem Postweg oder bei den Zensoren hängenblieben. Endlich, nachdem das drei Monate so gegangen war – das Ganze spielte sich ein Jahr vor der Eröffnung ab –, bin ich für zwei Wochen hergekommen und konnte das meiste erledigen, auch wenn ich dafür zweimal nach Rom fliegen mußte.«

»Und Semenzato?« fragte Brunetti.

»Ich glaube, man sollte als erstes wissen, daß seine Ernennung weitgehend politischer Natur war.« Sie sah Brunettis Erstaunen und lächelte. »Er hatte Museumserfahrung, ich weiß nicht, woher. Aber seine Ernennung war ein politischer Lohn. Sei's drum, es gab –«, sie korrigierte sich sofort, »es gibt am Museum Kuratoren, die sich tatsächlich um die Sammlung kümmern. Seine Aufgabe war in erster Linie administrativer Art, und die hat er sehr gut gemacht.«

»Aber die Ausstellung hier, hat er Ihnen bei der Einrichtung geholfen?« Irgendwo in der Wohnung hörte er Flavia herumlaufen, hörte Schubladen und Schranktüren auf- und zugehen, das Klingen von Gläsern.

»Ein bißchen, ja. Ich sagte schon, daß ich für die Ausstellungen in New York und London von Xi'an aus mehr oder weniger hin und her gependelt bin, aber hier bin ich zur Eröffnung hergekommen.« Er dachte, sie wäre fertig, aber sie fügte noch hinzu: »Und danach war ich noch einen Monat hier.«

»Hatten Sie da viel mit ihm zu tun?«

»Sehr wenig. Während des Aufbaus war er die meiste Zeit in Urlaub, und als er zurückkam, mußte er zu einer Konferenz mit dem Kulturminister nach Rom, weil er für eine andere geplante Ausstellung einen Austausch mit dem Brera in Mailand arrangieren wollte.«

»Aber Sie hatten doch sicher irgendwann persönlichen Kontakt mit ihm?«

»Ja, natürlich. Er war ungemein charmant und, wenn er konnte, auch sehr hilfsbereit. Er ließ mir freie Hand bei der Ausstellung, ich durfte sie nach meinen eigenen Vorstellungen aufbauen. Und als sie vorbei war, hat er es mit meiner Assistentin genauso gehalten.«

»Ihrer Assistentin?« fragte Brunetti.

Brett warf einen Blick in Richtung Küche und antwortete dann: »Matsuko Shibata. Sie war meine Assistentin in Xi'an, ausgeliehen vom Museum in Tokio, Teil eines Austauschprogramms zwischen Japan und China. Sie hatte in Berkeley studiert, war aber nach ihrem Examen nach Tokio zurückgegangen.«

»Und wo ist sie jetzt?« fragte Brunetti.

Brett beugte sich über das Buch und klappte etliche Seiten auf einmal um, bis ihre Hand auf einem zierlichen japanischen Wandschirm zur Ruhe kam, der Reiher im Flug über einem hohen Bambusdickicht zeigte. »Sie ist tot. Am Ausgrabungsort tödlich verunglückt.«

»Wie ist das passiert?« Brunetti sprach sehr leise, denn er merkte, daß Brett schon angefangen hatte, diesen Unfall wegen Semenzatos Tod in einem völlig anderen Licht zu sehen.

»Sie ist gestürzt. Die Ausgrabungsstelle in Xi'an ist nicht viel mehr als ein offenes Loch mit einem Flugzeughangar darüber. Die Statuen waren alle begraben, sie waren ein Teil des Heeres, das der Kaiser mit in die Ewigkeit nehmen sollte. An manchen Stellen mußten wir drei bis vier Meter tief graben, um heranzukommen. Es gibt einen Außenbereich um die Ausgrabungsstätte herum, und ein Mäuerchen soll die Touristen davor bewahren, hineinzufallen oder Erde loszutreten, die auf uns fallen würde, wenn wir unten arbeiten. An manchen Stellen, wo Touristen nicht hindürfen, ist keine solche Mauer. – Matsuko ist gestürzt«, begann sie, aber Brunetti sah, wie sie beim Sprechen neue Möglichkeiten in Erwägung zog und dementsprechend ihre Worte wählte. Sie formulierte es dann so: »Matsukos Leiche wurde an einer solchen Stelle unten im Graben gefunden. Sie war etwa drei Meter tief gefallen und hatte sich das Genick gebrochen.« Sie sah zu Brunetti hinüber und gab ihre neuerlichen Zweifel nun offen zu, indem sie den letzten Satz abänderte: »Man hat sie auf dem Boden der Grube mit gebrochenem Genick gefunden.«

»Wann war das?«

Aus der Küche kam ein lauter Schuß. Ohne zu überlegen, schnellte Brunetti vom Sofa hoch und duckte sich vor Brett, warf sich zwischen sie und die offene Küchentür. Während er unter dem Jackett nach seinem Revolver griff, hörte er Flavia ausrufen: »*Porca vaca*«, dann vernahmen beide das unverkennbare Platschen von Champagner aus einem Flaschenhals auf den Fußboden.

Brunetti ließ die Waffe los und setzte sich wortlos wieder auf seinen Platz. Unter anderen Umständen wäre der Zwischenfall vielleicht komisch gewesen, aber keiner von ihnen lachte. In schweigender Übereinkunft übergingen sie ihn, und Brunetti wiederholte seine Frage. »Wann ist sie umgekommen?«

Brett hatte wohl beschlossen, aus Gründen der Zeitersparnis alle seine Fragen sofort zu beantworten. »Etwa drei Wochen nachdem ich meinen ersten Brief an Semenzato abgeschickt hatte«, sagte sie.

»Und wann war das?«

»Mitte Dezember. Ich habe ihre Leiche nach Tokio gebracht. Das heißt, ich bin mitgeflogen. Mit ihr.« Sie unterbrach sich, ihre Stimme versagte angesichts einer Erinnerung, an der sie Brunetti nicht teilhaben lassen mochte.

»Ich wollte zu Weihnachten nach San Francisco«, fuhr sie fort. »Da bin ich früher abgefahren und drei Tage in Tokio geblieben. Ich habe ihre Familie besucht.« Wieder eine lange Pause. »Danach bin ich weiter nach San Francisco geflogen.«

»Und dann?« fragte Brunetti.

»Zurück nach China«, antwortete Brett schlicht.

»Ohne Semenzato anzurufen?«

Sie senkte den Blick und schüttelte den Kopf.

Flavia kam gerade aus der Küche, auf der einen Hand ein silbernes Tablett mit drei hohen Champagnerflöten, die andere um den Hals einer Flasche Dom Pérignon gelegt wie um einen Tennisschläger. Keine vornehme Zurückhaltung hier, nicht beim Champagner nach dem Frühstück.

Sie hatte die letzten Sätze mitbekommen und fragte: »Erzählst du Guido gerade von unserer fröhlichen Weihnacht?« Daß sie seinen Vornamen gebrauchte, entging beiden ebensowenig wie die Betonung auf dem Wort »fröhlich«.

Brunetti nahm ihr das Tablett ab und stellte es auf den Tisch. Flavia goß großzügig Champagner in die Gläser. Aus dem einem schäumte er über, floß aufs Tablett hinunter und über dessen Rand gefährlich nah an das Buch, das noch immer offen auf dem Tisch lag. Brett klappte es schnell zu und legte es neben sich aufs Sofa. Flavia reichte Brunetti ein Glas, stellte eines an den Platz, wo sie selbst gesessen hatte, und gab das dritte Brett.

»*Cin, cin*«, rief Flavia mit aufgesetzter Heiterkeit, und sie hoben die Gläser. »Wenn wir über San Francisco reden, brauche ich wenigstens Champagner.« Sie setzte sich den beiden anderen gegenüber und trank einen so großen Schluck aus ihrem Glas, daß von Nippen keine Rede sein konnte.

Brunetti sah sie fragend an, und sie beeilte sich zu erklären: »Ich habe dort gesungen. Die Tosca. Gott, war das eine Katastrophe.« Mit einer Geste, die so bewußt theatralisch war, daß sie sich selbst lächerlich machte, schlug sie sich den Handrücken vor die Stirn, schloß die Augen und fuhr fort: »Wir hatten einen deutschen Regisseur, der ein ›Konzept‹ hatte. Unglücklicherweise bestand dieses Konzept darin, die Oper ›relevant‹ zu machen« – sie sprach das Wort mit ganz besonderer Verachtung aus – »und sie in die Zeit der rumänischen Revolution zu verlegen. Scarpia sollte Ceauşescu sein oder wie sich dieser gräßliche Mensch sonst ausspricht. Ich war zwar noch immer die große Diva, aber eine aus Bukarest, nicht aus Rom.« Bei der Erinnerung bedeckte sie mit der Hand die Augen, sprach aber weiter. »Ich weiß noch, daß Panzer und Maschinengewehre auf der Bühne waren, und in einer Szene mußte ich eine Handgranate in meinem Dekolleté verstecken.«

»Vergiß das Telefon nicht«, sagte Brett, eine Hand vor dem Mund, um nicht loszulachen.

»Ach du gütiger Himmel, ja, das Telefon. Daß ich das vergessen habe, zeigt schon, wie sehr ich mich bemüht habe, es aus meinem Gedächtnis zu streichen.« Sie sah Brunetti an, trank einen Schluck, der viel eher zu Mineralwasser als zu Champagner gepaßt hätte, und fuhr fort, wobei ihr der Schalk aus den Augen blitzte. »Mitten in *Vissi d'arte* sollte ich nach den Vorstellungen des Regisseurs um Hilfe telefonieren. Also, da lag ich nun ausgestreckt auf dem Sofa und versuchte Gott klarzumachen, daß ich das alles nicht verdiente, was ja auch stimmte, als Scarpia – ich glaube, er war wirklich Rumäne, jedenfalls habe ich nie ein Wort von dem verstanden, was er sagte –« Sie hielt kurz inne und setzte hinzu: »Oder sang.«

Brett unterbrach sie, um zu korrigieren: »Er war Bulgare, Flavia.«

Flavia winkte, obwohl ihr das Glas im Weg war, mit einer lockeren Handbewegung ab. »Alles dasselbe, *cara*. Die sehen alle aus wie Kartoffeln und stinken nach Paprika. Und sie schreien alle so, besonders die Soprane.« Sie leerte ihr Glas und schwieg nur so lange, bis sie es wieder gefüllt hatte. »Wo war ich?«

»Auf dem Sofa, glaube ich, im Gebet zu Gott«, half Brett nach.

»Ach, ja. Und dann stolpert doch dieser Scarpia, ein riesiger, ungeschlachter Klotz von einem Mann, über die Telefonschnur und reißt sie aus der Wand. Und ich auf dem Sofa, den Draht zu Gott abgeschnitten, und hinter dem Bariton sehe ich den Regisseur in den Kulissen stehen und wie irre gestikulieren. Ich glaube, ich sollte das Kabel irgendwie wieder einstecken und auf jeden Fall telefonieren.« Sie nippte, bedachte Brunetti mit einem so warmen Lächeln, daß er sich veranlaßt fühlte, ebenfalls an seinem Champagner zu nippen, und erzählte weiter: »Aber irgendwie muß man als Künstler sein Niveau wahren.«

Dann mit einem Blick zu Brett: »Oder wie ihr Amerikaner sagt, man muß irgendwo eine Grenze in den Sand ziehen.«

Sie machte eine Pause, und Brunetti wußte, was von ihm erwartet wurde. »Was haben Sie gemacht?« fragte er.

»Ich habe den Hörer genommen und hineingesungen, als ob ich jemanden am anderen Ende hätte, ganz so, als hätte niemand gesehen, daß die Schnur herausgerissen war.« Sie stellte ihr Glas auf den Tisch, streckte die Arme von sich wie eine Gekreuzigte und begann ohne jede Vorwarnung die letzten Takte der Arie zu singen: »*Nell' ora del dolore perché, perché Signore, ah perché me ne rimuneri così?*« Wie machte sie das nur? Von der normalen Sprechstimme ohne Vorbereitung gleich hinauf in diese langen, hohen Töne?

Brunetti lachte so laut, daß er dabei Champagner auf seine Hemdbrust verschüttete. Brett stellte ihr Glas ab und hielt sich mit beiden Händen den Mund zu.

Flavia lehnte sich so lässig zurück, als wäre sie nur kurz in der Küche gewesen, um nach dem Braten zu sehen und festzustellen, daß er durch war, und fuhr mit ihrer Geschichte fort. »Scarpia mußte dem Publikum den Rücken zudrehen, so hat er gelacht. Es war das erstemal in vier Wochen, daß er etwas tat, was ihn mir sympathisch machte. Ich habe fast bedauert, daß ich ihn ein paar Minuten später umbringen mußte. Der Regisseur hat in der Pause hysterisch getobt und mich angebrüllt, ich hätte ihm die ganze Inszenierung ruiniert und er würde nie wieder mit mir arbeiten. Na ja, das steht ja wohl fest, oder? Die Kritiken waren grauenvoll.«

»Flavia«, schalt Brett sie sanft, »die Kritiken über die Inszenierung waren grauenvoll; deine waren hervorragend.«

Im selben Ton, in dem man einem Kind etwas erklärt, sagte Flavia: »Meine Kritiken sind immer hervorragend, *cara*.« Einfach so. Sie wandte sich an Brunetti. »Und genau in dieses Fiasko hinein kam sie«, sagte sie und deutete auf Brett, »um mit mir und den Kindern Weihnachten zu feiern.« Sie schüttelte ein paarmal den Kopf. »Sie hatte gerade die Leiche dieser jungen Frau nach Tokio gebracht. Nein, das war keine fröhliche Weihnacht.«

Champagner hin, Champagner her, Brunetti fand, daß er doch noch mehr über den Tod von Bretts Assistentin wissen wollte. »Tauchte damals irgendwann die Frage auf, ob es vielleicht doch kein Unfall war?«

Brett schüttelte den Kopf, das vor ihr stehende Glas war vergessen. »Nein. Irgendwann ist fast jeder von uns mal am Rand der Grube ausgerutscht. Einer der chinesischen Archäologen war kaum einen Monat zuvor da runtergefallen und hatte sich den Knöchel gebrochen. Wir glaubten also seinerzeit alle an einen Unfall. Vielleicht war es ja einer«, fügte sie ohne die mindeste Überzeugung hinzu.

»Hat sie an der Ausstellung hier mitgewirkt?« fragte Brunetti.

»Bei der Eröffnung war sie nicht dabei. Dazu bin ich allein hergekommen. Aber Matsuko hat das Verpacken der Stücke für den Rücktransport nach China beaufsichtigt.«

»Waren Sie auch hier?«

Brett zögerte lange, sah kurz zu Flavia hinüber, senkte dann den Kopf und antwortete: »Nein.«

Flavia griff erneut nach der Flasche und schenkte Champagner nach, obwohl nur ihr Glas des Nachfüllens bedurfte.

Eine Weile sagte keiner etwas, bis Flavia schließlich im Ton einer Feststellung, nicht einer Frage, zu Brett meinte: »Sie sprach kein Italienisch, nicht?«

»Nein«, antwortete Brett.

»Aber sie und Semenzato sprachen beide Englisch, soweit ich mich erinnere.«

»Was spielt denn das für eine Rolle?« wollte Brett wissen, und in ihrem Ton lag etwas Zorniges, was Brunetti spürte, aber nicht ergründen konnte.

Flavia schnalzte leise mit der Zunge und wandte sich mit gespielter Erbitterung an Brunetti. »Vielleicht ist es ja wahr, was uns Italienern nachgesagt wird, daß wir mehr Sympathie für Unehrlichkeit aufbringen als andere. Sie verstehen, was ich meine?«

Er nickte. »Das heißt«, versuchte er es Brett zu erklären, als er sah, daß Flavia dazu keine Anstalten machte, »sie konnte nur über Semenzato mit anderen verkehren. Sie hatten eine gemeinsame Sprache.«

»Moment mal«, fuhr Brett auf. Sie verstand jetzt, was die beiden meinten, was aber nicht hieß, daß es ihr gefiel. »Jetzt soll also Semenzato schuldig sein, so ohne weiteres, und Matsuko auch? Nur weil beide Englisch sprachen?«

Weder Brunetti noch Flavia sagte ein Wort.

»Ich habe drei Jahre lang mit Matsuko gearbeitet«, fuhr Brett hitzig fort. »Sie war Archäologin, Kuratorin. Ihr beide könnt sie nicht einfach zur Diebin erklären, ihr könnt euch nicht hier zum Richter aufschwingen und sie schuldig sprechen, ohne jedes Wissen, ohne Beweise.« Brunetti stellte fest, daß sie mit dem ebenso unbegründeten Schuldspruch für Semenzato offenbar keine Probleme hatte.

Immer noch antwortete ihr keiner. Es verging fast eine volle Minute. Schließlich setzte Brett sich auf dem Sofa zurecht, streckte dann die Hand aus und nahm ihr Glas. Aber sie trank nicht, ließ nur die Flüssigkeit kreisen und stellte das Glas wieder auf den Tisch. »*Occam's razor*«, sagte sie endlich in resigniertem Ton.

Brunetti wartete, ob Flavia etwas sagen würde, weil er dachte, sie wüßte vielleicht, was damit gemeint war, aber Flavia schwieg. Also fragte er: »Wessen Rasiermesser?«

»William von Occam«, sagte Brett, ohne dabei den Blick von ihrem Glas zu wenden. »Ein mittelalterlicher Philosoph. Engländer, glaube ich. Er hatte die Theorie, daß die richtige Erklärung für jedes Problem gewöhnlich die ist, die von den vorhandenen Informationen den einfachsten Gebrauch macht.«

Dann konnte dieser William eindeutig kein Italiener sein, dachte Brunetti unwillkürlich. Er warf einen Blick zu Flavia und hätte schwören können, daß ihre hochgezogene Augenbraue dasselbe besagte.

»Flavia, wärst du so lieb, mir etwas anderes zu trinken zu holen?« bat Brett, indem sie ihr halbvolles Glas hochhielt. Brunetti sah Flavias anfängliches Zögern, dann den mißtrauischen Blick, den sie zuerst ihm, dann wieder Brett zuwarf, und mußte daran denken, wie dieser Blick dem ähnelte, mit dem Chiara ihn bedachte, wenn man sie um etwas bat, wozu sie das Zimmer verlassen mußte, wo Paola und er etwas zu bereden hatten, was sie vor ihr geheimhalten wollten. Mit einer fließenden Bewegung erhob sich Flavia aus ihrem Sessel, nahm Bretts Glas und ging zur Küche. An der Tür blieb sie nur lange genug stehen, um über die Schulter zu rufen: »Ich hole dir Mineralwasser. Und ich sehe zu, daß ich schön lange brauche, um die Flasche zu öffnen.« Die Tür schlug zu, und sie war verschwunden.

Was sollte das? überlegte Brunetti.

Sowie Flavia fort war, sagte Brett es ihm. »Matsuko und ich waren ein Liebespaar. Ich habe es Flavia nie gesagt, aber sie weiß es sowieso.« Ein lauter Knall aus der Küche bestätigte das.

»Es hatte in Xi'an begonnen, etwa ein Jahr nachdem sie zu uns gekommen war.« Und um es klarer zu machen, fügte sie hinzu: »Wir haben gemeinsam an der Ausstellung gearbeitet, und sie hat eine Abhandlung für den Katalog geschrieben.«

»Wessen Idee war es, daß sie an der Ausstellung mitarbeiten sollte?« fragte Brunetti.

Brett versuchte erst gar nicht, ihre Verlegenheit zu verbergen. »Meine? Ihre? Ich weiß es nicht mehr. Es hat sich einfach so ergeben. Wir haben uns einmal nachts darüber unterhalten.« Sie errötete unter ihren Blessuren. »Und am Morgen war es ausgemachte Sache, daß sie den Artikel schreiben und mit nach New York kommen sollte, um bei der Ausstellung zu helfen.«

»Aber nach Venedig sind Sie allein gekommen?« fragte er.

Sie nickte. »Wir sind nach der New Yorker Eröffnung zusammen nach China zurückgeflogen. Später war ich dann wieder in New York, um bei der Schließung dabeizusein, und Matsuko kam nach London und hat mir beim Aufbau geholfen. Nach der Eröffnung sind wir gleich nach China zurück. Ich bin dann einige Zeit später allein wieder nach London geflogen, um alles für Venedig zu verpacken. Ich dachte, sie käme mit mir zur Eröffnung, aber sie wollte nicht. Sie sagte, sie wolle …« Bretts Stimme versagte. Sie räusperte sich und wiederholte: »Sie sagte, sie wolle, daß wenigstens diese Ausstellung allein mein Werk sei, und darum komme sie nicht.«

»Aber hinterher kam sie doch? Als die Exponate nach China zurückgeschickt werden sollten?«

»Sie kam für drei Wochen aus Xi'an«, sagte Brett. Dann hielt sie inne, blickte auf ihre ineinander verschränkten Hände und murmelte: »Ich glaube es nicht. Ich glaube es einfach nicht«, woraus Brunetti schloß, daß sie es sehr wohl glaubte.

»Zwischen uns war es schon aus, als sie herkam. Ich hatte bei der Eröffnung Flavia kennengelernt. Ich habe es Matsuko gesagt, als ich etwa einen Monat nach der hiesigen Eröffnung wieder nach Xi'an zurückkam.«

»Wie hat sie darauf reagiert?«

»Was glauben Sie denn, Guido? Sie war lesbisch, kaum mehr

als ein Kind, gefangen zwischen zwei Kulturen, aufgewachsen in Japan, ausgebildet in Amerika. Als ich nach Xi'an zurückkam – ich war fast zwei Monate fort gewesen –, hat sie geweint, als ich ihr den italienischen Katalog mit ihrem Artikel zeigte. Sie hatte an der wichtigsten Ausstellung mitgewirkt, die es auf unserem Gebiet in Jahrzehnten gegeben hatte, sie war in ihre Chefin verliebt und glaubte sich wiedergeliebt. Und dann komme ich aus Venedig angeschneit und sage ihr, daß alles vorbei ist, daß ich eine andere liebe, und als sie fragt, warum, rede ich in meiner Dämlichkeit von kulturellen Unterschieden, von der Schwierigkeit, einen Menschen aus einem anderen Kulturkreis je wirklich zu verstehen. Ich habe ihr gesagt, sie und ich hätten keine gemeinsame Kultur, Flavia und ich aber schon.« Ein erneuter Knall aus der Küche bewies, wie wenig das stimmte.

»Und?« fragte Brunetti.

»Wenn es Flavia gewesen wäre, sie hätte mich wohl umgebracht. Aber Matsuko war Japanerin, egal, wie lange sie in Amerika gewesen war. Sie verbeugte sich tief und verließ mein Zimmer.«

»Und danach?«

»Danach war sie nur noch meine perfekte Assistentin. Sehr förmlich, sehr distanziert und sehr tüchtig. Sie war begabt für ihren Beruf.« Brett schwieg lange. »Ich finde es nicht gut, was ich ihr angetan habe, Guido«, sagte sie dann leise.

»Warum ist sie hierhergekommen, um die Sachen für China einzupacken?«

»Ich war in New York«, antwortete Brett, als ob das alles erklärte. Brunetti genügte das nicht, aber er wollte dem jetzt nicht nachgehen. »Ich habe Matsuko angerufen und gefragt, ob sie sich hier um den Abbau und den Rücktransport kümmern wolle.«

»Und sie hat zugesagt?«

»Wie gesagt, sie war meine Assistentin. Die Ausstellung bedeutete ihr genausoviel wie mir.« Als ihr aufging, wie sich das anhörte, fügte Brett hinzu: »Das dachte ich zumindest.«

»Und ihre Familie?« fragte er.

Die Frage überraschte Brett offenbar, denn sie fragte zurück: »Wieso, was soll damit sein?«

»Ist sie reich?«

»*Ricca sfondata*«, erklärte sie. Bodenlos reich. »Warum fragen Sie?«

»Um zu klären, ob sie es vielleicht des Geldes wegen getan hat«, sagte er.

»Ich finde es nicht gut, wie Sie so einfach annehmen, daß sie die Finger im Spiel hatte«, protestierte Brett, aber nur schwach.

»Kann ich jetzt wieder reinkommen?« fragte Flavia laut aus der Küche.

»Hör doch auf, Flavia«, gab Brett unwirsch zurück.

Flavia kam herein, in der Hand ein Glas Sprudel, in dem die Bläschen fröhlich aufstiegen. Sie stellte es Brett hin, sah auf ihre Armbanduhr und sagte: »Es ist Zeit für deine Medizin.« Schweigen. »Soll ich sie dir holen?«

Ohne Vorwarnung schlug Brett mit der Faust auf die Marmorplatte, daß das Tablett wackelte und in allen Gläsern kleine Bläschen hochstiegen. »Ich hole mir meine Tabletten selber, verdammt noch mal.« Sie stemmte sich vom Sofa hoch und durchquerte schnell das Zimmer. Kurz darauf hallte das Echo einer weiteren zuschlagenden Tür durch die Wohnung.

Flavia setzte sich in ihren Sessel, nahm ihr Champagnerglas und trank einen Schluck. »Ungenießbar«, bemerkte sie. Der abgestandene Champagner? Brett? Sie kippte ihren Champagner in Bretts Glas und schenkte sich den Rest aus der Flasche ein. Vorsichtig probierte sie, dann lächelte sie Brunetti zu. »Schon besser.« Sie stellte ihr Glas auf den Tisch.

Da er nicht wußte, ob das jetzt Theater war oder nicht, beschloß Brunetti, einfach abzuwarten. Ein Weilchen nippten sie in stillem Einvernehmen an ihrem Champagner, bis Flavia endlich fragte: »Wie notwendig war die Wache vor dem Zimmer im Krankenhaus?«

»Bevor ich ein klareres Bild davon habe, was hier eigentlich vorgeht, weiß ich nicht, wie notwendig irgend etwas ist«, antwortete er.

Ihr Lächeln war breit. »Wie erfrischend, einen Staatsdiener zugeben zu hören, daß er etwas nicht weiß«, sagte sie und griff nach ihrem leeren Glas.

Als sie sah, daß kein Champagner mehr da war, wurde ihre Stimme ernster. »Matsuko?« fragte sie.

»Wahrscheinlich.«

»Aber woher sollte sie Semenzato so gut kennen? Oder vielmehr wissen, daß er der richtige Mann dafür war?«

Brunetti überlegte. »Er hatte anscheinend einen gewissen Ruf, zumindest hier.«

»Einen Ruf, von dem Matsuko wissen konnte?«

»Vielleicht. Sie hatte seit Jahren mit Altertümern zu tun, hat also sicher dies und das gehört. Und wie Brett sagt, ist ihre Familie sehr reich. Vielleicht wissen die sehr Reichen über solche Dinge Bescheid.«

»Ja, das wissen wir«, stimmte sie mit einer Selbstverständlichkeit zu, die er mit Sicherheit für echt hielt. »Es ist beinah wie in einem geschlossenen Club, als hätten wir ein Gelübde abgelegt, einer des anderen Geheimnisse zu wahren. Und es ist immer ganz leicht, sehr leicht, zu erfahren, wo man einen krummen Steueranwalt findet – nicht daß es andere gäbe, jedenfalls nicht in diesem Land – oder jemanden, der Drogen besorgen kann, oder Jungen oder Mädchen, oder jemanden, der bereitwillig dafür Sorge trägt, daß ein Gemälde von einem Land ins andere kommt, ohne daß Fragen gestellt werden. Natürlich weiß ich nicht genau, wie das in Japan geht, aber ich kenne keinen Grund, warum es da irgendwie anders sein sollte. Reichtum hat seinen eigenen Paß.«

»Hatten Sie über Semenzato schon etwas gehört?«

»Wie gesagt, ich habe ihn nur das eine Mal getroffen, und ich mochte ihn nicht, darum interessierte mich nicht, was über ihn geredet wurde. Und jetzt ist es zu spät, mich zu erkundigen, denn jeder wird bemüht sein, nur gut von ihm zu reden.« Sie nahm sich Bretts Wasserglas und trank einen Schluck. »Natürlich wird sich das in ein paar Wochen ändern, da werden die Leute wieder die Wahrheit über ihn sagen. Aber im Moment ist nicht der richtige Zeitpunkt, sie zu erfahren.« Sie stellte das Glas ab.

Obwohl er die Antwort schon zu kennen glaubte, fragte er dennoch: »Hat Brett etwas über Matsuko gesagt? Ich meine, nachdem Semenzato umgebracht wurde?«

Flavia schüttelte den Kopf. »Sie hat überhaupt nicht viel gesagt. Nicht seit das angefangen hat.« Sie beugte sich vor und rückte das Glas ein paar Millimeter nach links. »Brett hat Angst vor Gewalt. Das ist eigentlich widersinnig, weil sie sehr mutig ist. Wir Italienerinnen sind das nämlich nicht. Wir sind draufgängerisch und frech, aber nicht tapfer. Brett ist in China, lebt die halbe Zeit im Zelt, reist im Land herum. Einmal ist sie sogar mit dem Bus nach Tibet gefahren. Sie hat mir erzählt, wie die chinesischen Behörden ihr kein Visum geben wollten und sie einfach die Papiere gefälscht hat und hingefahren ist. Sie hat keine Angst vor etwas, wovor die meisten Leute eine Heidenangst haben, nämlich, daß sie Ärger mit Behörden kriegen oder verhaftet werden. Aber körperliche Gewalt macht ihr angst. Ich glaube, das kommt daher, daß sie so viel in ihren Gedanken lebt, durch Nachdenken Probleme durcharbeitet und löst. Sie ist nicht mehr dieselbe, seit das passiert ist. Sie mag nicht an die Tür gehen, wenn es klingelt. Tut so, als hätte sie es nicht gehört, oder wartet einfach, bis ich hingehe. Aber der Grund ist, daß sie Angst hat.«

Brunetti fragte sich, warum Flavia ihm das alles erzählte. »Ich muß nächste Woche weg«, sagte sie, womit seine Frage beantwortet war. »Meine Kinder waren zwei Wochen mit ihrem Vater zum Skifahren und kommen dann nach Hause. Ich habe schon drei Vorstellungen abgesagt, aber mehr kann ich nicht absagen. Will ich auch nicht. Ich habe sie eingeladen mitzukommen, aber sie weigert sich.«

»Warum?«

»Ich weiß es nicht. Sie will es nicht sagen. Oder kann nicht.«
»Warum erzählen Sie mir das?«
»Weil ich glaube, sie würde es sich von Ihnen sagen lassen.«
»Was sagen?«
»Daß sie mit mir kommen soll.«
»Nach Mailand?«
»Ja. Und danach muß ich im März für einen Monat nach München. Sie könnte mich begleiten.«
»Und was ist mit China? Muß sie nicht zurück?«
»Um mit gebrochenem Genick auf dem Grund dieser Grube zu enden?« Obwohl er wußte, daß ihr Zorn nicht ihm galt, ließ dieser Ton ihn zusammenfahren.
»Hat sie denn davon gesprochen, daß sie zurückwill?« fragte er.
»Sie hat über gar nichts gesprochen.«
»Wissen Sie, wann sie zurücksollte?«
»Ich glaube nicht, daß sie schon etwas geplant hat. Als sie hier ankam, sagte sie, sie habe keinen Rückflug reserviert.« Sie sah Brunettis fragenden Blick. »Es hing davon ab, was sie von Semenzato erfahren würde.« An ihrem Ton merkte er, daß dies nur ein Teil der Erklärung war. Er wartete. »Aber zum Teil hing es wohl auch von mir ab.« Sie hielt inne, blickte an Brunetti vorbei, dann rasch wieder zu ihm. »Sie hat mir ein Angebot verschafft, am Konservatorium von Peking Meisterklassen zu unterrichten. Ich sollte mit ihr hin.«
»Und?« fragte er endlich.
»Wir hatten noch nicht darüber gesprochen, als das passierte.«
»Und seitdem auch nicht?«
Sie schüttelte den Kopf.
Brunetti fiel plötzlich auf, daß Brett schon sehr lange fort war. »Ist das die einzige Tür?« fragte er.
Seine Frage kam so unvermittelt, daß Flavia einen Augenblick brauchte, ehe sie verstand, was er meinte.

»Ja. Es gibt keinen anderen Weg nach draußen. Oder herein. Und das Dach ist separat. Man hat von hier aus keinen Zugang.« Sie stand auf. »Ich gehe mal nachsehen, was sie macht.«

Sie blieb lange weg. Währenddessen nahm Brunetti das Buch, das Brett auf dem Sofa hatte liegenlassen, und blätterte darin herum. Lange betrachtete er das Foto vom Ischtartor und versuchte festzustellen, welches Stück davon Semenzato umgebracht hatte. Es war wie ein Puzzle, aber er konnte das fehlende Teil, das im Labor der Questura lag, nicht in das vor ihm liegende Gesamtbild einfügen.

Es dauerte beinah zehn Minuten, bis Flavia zurückkam. Sie blieb beim Sprechen am Tisch stehen, um Brunetti wissen zu lassen, daß ihr Gespräch beendet war. »Sie schläft. Die Schmerztabletten, die sie nimmt, sind sehr stark, und es ist wohl auch ein Beruhigungsmittel darin. Der Champagner hat das Seine dazugetan. Sie wird sicher bis nachmittags schlafen.«

»Ich muß noch einmal mit ihr sprechen«, sagte er.

»Hat das Zeit bis morgen?« Es war eine schlichte Frage, kein gebieterisches Verlangen.

Eigentlich hatte es keine Zeit, aber was sollte er machen? »Ja. Ist es recht, wenn ich etwa um dieselbe Zeit komme?«

»Natürlich. Ich sage es ihr. Und ich werde den Champagner zu rationieren versuchen.« Das Gespräch mochte beendet sein, aber der Waffenstillstand schien zu halten.

Brunetti, der inzwischen fand, daß Dom Pérignon ein hervorragendes Vormittagsgetränk war, hielt das für eine unnötige Vorsichtsmaßnahme und hoffte, daß Flavia bis morgen ihre Meinung wieder ändern würde.

12

Ist das beginnender Alkoholismus? dachte Brunetti, als er sich auf dem Rückweg zur Questura dabei ertappte, daß er am liebsten gleich in die nächste Bar gehen und noch ein Glas Champagner trinken würde. Oder war es nur die unvermeidliche Reaktion darauf, daß er heute vormittag mit Patta sprechen mußte? Ersteres schien ihm erstrebenswerter.

Als er die Tür zu seinem Zimmer aufmachte, schlug ihm eine derartige Hitzewoge entgegen, daß er sich unwillkürlich umschaute, ob sie womöglich irgendeine unschuldige Seele auf dem Korridor erdrückte, die nicht mit den Launen des Heizungssystems vertraut war. Jahr für Jahr brach etwa zum Fest der heiligen Agatha am fünften Februar in allen Nordzimmern im vierten Stock der Questura die große Hitze aus, während sie sich zur selben Zeit aus den nach Süden gelegenen Zimmern im dritten Stock zurückzog. Das blieb ungefähr drei Wochen so, gewöhnlich bis zum Fest des heiligen Leander, dem die meisten Leute in der Questura für ihre Erlösung zu danken geneigt waren. Dieses Phänomen hatte bisher niemand durchschauen oder ändern können, obwohl es schon seit mindestens fünf Jahren auftrat. Immer wieder hatten sich Techniker an der Zentralheizungsanlage versucht, hatten sie inspiziert, neu eingestellt und überholt, verflucht und mit Füßen getreten, aber nie in Ordnung gebracht. Inzwischen hatten die Mitarbeiter in den Büros auf diesen beiden Stockwerken resigniert und ergriffen die notwendigen Maßnahmen, die einen zogen ihre Jacken aus, die anderen Handschuhe an.

Für Brunetti war das Heizungsphänomen so eng mit dem Fest der heiligen Agatha verbunden, daß er nie eine Darstellung der Märtyrerin – stets mit ihren beiden abgeschnittenen Brüsten auf einem Tablett – ansehen konnte, ohne sich vorzustellen, daß es zwei zusammengehörige Teile der Zentralheizung waren, vielleicht zwei große Dichtungen.

Er ging durchs Zimmer, entledigte sich unterwegs seines Mantels und Jacketts und stieß die beiden hohen Fenster auf. Schlagartig war ihm kalt, und er nahm das Jackett rasch wieder vom Schreibtisch, wohin er es eben geworfen hatte. Im Lauf der Jahre hatte er für das Öffnen und Schließen der Fenster einen Rhythmus entwickelt, der einerseits die Raumtemperatur wirkungsvoll unter Kontrolle hielt, andererseits ihn aber daran hinderte, sich auf irgend etwas zu konzentrieren. Stand der Hausmeister vielleicht im Dienst der Mafia? Wenn man den Zeitungen glaubte, war das bei jedem zweiten der Fall, der bei der Polizei arbeitete, warum also nicht beim Hausmeister?

Auf dem Schreibtisch lagen die üblichen Personalakten, Anfragen anderer Polizeidienststellen im Land und Briefe venezianischer Bürger. In einem bat ihn eine Frau von der kleinen Insel Torcello, persönlich nach ihrem Sohn zu suchen, der angeblich von den Syrern gekidnappt worden war. Die Frau war verrückt, und jeden Monat bekam ein anderer Polizeibeamter einen Brief von ihr: Immer ging es um den gar nicht existierenden Sohn, nur die Kidnapper waren jedesmal andere, je nach Lage der Weltpolitik.

Wenn er sofort hinging, konnte er noch vor dem Mittagessen mit Patta sprechen. Von diesem hellen Strahl der Hoffnung geleitet, nahm Brunetti die dünne Akte über die Fälle Semenzato und Lynch und machte sich auf den Weg zu Patta.

Zwar lachten ihm frische Iris entgegen, aber Signorina Elettra war nicht an ihrem Platz. Wahrscheinlich im Blumengeschäft, um für Nachschub zu sorgen. Brunetti klopfte und wurde hereingerufen. In Pattas Zimmer herrschten, da es von den Unwägbarkeiten des Heizungssystems verschont war, genau die richtigen zweiundzwanzig Grad, eine ideale Temperatur, die ihm den Luxus erlaubte, sein Jackett abzulegen, falls das Arbeitstempo zu hektisch werden sollte. Da ihm diese Notwendigkeit bisher erspart geblieben war, saß er mit aufgeknöpftem Mohairjackett hinter seinem Schreibtisch, die brillantgeschmückte Krawattennadel genau an der richtigen Stelle. Wie immer sah Patta aus wie soeben von einer römischen Münze entwischt, die großen braunen Augen vollkommen angeordnet inmitten der übrigen Vollkommenheit seines Gesichts.

»Guten Morgen, Vice-Questore«, sagte Brunetti und setzte sich auf den Stuhl, den Patta ihm mit einer kleinen Handbewegung anwies.

»Guten Morgen, Brunetti.« Als Brunetti seine Akte auf Pattas Schreibtisch legen wollte, winkte sein Vorgesetzter ab. »Das habe ich schon alles gelesen. Ausführlich. Wie ich dem entnehme, gehen Sie davon aus, daß der Angriff auf Dottoressa Lynch und der Mord an Dottor Semenzato zusammenhängen.«

»Ja, das nehme ich an. Ich kann mir nicht vorstellen, wie es anders sein könnte.«

Brunetti dachte schon, Patta würde jetzt, wie gewöhnlich, jeder geäußerten Gewißheit widersprechen, die nicht seine eigene war, aber er überraschte Brunetti, indem er nickte und sagte: »Wahrscheinlich haben Sie recht, Brunetti. Was haben Sie bisher unternommen?«

»Ich habe mit Dottoressa Lynch gesprochen«, begann er, doch Patta unterbrach ihn.

»Ich hoffe, Sie sind höflich mit ihr umgegangen.«

Brunetti begnügte sich mit einem schlichten: »Ja, Vice-Questore.«

»Gut, gut. Sie ist eine bedeutende Wohltäterin der Stadt und muß entsprechend behandelt werden.«

Brunetti ließ das an sich abperlen und nahm seinen Faden wieder auf. »Es gab da eine japanische Assistentin, die zum Ende der Ausstellung herkam und die Exponate nach China zurückschicken sollte.«

»Dottoressa Lynchs Assistentin?«

»Ja, Vice-Questore.«

»Also eine Frau?« fragte Patta mit scharfer Betonung. Brunetti mußte schlucken, bevor er antwortete, so abschätzig hatte das Wort aus Pattas Mund geklungen. »Ja, ja, eine Frau.«

»Aha.«

»Soll ich fortfahren, Vice-Questore?«

»Ja, sicher, natürlich.«

»Dottoressa Lynch sagt, daß diese Frau bei einem Unfall in China umgekommen ist.«

»Was für eine Art Unfall?« fragte Patta, als könnte sich dabei nur herausstellen, daß dieser Unfall eine unausweichliche Folge ihrer sexuellen Neigungen war.

»Sie ist auf dem Ausgrabungsgelände gestürzt, wo die beiden zusammen arbeiteten.«

»Wann war das?«

»Vor sechs Wochen. Und zwar nachdem Dottoressa Lynch einen Brief an Dottor Semenzato geschrieben hatte, in dem sie ihm mitteilte, daß einige der zurückgeschickten Stücke aus der hiesigen Ausstellung ihrer Meinung nach Fälschungen seien.«

»Und diese Frau, die da umgekommen ist, hatte sie eingepackt?«

»Wie es aussieht, ja.«

»Haben Sie Dottoressa Lynch gefragt, in welcher Beziehung sie zu dieser Frau stand?«

Das hatte er ja nun eigentlich nicht. »Nein, Vice-Questore. Die Dottoressa schien sehr bestürzt über den Tod der jungen Frau und die Möglichkeit, daß sie mit den Vorgängen hier irgend etwas zu tun gehabt haben könnte, aber weiter war nichts.«

»Wissen Sie das ganz sicher, Brunetti?« Patta kniff bei dieser Frage doch tatsächlich die Augen zusammen.

»Absolut sicher, Vice-Questore. Ich würde meinen Ruf darauf verwetten.« Wie immer, wenn er Patta anschwindelte, sah Brunetti ihm direkt in die Augen und achtete darauf, daß die seinen weit offenblieben, sein Blick ganz aufrichtig wirkte. »Soll ich fortfahren?« Kaum hatte er das ausgesprochen, merkte Brunetti, daß er gar nichts weiter zu sagen hatte, jedenfalls nicht zu Patta, dem er gewiß nicht auf die Nase binden würde, daß die Familie der jungen Japanerin reich war und sie daher vermutlich kein finanzielles Interesse daran gehabt hatte, Ausstellungsstücke durch Fälschungen zu ersetzen. Bei der Vorstellung, wie Patta wohl auf Eifersucht als mögliches Motiv reagieren würde, empfand Brunetti eine leichte Übelkeit.

»Meinen Sie, diese Japanerin hat gewußt, daß Fälschungen nach China zurückgeschickt wurden?«

»Möglich ist es, Vice-Questore.«

»Aber es ist nicht möglich«, sagte Patta entschieden, »daß sie das selbst in die Hand genommen hat. Sie muß hier in Venedig Helfer gehabt haben.«

»So sieht es aus, Vice-Questore. Ich gehe dieser Möglichkeit gerade nach.«

»Wie?«

»Ich habe eine Untersuchung der Finanzen von Dottor Semenzato eingeleitet.«

»Wer hat das veranlaßt?« blaffte Patta.

»Ich selbst.«

Patta ließ das durchgehen. »Und was noch?«

»Ich habe schon mit einigen Leuten über Semenzato gesprochen und erwarte Informationen über seinen eigentlichen Ruf.«

»Was verstehen Sie unter ›eigentlichem Ruf‹?«

Oh, wie selten liefert uns das Schicksal den Feind in die Hand, auf daß wir nach Belieben mit ihm verfahren! »Meinen Sie nicht, Vice-Questore, daß jeder Inhaber eines Amtes so etwas wie einen offiziellen Ruf hat, nämlich was die Leute öffentlich über ihn sagen, und einen eigentlichen, was die Leute wissen und im privaten Kreis über ihn sagen?«

Patta legte seine Rechte mit der Handfläche nach oben auf den Schreibtisch, drehte mit dem Daumen den Ring an seinem kleinen Finger und prüfte nach, ob er richtig herum gedreht hatte.

»Möglich. Möglich.« Er sah auf. »Weiter, Brunetti.«

»Ich dachte, ich fange damit erst einmal an und werde sehen, wohin es mich führt.«

»Ja, das klingt recht vernünftig«, meinte Patta. »Und denken Sie daran, ich will über alles unterrichtet werden, was Sie tun oder herausfinden.« Er schob die Manschette hoch und warf einen Blick auf seine Rolex Oyster. »Dann will ich Sie auch nicht länger davon abhalten, Brunetti.«

Brunetti stand auf. Er wußte, wann Pattas Mittagsstunde schlug. Auf dem Weg zur Tür war er nur noch neugierig darauf, mit welchen Worten sein Vorgesetzter ihn daran erinnern würde, daß er Brett mit Samthandschuhen anzufassen habe.

»Und, Brunetti«, sagte Patta, als Brunetti schon an der Tür war.

»Ja, Vice-Questore?« Er war jetzt wirklich neugierig, was er bei Patta selten war.

»Ich möchte, daß Sie Dottoressa Lynch mit Samthandschuhen anfassen.«

Aha. Wortwörtlich.

13

Als Brunetti wieder in seinem Büro war, rief er, nachdem er das Fenster geöffnet hatte, als erstes Lele an. Da in dessen Wohnung niemand an den Apparat ging, versuchte Brunetti es in der Galerie, wo der Maler nach sechsmaligem Klingeln abnahm.

»*Alló?*«

»*Ciao*, Lele, hier ist Guido. Ich dachte, ich rufe dich mal an und höre, ob du etwas herausfinden konntest.«

»Über diese Person?« fragte Lele, woraus Brunetti schloß, daß er nicht offen reden konnte.

»Ja. Ist jemand bei dir?«

»Ach ja, jetzt wo Sie es sagen, fällt es mir ein. Es stimmt. Sind Sie noch eine Weile in Ihrem Büro, Signor Scarpa?«

»Ja. Eine Stunde vielleicht.«

»Gut, Signor Scarpa. Dann rufe ich zurück, wenn ich wieder Zeit habe.«

»Danke, Lele«, sagte Brunetti und legte auf.

Wer das wohl war, dem Lele nicht enthüllen wollte, daß er mit einem Commissario der Polizei sprach?

Brunetti wandte sich den Unterlagen in seiner Akte zu und machte hier und dort eine Anmerkung. Er hatte schon verschiedentlich mit dem Sonderdezernat für Kunstdiebstahl zu tun gehabt, aber im Moment konnte er ihnen nur Semenzatos Namen anbieten und nicht den geringsten Beweis. Vielleicht hatte Semenzato ja wirklich einen Ruf, der in offiziellen Unterlagen nicht auftauchte, einen von der Art, die nie schriftlich festgehalten wird.

Vor vier Jahren hatte er mit einem Capitano des Sonderdezernats in Rom korrespondiert, als es um das Teilstück eines gotischen Altars ging, das aus der Kirche San Giacomo dell'Orio gestohlen worden war, Giulio Soundso, der Familienname fiel

Brunetti nicht ein. Er griff nach dem Telefonhörer und wählte Signorina Elettras Nummer.

»Ja, Commissario?« fragte sie, nachdem er sich gemeldet hatte.

»Haben Sie schon eine Antwort von Heinegger oder Ihren Freunden bei der Bank?«

»Heute nachmittag, Commissario.«

»Gut. Bis dahin könnten Sie in der Ablage für mich nach einem Namen suchen, einem Capitano im Dezernat für Kunstdiebstahl in Rom, Giulio irgendwas. Ich habe mit ihm korrespondiert, als dieses Stück vom Altar in San Giacomo dell'Orio gestohlen worden war. Vor vier Jahren, vielleicht auch vor fünf.«

»Wissen Sie, unter welchem Stichwort das abgelegt sein könnte?«

»Entweder unter meinem Namen, da ich den ursprünglichen Bericht geschrieben habe, oder unter dem Namen der Kirche, eventuell auch unter Kunstdiebstahl.« Er überlegte kurz und fügte dann hinzu: »Sie könnten auch in der Akte eines gewissen Sandro – Alessandro, meine ich – Benelli nachsehen, der damals in San Lio wohnte. Ich glaube, er ist noch im Gefängnis, aber möglicherweise wird darin der Capitano erwähnt. Soweit ich mich erinnere, hat er damals bei der Gerichtsverhandlung ausgesagt.«

»Gut, Commissario. Heute noch?«

»Ja, bitte, Signorina, wenn es geht.«

»Ich gehe gleich mal in die Ablage und sehe nach. Vielleicht finde ich noch vor der Mittagspause etwas.«

Der Optimismus der Jugend. »Vielen Dank, Signorina«, sagte er und legte auf. Im selben Moment klingelte sein Telefon, und es war Lele.

»Ich konnte nicht reden, Guido. Ich hatte jemanden bei mir, der dir in dieser Sache nützlich sein könnte.«

»Wen?« Als Lele nicht antwortete, rief Brunetti sich in Erinnerung, daß für ihn nur die Information wichtig war, nicht der

Informant. »Entschuldige, Lele. Vergiß, daß ich gefragt habe. Was hast du erfahren?«

»Wie es aussieht, war Dottor Semenzato ein vielseitig interessierter Mann. Er war nicht nur Direktor des Museums, sondern auch stiller Teilhaber von zwei Antiquitätengeschäften, einem hier in Venedig, einem in Mailand. Der Mann, mit dem ich gesprochen habe, arbeitet in einem der beiden.«

Brunetti widerstand dem Drang zu fragen, in welchem, und schwieg. Lele würde ihm schon sagen, was er für nötig hielt.

»Offenbar kommt der Inhaber dieser Geschäfte – nicht Semenzato, sondern der offizielle – an Stücke heran, die nie im Handel auftauchen. Mein Gesprächspartner sagte mir, es seien zweimal Sendungen versehentlich im Laden gelandet und ausgepackt worden. Als der Besitzer sie sah, habe er sie sofort wieder einpacken und mit der Bemerkung wegschaffen lassen, sie seien für seine eigene Sammlung bestimmt.«

»Konnte er dir sagen, worum genau es sich bei diesen Stükken handelte?«

»Ja, eines war eine chinesische Bronzefigur, das andere eine vorislamische Keramik. Er sagte mir auch, und das interessiert dich wahrscheinlich, er sei ziemlich sicher, die Keramik schon einmal gesehen zu haben, und zwar auf dem Foto zu einem Artikel über gestohlene Stücke aus dem Museum in Kuwait.«

»Wann war das?« fragte Brunetti.

»Das erstemal vor einem Jahr, und dann vor drei Monaten«, antwortete Lele.

»Hat er dir noch mehr erzählt?«

»Er sagt, der Inhaber hat eine Reihe von Kunden, die Zugang zu seiner Privatsammlung haben.«

»Woher wußte er das?«

»Sein Chef hat diesen Kunden gegenüber manchmal Stücke erwähnt, die er offenbar besaß, aber nicht im Laden hatte. Oder er hat einen dieser Kunden angerufen und ihm mitgeteilt, er bekomme ein bestimmtes Stück zu diesem oder jenem Termin;

nur ist es im Laden dann nie aufgetaucht. Aber später hatte er den Eindruck, daß ein Verkauf stattgefunden hatte.«

»Warum erzählt er dir so etwas, Lele?« fragte Brunetti wider besseres Wissen.

»Wir haben vor Jahren in London zusammengearbeitet, und ich konnte ihm damals ein paarmal gefällig sein.«

»Und woher wußtest du, daß du ausgerechnet ihn fragen mußtest?«

Anstatt das krummzunehmen, lachte Lele. »Ach, ich habe hier und dort Fragen über Semenzato gestellt, und irgend jemand hat mir geraten, mich doch mal an meinen Freund zu wenden.«

»Danke, Lele.« Brunetti wußte, wie alle Italiener, daß dieses feine Netz aus persönlichen Gefälligkeiten das gesamte soziale System überspannte. Das lief alles so selbstverständlich ab: Jemand sprach mit einem Freund oder unterhielt sich mit einem Vetter, und es wurden Informationen ausgetauscht. Diese Informationen ergaben dann eine neue Bilanz von Soll und Haben. Früher oder später wurde alles zurückgezahlt, wurden alle Schulden eingetrieben.

»Wer ist der Inhaber dieser Antiquitätenläden?«

»Francesco Murino. Neapolitaner. Ich hatte mit ihm geschäftlich zu tun, als er vor Jahren seinen Laden in Venedig eröffnete, und er ist *un vero figlio di migniotta*. Wenn hier etwas Krummes läuft, kannst du Gift drauf nehmen, daß er die Hand im Spiel hat.«

»Hat er das Geschäft am Campo di Santa Maria Formosa?«

»Ja. Kennst du ihn?«

»Nur vom Sehen. Er ist nie aktkundig geworden, soweit ich weiß.«

»Guido, ich habe doch gesagt, er ist Neapolitaner. Natürlich fällt er nicht auf, das heißt aber nicht, daß er nicht giftig wie eine Viper ist.« Die Gehässigkeit, mit der Lele das sagte, machte Brunetti neugierig auf die Art seiner damaligen Geschäfte mit Murino.

»Hat sonst noch jemand etwas über Semenzato gesagt?«

Lele schnaubte angewidert. »Du weißt doch, wie es ist, wenn einer stirbt. Niemand will mit der Wahrheit heraus.«

»Ja, das hat mir heute morgen schon mal jemand gesagt.«

»Und was noch?« fragte Lele, offenbar wirklich neugierig.

»Daß ich ein paar Wochen warten soll, dann würden die Leute wieder anfangen, die Wahrheit zu sagen.«

Lele lachte so laut, daß Brunetti den Hörer vom Ohr weghalten mußte, bis er aufhörte. Als Lele wieder sprechen konnte, sagte er: »Wie wahr, wie wahr. Aber ich glaube nicht, daß es so lange dauert.«

»Willst du damit sagen, daß es mehr über ihn zu erzählen gibt?«

»Nein. Ich will dir keine falschen Hoffnungen machen, Guido, aber ein paar Leute schienen nicht sonderlich überrascht, daß er auf diese Weise umgekommen ist.« Als Brunetti nicht gleich nachfragte, wie das zu verstehen sei, fügte Lele hinzu: »Anscheinend hatte er Verbindung zu Leuten aus dem Süden.«

»Interessieren die sich jetzt auch für Kunst?« fragte Brunetti.

»Ja, Drogen und Prostitution reichen offenbar nicht mehr aus.«

»Dann sollten wir von jetzt an wohl die Wachen in den Museen verdoppeln.«

»Guido, was glaubst du, von wem die ihre Bilder kaufen?«

War das eine weitere Konsequenz der Durchlässigkeit nach oben? dachte Brunetti. Daß die Mafia jetzt Sotheby's Konkurrenz machte? »Lele, wie vertrauenswürdig sind die Leute, mit denen du gesprochen hast?«

»Du kannst getrost glauben, was sie sagen, Guido.«

»Danke, Lele. Wenn du noch mehr über Semenzato hörst, laß es mich bitte wissen.«

»Klar. Und, Guido, wenn diese Herren aus dem Süden da ihre Finger drin haben, solltest du besser sehr vorsichtig sein, ja?« Es war ein Zeichen für die Macht, die sie hier im Norden bereits gewonnen hatte, daß die Leute schon Hemmungen hatten, das Wort Mafia auszusprechen.

»Natürlich, Lele, und vielen Dank noch mal.«

»Ich meine es ernst«, sagte Lele, bevor er auflegte.

Brunetti legte ebenfalls auf und ging fast mechanisch zum Fenster, um abermals etwas kalte Luft hereinzulassen. Die Arbeiten an der Fassade von San Lorenzo gegenüber waren für den Winter eingestellt, das Gerüst stand leer. Ein großes Stück von der Plastikumhüllung hatte sich losgerissen, und sogar auf diese Entfernung hörte er es zornig im Wind knattern. Über der Kirche zogen von Süden dunkle Wolken heran, die sicher bis zum Abend weitere Regenfälle bringen würden.

Er sah auf die Uhr. Vor dem Mittagessen war keine Zeit mehr, Signor Murino einen Besuch abzustatten, aber er beschloß, am Nachmittag dort vorbeizugehen und zu sehen, wie Murino reagierte, wenn ein Commissario der Polizei in seinem Laden aufkreuzte und sich vorstellte. Die Mafia. Kunstdiebstähle. Brunetti wußte, daß über die Hälfte aller Museen des Landes mehr oder weniger dauernd geschlossen waren, aber er hatte noch nie richtig darüber nachgedacht, was das im Hinblick auf kleine oder große Diebstähle bedeutete, oder Unterschiebungen wie im Fall der China-Ausstellung. Das Wachpersonal wurde schlecht bezahlt, doch dessen mächtige Gewerkschaften verwehrten es Ehrenamtlichen, als Wächter in Museen zu arbeiten. Er erinnerte sich, daß vor Jahren einmal die Rede davon gewesen war, junge Männer, die sich für zwei Jahre Ersatzdienst anstelle der anderthalb Jahre Militärdienst entschieden, als Museumswächter einzusetzen. Der Vorschlag war nicht einmal bis in den Sitzungssaal des Senats gekommen.

Angenommen, Semenzato hatte bei der Unterschiebung von Fälschungen die Hand im Spiel, über wen ließen sich die Originale dann besser an den Mann bringen als über einen Antiquitätenhändler? Der hätte nicht nur die Kundschaft und die Sachkenntnis, um den Wert zutreffend zu schätzen, er würde auch wissen, wie man sie unbehelligt von Polizei, Guardia di Finanza oder Kulturgüterkommission veräußerte. Es war ein Kinderspiel, Kunstschätze ins Land oder außer Landes zu bringen. Ein Blick auf die Landkarte Italiens zeigte, wie durchlässig die Grenzen waren. Tausende Kilometer verschwiegener Buchten, einsamer Meeresarme und abgelegener Strände. Und für diejenigen, die gut organisiert waren oder gute Beziehungen hatten, gab es die See- und Flughäfen, über die man ungestraft alles schleusen konnte. Nicht nur Museumswächter waren schlecht bezahlt.

Brunettis Tagträumerei wurde durch ein Klopfen an der Tür unterbrochen. »*Avanti*«, rief er und machte das Fenster zu. Wieder Zeit zum Schmoren.

Signorina Elettra kam ins Zimmer, in der einen Hand einen Notizblock, in der anderen eine Akte. »Ich habe den Namen des Capitano gefunden, Commissario. Carrara heißt er, Giulio Carrara. Er ist noch in Rom, wurde aber letztes Jahr zum *maggiore* befördert.«

»Wie haben Sie das herausbekommen, Signorina?«

»Ich habe bei seiner Dienststelle in Rom angerufen und mit seiner Sekretärin gesprochen. Ich habe ihm ausrichten lassen, daß Sie ihn heute nachmittag anrufen werden. Er war schon zu Tisch gegangen und kommt nicht vor halb vier zurück.« Brunetti wußte, was halb vier in Rom bedeuten konnte.

Er hätte seine Gedanken auch laut äußern können, denn Signorina Elettra fuhr fort: »Ich habe nachgefragt. Sie sagte, er kommt tatsächlich um diese Zeit zurück. Sie können ihn also dann anrufen.«

»Vielen Dank, Signorina«, sagte er und dankte im stillen wieder einmal dem Himmel, daß dieses Juwel noch immer nicht unter Pattas Regime seinen Glanz verloren hatte. »Darf ich fragen, wie Sie das so schnell geschafft haben?«

»Ach, ich mache mich schon seit Monaten mit der Ablage vertraut. Ich habe einiges geändert, denn in seiner bisherigen Form erscheint mir das System nicht sehr logisch. Ich hoffe, es hat niemand was dagegen.«

»Das glaube ich kaum. Noch nie hat jemand dort etwas wiedergefunden, Sie können also kaum etwas verschlimmern. Es soll ja sowieso alles irgendwann computerisiert werden.«

Der Blick, mit dem sie ihn bedachte, sprach von der vielen Zeit, die sie schon im Chaos dieser Ablage hatte vertun müssen; er würde so etwas nicht noch einmal sagen. Sie kam an den Schreibtisch und legte ihm die Akte hin. Heute trug sie ein schwarzes Wollkleid mit einem frechen roten Gürtel, den sie eng um eine sehr schmale Taille gezogen hatte. Sie zog ein Taschentuch aus der Tasche und wischte sich über die Stirn. »Ist es immer so heiß hier drin, Commissario?« fragte sie.

»Nein, Signorina, nur ein paar Wochen im Februar. Normalerweise ist es bis Ende des Monats vorbei. Ihr Büro ist davon nicht betroffen.« Letztes Jahr war sie um diese Zeit auf Bali gewesen, so daß sie das Phänomen zum erstenmal erlebte.

»Ist das vielleicht der *scirocco*?« Die Frage war durchaus vernünftig. Wenn dieser heiße Wind aus Afrika *acqua alta* bringen konnte, warum sollte er dann nicht auch die Temperatur in seinem Dienstzimmer steigen lassen können.

»Nein, Signorina. Es ist irgend etwas mit der Heizung. Niemand ist bisher dahintergekommen. Sie werden sich daran gewöhnen, und bis Ende des Monats ist es wirklich vorbei.«

»Hoffentlich«, sagte sie und wischte sich noch einmal über die Stirn. »Wenn ich nichts weiter für Sie tun kann, gehe ich jetzt zum Essen.«

Brunetti warf einen Blick auf seine Uhr und sah, daß es schon fast eins war. »Nehmen Sie einen Schirm mit«, sagte er. »Es sieht aus, als könnte es wieder regnen.«

Brunetti ging zum Essen nach Hause. Paola hielt ihr Versprechen, Raffi nichts über die Injektionsspritzen und die Befürchtungen seines Vaters zu erzählen, als er sie gefunden hatte. Allerdings nahm sie Brunetti für ihre Verschwiegenheit nicht nur das feste Versprechen ab, den Tisch beim ersten Sonnenstrahl mit ihr auf die Terrasse zu tragen, sondern auch, daß er ihr dabei helfen würde, mit den Spritzen das Gift in die vielen Löcher zu praktizieren, die der Holzwurm beim Verlassen der Tischbeine nach dem Winterschlaf gefressen hatte.

Raffi zog sich nach dem Mittagessen mit der Behauptung in sein Zimmer zurück, er müsse noch zehn Seiten Homer für den morgigen Griechischunterricht übersetzen. Vor zwei Jahren, als er sich noch als Anarchisten sah, hatte er sich in sein Zimmer eingeschlossen, um finsteren Gedanken über den Kapitalismus nachzuhängen, vielleicht um damit dessen Niedergang zu beschleunigen. Doch inzwischen hatte er nicht nur eine Freundin, sondern offenbar auch den Wunsch, an einer Universität zugelassen zu werden.

Paola brachte Chiara unter Androhung fürchterlicher Strafen dazu, ihr beim Abwasch zu helfen, und während die beiden damit beschäftigt waren, streckte Brunetti den Kopf in die Küche und verabschiedete sich.

Als er aus dem Haus trat, fiel der schon angekündigte Regen zwar noch leicht, aber er versprach schlimmer zu werden. Brunetti spannte den Schirm auf und bog nach rechts in die Rughetta, um zurück zur Rialtobrücke zu gehen. Wenige Minuten später war er froh, daß er daran gedacht hatte, seine Stiefel anzuziehen, denn das Pflaster war von großen Pfützen bedeckt, die ihn in Versuchung führten, kräftig hineinzuplatschen. Als er auf der anderen Seite der Brücke war, regnete es schon viel heftiger, und bis er die Questura erreicht hatte, waren seine Hosenbeine oberhalb der schützenden Stiefel durchnäßt.

In seinem Zimmer zog er den Mantel aus und wünschte sich einen Augenblick, er könnte auch die Hose ausziehen und sie über die Heizung hängen; sie wäre in Minutenschnelle trocken. Statt dessen ließ er das Fenster so lange offen, bis die Temperatur im Raum erträglich geworden war, dann setzte er sich hinter seinen Schreibtisch, rief die Zentrale an und ließ sich mit dem Sonderdezernat für Kunstdiebstahl im Polizeipräsidium von Rom verbinden. Nachdem er durchgestellt war, meldete er sich und verlangte Maggiore Carrara.

»*Buon giorno, commissario.*«

»Glückwunsch, Maggiore.«

»Danke, es wurde auch höchste Zeit dafür.«

»Sie sind doch noch jung. Sie haben noch viel Zeit, um *generale* zu werden.«

»Bis ich *generale* bin, hängt in den Museen des Landes kein einziges Bild mehr«, versetzte Carrara. Sein Lachen kam so verzögert, daß Brunetti sich nicht sicher war, ob die Bemerkung scherzhaft gemeint war oder nicht.

»Das ist der Grund für meinen Anruf, Giulio.«

»Was? Bilder?«

»Das weiß ich noch nicht genau. Auf jeden Fall Museen.«

»Ach ja? Worum geht es denn?« fragte er mit dem wachen dienstlichen Interesse, das Brunetti schon an ihm kannte.

»Wir hatten hier einen Mord.«

»Ja, ich weiß, Semenzato, im Palazzo Ducale.« Seine Stimme klang neutral.

»Wissen Sie etwas über ihn, Giulio?«

»Offiziell oder inoffiziell?«

»Offiziell.«

»Absolut nichts. Nein. Nicht das mindeste.«

Brunetti grinste ins Telefon. »Also gut. Und inoffiziell?«

»Wie seltsam, daß Sie das fragen. Ich habe nämlich schon einen Zettel auf dem Schreibtisch liegen, daß ich Sie anrufen wollte. Daß Sie an dem Fall arbeiten, habe ich erst heute morgen aus der Zeitung erfahren. Da dachte ich mir, ich sollte Sie mal anrufen und Ihnen einiges erzählen. Und Sie auch um den einen oder anderen Gefallen bitten. Es könnte sein, daß wir da gemeinsame Interessen haben.«

»Zum Beispiel?«

»Zum Beispiel seine Bankkonten.«

»Semenzatos?«

»Sprechen wir denn nicht von ihm?«

»Entschuldigen Sie, Giulio, aber ich muß mir schon den ganzen Tag anhören, daß man nicht schlecht von den Toten reden soll.«

»Wenn man von den Toten nicht schlecht reden kann, von wem denn sonst?« fragte Carrara mit überraschender Logik.

»Ich habe schon jemanden drangesetzt. Wahrscheinlich bekomme ich die Auszüge morgen. Noch etwas?«

»Ich würde gern mal eine Aufstellung der Ferngespräche sehen, die von seinem Privatanschluß und seinem Büro im Museum aus geführt wurden. Kommen Sie da dran?«

»Ist das immer noch inoffiziell?«

»Ja.«

»Ich komme dran.«

»Gut.«

»Was noch?«

»Haben Sie schon mit der Witwe gesprochen?«

»Nein. Nicht persönlich. Einer meiner Leute hat mit ihr gesprochen. Warum?«

»Sie weiß vielleicht, wo er in den letzen Monaten herumgereist ist.«

»Warum wollen Sie das denn wissen?« Brunetti war jetzt richtig neugierig.

»Aus keinem bestimmten Grund, Guido. Aber wir wissen so etwas gern, wenn uns ein Name öfter als einmal untergekommen ist.«

»Und das ist er?«

»Ja.«

»In welchem Zusammenhang?«

»Nichts Bestimmtes, wenn ich ehrlich sein soll.« Carrara schien zu bedauern, daß er Brunetti keine konkrete Beschuldigung bieten konnte. »Vor gut einem Jahr haben wir hier auf dem Flughafen zwei Männer mit chinesischen Jadestatuen festgenommen, und die wollten seinen Namen nur gesprächsweise gehört haben. Sie waren lediglich Kuriere; sie wußten so gut wie nichts, nicht einmal wieviel das wert war, was sie bei sich hatten.«

»Und wieviel war das?« fragte Brunetti.

»Milliarden. Die Statuen stammten aus dem Nationalmuseum von Taiwan. Von dort waren sie drei Jahre zuvor verschwunden; niemand hat je erfahren, auf welche Weise.«

»Waren sie das einzige, was gestohlen wurde?«

»Nein, aber das einzige, was wieder aufgetaucht ist. Bis jetzt.«

»Und wann haben Sie den Namen noch gehört?«

»Ach, von einem kleinen Gauner, den wir hier an der Leine führen. Wir könnten ihn jederzeit wegen Drogen oder Einbruchs festsetzen, aber wir lassen ihn gewähren, und er liefert uns dafür die eine oder andere Information. Sie wissen ja, wie das geht. Er sagt, er hat mitgehört, wie einer der Männer, an die er Sachen verkauft, den Namen Semenzato am Telefon erwähnte.«

»Diebesgut?«

»Natürlich. Er hat sonst nichts zu verkaufen.«

»Hat dieser Mann *mit* Semenzato gesprochen oder *über* ihn?«

»Über ihn.«

»Und hat Ihr Informant gesagt, was er da gehört hat?«

»Der Mann am Telefon hat seinem Gesprächspartner nur geraten, sich mit Semenzato in Verbindung zu setzen. Zuerst hielten wir das für harmlos. Schließlich war der Mann Museumsdirektor. Aber dann sind uns die beiden auf dem Flughafen in die Hände gefallen, und nun wurde Semenzato tot in seinem Büro gefunden. Da fand ich es an der Zeit, Sie anzurufen und Ihnen das zu sagen.« Carrara schwieg gerade lange genug, um deutlich zu machen, daß er nichts weiter zu bieten hatte und nun wartete, was er als Gegenleistung dafür bekommen würde. »Was haben Sie denn bei sich über ihn herausbekommen, Guido?«

»Erinnern Sie sich an die Ausstellung chinesischer Kunst vor ein paar Jahren hier?«

Carrara grunzte bejahend.

»Einige der Stücke, die nach China zurückgeschickt wurden, waren Kopien.«

Carraras Pfeifen kam deutlich durch den Draht.

»Außerdem war Semenzato offenbar stiller Teilhaber in zwei Antiquitätengeschäften, einem hier, einem in Mailand«, setzte Brunetti hinzu.

»Wem gehören die Läden?«

»Francesco Murino. Kennen Sie ihn?«

Carrara antwortete langsam und gemessen. »Nur so, wie wir Semenzato kennen, inoffiziell. Aber sein Name ist uns mehr als nur einmal untergekommen.«

»Etwas Konkretes?«

»Nein, nichts. Anscheinend versteht er es ausgesprochen gut, sich bedeckt zu halten.« Es folgte eine lange Pause, dann fügte Carrara in plötzlich viel ernsterem Ton hinzu: »Oder irgendwer hält die Hand über ihn.«

»So ist das also«, sagte Brunetti. Es konnte alles bedeuten: irgendeine staatliche Stelle, die Mafia, eine fremde Regierung, sogar die Kirche.

»Ja. Jeder Hinweis, den wir bekommen, geht ins Leere. Wir hören seinen Namen, dann hören wir ihn wieder nicht mehr. Die Guardia di Finanza hat ihn in den letzten beiden Jahren dreimal überprüft, und er ist sauber.«

»Ist sein Name schon einmal im Zusammenhang mit Semenzato gefallen?«

»Nicht hier bei uns. Was haben Sie noch?«

»Ist Ihnen Dottoressa Lynch ein Begriff?«

»*L'americana?*« fragte Carrara.

»Ja.«

»Natürlich ist sie mir ein Begriff. Ich habe schließlich Kunstgeschichte studiert, Guido.«

»Ist sie so bekannt?«

»Ihr Buch über die Ausgrabungen in Xi'an ist ein Klassiker. Sie ist immer noch dort, oder?«

»Nein, sie ist hier.«

»In Venedig? Was macht sie da?«

Das hatte Brunetti sich auch schon gefragt. Entweder war sie sich noch nicht schlüssig, ob sie nach China zurückgehen oder ihrer Freundin zuliebe hierbleiben sollte, oder sie wartete jetzt erst mal ab, ob es sich bei dem Tod ihrer früheren Geliebten um Mord gehandelt hatte. »Sie war zunächst hergekommen, um mit Semenzato über die Exponate zu sprechen, die nach China zurückgeschickt wurden. Letzte Woche wurde sie von zwei Gorillas zusammengeschlagen. Sie haben ihr den Kiefer und ein paar Rippen gebrochen. Es hat hier in den Zeitungen gestanden.«

Wieder tönte Carraras Pfeifen durch die Leitung von Rom, aber diesmal klang es mitfühlend. »Hier war nichts davon zu lesen«, sagte er.

»Ihre japanische Assistentin, die den Rücktransport der Ausstellungsstücke hier überwacht hat, ist am Ausgrabungsort in China tödlich verunglückt.«

»Ist es laut Freud nicht so, daß es keine Unfälle gibt?« fragte Carrara.

»Ich weiß nicht, ob Freud das auch auf China bezogen hat, aber es sieht tatsächlich nicht nach einem Unfall aus.«

Brunetti nahm Carraras Grunzen als Zustimmung und sagte: »Ich spreche morgen vormittag mit Dottoressa Lynch.«

»Warum?«

»Ich will sie zu überreden versuchen, eine Zeitlang die Stadt zu verlassen, und ich möchte mehr über die ausgetauschten Stücke erfahren. Was es war, ob sie einen Marktwert haben –«

Carrara unterbrach ihn. »Natürlich haben sie den.«

»Ja, das ist mir schon klar, Giulio. Aber ich will mir ein Bild von diesem Markt machen und hören, ob man dort die Sachen offen verkaufen kann.«

»Entschuldigung. Das hatte ich nicht gleich verstanden, Guido.« Und nach kurzem Schweigen fügte Carrara hinzu: »Wenn sie von einer Ausgrabungsstätte in China stammen, kann man so gut wie jeden Preis dafür verlangen.«

»So selten sind sie?« fragte Brunetti.

»So selten. Aber was wollen Sie darüber wissen?«

»In erster Linie, wo oder wie die Kopien hätten angefertigt werden können.«

Carrara unterbrach ihn erneut. »In Italien gibt es massenhaft Werkstätten, die Kopien herstellen, Guido. Alles: griechische Statuen, etruskischen Schmuck, Ming-Vasen, Renaissance-Gemälde. Sagen Sie, was Sie haben wollen, und es findet sich ein italienischer Kunsthandwerker, der Ihnen eine Kopie macht, auf die sogar Experten hereinfallen.«

»Aber habt ihr da unten nicht alle möglichen technischen Mittel, um sie zu erkennen? Davon habe ich doch gelesen. Radiokarbonmethode und so was.«

Carrara lachte. »Sprechen Sie mit Dottoressa Lynch, Guido. Sie hat dem in einem ihrer Bücher ein ganzes Kapitel gewidmet und kann Ihnen sicher Dinge erzählen, die Sie in langen Winternächten wachhalten.« Brunetti hörte Geräusche am anderen Ende der Leitung, dann Stille, als Carrara die Hand über die Sprechmuschel legte. Kurz darauf war er wieder da. »Tut mir leid, Guido, aber ich bekomme gerade einen Anruf aus Vietnam; es hat zwei Tage gedauert, da durchzukommen. Rufen Sie mich an, wenn Sie etwas hören, und ich melde mich, wenn sich hier etwas tut.« Bevor Brunetti noch zustimmen konnte, war die Verbindung unterbrochen.

14

Brunetti saß am Schreibtisch, ohne zu merken, wie heiß es in seinem Büro geworden war, und dachte darüber nach, was er von Carrara erfahren hatte. Man nehme einen Museumsdirektor, füge Wachleute und Gewerkschaften hinzu, rühre ein bißchen Mafia und einen neapolitanischen Kunsthändler mit hinein, und heraus kommt ein Cocktail, von dem ein Sonderdezernat für Kunstdiebstahl einen gehörigen Kater bekommen kann. Er nahm ein Blatt Papier aus einer Schublade und notierte sich, was er Brett noch fragen wollte. Er brauchte genaue Beschreibungen der Stükke, die sie als Fälschungen erkannt hatte. Er mußte mehr darüber erfahren, wie der Austausch hatte vor sich gehen und wo und wie die Fälschungen hatten angefertigt werden können. Außerdem brauchte er eine lückenlose Darstellung aller Gespräche und aller Korrespondenz, die sie mit Semenzato geführt hatte.

Er hielt mit Schreiben inne und gestattete seinen Gedanken, ins Persönliche abzuschweifen: Würde sie nach China zurückgehen? Während er so an sie dachte, sich ins Gedächtnis rief, wie sie zuletzt ausgesehen hatte, wie sie mit der Faust auf den Tisch geschlagen hatte und dann wütend aus dem Zimmer gegangen war, fiel ihm plötzlich eine Unstimmigkeit auf, die er bisher übersehen hatte. Warum war sie nur zusammengeschlagen, Semenzato aber umgebracht worden? Brunetti zweifelte nicht, daß die Männer, die zu ihr geschickt worden waren, lediglich den Auftrag gehabt hatten, ihr diese gewalttätige Warnung vor einem Treffen mit Semenzato zu überbringen. Aber warum hatte man sich damit überhaupt aufgehalten, wenn Semenzato sowieso umgebracht werden sollte? Hatte Flavias Eingreifen den Lauf der Dinge durcheinandergebracht, oder hatte Semenzato auf irgendeine Weise die Gewalt in Gang gesetzt, die dann zu seinem Tod führte?

Doch zuerst die praktischen Fragen. Er rief unten an und bat Vianello, heraufzukommen und unterwegs bei Signorina Elettra vorbeizuschauen und sie zu fragen, ob sie mitkommen könne. Die Antwort von Interpol war noch nicht da, weshalb er es an der Zeit fand, auf eigene Faust herumzustöbern. Während er wartete, ging er noch einmal das Fenster öffnen.

Ein paar Minuten später trafen sie gemeinsam ein, und Vianello ließ ihr an der Tür den Vortritt. Sobald sie im Zimmer waren, machte Brunetti das Fenster wieder zu, und der Sergente, normalerweise eher ein brummiger Bär, zog einen Stuhl an Brunettis Schreibtisch und hielt ihn, bis Signorina Elettra darauf Platz genommen hatte. Vianello?

Noch im Hinsetzen schob Signorina Elettra ein Blatt über Brunettis Schreibtisch. »Das ist vorhin aus Rom gekommen, Commissario.« Und im Vorgriff auf seine unausgesprochene Frage fügte sie hinzu: »Sie haben die Fingerabdrücke identifiziert.«

Unter dem Briefkopf der Carabinieri und über einer unleserlichen Unterschrift stand zu lesen, daß die Fingerabdrücke auf Semenzatos Telefon mit denen eines gewissen Salvatore La Capra übereinstimmten, Alter dreiundzwanzig, wohnhaft in Palermo. Trotz seiner Jugend hatte La Capra schon eine stattliche Zahl von Anzeigen auf seinem Konto: Erpressung, Vergewaltigung, tätlicher Angriff, Mordversuch und Verbindung zu bekannten Mitgliedern der Mafia. Alle diese Anklagen waren im Verlauf der langwierigen juristischen Prozeduren zwischen Festnahme und Prozeß wieder fallengelassen worden. Im Erpressungsfall waren drei Zeugen verschwunden; die vergewaltigte Frau hatte ihre *denuncia* zurückgezogen. Seine einzige Vorstrafe hatte La Capra für eine Geschwindigkeitsüberschreitung bekommen, und für dieses Vergehen hatte er vierhundertzwanzigtausend Lire bezahlt. Aus dem Bericht ging weiter hervor, daß La Capra, der keiner Arbeit nachging, bei seinem Vater lebte.

Als Brunetti zu Ende gelesen hatte, warf er Vianello einen Blick zu. »Haben Sie das gesehen?«

Vianello nickte.

»Woher kommt mir der Name so bekannt vor?« fragte Brunetti, an beide gewandt.

Signorina Elettra und Vianello wollten gleichzeitig zu sprechen anfangen, aber als Vianello sie hörte, unterbrach er sich und bedeutete ihr fortzufahren.

Als sie dies nicht sofort tat, versuchte Brunetti sie mit einem »Na?« zu ermuntern, denn bei aller Ritterlichkeit hätte er doch gern eine Antwort gehabt.

»Der Architekt?« fragte Signorina Elettra, und Vianello nickte zum Zeichen, daß auch er den Namen in diesem Zusammenhang kannte.

Das genügte, um Brunettis Gedächtnis auf die Sprünge zu helfen. Vor fünf Monaten hatte ein Architekt, der mit umfangreichen Restaurierungsarbeiten an einem Palazzo beauftragt worden war, den Sohn des Palazzo-Besitzers in einer eidesstattlichen Erklärung bezichtigt, ihm mit körperlicher Gewalt für den Fall gedroht zu haben, daß die Restaurierungsarbeiten, die bereits seit acht Monaten im Gange waren, sich noch weiter verzögerten. Als der Architekt ihm zu erklären versucht hatte, wie schwer die Baugenehmigungen zu bekommen seien, habe der Sohn das weggewischt und ihm gedroht, sein Vater sei es nicht gewöhnt, daß man ihn warten ließ, und wer es sich mit ihm oder seinem Vater verderbe, dem passierten oft schlimme Dinge. Schon am nächsten Tag, noch bevor die Polizei etwas hatte unternehmen können, war der Architekt wieder in der Questura erschienen und hatte behauptet, das Ganze sei ein Mißverständnis gewesen und es seien gar keine direkten Drohungen gefallen. Er hatte die Anzeige zurückgezogen, aber da war sie schon schriftlich festgehalten und von ihnen allen dreien gelesen worden, weshalb sie sich nun auch alle drei erinnerten, daß der Beschuldigte Salvatore La Capra geheißen hatte.

»Ich glaube, wir sollten mal nachsehen, ob Signorino La Capra oder sein Vater zu Hause ist«, meinte Brunetti. »Und Sie, Signorina«, fügte er an Signorina Elettra gewandt hinzu, »Sie könnten vielleicht einmal sehen, was Sie über den Vater herausfinden und wovon er diesen Palazzo bezahlt hat. Haben Sie Zeit?«

»Natürlich, Dottore«, sagte sie höflich. »Ich habe für den Vice-Questore schon den Tisch fürs Abendessen bestellt, kann also gleich anfangen.«

»Schauen Sie mal, ob im vergangenen Jahr vielleicht jemand vom Museum gekündigt wurde und, wenn ja, ob Semenzato damit irgendwie zu tun hatte.«

»Soll ich auch La Capras Finanzen überprüfen, Commissario?«

Brunetti nickte, dankbar für die Idee und das Angebot. »Ja, bitte, und wenn es geht –«

Sie unterbrach ihn mit einem Lächeln: »So schnell wie möglich, ich weiß.« Sie machte sich eine Notiz und fragte: »Ist das alles?«

»Ja. Und vielen Dank, Signorina.«

Sie stand auf, und wie ihr Schatten erhob sich gleichzeitig Vianello, folgte ihr zur Tür und hielt sie ihr auf. Als sie draußen war, kehrte er zu seinem Stuhl zurück, und Brunetti sah sich noch einmal die Papiere auf seinem Schreibtisch an, ohne etwas Erhellendes zu finden.

»Ich war bei der Frau, Commissario. Der Witwe, meine ich.«

»Ja, ich habe Ihren Bericht gelesen. Er kam mir sehr kurz vor.«

»Es war kurz, Commissario«, stellte Vianello sachlich fest. »Es gab nicht viel zu sagen. Sie war krank vor Trauer um ihn und konnte kaum sprechen. Ich habe ihr ein paar Fragen gestellt, aber sie hat die ganze Zeit geweint, da mußte ich aufhören. Ich weiß nicht einmal, ob sie verstanden hat, warum ich da war oder warum ich ihr diese Fragen stellte.«

»War die Trauer echt?« wollte Brunetti wissen. Als altgediente

Polizisten hatten sie beide schon so oft echte und gespielte Trauer gesehen, daß es ihnen für mehrere Leben reichte.

»Ich glaube schon.«

»Was ist sie für ein Mensch?«

»Um die Vierzig, zehn Jahre jünger als er. Keine Kinder, demnach war er alles, was sie hatte. Ich glaube nicht, daß sie gut hierher paßte.«

»Warum nicht?« fragte Brunetti.

»Semenzato war Venezianer, aber sie kommt aus dem Süden. Sizilien. Und sie hat sich hier nie wohl gefühlt. Sie sagt, wenn alles vorbei ist, will sie wieder nach Hause.«

Brunetti fragte sich, wie viele Fäden in dieser Angelegenheit eigentlich noch nach Süden wiesen. Natürlich durfte der Geburtsort dieser Frau ihn nicht dazu verleiten, sie krimineller Machenschaften zu verdächtigen. Nachdem er sich das vorgehalten hatte, sagte er: »Ich will, daß ihr Telefon abgehört wird.«

»Das von Signora Semenzato?« Vianellos Erstaunen war hörbar.

»Über wen haben wir denn sonst gesprochen?«

»Aber ich war doch gerade bei ihr, und sie kann sich kaum auf den Beinen halten. Ihre Trauer ist nicht gespielt, Commissario. Da bin ich mir ganz sicher.«

»Ihre Trauer steht nicht im Zweifel, Vianello. Nur ihr Mann.« Brunetti hätte auch zu gern gewußt, wieviel der Witwe über das Treiben ihres Mannes bekannt war, aber solange Vianello in dieser untypisch ritterlichen Stimmung war, ließ er das besser ungesagt.

Vianellos Zustimmung kam nur unwillig. »Selbst wenn das der Grund ist –«

Brunetti schnitt ihm das Wort ab. »Was ist mit den Angestellten des Museums?«

Vianello ließ sich den Ordnungsruf gefallen. »Semenzato schien bei ihnen beliebt zu sein. Offenbar war er tüchtig, kam mit den Gewerkschaften gut zurecht und konnte geschickt Verantwortung delegieren, zumindest soweit das Ministerium es zuließ.«

»Was heißt das?«

»Er ließ die Kuratoren entscheiden, welche Bilder restauriert und welche Techniken dabei angewandt werden sollten, auch wann Experten von außerhalb zugezogen wurden. Soweit ich es den Aussagen der Leute entnehmen konnte, mit denen ich gesprochen habe, war sein Vorgänger da ganz anders. Er wollte bei allem mitentscheiden, was hieß, daß alles sehr langsam ging, weil er immer alle Einzelheiten wissen wollte. Den meisten war Semenzato lieber.«

»Noch etwas?«

»Ich bin noch einmal in den Flur gegangen, wo Semenzatos Zimmer ist, und habe mir alles bei Tageslicht angesehen. Es gibt eine Tür vom linken Gebäudeflügel in diesen Korridor, aber die ist zugenagelt. Und übers Dach kann niemand gekommen sein. Sie müssen also die Treppe raufgegangen sein ...«

»... direkt am Kabuff der Wachen vorbei«, beendete Brunetti den Satz für ihn.

»Und auch wieder runter«, setzte Vianello unfreundlich hinzu.

»Was gab's denn an dem Abend im Fernsehen?«

Vianello antwortete wie aus der Pistole geschossen: »Wiederholungen von *Colpo Grosso*«, und Brunetti mußte sich notgedrungen fragen, ob sein Sergente an dem Abend zu Hause gewesen war und mit halb Italien zugesehen hatte, wie irgendwelche Möchtegern-Berühmtheiten sich unter dem erregten Gejohle eines Studiopublikums Stück für Stück ihrer Kleider entledigten. Waren die Busen üppig genug gewesen, hätten Diebe wahrscheinlich auf die Piazza gehen und die Basilika mitnehmen können, ohne daß es vor dem nächsten Morgen jemand gemerkt hätte.

Dies schien ihm der rechte Augenblick, das Thema zu wechseln. »Also gut, Vianello, sehen Sie zu, daß Sic die Sache mit dem Telefon in die Wege leiten.«

Nach stillschweigender Übereinkunft war das Gespräch damit beendet. Vianello stand auf. Er war immer noch nicht glücklich darüber, daß die Trauer der Witwe Semenzato gestört werden sollte, ergab sich aber in seine Pflicht. »Sonst noch etwas, Commissario?«

»Nein, ich glaube nicht.« Normalerweise hätte Brunetti noch gesagt, daß er informiert werden wolle, wenn der Anschluß angezapft war, aber er sagte jetzt nichts. Der Sergente schob seinen Stuhl ein paar Zentimeter nach vorn, bis er genau vor Brunettis Schreibtisch stand, hob andeutungsweise die Hand zum Gruß und ging. Brunetti genügte es vollauf, sich mit einer Primadonna in Cannaregio abgeben zu müssen. Er brauchte nicht noch eine hier in der Questura.

15

Als Brunetti eine Viertelstunde später die Questura verließ, hatte er seine Gummistiefel an und seinen Schirm dabei. Er wandte sich nach links in Richtung Rialtobrücke, bog aber dann rechts ab und gleich wieder links und ging kurz danach über die Brücke, die auf den Campo Santa Maria Formosa führte. Direkt vor ihm, auf der anderen Seite des *campo* stand der Palazzo Priuli, leer, so lange er zurückdenken konnte, Zankapfel in erbitterten Auseinandersetzungen um ein strittiges Testament. Während Erben und mutmaßliche Erben darüber stritten, wem er gehörte oder gehören sollte, widmete der Palazzo sich seinem Verfall mit einer Sturheit, die sich um Erben, Ansprüche und Gerechtigkeit nicht kümmerte. Lange Roststreifen verliefen von den Eisengittern, die ihn vor unbefugtem Zutritt schützen sollten, an seinen Mauern herunter, und das Dach hatte sich verzogen und verworfen und hatte hier und dort Risse, durch die der Regen in den schon seit so vielen Jahren verschlossenen Dachboden sickerte. Brunetti, der Träumer, hatte sich schon oft vorgestellt, daß der Palazzo Priuli der ideale Ort wäre, um eine verrückte Tante einzusperren, eine aufsässige Ehefrau oder eine widerspenstige Erbin, während er als der nüchtern und praktisch denkende Venezianer die vorzügliche Immobilie darin sah und die Fenster betrachtete, hinter denen sich die Räume in Wohnungen, Büros und Ateliers unterteilten.

Murinos Geschäft lag, wie er sich undeutlich erinnerte, an der Nordseite zwischen einer Pizzeria und einem Maskenladen. Die Pizzeria war den Winter über geschlossen und wartete auf die Rückkehr der Touristen, aber der Maskenladen sowie das Antiquitätengeschäft hatten geöffnet und schickten ihr helles Licht durch den spätwinterlichen Regen.

Als Brunetti die Tür aufstieß, ertönte im rückwärtigen Teil

des Ladens, irgendwo hinter schweren blaßrosa Samtportieren, eine Glocke. Der Raum strahlte den sanften Glanz von Wohlstand aus, altem, gediegenem Wohlstand. Erstaunlicherweise waren nur wenige Stücke ausgestellt, doch ein jedes verlangte die volle Aufmerksamkeit des Betrachters. Im Hintergrund stand eine Nußbaumkredenz mit fünf Schubladen untereinander auf der linken Seite, und das schimmernde Holz sprach von Jahrhunderten sorgsamer Pflege. Gleich neben Brunetti stand ein langer Eichentisch, wahrscheinlich aus dem Refektorium eines Ordenshauses. Auch er war auf matt glänzend poliert, aber es war kein Versuch unternommen worden, die Kerben und Flecken langjährigen Gebrauchs zu beseitigen. Zu seinen Füßen duckten sich zwei Marmorlöwen, die Zähne gebleckt zu einer Drohgebärde, die vielleicht einmal Furcht eingeflößt hatte. Aber die Zeit hatte ihre Zähne abgewetzt und ihre Züge weicher gemacht, bis sie ihre Feinde nun eher angähnten als anknurrten.

»*C'è qualcuno?*« rief Brunetti in den hinteren Raum. Bei einem Blick auf den Fußboden sah er, daß sein zugeklappter Schirm schon eine große Pfütze auf dem Parkett hinterlassen hatte. Signor Murino mußte sowohl Optimist als auch Nichtvenezianer sein, daß er sich hier einen Parkettboden hatte legen lassen, denn dieser Teil der Stadt lag tief, und das erste richtige Hochwasser würde garantiert eindringen, das Holz zerstören und den ganzen schönen Glanz mit fortschwemmen, wenn die Ebbe kam.

»*Buon giorno*«, rief er und ging ein paar Schritte auf die verhängte Türöffnung zu, wobei er eine Spur aus Regentropfen auf dem Boden hinterließ.

Am Vorhang erschien eine Hand und schob ihn beiseite. Der Mann, der heraustrat, war derselbe, den Brunetti schon einmal in der Stadt gesehen hatte, als ihn jemand – er wußte nicht mehr, wer – auf ihn aufmerksam gemacht und gesagt hatte, das sei der Antiquitätenhändler von Santa Maria Formosa. Murino war klein, wie viele Südländer, und hatte glänzendschwarzes Haar, das ihm lockig bis auf den Kragen fiel. Sein Teint war dunkel, die Haut glatt, der Gesichtsschnitt fein und wohlproportioniert. Das einzige, was in diesem Abziehbild mediterraner Schönheit störte, waren die Augen – ein klares Opalgrün. Obwohl sie teilweise verdeckt durch runde, goldumrandete Brillengläser in die Welt blickten und von ebenso langen wie dunklen Wimpern beschattet wurden, waren sie doch das Beherrschende in seinem Gesicht. Brunetti wußte, daß die Franzosen vor Jahrhunderten einmal Neapel eingenommen hatten, aber das genetische Souvenir ihrer langen Besatzung war normalerweise das rote Haar, dem man gelegentlich in der Stadt begegnete, nicht diese hellen nordischen Augen.

»Signor Murino?« fragte er und streckte die Hand aus.

»*Sì*«, antwortete der Antiquitätenhändler, wobei er Brunettis Hand ergriff und den festen Druck erwiderte.

»Guido Brunetti, Commissario der Polizei. Ich hätte gern mit Ihnen gesprochen.«

Murinos Gesicht blieb höflich interessiert.

»Ich möchte Ihnen einige Fragen über Ihren Partner stellen. Oder sollte ich sagen, Ihren verstorbenen Partner?«

Brunetti sah Murino diese Information verarbeiten und wartete, während der andere zu überlegen begann, was er für eine Reaktion zeigen sollte. Das alles dauerte nur Sekunden, aber Brunetti beobachtete diesen Vorgang schon seit Jahrzehnten und kannte ihn gut. Leute, denen er sich vorstellte, verfügten über eine ganze Skala von Reaktionen, die sie für angemessen hielten, und es gehörte zu seinem Beruf, ihnen dabei zuzusehen, wie sie eine nach der anderen durchgingen, bis sie die richtige fanden. Überraschung? Angst? Ahnungslosigkeit? Neugier? So beobachtete er jetzt auch Murinos Gesicht, während dieser die verschiedenen Möglichkeiten in Betracht zog und verwarf. Offensichtlich entschied er sich für die letzte.

»Ja? Und was möchten Sie gern wissen, Commissario?« Sein Lächeln war höflich, sein Ton freundlich. Jetzt sah er Brunettis Regenschirm. »Ach, darf ich Ihnen den abnehmen?« sagte er, wobei er den Eindruck zu erwecken verstand, es ginge ihm mehr um Brunettis Wohlbefinden als um den Schaden, den die Wassertropfen seinem Fußboden zufügen konnten. Er nahm den Schirm und brachte ihn zu einem mit Blumen bemalten Schirmständer aus Porzellan neben der Tür. Er stellte ihn hinein, drehte sich zu Brunetti um und fragte: »Darf ich Ihnen auch den Mantel abnehmen?«

Brunetti merkte, daß Murino versuchte, den Ton ihres Gesprächs zu bestimmen, und der sollte herzlich und entspannt sein, ein Ausdruck seiner Unschuld eben. »Danke, nicht nötig«, antwortete Brunetti, um damit wieder selbst den Ton anzugeben. »Können Sie mir sagen, wie lange er Ihr Teilhaber war?«

»Fünf Jahre«, antwortete Murino, »seit dem Tag, an dem ich den Laden hier eröffnet habe.«

»Und der in Mailand? Erstreckte sich die Teilhaberschaft auch darauf?«

»O nein. Das sind voneinander unabhängige Geschäfte. Die Teilhaberschaft galt nur für diesen hier.«

»Und wie kam es zu dieser Teilhaberschaft?«

»Nun, Sie wissen, wie das geht. Es spricht sich herum.«

»Nein, leider weiß ich nicht, wie das geht, Signor Murino. Wie wurde er Ihr Teilhaber?«

Murinos Lächeln blieb gelassen; er war gewillt, über Brunettis Ungezogenheit hinwegzusehen. »Als sich mir die Gelegenheit bot, hier Räume zu mieten, habe ich von Freunden in Venedig Geld zu leihen versucht. Ich hatte einen großen Teil meines Kapitals in die Lagerbestände des Mailänder Geschäfts investiert, und der Antiquitätenmarkt stagnierte damals etwas.«

»Aber dennoch wollten Sie ein zweites Geschäft eröffnen?«

Murinos Lächeln war jetzt geradezu engelhaft. »Ich setzte meine Hoffnung auf die Zukunft. Die Leute kaufen vielleicht eine Zeitlang nichts, aber so etwas ändert sich, und letzten Endes wollen sie doch immer wieder schöne Dinge haben.«

Wäre Murino eine Frau gewesen, hätte Brunetti gesagt, daß

sein Gegenüber nach Komplimenten angelte und ihn dazu bringen wollte, die Stücke im Laden zu bewundern, womit die durch seine Fragen entstandene Spannung wieder etwas gemildert wäre.

»Und, wurde Ihr Optimismus belohnt?«

»Ich kann nicht klagen.«

»Und Ihr Teilhaber? Wie hat er erfahren, daß Sie sich Geld leihen wollten?«

»Ach, so etwas hört man eben. Das spricht sich herum.«

»Und da ist er also mit einem Bündel Geld hier erschienen und hat Ihnen seine Teilhaberschaft angeboten?« – Murino ging zu einer Brauttruhe aus der Renaissance und rieb mit dem Taschentuch an einem Fingerabdruck herum. Er bückte sich, bis seine Augen auf gleicher Höhe mit der Oberfläche waren, und wischte mehrmals über den Schmierfleck, bis er verschwunden war. Dann faltete er sein Taschentuch zu einem ordentlichen Rechteck, steckte es wieder in die Jackentasche und lehnte sich gegen die Truhe. »Ja, so könnte man es ausdrücken.«

»Und was bekam er für seine Investition?«

»Fünfzig Prozent des Gewinns über zehn Jahre.«

»Und wer führte die Bücher?«

»Wir haben einen *contabile*, der das alles für uns erledigt.«

»Wer macht den Einkauf?«

»Ich.«

»Und den Verkauf?«

»Ich. Oder meine Tochter. Sie ist zwei Tage die Woche hier.«

»Also wissen nur Sie und Ihre Tochter, was zu welchem Preis eingekauft und was zu welchem Preis verkauft wird?«

»Ich habe Quittungen für jeden An- und Verkauf, Dottor Brunetti«, sagte Murino schon fast beleidigt.

Brunetti überlegte kurz, ob er sich darüber auslassen sollte, daß Quittungen in Italien jeder für alles und jedes besaß und daß alle diese Quittungen keinerlei Bedeutung hatten, es sei denn als gefälschte Belege zwecks Steuerersparnis.

»Ja, ich glaube gern, daß Sie die haben, Signor Murino«, sagte Brunetti und wechselte das Thema. »Wann haben Sie ihn zuletzt gesehen?«

Murinos Antwort ließ nicht auf sich warten. »Vor zwei Wochen. Wir haben uns auf ein Gläschen getroffen, und ich habe ihm gesagt, daß ich Ende des Monats eine Einkaufsreise in die Lombardei plane. Dazu wollte ich den Laden eine Woche schließen und fragte ihn, ob er etwas dagegen hätte.«

»Hatte er etwas dagegen?«

»Nein, überhaupt nicht.«

»Und Ihre Tochter?«

»Die ist mit ihren Examensvorbereitungen voll beschäftigt. Sie studiert Jura. Und da es ganze Tage gibt, an denen niemand in den Laden kommt, dachte ich, es wäre eine günstige Zeit, ihn für eine Weile zu schließen. Außerdem müssen wir einiges machen lassen.«

»Was?«

»Wir haben eine Tür zum Kanal hin, die sich aus den Angeln gelöst hat. Wenn wir sie benutzen wollen, muß ein ganz neuer Rahmen eingesetzt werden«, sagte Murino und deutete auf die Samtvorhänge. »Möchten Sie mal sehen?«

»Nein, danke«, antwortete Brunetti. »Signor Murino, ist Ihnen je der Gedanke gekommen, daß Ihr Teilhaber in einen Interessenkonflikt geraten könnte?«

Murino lächelte fragend. »Ich muß gestehen, daß ich Ihnen nicht folgen kann.«

»Dann lassen Sie es mich verdeutlichen. Seine andere Stellung hätte ihm dazu dienen können, sagen wir, zum Vorteil Ihres gemeinsamen Unternehmens tätig zu werden.«

»Verzeihung, aber ich verstehe immer noch nicht ganz, was Sie meinen.«

Brunetti nannte Beispiele. »Er hätte Sie etwa als Berater einschalten oder durch Sie erfahren können, daß bestimmte Stücke oder Sammlungen demnächst zum Verkauf stehen. Vielleicht hätte er das Geschäft auch Leuten empfehlen können, die Interesse an ganz bestimmten Stücken äußerten.«

»Nein, der Gedanke ist mir nie gekommen.«

»Und Ihrem Teilhaber?«

Murino nahm sein Taschentuch und bückte sich, um einen weiteren Fleck wegzureiben. Als er mit dem Glanz zufrieden war, sagte er: »Ich war sein Geschäftspartner, Commissario, nicht sein Beichtvater. Ich fürchte, diese Frage könnte nur er beantworten.«

»Und das geht ja leider nicht.«

Murino schüttelte traurig den Kopf. »Nein, leider nicht.«

»Was geschieht jetzt mit seinem Anteil am Geschäft?«

Murinos Gesicht drückte nichts als erstaunte Unschuld aus. »Nun, ich werde den Gewinn weiter teilen, mit seiner Witwe.«

»Und Sie und Ihre Tochter besorgen weiter den An- und Verkauf?«

Murino brauchte lange für seine Antwort, aber dann war sie nicht mehr als eine Bekräftigung des Selbstverständlichen. »Ja, natürlich.«

»Natürlich«, echote Brunetti.

Murino stieg die Zornesröte ins Gesicht, aber bevor er sprechen konnte, sagte Brunetti: »Vielen Dank, daß Sie mir Ihre Zeit geopfert haben, Signor Murino. Ich wünsche Ihnen eine erfolgreiche Reise in die Lombardei.«

Murino stieß sich von der Truhe ab und ging zur Tür, um Brunettis Schirm zu holen. Er übergab ihn mit dem Griff voran, dann öffnete er die Tür, hielt sie höflich und schloß sie sanft hinter Brunetti. Dieser fand sich im Regen wieder und spannte seinen Schirm auf. Dabei wurde er ihm von einem plötzlichen Windstoß fast aus der Hand gerissen, aber er hielt ihn fest und machte sich auf den Heimweg. Während des ganzen Gesprächs hatte keiner von ihnen auch nur einmal Semenzatos Namen genannt.

16

Während er durch den prasselnden Regen über den *campo* ging, überlegte Brunetti, ob Semenzato es wohl einem Mann wie Murino überlassen hätte, über An- und Verkäufe allein Buch zu führen. Gewiß hatte er schon von merkwürdigeren Geschäftsbeziehungen gehört, und er durfte auch nicht vergessen, daß er Semenzato, so wie die Dinge lagen, nur vom Hörensagen kannte, und das ergab selten ein klares Bild. Dennoch, wer würde schon so leichtgläubig sein und dem Wort eines Antiquitätenhändlers vertrauen, einer Spezies, die so aalglatt war, wie man es sich nur vorstellen konnte. Hier mischte sich nun eine Stimme, die stärker war als Brunettis Versuch, sie zu unterdrücken, mit der Frage ein: Und noch dazu einem Neapolitaner? Niemand würde unbesehen glauben, was so einer sagte. Aber wenn das Hauptgeschäft ihrer Partnerschaft gestohlene oder gefälschte Kunstgegenstände waren, spielten die Erträge aus legalen Geschäften keine Rolle. Semenzato hätte in diesem Fall Murinos Belege sowenig anzweifeln müssen wie sein Wort, daß ein *armadio* oder ein Tisch zu einem bestimmten Preis eingekauft und für soundso viel mehr wieder verkauft worden war. Als er versuchen wollte, in Gewinnen, Verlusten und Preisen zu denken, merkte er, daß ihm hier die Grundlagen fehlten; er hatte keine Ahnung vom Marktwert der Stücke, die laut Brett vermißt wurden. Er wußte ja nicht einmal, was es für Stücke waren. Morgen. Aber vorher wollte er noch mehr über Murino wissen. Vom nächsten Telefon aus rief er Signorina Elettra an und bat sie, sich nach Murinos Finanzen ebenso zu erkundigen, wie er es ihr schon bei La Capra und Semenzato aufgetragen hatte. Und da er fürchtete, die lange Pause am anderen Ende der Leitung könnte bedeuten, daß sie die zusätzliche Arbeit nur ungern übernahm, fügte Brunetti hinzu: »Er ist Neapolitaner.«

»Aha«, sagte sie darauf nur und legte auf.

Weil es immer heftiger regnete und *acqua alta* drohte, waren Gassen und Plätze seltsam menschenleer, obwohl um diese Zeit sonst die Leute von der Arbeit nach Hause eilten oder noch rasch ihre Einkäufe erledigten, bevor die Läden zumachten. Statt dessen konnte Brunetti ungehindert durch die schmalen *calli* gehen, ohne ständig seinen Regenschirm zur Seite kippen zu müssen, um kleinere Leute darunter durchzulassen. Sogar die breite Rialtobrücke war sonderbar leer, und das hatte er seines Wissens noch nie gesehen. Viele Stände waren verlassen, Obst- und Gemüsekisten schon vor Geschäftsschluß weggeräumt, ihre Besitzer vor der beißenden Kälte und dem trommelnden Regen geflüchtet.

Er knallte die Haustür hinter sich zu; bei nassem Wetter klemmte sie oft und ließ sich nur mit Gewalt öffnen oder schließen. Er schüttelte seinen Schirm ein paarmal, bevor er ihn zusammenlegte und sich unter den Arm klemmte. Mit der rechten Hand griff er nach dem Geländer und begann den langen Aufstieg zu seiner Wohnung. Im Erdgeschoß hatte Signora Bussola, die fast taube Witwe eines Anwalts, *telegiornale* eingeschaltet, was bedeutete, daß alle in diesem Geschoß die Nachrichten mit anhören mußten. Klar, daß sie die Nachrichten auf RAI 1 sah; diese radikalen Linken und der sozialistische Abschaum in RAI 2 waren ihre Sache nicht. Von den Rossis im ersten Stock war nichts zu hören, was hieß, daß sie ihren Streit beigelegt hatten und im hinteren Teil der Wohnung waren, im Schlafzimmer. Im zweiten Stock war es ebenfalls still. Vor zwei Jahren war hier ein junges Paar eingezogen und hatte die ganze Etage gekauft, aber Brunetti konnte an einer Hand abzählen, wie oft er den beiden im Treppenhaus begegnet war. Der Mann arbeitete angeblich bei der Stadt, obwohl niemand so recht wußte, was er da genau tat. Die Frau ging morgens aus dem Haus und kam abends um halb sechs zurück, aber keiner konnte sagen, wohin sie ging oder was sie machte, und das allein grenzte für

Brunetti schon an ein Wunder. Im dritten Stock herrschten nur Gerüche. Die Amabiles ließen sich selten sehen, aber im Treppenhaus schwebten stets herrliche, verführerische Essensdüfte. Heute abend schien es *capriolo* zu geben und, wenn er sich nicht irrte, Artischocken, aber es konnten auch gebratene Auberginen sein.

Und dann kam seine eigene Tür und die Aussicht auf Frieden. Aber nur so lange, wie er brauchte, um aufzuschließen und in die Diele zu treten. Da hörte er von hinten aus der Wohnung Chiara schluchzen. Seine kleine Spartanerin, das Kind, das so gut wie niemals weinte, das Kind, das sich einmal das Handgelenk gebrochen und totenblaß, aber tränenlos zugesehen hatte, wie es verarztet wurde. Und nun weinte Chiara nicht nur, sie schluchzte.

Rasch ging er durch den Flur und in ihr Zimmer. Paola saß auf der Bettkante, die Arme um Chiara gelegt. »Aber Mäuschen, ich glaube nicht, daß wir im Augenblick noch etwas tun können. Ich habe den Eisbeutel aufgelegt, und nun mußt du einfach warten, bis der Schmerz weggeht.«

»Aber *mamma*, es tut weh. Es tut so weh. Kannst du nicht machen, daß es aufhört?«

»Ich kann dir noch ein Aspirin geben, Chiara. Vielleicht hilft das.«

Chiara schluckte ihre Tränen hinunter und wiederholte mit eigenartig hoher Stimme: »*Mamma*, bitte tu was.«

»Was ist denn los, Paola?« fragte er, sehr um einen ruhigen, sachlichen Ton bemüht.

»Ach, Guido«, sagte Paola und drehte sich zu ihm um, die Arme aber weiter fest um Chiara geschlungen. »Chiara hat sich den Tisch auf den Zeh fallen lassen.«

»Welchen Tisch?« fragte er, statt sich zu erkundigen, auf welchen Zeh.

»Den aus der Küche.« Das war der mit dem Holzwurm. Was hatten sie nur getan, etwa versucht, ihn allein nach draußen zu tragen? Aber warum bei diesem Regen? Sie konnten ihn doch gar nicht auf die Terrasse schaffen; er war viel zu schwer für sie.

»Wie ist das passiert?«

»Sie wollte mir nicht glauben, daß da so viele Löcher drin sind, und hat ihn gekippt, um nachzusehen, dabei ist er ihr aus der Hand gerutscht und auf den Zeh gefallen.«

»Laß mich mal sehen.« Im selben Moment sah er, daß ihr rechter Fuß auf der Bettdecke lag und ein Badetuch darumgewickelt war, das einen Beutel mit Eiswürfeln festhielt, damit die Schwellung unterdrückt wurde.

Es war genau, wie er gedacht hatte, eigentlich noch schlimmer. Ihr rechter großer Zeh war ganz dick geschwollen und der Nagel tiefrot, so daß man schon das Blau ahnte, das mit der Zeit daraus werden würde.

»Ist er gebrochen?« fragte Brunetti.

»Nein, *papá*, ich kann ihn bewegen, ohne daß es weh tut. Aber er klopft und klopft«, sagte Chiara. Sie hatte aufgehört zu schluchzen, aber er sah an ihrem Gesicht, daß sie noch immer starke Schmerzen hatte. »*Papà*, bitte tu etwas.«

»Da kann *papá* auch nichts tun, Chiara«, sagte Paola, während sie den Fuß etwas zur Seite schob und den Eisbeutel wieder auflegte.

»Wann ist das passiert?« fragte er.

»Heute nachmittag, gleich nachdem du gegangen warst«, antwortete Paola.

»Und ist sie schon die ganze Zeit so?«

»Nein, *papá*«, sagte Chiara, die glaubte, sich gegen den unausgesprochenen Vorwurf verteidigen zu müssen, sie habe den ganzen Nachmittag mit Weinen zugebracht. »Zuerst hat es weh getan, dann war es eine Weile gut, aber jetzt tut es wieder unheimlich weh.« Sie hatte ihn schon einmal gebeten, etwas zu tun; Chiara war nicht der Mensch, der eine Bitte wiederholte.

Ihm fiel etwas ein, was er vor Jahren erlebt hatte, als er seinen Militärdienst ableistete und einem der Männer aus seiner

Einheit ein Schachtdeckel auf den Zeh gefallen war. Wie durch ein Wunder war der Zeh nicht gebrochen, aber er war, genau wie Chiaras, angeschwollen und rot geworden.

»Es gibt da eine Möglichkeit«, begann er. Paola und Chiara drehten die Köpfe und sahen ihn an.

»Was?« fragten sie wie aus einem Munde.

»Es ist eklig«, meinte er, »aber es hilft.«

»Was ist es, *papá*?« fragte Chiara, deren Lippen wieder zu zittern begannen vor Schmerz.

»Ich muß eine Nadel durch den Nagel bohren und das Blut herauslassen.«

»Nein!« rief Paola und umfaßte Chiaras Schulter.

»Hilft es, *papá*?«

»Das eine Mal, als ich es gesehen habe, hat es geholfen, aber das ist Jahre her. Ich habe es nie selbst gemacht, nur zugesehen, wie der Arzt es gemacht hat.«

»Meinst du, daß du es könntest, *papá*?«

Er zog seinen Mantel aus und legte ihn aufs Fußende ihres Bettes. »Ich glaube schon, Engelchen. Wenn du willst, daß ich es probiere.«

»Hört es dann auf weh zu tun?«

»Ich denke, ja.«

»Also gut, *papá*.«

Er sah kurz zu Paola, um ihre Meinung einzuholen. Sie beugte sich vor, küßte Chiara aufs Haar, nahm sie dann noch fester in die Arme und nickte Brunetti mit einem unsicheren Lächeln zu.

Er ging in die Küche und holte aus der dritten Schublade rechts von der Spüle eine Kerze, die er in einen Kerzenhalter aus Keramik steckte, nahm dann noch eine Schachtel Streichhölzer und ging zurück in Chiaras Zimmer. Er stellte die Kerze auf ihren Schreibtisch, zündete sie an und ging durch den Flur in Paolas Arbeitszimmer. Aus der obersten Schublade ihres Schreibtischs nahm er eine Büroklammer und bog sie auf dem Weg zu Chiaras Zimmer gerade. Er hatte ›Nadel‹ gesagt, aber dann war ihm eingefallen, daß der Arzt damals eine Büroklammer benutzt hatte, weil er meinte, eine Nadel sei zu dünn, um schnell genug durch den Nagel zu brennen.

Im Zimmer nahm er die Kerze und stellte sie ans Fußende des Bettes, hinter Paolas Rücken. »Es ist vielleicht besser, wenn du nicht zuschaust, Engelchen«, sagte er zu Chiara. Um das auch sicherzustellen, setzte er sich Rücken an Rücken mit Paola auf die Bettkante und deckte Chiaras Fuß auf.

Als er ihn berührte, zog sie ihn instinktiv weg, murmelte »Entschuldige« in Paolas Schulter hinein und streckte ihm den Fuß wieder hin. Brunetti nahm ihn in die linke Hand und schob den Eisbeutel beiseite. Er mußte sich andersherum drehen, vorsichtig, um dabei die Kerze nicht umzustoßen, bis er ihnen beiden gegenübersaß. Dann klemmte er Chiaras Ferse zwischen seine Knie.

»Ist schon gut, Schätzchen. Es dauert nur einen Moment«, sagte er, nahm mit der einen Hand die Kerze und hielt mit der anderen die Büroklammer in die Flamme. Als die Hitze ihm die Finger versengte, ließ er die Büroklammer fallen, und Wachs spritzte auf die Bettdecke. Frau und Tochter schraken bei seiner plötzlichen Bewegung zusammen.

»Einen Moment noch, einen Moment«, sagte er und eilte unter unverständlichem Gemurmel wieder in die Küche. Aus der untersten Schublade nahm er eine Zange und ging damit in Chiaras Zimmer. Als die Kerze wieder angezündet und alles bereit war, packte er die Büroklammer mit der Zange am einen Ende und hielt das andere in die Flamme. Er wartete, bis die Klammer rot glühte, dann drückte er schnell, damit er keine Zeit zum Nachdenken über sein Tun hatte, das glühende Ende mitten in Chiaras Zehennagel. Dort hielt er es fest, bis der Nagel zu rauchen begann, und packte mit der linken Hand ihren Knöchel, damit sie den Fuß nicht wegziehen konnte.

Plötzlich gab der Widerstand unter der Büroklammer nach,

und dunkles Blut quoll aus dem Zehennagel und lief ihm über die Finger. Er zog die Klammer heraus und drückte dabei, mehr seinem Instinkt als seiner Erinnerung folgend, von unten gegen den Zeh, um das dunkle Blut durch das Loch im Nagel herauszupressen.

Während der ganzen Prozedur hatte Chiara sich an Paola geklammert, die ihrerseits den Blick von Brunettis Tun abgewandt hielt. Doch als er aufblickte, sah er Chiara über die Schulter ihrer Mutter hinweg zuerst auf ihn, dann auf ihren Fuß schauen. »Ist das alles?« fragte sie.

»Ja«, antwortete er. »Wie fühlt es sich an?«

»Schon viel besser, *papà*. Der Druck ist weg, und es klopft nicht mehr.« Sie begutachtete sein Werkzeug: Kerze, Zange, Büroklammer. »Und das ist alles, was man dazu braucht?« fragte sie nur noch neugierig, die Tränen waren vergessen.

»Ja, das ist alles«, sagte er und drückte sanft ihr Fußgelenk.

»Glaubst du, ich kann das auch?« fragte sie.

»Meinst du, bei dir selbst oder bei jemand anderem?« fragte er zurück.

»Beides.«

»Ich wüßte nicht, warum nicht.«

Paola, von ihrer Tochter über der Faszination dieser neuen wissenschaftlichen Entdeckung offenbar vergessen, löste die Arme von dem nicht länger leidenden Kind und nahm Eisbeutel und Handtuch vom Bett. Sie stand auf, sah einen Moment auf die beiden hinunter, wie um eine fremdartige Lebensform zu studieren, und entfernte sich dann über den Flur in die Küche.

17

Am nächsten Morgen war Chiaras Fuß soviel besser, daß sie zur Schule gehen konnte, wenn sie auch drei Paar Wollsocken übereinander trug und die hohen Gummistiefel ihres Bruders, nicht nur, weil es noch immer wie aus Kübeln goß und weiterhin *acqua alta* drohte, sondern weil sie in den viel zu großen Stiefeln reichlich Platz für ihren Zeh hatte. Sie war schon fort, als ihr Vater soweit war und in die Küche kam, aber auf dem Frühstückstisch lag ein großes Blatt Papier mit einem riesigen roten Herzen, unter dem sie in ihrer akkuraten Blockschrift geschrieben hatte: »*Grazie, papà.*« Er faltete den Bogen zu einem ordentlichen Rechteck und steckte ihn in seine Brieftasche.

Brunetti hatte bei Brett und Flavia nicht erst angerufen, um seinen Besuch anzukündigen, aber es war schon fast zehn, als er klingelte, und das erschien ihm als ausreichend schickliche Uhrzeit, um über Mord zu reden.

Er nannte der Stimme aus der Sprechanlage seinen Namen und stieß die schwere Tür auf, als der Öffner betätigt wurde. Er stellte seinen Schirm neben dem Eingang in die Ecke, schüttelte sich wie ein Hund und stieg die Treppe hinauf.

Heute war es Brett, die an der offenen Tür stand und ihn einließ. Sie lächelte ihm zu, und er sah wieder ihre weiß aufblitzenden Zähne.

»Wo ist Signora Petrelli?« fragte er, als sie ihn ins Wohnzimmer führte.

»Flavia ist selten vor elf präsentabel. Und vor zehn noch gar kein Mensch.« Als sie vor ihm her durchs Wohnzimmer ging, sah er, daß sie sich lockerer bewegte und weniger darauf achtete, ob eine ganz normale Bewegung oder Geste ihr womöglich weh tat.

Sie bot ihm einen Platz an und setzte sich ihm gegenüber aufs

Sofa; das wenige Licht, das ins Zimmer fiel, kam von hinten, so daß ihr Gesicht teilweise im Schatten lag. Als sie beide saßen, zog er das Blatt Papier aus der Tasche, auf dem er sich gestern Notizen gemacht hatte, obwohl er ziemlich genau wußte, was er sie fragen wollte.

»Können Sie mir etwas über die Stücke sagen, über deren Echtheit Ihnen in China Zweifel kamen?« begann er ohne Einleitung.

»Was wollen Sie wissen?«

»Alles.«

»Das ist ziemlich viel.«

»Ich muß wissen, wie viele Stücke Ihrer Meinung nach gestohlen wurden. Und dann müßte ich noch etwas darüber erfahren, wie das wohl gemacht wurde.«

Sie antwortete ohne Zögern. »Ganz sicher bin ich inzwischen bei drei Stücken, obwohl ich ursprünglich noch zwei weitere im Verdacht hatte.« Hier änderte sich ihr Gesichtsausdruck, und der Blick, mit dem sie ihn ansah, verriet Unsicherheit. »Aber ich habe keine Ahnung, wie es gemacht wurde.«

Nun wurde Brunetti unsicher. »Aber jemand hat mir gestern gesagt, Sie hätten in einem Ihrer Bücher ein ganzes Kapitel darüber geschrieben.«

»Ach so, Sie meinen, wie die Fälschungen gemacht wurden«, sagte sie, hörbar erleichtert. »Ich dachte, Sie wollten wissen, wie sie gestohlen wurden. Da habe ich nämlich keine Ahnung, aber ich kann Ihnen sagen, wie die Fälschungen hergestellt wurden.«

Brunetti wollte Matsukos eventuelle Beteiligung nicht ins Spiel bringen, jedenfalls noch nicht, weshalb er nur fragte: »Wie denn?«

»Es geht ganz einfach.« Sie sprach jetzt mit anderer Stimme, nämlich der Sicherheit der Expertin. »Verstehen Sie etwas von Töpferei oder Keramiken?«

»Sehr wenig«, gestand er.

»Die gestohlenen Stücke stammen alle aus dem zweiten Jahrhundert vor Christus«, begann sie zu erklären, aber er unterbrach sie.

»Sind zweitausend Jahre alt?«

»Ja. Die Chinesen hatten schon damals wunderschöne Töpferwaren und sehr ausgeklügelte Fertigungsmethoden. Aber die gestohlenen Stücke waren einfache Gegenstände, jedenfalls damals, als sie hergestellt wurden. Sie sind unglasiert und handbemalt, meist mit Tiermotiven. Grundfarben sind Rot und Weiß, oft auf schwarzem Grund.« Sie stand langsam auf und ging zum Bücherregal, wo sie eine Weile grübelnd stehenblieb und den Kopf von einer Seite zur anderen drehte, während sie die Titel las. Schließlich zog sie direkt vor sich ein Buch heraus und brachte es mit zum Sofa. Sie schlug das Register auf und blätterte dann herum, bis sie fand, was sie suchte. Schließlich reichte sie Brunetti das aufgeschlagene Buch.

Er blickte auf das Foto eines kürbisförmigen, gedrungenen Kruges mit Deckel, dem man nicht ansehen konnte, wie groß er war. Die Bemalung war in drei horizontale Bänder gegliedert: Deckel und Hals, ein breites in der Mitte und ein drittes unten. In dem schwarzen Mittelfeld um den Bauch des Gefäßes sah er die Seitenansicht eines Tieres mit offenem Maul. Es hätte ein stilisierter Wolf sein können, ein Fuchs, sogar ein Hund, dessen weißer Körper aufgerichtet war und nach links strebte, die Hinterbeine weit gespreizt und die erhobenen Vorderbeine vorgestreckt. Der Eindruck von Bewegung, den die Läufe vermittelten, wurde durch eine Anzahl geschwungener geometrischer Linien verstärkt, die in einem sich wiederholenden Muster über die ganze Vorderseite und vermutlich bis zur nicht sichtbaren Rückseite liefen. Der Rand war stark angeschlagen, aber das Bild im mittleren Teil war unversehrt und sehr schön. Aus der Bildunterschrift ging nur hervor, daß es ein Krug aus der Han-Dynastie war, was Brunetti nichts sagte.

»Finden Sie solche Sachen in Xi'an?« fragte er.

»Dies hier stammt zwar auch aus Westchina, aber nicht aus

Xi'an. Es ist ein seltenes Stück. Ich glaube kaum, daß wir so etwas finden werden.«

»Warum nicht?«

»Weil inzwischen zweitausend Jahre vergangen sind.«

»Erklären Sie mir, wie man so etwas fälschen würde«, sagte er, ohne den Blick von dem Foto zu wenden.

»Zuerst braucht man einen erfahrenen Töpfer, der Zeit und Gelegenheit hatte, sich die Fundstücke genau anzusehen, sie in der Hand zu halten, der vielleicht sogar dabei war, als sie gefunden wurden, oder an ihrer Ausstellung mitgewirkt hat. Dadurch hätte er echte Fragmente gesehen und somit eine klare Vorstellung von der Dicke der einzelnen Teile. Dann brauchen Sie einen sehr guten Maler, der einen Stil kopieren und die Stimmung auf einem solchen Gefäß einfangen kann, um das dann alles so genau nachzumachen, daß sie von dem Stück in der Ausstellung nicht mehr zu unterscheiden ist.«

»Wie schwierig wäre das?«

»Sehr schwierig. Aber es gibt Leute, Männer wie Frauen, die dafür ausgebildet sind und es hervorragend machen.« Brunetti legte den Finger auf eine Stelle über dem Tiermotiv. »Hier, das sieht abgenutzt aus, richtig alt. Wie macht man so etwas nach?«

»Das ist relativ einfach. Das Stück wird in der Erde vergraben; manche Fälscher legen es sogar in Kloakenabwässer.« Als sie Brunettis instinktiven Ekel sah, erklärte sie: »Das greift die Farbe an und trägt sie schneller ab. Dann klopfen sie kleine Stückchen ab, meist vom Rand oder vom Boden.« Sie zeigte auf eine winzige Kerbe am oberen Rand, wo der zylindrische Deckel aufsaß, und eine am Boden.

»Ist es schwierig?« fragte Brunetti.

»Nein, nicht wenn man Laien damit täuschen will. Viel schwerer ist es, etwas herzustellen, was einen Experten täuscht.«

»Wie Sie?« fragte er.

»Ja«, antwortete sie, ohne sich mit falscher Bescheidenheit aufzuhalten.

»Und wie sehen Sie es?« fragte er und ergänzte sogleich: »An welchen Einzelheiten können Sie erkennen, daß es sich um eine Fälschung handelt? Ich meine Dinge, die andere nicht sehen würden.«

Bevor sie antwortete, blätterte sie in dem Buch ein paar Seiten weiter und hielt hier und dort inne, um ein Foto genauer zu betrachten. Schließlich klappte sie den Band zu und sah Brunetti an. »Einmal an der Farbe, ob es der richtige Farbton für die Zeit ist, aus der das Stück angeblich stammt. Dann am Pinselstrich, ob er zögernd aufgetragen ist. Das würde verraten, daß der Maler etwas zu kopieren versucht hat und beim Malen nachdenken mußte, sehen, ob es so richtig war. Die Erschaffer der Originale mußten keinen bestimmten Standard erfüllen; sie haben gemalt, was sie wollten, deshalb ist ihr Strich immer fließend. Wenn es ihnen nicht gefiel, haben sie den Krug wahrscheinlich zerschlagen.«

Brunetti hakte bei dem lässig hingeworfenen Begriff sofort nach. »Krug oder Vase?«

Sie lachte offen über die Frage. »Heute, nach zweitausend Jahren, sind es Vasen, aber ich glaube, für die Leute, die sie hergestellt und benutzt haben, waren es einfach Krüge.«

»Wofür wurden sie benutzt?« fragte Brunetti. »Ursprünglich.«

Sie zuckte die Achseln. »Wofür man Krüge eben benutzt: um Wasser darin zu tragen, Korn aufzubewahren. Der mit dem Tier hat einen Deckel, also sollte wohl der Inhalt geschützt werden, wahrscheinlich vor Mäusen. Das spricht für Reis oder irgendein anderes Getreide.«

»Was sind solche Gefäße wert?« fragte Brunetti.

Sie setzte sich auf dem Sofa zurück und schlug die Beine übereinander. »Ich weiß nicht, wie ich das beantworten soll.«

»Warum nicht?«

»Weil man für Preise einen Markt braucht.«

»Und?«

»Es gibt keinen Markt für diese Stücke.«

»Warum nicht?«

»Weil so wenige davon erhalten sind. Die Vase in dem Buch steht im Metropolitan Museum in New York. Es gibt vielleicht noch drei oder vier in anderen Museen irgendwo auf der Welt.« Sie schloß einen Moment die Augen, und Brunetti sah sie im Geiste Listen und Kataloge durchgehen. Als sie die Augen wieder aufmachte, sagte sie: »Drei fallen mir ein: zwei in Taiwan und eine in einer Privatsammlung.«

»Sonst keine?« fragte er.

Sie schüttelte den Kopf. »Nein.« Doch dann fügte sie hinzu: »Jedenfalls nicht in einem Museum oder sonst in einer bekannten Sammlung.«

»Und in Privatbesitz?«

»Möglich, aber irgendwer von uns hätte wahrscheinlich davon gehört, und in der ganzen Literatur werden keine anderen Stücke erwähnt. Man kann also ziemlich sicher sein, daß es sonst keine gibt.«

»Was wäre denn eines dieser Museumsstücke wert?« fragte er, und als er sah, daß sie den Kopf schütteln wollte, setzte er rasch hinzu: »Ich weiß, ich weiß, nach dem, was Sie gesagt haben, ist es unmöglich, einen genauen Preis zu nennen, aber können Sie mir nicht wenigstens eine ungefähre Vorstellung geben, wie hoch der Wert wäre?«

Sie brauchte ein Weilchen, sich eine Antwort zurechtzulegen. »Der Preis wäre der, den der Verkäufer verlangt oder den der Käufer zu zahlen bereit ist. Der Marktpreis könnte – in Dollar ausgedrückt – bei Hunderttausend liegen? Zweihunderttausend? Vielleicht mehr? Aber wie gesagt, es gibt eigentlich keine Preise, weil es nur so wenige Stücke dieser Qualität gibt. Es würde ganz allein davon abhängen, wie sehr der Käufer das Stück haben möchte und wieviel Geld er hat.«

Brunetti übersetzte ihre Preise in Hunderte von Millionen Lire: Drei? Vier? Bevor er mit seiner Berechnung fertig war, fuhr sie fort: »Das gilt nur für die Töpferwaren, die Vasen. Meines

Wissens ist keine der Soldatenstatuen verschwunden, doch wenn das je passieren sollte, gäbe es wirklich keinen Preis, den man dafür ansetzen könnte.«

»Aber der Besitzer könnte sie auch auf keinen Fall öffentlich zeigen, oder?« fragte Brunetti.

Jetzt lächelte sie. »Leider gibt es Leute, die gar keinen Wert darauf legen, Dinge öffentlich zu zeigen. Sie wollen nur besitzen, wissen, daß ein bestimmtes Stück ihnen gehört. Ich weiß nicht, ob es Schönheitsempfinden ist, was sie treibt, oder nur Besitzgier, aber glauben Sie mir, es gibt Menschen, die einfach nur ein Stück in ihrer Sammlung haben wollen, auch wenn es nie jemand sieht. Außer ihnen selbst natürlich.« Sie sah sein skeptisches Gesicht und fragte: »Erinnern Sie sich an diesen japanischen Multimillionär, der mit seinem van Gogh begraben werden wollte?«

Brunetti entsann sich, irgendwann im letzten Jahr etwas darüber gelesen zu haben. Angeblich hatte der Mann das Bild bei einer Auktion gekauft und dann in seinem Testament verfügt, daß er damit beerdigt werden sollte, oder in der richtigen Reihenfolge der Wichtigkeit: Das Bild sollte mit ihm beerdigt werden. Er erinnerte sich an den Sturm, den das in der Kunstwelt ausgelöst hatte. »Am Ende hat er aber eingelenkt und gesagt, er wolle das doch nicht, oder?«

»So war es wenigstens zu hören«, bestätigte sie. »Ich habe die Geschichte nie geglaubt, ich erwähne sie nur, um Ihnen eine Vorstellung davon zu geben, wie manche Leute zu ihren Besitztümern stehen, daß sie glauben, ihr Besitzrecht sei das absolute Maß oder der eigentliche Zweck des Sammelns, nicht die Schönheit des Objekts.« Sie schüttelte den Kopf. »Ich fürchte, ich erkläre das nicht sehr gut, aber wie ich schon sagte, mir ist das alles unverständlich.«

Brunetti gab sich mit ihrer Antwort auf seine ursprüngliche Frage nicht zufrieden. »Aber ich weiß immer noch nicht, woran Sie eindeutig erkennen, ob etwas ein Original oder eine Kopie ist.« Bevor sie antworten konnte, setzte er hinzu: »Ein Freund

hat mir von diesem sechsten Sinn erzählt, den man dafür entwickelt; daß etwas einfach richtig oder falsch aussieht. Aber das ist doch sehr subjektiv. Ich meine, wenn zwei Experten unterschiedlicher Meinung sind, der eine sagt, ein Stück ist echt, der andere, es ist eine Kopie, wie löst man dann diesen Widerspruch? Zieht man einen dritten Experten hinzu und stimmt dann ab?«
Er lächelte, um ihr zu zeigen, daß er nur Spaß machte, aber ein anderer Ausweg aus einer solchen Situation fiel ihm tatsächlich nicht ein.

Ihr Lächeln sagte ihm, daß sie den Scherz verstanden hatte. »Nein, dann rufen wir die Techniker. Es gibt einige Tests, mit denen man das Alter eines Gegenstands bestimmen kann.« Mit veränderter Stimme fragte sie plötzlich: »Wollen Sie sich das wirklich alles anhören?«

»Ja.«

»Ich will versuchen, nicht allzusehr ins Detail zu gehen«, sagte sie, während sie die Beine auf dem Sofa unter sich zog. »Es gibt alle möglichen Verfahren, die wir bei Bildern anwenden können: Analyse der chemischen Zusammensetzung von Farben, um festzustellen, ob sie der Zeit entsprechen, zu der das Bild angeblich gemalt wurde; Röntgenaufnahmen, die zeigen, was unter der Farbschicht ist; sogar die Radiokarbonmethode.«

Brunetti nickte, um zu zeigen, daß er das alles kannte.

»Aber wir sprechen nicht von Gemälden«, warf er ein.

»Richtig. Die Chinesen haben nie mit Ölfarben gearbeitet, jedenfalls nicht zu der Zeit, um die es bei der Ausstellung ging. Die meisten Stücke waren Keramiken und Metallarbeiten. Ich habe mich nie sehr für die Metallsachen interessiert, aber ich weiß, daß es so gut wie unmöglich ist, sie mit wissenschaftlichen Methoden zu überprüfen. Bei ihnen ist man auf das Auge angewiesen.«

»Und bei den Keramiken nicht?«

»Natürlich braucht man auch da das geschulte Auge, aber glücklicherweise sind die technischen Methoden, mit denen man ihre Echtheit nachweist, ebenso ausgeklügelt wie die für Gemälde.« Sie hielt kurz inne und fragte noch einmal: »Soll ich ins Technische gehen?«

»Ja, bitte«, sagte er und griff nach seinem Stift, wobei er sich sehr wie ein Schüler vorkam.

»Die von uns am meisten verwendete und zugleich verläßlichste Methode ist die Thermolumineszenz. Dafür brauchen wir von dem fraglichen Keramikmaterial nur etwa dreißig Milligramm.« Sie beantwortete seine Frage, noch bevor er sie gestellt hatte, indem sie fortfuhr: »Es ist ganz einfach. Wir schaben sie von der Rückseite des Tellers oder der Unterseite einer Vase oder Statue ab. Die Menge ist so unerheblich, daß man es kaum merkt, wir brauchen eben nur eine kleine Probe. Ein Photoelektronenvervielfacher sagt uns dann mit einer Genauigkeit von zehn bis fünfzehn Prozent, wie alt das Material ist.«

»Wie funktioniert das?« fragte Brunetti. »Ich meine, nach welchem Prinzip?«

»Wenn Ton gebrannt wird, das heißt mit über dreihundert Grad Celsius, werden alle Elektronen in dem Material, aus dem er besteht – nun, es gibt wohl kein besseres Wort dafür –, ausgelöscht. Die Hitze vernichtet ihre elektrische Ladung. Dann fangen sie an, sich neue elektrische Ladungen zuzulegen. Und der Photoelektronenvervielfacher mißt, wieviel Energie sie absorbiert haben. Je älter das Material ist, desto heller leuchtet es.«

»Und die Ergebnisse sind genau?«

»Wie gesagt, auf etwa fünfzehn Prozent. Das heißt, bei einem angeblich zweitausend Jahre alten Stück bekommen wir ein Ergebnis, das uns auf etwa dreihundert Jahre genau sagt, wann es hergestellt wurde, oder besser, wann es zuletzt gebrannt wurde.«

»Und diesen Test haben Sie an den fraglichen Stücken noch in China vorgenommen?«

Sie schüttelte den Kopf. »Nein. Eine solche technische Ausrüstung haben wir in Xi'an nicht.«

»Woher nehmen Sie dann die Gewißheit?«

Sie lächelte. »Das Auge. Ich habe sie mir angesehen und war ziemlich sicher, daß sie gefälscht waren.«

»Aber um ganz sicherzugehen, haben Sie da noch jemanden gefragt?«

»Wie ich schon sagte, ich habe an Semenzato geschrieben. Und als ich keine Antwort bekam, bin ich hergekommen.« Sie ersparte ihm die Frage. »Ja, ich habe Proben mitgebracht, Proben von den drei Stücken, die für mich am verdächtigsten waren, und von den anderen beiden, die ich auch für möglicherweise falsch hielt.«

»Wußte Semenzato, daß Sie diese Proben haben?«

»Nein, ich habe es ihm gegenüber nie erwähnt.«

»Wo sind sie jetzt?«

»Ich habe Zwischenstation bei einem kalifornischen Freund gemacht, der Kurator am Getty ist, und ihm einen Satz Proben dagelassen. Dort haben sie die Ausrüstung, und ich habe ihn gebeten, die Proben für mich zu untersuchen.«

»Hat er es getan?«

»Ja.«

»Und?«

»Ich habe ihn angerufen, als ich aus dem Krankenhaus kam. Alle drei Stücke, die ich für falsch hielt, sind erst kürzlich hergestellt worden, wahrscheinlich innerhalb der letzten drei Jahre.«

»Und die anderen beiden?«

»Sind echt.«

»Reicht ein Test denn aus?« fragte Brunetti.

»Ja.«

Und selbst wenn er kein hinreichender Beweis gewesen wäre, für Brunetti war das, was ihr und Semenzato widerfahren war, Beweis genug.

Nach einer Pause fragte Brett: »Und was nun?«

»Wir versuchen herauszubekommen, wer Semenzato umgebracht hat und wer die beiden Männer sind, die hier bei Ihnen waren.«

Ihr Blick war unbewegt und sehr skeptisch. Schließlich fragte sie: »Und wie stehen da die Chancen?«

Er zog die Polizeifotos von Salvatore La Capra aus der Jackentasche und reichte sie Brett. »War das einer der beiden?«

Sie nahm die Fotos, betrachtete sie ein Weilchen und gab sie ihm dann mit einem schlichten »Nein« zurück. »Es waren Sizilianer«, sagte sie. »Wahrscheinlich sind sie inzwischen wieder zu Hause, bezahlt und glücklich bei Frau und Kindern. Ihre Expedition war erfolgreich. Sie haben erledigt, was man ihnen aufgetragen hatte: mir Angst einzujagen und Semenzato zu töten.«

»Das erscheint nicht sehr plausibel, oder?« meinte er.

»Was ist nicht plausibel?«

»Ich habe mit Leuten gesprochen, die ihn kannten und über ihn Bescheid wußten, und wie es aussieht, war er in Geschäfte verwickelt, mit denen ein Museumsdirektor eigentlich nichts zu tun haben sollte.«

»Zum Beispiel?«

»Er war stiller Teilhaber in einem Antiquitätengeschäft. Andere haben mir gesagt, seine Expertenmeinung sei käuflich gewesen.«

»Warum ist das wichtig?«

»Wenn man die Absicht hatte, ihn umzubringen, hätte man das als erstes getan und Ihnen dann eingeschärft, den Mund zu halten, weil es Ihnen sonst genauso ergehen würde. Aber das hat man nicht getan; man war zuerst bei Ihnen. Und wenn das geklappt hätte, dann hätte doch Semenzato nie von den Unterschiebungen erfahren, jedenfalls nicht offiziell.«

»Sie nehmen immer noch an, daß er in der Sache drinsteckte«, sagte Brett. Und als Brunetti nickte, fügte sie hinzu: »Ich halte das für eine gewagte Annahme.«

»Alles andere ergibt keinen Sinn«, erklärte Brunetti. »Woher hätten diese Männer sonst wissen können, daß sie zu Ihnen kommen mußten, oder von Ihrer Verabredung mit Semenzato?«

»Und wenn ich trotzdem mit ihm gesprochen hätte, selbst

nachdem sie mich so zugerichtet hatten?« Es verblüffte ihn, daß sie darauf nicht selbst schon gekommen war, und er wollte es ihr jetzt ungern erklären. Er schwieg.

»Nun?« beharrte sie.

»Falls Semenzato an der Sache beteiligt war, ist es doch ziemlich klar, was passiert wäre, wenn Sie mit ihm gesprochen hätten«, sagte Brunetti, der es immer noch nicht so deutlich aussprechen mochte.

»Ich verstehe noch immer nicht.«

»Dann hätte man Sie umgebracht, nicht ihn«, sagte er endlich.

Er sah Schock und Ungläubigkeit in ihren Augen, nach einer kleinen Weile begriff sie dann, und ihr Gesicht wurde starr, sie preßte die Lippen zusammen, bis ihr Mund ein dünner Strich war.

Glücklicherweise wählte Flavia genau diesen Moment für ihren Auftritt, und sie brachte den blumigen Duft von Seife oder Shampoo oder irgend etwas anderem mit, was Frauen benutzen, um immer zur falschen Tageszeit so wunderbar zu riechen. Warum morgens und nicht abends?

Sie trug ein schlichtes braunes Wollkleid mit einem orangefarbenen Schal, den sie ein paarmal um ihre Taille geschlungen und seitlich verknotet hatte, so daß die Enden herunterhingen und bei jedem Schritt mitschwangen. Sie hatte kein Make-up aufgelegt, und als Brunetti sie so sah, fragte er sich, warum sie überhaupt welches benutzte.

»*Buon giorno*«, sagte sie lächelnd und streckte ihm die Hand hin.

Er stand auf, um sie zu begrüßen. Flavia sah zu Brett und schloß sie in ihre nächste Bemerkung mit ein. »Ich mache Kaffee. Möchte jemand welchen?« Dann mit einem Lächeln: »Ein bißchen früh für Champagner.«

Brunetti nickte, aber Brett schüttelte den Kopf. Flavia drehte sich um und verschwand in der Küche. Ihr Kommen und

Gehen hatte sie beide vorübergehend von seiner letzten Bemerkung abgelenkt. Jetzt blieb ihnen nichts übrig, als wieder darauf zurückzukommen.

»Warum hat man ihn umgebracht?« fragte Brett.

»Das weiß ich nicht. Streit mit den anderen Beteiligten? Uneinigkeit darüber, was geschehen sollte, vielleicht was man mit Ihnen machen sollte?«

»Sind Sie denn überzeugt, daß er wegen dieser ganzen Geschichte umgebracht wurde?«

»Ich meine, man sollte von dieser Annahme ausgehen«, antwortete er ruhig, nicht allzusehr überrascht, daß sie sich sträubte, es so zu sehen. Dazu hätte sie sich nämlich die Gefahr eingestehen müssen, in der sie selbst schwebte: Nachdem Matsuko und Semenzato tot waren, wußte Brett als einzige noch von diesem Diebstahl. Semenzatos Mörder konnte nicht wissen, daß sie aus China handfeste Beweise mitgebracht hatte, nicht nur einen Verdacht, mußte also annehmen, daß mit seinem Tod die Fährte ein für allemal endete. Sollte der ganze Betrug irgendwann in der Zukunft auffliegen, wäre nicht zu erwarten, daß die Regierung der Volksrepublik China sich für die mörderische Gier westlicher Kapitalisten interessieren würde; eher würde sie die Diebe wohl im eigenen Land suchen.

»Wer war denn damals in China für die Auswahl der Ausstellungsstücke zuständig?«

»Ein Mann vom Museum in Peking, Xu Lin. Er ist einer ihrer führenden Archäologen und ein sehr guter Kunsthistoriker.«

»Ist er mit der Ausstellung gereist?«

Sie schüttelte den Kopf. »Nein, seine politische Vergangenheit ließ das nicht zu.«

»Warum nicht?«

»Sein Großvater war Grundbesitzer, darum befand man ihn für politisch unerwünscht, oder jedenfalls verdächtig.« Sie sah Brunettis erstauntes Gesicht und erklärte: »Ich weiß, daß es irrational klingt.« Und nach einer Pause: »Es ist irrational, aber so ist das eben. Während der Kulturrevolution haben sie ihn zehn Jahre Schweine hüten und Dünger auf Kohlfeldern verteilen lassen. Danach durfte er weiterstudieren, und da er ein brillanter Kopf war, konnte man kaum umhin, ihm die Stelle in Peking zu geben. Aber außer Landes wollten sie ihn nicht lassen. Mit der Ausstellung sind nur Parteibonzen gereist, die im Ausland einkaufen wollten.«

»Und Sie.«

»Und ich, ja.« Dann fügte sie noch leise hinzu: »Und Matsuko.«

»Demnach wird man für den Diebstahl Sie verantwortlich machen?«

»Natürlich. Ich bin verantwortlich. Ist doch klar, daß sie die mitreisenden Parteikader nicht beschuldigen werden, wenn sie jemanden aus dem kapitalistischen Westen haben, dem sie die ganze Geschichte in die Schuhe schieben können.«

»Was ist denn Ihrer Meinung nach passiert?«

Sie schüttelte den Kopf. »Für mich reimt sich das alles nicht. Oder was sich reimt, kann ich nicht glauben.«

»Und das wäre?«

Brunetti wurde von Flavia unterbrochen, die mit einem Tablett aus der Küche kam. Sie ging an ihm vorbei, setzte sich neben Brett aufs Sofa und stellte das Tablett vor sich auf den Tisch. Zwei Tassen Kaffee standen darauf. Sie reichte die eine Brunetti, nahm sich die andere und lehnte sich zurück. »Es sind zwei Stücke Zucker drin.«

Ohne sich durch die Unterbrechung stören zu lassen, sprach Brett weiter: »Einer der Parteikader muß hier von jemandem angesprochen worden sein.« Obwohl Flavia die vorausgegangene Frage nicht gehört hatte, machte sie aus ihrer Meinung zu dieser Antwort kein Hehl. Sie drehte sich zu Brett um und starrte sie mit eisigem Schweigen an, dann sah sie zu Brunetti und begegnete seinem Blick. Als keiner etwas sagte, fuhr Brett fort: »Schon gut, schon gut. Oder Matsuko. Vielleicht war es Matsuko.«

Früher oder später würde sie sich gezwungen sehen, dieses »vielleicht« zu streichen, da war sich Brunetti ziemlich sicher.

»Und Semenzato?« fragte er.

»Möglich. Auf jeden Fall einer vom Museum.«

Er unterbrach sie. »Diese Leute, die Sie Kader nennen, sprach von denen einer Italienisch?«

»Ja, zwei oder drei.«

»Zwei oder drei?« wiederholte Brunetti. »Wie viele waren es denn?«

»Sechs«, antwortete Brett. »Die Partei sorgt für die Ihren.«

Flavia schniefte.

»Wie gut war denn ihr Italienisch, wissen Sie das noch?« fragte Brunetti.

»Gut genug«, antwortete sie knapp. Doch nach kurzem Überlegen räumte sie ein: »Nein, nicht gut genug für so etwas. Ich war die einzige, die mit den Italienern reden konnte. Wenn sich da etwas abgespielt hat, dann auf englisch.« Matsuko hatte, wie Brunetti sich erinnerte, in Berkeley studiert.

Aufgebracht fuhr jetzt Flavia dazwischen: »Brett, wann hörst du endlich auf, dir etwas vorzumachen, und schaust dir an, wie es wirklich war? Es ist mir egal, was zwischen dir und dieser Japanerin war, aber du mußt endlich mal klarsehen. Es ist dein Leben, mit dem du da spielst.« So abrupt sie angefangen hatte, brach sie auch wieder ab, nippte an ihrer Kaffeetasse, merkte, daß sie leer war, und stellte sie heftig vor sich auf den Tisch.

Lange sagte keiner etwas, bis Brunetti endlich fragte: »Wann könnte der Austausch stattgefunden haben?«

»Nach Schließung der Ausstellung«, antwortete Brett mit zittriger Stimme.

Brunetti wandte den Blick zu Flavia, aber sie schwieg und sah auf ihre Hände, die sie locker auf dem Schoß verschränkt hatte.

Brett seufzte tief und flüsterte: »Ja gut, ja gut.« Sie lehnte den Kopf an die Rückenlehne des Sofas und sah dem Regen zu, der über die Scheiben der Oberlichter lief. Schließlich sagte sie: »Sie war zum Einpacken hier. Sie mußte jedes Stück beglaubigen, bevor der italienische Zoll zuerst die einzelnen Pakete, dann die Frachtkisten versiegelte.«

»Hätte sie eine Fälschung erkannt?« fragte Brunetti.

Es dauerte lange, bis Brett antwortete. »Ja, sie hätte den Unterschied bemerkt.« Einen Augenblick lang glaubte er, sie wolle noch etwas hinzufügen, aber sie tat es nicht. Sie beobachtete den Regen.

»Wie lange kann es gedauert haben, alles einzupacken?«

Brett überlegte kurz, dann meinte sie: »Vier Tage vielleicht. Oder fünf.«

»Und danach? Wohin sind die Kisten von hier aus gegangen?«

»Sie wurden von einer Alitalia-Maschine nach Rom geflogen, wo sie allerdings infolge eines Streiks auf dem Flughafen über eine Woche liegenblieben. Von dort gingen sie nach New York und blieben da beim amerikanischen Zoll liegen. Endlich wurden sie der chinesischen Fluggesellschaft übergeben und nach Peking geflogen. Die Siegel wurden jedesmal überprüft, wenn die Kisten aus- oder eingeladen wurden, und auf den Flughäfen waren sie ständig bewacht.«

»Wie lange hat es gedauert, bis sie von Venedig nach Peking kamen?«

»Über einen Monat.«

»Und bis Sie die Stücke dann gesehen haben?«

Sie setzte sich auf dem Sofa zurecht, bevor sie antwortete, aber sie sah ihn noch immer nicht an. »Wie gesagt, das war erst diesen Winter.«

»Wo waren Sie, als die Sachen eingepackt wurden?«

»Das sagte ich schon. In New York.«

Flavia unterbrach. »Bei mir. Ich hatte mein Debüt an der Met. Die Premiere war, zwei Tage bevor die Ausstellung hier ihre Pforten schloß. Ich hatte Brett gebeten mitzukommen.«

Brett ließ endlich den Blick von dem strömenden Regen und wandte sich an Flavia. »Und ich habe Matsuko den ganzen Rücktransport überlassen.« Wieder legte sie den Kopf zurück und blickte nach oben. »Ich war eine Woche in New York. Dann bin ich nach Peking geflogen, um auf die Ladung zu warten. Als sie nicht kam, bin ich nach New York zurück und habe sie durch den amerikanischen Zoll gebracht. Aber dann«, fuhr sie fort, »bin ich in New York geblieben. Ich habe Matsuko angerufen und ihr gesagt, ich würde noch aufgehalten, worauf sie sich erbot, nach Peking zu fliegen und die Sendung zu überprüfen, wenn sie in China eintraf.«

»Gehörte es zu Matsukos Aufgaben, die Stücke in der Sendung zu beglaubigen?« fragte Brunetti.

Brett nickte.

»Wenn Sie in China gewesen wären«, fragte Brunetti, »hätten Sie die Sendung dann selbst ausgepackt?«

»Das habe ich doch eben gesagt«, blaffte Brett.

»Und dabei hätten Sie die Unterschiebungen bemerkt?«

»Natürlich.«

»Haben Sie vor diesem Winter irgendeines der Stücke gesehen?«

»Nein, als sie wieder in China waren, verschwanden sie erst einmal für sechs Monate in irgendeinem bürokratischen Niemandsland, dann blieben sie in einem Lagerhaus liegen, danach wurden sie in Peking ausgestellt und schließlich an die Museen zurückgeschickt, von denen sie ursprünglich ausgeliehen worden waren.«

»Und da haben Sie dann gesehen, daß sie ausgetauscht worden waren?«

»So ist es, und daraufhin habe ich an Semenzato geschrieben. Das war vor ungefähr drei Monaten.« Ohne Vorwarnung hob sie die Hand und hieb auf die Sofalehne. »Diese Schweine«, preßte sie mit vor Zorn halberstickter Stimme hervor, »diese gemeinen Schweine.«

Flavia legte ihr beruhigend die Hand aufs Knie. »Brett, du kannst es nicht mehr ändern.«

Brett drehte sich zu ihr um und sagte in unverändertem Ton: »Es ist ja nicht deine Karriere, die damit beendet ist, Flavia. Die Leute kommen und wollen dich singen hören, egal, was du tust, aber mir haben diese Schweine einfach die letzten zehn Jahre meines Lebens zerstört.« Sie hielt kurz inne und fuhr dann etwas sanfter fort: »Und Matsukos Leben ganz.«

Als Flavia widersprechen wollte, redete Brett weiter: »Es ist vorbei. Wenn die Chinesen das erfahren, lassen sie mich nie wieder ins Land. Ich bin für diese Stücke verantwortlich. Matsuko hat die Papiere aus Peking mitgebracht, und ich habe sie unterschrieben, als ich wieder nach Xi'an kam. Ich habe bestätigt, daß alles da war, alles im selben Zustand, in dem es das Land verlassen hatte. Ich hätte dabeisein und alles selbst überprüfen müssen, statt dessen habe ich es ihr überlassen, weil ich mit dir in New York war, um dich singen zu hören. Das hat mich meine Karriere gekostet.«

Brunetti sah Flavia an, sah, wie ihr bei Bretts wachsendem Zorn die Röte ins Gesicht stieg. Er sah den anmutigen Schwung ihrer Schultern und Arme, wie sie Brett zugewandt dasaß, betrachtete den Bogen von Hals und Kinn. Vielleicht war sie ja eine Karriere wert.

»Die Chinesen müssen es ja nicht erfahren«, sagte er.

»Was?« fragten beide wie aus einem Mund.

»Weiß dieser Freund, der die Tests gemacht hat, woher die Proben stammen?« fragte er Brett.

»Nein. Warum?«

»Dann sind wir offenbar die einzigen, die davon wissen. Es sei denn, Sie haben es in China jemandem anvertraut.«

Sie schüttelte den Kopf. »Nein, niemandem. Nur Semenzato.«

Hier mischte Flavia sich ein. »Und wir brauchen wohl keine Angst zu haben, daß er es weitererzählt hat, höchstens dem, an den er die Stücke verkauft hat.«

»Aber ich muß es ihnen sagen«, beharrte Brett.

Statt sie anzusehen, tauschten Flavia und Brunetti einen Blick und wußten sofort, was hier zu tun war. Mit großer Willensanstrengung verkniffen sich beide die Bemerkung: »*Americani*«.

Flavia fand, daß sie es ihr erklären mußte. »Solange die Chinesen nichts wissen, schadet es deiner Karriere nicht.«

Für Brett schien Flavia gar nichts gesagt zu haben. »Sie können diese Stücke nicht weiterhin ausstellen. Es sind Fälschungen.«

»Brett, wie lange waren sie in Peking ausgestellt?« fragte Flavia.

»Über ein Jahr.«

»Und niemand hat gemerkt, daß sie nicht echt sind?«

»Nein«, mußte Brett zugeben.

Hier nahm Brunetti den Faden auf. »Dann wird es wahrscheinlich auch keiner merken. Außerdem könnte der Austausch jederzeit stattgefunden haben, nicht?«

»Aber wir wissen, daß es nicht so war«, beharrte Brett.

»Das ist es ja gerade, *cara*.« Flavia versuchte es noch einmal. »Außer den Leuten, die diese Vasen gestohlen haben, wissen nur wir davon.«

»Das ändert doch nichts«, sagte Brett, die langsam wieder zornig wurde. »Früher oder später wird doch irgend jemand merken, daß es Fälschungen sind.«

»Und je später das ist«, erklärte Flavia mit breitem Lächeln, »desto unwahrscheinlicher wird es, daß jemand dich damit in Verbindung bringt.« Sie ließ das erst einmal wirken, bevor sie hinzufügte: »Es sei denn, du willst zehn Jahre Arbeit einfach wegwerfen.«

Lange saß Brett schweigend da, während die beiden anderen zusahen, wie sie sich das Gesagte durch den Kopf gehen ließ. Brunetti betrachtete ihr Gesicht und hatte den Eindruck, das Hin und Her zwischen Fühlen und Denken mitverfolgen zu können.

Als sie gerade zum Sprechen ansetzte, sagte er plötzlich: »Wenn wir herausfinden, wer Semenzato umgebracht hat, bekommen wir ja die Originalvasen möglicherweise zurück.« Er hatte keine Ahnung, ob das stimmte, aber er hatte Bretts Gesicht beobachtet und wußte, daß sie es gerade hatte ablehnen wollen, die Sache zu verschweigen.

»Hier nützen sie nichts. Sie müssen wieder nach China, und das ist unmöglich.«

»Kaum«, warf Flavia laut lachend ein. Da sie in Brunetti einen Gleichgesinnten erkannt hatte, wandte sie sich nun an ihn und erklärte: »Die Meisterklassen in Peking.«

Brett reagierte unverzüglich. »Aber du hast gesagt, du bist nicht interessiert.«

»Das war letzten Monat. Wozu bin ich eine Primadonna, wenn ich nicht mal meine Meinung ändern kann? Du hast selbst gesagt, die würden mich behandeln wie eine Königin, wenn ich zusage. Da würden sie wohl kaum mein Gepäck durchsuchen, wenn ich auf dem Flughafen Peking ankomme und der Kulturminister mich dort in Empfang nimmt. Ich bin eine Diva, sie erwarten also, daß ich mindestens mit elf Koffern reise. Ich würde sie ungern enttäuschen.«

»Und wenn sie doch deine Koffer öffnen?« fragte Brett, aber in ihrer Stimme lag keine Angst.

Flavia überlegte nicht lange. »Wenn ich mich recht erinnere, wurde vor nicht allzu langer Zeit einer unserer Minister auf einem afrikanischen Flughafen mit Drogen erwischt, und nichts ist dabei herausgekommen. In China dürfte eine Diva doch viel wichtiger sein als ein Minister. Und es geht ja um deinen Ruf, nicht um meinen.«

»Bleib mal ernst, Flavia«, sagte Brett.

»Ich bin ernst. Es ist absolut undenkbar, daß die mein Gepäck durchsuchen, jedenfalls nicht bei der Einreise. Du hast mir gesagt, daß sie deins auch noch nie durchsucht haben, und du reist seit Jahren ständig ein und aus.«

»Die Möglichkeit besteht immer, Flavia«, sagte Brett, aber Brunetti hörte genau, daß sie nicht daran glaubte.

»Viel eher besteht ja wohl – nach allem, was du mir über deren Vorstellungen von Wartung erzählt hast – die Möglichkeit, daß mein Flugzeug abstürzt, aber das ist kein Grund, nicht hinzufliegen. Außerdem könnte es für mich interessant sein. Vielleicht inspiriert es mich ja für die Turandot.« Brunetti glaubte schon, sie wäre fertig, da fügte sie noch hinzu: »Aber warum vertun wir die Zeit mit Reden?« Sie sah Brunetti an, als machte sie ihn für die verschwundenen Vasen verantwortlich.

Zu seiner eigenen Überraschung hätte Brunetti nicht sagen können, ob es ihr mit dem Versuch, die Vasen nach China zurückzubringen, ernst war. Er wandte sich an Brett. »Auf jeden Fall dürfen Sie jetzt nichts sagen. Semenzatos Mörder weiß nicht, was Sie uns erzählt haben, nicht einmal, ob wir schon ein Motiv für den Mord gefunden haben. Und ich möchte, daß es so bleibt.«

»Aber Sie waren hier. Sie waren im Krankenhaus«, entgegnete Brett.

»Brett, Sie haben gesagt, es waren keine Venezianer. Ich könnte irgendwer sein, ein Freund, ein Verwandter. Und mir ist niemand gefolgt.« Das stimmte. Nur ein Einheimischer hätte durch die schmalen Gäßchen der Stadt jemanden verfolgen können; nur ein Einheimischer konnte nachvollziehen, wo man plötzlich nicht mehr weiterkam, irgendwo abbiegen mußte, in Sackgassen geriet. Und niemand konnte einem folgen, ohne aufzufallen.

»Was soll ich also tun?« fragte Brett.

»Gar nichts«, antwortete Brunetti.

»Und was heißt das?«

»Nur das. Nichts. Genaugenommen wäre es sogar klug von Ihnen, für eine Weile aus der Stadt zu verschwinden.«

»Ich weiß nicht, ob ich dieses Gesicht irgendwo zeigen möchte«, versetzte sie, aber humorvoll. Ein gutes Zeichen.

Flavia sagte, an Brunetti gewandt: »Ich versuche sie zu überreden, mit mir nach Mailand zu kommen.«

Brunetti spielte sofort mit: »Wann fahren Sie?«

»Am Montag. Ich habe schon zugesagt, am Donnerstag zu

singen. Für Dienstag nachmittag ist eine Klavierprobe angesetzt.«

Er wandte sich wieder an Brett. »Fahren Sie mit?« Als sie nicht antwortete, fuhr er fort: »Ich halte es für eine gute Idee.«

»Ich werde es mir überlegen.« Mehr war von Brett jetzt nicht zu erwarten, und Brunetti beschloß, es dabei zu belassen.

»Wenn Sie sich dazu entschließen, lassen Sie es mich bitte wissen.«

»Meinen Sie, es besteht Gefahr?« fragte Flavia.

Brett antwortete ihr, bevor Brunetti dazu kam. »Wahrscheinlich ist die Gefahr kleiner, wenn die annehmen, daß ich mit der Polizei gesprochen habe. Dann müssen sie mich nicht mehr davon abhalten.« Dann zu Brunetti: »Das stimmt doch, oder?«

Brunetti pflegte normalerweise niemanden anzulügen, auch Frauen nicht. »Ja, ich fürchte, das stimmt. Solange die Chinesen nichts von den Fälschungen erfahren, wird Semenzatos Mörder annehmen, daß Sie geschwiegen haben und die Warnung ausgereicht hat, Sie davon abzuhalten.« Oder sie konnten versuchen, sie für immer zum Schweigen zu bringen, aber das sagte er lieber nicht.

»Wunderbar«, sagte Brett. »Ich kann also den Chinesen reinen Wein einschenken und meine Haut retten, aber meine Karriere ruinieren. Oder ich schweige, rette meine Karriere und muß dann nur noch um meine Haut fürchten.«

Flavia legte ihr die Hand aufs Knie. »Jetzt hast du zum erstenmal, seit das alles angefangen hat, wieder wie du selbst gesprochen.«

Brett lächelte und sagte: »Nichts geht über Todesangst, um einen Menschen wachzurütteln, was?«

Flavia lehnte sich wieder zurück und fragte Brunetti: »Glauben Sie, daß die Chinesen die Finger im Spiel haben?«

Brunetti neigte nicht mehr als jeder andere Italiener dazu, an Verschwörungstheorien zu glauben, was hieß, daß er sie oft sogar in den harmlosesten Zufällen sah. »Ich glaube nicht, daß der Tod Ihrer Freundin ein Unfall war«, sagte er zu Brett. »Das heißt, die haben jemanden in China.«

»Wer immer ›die‹ sind«, unterbrach Flavia mit großem Nachdruck.

»Daß ich nicht weiß, wer sie sind, heißt nicht, daß es sie nicht gibt«, gab Brunetti ihr zur Antwort.

»Genau«, sagte Flavia und lächelte.

Dann sagte er zu Brett: »Darum halte ich es für besser, wenn Sie die Stadt eine Zeitlang verlassen.«

Sie nickte abwesend, auf keinen Fall zustimmend. »Wenn ich wirklich mitfahren sollte, sage ich Ihnen Bescheid.« Kaum ein Versprechen. Sie lehnte sich wieder zurück und legte den Kopf an die Rückenlehne. Über ihnen prasselte der Regen.

Er wandte seine Aufmerksamkeit Flavia zu, die ihre Augen zur Tür hin verdrehte und dann eine kleine Bewegung mit dem Kinn machte, was ihm signalisieren sollte, daß es Zeit zum Gehen war.

Er begriff, daß es nicht viel mehr zu sagen gab, und stand auf. Als Brett es sah, zog sie die Beine unter sich hervor und wollte ebenfalls aufstehen.

»Nein, bleib ruhig sitzen«, sagte Flavia, schon im Stehen. »Ich bringe ihn zur Tür.« Damit ging sie in Richtung Diele.

Brunetti beugte sich vor und schüttelte Brett die Hand. Sie sagten beide nichts.

An der Tür nahm Flavia seine Hand und drückte sie herzlich. »Vielen Dank«, sagte sie nur, dann hielt sie die Tür auf, während er an ihr vorbei und die Treppe hinunterging. Die Tür fiel ins Schloß und schnitt das Rauschen des Regens ab.

18

Obwohl er Brett versichert hatte, ihm sei auf dem Weg zu ihrer Wohnung niemand gefolgt, blieb Brunetti stehen, bevor er in die Calle della Testa einbog, und schaute nach beiden Seiten, ob er jemanden wiedererkannte, den er vorhin schon gesehen hatte. Niemand kam ihm bekannt vor. Er wollte sich gerade nach rechts wenden, da fiel ihm etwas ein, was jemand vor ein paar Jahren gesagt hatte, als er zum erstenmal Bretts Wohnung suchte.

Er machte also kehrt, ging bis zur ersten größeren Querstraße, der Calle Giacinto Gallina, und fand an der Ecke, genau wie er sich von seinem ersten Besuch erinnerte, den Zeitungskiosk mit Blick auf die Hauptader dieses Viertels. Und als hätte sie sich seit seinem letzten Hiersein nicht von der Stelle gerührt, saß darin auf ihrem hohen Hocker Signora Maria, eingehüllt in einen handgestrickten Schal, den sie sich mindestens dreimal um den Hals gewickelt hatte. Ihr Gesicht war rot – von der Kälte oder von einem morgendlichen Grappa, vielleicht auch von beidem –, wodurch ihr kurzes Haar noch weißer wirkte.

»*Buon giorno*, Signora Maria«, sagte er und lächelte in ihr von Zeitungen und Zeitschriften eingerahmtes Gesicht.

»*Buon giorno*, Commissario«, antwortete sie so selbstverständlich, als wäre er ein alter Kunde.

»Signora, da Sie schon wissen, wer ich bin, wissen Sie wahrscheinlich auch, warum ich hier bin.«

»*L'americana?*« fragte sie, aber es war eigentlich keine Frage.

Brunetti spürte eine Bewegung hinter sich, und plötzlich schoß eine Hand vor, griff sich eine Zeitung von einem der Stapel vor Signora Maria und reichte ihr dann einen Zehntausendlireschein. »Sag deiner Mutter, der Klempner kommt heute nachmittag um vier«, sagte Maria, während sie Wechselgeld herausgab.

»*Grazie,* Maria«, sagte die junge Frau, und weg war sie.
»Was kann ich für Sie tun?« fragte Maria.
»Signora, Sie kennen doch jeden, der hier vorbeigeht, nicht?« Sie nickte. »Wenn Ihnen jemand auffällt, der nicht hierhergehört, würden Sie dann in der Questura anrufen?«
»Aber sicher, Commissario. Ich hatte schon die Augen offen, seit sie wieder zu Hause ist, aber mir ist keiner aufgefallen.«
Wieder schoß von hinten eine Hand, diesmal eindeutig männlich, an Brunetti vorbei und nahm sich eine *La Nuova* vom Stapel. Die Hand verschwand kurz und erschien gleich darauf wieder mit einem Tausendlireschein und ein paar Münzen, die Maria mit einem gemurmelten *grazie* entgegennahm.
»Maria, hast du Piero gesehen?« fragte der Mann.
»Er ist bei deiner Schwester und will da auf dich warten.«
»*Grazie*«, sagte der Mann und verschwand.
Hier war er richtig. »Wenn Sie anrufen, verlangen Sie einfach nach mir«, sagte Brunetti, während er nach einer Visitenkarte kramte.
»Schon gut, Dottor Brunetti«, sagte sie. »Ich habe die Nummer. Ich rufe an, wenn ich etwas sehe.« Sie hob die Hand, und er sah, daß die Fingerspitzen ihrer Wollhandschuhe abgeschnitten waren, damit sie besser mit dem Kleingeld hantieren konnte.
»Kann ich Ihnen etwas bringen, Signora?« fragte er, indem er mit dem Kopf zu der Bar an der gegenüberliegenden Straßenecke deutete.
»Ein Kaffee wäre gut gegen die Kälte«, meinte sie. »*Un caffè corretto*«, fügte sie hinzu, und Brunetti nickte. Wenn er den ganzen Vormittag in dieser feuchten Kälte stillsitzen müßte, hätte er auch gern einen Schuß Grappa im Kaffee. Er dankte ihr noch einmal und ging in die Bar, bezahlte den *caffè corretto* und bat, ihn zu Signora Maria hinauszubringen. An der Reaktion des Barmanns merkte er, daß dies hier so üblich war. Brunetti konnte sich nicht erinnern, ob es in der neuesten Regierung einen Infor-

mationsminister gab; wenn ja, dann wäre Signora Maria die geborene Kandidatin für den Posten.

In der Questura stieg er rasch zu seinem Zimmer hinauf und fand es zu seiner Überraschung weder tropisch noch arktisch. Einen Moment dachte er, die Heizung wäre nun vielleicht doch endlich repariert worden, aber eine zischende Dampfwolke aus dem Heizkörper unter seinem Fenster machte dieser Phantasie ein Ende. Die Erklärung lag wahrscheinlich in dem dicken Papierstapel auf seinem Schreibtisch. Signorina Elettra hatte ihn wohl erst vor kurzem dort hingelegt und das Fenster geöffnet, solange sie im Zimmer war.

Er hängte seinen Mantel hinter die Tür und ging zum Schreibtisch. Er setzte sich, nahm sich den Papierstapel vor und fing an zu lesen. Zuoberst lag eine Kopie von Semenzatos Kontobewegungen der letzten vier Jahre. Brunetti hatte keine Ahnung, was der Museumsdirektor verdient hatte, und notierte sich, daß er sich danach erkundigen mußte, aber er erkannte den Kontoauszug eines reichen Mannes, wenn er ihn sah. Ohne erkennbare Regelmäßigkeit waren große Summen eingezahlt worden; ebenso gab es Auszahlungen von fünfzig Millionen und mehr, auch diese ohne erkennbares Schema. Bei seinem Tod hatte Semenzatos Guthaben sich auf zweihundert Millionen Lire belaufen, ein enormer Betrag für ein Sparkonto. Die zweite Seite des Bankauszugs zeigte, daß er noch einmal doppelt soviel in Staatsanleihen angelegt hatte. Eine wohlhabende Ehefrau? Glück an der Börse? Oder etwas anderes?

Auf den nächsten Blättern waren die Auslandsgespräche aufgelistet, die er von seinem Dienstapparat aus geführt hatte. Es war eine stattliche Zahl, aber auch hier konnte Brunetti kein Schema erkennen.

Dann kamen Kopien von Semenzatos Kreditkartenquittungen der letzten zwei Jahre, die Brunetti immerhin Auskunft über die Flugtickets gaben, die er damit bezahlt hatte. Rasch überflog er die Liste und war erstaunt, wie oft und wie weit der Mann in der Welt herumgereist war. Offenbar hatte der Museumsdirektor so selbstverständlich ein Wochenende in Bangkok verbracht wie ein anderer eines in seinem Wochenendhäuschen am Strand. Semenzato war mal eben für drei Tage nach Taipeh geflogen und hatte auf dem Rückweg in London übernachtet. Die Abrechnungen seiner zwei Kundenkreditkarten bewiesen, daß Semenzato unterwegs nicht gerade geknausert hatte.

Darunter lag ein Stapel Faxe. Auf dem ersten stand in Signorina Elettras Handschrift die Bemerkung: »Interessanter Mann, dieser Signor La Capra.« Salvatores Vater hatte keine feststellbaren Einkünfte; demnach war er wohl ohne Beruf oder feste Anstellung. Dafür nannte er auf seinen Steuererklärungen der letzten drei Jahre als Beruf »Berater«, ein Wort, das in Verbindung mit seinem Herkunftsort Palermo bei Brunetti die Alarmglocken schrillen ließ. Aus den Bankauszügen ging hervor, daß auf seine verschiedenen Konten hohe Summen in interessanten, um nicht zu sagen verdächtigen Währungen geflossen waren: kolumbianische Pesos, ecuadorianische Sucres und pakistanische Rupien. Außerdem fand Brunetti eine Rechnungskopie für den venezianischen Palazzo, den La Capra vor zwei Jahren gekauft hatte; da mußte er bar bezahlt haben, denn auf keinem seiner Konten erschien eine entsprechende Auszahlung.

Es war Signorina Elettra nicht nur gelungen, Kopien von La Capras Kontoauszügen zu bekommen, sondern auch eine ebenso vollständige Sammlung seiner Kreditkartenquittungen wie bei Semenzato. Da Brunetti nur zu gut wußte, wie lange so etwas auf legalem Wege dauerte, mußte er wohl oder übel akzeptieren, daß sie inoffiziell vorgegangen war, und das hieß wahrscheinlich illegal. Er räumte das ein und las weiter. Sotheby's und das Kartenbüro der Metropolitan Opera in New York, Christie's und Covent Garden in London sowie die Oper in Sydney, offenbar auf der Rückreise von einem Wochenende in Taipeh. In Bangkok, wohin La Capra für ein Wochenende geflogen war, hatte er natürlich im Oriental gewohnt. Hier blätterte Brunetti zurück zu Semenzatos Reisen und seinen Kreditkartenquittungen. Er legte die Blätter nebeneinander: La Capra und Semenzato hatten dieselben beiden Nächte im Oriental verbracht. Brunetti legte die Papiere in zwei vertikalen Reihen nebeneinander. Obwohl beide Männer oft zu denselben Orten gereist waren, hatten sie das nie wieder auch zur selben Zeit getan.

Auf den letzten Blättern stand oben Murinos Name, und sie enthielten die gleichen Informationen, wie Signorina Elettra sie für die beiden anderen zusammengetragen hatte. Die Kontoauszüge wiesen ihn als solventen Kunden aus, wenn man ihn auch kaum als reich bezeichnen konnte. Er benutzte seine Kreditkarte nur innerhalb Italiens, denn alle Quittungen waren in Lire ausgestellt. Neben drei Quittungen für Flugtickets vom Reisebüro SAIET sah Brunetti dick gemalte Sternchen, die nur von Signorina Elettra stammen konnten.

Jedes von ihnen machte ihn auf ein Ticket für einen Auslandsflug aufmerksam, von denen wie durch irgendein Wunder der Technik jeweils ein Durchschlag an die jeweilige Kreditkartenquittung geheftet war. Murino war am selben Tag nach Bangkok geflogen, an dem La Capra und Semenzato im Oriental abgestiegen waren, und sein Rückflug nach Italien trug das Datum des Tages, an dem auch sie das Hotel verlassen hatten. Die Daten auf den beiden anderen Tickets nach Djakarta und Taipeh paßten zu denen auf Semenzatos Hotelquittungen.

Erfaßte dieselbe Erregung den Jäger, wenn er die ersten Fährten im Schnee sah oder plötzliches Flügelschlagen hörte? Murino und sein stiller Teilhaber. Murino und seine Reisen zu Orten, von denen so viele gestohlene Kunstobjekte den Weg in die Hände reicher Sammler im Westen fanden. La Capra und seine Einkäufe bei Sotheby's, seine Reisen in den Orient und den Nahen Osten. Und Semenzato, dessen Leben durch ein solches Kunstobjekt beendet worden war. Die Wege dieser drei Männer kreuzten sich immer wieder, und Brunetti hatte den Verdacht, daß der Grund dafür in ihrem gemeinsamen Interesse an Dingen von großer Schönheit und noch höherem Geldwert lag.

Er fand, er mußte nach unten gehen und Signorina Elettra persönlich danken. Die Tür zu ihrem Büro stand offen, und sie saß hinter ihrem Schreibtisch am Computer und tippte, den Kopf leicht zur Seite gedreht, um auf den Bildschirm sehen zu können. Er stellte fest, daß die Blumen heute rote Rosen waren, mindestens zwei Dutzend, Blumen der Liebe und Sehnsucht.

Sie bemerkte ihn, blickte zu ihm auf, lächelte und hörte zu tippen auf. »*Buon giorno*, Commissario«, sagte sie. »Kann ich etwas für Sie tun?«

»Ich wollte Ihnen danken, *bravissima* Elettra«, sagte er. »Für die Unterlagen, die Sie mir auf den Schreibtisch gelegt haben.«

Sie lächelte, als er sie beim Vornamen nannte, was sie als Zeichen der Hochachtung verstand, nicht als Dreistigkeit. »Oh, gern geschehen. Interessante Zufälle, nicht wahr?« fragte sie, ohne ihre Genugtuung darüber zu verbergen, daß sie darauf gestoßen war.

»Ja. Wie steht's mit den Telefonaten? Haben Sie die auch?«

»Die werden gerade daraufhin geprüft, wie oft die Herren einander angerufen haben. Eine Aufstellung der Gespräche, die von Signor La Capras Anschluß in Palermo aus geführt wurden, liegt vor, ebenso von dem Telefon- und Faxanschluß, den er sich hier hat legen lassen. Ich habe gebeten, besonders auf Anrufe zu achten, die von Semenzatos Dienst- oder Privatanschluß kamen, aber das dauert etwas länger und geht wahrscheinlich nicht vor morgen. Bei Murino ebenso.«

»Verdanken wir das alles Ihrem Freund Giorgio bei der Telecom?« fragte Brunetti.

»Nein, der ist bei irgendeiner Fortbildung in Rom. Ich habe einfach angerufen und gesagt, Vice-Questore Patta braucht die Informationen so schnell wie möglich.«

»Hat man Sie nicht gefragt, wozu?«

»Natürlich, Commissario. Sie würden doch sicher nicht wollen, daß die Telecom solche Informationen ohne entsprechende Ermächtigung herausgibt, oder?«

»Nein, selbstverständlich nicht. Und was haben Sie denen erzählt?«

»Daß es vertraulich ist. Eine Staatsangelegenheit. Dann arbeiten sie schneller.«

»Und wenn der Vice-Questore davon erfährt? Wenn die ihm gegenüber erwähnen, daß Sie seinen Namen benutzt haben?«

Ihr Lächeln wurde noch herzlicher. »Oh, ich habe gesagt, er müsse jedes Wissen darüber leugnen und hätte es nicht gern, wenn man es ihm gegenüber erwähnte. Außerdem steht zu befürchten, daß so etwas zu deren Alltag gehört, ich meine, private Telefonanschlüsse zu kontrollieren und die Anrufe von Leuten festzuhalten.«

»Ja, das fürchte ich auch«, stimmte Brunetti zu. Er fürchtete außerdem, daß festgehalten wurde, was manche Leute bei solchen Telefongesprächen sagten, Ausfluß einer Paranoia, die er wahrscheinlich mit einem großen Teil der Bevölkerung teilte, aber er verzichtete darauf, das gegenüber Signorina Elettra zu erwähnen. Statt dessen fragte er: »Besteht die Chance, sie heute noch zu bekommen?«

»Ich rufe gleich mal an. Vielleicht bis heute nachmittag.«

»Würden Sie mir die Listen raufbringen, wenn sie da sind, Signorina?«

»Natürlich«, antwortete sie und wandte sich wieder ihrer Tastatur zu.

Brunetti machte einen Schritt zur Tür, glaubte sich dann aber die Vertrautheit der letzten paar Minuten vielleicht zunutze machen zu können, drehte sich noch einmal um und sagte: »Signorina, ich hätte schon immer gern gewußt, warum Sie sich entschieden haben, zu uns zu kommen. Nicht jeder würde eine Stellung bei der Banca d'Italia aufgeben.«

Sie hielt im Tippen inne, ließ aber die Finger auf der Tastatur.

»Ach, ich wollte einfach mal etwas anderes machen«, sagte sie leichthin und nahm ihre Tipperei wieder auf.

Und die Erde ist eine Scheibe, dachte Brunetti, als er wieder in sein eigenes Zimmer hinaufging. Die Hitze war in seiner Abwesenheit tropisch geworden, darum öffnete er für ein paar Minuten die Fenster, aber nur einen Spalt, damit es nicht hereinregnete, bevor er sie wieder schloß und sich an seinen Schreibtisch setzte.

La Capra, Semenzato und Murino; der geheimnisvolle Mann aus dem Süden, der Museumsdirektor und der Antiquitätenhändler. Der Mann mit dem teuren Geschmack und dem Geld, ihn zu befriedigen, und die Männer mit den Kontakten, die vielleicht nötig wurden, um diesem Geschmack rückhaltlos frönen zu können. Ein ungewöhnliches Trio. Was für Objekte mochte Signor La Capra von ihnen bekommen haben, und wären sie wohl in seinem Palazzo zu finden? Waren die Renovierungsarbeiten beendet, und wenn ja, welche Veränderungen hatte man vorgenommen? Letzteres ließ sich leicht feststellen; er mußte nur ins Rathaus gehen und die Pläne einsehen. Natürlich brauchten die Pläne und die tatsächlich durchgeführten Arbeiten nicht viel Ähnlichkeit miteinander zu haben, aber um das herauszufinden, mußte er nur in Erfahrung bringen, welcher Beamte die Abschlußgenehmigung unterschrieben hatte, dann hätte er eine halbwegs zutreffende Vorstellung davon, wie groß die Übereinstimmung wahrscheinlich war.

Blieb die Frage, welche Objekte sich in dem frisch restaurierten Palazzo befanden, doch das verlangte nach einem Vorgehen anderer Art. Kein Ermittlungsrichter in Venedig würde eine Hausdurchsuchung aufgrund von Hotelquittungen veranlassen.

Er beschloß, es zuerst über offizielle Kanäle zu versuchen, und das bedeutete einen Anruf beim Grundbuchamt, wo alle Pläne, Projekte und Besitzwechsel registriert werden mußten. Es dauerte lange, bis er mit der richtigen Stelle verbunden war, weil er von einem desinteressierten Beamten zum anderen weitergereicht wurde, die sofort, noch ehe Brunetti sein Anliegen überhaupt erklären konnte, ganz genau wußten, daß eine andere Stelle zuständig war. Ein paarmal versuchte er es mit Veneziano, weil er hoffte, der einheimische Dialekt würde die Sache erleichtern, gab er seinem Gesprächspartner doch die Gewißheit, daß nicht nur ein Polizeibeamter am anderen Ende der Leitung war, sondern, was mehr bedeutete, ein gebürtiger Venezianer. Die ersten drei beantworteten jede seiner Fragen auf italienisch, waren also offenbar Nichtvenezianer, der vierte verfiel in ein völlig unverständliches Sardisch, so daß Brunetti aufgab und wieder italienisch sprach. Allerdings bekam er dadurch nicht, was er wollte, aber immerhin wurde er endlich richtig verbunden.

Hocherfreut hörte er die Frau am anderen Ende sich im reinsten Veneziano melden, und das sogar noch mit unüberhörbarem Castello-Akzent. Egal, was Dante über den süßen Klang des Toskanischen gesagt hatte, nein, dies war die Sprache, die entzückte.

Während des langen Wartens darauf, daß die Bürokratie sich bequemte, mit ihm zu reden, hatte er jede Hoffnung begraben, eine Kopie der Baupläne zu bekommen, und fragte jetzt statt dessen nach der Baufirma, die den Palazzo restauriert hatte. Brunetti kannte den Namen und wußte, daß Scattalon zu den besten und teuersten Firmen in der Stadt gehörte. Es war sogar dieselbe Firma, die gewissermaßen den ewigen Auftrag hatte, den Palazzo seines Schwiegervaters gegen das ebenso ewige Zerstörungswerk von Zeit und Fluten zu schützen.

Arturo, der älteste der Scattalon-Söhne, war zwar im Büro, zeigte sich aber nicht gewillt, mit der Polizei über die Angelegenheiten eines Kunden zu reden. »Es tut mir leid, Commissario, aber solche Auskünfte sind vertraulich.«

»Ich möchte ja nur eine ungefähre Vorstellung davon bekommen, wieviel die Arbeiten gekostet haben, vielleicht auf zehn

Millionen abgerundet«, erklärte Brunetti, der nicht recht einsah, warum solche Auskünfte vertraulich oder in irgendeiner Weise privat sein sollten.

»Es tut mir leid, aber das ist völlig unmöglich.« Am anderen Ende herrschte plötzlich Stille, und Brunetti hatte den Eindruck, daß der Mann die Hand auf der Sprechmuschel hatte und mit jemandem sprach, der bei ihm im Zimmer war. Gleich darauf war er wieder da. »Sie müßten uns eine amtliche richterliche Verfügung zeigen, bevor wir derartige Informationen herausgeben können.«

»Würde es vielleicht helfen, wenn ich meinen Schwiegervater bitte, mit Ihrem Vater darüber zu sprechen?« fragte Brunetti.

»Und wer ist Ihr Schwiegervater?« wollte Scattalon wissen.

»Conte Orazio Falier.« Brunetti ließ sich zum erstenmal in seinem Leben jede wohltönende Silbe des Namens genüßlich von der Zunge rollen.

Wieder wurden die Laute am anderen Ende gedämpft, aber Brunetti hörte dennoch das tiefe Grummeln von Männerstimmen. Das Telefon wurde auf etwas Hartes gestellt, Hintergrundgeräusche waren zu hören, dann eine andere Stimme, die sagte: »*Buon giorno*, Dottor Brunetti. Sie müssen meinen Sohn entschuldigen. Er ist neu im Geschäft. Frisch von der Universität und vielleicht nicht ganz vertraut mit dem Gewerbe, noch nicht.«

»Natürlich, Signor Scattalon. Ich verstehe das durchaus.«

»Was für Auskünfte möchten Sie denn haben, Dottor Brunetti?« fragte Scattalon.

»Ich hätte gern eine grobe Vorstellung davon, wieviel Signor La Capra für die Restaurierung seines Palazzo aufgewendet hat.«

»Aber natürlich, *dottore*, natürlich. Ich muß mir nur eben die Unterlagen holen.« Der Hörer wurde weggelegt, aber Scattalon war schnell zurück. Er sagte, er wisse nicht, wie hoch der Kaufpreis gewesen sei, aber seine Firma habe Signor La Capra im

Laufe des letzten Jahres schätzungsweise siebenhundert Millionen in Rechnung gestellt, für Arbeit und Material zusammen. Brunetti nahm an, daß es sich dabei um den Preis *in bianco* handelte, die offizielle Summe, die dem Staat als Ausgabe und Einnahme gemeldet worden war. Er kannte Scattalon nicht gut genug, um sich die Freiheit zu nehmen und danach zu fragen, aber man konnte davon ausgehen, daß ein großer, vielleicht sogar der größte Teil der Arbeiten darüber hinaus *in nero* bezahlt worden war, inoffiziell und zu einem niedrigeren Satz, so daß Scattalon sie nicht als Einnahmen deklarieren und keine Steuern davon abführen mußte. Brunetti hielt es für eine plausible Annahme, daß er noch einmal siebenhundert Millionen dazurechnen durfte, wenn nicht für Scattalon, dann für andere Arbeiter und Materialkosten, die *in nero* bezahlt worden waren.

Zu der Frage, welche Arbeiten an dem Palazzo tatsächlich vorgenommen worden waren, gab Scattalon sich mehr als auskunftsfreudig. Ein neues Dach, neue Decken, bauliche Verstärkung mit Stahlträgern (wofür die Strafe bezahlt war), alle Mauern bis auf den Originalbackstein freigelegt und neu verputzt, neue Wasser- und Elektroleitungen, eine komplette Heizungsanlage, zentrale Klimaanlage, drei neue Treppen, Parkett in den Wohnräumen und überall doppelt verglaste Fenster. Auch ohne Fachmann zu sein, konnte Brunetti sich ausrechnen, daß diese Arbeiten weitaus mehr gekostet haben mußten als die von Scattalon genannte Summe. Aber das war eine Sache zwischen Scattalon und der Steuerbehörde.

»Ich dachte, er hätte einen Raum für seine Sammlung eingeplant«, phantasierte Brunetti. »Haben Sie daran auch gearbeitet, an einem Raum für Gemälde oder« – hier machte er eine hoffnungsvolle Pause – »Keramiken?«

Scattalon schwieg kurz, wohl um seine Beziehungen zu La Capra gegen die zum Conte abzuwägen, dann sagte er: »Da war ein Raum im dritten Stock, der vielleicht als eine Art Galerie dienen könnte. Wir haben alle Fenster mit kugelsicheren Scheiben und Stahlgittern versehen.« Und dann: »Er liegt auf der Rückseite des Palazzo, und die Fenster gehen nach Norden, er hat also indirektes Licht, aber die Fenster sind so groß, daß er gut ausgeleuchtet ist.«

»Eine Galerie?«

»Nun, er hat es nie so genannt, aber allem Anschein nach ist es eine. Nur eine Tür, mit Stahl verstärkt, außerdem haben wir auf seinen Wunsch einige Nischen in die Wände geschlagen. Sie wären gut geeignet, um darin Statuen aufzustellen, oder vielleicht auch Keramiken.«

»Und eine Alarmanlage? Haben Sie eine eingebaut?«

»Nein, aber solche Arbeiten machen wir nicht. Wenn er eine hat einbauen lassen, dann von einer anderen Firma.«

»Wissen Sie, ob eine eingebaut wurde?«

»Nein, das weiß ich wirklich nicht.«

»Was für ein Mensch ist er Ihrem Eindruck nach, Signor Scattalon?«

»Ein Mann, für den man sehr gern arbeitet. Überaus vernünftig. Und sehr einfallsreich. Er hat einen exzellenten Geschmack.«

Brunetti kannte diese Übersetzung von »extravagant«, besonders, wenn es sich um die Art von Extravaganz handelte, die sich nicht um die Höhe der Rechnungen kümmerte oder diese auch nur allzu genau ansah.

»Wissen Sie, ob Signor La Capra jetzt in dem Palazzo wohnt?«

»Ja. Er hat uns sogar schon einige Male gerufen, um Kleinigkeiten beheben zu lassen, die bei der Arbeit in den letzten Wochen übersehen worden waren.«

Aha, dachte Brunetti, das allzeit nützliche Passiv: Kleinigkeiten »waren übersehen worden«; nicht Scattalons Arbeiter hatten sie übersehen. Wie wundervoll doch die Sprache war.

»Und können Sie mir sagen, ob irgendwelche Kleinigkeiten in dem Raum übersehen wurden, den Sie Galerie nennen?«

Scattalon antwortete ohne Zögern. »Ich habe ihn nicht so

genannt, Dottor Brunetti. Ich sagte, er könnte diesem Zweck dienen. Aber nein, dort wurde nichts übersehen.«

»Wissen Sie, ob Ihre Arbeiter einen Grund hatten, diesen Raum zu betreten, als sie die letzten Arbeiten im Palazzo erledigt haben?«

»Wenn dort nichts zu tun war, dann hatten meine Leute keinen Grund, den Raum zu betreten, also bin ich sicher, daß sie es auch nicht getan haben.«

»Natürlich, Signor Scattalon, natürlich. Da haben Sie sicher recht.« Brunettis Gefühl für die Entwicklung eines Gesprächs sagte ihm, daß Scattalons Geduld noch für eine Frage reichte, aber nicht weiter. »Ist die Tür der einzige Zugang zu diesem Raum?«

»Ja. Die Tür und der Schacht der Klimaanlage.«

»Lassen sich die Gitter öffnen?«

»Nein.« Signor Scattalons Ton war endgültig.

»Vielen Dank für Ihre Hilfe, Signor Scattalon. Ich werde nicht vergessen, sie meinem Schwiegervater gegenüber zu erwähnen«, schloß Brunetti und legte auf.

Ob Signor La Capra sich wohl auch als einer dieser wohlbeschirmten Männer entpuppen würde, die mit beunruhigender Regelmäßigkeit die Szene betraten? Reich, aber ohne irgendwelche Wurzeln ihres Reichtums, zumindest keine nachvollziehbaren, drangen sie von Sizilien und Kalabrien in den Norden vor, Einwanderer im eigenen Land. Lange hatten die Menschen in der Lombardei und Venetien, den reichsten Teilen des Landes, sich frei von *la piovra* gewähnt, diesem vielarmigen Polypen, zu dem die Mafia geworden war. Das war alles *roba dal sud,* Südländerkram, diese Morde, die Bombenanschläge auf Bars und Restaurants, deren Besitzer sich geweigert hatten, Schutzgeld zu zahlen, die Schießereien in Stadtzentren. Und, er mußte es zugeben, solange das alles im Süden geblieben war, die Gewalt und das Blutvergießen, hatte sich niemand groß darum gekümmert; die Regierung hatte die Achseln gezuckt und nur wieder so eine eigenwillige Sitte des *meridione* darin gesehen. Aber in den letzten Jahren hatte sich die Gewalt nach Norden ausgebreitet wie ein Schädlingsbefall, der nicht einzudämmen war: Florenz und Bologna, und nun auch das Herz des industrialisierten Italiens sahen sich infiziert und suchten vergeblich nach Wegen, dieser Krankheit Herr zu werden.

Und mit der Gewalt, mit den bezahlten Killern, die als Warnung an die Eltern Zwölfjährige erschossen, waren die Männer mit den Aktenköfferchen gekommen, die freundlichen Gönner der Oper und der schönen Künste, mitsamt ihren akademisch gebildeten Kindern, ihren Weinkellern und dem glühenden Wunsch, als Mäzene, Ästheten und Herren von Lebensart gesehen zu werden, nicht als die Halunken, die sie waren, während sie sich mit Begriffen wie Verschwiegenheit und Treue spreizten.

Er mußte sich kurz Einhalt gebieten und die Möglichkeit einräumen, daß Signor La Capra nichts anderes war, als es den Anschein hatte: ein reicher Mann, der sich einen Palazzo am Canal Grande gekauft und ihn restauriert hatte. Aber noch während dieser Überlegung mußte er an Salvatore La Capras Fingerabdrücke in Semenzatos Zimmer denken und sah wieder die Städtenamen und die übereinstimmenden Daten vor sich, zu denen La Capra und Semenzato dort gewesen waren. Zufall? Absurd.

Scattalon hatte gesagt, La Capra bewohne den Palazzo; vielleicht war es an der Zeit, daß der Vertreter einer städtischen Dienststelle den neuen Einwohner begrüßte und ihm ein paar Worte zu den in diesen leider so kriminellen Zeiten notwendigen Sicherheitsvorkehrungen sagte.

La Capras Palazzo war auf derselben Seite des Canal Grande wie Brunettis Wohnung, darum ging er zum Essen nach Hause, verzichtete aber auf den Kaffee, denn Signor La Capra würde doch wohl die Höflichkeit besitzen, ihm einen anzubieten.

Der Palazzo stand am Ende der engen Calle Dolera, einer Sackgasse, die am Canal Grande endete. Im Näherkommen sah Brunetti die eindeutigen Zeichen von Neuheit. Der *intonaco*, die äußere Putzschicht auf den Backsteinmauern, war noch jungfräulich frisch und frei von Graffiti. Nur ganz unten waren schon die ersten Anzeichen beginnenden Verfalls zu erkennen: Das jüngste Hochwasser hatte etwa in Brunettis Kniehöhe seine Spur hinterlassen und den stumpfen Orangeton des Verputzes aufgehellt, von dem schon Stücke abgebröckelt und an den Rand der schmalen *calle* gefegt oder von Passanten dorthin getreten worden waren. Einzementierte Eisengitter vor den vier Fenstern im Erdgeschoß machten jegliches Eindringen unmöglich. Dahinter sah er neue Fensterläden, die fest verschlossen waren. Brunetti trat ein paar Schritte zurück und legte den Kopf in den Nacken, um sich die oberen Stockwerke genauer anzusehen. An allen waren die gleichen dunkelgrünen Läden, diese aber aufgeklappt vor doppelverglasten Fenstern. Die Regenrinnen unter den neuen Terrakottaziegeln auf dem Dach waren aus Kupfer, ebenso die Rohre, die das ablaufende Regenwasser nach unten beförderten. Im zweiten Stock änderte sich das allerdings, von dort bis zum Boden waren die Rohre aus weit weniger verführerischem Zinkblech.

Das Namensschild neben dem einzigen Klingelknopf war Geschmack pur: nur der Name La Capra in schlichter Kursivschrift. Brunetti klingelte und stellte sich vor die Sprechanlage.

»*Si, chi è?*« fragte eine männliche Stimme.

»*Polizia*«, antwortete Brunetti, der beschlossen hatte, keine Zeit mit Heimlichtuerei zu verschwenden.

»*Sí, arrivo*«, sagte die Stimme, und Brunetti hörte nur noch ein Klicken. Er wartete.

Kurze Zeit später wurde die Tür von einem jungen Mann in dunkelblauem Anzug geöffnet. Mit seinem glattrasierten Gesicht und den dunklen Augen hätte er zum Model getaugt, er war höchstens ein bißchen zu schwer gebaut, um sich gut fotografieren zu lassen. »*Sí?*« fragte er, zwar ohne zu lächeln, aber offenbar auch nicht unfreundlicher als ein Durchschnittsbürger, der von der Polizei an die Tür gerufen wurde.

»Buon giorno«, sagte Brunetti. »Commissario Brunetti; ich möchte gern mit Signor La Capra sprechen.«

»Worüber?«

»Über die Kriminalität in dieser Stadt.«

Der junge Mann blieb stehen, wo er war, einen halben Schritt vor der Tür, und machte keine Anstalten, sie ganz zu öffnen oder Brunetti einzulassen. Er wartete auf eine nähere Erklärung, und als diese offenbar nicht kam, sagte er: »Ich dachte, in Venedig gibt es keine Kriminalität.« Bei diesem längeren Satz hörte man seinen sizilianischen Akzent und seinen feindseligen Ton.

»Ist Signor La Capra zu Hause?« fragte Brunetti, der des Gepränkels überdrüssig war und die Kälte zu spüren begann.

»Ja.« Damit trat der junge Mann zurück und hielt die Tür auf. Brunetti fand sich in einem großen Innenhof mit rundem Ziehbrunnen in der Mitte wieder. Auf der linken Seite stützten Marmorsäulen eine Treppe zur ersten Etage des Hauses. Von da aus führte sie, immer dicht an der Außenmauer, in Kehren weiter zur zweiten und dritten Etage. Auf dem Marmorgeländer der Treppe standen in gleichen Abständen steinerne Löwenköpfe. Unter der Treppe sah man die Überbleibsel kürzlich erledigter Arbeiten: eine Schubkarre mit Zementtüten, eine aufgerollte Plastikplane und etliche große Dosen, die außen mit verschiedenen Farben beschmiert waren.

Am Ende der ersten Treppenflucht öffnete der junge Mann eine Tür und trat beiseite, um Brunetti in den Palazzo zu lassen. Sowie er drinnen war, hörte Brunetti die Musik, die gedämpft aus einem der oberen Stockwerke herunterdrang. Während er dem jungen Mann die Treppe hinauf folgte, wurden die Töne lauter, bis er eine Sopranstimme heraushören konnte. Begleitet wurde sie offenbar von Streichern, aber die Töne waren immer noch gedämpft, kamen wohl aus einem anderen Teil des Hauses. Der junge Mann öffnete eine weitere Tür, und genau in dem Moment schwang sich die Stimme über die Instrumente empor und schwebte fünf Herzschläge lang in vollendeter Schönheit im Raum, bevor sie in die mindere Welt der Instrumente zurückfiel.

Sie gingen über einen Marmorflur und eine Innentreppe hinauf, und dabei wurde die Musik stetig lauter, die Stimme immer klarer und strahlender. Der junge Mann schien nichts zu hören, obwohl die Welt, in der sie sich bewegten, nur von diesem Klang erfüllt war. Am Ende der zweiten Treppenflucht öffnete der junge Mann wieder eine Tür, blieb stehen und wies Brunetti mit einem Nicken in einen langen Flur. Er konnte lediglich nicken; gehört hätte Brunetti ihn bestimmt nicht.

Brunetti ging vor ihm her den Flur entlang. Der junge Mann holte ihn ein und öffnete eine Tür zur Rechten; diesmal nickte er, als Brunetti schon an ihm vorbeiging, dann schloß er die Tür hinter ihm, und Brunetti stand wie erschlagen von der Musik.

Aller anderen Sinne beraubt und nur noch auf seine Augen angewiesen, sah Brunetti in vier Ecken mannshohe, mit Tuch bespannte Boxen, die alle zur Mitte des Raumes hin ausgerichtet waren. Und dort lag auf einer mit Kissen bedeckten Chaiselongue aus hellbraunem Leder ein Mann. Seine Aufmerksamkeit galt ausschließlich einem kleinen, quadratischen Heftchen in seiner Hand, und er gab durch nichts zu erkennen, daß er Brunettis Eintreten bemerkt hatte. Brunetti blieb an der Tür stehen und beobachtete den Mann. Und er lauschte der Musik.

Der Sopran war vollkommen rein, ein Klang, der im Herzen erzeugt und dort erwärmt wurde, bis er mit der scheinbaren Mühelosigkeit herauskam, die nur die größten Sänger und auch diese nur mit dem größten Können erreichten. Die Stimme verharrte auf einem Ton, löste sich von ihm, schwoll an, flirtete mit einem Instrument, das Brunetti jetzt als Cembalo erkannte, und ruhte kurz aus, während die Streicher mit dem Cembalo Zwiesprache hielten. Dann kehrte die Stimme zurück, als wäre sie die ganze Zeit dagewesen, und nahm die Streicher mit nach oben, immer höher hinauf. Hier und da konnte Brunetti einzelne Wörter und Sätze verstehen, »*disprezzo*«, »*perchè*«, »*per pietade*«, »*fugge il mio bene*«, die alle von Liebe, Sehnsucht und Verlust sprachen. Also Oper, wenn er auch keine Ahnung hatte, welche.

Der Mann auf der Chaiselongue war etwa Ende Fünfzig und trug um die Taille den Beweis für gutes Essen und angenehmes Leben. Das Beherrschende in seinem Gesicht war die Nase – groß und fleischig, wie sie Brunetti auf dem Polizeifoto des mutmaßlichen Vergewaltigers, seines Sohnes, gesehen hatte –, auf der eine Halbbrille zum Lesen saß. Seine Augen waren groß, klar und so dunkel, daß sie fast schwarz wirkten. Er war glattrasiert, hatte aber einen so starken Bartwuchs, daß man trotz der frühen Nachmittagsstunde schon dunkle Schatten auf seinen Wangen sah.

Die Musik erstarb in einem Diminuendo, das unter die Haut

ging, und erst in der Stille merkte Brunetti, wie perfekt die Tonqualität gewesen war, so perfekt, daß sie sogar über die Lautstärke hinweggetäuscht hatte.

Der Mann ließ sich matt zurücksinken, und die Hand, die das Libretto gehalten hatte, sank neben der Chaiselongue auf den Boden. Er nahm die Brille ab und schloß die Augen, den Kopf zurückgelegt, den ganzen Körper entspannt. Obwohl er Brunettis Hiersein in keiner Weise zur Kenntnis genommen hatte, zweifelte dieser nicht eine Sekunde daran, daß der Mann sich seiner Anwesenheit im Zimmer sehr wohl bewußt war; mehr noch, er hatte das Gefühl, daß dieses Schauspiel ästhetischer Verzückung eigens zu seiner Erbauung inszeniert wurde.

Vornehm, ganz so, wie seine Schwiegermutter nach einer Arie applaudierte, die ihr nicht gefallen hatte, aber angeblich sehr gut gesungen worden war, schlug Brunetti seine Fingerspitzen ein paarmal leicht zusammen.

Wie aus Sphären zurückgeholt, die gewöhnliche Sterbliche nicht zu betreten wagten, öffnete der Mann auf der Chaiselongue die Augen, schüttelte in gespieltem Erstaunen den Kopf und drehte sich nach der Quelle dieses lauwarmen Beifalls um.

»Hat Ihnen die Stimme nicht gefallen?« fragte La Capra ehrlich überrascht.

»O doch, die Stimme hat mir sehr gut gefallen«, antwortete Brunetti, dann fügte er hinzu: »Nur die Darbietung erschien mir ein bißchen gezwungen.«

Falls La Capra das Fehlen eines Possessivpronomens bemerkt hatte, geruhte er es zu ignorieren. Er hob das Libretto auf und schwenkte es durch die Luft. »Das war die beste Sopranistin unserer Zeit, die einzige große Sängerin«, sagte er und schwenkte, um dem Nachdruck zu verleihen, noch einmal das kleine Heftchen.

»Signora Petrelli?« fragte Brunetti.

Der Mann verzog den Mund, als hätte er in etwas Unerfreuliches gebissen. »Die Petrelli, und Händel?« fragte er mit müdem

Erstaunen. »Die kann doch nur Verdi und Puccini singen.« Er sprach die Namen so aus, wie eine Nonne »Sex« und »Leidenschaft« über die Lippen bringen würde.

Brunetti wollte ihn schon belehren, daß Flavia auch Mozart sang, fragte jedoch statt dessen nur: »Signor La Capra?«

Beim Klang seines Namens erhob sich der Mann, aus seinen ästhetischen Erläuterungen herausgerissen und an seine Gastgeberpflichten erinnert. Er ließ Libretto und Brille auf die Chaiselongue fallen und kam mit ausgestreckter Hand auf Brunetti zu. »Ja. Und mit wem habe ich die Ehre?«

Brunetti ergriff die Hand und erwiderte das sehr förmliche Lächeln. »Commissario Guido Brunetti.«

»Commissario?« Man hätte glauben können, La Capra habe dieses Wort noch nie gehört.

Brunetti nickte. »Von der Polizei.«

Ein Ausdruck der Verwirrung trat in das Gesicht des anderen, aber diesmal hatte Brunetti den Eindruck, daß es echtes Empfinden war, kein für ein Publikum aufgesetztes. La Capra fing sich rasch wieder und fragte sehr höflich: »Und was verschafft mir die Ehre Ihres Besuchs, Commissario?«

Brunetti wollte bei La Capra nicht den Verdacht erwecken, daß die Polizei ihn mit Semenzatos Tod in Verbindung brachte, und hatte deshalb beschlossen, nichts von den Fingerabdrücken seines Sohnes im Zimmer des Ermordeten zu erwähnen. Außerdem wollte er ihm, bevor er sich ein genaueres Bild von dem Mann gemacht hatte, keinen Anlaß zu der Vermutung geben, die Polizei interessiere sich dafür, ob irgendeine Verbindung zwischen ihm und Brett Lynch bestand. »Diebstahl, Signor La Capra«, sagte er und wiederholte noch einmal: »Diebstahl.«

Signor La Capra war sofort ganz höfliche Aufmerksamkeit. »Ja, Commissario?«

Brunetti setzte sein freundlichstes Lächeln auf. »Ich bin gekommen, um mit Ihnen als neuem Bürger über unsere Stadt zu sprechen, Signor La Capra, und über einige der Risiken, die das Leben hier bietet.«

»Das ist sehr freundlich von Ihnen, Dottore«, gab La Capra zurück, wobei er Lächeln mit Lächeln vergalt. »Aber bitte, wir wollen doch hier nicht wie die Statuen herumstehen. Darf ich Ihnen einen Espresso anbieten? Gegessen haben Sie doch schon, ja?«

»Ja. Aber ein Kaffee wäre nicht verkehrt.«

»Gut, dann kommen Sie doch mit. Wir gehen nach unten in mein Arbeitszimmer, und ich lasse uns welchen bringen.« Damit führte er Brunetti hinaus und die Treppe hinunter. Im zweiten Stock öffnete er eine Tür und trat höflich zur Seite, um Brunetti den Vortritt zu lassen. Bücher nahmen zwei der Wände ein; Bilder, die dringend hätten gesäubert werden müssen – und gerade deshalb um so teurer aussahen –, die dritte. Drei deckenhohe Fenster blickten auf den Canal Grande, wo Boote ihren Bootsgeschäften nachgingen. La Capra winkte Brunetti zu einem satinbezogenen Diwan und ging an einen langen Eichenschreibtisch, wo er den Telefonhörer abnahm, auf einen Knopf drückte und Kaffee in sein Arbeitszimmer bestellte.

Dann kam er zurück und nahm Brunetti gegenüber Platz, nicht ohne vorher sorgsam seine Hosenbeine zurechtgezupft zu haben. »Wie gesagt, ich finde es sehr aufmerksam von Ihnen, Dottor Brunetti, daß Sie sich herbemüht haben. Ich werde nicht vergessen, Dottor Patta dafür zu danken, wenn ich ihn sehe.«

»Sind Sie mit dem Vice-Questore befreundet?« fragte Brunetti.

La Capra hob mit einer bescheidenen Geste die Hände, womit er die Möglichkeit einer solch hohen Auszeichnung von sich schob. »Nein, diese Ehre habe ich nicht. Aber wir sind beide Mitglieder im Lions Club und treffen uns gelegentlich in gesellschaftlichem Rahmen.« Er machte eine kurze Pause und fügte dann hinzu: »Ich werde jedenfalls nicht vergessen, mich bei ihm für Ihre Aufmerksamkeit zu bedanken.«

Brunetti nickte verbindlich, wohl wissend, wie zuvorkommend Patta seinen Besuch bei La Capra finden würde.

»Aber sagen Sie, Dottor Brunetti, wovor wollten Sie mich denn nun warnen?«

»Ich kann Sie vor nichts Bestimmtem warnen, Signor La Capra. Es ist eher so, daß ich Ihnen sagen möchte, wie sehr der Schein in dieser Stadt trügt.«

»So?«

»Dies ist eine scheinbar so friedliche Stadt ...«, begann Brunetti, um dann unvermittelt zu fragen: »Sie wissen, daß wir nur siebzigtausend Einwohner haben?«

La Capra nickte.

»Man würde sie auf den ersten Blick für ein verschlafenes Provinznest halten, wo man auf den Straßen noch sicher ist.« Hier beeilte sich Brunetti hinzuzufügen: »Und das stimmt auch; man kann sich immer noch zu jeder Tages- und Nachtzeit sicher fühlen.« Er hielt kurz inne und ergänzte dann, als wäre es ihm eben erst eingefallen: »Und in seinen eigenen vier Wänden ebenso.«

»Wenn ich Sie unterbrechen darf, Commissario, das ist einer der Gründe, weshalb ich hierhergezogen bin: um die Sicherheit und Ruhe zu genießen, die es wohl nur noch in dieser Stadt gibt.«

»Sie kommen aus ...?« fragte Brunetti, obwohl der Akzent keinen Zweifel aufkommen ließ, mochte La Capra sich noch so sehr bemühen, ihn zu verbergen.

»Palermo«, antwortete La Capra.

Brunetti ließ den Namen gebührend wirken, bevor er fortfuhr: »Es gibt aber dennoch, und darum bin ich hier, die Diebstahlsgefahr. Wir haben viele sehr wohlhabende Leute in der Stadt, und manche nehmen es, vielleicht eingelullt von der scheinbaren Friedlichkeit, mit den Sicherheitsvorkehrungen im eigenen Heim nicht so genau, wie es angebracht wäre.« Er sah sich um und sagte dann, begleitet von einer eleganten Handbewegung: »Ich sehe, Sie haben hier viele schöne Dinge.« Signor La Capra lächelte, doch dann senkte er schnell den Kopf, was wohl Bescheidenheit ausdrücken sollte. »Ich hoffe nur, Sie waren weitsichtig genug, für ihren bestmöglichen Schutz zu sorgen«, schloß Brunetti.

Hinter ihm ging die Tür auf, und der junge Mann von vorhin kam mit einem Tablett, auf dem zwei Tassen Espresso standen und eine silberne Zuckerdose auf drei zierlichen Klauenfüßen. Er blieb stumm neben Brunetti stehen und wartete, während dieser sich eine Tasse nahm und zwei Löffel Zucker hineintat. Dieselbe Prozedur wiederholte er bei Signor La Capra, wonach er ohne ein Wort wieder hinausging und das Tablett mitnahm.

Beim Umrühren bemerkte Brunetti die zarte Schaumschicht, die nur bei den besten elektrischen Espressomaschinen entsteht; also keine Moka Express in Signor La Capras Küche, nichts Zusammenschraubbares, was man eilig auf der hintersten Herdflamme erhitzte.

»Ich bin Ihnen sehr verbunden, Commissario, daß Sie gekommen sind, um mir das zu sagen. Es ist leider wahr, daß viele von uns Venedig als eine Oase des Friedens in einer immer krimineller Gesellschaft sehen.« Hier schüttelte Signor La Capra den Kopf. »Aber ich kann Ihnen versichern, daß ich alle denkbaren Vorkehrungen getroffen habe, um mein Eigentum zu schützen.«

»Das freut mich zu hören, Signor La Capra«, sagte Brunetti und stellte seine Tasse auf ein Marmortischchen neben dem Diwan. »Sie gehen bestimmt sehr umsichtig mit den schönen Dingen um, die Sie hier haben. Schließlich haben Sie doch sicher einige Mühe dafür aufgewendet, an das eine oder andere Stück heranzukommen.«

Diesmal war Signor La Capras Lächeln, als es kam, einige Grade kühler. Er trank seinen Espresso aus und beugte sich vor, um seine Tasse neben die von Brunetti zu stellen. Er sagte nichts.

»Fänden Sie es aufdringlich, wenn ich mir die Frage erlaubte, welcher Art Ihre Sicherheitsvorkehrungen sind, Signor La Capra?«

»Aufdringlich?« La Capra riß erstaunt die Augen auf. »Aber ich bitte Sie, wieso denn? Sie fragen doch sicher nur aus Sorge um das Wohl der Bürger.« Er ließ das einen Moment wirken, dann erklärte er: »Ich habe eine Alarmanlage einbauen lassen. Was aber noch wichtiger ist, ich habe Personal, das rund um die Uhr zur Verfügung steht. Einer ist immer hier. Ich setze mein Vertrauen lieber in die Treue meiner Leute als in irgendeine technische Schutzvorrichtung.« An dieser Stelle drehte Signor La Capra die Temperatur seines Lächelns wieder etwas herauf. »Das mag vielleicht altmodisch sein, aber ich glaube an diese Werte – Treue, Ehre.«

»Gewiß«, meinte Brunetti verbindlich, aber er lächelte, um anzudeuten, daß er verstand. »Zeigen Sie auch anderen die Stükke Ihrer Sammlung? Wenn dies hier«, sagte er mit einer Handbewegung, die den ganzen Raum umschloß, »auf anderes schließen läßt, dann muß sie sehr eindrucksvoll sein.«

»Oh, tut mir leid, Commissario«, sagte La Capra mit einem fast unmerklichen Kopfschütteln, »aber das ist momentan leider völlig unmöglich.«

»Ja?« fragte Brunetti höflich.

»Sehen Sie, der Raum, in dem ich die Sammlung auszustellen gedenke, ist noch nicht zu meiner Zufriedenheit gediehen. Beleuchtung, Bodenfliesen, selbst die Deckenpaneele – ich bin mit allem noch nicht glücklich, darum wäre es mir peinlich, ja, richtig peinlich, sie jetzt jemandem zu zeigen. Aber ich lade Sie mit Freuden ein, wiederzukommen und sich meine Sammlung anzusehen, wenn der Raum fertig und« – er hielt inne und suchte nach dem passenden Wort – »präsentabel ist.«

»Das ist sehr freundlich, Signore. Ich stelle mich also darauf ein, Sie wiederzusehen?«

La Capra nickte, aber er lächelte nicht.

»Sie sind sicher ein vielbeschäftigter Mann«, sagte Brunetti und stand auf. Wie merkwürdig, dachte er, daß ein Kunstliebhaber auch nur eine Sekunde zögerte, jemandem seine Sammlung zu zeigen, der zu erkennen gab, daß er sich für schöne Dinge interessierte oder begeistern konnte. Das hatte Brunetti noch nie erlebt. Und was er noch merkwürdiger fand: La Capra hatte in ihrem ganzen Gespräch über die Kriminalität in der Stadt keinen der beiden Vorfälle erwähnt, die erst in dieser Woche den Frieden der Stadt und das Leben von Leuten, die ebenso wie er die schönen Dinge liebten, zerstört hatten.

Als er Brunetti stehen sah, erhob sich auch La Capra und begleitete ihn zu Tür. Er ging sogar mit ihm die Treppe hinunter, durch den Innenhof und zur Eingangstür des Palazzo, die er selbst öffnete und aufhielt, während Brunetti nach draußen trat. Sie verabschiedeten sich mit einem herzlichen Händedruck, und Signor La Capra blieb ruhig an der offenen Tür stehen, während Brunetti durch die schmale *calle* in Richtung Campo San Polo zurückging.

20

Brunetti beschloß, noch einmal in die Questura zu gehen, obwohl er nach der halben Stunde bei La Capra nur ungern riskieren wollte, mit Patta sprechen zu müssen. Es hatten inzwischen zwei Leute für ihn angerufen: Giulio Carrara aus Rom, der Brunetti um Rückruf bat, und Flavia Petrelli, die es im Lauf des Nachmittags noch einmal versuchen wollte.

Er ließ sich mit Rom verbinden und hatte kurz darauf den *maggiore* am Apparat. Carrara vertat keine Zeit mit Persönlichem, sondern kam gleich auf Semenzato zu sprechen. »Guido, wir haben hier etwas gefunden, was es so aussehen läßt, als ob er die Finger in mehr hatte, als wir zunächst dachten.«

»Und was ist das?«

»Wir haben vor zwei Tagen in Livorno eine Sendung mit Alabaster-Aschenbechern aus Hongkong abgefangen, die auf dem Weg zu einem Großhändler in Verona war. Das Übliche – er bekommt die Aschenbecher, klebt Etiketten drauf und verkauft sie als ›Made in Italy‹.«

»Warum haben Sie die Sendung gestoppt? Das klingt doch nicht nach etwas, wofür gerade ihr euch interessiert.«

»Einer unserer Zuträger hielt es für eine gute Idee, daß wir uns diese Sendung mal näher ansehen.«

»Wegen falscher Etikettierung?« fragte Brunetti, der noch immer nicht recht verstand. »Ist für so etwas nicht die Guardia di Finanza zuständig?«

»Ach, die waren doch bestochen«, meinte Carrara wegwerfend. »Die Sendung wäre unbehelligt nach Verona gelangt. Aber was wir zwischen den Aschenbechern gefunden haben, das hat ihn zu dem Anruf veranlaßt.«

»Und was haben Sie gefunden?«

»Angkor Wat ist Ihnen doch ein Begriff?«

»In Kambodscha?«

»Die Frage zeigt, daß Sie Bescheid wissen. In vier der Kisten waren Statuen, die dort aus der Tempelanlage gestohlen wurden.«

»Sind Sie da sicher?« Kaum hatte er die Frage ausgesprochen, wünschte Brunetti, er hätte sie anders formuliert.

»Es gehört zu unserer Arbeit, da sicher zu sein«, versetzte Carrara, aber nur als Erklärung. »Drei dieser Statuen sind vor einigen Jahren in Bangkok aufgetaucht, aber wieder vom Markt verschwunden, bevor die Polizei sie konfiszieren konnte.«

»Giulio, ich verstehe nicht, warum Sie so bestimmt sagen können, daß sie aus Angkor Wat stammen.«

»Die Franzosen haben, als Kambodscha noch Kolonie war, ziemlich genaue Pläne von den Tempelanlagen angefertigt, und vieles ist seitdem fotografiert worden. So auch zwei der Statuen, die wir gefunden haben. Darum können wir sicher sein.«

»Wann wurden die Bilder aufgenommen?« fragte Brunetti.

»1985. Archäologen einer amerikanischen Universität waren einige Monate dort und haben Skizzen und Fotos gemacht, aber dann rückte die Front immer näher, und sie mußten das Land verlassen. Wir haben Kopien von allen ihren Arbeiten. Darum sind wir sicher, bei zwei Statuen absolut sicher, die beiden anderen stammen höchstwahrscheinlich vom selben Ort.«

»Irgendein Hinweis, wohin sie gehen sollten?«

»Nein. Wir haben nur die Adresse des Großhändlers in Verona.«

»Haben Sie schon etwas unternommen?«

»Zwei unserer Leute observieren das Lagerhaus in Livorno. Zusätzlich haben wir das Telefon dort und in dem Speditionsbüro in Verona angezapft.«

Brunetti fand das etwas übertrieben als Reaktion auf den Fund von nur vier Statuen, aber er behielt es für sich. »Und dieser Großhändler? Wissen Sie etwas über ihn?«

»Nein. Er ist neu für uns. Ein unbeschriebenes Blatt. Selbst bei der Guardia di Finanza haben sie keine Akte über ihn.«

»Und wie sehen Sie das?«

Carrara überlegte kurz, bevor er antwortete. »Ich würde sagen, er ist sauber. Das würde bedeuten, daß die Statuen herausgenommen werden, bevor die Sendung ausgeliefert wird.«

»Wo? Wie?« fragte Brunetti. Dann fügte er hinzu: »Weiß jemand, daß Sie die Kisten geöffnet haben?«

»Ich glaube nicht. Wir haben das Lagerhaus von der Guardia di Finanza abriegeln und sie dann mit großem Tamtam eine Ladung philippinischer Textilien öffnen lassen. In der Zwischenzeit haben wir uns die Aschenbecher angesehen, die Kisten aber wieder zugemacht und alles dagelassen.«

»Was war mit den Textilien?«

»Ach, das Übliche. Doppelt soviel Ware wie auf den Begleitpapieren angegeben, sie haben daraufhin die ganze Sendung konfisziert und versuchen jetzt auszurechnen, wie hoch die Strafe sein soll.«

»Und die Aschenbecher?«

»Sind noch in dem Lagerhaus.«

»Was wollen Sie tun?«

»Das steht nicht in meiner Macht, Guido. Dafür ist Mailand zuständig. Ich habe mit dem Chef dort gesprochen, und er sagt, er will in dem Moment zugreifen, wenn die Kisten mit den Statuen abgeholt werden.«

»Und Sie?«

»Ich würde warten, bis sie die Sendung abholen, und ihnen dann folgen.«

»Falls sie die Kisten holen«, warf Brunetti ein.

»Auch wenn nicht; wir haben rund um die Uhr Posten in dem Lagerhaus und werden wissen, wann sie in Aktion treten. Außerdem schicken die zum Abholen höchstens irgendwelche kleinen Fische, die nur wissen, wohin sie die Statuen bringen sollen, sonst aber nichts. Es wäre also unsinnig, da schon einzugreifen und sie festzunehmen.«

Endlich fragte Brunetti doch: »Giulio, ist das nicht furchtbar viel Aufwand für vier Statuen? Und über Semenzatos Rolle in dieser Geschichte haben Sie noch gar nichts gesagt.«

»Darüber sind wir uns auch noch nicht ganz im klaren, aber unser Informant sagte, dafür könnten sich die Leute in Venedig – gemeint war die Polizei – vielleicht interessieren.« Noch bevor Brunetti einhaken konnte, sprach Carrara schon weiter: »Er wollte es nicht näher erklären, aber er sagte, es kämen noch mehr Sendungen.«

»Alle aus dem Orient?« fragte Brunetti.

»Das hat er nicht gesagt.«

»Gibt es hier einen großen Markt für so etwas?«

»Hier in Italien nicht, aber ganz sicher in Deutschland, und es ist kinderleicht, sie dorthin zu bringen, wenn sie erst einmal in Italien sind.«

Kein Italiener würde auch nur die Frage stellen, warum man die Ware dann nicht direkt nach Deutschland schickte. Den Deutschen sagte man nach, Gesetze seien für sie zum Befolgen da, während sie für Italiener etwas waren, was es auszuloten und dann zu umgehen galt.

»Und der Wert, der Preis?« fragte Brunetti, wobei er sich wie das Klischee des Venezianers vorkam.

»Unermeßlich, und nicht wegen der Schönheit dieser Statuen, sondern weil sie aus Angkor Wat stammen.«

»Könnte man sie auf dem freien Markt verkaufen?« fragte Brunetti, der an den Raum dachte, den Signor La Capra sich im dritten Stock seines Palazzo hatte einrichten lassen, und überlegte, wie viele La Capras es wohl noch gab.

Wieder ließ Carrara sich einen Moment Zeit, bevor er antwortete: »Nein, wahrscheinlich nicht. Aber das heißt nicht, daß es keinen Markt dafür gibt.«

»Ich verstehe.« Es war nur eine Möglichkeit, aber er fragte

trotzdem: »Giulio, haben Sie eine Akte über einen gewissen La Capra, Carmello La Capra?« Er erklärte Carrara die zufälligen örtlichen und zeitlichen Übereinstimmungen seiner Auslandsreisen mit denen Semenzatos.

Nach einer kurzen Pause antwortete Carrara: »Der Name kommt mir irgendwie bekannt vor, aber mehr fällt mir im Augenblick nicht dazu ein. Geben Sie mir eine Stunde Zeit, dann sehe ich mal im Computer nach, ob wir etwas über ihn haben.«

»Was haben Sie denn so alles in Ihrem Computer?«

»Jede Menge«, versetzte Carrara mit hörbarem Stolz. »Wir haben die Daten nach Namen, Städten und Jahrhunderten, nach Kunstform, Künstlern, Reproduktionstechnik geordnet. Was immer Sie wollen, gestohlen oder gefälscht, in unserem Computer ist das alles aufgegliedert. Ihr Mann wäre unter seinem Namen oder irgendwelchen Deck- oder Spitznamen aufgeführt.«

»Signor La Capra ist nicht der Mann, der sich einen Spitznamen bieten lassen würde«, erklärte Brunetti.

»Ach, so einer ist das? Na, dann hätten wir ihn auf jeden Fall unter ›Palermo‹«, meinte Carrara. »Die Datei ist ziemlich umfangreich.« Er hielt inne, damit Brunetti diese Bemerkung auch richtig würdigen konnte, dann fragte er: »Interessiert er sich für irgendeine besondere Kunstrichtung oder Technik?«

»Chinesische Keramiken«, antwortete Brunetti.

»Aha«, sagte Carrara gedehnt. »Daher kam mir der Name bekannt vor. Ich weiß zwar immer noch nicht genau, worum es ging, aber wenn dieser Zusammenhang bei mir hängengeblieben ist, habe ich ihn auch im Computer. Kann ich zurückrufen, Guido?«

»Das wäre sehr nett, Giulio.« Dann fragte er, von echter Neugier getrieben: »Besteht die Möglichkeit, daß man Sie nach Verona schickt?«

»Nein, ich glaube nicht. Die Leute in Mailand sind die besten, die wir haben. Ich würde da nur hinfahren, wenn sich herausstellen sollte, daß irgendeine Verbindung zu einem der Fälle besteht, an denen ich hier gerade arbeite.«

»Also gut. Rufen Sie mich an, wenn Sie etwas über La Capra haben. Ich bin voraussichtlich den ganzen Nachmittag hier. Und vielen Dank, Giulio.«

»Danken Sie mir nicht, bevor Sie wissen, was ich Ihnen zu bieten habe«, sagte Carrara und legte auf, ehe Brunetti noch antworten konnte.

Brunetti rief bei Signorina Elettra an, um nachzufragen, ob sie die Aufstellung von La Capras und Semenzatos Telefonaten schon bekommen hatte. Zu seiner Freude hatte sie nicht nur von der Telecom die Kopien bekommen, sondern auch schon eine Reihe von Anrufen darin gefunden, die zwischen ihren Privat- und Dienstanschlüssen sowie zwischen diesen und den Hotels im Ausland geführt worden waren, während der jeweils andere sich dort aufhielt. »Soll ich sie Ihnen raufbringen, Commissario?« fragte sie.

»Das wäre sehr freundlich, Signorina, danke.«

Während er auf sie wartete, schlug er die Akte über Brett auf und wählte die darin angegebene Nummer. Er ließ es siebenmal klingeln, aber niemand nahm ab. Hieß das, sie hatte seinen Rat befolgt und war mit Flavia nach Mailand gefahren? Vielleicht hatte Flavia ja angerufen, um ihm das mitzuteilen.

Seine Überlegungen wurden durch die Ankunft von Signorina Elettra unterbrochen, heute in seriösem Grau; seriös jedenfalls so lange, bis er etwas tiefer an ihr hinunterblickte und die wild gemusterten schwarzen Strümpfe sah – waren das Blumen? – sowie ein Paar rote Schuhe mit so hohen Absätzen, wie Paola sie nie zu tragen gewagt hätte. Sie kam an seinen Schreibtisch und legte ihm eine braune Mappe hin. »Die zueinander passenden Telefonate habe ich eingekringelt«, erklärte sie.

»Vielen Dank, Signorina. Haben Sie noch eine Kopie davon?« Sie nickte.

»Gut. Jetzt hätte ich gern noch eine Aufstellung der Telefonate aus dem Antiquitätengeschäft von Francesco Murino am Campo Santa Maria Formosa, und sehen Sie, ob daraus hervorgeht, daß Semenzato oder La Capra dort angerufen haben. Oder ob Murino einen der beiden angerufen hat.«

»Ich habe mir erlaubt, AT & T in New York anzurufen«, sagte Signorina Elettra, »und nachprüfen lassen, ob einer der beiden eine ihrer internationalen Telefonkarten hat. La Capra hat eine. Der Mann, mit dem ich gesprochen habe, will uns eine Aufstellung aller Gespräche der letzten zwei Jahre zufaxen. Vielleicht bekomme ich sie heute nachmittag noch.«

»Haben Sie selbst mit dem Mann gesprochen, Signorina?« fragte Brunetti erstaunt. Englisch? Ein Freund bei der Banca d'Italia, und jetzt auch noch Englisch?

»Natürlich. Er konnte kein Italienisch, obwohl er in der internationalen Abteilung arbeitet.« Sollte Brunetti über diese Unzulänglichkeit schockiert sein? Wenn ja, so wollte er ihr den Gefallen gern tun, denn Signorina Elettra war auf jeden Fall schockiert.

»Und wie kommt es, daß Sie Englisch sprechen?«

»Das war meine Arbeit bei der Banca d'Italia, Dottore. Ich war für die Übersetzungen aus dem Englischen und Französischen zuständig.«

Er fragte, noch ehe er es sich verkneifen konnte: »Und da sind Sie weggegangen?«

»Ich hatte keine andere Wahl, Commissario«, antwortete sie, und als sie seine Verwirrung bemerkte, erklärte sie: »Mein Chef wollte einen Brief an eine Bank in Johannesburg ins Englische übersetzt haben.« Sie verstummte und beugte sich vor, um ein weiteres Blatt aus dem Stapel zu ziehen. War das alles, was sie ihm als Erklärung geben wollte?

Sie betrachtete ihn eingehend, als hätte sie sich plötzlich gefragt, ob er vielleicht doch kein Italienisch verstand. Dann sagte sie langsam und deutlich: »Die Sanktionen.«

»Sanktionen?« wiederholte er.

»Die UN-Sanktionen gegen Südafrika, Commissario. Sie

waren damals noch in Kraft, also hatte ich keine andere Wahl, als die Übersetzung des Briefs zu verweigern.«

»Meinen Sie die Sanktionen gegen die südafrikanische Regierung?« fragte er.

»Natürlich, Commissario. Die waren schließlich von den Vereinten Nationen verhängt worden, nicht wahr?«

»Ich glaube, ja. Und darum wollten Sie den Brief nicht schreiben?«

»Es ist doch sinnlos, Sanktionen zu verhängen, wenn die Leute sich nicht daran halten, oder?« fragte sie mit vollkommener Logik.

»Sicher, das stimmt wohl. Und was geschah dann?«

»Ach, mein Chef wurde sehr unangenehm. Erteilte mir eine schriftliche Rüge und beschwerte sich bei der Gewerkschaft. Und keiner hat sich schützend vor mich gestellt. Alle schienen der Ansicht, ich hätte den Brief schreiben sollen. Da blieb mir doch nichts anderes übrig, als zu kündigen. Ich fand, daß ich für solche Leute nicht länger arbeiten konnte.«

»Natürlich nicht«, stimmte er ihr zu, senkte den Kopf über der Akte und schwor sich, dafür zu sorgen, daß Paola und Signorina Elettra sich nie kennenlernten.

»Ist das dann alles?« fragte sie lächelnd, vielleicht in der Hoffnung, daß er jetzt verstand.

»Ja, danke, Signorina.«

»Ich bringe Ihnen das Fax aus New York, sobald ich es habe.«

»Vielen Dank, Signorina.« Sie lächelte noch einmal und ging. Wie war Patta nur an sie geraten?

Es gab keinen Zweifel: Semenzato und La Capra hatten im vergangenen Jahr mindestens fünfmal miteinander telefoniert; achtmal, falls die Gespräche, bei denen Semenzato verschiedene Hotels im Ausland zu den Zeiten angewählt hatte, als La Capra sich dort aufhielt, ebenfalls ihm gegolten hatten. Natürlich konnte man dagegenhalten – und ein guter Verteidiger würde dies bestimmt tun –, daß nichts Ungewöhnliches daran war, wenn die beiden Männer sich kannten. Beide waren an Kunst interessiert. La Capra hätte Semenzato völlig legitim in allen möglichen Fragen zu Rate ziehen können, beispielsweise zu Herkunft, Echtheit oder Preis eines Objekts. Brunetti sah die Listen durch und versuchte einen Zusammenhang zwischen den Telefonaten und den Bewegungen auf den Konten beider Männer zu finden, aber nichts kam dabei heraus.

Das Telefon klingelte. Er nahm den Hörer ab und meldete sich.

»Ich habe schon einmal versucht, dich zu erreichen, Guido.« Er erkannte Flavias Stimme sofort und stellte wieder überrascht fest, wie tief sie war, völlig anders als ihre Singstimme. Aber diese Überraschung war gar nichts gegen das vertrauliche Du, mit dem sie ihn anredete.

»Ich hatte einen Besuch zu machen. Was gibt es?«

»Brett. Sie will nicht mit nach Mailand kommen.«

»Hat sie gesagt, warum nicht?«

»Sie sagt, es geht ihr noch nicht gut genug, um zu verreisen, aber es ist der pure Eigensinn. Und Angst. Sie will nicht zugeben, daß sie Angst vor diesen Leuten hat, aber es ist so.«

»Und – du?« fragte er vorsichtig und fand, daß sich das Du genau richtig anhörte. »Fährst du?«

»Ich kann nicht anders«, meinte Flavia, verbesserte sich aber sogleich. »Doch, ich könnte anders. Ich könnte hierbleiben, wenn ich wollte, aber ich will nicht. Meine Kinder kommen aus den Ferien, und ich muß sie abholen. Außerdem muß ich am Dienstag zu einer Klavierprobe in die Scala. Ich habe einmal abgesagt, aber jetzt habe ich versprochen, am Donnerstag zu singen.«

Er fragte sich, was das alles wohl mit ihm zu tun hatte, aber Flavia sagte es ihm schon. »Könntest du nicht mit ihr reden? Sie zur Vernunft bringen?«

»Flavia«, begann er und war sich sehr der Tatsache bewußt, daß er sie jetzt zum erstenmal beim Vornamen genannt hatte,

»wenn du sie nicht zum Mitfahren bewegen kannst, dann glaube ich nicht, daß ich sie umstimmen könnte.« Und bevor sie dagegen protestieren konnte, fügte er hinzu: »Nein, ich will mich nicht darum drücken, ich glaube nur nicht, daß es etwas bringt.«

»Wie wäre es mit Polizeischutz?«

»Sicher. Ich kann ihr einen Mann in die Wohnung setzen.« Er zauderte. »Oder eine Frau.«

Ihre Reaktion war unvermittelt. Und wütend. »Daß wir es vorziehen, nicht mit Männern ins Bett zu gehen, heißt noch lange nicht, daß wir uns davor fürchten, mit einem Mann im selben Zimmer zu sein.«

Er schwieg so lange, daß sie schließlich fragte: »Na, warum sagst du nichts?«

»Ich warte, daß du dich für deine Albernheit entschuldigst.«

Nun war es an Flavia zu schweigen. Endlich, und zu seiner großen Erleichterung, sagte sie mit sanfterer Stimme: »Na gut, und auch gleich für meine Voreiligkeit. Ich bin vielleicht einfach zu sehr daran gewöhnt, Leute herumzukommandieren. Und vielleicht suche ich ja auch richtig Streit, wenn es um Brett und mich geht.«

Nachdem die Entschuldigungen erledigt waren, kehrte Flavia zum Thema zurück. »Ich weiß nicht, ob man sie dazu überreden kann, sich jemanden in die Wohnung setzen zu lassen.«

»Flavia, ich habe keine andere Möglichkeit, sie zu schützen.« Plötzlich war irgendwo hinter ihr ein lautes Geräusch zu hören, das nach schwerem technischem Gerät klang. »Was war das?«

»Ein Boot.«

»Wo bist du denn?«

»Riva degli Schiavoni.« Sie erklärte das: »Ich wollte nicht von der Wohnung aus anrufen und habe einen Spaziergang gemacht.« Ihr Ton veränderte sich. »Ich bin nicht weit von der Questura. Darfst du während der Arbeit Besucher empfangen?«

»Aber sicher«, sagte er lachend. »Ich bin einer der Chefs.«

»Wäre es dann recht, wenn ich zu dir komme? Ich rede so ungern am Telefon.«

»Natürlich. Jederzeit. Jetzt gleich. Ich muß hier auf einen Anruf warten, aber es ist doch unsinnig, wenn du den ganzen Nachmittag im Regen herumläufst. Außerdem«, fügte er mit einem stillen Lächeln hinzu, »ist es hier warm.«

»Also gut. Soll ich nach dir fragen?«

»Ja, sag dem Mann an der Anmeldung, daß du einen Termin mit mir hast, dann bringt er dich zu mir rauf.«

»Danke. Bis gleich.« Sie hängte ein, ohne sein Schlußwort abzuwarten.

Er hatte kaum den Hörer aufgelegt, da klingelte das Telefon erneut. Es war Carrara.

»Guido, Ihr Signor La Capra war im Computer.«

»Ach ja?«

»Die chinesischen Keramiken waren der Schlüssel.«

»Warum?«

»Zweierlei. Vor etwa drei Jahren verschwand aus einer Privatsammlung in London eine Seladonschale. Der Mann, der schließlich dafür eingesperrt wurde, wollte von einem Italiener dafür bezahlt worden sein, daß er ihm speziell dieses Stück beschaffte.«

»La Capra?«

»Das wußte er nicht. Aber nach Aussage des Mannes, der ihn ans Messer lieferte, ist La Capras Name von einem der Mittelsmänner genannt worden, die das Geschäft arrangiert haben.«

»Das Geschäft arrangiert?« fragte Brunetti. »Einfach so, den Diebstahl eines einzigen Stückes?«

»Ja. Das greift immer mehr um sich«, antwortete Carrara.

»Und das zweite?« wollte Brunetti wissen.

»Also, das ist nur Hörensagen. Es ist bei uns unter ›unbestätigt‹ eingeordnet.«

»Und worum geht es da?«

»Vor etwa zwei Jahren wurde in Paris ein Antiquitätenhändler, der sich auf chinesische Kunst spezialisiert hatte, beim nächtlichen Spaziergang mit seinem Hund überfallen und getötet, ein gewisser Philippe Bernadotte. Dabei wurden ihm Brieftasche und Schlüsselbund abgenommen. Die Schlüssel wurden zwar benutzt, um in sein Haus einzudringen, aber merkwürdigerweise wurde nichts gestohlen. Allerdings hatte man seinen Schreibtisch durchsucht und offenbar Papiere mitgenommen.«

»Und La Capra?«

»Der Geschäftspartner von Bernadotte erinnerte sich nur, daß er wenige Tage vor seiner Ermordung eine heftige Auseinandersetzung mit einem Kunden erwähnt hatte, der ihn bezichtigt habe, ihm wissentlich ein gefälschtes Kunstobjekt verkauft zu haben.«

»Und dieser Kunde war La Capra?«

»Das wußte der Geschäftspartner nicht. Er wußte nur, daß Monsieur Bernadotte diesen Kunden öfter als ›die Ziege‹ tituliert hatte, was er zu dem Zeitpunkt für einen Scherz hielt. Als Franzose konnte der Mann nicht wissen, daß ›capra‹ auf italienisch Ziege heißt.«

»War Monsieur Bernadotte oder seinem Teilhaber denn zuzutrauen, daß sie wissentlich Fälschungen verkauften?« fragte Brunetti.

»Dem Teilhaber wohl nicht. Aber Bernadotte war offenbar an einer Reihe von An- und Verkäufen beteiligt, die zumindest fragwürdig erschienen.«

»Wem? Den Kunstfahndern?«

»Ja. Das Pariser Büro hatte eine immer dicker werdende Akte über ihn.«

»Aber aus seiner Wohnung wurde nach seiner Ermordung nichts entwendet?«

»Es sieht nicht so aus, aber sein Mörder hatte reichlich Zeit, alles mögliche aus seinen Unterlagen und Inventarlisten zu entfernen.«

»Dann wäre es also denkbar, daß Signor La Capra ›die

Ziege‹ war, die Bernadotte gegenüber seinem Teilhaber erwähnt hatte?«

»Scheint so«, bestätigte Carrara.

»Sonst noch etwas?«

»Nein, aber für alles, was Sie sonst noch über ihn sagen könnten, wären wir dankbar.«

»Ich lasse Ihnen von meiner Sekretärin alles schicken, was wir haben, und gebe Bescheid, wenn wir über ihn und Semenzato noch mehr herausfinden.«

»Danke, Guido.« Damit legte Carrara auf.

Was sang noch Conte Almaviva? »*E mi farà il destino ritrovar questo paggio in ogni loco!*« Ebenso war es offenbar Brunettis Schicksal, überall auf La Capra zu stoßen. Allerdings erschien ihm Cherubino um einiges unschuldiger als Signor La Capra. Brunetti hatte mehr als genug erfahren, um davon überzeugt zu sein, daß La Capra etwas mit Semenzato zu tun hatte, möglicherweise sogar mit dessen Tod. Aber das waren bisher alles nur Indizien; vor Gericht hätten sie nicht den geringsten Wert.

Es klopfte. Ein uniformierter Polizist öffnete die Tür und wich zur Seite, um Flavia Petrelli eintreten zu lassen. Als sie an ihm vorbeiging, sah Brunetti die Hand des Mannes zu einem zackigen Salut hochschnellen, bevor er die Tür wieder zumachte. Brunetti mußte nicht eine Sekunde überlegen, wem diese Ehrenbezeugung gegolten hatte.

Sie trug einen dunkelbraunen, pelzgefütterten Regenmantel. Die frische Abendluft hatte ihr Gesicht gerötet, das auch heute wieder ungeschminkt war. Rasch kam sie durchs Zimmer geschritten und ergriff seine ausgestreckte Hand. »Hier arbeitest du also«, sagte sie.

Er ging um seinen Schreibtisch herum und nahm ihr den Mantel ab, der in der Hitze des Zimmers überflüssig war. Während sie sich umsah, hängte er ihn hinter der Tür auf einen Bügel. Dabei merkte er, daß der Mantel naß war, sah wieder zu ihr und stellte fest, daß auch ihr Haar naß war. »Hast du keinen Schirm?« fragte er.

Sie griff sich unwillkürlich ans Haar und zog überrascht die Hand zurück. »Nein, es hat nicht geregnet, als ich losgegangen bin.«

»Wann war das?« fragte er, während er zu ihr zurückging.

»Nach dem Mittagessen. Irgendwann nach zwei.«

Er zog einen zweiten Stuhl neben den, der vor seinem Schreibtisch stand, und wartete, bis sie Platz genommen hatte, bevor er sich ihr gegenübersetzte. Obwohl er sie erst vor wenigen Stunden gesehen hatte, war Brunetti verblüfft über ihr verändertes Aussehen. Ruhig und entspannt hatte sie heute vormittag gewirkt, und entschlossen, Brett mit ihm gemeinsam klarzumachen, daß sie an ihre Sicherheit denken müsse. Jetzt erschien sie ihm starr und nervös, und ihre Anspannung zeigte sich in den Linien um ihren Mund, die heute morgen bestimmt noch nicht dagewesen waren.

»Was macht Brett?« fragte er.

Sie seufzte und schwenkte resigniert die Hand. »Manchmal ist es, wie wenn ich mit meinen Kindern rede. Sie stimmt allem zu, was ich sage, gibt mir in allem recht und tut dann doch, was sie will.«

»Will sie hierbleiben?« fragte Brunetti.

»Ja.«

»Wann reist du ab?«

»Morgen. Mit einer Abendmaschine, die um neun ankommt. Dann habe ich noch Zeit, die Wohnung herzurichten, und kann am nächsten Morgen die Kinder vom Flughafen abholen.«

»Sagt sie, warum sie nicht mitwill?«

Flavia zuckte die Achseln, als wären die Wahrheit und das, was Brett sagte, zwei grundverschiedene Dinge. »Sie sagt, sie läßt sich nicht aus ihrer eigenen Wohnung verjagen, sie rennt nicht weg und versteckt sich bei mir.«

»Ist das nicht der wahre Grund?«

»Wer weiß schon, was ihr wahrer Grund ist?« fragte sie zurück, und es schwang Ärger mit. »Für Brett reicht es, daß sie etwas will oder nicht will. Sie braucht keine Gründe oder Entschuldigungen. Sie tut einfach, was sie will.« Brunetti entging nicht, daß nur ein Mensch mit ebensolchem Eigenwillen dies so ungeheuerlich finden konnte.

Er war versucht, Flavia zu fragen, warum sie zu ihm gekommen war, aber er versagte es sich und fragte statt dessen: »Könnte man sie irgendwie doch noch dazu bringen mitzugehen?«

»Du kennst sie anscheinend nicht besonders gut«, antwortete Flavia trocken, aber dann lächelte sie. »Nein, ich glaube nicht. Wahrscheinlich wäre es einfacher, wenn jemand ihr nahelegte, nicht mitzugehen; dann sähe sie sich vielleicht dazu gezwungen.« Sie schüttelte den Kopf und wiederholte: »Genau wie meine Kinder.«

»Hm«, meinte Brunetti nachdenklich, »vielleicht könnte ich ja doch mal mit ihr reden.«

»Glaubst du, das würde etwas nützen?«

Jetzt war das Achselzucken an ihm. »Keine Ahnung. Bei meinen Kindern nützt es meist nicht viel.«

Sie sah überrascht auf. »Ich wußte gar nicht, daß du Kinder hast.«

»Das ist für einen Mann meines Alters doch ziemlich normal, oder?«

»Ja, wahrscheinlich«, antwortete sie, und er sah sie ihre nächsten Worte abwägen. »Ich kenne dich eben nur als Polizisten, fast als wärst du gar kein richtiger Mensch.« Bevor er etwas sagen konnte, fügte sie rasch hinzu: »Ja, ich weiß, und du kennst mich nur als Sängerin.«

»Eigentlich ja nicht.«

»Wie meinst du das? Als wir uns kennenlernten, habe ich doch gerade gesungen.«

»Aber die Vorstellung war schon vorbei. Und seitdem habe

ich dich nur auf CDs gehört. Das ist wohl leider nicht dasselbe.«

Sie sah ihn prüfend an, blickte auf ihren Schoss, dann wieder zu ihm. »Wenn ich dir Karten für die Scala schenken würde, kommst du dann?«

»Ja. Sehr gern.«

Ihr Lächeln war offen. »Und wen würdest du mitbringen?«

»Meine Frau«, antwortete er.

»Ah«, sagte sie. Wie vielsagend doch eine einzige Silbe klingen konnte. Ihr Lächeln verflog für einen winzigen Moment, und als es wiederkehrte, war es noch ebenso freundlich, nur eine Spur weniger herzlich.

Er wiederholte seine Frage. »Möchtest du, daß ich mit ihr rede?«

»Ja. Sie hat großes Zutrauen zu dir, vielleicht hört sie ja auf dich. Jemand muß ihr klarmachen, daß sie Venedig verlassen soll. Ich schaffe es nicht.«

Ihr dringlicher Ton beunruhigte ihn. »Ich glaube nicht, daß es wirklich so gefährlich ist, wenn sie hierbleibt«, sagte er. »Ihre Wohnung ist sicher, und sie ist vernünftig genug, niemanden hereinzulassen. Sie ist also wirklich kaum in Gefahr.«

»Ja«, stimmte Flavia ihm zu, aber so langgezogen, daß man deutlich hörte, wie wenig überzeugt sie war. Und als wäre sie von irgendwo weiter zurückgekommen und fände sich ganz plötzlich hier wieder, blickte sie sich im Zimmer um und fragte, wobei sie sich ihren Pulloverkragen vom Hals wegzog: »Mußt du noch lange hierbleiben?«

»Nein, ich habe jetzt Schluß. Wenn du gehen willst, kann ich mitkommen und sehen, ob sie auf mich hört.«

Sie erhob sich und trat ans Fenster, von wo sie auf die eingerüstete Fassade von San Lorenzo hinüberschaute, dann hinunter auf den Kanal vor dem Gebäude. »Es ist schön, aber ich weiß nicht, wie ihr das aushaltet.« Meinte sie die Ehe? »Ich halte es eine Woche aus, dann fange ich an, mich eingeengt zu fühlen.«

Treue? Sie drehte sich um und sah ihn an. »Aber trotz aller Nachteile ist es immer noch die schönste Stadt der Welt, nicht?«

»Ja«, antwortete er schlicht und hielt ihr den Mantel.

Brunetti nahm zwei Schirme aus dem Schrank und gab beim Hinausgehen einen Flavia. Die beiden Posten am Eingang zur Questura, die es normalerweise dabei bewenden ließen, Brunetti mit einem lakonischen *buona sera* zu verabschieden, standen stramm und salutierten zackig. Draußen goß es wie aus Kübeln, und das Wasser hatte das Kanalbett verlassen und begann den Gehweg zu überspülen. Brunetti hatte noch schnell seine Gummistiefel angezogen, aber Flavia trug ein Paar flache Lederschuhe, die schon durchnäßt waren.

Er hakte sie unter und wandte sich nach links. Windböen peitschten ihnen immer wieder den Regen ins Gesicht, nur um gleich darauf zu drehen und sie von hinten zu traktieren. Nur wenige Leute waren unterwegs, alle in Stiefeln und Regenmänteln, offensichtlich Venezianer, die nur außer Haus waren, weil sie es mußten. Er mied diejenigen Gassen, in denen wahrscheinlich schon das Wasser stand, und nahm den Weg über die Barbaria delle Tole, die zu der etwas höher gelegenen Gegend beim Krankenhaus führte. Eine Brücke davor kamen sie zu einer tiefer gelegenen Stelle, wo das schlickgraue Wasser knöchelhoch stand. Brunetti blieb stehen, um zu überlegen, wie er Flavia da hindurchbringen sollte, aber sie ließ ihn los und ging einfach weiter, ohne sich um das kalte Wasser zu kümmern, das er in ihren Schuhen quatschen hörte.

Wind und Regen trieben sie über den Campo SS. Giovanni e Paolo. An einer Ecke stand, unter der wild flatternden Markise einer Bar, eine Nonne und umklammerte hilflos ihren umgeklappten Regenschirm. Der Campo selbst schien geschrumpft zu sein, der hintere Teil vom steigenden Wasser verschlungen, das den Kanal in einen kleinen, sich ständig weitenden See verwandelt hatte.

Fast schon im Laufschritt eilten sie über den Campo und dann platschend auf die Brücke zu, die zur Calle della Testa und Bretts Wohnung führte. Vom höchsten Punkt der Brücke sahen sie, daß vor ihnen das Wasser knöchelhoch stand, aber keiner der beiden hielt inne. Als sie am Fuß der Brücke ins Wasser traten, wechselte Brunetti seinen Schirm in die linke Hand, um mit der rechten Flavias Arm zu nehmen. Keinen Moment zu früh, denn sie stolperte, fiel nach vorn und wäre ins Wasser gestürzt, wenn er sie nicht an sich gezogen hätte.

»*Porco Giuda!*« rief sie, während sie sich neben ihm wieder hochrappelte. »Mein Schuh. Er ist weg.« Beide starrten in das dunkle Wasser, um nach dem verlorenen Schuh zu suchen, aber es war nichts zu sehen. Flavia tastete mit den Zehen im Wasser herum. Nichts. Der Regen prasselte herunter.

»Hier«, sagte Brunetti schließlich, wobei er seinen Schirm zuklappte und ihr gab. Dann bückte er sich und hob sie so rasch hoch, daß sie vor Überraschung die Arme um ihn schlang und ihm dabei den Schirmgriff ins Genick schlug. Er stolperte vorwärts, einen Arm um ihre Schultern, den anderen unter ihren Kniekehlen, kam wieder ins Gleichgewicht und ging weiter. Zweimal mußte er noch abbiegen, dann hatten sie die Haustür erreicht.

Sein Haar war triefnaß; der Regen lief ihm in den Kragen und an seinem Körper herunter. Einmal war er gestolpert, während er sie trug, und das kalte Wasser war ihm über den Stiefelrand in den Schuh geschwappt. Aber er hatte sie bis zur Haustür getragen, wo er sie nun absetzte und sich das Haar aus der Stirn strich.

Sie öffnete schnell die Tür und trat in den Flur, in dem das Wasser genauso hoch stand wie draußen. Sie watete hindurch bis zur zweiten Stufe, wo es trocken war. Als sie Brunetti hinter sich herplatschen hörte, ging sie noch zwei Stufen höher und drehte sich zu ihm um. »*Grazie.*«

Sie streifte ihren zweiten Schuh ab und ließ ihn einfach liegen, dann stieg sie weiter die Treppe hinauf, Brunetti dicht hinter ihr. Auf dem zweiten Treppenabsatz hörten sie die Musik durchs Treppenhaus heruntertönen. Oben vor der Eisentür kramte sie einen Schlüssel hervor, steckte ihn ins Schlüsselloch und drehte ihn um. Die Tür bewegte sich nicht. Sie zog den Schlüssel wieder heraus, nahm einen anderen, und öffnete mit ihm das zweite Schloß oben an der Tür, dann erneut das erste. »Merkwürdig«, sagte sie und drehte sich zu Brunetti um. »Doppelt abgeschlossen.« Ihm erschien es recht vernünftig, daß Brett die Tür von innen total verriegelte.

»Brett«, rief Flavia, während sie die Tür aufstieß. Musik kam ihnen entgegen, nicht aber Brett. »Ich bin's«, rief Flavia. »Guido ist mitgekommen.«

Keine Antwort. Barfuß und eine nasse Spur hinterlassend, lief Flavia ins Wohnzimmer, dann nach hinten, um in beiden Schlafzimmern nachzusehen. Als sie zurückkam, war sie ganz blaß. Hinter ihr jauchzten die Violinen, Trompeten schmetterten, und es herrschte wieder universelle Harmonie. »Sie ist nicht da, Guido. Sie ist weg.«

21

Nachdem Flavia an diesem Nachmittag türenschlagend die Wohnung verlassen hatte, saß Brett da und starrte auf die Notizen, die sie vor sich auf dem Schreibtisch liegen hatte. Ihr Blick fiel auf Tabellen mit den Brenntemperaturen verschiedener Holzarten, den Größen der Brennöfen, die man in Westchina ausgegraben hatte, den Isotopen in den Grabgefäßglasuren aus derselben Gegend und einer ökologischen Rekonstruktion der Flora dieses Gebietes, wie sie vor zweitausend Jahren ausgesehen hatte. Wenn sie die Daten auf eine bestimmte Weise auswertete und verknüpfte, kam sie zu einem Ergebnis, wie die Keramiken gebrannt worden waren, aber wenn sie die Variablen einander anders zuordnete, wurde ihre These widerlegt; es war alles barer Unsinn, und sie hätte in China bleiben sollen, wo sie hingehörte.

Das Wort brachte sie auf die Frage, ob sie dort je wieder hingehören würde, wenn es Flavia und Brunetti irgendwie gelang, alles so hinzubiegen – ein besserer Ausdruck fiel ihr nicht ein –, daß sie ihre Arbeit fortsetzen konnte. Angewidert schob sie die Papiere von sich. Es hatte keinen Sinn, den Artikel fertig zu schreiben, wenn doch die Verfasserin demnächst schon als wichtiges Rädchen in einem gigantischen Kunstschwindel entlarvt würde. Sie stand auf und ging zu den ordentlich aufgereihten CDs, um eine Musik herauszusuchen, die ihrer derzeitigen Stimmung entsprach. Kein Gesang. Nicht von diesen Dickwänsten, die von Liebe und Leid sangen. Liebe und Leid. Und bestimmt kein Cembalo; dieses Geklimper würde ihr den letzten Nerv rauben. Also dann die Jupiter-Symphonie. Wenn ihr etwas beweisen konnte, daß es noch Verständigkeit, Freude und Liebe auf der Welt gab, dann diese Musik.

Von Verständigkeit und Freude war sie schon überzeugt, und

gerade begann sie auch wieder an die Liebe zu glauben, als das Telefon klingelte. Sie nahm nur ab, weil sie dachte, es wäre Flavia, die schon seit über einer Stunde fort war.

»*Pronto*«, sagte sie, wobei ihr bewußt wurde, daß sie zum erstenmal seit einer Woche wieder das Telefon benutzte.

»Professoressa Lynch?« fragte eine Männerstimme.

»Ja.«

»Freunde von mir haben Ihnen letzte Woche einen Besuch abgestattet«, sagte der Mann mit wohlklingender, ruhiger Stimme, aus der man die gedehnten Laute seines sizilianischen Akzents heraushörte. »Sie erinnern sich bestimmt.«

Sie sagte nichts, ihre Hand hielt starr den Hörer umklammert, die Augen hatte sie in Erinnerung an jenen Besuch geschlossen.

»Professoressa, ich dachte, es könnte Sie interessieren, daß Ihre Freundin« – seine Stimme triefte vor Ironie bei diesem Wort – »daß Ihre Freundin Flavia Petrelli sich gerade mit ebendiesen Freunden von mir unterhält. Ja, jetzt, während wir beide hier telefonieren, sprechen meine Freunde mit ihr.«

»Was wollen Sie?« fragte Brett.

»Ach, ich hatte vergessen, wie direkt ihr Amerikaner seid. Nun, ich möchte mit Ihnen reden, Professoressa.«

Nach einer langen Pause fragte Brett: »Worüber?«

»Oh, über chinesische Kunst natürlich, insbesondere über einige Keramiken aus der Han-Dynastie, die Sie sicher gern einmal sehen würden. Aber bevor wir dazu kommen, sollten wir uns über Signora Petrelli unterhalten.«

»Ich will nicht mit Ihnen reden.«

»Das hatte ich befürchtet, Dottoressa. Darum habe ich mir erlaubt, Signora Petrelli zu mir zu bitten.«

Brett sagte das einzige, was ihr einfiel: »Sie ist hier bei mir.«

Der Mann lachte laut heraus. »Bitte, Dottoressa, ich weiß genau, wie klug Sie sind, also versuchen Sie mir jetzt nicht dumm zu kommen. Wenn sie bei Ihnen wäre, hätten Sie längst aufgelegt und die Polizei gerufen, statt mit mir zu sprechen.« Er ließ das wirken und fragte dann: »Habe ich nicht recht?«

»Und woher soll ich wissen, daß sie bei Ihnen ist?«

»Oh, das können Sie nicht wissen, Dottoressa. Das gehört zum Spiel, verstehen Sie? Aber Sie wissen, daß sie nicht bei Ihnen ist, und Sie wissen, daß sie seit vierzehn Minuten nach zwei fort ist, als sie Ihre Wohnung verließ und Richtung Rialto ging. Es ist ein unangenehmer Tag zum Spazierengehen. Es regnet sehr. Eigentlich sollte sie, wenn ich mir erlauben darf, das zu sagen, schon längst wieder zurück sein, nicht wahr?« Als Brett nicht antwortete, wiederholte er in strengerem Ton: »Nicht wahr?«

»Was wollen Sie«, fragte Brett müde.

»Schon besser. Ich möchte, daß Sie mich besuchen, Dottoressa. Und zwar sofort. Ziehen Sie Ihren Mantel an und gehen Sie aus dem Haus. Sie werden unten erwartet und zu mir gebracht. Sowie Sie das tun, kann Signora Petrelli gehen.«

»Wo ist sie?«

»Sie erwarten doch nicht, daß ich Ihnen das erzähle, Dottoressa, oder?« fragte er mit gespieltem Erstaunen. »Also, sind Sie bereit, zu tun, was ich Ihnen sage?«

Ihre Antwort war heraus, bevor sie darüber nachgedacht hatte: »*Sí.*«

»Sehr gut. Sehr klug. Ich denke, Sie werden darüber sehr froh sein. Ebenso Signora Petrelli. Nach unserem Gespräch werden Sie den Hörer nicht auflegen. Ich möchte nicht, daß Sie irgendwo anrufen. Das verstehen Sie doch?«

»Ja.«

»Ich höre Musik im Hintergrund. Die Jupiter-Symphonie?«

»Ja.«

»Welche Interpretation?«

»Abbado«, antwortete sie, erfüllt von einem zunehmenden Gefühl der Unwirklichkeit.

»Oh, das ist keine gute Wahl, gar nicht gut«, sagte er rasch und ohne seine Enttäuschung über ihren Geschmack verbergen zu wollen. »Italiener verstehen einfach nicht, Mozart zu dirigieren. Aber darüber können wir noch diskutieren, wenn Sie hier sind. Vielleicht können wir uns eine Aufnahme unter Karajan anhören; die halte ich für weitaus besser. Lassen Sie die Musik jetzt weiterspielen, holen Sie Ihren Mantel, und gehen Sie nach unten. Versuchen Sie nicht, eine Nachricht zu hinterlassen, denn jemand wird mit Ihrem Schlüssel wieder hinaufgehen und sich in der Wohnung umsehen; die Mühe können Sie sich also sparen. Haben Sie verstanden?«

»*Sí*«, antwortete sie mit tonloser Stimme.

»Dann legen Sie jetzt den Hörer weg, holen Sie Ihren Mantel, und verlassen Sie die Wohnung«, befahl er, und zum erstenmal kam sein Ton dem nahe, wie er wohl normalerweise sprach.

»Woher weiß ich, daß Sie Flavia gehen lassen?« fragte Brett, mühsam beherrscht.

Diesmal lachte er. »Das wissen Sie nicht, sehr richtig. Aber ich versichere Ihnen, ja, ich gebe Ihnen sogar mein Wort als Ehrenmann, daß jemand, sobald Sie mit meinen Freunden aus Ihrer Wohnung kommen, anrufen wird, und Signora Petrelli kann gehen.« Als sie darauf nichts sagte, fügte er hinzu: »Etwas anderes bleibt Ihnen nicht übrig, Dottoressa.«

Sie legte den Hörer auf den Tisch, ging in die Diele und holte ihren Mantel aus dem großen Schrank. Sie ging zurück ins Zimmer und nahm einen Stift von ihrem Schreibtisch. Rasch kritzelte sie ein paar Worte auf einen Zettel und ging zur Bücherwand. Sie warf einen Blick auf die Anzeigen des CD-Spielers, drückte auf ›REPEAT‹, steckte das Papier in die leere Hülle der CD, klappte sie zu und lehnte sie an das Schubfach des Geräts. Dann nahm sie ihr Schlüsselbund vom Tischchen in der Diele und verließ die Wohnung.

Als sie unten die Haustür öffnete, traten rasch zwei Männer in den Flur. Den einen erkannte sie sofort als den kleineren der beiden, die sie zusammengeschlagen hatten, und es gelang ihr nur durch größte Willensanstrengung, nicht vor ihm zurückzuweichen. Er lächelte und streckte die Hand aus. »Die Schlüssel«, verlangte er. Sie nahm sie aus der Tasche und übergab sie ihm. Er verschwand nach oben und blieb etwa fünf Minuten, während der andere Mann sie im Auge behielt und sie das Wasser unter der Tür hereindringen sah, den Vorboten von *acqua alta*.

Als der andere Mann wiederkam, öffnete sein Kumpan die Tür, und sie traten hinaus ins steigende Wasser. Es regnete schwer, aber keiner von ihnen hatte einen Schirm. Eilig schlugen sie den Weg Richtung Rialto ein, wobei die beiden sie immer in die Mitte nahmen und nur hintereinander gingen, wenn ihnen in den engen Gassen jemand entgegenkam. Hinter der Rialtobrücke wollten die beiden Männer nach links abbiegen, aber entlang des Canal Grande stand das Wasser schon zu hoch, so daß sie über den verlassenen Markt weitergehen mußten, auf dem nur noch die Tapfersten ausharrten. Dann wandten sie sich nach links, stiegen auf die Holzplanken, die man auf ihre Metallstützen gelegt hatte, und setzten ihren Weg Richtung San Polo fort.

Im Gehen begriff Brett, wie übereilt sie gehandelt hatte. Sie konnte in keiner Weise sicher sein, daß der Anrufer tatsächlich Flavia in seiner Gewalt hatte. Aber wie hätte er sonst so genau wissen können, wann sie das Haus verlassen und wohin sie sich gewandt hatte, wenn ihr nicht jemand gefolgt war? Und sie konnte auch nicht sicher sein, daß er Flavia wirklich gehen lassen würde, nachdem sie, Brett, sich bereit gefunden hatte, zu ihm zu kommen. Es bestand nur die Chance. Sie dachte an Flavia, sah sie an ihrem Bett sitzen, als sie im Krankenhaus aufgewacht war, sah sie auf der Bühne im ersten Akt von Don Giovanni singen: »*E nasca il tuo timor dal mio periglio*«, und sie erinnerte sich auch an andere Dinge. Es war eine Chance; und die ergriff sie.

Der Mann vor ihr bog links ab, stieg von den Holzbohlen ins Wasser hinunter und ging weiter auf den Canal Grande zu. Sie erkannte die Calle Dolera, erinnerte sich, daß es hier eine Reinigung gab, die sich auf Wildleder spezialisiert hatte, und wunderte sich über ihre Fähigkeit, in einer solchen Situation an so etwas Triviales denken zu können.

Im Wasser, das ihnen jetzt schon weit bis über die Knöchel reichte, blieben sie schließlich vor einer breiten Holztür stehen. Der kleinere Mann öffnete sie mit einem Schlüssel, und Brett fand sich in einem großen Innenhof wieder, wo der Regen auf das dort eingeschlossene Wasser herunterprasselte. Die beiden Männer führten sie über den Hof, der eine vor, der andere hinter ihr. Sie stiegen eine Außentreppe hinauf, gingen durch eine weitere Tür und traten ins Haus. Dort wurden sie von einem jüngeren Mann in Empfang genommen, der den beiden mit einem Nicken bedeutete, daß sie gehen konnten. Dann drehte er sich wortlos um und führte Brett über einen Flur und eine zweite Treppe hinauf, dann eine dritte. Oben sagte er zu ihr: »Geben Sie mir Ihren Mantel.«

Er trat hinter sie, um ihn ihr abzunehmen. Mit vor Kälte und Angst starren Fingern fummelte sie an den Knöpfen herum, bis es ihr endlich gelang, sie aufzubekommen. Er nahm den Mantel und ließ ihn lässig zu Boden fallen, dann drängte er sich von hinten an sie, umschlang sie mit den Armen und legte die Hände um ihre Brüste. Immer fester drückte er seinen Körper an ihren, rieb sich rhythmisch an ihr und flüsterte ihr ins Ohr: »Wohl noch nie einen richtigen italienischen Mann gehabt, *angelo mio*? Aber warte nur. Warte.«

Brett ließ kraftlos den Kopf nach vorn sinken und fühlte, wie ihre Knie weich wurden. Sie hielt sich mit Mühe auf den Beinen, verlor aber den Kampf gegen die Tränen. »Ah, das ist schön«, sagte er hinter ihr. »Ich mag es, wenn du weinst.«

In dem Zimmer, vor dem sie standen, sprach jemand. So unvermittelt, wie der Mann sie gepackt hatte, ließ er jetzt von ihr ab und öffnete die Tür. Er trat zur Seite, ließ sie allein hineingehen und schloß die Tür hinter ihr. Da stand sie völlig durchnäßt und begann allmählich zu frieren.

Ein schwer gebauter Mann in den Fünfzigern stand in der Mitte eines Zimmers voller Plexiglasvitrinen auf samtbezogenen Postamenten, die sie etwa auf Augenhöhe brachten. Punktstrahler, zwischen den schweren Deckenbalken versteckt, beleuchteten die Vitrinen, von denen auch einige leer waren. Ein paar Nischen in den weißen Wänden waren ebenso erhellt, aber sie enthielten offenbar alle irgendwelche Gegenstände.

Der Mann kam auf sie zu, lächelnd. »Dottoressa Lynch, es ist mir wahrhaft eine Ehre. Ich hätte mir nie träumen lassen, Sie einmal kennenlernen zu dürfen.« Er blieb mit ausgestreckter Hand vor ihr stehen und fuhr fort: »Als erstes möchte ich Ihnen sagen, daß ich Ihre Bücher gelesen habe und sie sehr erhellend fand, vor allem das über Keramiken.«

Brett machte keine Anstalten, seine Hand zu ergreifen, worauf er sie wieder sinken ließ, ohne sich aber von der Stelle zu rühren. »Ich bin so froh, daß Sie bereit waren, mich hier zu besuchen.«

»Hatte ich denn eine andere Wahl?« fragte Brett.

Der Mann lächelte. »Natürlich hatten Sie eine andere Wahl, Dottoressa. Wir haben immer die Wahl. Nur wenn die Wahl schwierig ist, behaupten wir gern, wir hätten keine. Aber wir haben sie immer. Sie hätten sich weigern können herzukommen, und Sie hätten die Polizei rufen können. Das haben Sie aber nicht getan, oder?« Wieder lächelte er, und sein Blick strahlte tatsächlich so etwas wie Wärme aus, was entweder Humor zeigen sollte oder etwas so Finsteres bedeutete, daß Brett darüber lieber nicht nachdachte.

»Wo ist Flavia?«

»Oh, Signora Petrelli ist wohlauf, das kann ich Ihnen versichern. Als ich zuletzt von ihr hörte, befand sie sich zwischen der Riva degli Schiavoni und Ihrer Wohnung.«

»Sie haben sie also gar nicht?«

Er lachte laut auf. »Natürlich habe ich sie nicht, Dottoressa. Ich hatte sie nie. Es wäre unnötig, Signora Petrelli in diese Sache hineinzuziehen. Außerdem würde ich es mir nie verzeihen, wenn ihrer Stimme etwas zustieße. Damit wir uns recht verstehen, die Musik, die sie singt, mag ich zum Teil nicht«, sagte er mit der Herablassung derer, die einen gehobeneren Geschmack haben, »aber ich habe die größte Hochachtung vor ihrem Talent.«

Brett drehte sich abrupt um und ging zur Tür. Sie drückte auf die Klinke, aber die Tür ging nicht auf. Sie versuchte es mit mehr Nachdruck, doch nichts rührte sich. Währenddessen war der Mann durchs Zimmer nach hinten gegangen, bis er vor einer der angestrahlten Vitrinen stand. Als sie sich umdrehte, sah sie ihn gedankenverloren die kleinen Gegenstände darin betrachten, als hätte er ihre Anwesenheit völlig vergessen.

»Lassen Sie mich raus?« fragte sie.

»Möchten Sie nicht meine Sammlung sehen, Dottoressa?«

»Ich will hier raus.«

Er betrachtete immer noch versunken die beiden Figurinen in der Vitrine. »Diese kleinen Jadefiguren stammen aus der Shang-Dynastie, meinen Sie nicht auch? Wahrscheinlich An-Yang-Zeit.« Er drehte sich zu ihr um und lächelte. »Ich weiß, das ist lange vor der Zeit, die Ihr Spezialgebiet ist, Dottoressa, etwa tausend Jahre, aber ich bin sicher, Sie kennen die Stücke.« Er ging zur nächsten Vitrine und blieb davor stehen, um ihren Inhalt zu betrachten. »Sehen Sie sich nur einmal diese Tänzerin an. Die Farbe ist größtenteils erhalten; eine Seltenheit bei Stücken aus der westlichen Han-Dynastie. Unten am Ärmel fehlen ein paar Splitter, aber wenn ich sie etwas nach links drehe, sieht man das gar nicht, oder?« Er nahm den Plexiglaskasten von dem Postament und stellte ihn neben sich auf den Boden. Vorsichtig nahm er die vielleicht fünfunddreißig Zentimeter hohe Figur in die Hände und trug sie durchs Zimmer.

Er blieb vor Brett stehen und drehte die Statue um, damit sie die winzigen Absplitterungen am Ende eines der langen Ärmel sehen konnte. Die Farbe auf dem oberen Teil des Gewandes war nach all den Jahrhunderten noch rot, und das Schwarz des

Rocks glänzte noch. »Ich nehme an, sie ist erst kürzlich aus einem Grab geborgen worden. Ich kann mir nicht vorstellen, was sie sonst so perfekt erhalten haben könnte.«

Er drehte die Statue wieder richtig herum und ließ Brett einen letzten Blick darauf werfen, bevor er zurückging und sie sorgsam wieder auf ihren Platz stellte. »Was für eine gute Idee, den Toten schöne Dinge, schöne Frauen, mitzugeben.« Er hielt inne, um darüber nachzudenken, und während er die Plexiglashaube wieder aufsetzte, fuhr er fort: »Wahrscheinlich war es unrecht, Diener und Sklaven zu opfern, um sie mit auf die Reise in die andere Welt zu schicken. Aber es ist dennoch eine wunderbare Idee, sie erweist den Toten solche Ehre.« Er drehte sich wieder zu Brett um. »Meinen Sie nicht auch, Dottoressa Lynch?«

Stellte er sich nur so interessiert an diesen Objekten, oder sollte sie ihn für verrückt und somit für fähig halten, ihr etwas anzutun, wenn sie nicht tat, was er wollte? Aber was wollte er? Sollte sie nur seine Sammlung bewundern? Sie blickte sich im Raum um und sah die Dinge darin zum erstenmal richtig. Er stand inzwischen bei einem neolithischen Gefäß, das mit einem Froschmotiv bemalt war und unten zwei kleine Henkel hatte. Es war so hervorragend erhalten, daß sie nähertrat, um es besser sehen zu können.

»Wunderschön, nicht wahr?« fragte er leutselig. »Wenn Sie einmal hier herüberkommen, Professoressa, zeige ich Ihnen etwas, worauf ich besonders stolz bin.« Er ging zu einer anderen Vitrine, in der auf einem mit schwarzem Samt bezogenen Sockel ein kunstvoll gearbeiteter Anhänger aus weißer Jade lag. »Schön, nicht?« fragte er, während er das Stück betrachtete. »Ich glaube, es stammt aus der Zeit der streitenden Reiche, meinen Sie nicht auch?«

»Ja«, antwortete sie. »So sieht es aus, besonders mit diesem Tiermotiv.«

Er lächelte ehrlich erfreut. »Genau das hat mich auch überzeugt, Dottoressa.« Er sah wieder auf den Anhänger, dann zu

Brett. »Sie können sich nicht vorstellen, welche Genugtuung es einem Amateur bereitet, sein Urteil von einem Experten bestätigt zu bekommen.«

Sie war kaum Expertin für Artefakte aus der Jungsteinzeit, hielt es aber für besser, nicht zu widersprechen. »Sie könnten sich Ihr Urteil auch anders bestätigen lassen. Dazu müßten Sie das Stück nur zu einem Händler oder in die Orientabteilung eines Museums bringen.«

»Ja, gewiß«, sagte er abwesend. »Aber es ist mir lieber, wenn ich das nicht tun muß.«

Er wandte sich von ihr ab und ging ans andere Ende des Raums zu einer der Wandnischen. Ihr entnahm er ein langes, eingelegtes Stück Metall, kunstvoll aus Gold und Silber gearbeitet. »Metall interessiert mich normalerweise nicht sehr«, sagte er, »aber als ich dieses Stück sah, konnte ich nicht widerstehen.« Er hielt es ihr hin und lächelte, als sie es nahm und umdrehte, um beide Seiten zu betrachten.

»Ist das eine Gürtelschließe?« fragte sie, als sie den erbsengroßen Haken am einen Ende sah. Der Rest war so lang wie ihre Hand, flach und dünn wie eine Klinge. Eine Klinge.

Er lächelte. »Ah, sehr gut. Ja, ich bin sicher, das ist es. So eine befindet sich im Metropolitan Museum in New York, aber diese hier ist meiner Ansicht nach feiner gearbeitet.« Er zeigte mit dickem Finger auf eine geschwungene Linie, die über die flache Oberfläche verlief. Dann verlor er das Interesse daran und ging durch den Raum zurück. Sie drehte sich so, daß sie ihm den Rücken zukehrte, und ließ die Gürtelschließe in ihre Hosentasche gleiten.

Als er sich wieder einer anderen Vitrine zuwandte und Brett sah, was darin war, wurden ihr die Knie weich vor Schrecken, und Eiseskälte drang ihr durch alle Glieder. Unter der Abdeckung stand die Deckelvase, die aus der Ausstellung im Dogenpalast gestohlen worden war.

Er ging um die Vitrine herum und stellte sich dahinter, so daß er Brett durch das Plexiglas beobachten konnte. »Ich sehe, Sie erkennen die Vase, Dottoressa. Herrliches Stück, nicht wahr? Ich wollte schon immer so eine haben, aber sie sind unmöglich zu bekommen. Wie Sie in Ihrem Buch so treffend bemerken.«

Sie schlang die Arme um sich, weil sie dadurch ein bißchen von der Wärme zu erhalten hoffte, die ihren Körper so rasch verließ. »Es ist kalt hier«, sagte sie.

»Ja, es ist kalt, nicht wahr? Ich habe ein paar seidene Schriftrollen hier in Schubladen liegen und will nicht riskieren, den Raum zu heizen, bevor ich sie nicht in einer Kammer unterbringen kann, wo sie vor Wärme und Feuchtigkeit geschützt sind. Sie werden es also leider nicht sehr gemütlich haben, solange Sie hier sind, Dottoressa. Das sind Sie aber sicher von China her gewöhnt, so eine gewisse Ungemütlichkeit, meine ich.«

»Und von dem, was Ihre Männer mit mir gemacht haben«, sagte sie ruhig.

»Ah, das müssen Sie ihnen vergeben. Ich hatte ihnen aufgetragen, Sie zu warnen, aber leider schießen meine Freunde gern ein bißchen übers Ziel hinaus, wenn sie glauben, es gehe um die Wahrung meiner Interessen.«

Sie wußte nicht, warum, aber sie wußte, daß er log und daß seine Befehle klar und eindeutig gewesen waren. »Und Dottor Semenzato, sollten sie ihn auch warnen?«

Zum erstenmal sah er sie mit ungespieltem Mißvergnügen an, als hätte sie mit diesen Worten in Frage gestellt, daß er der absolute Herr der Lage war.

»Nun?« fragte sie gleichmütig.

»Gütiger Himmel, Dottoressa, wofür halten Sie mich eigentlich?«

Sie beantwortete diese Frage lieber nicht.

»Aber warum soll ich es Ihnen nicht erzählen?« fragte er dann mit liebenswürdigem Lächeln. »Dottor Semenzato war ein sehr ängstlicher Mann. Das konnte man noch hinnehmen, aber dann wurde er zu einem sehr raffgierigen Mann, und das ist nicht hinnehmbar. Er war töricht genug, aus den Schwierigkeiten, die Sie machten, finanziellen Vorteil ziehen zu wollen. Meine Freunde lassen, wie ich schon erwähnte, nicht gern meine Ehre beflecken.« Er schürzte die Lippen und schüttelte den Kopf bei der Erinnerung. – »Ehre?« fragte Brett.

La Capra ging darauf nicht ein. »Und dann kam die Polizei mich ausfragen, woraufhin ich es für angebracht hielt, mit Ihnen zu reden.«

Während er sprach, wurde es Brett auf einmal schmerzlich klar: Wenn er so offen mit ihr über Semenzatos Tod sprach, dann wußte er, daß er von ihr nichts zu befürchten hatte. An der gegenüberliegenden Wand sah sie zwei Stühle stehen. Sie ging zu dem einen und ließ sich darauf sinken. Sie war so schwach, daß sie nach vorn sackte und den Kopf zwischen die Knie legte, doch der stechende Schmerz von ihren noch immer bandagierten Rippen ließ sie wieder hochfahren und nach Luft schnappen.

La Capra warf ihr einen Blick zu. »Aber reden wir doch nicht von Dottor Semenzato, solange wir all diese schönen Dinge hier um uns haben.« Er nahm die Vase in die Hände und kam zu ihr herüber, bückte sich und hielt sie ihr hin. »Sehen Sie nur. Und beachten Sie die fließenden Linien der Zeichnung, wie die Läufe nach vorn schnellen. Es könnte eben gemalt worden sein, nicht? Vollkommen modern in der Ausführung. Absolut phantastisch.«

Sie sah die Vase an, die sie so gut kannte, dann ihn. »Wie haben Sie es gemacht?« fragte sie müde.

»Ach«, sagte er, indem er sich aufrichtete, dann trug er die Vase zur Vitrine zurück und stellte sie behutsam auf ihren Platz. »Das sind Berufsgeheimnisse, Dottoressa. Sie dürfen nicht verlangen, daß ich sie preisgebe«, sagte er, dabei war es klar, daß er genau das wollte.

»War es Matsuko?« fragte sie, denn wenigstens das mußte sie wissen.

»Ihre kleine japanische Freundin?« fragte er sarkastisch. »Dottoressa, in Ihrem Alter sollten Sie eigentlich so klug sein und Ihr Privatleben nicht mit Ihrem Beruf durcheinanderbringen, schon gar nicht, wenn Sie es mit jüngeren Leuten zu tun haben. Die haben einfach nicht unsere Weltsicht, verstehen die Dinge nicht so gut voneinander zu trennen wie wir.« Er hielt kurz inne, um sich an der eigenen Weisheit zu erbauen, und fuhr dann fort: »Nein, sie neigen dazu, alles so persönlich zu nehmen, sehen sich selbst immer als den Mittelpunkt des Universums. Und das kann sie sehr gefährlich machen.« Er lächelte, aber es war nicht erfreulich anzusehen. »Oder sehr, sehr nützlich.«

Er kam wieder zu ihr herüber, blieb vor ihr stehen und sah auf ihr erhobenes Gesicht herunter. »Natürlich war sie es. Aber ihre Motive waren alles andere als klar. Sie wollte kein Geld, war sogar gekränkt, als Semenzato es ihr anbot. Und sie wollte ganz bestimmt Sie nicht verletzen, Dottoressa, nicht wirklich, wenn Ihnen das ein Trost ist. Sie hat die Sache einfach nicht richtig durchschaut.«

»Warum hat sie es dann getan?«

»Oh, zu Anfang war es ganz gewöhnliche Rache, der klassische Fall verschmähter Liebe, die zurückschlagen und den treffen will, der ihr weh getan hat. Ich glaube nicht einmal, daß ihr klar war, was wir vorhatten, das Ausmaß. Sie hat sicher angenommen, daß wir nur das eine Stück wollten. Vermutlich hoffte sie sogar, daß der Austausch entdeckt würde. Das hätte Ihre Urteilsfähigkeit in Frage gestellt. Schließlich hatten Sie die Exponate ausgesucht, und wenn der Austausch bei der Rücksendung bemerkt worden wäre, hätte es so ausgesehen, als ob Sie anstelle eines Originals eine Fälschung geschickt hätten. Erst später merkte sie, wie unwahrscheinlich es war, daß schon im Museum in Xi'an ein gefälschtes Stück gestanden hatte. Aber da war es zu spät. Die Kopien waren angefertigt – übrigens mit erheblichem Kostenaufwand, wenn ich das anmerken darf –, und das machte es natürlich noch notwendiger, sie alle gegen die echten Stücke auszutauschen.«

»Wann?«

»Beim Verpacken im Museum. Es war eigentlich alles ganz einfach, viel einfacher, als wir gedacht hatten. Die kleine Japanerin versuchte aufzubegehren, aber da war es schon viel zu spät.« Er verstummte, und sein Blick schweifte in die Ferne. »Ich glaube, da ist mir klargeworden, daß sie früher oder später zum Problem werden würde.« Sein Lächeln erschien wieder. »Und wie recht ich damit hatte.«

»Und darum mußte sie aus dem Weg geräumt werden?«

»Natürlich«, bestätigte er ohne Umschweife. »Ich wußte, daß ich keine andere Wahl hatte.«

»Was hatte sie denn getan?«

»Nun, zuerst machte sie hier einige Scherereien, und als sie wieder in China war, hat sie einen Brief an ihre Eltern geschrieben und sie um Rat gebeten. Danach hatte ich natürlich keine Wahl mehr, sie mußte weg.« Er legte den Kopf schief, eine Gebärde, der sie entnahm, daß er ihr etwas anvertrauen wollte. »Ehrlich gesagt, ich war überrascht, wie leicht das ging. Ich hatte es mir viel komplizierter vorgestellt, so etwas in China zu arrangieren.« Er schüttelte langsam den Kopf, bekümmert über dies neuerliche Beispiel kultureller Verseuchung.

»Woher wissen Sie, daß sie ihren Eltern geschrieben hatte?«

»Weil ich den Brief gelesen habe«, erklärte er und korrigierte sich dann: »Das heißt, ich habe eine Übersetzung ihres Briefes gelesen.«

»Wie sind Sie da rangekommen?«

»Eure gesamte Post wurde geöffnet und gelesen.« Sein Ton war fast tadelnd, als hätte sie doch wenigstens das wissen müssen. »Wie haben Sie eigentlich diesen Brief an Semenzato rausbekommen?« Seine Neugier war echt.

»Ich habe ihn jemandem mitgegeben.«

»Einem von der Ausgrabungsstätte?«

»Nein, einem Touristen, den ich in Xi'an getroffen habe. Er wollte nach Hongkong, und ich habe ihn gebeten, meinen Brief dort aufzugeben. Ich wußte, daß er auf diese Weise viel schneller ankommen würde.«

»Sehr schlau, Dottoressa. Doch, wirklich sehr schlau.«

Ein kalter Schauer durchfuhr ihren Körper. Sie hob ihre Füße, die schon lange fühllos geworden waren, von dem Marmorboden hoch und stellte sie auf die unterste Quersprosse des Stuhls. Der Regen hatte ihren Pullover völlig durchnäßt, und sie fühlte sich in ihren feuchtkalten Kleidern wie in einer Falle. Ein Schüttelfrost überkam sie, und sie schloß die Augen, bis er vorbei war. Der dumpfe Schmerz, der schon seit Tagen in ihrem Kiefer auf der Lauer lag, war zu einer lodernden Flamme geworden.

Als sie die Augen aufmachte, stand der Mann nicht mehr neben ihr, sondern nahm auf der anderen Seite des Raumes gerade wieder ein Keramikgefäß herunter.

»Was haben Sie mit mir vor?« fragte sie in bemüht ruhigem Ton.

Er kam zu ihr zurück, die Schale behutsam in beiden Händen haltend. »Das hier, finde ich, ist das schönste Stück, das ich besitze«, sagte er, wobei er sie leicht drehte, damit Brett die schlichten Linien des Musters sah, das rundherum lief. »Aus der Provinz Tsinghai, ganz am Ende der großen Mauer. Meiner Schätzung nach ist sie etwa fünftausend Jahre alt, was meinen Sie?«

Brett blickte stumpf zu ihm auf und sah einen beleibten Mann mittleren Alters mit einer bemalten braunen Schale in den Händen. »Ich habe Sie gefragt, was Sie mit mir vorhaben«, wiederholte sie.

»Hm?« machte er abwesend und sah ganz kurz zu ihr, bevor er den Blick erneut auf die Schale heftete. »Mit Ihnen, Dottoressa?« Er machte einen Schritt nach links und stellte die Schale auf ein leeres Postament. »Ich hatte leider noch keine Zeit, darüber nachzudenken. Mir lag so sehr daran, Ihnen meine Sammlung zu zeigen.«

»Warum?«

Er blieb stehen, wo er stand, unmittelbar vor ihr, streckte nur hin und wieder die Hand aus, um die Schale vorsichtig ein winziges Stückchen nach rechts, dann wieder nach links zu drehen. »Weil ich so viele schöne Dinge habe und sie niemandem zeigen kann«, sagte er endlich, und sein Kummer darüber war so deutlich spürbar, daß er nicht gespielt sein konnte. Er drehte sich zu ihr um und erklärte mit freundlichem Lächeln: »Das heißt, niemandem, der etwas gilt. Sehen Sie, wenn ich sie Leuten zeige, die nichts von Keramiken verstehen, kann ich nicht hoffen, daß sie die Schönheit oder Seltenheit der Stücke wirklich zu schätzen wissen.« Hier verstummte er, hoffte wohl, daß sie sein Dilemma verstand.

Sie verstand es. »Und wenn Sie die Sachen Leuten zeigen, die etwas von chinesischer Kunst oder Keramik verstehen, dann wissen die sofort, woher sie stammen?«

»Sehr klug von Ihnen«, sagte er, sichtlich angetan von ihrer raschen Auffassungsgabe. Dann wurde sein Gesicht wieder finster. »Es ist schwer, wenn man mit Leuten zu tun hat, die nichts verstehen. Sie sehen alle diese herrlichen Dinge« – seine weit ausholende Geste schloß alles ein, was sich im Raum befand – »lediglich als Schalen oder Vasen, aber sie haben keinen Sinn für ihre Schönheit.«

»Was sie aber nicht davon abhält, Ihnen diese Dinge zu besorgen, oder?« fragte sie, ohne ihren Sarkasmus verbergen zu wollen.

»Nein, gar nicht. Ich sage ihnen, was sie mir beschaffen sollen, und sie tun es.«

»Sagen Sie ihnen auch, wie sie es machen sollen?« Das Reden kostete sie allmählich zuviel Kraft. Sie wollte ein Ende.

»Kommt darauf an, wer für mich arbeitet. Manchmal muß ich sehr ins einzelne gehen.«

»Mußten Sie bei den Männern, die Sie zu mir geschickt haben, auch ›ins einzelne gehen‹?«

Sie sah ihn schon zu einer Lüge ansetzen, doch dann wechselte er das Thema. »Was halten Sie von meiner Sammlung, Dottoressa?«

Sie hatte plötzlich genug. Sie schloß die Augen und legte den Kopf an die Stuhllehne.

»Ich habe Sie gefragt, was Sie von meiner Sammlung halten, Dottoressa«, wiederholte er etwas lauter. Langsam, mehr aus Erschöpfung als aus Eigensinn, drehte Brett mit geschlossenen Augen den Kopf hin und her.

Ganz beiläufig und mehr als Warnung gedacht denn als Strafe, schlug er ihr mit dem Handrücken ins Gesicht und traf sie ungefähr auf Augenhöhe. Eigentlich streifte seine Hand nur ihr Gesicht, aber es war genug, um ihre verheilenden Kieferknochen erneut zu brechen, und während sich die Knochenenden verschoben, zuckte der Schmerz ihr durchs Gehirn wie eine Explosion und raubte ihr alles Denken, alles Bewußtsein.

Brett glitt zu Boden und blieb still liegen. Er sah einen Moment lang auf sie hinunter und ging dann wieder zu dem Postament. Er bückte sich, hob den Plexiglasdeckel vom Boden auf und stülpte ihn vorsichtig über die gedrungene Vase, warf noch einen Blick auf die bewußtlos am Boden liegende Frau und verließ den Raum.

22

Brett war in China, in dem Zelt, das man auf dem Ausgrabungsgelände für die Archäologen aufgestellt hatte. Sie schlief, aber ihr Schlafsack lag an einer schlechten Stelle, der Boden unter ihr war hart. Der Gasofen war wieder mal ausgegangen, und die bittere Kälte der hoch gelegenen Steppe nagte an ihrem Körper. Sie hatte sich geweigert, nach Peking in die Botschaft zu gehen und sich gegen Hirnhautentzündung impfen zu lassen, und jetzt war sie daran erkrankt, litt unter grauenhaften Kopfschmerzen, dem ersten Symptom, und wurde von Kälte geschüttelt, während ihr Hirn unter der todbringenden Infektion anschwoll. Matsuko hatte sie gewarnt und sich selbst schon in Tokio impfen lassen.

Wenn sie noch eine Decke hätte, wenn Matsuko ihr etwas gegen die Kopfschmerzen brächte. Sie öffnete die Augen in der Erwartung, neben sich die grobe Zeltplane zu sehen. Statt dessen sah sie grauen Stein unter ihrem Arm, dann eine Wand, und sie erinnerte sich wieder.

Sie schloß die Augen, lag still und lauschte, ob er noch im Zimmer war. Sie hob den Kopf und fand den Schmerz erträglich. Ihre Augen bestätigten, was die Ohren ihr schon gesagt hatten: Er war fort, und sie war allein in diesem Raum mit seiner Sammlung.

Sie stemmte sich auf die Knie und dann, mit dem Stuhl als Stütze, auf die Füße. In ihrem Kopf pochte es, das Zimmer drehte sich um sie, aber sie blieb stehen und hielt die Augen geschlossen, bis sich alles beruhigt hatte. Der Schmerz strahlte von einer Stelle unter ihren Ohren aus und zog sich bis unter die Schädeldecke hinauf.

Als sie die Augen öffnete, sah sie in der einen Wand lauter Fenster mit Eisengittern davor. Sie zwang sich, durchs Zimmer zu gehen und die Tür zu probieren, aber sie war abgeschlossen. Zuerst fühlte sie mit jedem Schritt einen stechenden Schmerz, doch dann entspannte sie ganz bewußt die Kiefermuskeln, und er ließ etwas nach. Sie schleppte sich wieder zur Fensterseite, zog den Stuhl heran und stieg langsam darauf. Durchs Fenster sah sie das Dach des Hauses auf der gegenüberliegenden Seite der *calle*. Links weitere Dächer, und rechts der Canal Grande.

Draußen rauschte der Regen nieder, und sie merkte plötzlich, wie die nassen Sachen ihr am Körper klebten. Schwankend stieg sie wieder vom Stuhl und sah sich suchend nach irgendeiner Wärmequelle im Zimmer um, aber es gab keine. Schließlich setzte sie sich auf den Stuhl, schlang die Arme um ihren Körper und versuchte der Kälteschauer Herr zu werden, die sie schüttelten. Sie preßte die Hände seitlich an den Körper und spürte etwas Hartes. Die Gürtelschließe. Sie umfaßte sie durch den feuchten Stoff hindurch wie einen Talisman und drückte sie fest an sich.

Sie hatte keine Ahnung, wieviel Zeit vergangen war. Das durch die Fenster einfallende Licht wurde schwächer, verwandelte sich von bleigrauem Tageslicht in das Halbdunkel der heraufziehenden Nacht. Sie wußte, daß irgendwo ein Lichtschalter sein mußte, aber ihr fehlte die Kraft, ihn zu suchen. Außerdem würde Licht nichts ändern; nur Wärme konnte helfen.

Irgendwann hörte sie einen Schlüssel im Schloß, dann ging die Tür auf und ließ den Mann herein, der sie geschlagen hatte. Hinter ihm kam der jüngere Mann, der sie die Treppe heraufgeführt hatte, sie wußte nicht, vor wie langer Zeit.

»Professoressa«, sagte der ältere Mann, und er lächelte. »Ich hoffe, wir können unsere Unterhaltung jetzt fortsetzen.« Er drehte sich um und sagte etwas zu dem jüngeren Mann in einem Dialekt, den sie nicht verstand. Sie kamen zusammen auf sie zu, und Brett konnte nicht anders: Sie stand auf und schob den Stuhl zwischen sich und die beiden.

Der ältere Mann blieb an der Vitrine mit der braunen Schale stehen und betrachtete sie. Der Jüngere stellte sich neben ihn, wobei sein Blick zwischen ihm und Brett hin- und herging.

Wieder hob der Ältere mit der Behutsamkeit des Kenners, die jede seiner Bewegungen kennzeichnete, wenn er mit den Stücken seiner Sammlung hantierte, die Plexiglasabdeckung hoch und nahm die braune Schale heraus. Wie ein Priester, der eine Weihegabe zum Altar trägt, kam er, beide Hände um die Schale gelegt, durchs Zimmer zu Brett geschritten. »Wie ich schon sagte, bevor wir unterbrochen wurden, stammt sie meiner Ansicht nach aus der Provinz Tsinghai, sie könnte aber auch aus Kansu sein. Sie verstehen, warum ich sie keinem Experten zur Begutachtung schicken kann.«

Die Müdigkeit schlug erneut über ihr zusammen, und sie ließ sich auf den Stuhl sinken. Sie hob den Kopf und sah ihn an, dann zu dem jungen Mann, der einem Meßdiener gleich an seiner Seite erschienen war. Sie warf einen Blick auf die Schale, sah ihre Schönheit und schaute uninteressiert wieder weg.

»Sehen Sie«, sagte er und drehte die Schale ein ganz klein wenig, »hier an dieser Stelle sieht man genau, wo die Wülste verstrichen wurden. Ist es nicht merkwürdig, daß es so sehr aussieht, wie auf der Töpferscheibe gemacht? Und das Dekor. Es hat mich schon immer interessiert, wie primitive Völker geometrische Formen verwendet haben, fast als hätten sie die Zukunft vorausgesehen und gewußt, daß wir wieder darauf zurückkommen würden.« Nur widerstrebend wandte er seine Aufmerksamkeit von der Schale ab und Brett zu. »Wie gesagt, es ist das schönste Stück in meiner Sammlung. Vielleicht nicht das wertvollste, mir aber trotzdem das liebste.« Er lachte leise in sich hinein – ein Scherz unter Kollegen. »Und was ich nicht alles anstellen mußte, um es zu bekommen.«

Sie wollte Augen und Ohren verschließen, um diesem Irrsinn nicht zuhören zu müssen. Aber sie erinnerte sich an das letzte Mal, als sie ihn ignoriert hatte, und sah darum jetzt zu ihm auf und gab ein fragendes Grunzen von sich, denn zu sprechen konnte sie nicht wagen, weil es so weh tun würde.

»Ein Sammler in Florenz. Ein alter Mann und sehr starrsinnig. Ich hatte ihn kennengelernt, weil wir geschäftlich miteinander zu tun hatten, und als er hörte, daß ich mich für chinesische Keramik interessierte, lud er mich ein, mir seine Sammlung anzusehen. Tja, und als ich diese Schale sah, habe ich mich sofort in sie verliebt und wußte, ich würde nicht mehr froh werden, bis ich sie besaß.«

Er hob die Schale etwas höher und drehte sie wieder, betrachtete die zarten schwarzen Linien, die um sie herum verliefen und sich nach innen fortsetzten. »Ich habe ihn gefragt, ob er sie mir verkauft, aber er wollte nicht und sagte, Geld interessiere ihn nicht. Ich bot mehr, machte ihm ein Angebot, das weit über dem Wert der Schale lag, und verdoppelte noch einmal, als er wieder ablehnte.« Er wandte den Blick von der Schale und sah Brett an, versuchte seine Empörung noch einmal nachzuempfinden und ihr verständlich zu machen. Dann schüttelte er den Kopf und wandte sich wieder der Schale zu. »Er lehnte immer noch ab. Da blieb mir keine Wahl. Er ließ mir einfach keine. Ich hatte ihm ein mehr als großzügiges Angebot gemacht, aber er wollte es nicht annehmen. Da mußte ich also zu anderen Mitteln greifen.«

Er blickte auf sie herunter, wollte ihr die Frage entlocken, zu welchen Mitteln er sich denn gezwungen gesehen habe. Und als ihr das Wort durch den Kopf ging, begriff Brett auf einmal, daß dies kein vorbereitetes Drehbuch war, mit dem er sein Vorgehen rechtfertigen wollte, keine konstruierte Szene, um sie auf seine Seite zu ziehen. Er war davon überzeugt. Er hatte etwas haben wollen, und es war ihm verweigert worden, also hatte er sich gezwungen gesehen, es sich zu nehmen. So einfach. Und im selben Moment verstand sie auch ihre eigene Situation: Sie war ihm im Weg, verhinderte, daß er sich offen am Besitz der Keramiken freuen konnte, die er mit so viel Mühe und Kosten aus der Ausstellung im Dogenpalast entwendet hatte. Da wußte sie, daß er sie umbringen, ihr Leben auslöschen würde, ganz einfach so, wie er sie geohrfeigt hatte, als sie seine Frage nicht beantworten wollte. Sie stöhnte unwillkürlich auf, aber er verstand es als Interesse und redete weiter.

»Ich wollte es wie einen gewöhnlichen Einbruch aussehen lassen, aber wenn dann die Schale fehlte, hätte er gewußt, daß ich die Finger im Spiel hatte. Ich dachte daran, sie entwenden und anschließend seine Villa anzünden zu lassen.« Er hielt inne und seufzte bei der Erinnerung. »Aber das brachte ich dann doch nicht fertig. Er hatte so viele schöne Dinge dort, die konnte ich nicht vernichten lassen.« Er senkte die Schale und zeigte ihr die Innenseite. »Sehen Sie sich nur diesen Kreis an und wie die Linien um ihn herumführen und das Muster hervorheben. Woher hatten die nur dieses Können?« Er richtete sich auf und murmelte: »Ein Wunder, ein wahres Wunder.«

Der junge Mann sagte während der ganzen Zeit gar nichts, er stand nur dabei und verfolgte jedes Wort und jede Geste, ohne eine Miene zu verziehen.

Der Ältere seufzte wieder und fuhr fort: »Ich habe ausdrücklich befohlen, es zu tun, wenn er allein war. Ich sah keinen Grund, seine Familie in Mitleidenschaft zu ziehen. Er war eines Nachts auf der Rückfahrt von Siena, da …« Hier überlegte er kurz, wie er es wohl am zartfühlendsten ausdrücken könnte. »Da hatte er einen Unfall. Sehr bedauerlich. Er verlor auf der Autobahn die Kontrolle über seinen Wagen. Der fing Feuer und verbrannte auf der Standspur. In der Aufregung um seinen Tod merkte niemand von der Familie, daß die Schale weg war.« Seine Stimme wurde sanfter, als er nun wieder ins Philosophieren verfiel. »Ob das wohl auch der Grund ist, warum ich diese Schale so liebe, ich meine, daß ich so viel auf mich nehmen mußte, um sie zu bekommen?« Dann weiter in einem neutraleren Ton: »Sie können sich nicht vorstellen, wie ich mich freue, sie endlich jemandem zeigen zu können, der sie zu würdigen weiß.«

Und mit einem Seitenblick auf den jungen Mann fuhr er fort: »Alle hier versuchen meine Begeisterung zu verstehen, sie zu teilen, aber sie haben eben nicht Jahre ihres Lebens mit dem Studium dieser Dinge verbracht, so wie ich. Und wie Sie, Professoressa.«

Sein Lächeln bekam etwas richtig Gütiges. »Möchten Sie die Schale einmal in die Hand nehmen, Dottoressa? Niemand hat sie berührt, seit ich sie, nun ja, seit ich sie erworben habe. Aber Sie werden es sicher zu schätzen wissen, sie in Händen zu halten, die perfekte Wölbung des Bodens zu fühlen. Sie werden erstaunt sein, wie leicht sie ist. Es betrübt mich immer, daß ich nicht die geeigneten wissenschaftlichen Mittel zur Verfügung habe. Ich würde gern mit einem Spektroskop die Zusammensetzung analysieren und sehen, woraus sie gemacht ist; möglicherweise ließe sich daraus ihr geringes Gewicht erklären. Vielleicht möchten Sie mir sagen, was Sie dazu meinen.«

Er lächelte wieder und hielt ihr die Schale hin. Sie zwang sich, ihren starren Körper vom Stuhl zu lösen, und streckte die Hände aus, um sie ihm abzunehmen. Vorsichtig nahm sie das Gefäß und sah hinein. Die schwarzen Linien, von graziöser Hand vor über fünf Jahrtausenden gezogen, schwangen sich über den Boden und führten in scheinbar zufälligen Bögen nach oben, umschlossen die weißen Stellen mit den kleinen schwarzen Kreisen darin, wie auf einer Zielscheibe. Die Schale vibrierte fast vor Lebendigkeit, von der Schalkhaftigkeit des Künstlers. Sie sah, daß die Linien nicht in gleichmäßigen Abständen verliefen, daß Lücken und Abweichungen die menschliche Fehlbarkeit dessen verrieten, der sie gemalt hatte. Durch unwillkürliche Tränen hindurch sah sie die Schönheit einer Welt, in die sie eintreten sollte. Sie betrauerte ihren eigenen Tod und beklagte, daß dieser Mann, der noch immer vor ihr stand, die Macht hatte, solch vollkommene Schönheit zu besitzen.

»Ist das nicht fabelhaft?« fragte er.

Brett sah von der Schale auf und blickte ihm in die Augen. Er würde ihr Leben auslöschen, so nebenbei, wie man ein Insekt zertritt. Er würde es tun und weiterleben, besessen von dieser Schönheit, glücklich im alleinigen Besitz dieser Schale, seiner größten Freude. Sie trat einen kleinen Schritt nach hinten und hob die Arme wie eine Tempelpriesterin, bis die Schale auf Höhe ihrer Augen war. Und dann nahm sie ganz langsam, ganz bewußt, die Hände auseinander und ließ die Schale auf den Marmorboden fallen, wo sie zerbarst, daß die Scherben gegen ihre Füße und Beine spritzten.

Der Mann machte einen Satz vorwärts, aber nicht rechtzeitig genug, um die Schale zu retten. Als sein Fuß auf einer Scherbe landete und sie zu Staub zertrat, taumelte er rückwärts gegen den jüngeren Mann und mußte sich an ihm festhalten. Sein Gesicht lief rot an und wurde ebensoschnell wieder blaß. Er murmelte etwas, das Brett nicht verstand, und drehte sich dann rasch zu ihr um. Er ließ mit einer Hand los und machte einen Schritt auf Brett zu, aber der Jüngere schlang von hinten einen Arm um ihn und zog ihn zurück. Sanft, aber eindringlich flüsterte er dem Älteren etwas ins Ohr, während er ihn festhielt und so verhinderte, daß er an Brett herankam: »Nicht hier«, sagte er. »Nicht hier, wo alle deine schönen Sachen sind.« Der Ältere knurrte eine unverständliche Antwort. »Ich mache das«, sagte der Jüngere. »Unten.«

Als die beiden miteinander sprachen und dabei immer lauter wurden, steckte Brett die rechte Hand in ihre Tasche und umfaßte das schmale Ende der Gürtelschließe; das andere Ende war spitz, und die Kanten waren dünn genug zum Schneiden. Während sie die Männer beobachtete und ihnen zuhörte, begannen deren Stimmen von ihr wegzuschweben und wieder zu ihr zurückzukommen. Zugleich merkte Brett, daß sie die Kälte nicht mehr spürte; ganz im Gegenteil, ihr war brennend heiß. Doch die beiden redeten immer weiter, immer schneller und erregter. Sie befahl sich, stehenzubleiben und ihre Waffe in der Hand zu behalten, aber plötzlich war ihr die Anstrengung zuviel, und sie ließ sich wieder auf den Stuhl sinken. Ihr Kopf fiel nach vorn, und sie sah die Scherben zu ihren Füßen, ohne sich zu erinnern, woher sie kamen.

Nach einer Ewigkeit hörte sie die Tür aufgehen und wieder zuschlagen, und als sie aufsah, war nur noch der jüngere Mann da. Wieder ein Zeitsprung, dann fühlte sie, wie er sie am Arm packte und hochzog. Sie ging mit ihm zur Tür hinaus, die Treppen hinunter, während ihr bei jedem Schritt der Kopf vor Schmerzen explodierte, dann weitere Stufen hinunter, durch den überschwemmten Innenhof, in den noch immer der Regen herunterprasselte, zu einer ebenerdigen Holztür.

Ohne ihren Arm loszulassen – sie mußte beinah lachen, weil das so unnötig war –, drehte er den Schlüssel um und zog die Tür auf. Sie blickte hinein und sah niedrige Stufen in schimmernde Dunkelheit hinabführen. Von der ersten Stufe an war die Dunkelheit greifbar, und auf ihrer Oberfläche sah sie Licht auf Wasser spiegeln.

Der Mann faßte sie noch fester. Er stieß sie vorwärts, und sie taumelte durch die Türöffnung, wobei ihre Füße automatisch nach den Stufen unter dem Wasser suchten. Die erste fand sie, aber die zweite war glitschig von Tang und Moos, und ihr Fuß glitt unter ihr weg. Sie hatte noch Zeit, die Arme vor ihr Gesicht zu reißen, dann stürzte sie vornüber in das noch immer steigende Wasser.

Flavia wollte nur eines: die Musik abschalten, die so lächerlich durch die Wohnung hallte. Als sie zum Bücherregal ging, erklangen Holzbläser und Violinen in erhabener Schönheit, doch sie wollte nur den Trost der Stille. Sie sah die komplizierte Stereoanlage an, hilflos gefangen in den Tönen, die da herauskamen, und verfluchte sich, weil sie sich nie dafür interessiert hatte, wie man das Ding bediente. Aber dann schwang die Musik sich zu noch größerer Schönheit auf, alles war Harmonie, und die Symphonie endete. Erleichtert drehte sie sich zu Brunetti um.

Sie wollte gerade zum Sprechen ansetzen, da schallten erneut die Anfangstakte der Symphonie durchs Zimmer. Wütend fuhr sie herum und ließ die Hand wie eine Peitsche nach dem CD-Spieler zucken, als wollte sie ihm dadurch Schweigen gebieten. Dabei streifte sie die Plastikhülle der CD, die an das Gerät gelehnt war und nun zu Boden fiel, mit einer Ecke aufkam, aufsprang und ihren Inhalt zu Flavias Füßen verstreute. Sie trat danach, traf ins Leere und sah suchend nach unten, weil sie das Ding tottrampeln und damit der Musik ein Ende machen wollte. Da spürte sie Brunetti neben sich. Er griff an ihr vorbei zum Lautstärkeregler und drehte ihn nach links. Die Musik erstarb, und sie standen in der angespannten Stille des Zimmers. Er bückte sich nach der Hülle, dann noch einmal, um das herausgefallene Begleitheft samt einem kleinen Zettel aufzuheben, der darunter gelegen hatte.

»Ein Mann hat angerufen. Sie haben Flavia.«

Weiter stand nichts darauf. Keine Uhrzeit, kein Hinweis auf ihre Absichten. Ihre Abwesenheit erklärte ihm alles.

Wortlos reichte er Flavia den Zettel.

Sie las und verstand sofort. Sie knüllte das Papier zu einer kleinen Kugel zusammen, öffnete die Finger aber gleich darauf wieder und strich den Zettel auf dem Bücherregal vor sich glatt, stumm und in dem schrecklichen Bewußtsein, daß dies das letzte Lebenszeichen von Brett sein konnte.

»Wann bist du hier weggegangen?« fragte Brunetti.

»Gegen zwei. Warum?«

Er sah auf die Uhr und überlegte. Sie hatten mit dem Anruf sicher gewartet, bis Flavia ein gutes Stück von der Wohnung entfernt war, und es mußte ihr jemand gefolgt sein, um sich zu vergewissern, daß sie nicht plötzlich umkehrte. Es war kurz vor sieben, also hatten sie Brett schon ein paar Stunden. Es fiel Brunetti nicht ein zu fragen, wer dahintersteckte. Er überlegte nur, wohin man sie wohl gebracht hatte. Zu Murinos Laden? Höchstens, wenn der Antiquitätenhändler in die Morde verstrickt war, und das schien unwahrscheinlich. Der Mann hatte zwar etwas Hinterhältiges an sich, aber nicht diese animalische Brutalität, die man gegen Semenzato gerichtet hatte. Blieb eigentlich nur La Capras Palazzo. Kaum hatte Brunetti das gedacht, begann er auch schon zu planen, wie er da hineinkäme, mußte aber sehr schnell einsehen, daß er aufgrund von drei Daten auf Kreditkartenquittungen und der Beschreibung eines Zimmers, das ebensogut eine Privatgalerie wie eine Zelle sein konnte, nie und nimmer einen Durchsuchungsbefehl bekäme. Brunettis Mutmaßungen zählten da nicht, schon gar nicht, wenn sie sich auf einen Mann von La Capras Stellung und sichtbarem Wohlstand bezogen.

Sollte Brunetti noch einmal zu dem Palazzo gehen, hätte er allen Grund zu der Annahme, daß La Capra ihn nicht einlassen würde, und ohne dessen Einverständnis war da nicht hineinzukommen. Es sei denn …

Flavia packte ihn am Arm. »Weißt du, wo sie ist?«

»Ich glaube, ja.«

Flavia ging in die Diele und kam gleich darauf mit einem Paar hoher schwarzer Gummistiefel zurück. Sie setzte sich aufs Sofa, zog die Stiefel über ihre nassen Strümpfe, stand auf und stellte sich neben Brunetti. »Ich komme mit«, sagte sie. »Wo ist sie?«

»Flavia –« begann er, aber sie schnitt ihm das Wort ab.

»Ich habe gesagt, ich komme mit.«

Brunetti wußte, daß er sie nicht zurückhalten konnte, und entschied sofort, was zu tun war. »Noch ein Anruf vorher. Ich erkläre es unterwegs.« Er nahm eilig den Telefonhörer, wählte die Nummer der Questura und ließ sich mit Vianello verbinden.

Als der Sergente am Apparat war, sagte Brunetti: »Vianello, ich bin's. Ist jemand bei Ihnen?«

Auf Vianellos bejahendes Brummen fuhr Brunetti fort: »Dann hören Sie einfach nur zu. Sie haben mir doch mal erzählt, daß Sie drei Jahre im Einbruchsdezernat waren?« Wieder ein tiefes Brummen. »Sie könnten mir einen Gefallen tun. Eine Tür. Zu einem Gebäude.« Das nächste Brummen klang eindeutig fragend. »Sie ist aus Holz, mit Metall verstärkt, neu. Zwei Schlösser, glaube ich.« Diesmal war die Antwort ein beleidigtes Schnauben über solche Nichtigkeiten. Nur zwei Schlösser. Nur Stahlverstärkung. Brunetti überlegte schnell, versuchte sich die Umgebung vor Augen zu rufen. Er sah aus dem Fenster; es war inzwischen vollständig dunkel, und es regnete noch genauso heftig wie zuvor. »Wir treffen uns am Campo San Aponal. So schnell, wie Sie dort sein können. Und, Vianello«, fügte er hinzu, »ziehen Sie nicht Ihren Uniformmantel an.« Ein tiefes Lachen kam durch die Leitung, dann hatte Vianello aufgelegt.

Als sie die Treppe hinunterkamen, war das Wasser noch weiter gestiegen, und hinter der Tür hörten sie den Regen niederrauschen.

Sie nahmen ihre Schirme und traten ins Freie, wo das Wasser ihnen fast bis über die Stiefel reichte. Nur wenige Leute waren unterwegs, so daß sie schnell zur Rialtobrücke gelangten, wo das Wasser noch höher stand. Wären die hölzernen Stege auf ihren Eisenstützen nicht gewesen, ihnen wäre das Wasser in die Stiefel gelaufen, und sie hätten nicht weitergehen können. Auf der anderen Seite der Brücke stiegen sie wieder ins Wasser hinunter und wandten sich Richtung San Polo, beide inzwischen durchnäßt und erschöpft vom mühsamen Gehen in der steigenden Flut. Am Campo San Aponal schlüpften sie in eine Bar, um auf Vianello zu warten, froh, dem beharrlich trommelnden Regen entkommen zu sein.

So lange waren sie schon von dieser Welt aus Wasser umgeben, daß es ihnen nicht merkwürdig vorkam, hier in der Bar bis über die Knöchel im Wasser zu stehen, während sie den Barmann hinter seinem Tresen platschend hin und her gehen und mit Gläsern und Tassen hantieren hörten.

Die Glastüren der Bar waren innen beschlagen, so daß Brunetti immer wieder mit dem Ärmel ein Guckloch freiwischen mußte, um nach Vianello Ausschau zu halten. Gebeugte Gestalten bahnten sich ihren Weg über den kleinen *campo*. Viele Leute verzichteten schon darauf, ihre Regenschirme überhaupt mitzunehmen, weil der launische Wind mal von rechts, mal von links, mal von unten kam und den Regen vor sich herpeitschte.

Plötzlich spürte Brunetti einen starken Druck von der Seite und sah, daß Flavia ihren Kopf an seinen Arm gelehnt hatte. Er mußte sich weit hinunterbeugen, um zu verstehen, was sie sagte. »Ihr passiert doch nichts, oder?«

Ihm fiel nichts ein, keine tröstenden Worte, keine Lüge. Er konnte nichts weiter tun als den Arm um ihre Schultern legen und sie fester an sich ziehen. Er spürte, wie sie zitterte, und sagte sich, daß es die Kälte sei, nicht Angst. Aber noch immer fehlten ihm die Worte.

Kurz darauf tauchte von der Rialtoseite her Vianellos bärenähnliche Gestalt am Ende des kleinen *campo* auf. Der Wind wehte seinen Regenmantel nach hinten, und darunter sah Brunetti ein Paar schwarze, hüfthohe Stiefel. Er drückte Flavias Arm. »Er ist da.«

Sie löste sich langsam von ihm, schloß einen Moment die Augen und versuchte zu lächeln.

»Geht's wieder?«

»Ja«, antwortete sie und nickte wie zum Beweis.

Er zog die Eingangstür der Bar auf und rief nach Vianello, der über den *campo* zu ihnen geeilt kam. Wind und Regen schlugen herein, dann stapfte Vianello in die überheizte Bar, die durch seine Anwesenheit gleich etwas kleiner wirkte. Er nahm seine Strickmütze ab und klatschte sie ein paarmal gegen eine Stuhllehne, daß die Tropfen weit um ihn spritzten. Dann warf er die durchnäßte Mütze auf einen Tisch und fuhr sich mit den Fingern durchs Haar, wodurch er noch mehr Wasser um sich herum verteilte. Er schaute kurz zu Brunetti, sah Flavia und fragte: »Wo ist es?«

»Am Wasser, am Ende der Calle Dolera. Das kürzlich restaurierte Gebäude. Auf der linken Seite.«

»Das mit den Gittern?« fragte Vianello.

»Genau«, antwortete Brunetti. Gab es in dieser Stadt eigentlich ein Gebäude, das Vianello nicht kannte?

»Was soll ich tun, Commissario? Uns Zugang verschaffen?«

Brunetti hörte das »uns« mit großer Erleichterung.

»Ja. Das Gebäude hat einen Innenhof, aber bei dem Wetter ist da wahrscheinlich niemand.« Vianello nickte zustimmend. Wer auch nur ein bißchen Verstand hatte, war an einem solchen Abend drinnen.

»Also gut. Warten Sie hier, und ich sehe zu, was sich machen läßt. Wenn es das Haus ist, das ich meine, dürfte es keine Probleme geben. Dauert nicht lange. Geben Sie mir drei Minuten, dann kommen Sie nach.« Er sah kurz zu Flavia, griff sich seine Mütze und ging wieder hinaus in den strömenden Regen.

»Was hast du vor?« fragte Flavia.

»Ich will rein und sehen, ob sie da ist«, sagte er, wobei er noch keine konkrete Vorstellung hatte, was das bedeutete. Brett konnte überall in dem Palazzo sein, in jedem der zahllosen Zimmer. Oder sie war gar nicht mehr drinnen, sondern schon tot, und ihre Leiche trieb in dem schmutzigen Wasser, das die Stadt erobert hatte.

»Und wenn nicht?« fragte Flavia so schnell, daß Brunetti überzeugt war, sie müsse die gleiche Vision von Bretts Schicksal gehabt haben.

Statt ihre Frage zu beantworten, sagte er: »Ich fände es besser, wenn du hierbleibst. Oder geh in die Wohnung zurück. Du kannst nichts tun.«

Sie ließ sich erst gar nicht auf eine Debatte mit ihm ein, sondern wischte seine Worte mit einer Handbewegung beiseite und fragte: »Er hatte doch jetzt Zeit genug, ja?« Ehe Brunetti antworten konnte, drängte sie sich an ihm vorbei zur Bar hinaus und auf den *campo*, wo sie ihren Schirm aufspannte und wartend stehenblieb.

Er ging ihr nach und stellte sich schützend vor sie in den Wind. »Nein. Du kannst nicht mitkommen. Das ist Sache der Polizei.«

Der Wind zerrte an ihnen, wehte Flavia die Haare ins Gesicht und in die Augen. Sie strich sie ärgerlich nach hinten und sah unbewegt zu ihm auf. »Ich weiß, wo das ist. Entweder komme ich also gleich mit, oder ich laufe dir nach.«

Als er protestieren wollte, schnitt sie ihm das Wort ab. »Es ist *mein* Leben, Guido.«

Brunetti wandte sich ab und bog in die Calle Dolera, zornrot im Gesicht und drauf und dran, sie mit Gewalt in die Bar zurückzubringen und dort anzubinden. Als sie sich dem Palazzo näherten, war die schmale *calle* zu seiner Überraschung leer. Von Vianello war nichts zu sehen, die schwere Holztür schien zu. Als sie davorstanden, wurde sie aber plötzlich von innen geöffnet. Eine große Hand erschien und winkte sie herein, dann tauchte Vianellos Gesicht im spärlichen Licht der *calle* auf, grinsend und von Regenwasser überströmt.

Brunetti zwängte sich hinein, aber bevor er die Tür zumachen konnte, war Flavia schon hinter ihm in den Hof geschlüpft. Sie blieben einen Moment stehen, bis sich ihre Augen an die Dunkelheit gewöhnt hatten. »Viel zu einfach«, sagte Vianello und drückte die Tür hinter ihnen zu.

Da sie nahe am Canal Grande waren, stand das Wasser hier noch höher und hatte den Innenhof in einen großen See verwandelt, auf den der Regen weiter heftig niederprasselte. Einzige Lichtquelle waren die erhellten Fenster auf der linken Seite des Palazzo, deren Schein in die Mitte des Hofes fiel, während die Seite, auf der sie standen, in tiefem Dunkel lag. Stumm stahlen sie sich alle drei aus dem Regen unter den langen Balkon, der an drei Seiten des Hofs am Gebäude entlang verlief; hier waren sie fast unsichtbar, sogar füreinander.

Brunetti machte sich jetzt klar, daß er rein impulsiv hergekommen war, ohne zu überlegen, was er tun wollte, wenn er erst drinnen war. Er war erst einmal in diesem Palazzo gewesen, und da hatte man ihn so schnell ins oberste Stockwerk geführt, daß er vom Grundriß des Gebäudes nicht viel mitbekommen hatte. Er erinnerte sich, an Türen vorbeigekommen zu sein, die von der Außentreppe zu den Zimmern in den einzelnen Stockwerken führten, wußte aber nicht, was dahinter lag, bis auf den einen Raum ganz oben, in dem er mit La Capra gesprochen hatte, sowie dessen Arbeitszimmer eine Etage tiefer. Außerdem kam ihm jetzt der Gedanke, daß er sich als Staatsdiener gerade an einer Straftat beteiligte; und mehr noch: Er hatte in diese Straftat nicht nur eine Zivilperson, sondern auch noch einen Untergebenen mit hineingezogen.

»Warte hier«, flüsterte Brunetti, den Mund dicht an Flavias Ohr, obwohl das Rauschen des Regens seine Worte ohnehin übertönte. Es war zu finster, um zu sehen, wie sie darauf reagierte, aber er spürte, daß sie sich tiefer ins Dunkel zurückzog.

»Vianello«, sagte er, wobei er nach dem Arm des Sergente tastete und ihn näher zu sich zog, »ich gehe die Treppe rauf und versuche hineinzukommen. Wenn es brenzlig wird, bringen Sie die Frau in Sicherheit. Kümmern Sie sich um nichts und niemanden, es sei denn, man versucht Sie aufzuhalten.« Vianello brummte zustimmend. Brunetti drehte sich um und machte ein paar Schritte auf die Treppe zu, wobei er die Beine langsam durchs Wasser zog. Erst als er die zweite Stufe erreicht hatte, waren seine Füße endlich frei von dem hinderlichen Sog. Der Wechsel war so plötzlich, daß er das Gefühl hatte, mühelos nach oben schweben oder fliegen zu können. Diese Befreiung machte ihn jedoch auch frei, die beißende Kälte zu fühlen, die von dem eisigen Wasser in seinen Stiefeln und der durchnäßten Kleidung ausging, die schwer an seinem Körper hing. Er bückte sich, zog die Stiefel aus und wollte schon weitergehen, drehte sich aber noch einmal um und schubste die Stiefel ins Wasser. Er wartete, bis sie untergegangen waren, dann machte er sich wieder auf den Weg nach oben.

Am ersten Treppenabsatz blieb er auf dem schmalen Balkon stehen und drückte die Klinke an der Tür, die nach drinnen führte. Sie ließ sich zwar niederdrücken, aber die Tür war zugeschlossen und ging nicht auf. Er stieg weiter, doch auch auf dem nächsten Treppenabsatz fand er die Tür verschlossen.

Er beugte sich übers Geländer und sah in den Hof, wo Flavia und Vianello stehen mußten, konnte aber nichts erkennen, nur das unruhige Lichtmuster auf der Wasseroberfläche, auf die es noch immer regnete.

Zu seiner Überraschung ließ sich die oberste Tür öffnen, und er fand sich am Anfang eines langen Flurs wieder. Er ging hinein, zog die Tür hinter sich zu und stand einen Augenblick still, im Ohr nur das Geräusch der Wassertropfen, die von seinem Mantel auf den Marmorboden fielen.

Langsam gewöhnten seine Augen sich an das Licht im Gang, während er wartete und angestrengt lauschte, ob aus einer der Türen auf diesem Flur etwas zu hören war.

Plötzlich schüttelte die Kälte ihn so, daß er den Kopf senkte und die Schultern hochzog, um irgendwo in seinem Körper etwas Wärme zu finden. Als er wieder aufsah, stand in einer offenen Tür nur wenige Meter vor ihm La Capra, den Mund halb offen vor Überraschung.

La Capra fing sich als erster und lächelte liebenswürdig. »*Signor poliziotto*, Sie sind also wiedergekommen. Welch erfreulicher Zufall. Gerade habe ich die letzten Stücke meiner Sammlung in die Galerie gebracht. Vielleicht möchten Sie jetzt einen Blick darauf werfen?«

24

Brunetti folgte ihm in die Galerie und ließ den Blick über die erhöhten Vitrinen und die Postamente wandern. La Capra drehte sich um und sagte: »Ach, geben Sie mir doch Ihren Mantel. Sie müssen ja halb erfroren sein, wenn Sie in dem Regen da draußen waren. In so einer Nacht.« Er schüttelte schon bei dem bloßen Gedanken den Kopf.

Brunetti zog den Mantel aus und merkte, als er ihn La Capra gab, wie schwer er von der Nässe war. Der andere war offenbar auch erstaunt über das Gewicht, und es fiel ihm nichts anderes ein, als ihn über einen Stuhl zu hängen, von wo das Wasser in kleinen Bächen auf den Boden lief.

»Was führt Sie diesmal zu mir, Dottore?« erkundigte sich La Capra. Aber bevor Brunetti antworten konnte, fragte er: »Darf ich Ihnen etwas zu trinken anbieten? Einen Grappa vielleicht? Oder einen heißen Grog? Bitte, ich kann nicht zulassen, daß Sie als Gast in meinem Haus so ausgekühlt herumstehen und nichts annehmen.« Ohne auf eine Antwort zu warten, ging er zu einer Sprechanlage an der Wand und drückte einen Knopf. Nach einigen Sekunden hörte man ein leises Klicken, und La Capra sprach ins Mikrofon. »Bring uns bitte eine Flasche Grappa und einen Grog herauf.«

Mit einem Lächeln wandte er sich wieder Brunetti zu, ganz der vollkommene Gastgeber. »Es kommt gleich. Aber solange wir darauf warten, sagen Sie mir doch, Dottore: Was führt Sie so bald schon zu mir zurück?«

»Ihre Sammlung, Signor La Capra. Ich habe mehr und mehr darüber erfahren. Und über Sie.«

»Tatsächlich?« fragte La Capra, nach wie vor mit diesem Lächeln. »Ich hatte keine Ahnung, daß ich in Venedig so bekannt bin.«

»Auch anderswo«, antwortete Brunetti. »In London zum Beispiel.«

»In London?« La Capra mimte höfliches Erstaunen. »Wie seltsam. Ich glaube nicht, daß ich in London jemanden kenne.«

»Nein, aber vielleicht haben Sie dort Stücke für Ihre Sammlung erworben.«

»Ach ja, das könnte wohl sein«, antwortete La Capra, immer noch lächelnd.

»Und in Paris«, fügte Brunetti hinzu.

Wieder war La Capras Überraschung einstudiert, ganz als ob er das Wort Paris erwartet hätte, nachdem Brunetti schon London erwähnt hatte. Bevor er jedoch etwas sagen konnte, wurde die Tür aufgestoßen, und herein kam ein junger Mann – nicht der, den Brunetti bei seinem vorigen Besuch gesehen hatte – mit einem Tablett, auf dem Flaschen, Gläser und eine silberne Thermoskanne standen. Er stellte das Tablett auf einem niedrigen Tischchen ab und wandte sich zum Gehen. Brunetti erkannte ihn sofort, nicht nur nach dem Foto aus der römischen Verbrecherkartei, sondern auch an der Ähnlichkeit mit seinem Vater.

»Nein, bleib hier und trink etwas mit uns, Salvatore«, sagte La Capra. Dann zu Brunetti: »Was möchten Sie, Dottore? Ich sehe, wir haben Zucker. Soll ich Ihnen einen Grog machen?«

»Nein, danke. Ein Grappa genügt mir.«

Jacopo Poli, eine zierliche, mundgeblasene Flasche, nur das Beste für Signor La Capra. Brunetti trank das Glas in einem Zug leer und stellte es aufs Tablett zurück, bevor La Capra noch das heiße Wasser in seinen Rum gegossen hatte. Während La Capra mit Eingießen und Umrühren beschäftigt war, sah Brunetti sich im Zimmer um. Viele der Stücke ähnelten denen, die er in Bretts Wohnung gesehen hatte.

»Noch einen, Dottore?« fragte La Capra.

»Nein, danke«, sagte Brunetti, der wünschte, er hätte etwas gegen die Kälte tun können, die ihn noch immer schüttelte.

La Capra beendete seine Zeremonie, trank vorsichtig und

stellte dann sein Glas aufs Tablett. »Kommen Sie, Dottor Brunetti. Lassen Sie sich einige meiner Neuerwerbungen zeigen. Sie sind erst gestern gekommen, und ich muß zugeben, daß ich mich königlich freue, sie hier zu haben.«

La Capra drehte sich um und ging zur linken Wand der Galerie, aber als Brunetti einen Schritt machte, hörte er es unter seinen Füßen knirschen. Er schaute zu Boden und sah dort ein Häufchen Tonscherben liegen. Auf einem der Fragmente war eine schwarze Linie. Rot und Schwarz, die beiden Hauptfarben der Keramik, die Brett ihm gezeigt und erklärt hatte.

»Wo ist sie?« fragte Brunetti müde und frierend.

La Capra blieb stehen, den Rücken zu Brunetti, und wartete einen Moment, bevor er sich umdrehte. »Wo ist wer?« fragte er dann mit schief gelegtem Kopf und lächelte.

»Dottoressa Lynch.«

La Capra hielt den Blick weiter auf Brunetti gerichtet, der aber ahnte, daß etwas vorging, daß zwischen dem älteren und dem jüngeren Mann eine Botschaft ausgetauscht wurde.

»Dottoressa Lynch?« wiederholte La Capra in erstauntem, aber noch immer höflichem Ton. »Meinen Sie die amerikanische Wissenschaftlerin? Die über chinesische Keramiken geschrieben hat?«

»Ja.«

»Ach, Dottor Brunetti, Sie wissen gar nicht, wie sehr ich mir wünschte, sie wäre hier. Ich habe da zwei Objekte – sie gehören zu denen, die gestern gekommen sind –, die mir allmählich etwas fragwürdig erscheinen. Ich bin mir nicht mehr sicher, ob sie wirklich so alt sind, wie ich dachte, als ich sie ...«, die Pause war winzig, »... als ich sie erworben habe. Ich würde alles darum geben, die Meinung von Dottoressa Lynch dazu hören zu können.« Er sah zu dem jungen Mann, dann schnell wieder zu Brunetti. »Aber wie kommen Sie nur darauf, daß sie hier sein könnte?«

»Weil sie sonst nirgendwo sein kann«, erklärte Brunetti.

»Es tut mir leid, aber das verstehe ich nicht, Dottore. Ich weiß nicht, wovon Sie reden.«

»Ich rede von dem hier«, sagte Brunetti, indem er den Fuß ausstreckte und eine der kleinen Scherben zertrat.

La Capra zuckte bei dem Geräusch unwillkürlich zusammen, aber er blieb dabei. »Ich weiß noch immer nicht, wovon Sie reden. Wenn Sie diese Scherben meinen, die lassen sich leicht erklären. Beim Auspacken war jemand sehr ungeschickt.« Er blickte auf den Boden und schüttelte den Kopf, betrübt über den Verlust und ohne jedes Verständnis dafür, daß jemand so ungeschickt hatte sein können. »Ich habe veranlaßt, daß die verantwortliche Person bestraft wird.«

Brunetti merkte, daß sich hinter ihm etwas tat, doch bevor er sich umdrehen und sehen konnte, was es war, trat La Capra auf ihn zu und nahm ihn beim Arm. »Aber kommen Sie doch, und sehen Sie sich meine neuen Stücke an.«

Brunetti riß sich los und fuhr herum, aber der junge Mann war schon an der Tür. Er öffnete sie, lächelte Brunetti zu und war schon aus dem Zimmer geschlüpft und hatte die Tür hinter sich zugezogen. Von der anderen Seite hörte Brunetti das unverkennbare Geräusch eines Schlüssels, der im Schloß umgedreht wurde.

25

Rasche Schritte entfernten sich draußen auf dem Gang. Brunetti drehte sich zu La Capra um. »Es ist zu spät, Signor La Capra«, sagte er, um einen ruhigen und vernünftigen Ton bemüht. »Ich weiß, daß sie hier ist. Sie machen nur alles noch schlimmer, wenn Sie versuchen, ihr etwas anzutun.«

»Entschuldigen Sie, *signor poliziotto*, aber ich habe nicht die geringste Ahnung, wovon Sie sprechen«, sagte La Capra.

»Von Dottoressa Lynch. Ich weiß, daß sie hier ist.«

La Capra lächelte und machte eine weit ausholende Handbewegung. »Ich weiß nicht, warum Sie so darauf bestehen. Ich meine, wenn sie hier wäre, dann wäre sie doch sicher hier bei uns, um sich an all dieser Schönheit zu erfreuen.« Seine Stimme wurde noch wärmer. »Sie wollen mir doch nicht unterstellen, daß ich ihr eine solche Freude vorenthalten würde, oder?«

Brunettis Stimme war ebenso ruhig. »Ich glaube, es ist an der Zeit, die Komödie zu beenden, Signore.«

La Capra lachte bei Brunettis Worten. »Oh, ich glaube, der Komödiant sind Sie, *signor poliziotto*. Sie sind ungebeten hier in meinem Haus; ich könnte mir vorstellen, daß schon Ihr Eindringen illegal war. Folglich haben Sie kein Recht, mir zu sagen, was ich zu tun und zu lassen habe.« Sein Ton wurde entschieden schärfer, während er sprach, und am Ende zischte er fast vor Zorn. Als er sich selbst so reden hörte, besann La Capra sich offenbar wieder auf seine Rolle, wandte sich von Brunetti ab und machte ein paar Schritte auf eine der Vitrinen zu.

»Schauen Sie sich doch bitte einmal die Linien auf dieser Vase hier an«, sagte er. »Einfach zauberhaft, wie sie sich bis auf die Rückseite schlängeln, finden Sie nicht?« Er zeichnete mit der Hand einen eleganten Bogen in die Luft, der die gemalte Linie auf der hohen Vase imitierte, vor der er stand. »Ich fand es schon immer bemerkenswert, welch einen Blick für Schönheit diese Leute hatten. Vor Tausenden von Jahren, und doch waren sie schon verliebt in Schönheit.« Er drehte sich zu Brunetti um, der Connaisseur verwandelte sich in den Philosophen und fragte: »Meinen Sie, das ist das Geheimnis des Menschseins, die Liebe zur Schönheit?«

Brunetti ging auf diese Banalität nicht ein, und La Capra blieb vor der nächsten Vitrine stehen. Dann meinte er mit einem kurzen, nur für ihn selbst bestimmten Lachen: »Diese hier hätte Dottoressa Lynch sicher gern gesehen.«

Etwas in seiner Stimme, so etwas anzüglich Gemeines, ließ Brunetti zu der Vitrine hinüberschauen, vor der La Capra stand. Er sah darin dieselbe Kürbisform wie auf dem Foto, das Brett ihm gezeigt hatte. Auf ihr erkannte man, aufrecht stehend und nach links strebend, einen Fuchs mit Menschenkörper, fast identisch mit dem auf der Vase, von der Brett ihm ein Foto gezeigt hatte.

Ungebeten stellte sich der Gedanke ein: Wenn La Capra ihm diese Vase zeigte, dann nur, weil er von Brett nichts mehr zu befürchten hatte, dem einzigen Menschen, der um ihre Herkunft wußte. Brunetti warf sich herum und machte zwei lange Schritte zur Tür hin. Kurz davor drehte er sich zur Seite und riß das rechte Bein hoch. Dann trat er mit aller Kraft dagegen, unmittelbar unter dem Schloß. Der Stoß erschütterte seinen ganzen Körper, aber die Tür gab nicht nach.

Hinter ihm lachte La Capra leise in sich hinein. »Oje, ihr Norditaliener seid so ungestüm. Bedaure, aber sie wird Ihnen zuliebe nicht aufgehen, *signor poliziotto*, da können Sie noch so fest dagegentreten. Sie sind wohl oder übel mein Gast, bis Salvatore von seinem Botengang zurück ist.« Er wandte sich wieder den Vitrinen zu. »Dieses Stück hier stammt aus dem ersten Jahrtausend vor Christus. Ist es nicht wunderschön?«

26

Beim Verlassen der Galerie schloß der junge Mann bedachtsam die Tür hinter sich ab und ließ den Schlüssel stecken, amüsiert bei dem Gedanken, daß sein Vater ja gut aufgehoben war, ausgerechnet mit einem Polizisten. Es war so widersinnig, daß er laut lachen mußte, während er durch den Flur ging. Sein Lachen erstarb, als er die Tür nach draußen öffnete und sah, daß es immer noch goß. Wie konnten die Leute hier nur mit diesem Wetter leben und mit den dreckigen schwarzen Wassermassen, die schon aus dem Straßenpflaster emporquollen? Er wollte es sich nicht eingestehen, aber er hatte Angst vor diesem Wasser, Angst vor dem, was sein Fuß da womöglich berührte, wenn er hindurchwatete, oder schlimmer noch, was um seine Beine streichen oder in seine Stiefel rinnen konnte.

Aber er glaubte jetzt zum letzten Mal da durchzumüssen. Wenn das hier erledigt, wenn diese Angelegenheit bereinigt war, konnte er ins Haus gehen und warten, bis das widerliche Wasser zurückgeflossen war in die Kanäle, die Lagune, ins Meer, wo es hingehörte. Er hatte nichts übrig für diese kalten adriatischen Fluten, die so anders waren als das weite klare Türkisblau des ruhigen Mittelmeers vor den Fenstern ihres Hauses in Palermo. Er wußte beim besten Willen nicht, was seinen Vater bewogen hatte, in dieser schmutzigen Stadt ein Haus zu kaufen. Es diene der Sicherheit seiner Sammlung, behauptete er, da hier kaum eingebrochen werde. Dabei würde es auf Sizilien kein Mensch wagen, in das Haus von Carmelo La Capra einzubrechen.

Sicher tat sein Vater das alles aus demselben Grund, aus dem er diese dämlichen Töpfe überhaupt sammelte: um sich in der Welt Ansehen zu verschaffen und als Herr zu gelten. Salvatore fand das absurd. Er und sein Vater waren Herren von Geburt;

das mußten sie sich durch die Meinung dieser dummen *polentoni* nicht erst bestätigen lassen.

Noch einmal warf er einen Blick über den unter Wasser stehenden Innenhof und wußte, daß er jetzt Gummistiefel anziehen und da hinüberwaten mußte. Aber der Gedanke daran, was er tun durfte, wenn er drüben war, gab ihm wieder Auftrieb; es hatte Spaß gemacht, mit *l'americana* herumzuspielen, aber nun war es Zeit, das Spiel zu beenden.

Er bückte sich und zog ein Paar hohe Gummistiefel über. Sie reichten ihm bis an die Knie, wo sie so weit geschnitten waren, daß der obere Teil sich nach außen bog wie Blütenblätter um den Fruchtknoten einer Anemone. Er zog die Tür hinter sich zu und stapfte mit schwerem Schritt die Außentreppe hinunter, wobei er den peitschenden Regen verfluchte. Unten durchpflügte er mühsam das Wasser auf dem Hof bis zur Holztür auf der anderen Seite. Selbst in der kurzen Zeit, seit er *l'americana* dort eingesperrt hatte, war das Wasser weiter gestiegen und stand nun schon über dem untersten Brett der Tür. Vielleicht war sie ja inzwischen ertrunken. Selbst wenn sie es geschafft hatte, sich in eine der tiefen Mauernischen hinaufzuziehen, wäre es ein leichtes, sie zu ertränken. Er bedauerte nur, daß er nicht mehr die Zeit hatte, sie zu nehmen. Er hatte noch nie eine Lesbe vergewaltigt und konnte sich vorstellen, daß es ihm Spaß machen würde. Nun gut, vielleicht konnte man ja mit einem weiteren Anruf ihre Freundin, die Sängerin, herkommen lassen, dann hätte er immer noch die Chance. Sein Vater wäre wahrscheinlich dagegen, aber er mußte ja nichts davon wissen, oder? Die Vorsicht seines Vaters hatte ihn schon um das Vergnügen des ersten Besuchs bei *l'americana* gebracht. Statt seiner waren Gabriele und Sandro hingeschickt worden, und die hatten alles vermasselt. Mit diesem Gebräu aus Gewalt, Wut und Wollust im Kopf überquerte er den Innenhof.

Wohl vorbereitet auf die Dunkelheit ringsum, nahm er jetzt eine Taschenlampe aus seiner Jackentasche und ließ ihren Strahl über den Riegel wandern, der die niedrige Tür zuhielt. Er schob ihn mit einem Ruck zurück und riß, schwer gegen den Druck des Wassers kämpfend, die Tür auf. Vor ihm öffnete sich ein hohes Gewölbe. Auf dem öligen Wasser trieben Tische und Stühle, die man während der Restaurierung hier untergestellt und dann vergessen hatte. Früher hatte dieses Gewölbe als innerer Bootsanleger gedient. Es lag einen halben Meter tiefer als der Innenhof und war gegen den Canal Grande durch eine weitere schwere Holztür auf der anderen Seite abgeschottet, die mit einer Kette gesichert war. Es würde, wenn er mit *l'americana* fertig war, keine Minute dauern, diese Tür zu öffnen und Brett ins tiefere Wasser des Kanals hinauszustoßen.

Zu seiner Linken hörte er Wasser klatschen und richtete den Strahl der Taschenlampe dorthin. Die Augen, die ihm entgegenfunkelten, waren zu klein und standen zu eng beieinander, um einem Menschen zu gehören; mit einem raschen Zucken des langen Schwanzes wandte das Tier sich vom Licht ab, schwamm gemächlich hinter eine schwimmende Kiste.

Alle Wollust war dahin. Er ließ den Lichtstrahl langsam nach rechts wandern und leuchtete jede der Mauernischen ab, die inzwischen eine Handbreit unter Wasser standen. Endlich sah er sie in einer dieser Nischen kauern, die Beine hochgezogen, den Kopf müde auf den Knien. Der Lichtkegel weilte auf ihr, aber sie rührte sich nicht und sah nicht her.

Es blieb ihm also nichts anderes übrig, als durch dieses Wasser zu waten, um an sie heranzukommen und es hinter sich zu bringen. Er gab sich einen Ruck und tat einen Schritt ins tiefere Wasser, streckte langsam den Fuß aus, bis er sicher war, daß er fest auf der ersten schleimigen Stufe stand, dann auf der zweiten. Er fluchte laut, als er fühlte, wie ihm das Wasser in den Stiefel lief. Am liebsten hätte er sich das lästige Ding vom Fuß gerissen, dann wäre er leichter vorwärts gekommen, aber er dachte an die kleinen roten Augen, die er drüben auf dem Wasser gesehen hatte, und ließ es. Zögernd, weil er wußte, was jetzt kam, setzte er den anderen Fuß ins Wasser und fühlte es auch schon in den Stiefel laufen. Er schob den rechten Fuß vor, denn obwohl er genau wußte, daß es nur drei Stufen waren, wollte er sich das doch lieber zuerst von seinen Füßen bestätigen lassen. Nachdem das geschehen war, richtete er die Taschenlampe auf die zusammengekauerte Gestalt in der Nische und watete durch das Wasser, das ihm jetzt bis zu den Oberschenkeln reichte, auf sie zu.

Im Gehen plante er, denn er war fest entschlossen, wenigstens noch ein bißchen Spaß für sich herauszuholen. Da er die Lampe nirgends ablegen konnte, mußte er sie aufrecht in die Tasche stecken und hoffen, auch so genug Licht zu haben, um ihr Gesicht beobachten zu können, wenn er sie tötete. Sie sah nicht so aus, als ob sie sich noch groß wehren könnte, aber da hatte er in der Vergangenheit schon Überraschungen erlebt und hoffte auch diesmal darauf. Ein großes Gerangel wollte er nicht, schon gar nicht in diesem Wasser, aber er fand, er verdiente zumindest eine symbolische Gegenwehr, wenn ihm schon alle anderen Freuden versagt waren, die er von ihr hätte haben können.

Als er platschend auf sie zuging, hob sie den Kopf und sah ihn mit weitaufgerissenen, vom Licht geblendeten Augen an. »*Ciao, bellezza*«, flüsterte er lachend, das Lachen seines Vaters.

Sie schloß die Augen und ließ den Kopf auf die Knie zurücksinken. Mit der rechten Hand steckte er die Taschenlampe so in seine Jackentasche, daß ihr Licht ungefähr in Richtung der Frau fiel. Er sah sie zwar nur undeutlich, aber er fand, es könnte ausreichen.

Bevor er tat, was zu tun er gekommen war, konnte er der Versuchung nicht widerstehen, ihr ganz leicht an die Kinnbacke zu tippen, wie man ein teures Kristallglas antippt, um es klingen zu hören. Während er auf ihren Schrei wartete, drehte er sich, momentan abgelenkt, zur Seite, um die Lampe wieder aufzurichten, die in seiner Tasche nach hinten gekippt war. Und da er nach der Lampe und nicht nach seinem Opfer schaute, sah er nicht die geschlossene Faust von ihrer Seite hervorschießen. Er sah nicht die antike eherne Gürtelschließe, die aus der Faust hervorstand. Er bemerkte sie erst, als ihre stumpfe Spitze sich in seinen Hals bohrte, genau da, wo Kinnbacken und Hals zusammentreffen. Er fühlte die Kraft des Stoßes und zuckte zurück vor dem Schmerz. Er taumelte nach rechts und schaute gerade noch rechtzeitig zu ihr hin, um einen dicken roten Strahl auf sie spritzen zu sehen. Als er begriff, daß es sein eigenes Blut war, schrie er auf, aber da war es schon zu spät. Das Licht verlosch mit ihm, als er ins Wasser fiel und versank.

27

Das Geräusch des Schlüssels im Schloß ließ Brunetti und La Capra beide zur Tür sehen, in der gleich darauf ein vor Nässe triefender Vianello erschien. »Wer sind Sie?« herrschte La Capra ihn an. »Was machen Sie hier?«

Vianello beachtete ihn nicht und sagte zu Brunetti: »Ich glaube, Sie kommen besser mit, Commissario.«

Brunetti setzte sich sofort in Bewegung und ging wortlos an Vianello vorbei durch die Tür. Erst am Ende des Korridors, bevor er in den noch immer niederprasselnden Regen hinaustrat, fragte er: »*L'americana?*«

»Ja, Commissario.«

»Wie geht es ihr?«

»Ihre Freundin ist bei ihr, Commissario, aber wie es ihr geht, kann ich nicht sagen. Sie war sehr lange im Wasser.«

Ohne auf Weiteres zu warten, stieß Brunetti die Tür auf und rannte die Treppen hinunter.

Er fand sie gleich neben der Treppe, zusammengekauert unter Vianellos Mantel. In diesem Moment mußte im Haus jemand Licht gemacht haben, denn plötzlich war der Innenhof von blendender Helligkeit erfüllt, so hell, daß die beiden Frauen zu einer dunklen Pietà auf dem niedrigen Gesims wurden, das entlang der Innenmauer des Hofes verlief.

Flavia kniete im Wasser, einen Arm um Brett gelegt, und hielt sie mit ihrem Körpergewicht an der Mauer aufrecht. Brunetti beugte sich über die beiden Frauen, die er nicht zu berühren wagte, und rief Flavias Namen. Sie sah zu ihm auf, und das blanke Entsetzen in ihrem Blick zwang ihn, die andere Frau genauer anzusehen. Bretts Haare waren blutverklebt; Blut lief ihr am Gesicht und vorn an der Kleidung hinunter.

»*Madre di Dio*«, flüsterte er.

Vianello kam platschend hinzu.

»Rufen Sie in der Questura an, Vianello«, befahl Brunetti. »Nicht von hier. Von draußen. Die sollen uns ein Boot mit allen verfügbaren Leuten schicken. Und eine Ambulanz.«

Vianello war schon auf dem Weg, bevor Brunetti das letzte Wort ausgesprochen hatte. Als er die schwere Eingangstür öffnete, entstand eine kleine Welle, die sich über den Hof ausbreitete und gegen Brunettis Beine schwappte.

Von oben hörte er La Capras Stimme. »Was ist denn los da unten? Was geht da vor?« Brunetti blickte von den beiden Frauen, die reglos mit umeinandergeschlungenen Armen verharrten, nach oben. La Capra stand von Lichtschein umgeben, der von hinten durch die Tür fiel, ein unheilvoller Christus am Eingang zu einem teuflischen Grab.

»Was machen Sie da unten?« rief er, diesmal noch fordernder und eine Tonlage höher. Er trat in den Regen und starrte hinunter auf die beiden zusammengekauerten Frauen und den Mann, der nicht sein Sohn war. »Salvatore?« rief er in den Regen. »Salvatore, gib Antwort!« Der Regen trommelte.

La Capra drehte sich abrupt um und verschwand im Palazzo. Brunetti beugte sich vor und faßte Flavia an der Schulter. »Flavia, steh auf. Hier können wir nicht bleiben.« Sie gab kein Zeichen, daß sie ihn gehört hatte. Er sah zu Brett, aber die starrte nur mit leerem Blick zu ihm auf. Da schob er eine Hand unter Flavias Arm und zog sie hoch, bückte sich und tat dasselbe mit Brett. Er machte einen Schritt auf die offene Tür und die kleine *calle* zu, den einen Arm heruntergezogen von Bretts taumelndem Gewicht. Sie rutschte aus, und er ließ Flavia los, um beide Arme um Brett zu legen. Er zog sie wieder hoch und trug sie jetzt fast, während er seine Beine durch das kalte Wasser in Richtung Tür zwang, wobei er Flavia kaum noch wahrnahm, die neben ihm herging.

»*Salvatore, figlio mio, dove sei?*« tönte die Stimme von oben herunter, hoch, wehklagend und verstört, als wüßte sie schon um den Gram, der ihren Besitzer erwartete. Brunetti schaute hinauf und sah La Capra mit einer Schrotflinte in der einen Hand an der Treppe stehen und zu ihnen herunterstarren. Bedächtig kam er eine Stufe um die andere nach unten, ohne sich um den Regen zu kümmern, der aus allen Richtungen auf ihn einpeitschte.

Brunetti war klar, daß er mit Bretts wankendem Gewicht nie die Tür erreichen würde, bevor La Capra unten war. »Flavia«, sagte er schnell und beschwörend. »Lauf nach draußen. Ich bringe Brett nach.« Flavia sah von ihm zu La Capra, der noch immer die Treppe herunterkam wie ein unbarmherziger Rachegott, dann zu Brett. Und von ihr zu der offenen Tür, die nur wenige Meter entfernt war. Bevor sie sich aber in Bewegung setzen konnte, erschienen oben an der Treppe drei Männer, von denen sie zwei als diejenigen erkannte, die sie neulich aus Bretts Wohnung vertrieben hatte.

»*Capo*«, rief einer zu der Gestalt auf der Treppe herunter.

La Capra drehte sich langsam zu ihnen um. »Geht rein. Das ist meine Sache.« Als sie reglos stehenblieben, richtete er die Flinte auf sie, aber eher beiläufig, als wäre er sich gar nicht bewußt, was er da in der Hand hatte. »Geht rein. Haltet euch da raus.« Sie waren auf Gehorchen gedrillt und zogen sich ängstlich zurück, während La Capra sich wieder umdrehte und seinen Weg nach unten fortsetzte.

Er bewegte sich jetzt so schnell, daß er am Fuß der Treppe angelangt war, bevor sich jemand rühren konnte.

»Er ist da drin«, sagte Flavia leise zu Brunetti und deutete mit dem Kopf nach der halboffenen Tür auf der anderen Seite des Hofs.

La Capra ging durchs Wasser, als wäre es gar nicht da, aber die drei Leute im Regen hatte er offenbar nicht vergessen, denn er hielt im Gehen die Flinte auf sie gerichtet. An der Tür zu dem Verlies blieb er stehen und rief in die Leere dahinter: »Salva? Salva, gib Antwort.«

Seine Knie verschwanden im Wasser, als er die erste Stufe hinunterging. Kurz hinter der Tür drehte er sich um und richtete die Flinte auf Brunetti und die beiden Frauen. Aber dann schien er sie einfach zu vergessen und wandte sich wieder in die dunkle Höhle, in die er beim nächsten und übernächsten Schritt ganz versank.

»Schnell, Flavia«, sagte Brunetti. Er warf sich, die schwere, kraftlose Brett an seine Hüfte gedrückt, herum und stieß sie zu Flavia, die überrascht die Arme ausstreckte, um die Taumelnde aufzufangen, aber sie hatte nicht die Kraft, sie zu halten, und beide sanken bis zu den Knien ins Wasser. Brunetti ließ sie, wo sie waren, und rannte platschend über den Hof. Hinter der Tür hörte er La Capra wieder und wieder den Namen seines Sohnes rufen. Brunetti packte mit beiden Händen die Tür und drückte mühsam ihr schweres Gewicht durchs Wasser, stieß sie mit einem kräftigen Fußtritt zu und hantierte hektisch an dem Riegel, bis er ihn endlich vorgeschoben hatte.

Hinter der Tür krachte ein Schuß und füllte das Verlies mit seinem Echo. Schrotkügelchen prasselten gegen die Holztür, aber die volle Ladung ging daneben und traf die Steinmauer. Noch ein Schuß, aber La Capra feuerte blind, und die Schrotladung spritzte wirkungslos ins Wasser.

Brunetti eilte über den Hof zurück zu Flavia und Brett, die inzwischen wieder auf den Beinen waren und sich langsam der immer noch offenen Tür näherten. Er ging an Bretts andere Seite, faßte sie um die Taille und drängte sie vorwärts. Als sie schon fast an der Tür waren, hörten sie in der *calle* hinter der Mauer lautes Geplatsche und ebenso lautes Rufen. Brunetti blickte auf und sah Vianello hereingerannt kommen, gefolgt von zwei Uniformierten mit gezogenen Waffen.

»Drei sind oben im Haus«, sagte Brunetti zu ihnen. »Seid vorsichtig. Wahrscheinlich sind sie bewaffnet. Da drüben in dem Lagerraum ist noch einer. Er hat eine Schrotflinte.«

»Waren das die Schüsse, die wir gehört haben?« fragte Vianello.

Brunetti nickte, dann sah er an ihnen vorbei. »Wo sind die anderen?«

»Im Anmarsch«, sagte Vianello. »Ich habe von der Bar am *campo* telefoniert. Sie haben einen Funkruf losgelassen. Cinquegrani und Marcolini waren in der Nähe und sind gleich gekommen«, erklärte er mit einer Kopfbewegung zu den beiden Uniformierten, die sich unter dem Balkon postiert hatten, um vor eventuellem Beschuß aus den oberen Etagen des Palazzo sicher zu sein.

»Sollen wir sie uns holen?« fragte Vianello mit einem Blick zu der Tür am oberen Ende der Außentreppe.

»Nein«, antwortete Brunetti, der darin keinen Sinn sah. »Wir warten, bis die anderen hier sind.« Und wie durch seine Worte herbeigerufen, heulte in der Ferne eine Zweitonsirene auf und wurde im Näherkommen immer lauter. Dahinter hörte man eine zweite vom *Hospedale Civile* her den Canal Grande heraufkommen.

»Flavia«, sagte er, jetzt an sie gewandt: »Geh mit Vianello. Er bringt euch zum Ambulanzboot.« Dann zu dem Sergente: »Bringen Sie die beiden da runter, und kommen Sie gleich zurück. Schicken Sie die anderen hierher.« Vianello kam durchs Wasser gestapft, bückte sich und hob Brett mit der Mühelosigkeit des Starken auf. Gefolgt von Flavia, trug er sie vom Hof und durch die schmale *calle* zum Ufer, wo zwei blaue Lichter durch den endlosen Regen blinkten.

Eine vorübergehende Stille trat ein. Während Brunetti sich einen Moment der Entspannung gönnte, begann sein Körper den Preis für die Kälte zu zahlen, seine Zähne klapperten, und ein Schauer nach dem anderen schüttelte ihn. Er zwang sich, durchs Wasser zu den beiden Uniformierten unter dem Balkon zu gehen, wo er wenigstens vor dem Regen geschützt war.

Hinter der Tür zu dem Verlies ertönte ein tierischer Verzweiflungsschrei, dann rief La Capra immer und immer wieder den Namen seines Sohnes. Nach einer Weile drang statt des Namens nur noch ein durchdringendes Schmerzensheulen durch die Tür und erfüllte den Hof.

Brunetti verzog das Gesicht bei diesen Tönen, und stumm trieb er Vianello zur Eile an. Er rief sich Semenzatos zertrümmerten Schädel ins Gedächtnis, Bretts mühsames, gequältes Sprechen, aber doch ging ihm der Schmerz dieses Mannes durch und durch.

»He, ihr da unten«, rief ein Mann von der Tür oben an der Treppe, »wir kommen runter. Wir wollen keinen Ärger.« Als Brunetti den Kopf wandte, sah er drei Männer mit erhobenen Händen oben stehen.

Soeben stürmte Vianello auf den Hof, gefolgt von vier Mann mit kugelsicheren Westen und Maschinenpistolen. Auch die Männer auf der Treppe sahen sie und blieben stehen, um noch einmal zu rufen: »Wir wollen keinen Ärger.« Die vier Bewaffneten verteilten sich auf dem Hof, durch Instinkt und Ausbildung angehalten, hinter den Marmorsäulen Deckung zu suchen.

Brunetti ging ein paar Schritte auf die Tür zu dem Lagerraum zu, erstarrte jedoch, als er zwei Maschinenpistolen auf sich gerichtet sah. »Vianello«, schrie er, da er nun endlich ein Ventil für seine Wut hatte, »sagen Sie ihnen, wer ich bin.« Er machte sich klar, daß er für sie nur ein triefnasser Mann mit einer Pistole in der Hand war.

»Das ist Commissario Brunetti«, rief Vianello über den Hof; die Maschinenpistolen schwenkten von ihm ab und wieder auf die Männer, die starr auf der Treppe standen.

Brunetti ging weiter auf die Tür zu, hinter der das Wehklagen unvermindert anhielt. Er schob den Riegel zurück und zog die Tür auf. Sie klemmte, und er mußte das aufgequollene Holz mit Gewalt über das Pflaster reißen. Vor dem hellen Licht auf dem Hof bot er für jeden, der in dem dunklen Lagerraum lauerte, ein ideales Ziel, aber daran dachte er nicht.

Es dauerte ein paar Sekunden, bis seine Augen sich an das

Dunkel da drin gewöhnt hatten, dann sah er La Capra bis zur Taille im Wasser knien, vornübergebeugt zu einer männlichen Pietà, die das, was Brunetti vorhin auf dem Hof gesehen hatte, auf groteske Weise imitierte. Allerdings kam diese der Wahrheit näher, denn hier trauerte ein Vater, wenn schon keine Mutter, über der Leiche des einzigen Sohnes.

28

Brunetti öffnete die Tür zu seinem Dienstzimmer, stellte fest, daß die Temperatur angenehm, die Heizung stumm war, und schickte dem heiligen Leander ein stilles Dankgebet, auch wenn es schon Wochen her war, daß er sein alljährliches Wunder gewirkt hatte. Es gab noch andere Frühlingszeichen: Zu Hause hatte er am Morgen gesehen, daß die Stiefmütterchen auf der Dachterrasse sich durch die winterharte Erde in ihren Blumentöpfen kämpften, und Paola hatte gemeint, sie müßten dieses Wochenende umgepflanzt werden; der Holztisch stand auch draußen, mit wurmfreien Beinen und sonnenwarm; heute früh hatte er außerdem die ersten der schwarzköpfigen Möwen gesehen, die jedes Jahr einen kurzen Frühlingsurlaub auf dem Wasser der Kanäle verbrachten, bevor sie sonstwohin weiterzogen; und in der Luft lag plötzlich etwas Mildes, das wie eine Segnung über die Inseln und die Wasser wehte.

Er hängte seinen Mantel in den Schrank und ging an den Schreibtisch, wandte sich aber gleich wieder ab und stellte sich ans Fenster. Es tat sich heute etwas auf dem Gerüst von San Lorenzo; Männer stiegen die Leitern hinauf und hinunter und kraxelten auf dem Dach herum. Im Gegensatz zum machtvollen Aufbruch der Natur waren alle diese menschlichen Aktivitäten, das wußte Brunetti, nichts weiter als ein falscher Frühling und würden rasch wieder enden, spätestens mit der Erneuerung der Verträge.

Er blieb eine Weile am Fenster stehen, bis er durch Signorina Elettras munteres *buon giorno* abgelenkt wurde. Sie trug heute Gelb, ein weich fallendes Seidenkleid, das ihre Knie umspielte, dazu so spitze Absätze, daß er froh war, kein Parkett, sondern Steinboden im Zimmer zu haben. Wie eine sanfte Brise brachte sie Anmut mit herein, und als er ihr zulächelte, war es mit einem Gefühl der Freude.

»*Buon giorno*, Signorina«, sagte er. »Sie sehen heute besonders hübsch aus. Wie der Frühling in Person.«

»Ach, dieser alte Fetzen«, meinte sie wegwerfend und schnipste mit den Fingern gegen das Kleid, das sie mehr als einen Wochenlohn gekostet haben mußte. Ihr Lächeln strafte ihre Worte Lügen, weshalb er es auf sich beruhen ließ.

Sie reichte ihm zwei Aktendeckel mit einem Brief obenauf. »Das hier müssen Sie noch unterschreiben, Dottore.«

»La Capra?« fragte er.

»Ja. Ihre Begründung, warum Sie und Sergente Vianello damals nachts in den Palazzo gegangen sind.«

»Ach, ja«, brummte er und überflog rasch das zweiseitige Schriftstück, seine Antwort auf die Beschwerde von La Capras Anwälten, daß er, Brunetti, vor zwei Monaten rechtswidrig in sein Haus eingedrungen sei. In dem an den *pretore* gerichteten Schreiben hieß es, Brunetti sei im Zuge seiner Ermittlungen immer mehr zu der Überzeugung gekommen, daß La Capra irgendwie mit dem Mord an Semenzato zu tun gehabt habe, belegt durch die Tatsache, daß man in Semenzatos Zimmer die Fingerabdrücke Salvatore La Capras gefunden habe. Aufgrund dessen und zusätzlich zur Eile getrieben durch Dottoressa Lynchs Verschwinden, sei er mit Sergente Vianello und Signora Petrelli zu La Capras Palazzo gegangen. Bei ihrer Ankunft hätten sie (wie in den Aussagen von Sergente Vianello und Signora Petrelli erwähnt) die Tür offen gefunden und seien hineingegangen, als sie die Schreie einer Frau zu hören glaubten.

Sein Bericht schilderte ausführlich den Ablauf der Ereignisse nach ihrer Ankunft dort (wiederum bestätigt durch die Aussagen von Sergente Vianello und Signora Petrelli); diese Erklärungen sollten dazu dienen, den *pretore* dahingehend zu beruhigen, daß sein Vordringen auf Signor La Capras Grundstück durchaus im Rahmen des gesetzlich Erlaubten gewesen sei, da es fraglos das Recht, ja die Pflicht sogar einer Privatperson sei, auf einen Hilferuf hin zu handeln, zumal wenn ein Zutritt leicht und auf legale Weise möglich sei. Es folgte ein respektvoller Schlußsatz. Brunetti nahm den Füllfederhalter, den ihm Signorina Elettra hinhielt, und unterschrieb.

»Vielen Dank, Signorina. Gibt es sonst noch etwas?«

»Ja, Dottore. Signora Petrelli hat angerufen und Ihre Verabredung bestätigt.«

Weitere Frühlingszeichen. Weitere Anmut.

»Danke, Signorina«, sagte er, nahm die Akten an sich und gab ihr den Brief zurück. Sie lächelte, und weg war sie.

Die erste Akte kam von Carrara in Rom und enthielt eine vollständige Aufstellung der Stücke aus La Capras Sammlung, die von den Kunstfahndern identifiziert worden waren. Das Verzeichnis der Herkunftsorte las sich wie ein Touristen- oder Polizisten-Führer durch die geplünderten Fundstätten des Altertums: Herculaneum, Volterra, Paestum, Korinth. Auch der Ferne und Nahe Osten waren gut vertreten: Xi'an, Angkor Wat, das Museum in Kuwait. Einige Stücke schienen legal erworben, aber sie waren in der Minderzahl. Mehr als einige waren Fälschungen. Gut gemacht, aber eben doch gefälscht. In La Capras Haus sichergestellte Unterlagen bewiesen, daß viele der illegalen Stücke von Murino bezogen worden waren, dessen Geschäft nun geschlossen war, damit die Kunstfahnder eine komplette Inventarliste der dort sowie in seinem Lager in Mestre vorhandenen Stücke erstellen konnten. Murino selbst bestritt jedes Wissen über illegal erworbene Stücke und behauptete, die müsse sein früherer Geschäftspartner, Dottor Semenzato, angeschleppt haben. Wäre er nicht genau in dem Moment verhaftet worden, als er gerade vier Kisten mit Alabaster-Aschenbechern, made in Hongkong, in Empfang nahm, bei denen sich auch die vier Statuen befanden, hätte man ihm vielleicht geglaubt. So aber saß er in Untersuchungshaft, und sein Anwalt hatte die Aufgabe, die

Rechnungen und Zollquittungen beizubringen, die Semenzato belasteten.

La Capra befand sich in Palermo, wohin er die Leiche seines Sohnes zur Beerdigung hatte überführen lassen, und schien jedes Interesse an seiner Sammlung verloren zu haben. Er hatte bisher alle Aufforderungen ignoriert, weitere Nachweise entweder für den Ankauf oder den rechtmäßigen Besitz vorzulegen. Daraufhin hatte die Polizei alle Stücke konfisziert, von denen bekannt war oder vermutet wurde, daß sie gestohlen waren, und versuchte weiter die Herkunft der wenigen festzustellen, die immer noch nicht identifiziert waren. Wie Brunetti befriedigt feststellte, hatte Carrara dafür gesorgt, daß die aus der China-Ausstellung im Dogenpalast gestohlenen Stücke nicht im Verzeichnis der in La Capras Haus vorgefundenen Gegenstände erschienen. Nur drei Personen – Brunetti, Flavia und Brett – wußten, wo sie waren.

Die zweite Mappe enthielt die immer dicker werdende Akte gegen La Capra, seinen verstorbenen Sohn und die mit ihm festgenommenen Männer. Die beiden, die Dottoressa Lynch zusammengeschlagen hatten, waren an dem Abend im Palazzo gewesen und zusammen mit La Capra und einem weiteren verhaftet worden. Die beiden ersteren gaben den tätlichen Angriff zu, behaupteten jedoch, sie seien nur in die Wohnung gegangen, um sie auszurauben. Über den Mord an Dottor Semenzato wollten sie absolut nichts wissen.

La Capra behauptete seinerseits, nichts davon zu wissen, daß die beiden Männer, die er als seinen Fahrer und seinen Leibwächter identifizierte, die Wohnung der Dottoressa Lynch auszurauben versucht hätten, einer Frau, vor deren Kompetenz er die allerhöchste Achtung habe. Zunächst versicherte er auch, Dottor Semenzato weder zu kennen noch je geschäftlich mit ihm zu tun gehabt zu haben. Aber dann trafen immer mehr Informationen aus den Städten ein, wo er und Semenzato sich getroffen hatten, und die zu Protokoll gegebenen Aussagen verschiedener Antiquitätenhändler zeigten die Verbindungen der beiden Männer in einer Vielzahl von Transaktionen auf, so daß La Capras Geschichte sich verflüchtigte wie *acqua alta* unter dem Wechsel der Gezeiten oder günstigem Wind. Und mit diesem speziellen Gezeitenwechsel setzte auch die Erinnerung ein, daß er in der Vergangenheit möglicherweise doch das eine oder andere Stück von Dottor Semenzato gekauft haben könnte.

Man hatte ihn aufgefordert, nach Venedig zurückzukehren, wenn er nicht von der Polizei hergebracht werden wolle, aber er hatte sich in Behandlung begeben und war von seinem Arzt in eine Privatklinik eingewiesen worden – »Nervenzusammenbruch infolge persönlichen Kummers«. Und dort war er geblieben, physisch und – in einem Land, wo nur die Bande zwischen Eltern und Kindern noch heilig waren – auch rechtlich unantastbar.

Brunetti schob die Akten beiseite und starrte auf den leeren Schreibtisch, während er sich ausmalte, welche Mächte hier wohl schon in Bewegung gesetzt worden waren. La Capra war nicht ohne Einfluß. Und nun hatte er einen toten Sohn zu beklagen, einen jungen Mann von hitzigem Temperament. War den beiden Schlägern nicht, einen Tag nachdem sie mit ihrem Anwalt gesprochen hatten, plötzlich eingefallen, daß sie Salvatore einmal sagen gehört hatten, Dottor Semenzato habe seinen Vater unehrerbietig behandelt? Etwas von einer Statue, die er für seinen Vater gekauft und die sich als Fälschung erwiesen habe? Und, ach ja, sie glaubten sich auch zu erinnern, ihn sagen gehört zu haben, er werde dafür sorgen, daß es dem Dottore noch leid tue, seinem Vater oder ihm, der sie für seinen Vater kaufen wollte, gefälschte Kunstgegenstände empfohlen zu haben.

Brunetti zweifelte nicht daran, daß den beiden im Lauf der Zeit noch mehr einfallen würde, und das alles würde auf den armen Salvatore weisen, der nichts anderes gewollt hatte, als auf fehlgeleitete Weise die Ehre seines Vaters und die eigene zu verteidigen. Wahrscheinlich würden sie sich auch der vielen Male entsinnen, die Signor La Capra seinem Sohn klarzumachen versucht hatte, daß Dottor Semenzato ein ehrlicher Mann sei, der stets in gutem Glauben gehandelt habe, wenn er die Echtheit von Stücken bescheinigte, die dann von seinem Partner Murino verkauft wurden. Vielleicht würden die Richter sich, falls der Fall je so weit kam, auch das Märchen anhören müssen, daß Salvatore, ein getreuer Sohn, kein anderes Bestreben gehabt habe, als seinem Vater Freude zu bereiten. Und Salvatore, nicht der gebildetste junge Mann, aber gut, von Herzen gut, habe diese Geschenke für seinen geliebten Vater auf die einzige Art zu beschaffen versucht, die ihm einfiel, nämlich indem er den Rat des Dottor Semenzato einholte. Und bei solcher Sohnesliebe, solch starkem Verlangen, den Vater zu erfreuen, könne man doch ohne weiteres den Zorn des jungen Mannes nachvollziehen, als er merkte, daß Dottor Semenzato seine Unwissenheit und Gutgläubigkeit auszunutzen versucht hatte, indem er ihm eine Kopie anstelle des Originals verkaufte. Fast von selbst ergebe sich daraus nun dieses zweifache Unrecht an einem gramgebeugten Vater, der nicht nur den Tod seines geliebten einzigen Sohnes zu tragen habe, sondern zugleich das traurige Wissen, zu welchen Taten dieser Sohn fähig gewesen war in dem Bemühen, sowohl den Vater zu erfreuen als auch die Familienehre zu verteidigen.

Ja, das hielt dicht, und die Beziehungen zwischen La Capra und Semenzato würden, statt als Beweis für seine Schuld zu dienen, für das genaue Gegenteil herhalten, eine Erklärung für das Vertrauensverhältnis zwischen den beiden Männern, zerstört durch Semenzatos Unaufrichtigkeit und die Impulsivität Salvatores, der ja nun leider für den Arm des Gesetzes unerreichbar war. Brunetti hegte nicht den geringsten Zweifel daran, daß die Justizbehörden letztlich zu dem Ergebnis kommen würden, Salvatore habe den Museumsdirektor umgebracht. Konnte ja sein; man würde es nie genau erfahren. Entweder er oder La Capra selbst hatte es getan oder tun lassen, und beide hatten auf ihre Weise dafür bezahlt. Wäre Brunetti sentimental veranlagt gewesen, dann hätte nach seinem Urteil La Capra den höheren Preis bezahlt, aber er war es nicht, und so hatte wohl doch eher Salvatore den höheren Preis für Semenzatos Tod bezahlt.

Brunetti stand auf und wandte sich ab von seinem Schreibtisch und den Akten, die zu dieser Schlußfolgerung führten. Er hatte La Capra bei seinem Sohn gesehen, hatte ihn aus dem schleimigen Wasser gezerrt und dem schreienden Mann geholfen, die Leiche des Sohnes zu den drei niedrigen Stufen zu ziehen. Und dort hatten er und Vianello erst mit Hilfe zweier Uniformierter die beiden voneinander trennen und La Capra gewaltsam von dem nutzlosen Versuch abbringen können, die blutlose Wunde am Hals seines Sohnes mit den Fingern zu schließen.

Brunetti war noch nie der Ansicht gewesen, daß man für ein Leben mit einem anderen Leben bezahlen könne, darum verwarf er noch einmal den Gedanken, La Capra habe für Semenzatos Tod bezahlt. Jeder Schmerz stand für sich allein und konnte nur für sich allein bezahlen. Aber es fiel ihm schwer, persönlichen Haß für einen Mann zu empfinden, den er zuletzt laut weinend in den Armen eines Polizisten gesehen hatte, der nur darauf bedacht war, den Mann die Leiche seines Sohnes nicht sehen zu lassen, als man sie, das Gesicht mit Vianellos regenschwerem Mantel zugedeckt, auf einer Bahre abtransportierte.

Er schob diese Erinnerungen von sich. Das lag nun alles außerhalb seiner Zuständigkeit, andere Instanzen hatten es in die Hand genommen, und er konnte das Ergebnis nicht mehr beeinflussen. Er hatte genug von Tod und Gewalt, genug von gestohlener Schönheit und der Gier nach dem Vollkommenen. Er sehnte sich nach dem Frühling mit seinen vielen Unvollkommenheiten.

Eine Stunde später verließ er die Questura in Richtung San Marco. Überall sah er die gleichen Dinge, die er schon seit Tagen sah, doch heute nannte er sie Frühlingsboten. Sogar die allgegenwärtigen pastellfarbenen Touristen hoben seine Stimmung.

Über die Via XXII Marzo lenkte er seine Schritte zur Accademiabrücke. Auf der anderen Seite sah er die erste Touristenschlange der Saison vor dem Museum auf Einlaß warten, aber von Kunst hatte er für eine Weile genug. Ihn reizte jetzt das Wasser und der Gedanke, dort mit Flavia in der jungen Sonne zu sitzen, Kaffee zu trinken, über dies und das zu plaudern und ihr Gesicht zu beobachten, wie es zwischen Ungezwungenheit und Freude schnell hin und her wechselte. Sie waren um elf bei Il Cucciolo verabredet, und er freute sich schon darauf, das Wasser von unten an die Holzbohlen klatschen zu hören, auf das planlose Herumgerenne der Kellner, die noch nicht ganz aus ihrer Winterlethargie erwacht waren, und auf die großen, tapferen Sonnenschirme, die unbedingt schon Schatten spenden wollten, lange bevor dies nötig war. Und noch mehr freute er sich darauf, Flavias Stimme zu hören.

Vor sich sah er das Wasser des Canale della Giudecca und dahinter die fröhlichen Häuserfassaden auf der anderen Seite. Von links kam ein Tanker ins Bild, der hoch und leer im Wasser lag, und selbst sein streifiger grauer Rumpf wirkte strahlend und schön in diesem Licht. Ein Hund rannte an ihm vorbei und warf die Hinterbeine hoch, dann drehte er sich um die eigene Achse und versuchte seinen Schwanz zu fangen.

Am Wasser angelangt, wandte Brunetti sich nach links, auf die Plattform der Bar zu, und hielt dabei Ausschau nach Flavia. Vier Pärchen, ein einzelner Mann, noch einer, eine Frau mit zwei Kindern, ein Tisch mit sechs oder sieben jungen Mädchen, deren Gekicher schon von weitem zu hören war. Aber keine Flavia. Vielleicht hatte sie sich verspätet. Vielleicht hatte er sie aber nur nicht erkannt. Er fing noch einmal am nächststehenden Tisch an und musterte jeden eingehend und in derselben Reihenfolge. Und da sah er sie, die Frau mit den beiden Kindern, einem aufgeschossenen Jungen und einem kleinen Mädchen, das seinen Babyspeck noch nicht verloren hatte.

Sein Lächeln schwand, und ein anderes trat an seine Stelle.

Mit diesem ging er an den Tisch und nahm ihre ausgestreckte Hand.

Sie sah lächelnd zu ihm auf. »Ah, Guido, wie schön, dich wiederzusehen. Was für ein herrlicher Tag.« Sie wandte sich an den Jungen und sagte: »Paolino, das ist Dottor Brunetti.« Der Junge, fast so groß wie Brunetti, stand auf und schüttelte ihm die Hand.

»*Buon giorno, dottore.* Ich möchte Ihnen danken, daß Sie meiner Mutter geholfen haben.« Es klang, als hätte er den Satz eingeübt, so förmlich gab er ihn von sich, als spräche einer, der ein Mann zu sein versuchte, zu einem anderen, der schon einer war. Er hatte die dunklen Augen seiner Mutter, aber sein Gesicht war schmaler und länglicher.

»Ich auch, *mamma*«, piepste das Mädchen, und als Flavia nicht gleich reagierte, stand sie auf und hielt Brunetti die Hand hin. »Ich bin Vittoria, aber meine Freunde sagen Vivi zu mir.«

Brunetti nahm die Hand und antwortete: »Dann möchte ich gern Vivi zu dir sagen.«

Sie war noch jung genug, um zu lächeln, und schon alt genug, um sich abzuwenden, bevor sie errötete.

Er zog einen Stuhl unter dem Tisch hervor und setzte sich, dann rückte er den Stuhl so, daß sein Gesicht in der Sonne war. Sie plauderten ein paar Minuten, die Kinder wollten alles mögliche über seinen Polizistenberuf wissen, ob er eine Waffe trage, und da er bejahte, wo er sie habe. Als er es ihnen sagte, fragte Vivi, ob er schon einmal jemanden erschossen habe, und schien enttäuscht über sein Nein. Die Kinder brauchten nicht lange, um zu begreifen, daß ein Polizist in Venedig etwas anderes war als ein Cop in *Miami Vice*, und auf diese Erkenntnis hin verloren sie das Interesse sowohl an seinem Beruf als auch an seiner Person.

Der Kellner kam, und Brunetti bestellte einen Campari; Flavia wollte zuerst noch einen Kaffee, entschied sich aber dann auch für Campari. Die Kinder wurden hörbar unruhig, bis Flavia ihnen vorschlug, am Ufer entlang zu Nico zu gehen und sich ein *gelato* zu holen, eine Idee, die allgemeine Erleichterung hervorrief.

Als sie gegangen waren, Vivi im Laufschritt, um mit Paolos längeren Schritten mithalten zu können, sagte er: »Sehr nette Kinder.«

Flavia antwortete nicht, also setzte er hinzu: »Ich wußte nicht, daß du sie mit nach Venedig gebracht hast.«

»Ja, ich habe so selten Gelegenheit, ein Wochenende mit ihnen zu verbringen, aber am Samstag muß ich nicht in der Matinee singen, da haben wir uns entschlossen herzukommen. Ich singe jetzt in München«, fügte sie hinzu.

»Ich weiß. Ich habe es in der Zeitung gelesen.«

Sie blickte übers Wasser zur Redentore-Kirche hinüber. »Ich war noch nie zum Frühlingsanfang hier.«

»Wo wohnst du?«

Sie riß den Blick von der Kirche los und sah ihn an. »Bei Brett.«

»Oh. Ist sie mitgekommen?« fragte er. Er hatte Brett zuletzt im Krankenhaus gesehen, aber dort war sie nur über Nacht geblieben und zwei Tage später mit Flavia nach Mailand gefahren. Er hatte von beiden nichts mehr gehört, bis Flavia ihn gestern angerufen und ihm vorgeschlagen hatte, sich mit ihr auf einen Drink zu treffen. Mit ihr – Singular.

»Nein, sie ist in Zürich, wo sie einen Vortrag hält.«

»Wann kommt sie zurück?« fragte er höflich.

»Nächste Woche ist sie in Rom. Mein Gastspiel in München ist am Donnerstag nächster Woche zu Ende.«

»Und dann?«

»London, aber nur zu einem Konzert, und danach China«, sagte sie mit leichtem Vorwurf in der Stimme, weil er das vergessen hatte. »Ich soll doch am Pekinger Konservatorium Meisterkurse geben. Weißt du nicht mehr?«

»Ihr macht es also? Ihr wollt die Exponate zurückbringen?« fragte er überrascht.

Sie versuchte erst gar nicht, ihr eigenes Erstaunen zu verbergen. »Natürlich machen wir's. Das heißt, ich.«

»Aber wie soll das gehen? Wie viele sind es denn?«

»Drei. Ich werde sieben Koffer mitnehmen und habe dafür gesorgt, daß der Kulturminister mich am Flughafen abholt. Ich glaube nicht, daß sie nach Antiquitäten suchen werden, die ins Land geschmuggelt werden, und wenn die Kurse beendet sind und ich nach Xi'an fahre, kann Brett sie leicht wieder ins Museum schaffen.«

»Und wenn man sie findet?« fragte er.

Sie winkte theatralisch ab. »Dann kann ich immer noch sagen, ich hätte sie mitgebracht, um sie dem chinesischen Volk zu schenken, und wolle sie nach Abschluß meiner Kurse als Zeichen der Dankbarkeit für die Einladung überreichen.«

Das würde sie wirklich machen, und er war überzeugt, daß sie damit durchkäme. Bei dem Gedanken mußte er lachen. »Na, dann viel Glück.«

»Danke«, antwortete sie in der Gewißheit, dafür kein Glück zu brauchen.

Ein Weilchen saßen sie da und schwiegen, Brett als unsichtbare Dritte immer mit dabei. Boote tuckerten vorüber; der Kellner brachte ihre Getränke, und sie waren froh über die Ablenkung.

»Und nach China?« fragte er endlich.

»Viel Reisen bis Ende des Sommers. Für mich ein weiterer Grund, warum ich das Wochenende mit den Kindern verbringen wollte. Ich muß nach Paris, dann nach Wien und wieder nach London.« Als er dazu schwieg, versuchte sie die Stimmung aufzulockern, indem sie sagte: »In Paris und Wien muß ich sterben: Lucia und Violetta.«

»Und in London?« erkundigte er sich.

»Mozart – Donna Anna. Und dann versuche ich mich zum erstenmal an Händel.«

»Geht Brett mit?« fragte er und nippte an seinem Campari.

Sie sah wieder zur Kirche hinüber, der Kirche des Redentore. »Sie wird mindestens ein paar Monate in China bleiben.«

Brunetti trank noch einen Schluck und schaute übers Wasser, wobei er plötzlich wahrnahm, wie das Licht auf der gekräuselten Oberfläche tanzte. Drei kleine Spatzen kamen angeflogen, landeten zu seinen Füßen und hüpften auf der Suche nach Futter umher. Langsam streckte er die Hand aus, brach ein Stückchen von der Brioche ab, die vor Flavia auf einem Teller lag, und warf es ihnen hin. Sie stürzten sich gierig darauf und rissen es auseinander, dann flog jeder zu einem sicheren Plätzchen, um seinen Anteil zu fressen.

»Ihre Karriere?« fragte er.

Flavia nickte, dann zuckte sie die Achseln. »Sie nimmt sie leider sehr viel ernster als ...«, begann sie, ließ den Rest aber ungesagt.

»Als du die deine?« fragte er ohne Bereitschaft, es zu glauben.

»Auf eine Weise ist das wohl so.« Als sie sah, daß er widersprechen wollte, legte sie ihm die Hand auf den Arm und erklärte: »Sieh es einmal so, Guido. Jeder kann kommen und mich singen hören und sich vor Begeisterung überschlagen, dabei braucht er überhaupt nichts von Musik oder Gesang zu verstehen. Ihm gefällt vielleicht mein Kostüm oder die Handlung, oder vielleicht schreit er auch nur *brava*, weil alle schreien.« Sie sah ihn an, daß er ihr nicht glaubte, und beharrte: »Das stimmt. Glaub mir. Nach jeder Vorstellung ist meine Garderobe voll von Leuten, die mir sagen, wie wunderbar ich gesungen hätte, selbst wenn ich an dem Abend gejault habe wie ein Hund.« Er sah, wie sich die Erinnerung daran auf ihrem Gesicht spiegelte, und da wußte er, daß sie die Wahrheit sagte.

»Aber überleg mal, was Brett macht. Nur ganz wenige Leute wissen etwas über ihre Arbeit, abgesehen von denen, die wirklich verstehen, was sie macht; das sind alles Experten, darum begreifen sie die Bedeutung ihrer Arbeit. Der Unterschied ist wahrscheinlich, daß sie nur von ihresgleichen beurteilt werden kann, darum liegt die Meßlatte viel höher, und ein Lob bedeutet wirklich etwas. Mir kann jeder Trottel applaudieren, dem es Spaß macht, in die Hände zu klatschen.«

»Aber was du tust, ist etwas Schönes.«

Sie lachte laut. »Laß das nicht Brett hören.«

»Warum nicht? Ist sie anderer Meinung?«

Noch immer lachend, erklärte sie: »Nein, Guido, du hast mich mißverstanden. Sie findet, was sie macht, ist auch etwas Schönes, und sie findet die Dinge, mit denen sie zu tun hat, so schön wie die Musik, die ich singe.«

»Dabei fällt mir ein«, sagte er, »es gibt da etwas, was ich nicht verstehe.« Und dann lachte er, als ihm aufging, wie genau das stimmte.

Ihr Lächeln war vorsichtig, fragend. »Und das wäre?«

»Es hat mit Bretts Aussage zu tun«, erklärte er. Flavias Gesicht entspannte sich. »Sie schreibt, daß La Capra ihr eine Schale gezeigt hat, eine chinesische Schale. Ich weiß nicht mehr, aus welchem Jahrhundert sie angeblich stammte.«

»Aus dem dritten Jahrtausend vor Christus«, belehrte ihn Flavia.

»Hat sie dir davon erzählt?«

»Aber sicher.«

»Dann kannst du es mir vielleicht erklären.« Sie nickte, und er fuhr fort. »Sie sagt, sie hat die Schale zerbrochen, hat sie fallen lassen, wobei sie genau wußte, daß sie zerbrechen würde.«

Flavia nickte. »Ja, wir haben darüber gesprochen. So hat sie es erzählt. So war es auch.«

»Und eben das verstehe ich nicht«, sagte Brunetti.

»Was?«

»Wenn sie diese Dinge so sehr liebt, wenn sie alles daransetzt, sie zu bewahren, dann muß dieses Gefäß doch eine Fälschung gewesen sein, oder? Eine der Imitationen, die La Capra in dem Glauben gekauft hat, sie wären echt?«

Flavia sagte nichts, sie wandte den Kopf und schaute zu der verlassenen Kornmühle am Ende der Giudecca hinüber.

»Nun?« drängte Brunetti.

Sie drehte sich wieder um und sah ihn an. Die Sonne schien von links auf sie, und ihr Profil hob sich klar vor den Gebäuden auf der anderen Seite des Kanals ab. »Nun was?« fragte sie.

»Es muß eine Fälschung gewesen sein, sie hätte sie doch sonst nicht kaputtgemacht, oder?«

Zuerst glaubte er, sie wolle seine Frage ignorieren oder zumindest nicht beantworten. Die Spatzen kamen wieder, und diesmal zerpflückte Flavia den Rest der Brioche und warf ihnen die Krumen hin. Beide sahen den kleinen Vögeln zu, wie sie die goldgelben Krumen aufpickten und dann erwartungsvoll zu Flavia hochsahen. Sie blickten gleichzeitig von den neugierigen Vögeln auf und sahen sich an. Nach einer ganzen Weile wandte sie den Kopf und schaute das Ufer hinunter, wo sie ihre Kinder zurückkommen sah, Eiswaffeln in den Händen.

»Nun?« fragte Brunetti; er mußte es einfach wissen.

Sie hörten Vivis lautes Lachen übers Wasser schallen.

Flavia beugte sich vor und legte ihm wieder die Hand auf den Arm. »Guido«, meinte sie lächelnd, »ist das nicht egal?«

DONNA LEON

Sanft entschlafen

Roman

Aus dem Amerikanischen
von Monika Elwenspoek

Weltbild

È sempre bene
Il sospettare un poco, in questo mondo.

Es schadet nie,
in dieser Welt, ein wenig Verdacht zu hegen.

COSÌ FAN TUTTE

1

Brunetti saß am Schreibtisch und starrte auf seine Füße. Sie lagen auf der herausgezogenen untersten Schublade und erwiderten vorwurfsvoll seinen Blick aus vier senkrechten Reihen kleiner, runder, metallumrahmter Augen. In der letzten halben Stunde hatte er seine Zeit und Aufmerksamkeit abwechselnd den Holztüren seines *armadio* an der Wand gegenüber und, wenn ihm das zu langweilig wurde, seinen Schuhen gewidmet. Hin und wieder, wenn die scharfe Schubladenkante ihm zu sehr in die Ferse schnitt, schlug er die Beine andersherum übereinander, aber das veränderte lediglich die Anordnung der kleinen runden Augen und trug wenig dazu bei, den Vorwurf in ihrem Blick zu mildern oder ihn selbst von seiner Langeweile zu erlösen.

Vice-Questore Giuseppe Patta machte seit zwei Wochen Urlaub in Thailand, ein Unternehmen, das die Belegschaft der Questura beharrlich als seine zweite Hochzeitsreise bezeichnete, und Brunetti war solange für die Verbrechensbekämpfung in Venedig zuständig. Aber offenbar war die Kriminalität mit dem Vice-Questore ins selbe Flugzeug gestiegen, denn kaum etwas von Bedeutung hatte sich ereignet, seit Patta mit seiner Frau, soeben heimgekehrt an seinen Herd und – man zitterte – in seine Arme, verreist war, abgesehen von den üblichen Einbrüchen und Taschendiebstählen. Die einzige interessante Missetat war vor zwei Tagen in einem Juweliergeschäft geschehen. Ein gutangezogenes Paar mit Kinderwagen war in den Laden gekommen, und der frischgebackene Vater hatte sich, vor Stolz errötend, nach einem Diamantring erkundigt, den er der noch verlegeneren jungen Mutter schenken wolle. Sie hatte zuerst einen, dann einen anderen anprobiert. Schließlich hatte sie sich für einen lupenreinen Dreikaräter entschieden und gefragt, ob sie ihn sich draußen bei Tageslicht ansehen dürfe. Es kam, wie es kommen mußte: Sie ging vor die Tür, hob die Hand in die Sonne, lächelte und winkte dem jungen Vater, der sich über den Kinderwagen beugte, um die Decken zurechtzuzupfen, verlegen den Juwelier anlächelte und dann zu seiner Frau hinausging. Worauf sie natürlich beide verschwanden und den Kinderwagen samt Babypuppe als Hindernis in der Tür stehenließen.

So raffiniert das einerseits war, so wenig konnte man es als eine Verbrechenswelle bezeichnen, und Brunetti langweilte sich und wußte nicht recht, was ihm lieber war: die Verantwortung der Befehlsgewalt mitsamt den Papierbergen, die sie hervorzubringen schien, oder die Handlungsfreiheit, die seine untergeordnete Position ihm normalerweise gewährte. Nicht daß mit dieser Freiheit allzuviel anzufangen gewesen wäre ...

Er blickte auf, als es klopfte, und lächelte erfreut, als die Tür aufging und er zum ersten Mal an diesem Tag Signorina Elettra sah, Pattas Sekretärin, die den Urlaub des Vice-Questore offenbar zum legitimen Anlaß nahm, erst um zehn Uhr zur Arbeit zu erscheinen, statt wie sonst um halb neun.

»*Buon giorno, commissario*«, sagte sie beim Eintreten, und ihr Lächeln erinnerte ihn flüchtig an *gelato all'amarena* – Rot und Weiß – zwei Farben, die sich in den Streifen ihrer Seidenbluse wiederfanden. Sie machte einen Schritt zur Seite, um eine andere Frau hinter sich hereinzulassen. Brunetti warf einen kurzen Blick auf die zweite Frau und nahm flüchtig ein kastenförmig geschnittenes Kostüm aus billigem grauen Polyester wahr, dessen Rocksaum sich in unvorteilhafter Nähe zu ihren flachen Schuhen befand. Er sah die Hände der Frau linkisch eine steife Kunstlederhandtasche umklammern und wandte den Blick wieder zu Signorina Elettra.

»Commissario, hier möchte Sie jemand sprechen«, sagte sie.

»Ja?« fragte er und blickte, nicht sonderlich interessiert, noch einmal zu der anderen Frau. Aber dann sah er die Kontur ihrer rechten Wange und, als sie den Kopf drehte, um einen Blick durchs Zimmer zu werfen, den feinen Schwung von Kinn und Hals. »Ja?« wiederholte er, diesmal schon interessierter.

Auf seinen Ton hin wandte die Frau den Kopf und verzog den Mund zu einem leichten Lächeln, und in diesem Moment kam sie Brunetti irgendwie bekannt vor, obwohl er ganz sicher war, sie noch nie gesehen zu haben. Ihm kam der Gedanke, sie könnte vielleicht die Tochter eines Freundes sein, die seine Hilfe suchte und ihm aufgrund der Familienähnlichkeit bekannt vorkam.

»Ja, Signorina?« sagte er, wobei er sich erhob und auf einen Stuhl vor seinem Schreibtisch zeigte. Die Frau sah kurz zu Signorina Elettra, die ihr ein Lächeln schenkte, das sie für Leute parat hatte, denen es sichtlich unangenehm war, sich in der Questura wiederzufinden. Dann sagte sie etwas von Arbeit, zu der sie zurückmüsse, und verließ das Zimmer.

Die Frau setzte sich, nicht ohne vorher ihren Rock zur Seite zu schlagen. Obwohl sie schlank war, bewegte sie sich unelegant, als trüge sie nie etwas anderes als flache Schuhe.

Brunetti wußte aus langer Erfahrung, daß es am besten war, erst einmal gar nichts zu sagen und nur mit ruhiger, interessierter Miene abzuwarten, dann würde das Schweigen sein Gegenüber früher oder später zum Reden bringen. Während er also wartete, sah er ihr kurz ins Gesicht, wieder fort und von neuem hin, wobei er in seiner Erinnerung kramte, woher es ihm so bekannt vorkam. Er suchte in dem Gesicht einen Elternteil zu erkennen, oder vielleicht eine Verkäuferin, die er in einem Laden gesehen hatte und nun in der andersartigen Umgebung nicht einzuordnen wußte. Aber, dachte er bei sich, wenn sie in einem Laden arbeitet, ist es sicher keiner, der etwas mit Kleidung oder Mode zu tun hat. Ihr Kostüm war ein gräßliches, kastenförmiges Gebilde in einem Schnitt, der schon seit Jahren aus der Mode war; ihre Frisur war nur Haar, das sehr kurz und zu lieblos geschnitten war, um jungenhaft oder schick zu wirken; sie trug keinerlei Make-up. Aber als er zum dritten Mal hinsah, hatte er den Eindruck, daß sie sich auch einfach verkleidet haben konnte und ihre Schönheit verbarg. Ihre dunklen Augen standen weit auseinander, und die Wimpern waren so lang und dicht, daß sie keiner Tusche bedurften. Ihre Lippen waren blaß, aber voll und geschmeidig. Für ihre gerade Nase, schmal und ganz leicht gewölbt, fand er kein besseres Wort als edel. Und unter dem unvorteilhaft abgemähten Haar sah er eine breite, faltenlose Stirn. Aber auch nachdem er ihre Schönheit erkannt hatte, wußte er sie nirgends unterzubringen.

Sie schreckte ihn mit der Frage auf: »Sie haben mich nicht erkannt, nicht wahr, Commissario?« Sogar ihre Stimme kam ihm bekannt vor, aber auch sie gehörte nirgendwohin. Er bemühte sich vergebens, sich zu erinnern, aber mit Bestimmtheit konnte er nur sagen, daß sie nichts mit der Questura oder seinem Beruf zu tun hatte.

»Nein, Signorina. Tut mir leid. Aber ich weiß, daß ich Sie kenne und nur nicht erwartet hätte, Sie hier zu sehen.« Er lächelte sie offen an, warb um ihr Verständnis für diese verbreitete menschliche Schwäche.

»Ich nehme an, daß man die meisten Leute, die Sie kennen, eigentlich nicht in der Questura zu sehen erwartet«, antwortete sie und lächelte zum Zeichen, daß sie es humorvoll meinte.

»Stimmt, meine Freunde kommen selten freiwillig hierher, und bisher mußte auch noch keiner von ihnen unfreiwillig hier erscheinen.« Diesmal sollte sein Lächeln zeigen, daß auch er über die Polizeiarbeit zu scherzen verstand. »Zum Glück«, fügte er dann noch hinzu.

»Ich hatte noch nie mit der Polizei zu tun«, sagte sie, wobei sie sich wieder im Zimmer umsah, als fürchtete sie, daß ihr nun, nachdem sie eben doch hier war, irgend etwas Schlimmes zustoßen könnte.

»Das haben die meisten Leute nicht«, meinte Brunetti.

»Vermutlich«, antwortete sie, dann senkte sie den Blick auf

ihre Hände und sagte ohne jede Überleitung: »Man nannte mich einmal die Unbefleckte.«

»Wie bitte?« Brunetti verstand überhaupt nichts mehr und begann sich zu fragen, ob dieser jungen Frau wohl ernstlich etwas fehlte.

»Immacolata«, sagte sie, wobei sie wieder zu ihm aufsah und dieses sanfte Lächeln aufsetzte, das er schon so oft unter der gestärkten weißen Haube ihrer Tracht hatte hervorleuchten sehen. Der Name stellte sie augenblicklich an den richtigen Platz und löste das Rätsel. Der Haarschnitt fand eine Erklärung, desgleichen ihr offenkundiges Unwohlsein in der Kleidung, die sie trug. Brunetti hatte ihre Schönheit gleich bemerkt, als er Schwester Immacolata zum erstenmal in diesem Pflegeheim gesehen hatte, dem Ort der Altersruhe, an dem seine Mutter seit Jahren nicht zur Ruhe kam, aber damals hatten ihre Ordensgelübde und die lange weiße Tracht, in der sie zum Ausdruck kamen, sie mit einem Tabu umgeben, so daß Brunetti ihre Schönheit eher wie die einer Blume oder eines Bildes wahrgenommen und nur als Betrachter darauf reagiert hatte, nicht als Mann. Nun aber, befreit von Verbot und Verhüllung, hatte diese Schönheit sich mit ins Zimmer geschlichen, mochten Verlegenheit und billige Kleidung sie noch so sehr zu verbergen suchen.

Suor Immacolata war aus dem Pflegeheim seiner Mutter vor etwa einem Jahr verschwunden, und Brunetti, bestürzt ob der Verzweiflung, mit der seine Mutter auf den Verlust der Schwester reagierte, die immer am nettesten zu ihr gewesen war, hatte lediglich in Erfahrung bringen können, daß sie in ein anderes Pflegeheim des Ordens versetzt worden war. Fragen über Fragen gingen ihm jetzt durch den Kopf, die er aber alle als unpassend verwarf. Sie war ja hier; sie würde ihm schon sagen, warum.

»Ich kann nicht nach Sizilien zurück«, sagte sie unvermittelt. »Meine Familie würde es nicht verstehen.« Ihre Hände ließen die Tasche los und suchten aneinander Halt. Als sie keinen fanden, sanken sie auf die Oberschenkel, suchten jedoch, als hätten sie plötzlich die Wärme des Fleisches unter sich gefühlt, gleich wieder Trost an den harten Kanten der Tasche.

»Seit wann sind Sie ...«, begann Brunetti, fand nicht das Verb, verstummte und fragte dann: »Schon lange?«

»Drei Wochen.«

»Wohnen Sie hier in Venedig?«

»Nein, nicht hier, draußen am Lido. Ich habe ein Zimmer in einer Pension.«

War sie zu ihm gekommen, weil sie Geld brauchte? Wenn ja, wäre es ihm eine Ehre und eine Freude, ihr welches zu geben, so sehr fühlte er sich in ihrer Schuld, weil sie ihm und seiner Mutter jahrelang so viel Nächstenliebe entgegengebracht hatte.

Als hätte sie seine Gedanken gelesen, sagte sie: »Ich habe Arbeit.«

»So?«

»In einer Privatklinik am Lido.«

»Als Krankenschwester?«

»In der Wäscherei.« Sie bemerkte seinen kurzen Blick auf ihre Hände und lächelte: »Das geht heute alles mit Maschinen, Commissario. Man muß die Laken nicht mehr zum Fluß schleppen und auf den Steinen ausschlagen.«

Er lachte, ebenso über seine eigene Verlegenheit wie über ihre Antwort. Damit hellte er die Stimmung im Zimmer auf und fühlte sich frei zu sagen: »Es tut mir leid, daß Sie diese Entscheidung treffen mußten.« Früher hätte er den Satz mit »Suor Immacolata« beendet, aber jetzt wußte er keinen Titel mehr, mit dem er sie hätte anreden können. Mit der Tracht war auch ihr Name fort, und wer weiß was sonst noch alles.

»Ich heiße Maria«, sagte sie. »Maria Testa.« Wie eine Sängerin, die einem schwebenden Ton nachlauschte, der den Übergang von einer Stimmlage in die andere markierte, hielt sie inne und lauschte dem Nachhall ihres Namens. »Obwohl ich nicht sicher bin, ob er mir überhaupt noch gehört«, fügte sie hinzu.

»Wie meinen Sie das?« fragte Brunetti.

»Man muß ein Verfahren durchlaufen, wenn man ausscheidet. Aus dem Orden, meine ich. Ich glaube, das ist, wie wenn eine Kirche säkularisiert wird. Sehr kompliziert. Und es kann lange dauern, bis sie einen gehen lassen.«

»Man will vielleicht sicher sein, daß Sie es sind – ich meine, Ihrer Sache sicher«, mutmaßte Brunetti.

»Ja. Das kann Monate dauern, vielleicht Jahre. Man muß Briefe von Leuten vorweisen, die einen kennen und glauben, daß man zu der Entscheidung fähig ist.«

»Sind Sie deswegen hier? Kann ich Ihnen damit aushelfen?«

Sie winkte ab, wischte seine Worte beiseite und mit ihnen ihr Gehorsamkeitsgelübde. »Nein, das spielt keine Rolle. Es ist erledigt. Vorbei.«

»Verstehe«, sagte Brunetti, ohne etwas zu verstehen.

Sie sah zu ihm herüber, ihr Blick so offen, ihre Augen so anrührend schön, daß Brunetti ein Vorgefühl des Neides auf den Mann empfand, der einmal ihr Keuschheitsgelübde hinwegfegen würde.

»Ich bin hier wegen der *casa di cura*. Was ich dort gesehen habe.«

Brunettis Herz flog über die Ferne hinweg ans Bett seiner Mutter, augenblicklich wachsam für jede Andeutung von Gefahr. Aber bevor er sein Erschrecken in eine Frage kleiden konnte, sagte sie: »Nein, Commissario, es geht nicht um Ihre Mutter. Ihr wird nichts zustoßen.« Sie verstummte, verlegen ob ihrer Worte und wie sie sich anhörten, auch ob der bitteren Wahrheit, die darin steckte: Brunettis Mutter konnte nichts mehr zustoßen als der Tod. »Entschuldigung«, fügte sie kleinlaut hinzu, sagte aber nichts weiter.

Brunetti betrachtete sie verwirrt, wußte aber nicht, wie er sie fragen sollte, was sie meinte. Ihm fiel der Nachmittag ein, an dem er seine Mutter zuletzt besucht hatte, halb in der Hoffnung, die lange vermißte Suor Immacolata zu sehen, denn er wußte, daß sie dort der einzige Mensch war, der den Schmerz verstand, der auf seiner Seele lastete. Doch dann hatte er statt der liebenswerten Sizilianerin nur Suor Eleonora im Gang angetroffen, eine Frau, die mit den Jahren säuerlich geworden war und deren Gelübde für sie Armut im Geiste, Enthaltsamkeit im Humor und Gehorsam nur gegenüber irgendeinem rigiden Pflichtverständnis bedeuteten. Daß seine Mutter sich auch nur einen Augenblick in der Obhut dieser Frau befinden sollte, hatte ihn als Sohn erzürnt; daß die *casa di cura* als eines der besten Heime galt, hatte ihn als Staatsbürger beschämt.

Ihre Stimme riß ihn aus seinem langen Tagtraum, aber er bekam nicht mit, was sie sagte, und mußte nachfragen. »Entschuldigen Sie, Suora«, sagte er, sofort gewahr, daß er sie aus langer Gewohnheit doch mit ihrem Titel angesprochen hatte. »Ich war in Gedanken.«

Sie überging den Ausrutscher und fing noch einmal von vorn an: »Ich spreche von der *casa di cura* hier in Venedig, wo ich bis vor drei Wochen gearbeitet habe. Aber ich habe nicht nur dieses Heim verlassen, Dottore, ich bin aus dem Orden ausgetreten, habe alles hinter mir gelassen, um ...« Hier unterbrach sie sich und blickte zum offenen Fenster hinaus auf die Fassade der Kirche San Lorenzo, als suchte sie dort nach dem richtigen Ausdruck. »Um mein neues Leben zu beginnen.« Sie sah ihn an und lächelte dünn. »*La vita nuova*«, wiederholte sie, hörbar um Ungezwungenheit bemüht, als wäre ihr ebenso bewußt wie ihm, welches Pathos sich da in ihre Stimme geschlichen hatte. »Wir mußten *La Vita Nuova* in der Schule lesen, aber besonders gut kann ich mich daran nicht mehr erinnern.« Sie sah ihn wieder an, die Augenbrauen fragend hochgezogen.

Brunetti hatte keine Ahnung, worauf dieses Gespräch hinauslaufen sollte; zuerst war von Gefahr die Rede gewesen, jetzt von Dante. »Wir haben das auch gelesen, aber ich glaube, da war ich noch zu jung. Mir hat *La Divina Commedia* sowieso immer besser gefallen«, erklärte er. »Besonders *Purgatorio*.«

»Wie eigenartig«, sagte sie mit echtem Interesse, oder vielleicht auch nur, um das, was sie eigentlich hergeführt hatte, noch etwas hinauszuschieben. »Ich habe noch nie jemanden sagen hören, daß dieses Buch ihm besser gefällt. Warum?«

Brunetti gestattete sich ein Lächeln. »Ich weiß, die Leute glauben immer, nur weil ich Polizist bin, müsse *Inferno* mir am besten gefallen. Die Bösen werden bestraft, und jeder kriegt, was er nach Dantes Meinung verdient. Aber mir hat das nie gefallen, diese absolute Gewißheit der Urteile, dieses furchtbare Leiden. Auf ewig.« Sie blieb stumm, sah ihm nur ins Gesicht und hörte zu, was er zu sagen hatte. »Mir gefällt *Purgatorio*, weil da immer noch die Möglichkeit offenbleibt, daß sich etwas ändert. Für die anderen, ob im Himmel oder in der Hölle, ist alles erledigt: Sie bleiben, wo sie sind. Auf ewig.«

»Glauben Sie daran?« fragte sie, und Brunetti wußte, daß sie nicht von Literatur sprach.

»Nein.«

»Gar nichts davon?«

»Sie meinen, ob ich daran glaube, daß es einen Himmel oder eine Hölle gibt?«

Sie nickte, und er fragte sich, ob es wohl Reste eines Aberglaubens waren, die sie davon abhielten, die Worte des Zweifels auszusprechen.

»Nein«, antwortete er.

»Nichts?«

»Nichts.«

Nach sehr langem Schweigen sagte sie: »Wie schrecklich.«

Wie schon so viele Male, seit ihm klargeworden war, daß er nicht glaubte, zuckte Brunetti nur die Achseln.

»Wir werden es wohl irgendwann erfahren«, sagte sie, aber in ihrem Ton lag Zuversicht, kein Sarkasmus, keine Ablehnung.

Wieder wollte Brunetti im ersten Moment nur die Achseln zucken, denn dies waren Dinge, mit denen er schon vor Jahren abgeschlossen hatte, während des Studiums, da hatte er solchen Kinderkram abgelegt, überdrüssig aller Spekulation und gespannt auf das Leben. Aber ein kurzer Blick zu ihr belehrte ihn, daß sie gewissermaßen eben erst aus dem Ei geschlüpft war, am Beginn ihres neuen Lebens stand, und daß solche Fragen, in der Vergangenheit gewiß undenkbar, für sie jetzt hochaktuell und lebenswichtig waren. »Vielleicht ist es ja alles wahr«, räumte er ein.

Ihre Antwort kam unverzüglich und heftig. »Sie brauchen mir keine Zugeständnisse zu machen, Commissario. Ich habe meine Berufung hinter mir gelassen, nicht meinen Verstand.«

Er gedachte weder sich zu entschuldigen noch diese unerhebliche theologische Diskussion fortzusetzen. Er schob einen Brief von einer Seite seines Schreibtischs auf die andere, rückte seinen Stuhl ein Stückchen zurück und schlug die Beine übereinander. »Wollen wir statt dessen darüber sprechen?« fragte er.

»Worüber?«

»Über den Ort, an dem Sie Ihre Berufung hinter sich gelassen haben.«

»Das Pflegeheim?« fragte sie unnötigerweise.

Brunetti nickte. »Von welchem ist die Rede?«

»San Leonardo. Das ist in der Nähe des Ospedale Giustinian. Der Orden stellt teilweise das Personal.«

Ihm fiel auf, daß sie beim Sitzen die Füße flach nebeneinander auf dem Boden stehen hatte, die Knie fest aneinander gepreßt. Sie öffnete mit einiger Mühe ihre Handtasche und nahm ein Blatt Papier heraus, das sie auseinanderfaltete, um das darauf Geschriebene zu betrachten. »Letztes Jahr«, begann sie unsicher, »sind dort fünf Leute gestorben.« Sie drehte das Blatt um und beugte sich vor, um es ihm hinzulegen. Brunetti besah sich die Liste.

»Diese Leute?« fragte er.

Sie nickte. »Ich habe ihre Namen notiert, ihr Alter und woran sie gestorben sind.« Er blickte wieder auf die Liste: Es waren die Namen von drei Frauen und zwei Männern. Brunetti entsann sich, daß er einmal irgendeine Statistik gelesen hatte, die besagte, daß Frauen länger lebten als Männer, aber hier war das nicht der Fall. Eine der Frauen war in den Sechzigern gewesen, die anderen Anfang Siebzig. Beide Männer waren älter. Und wie es bei Leuten ihres Alters oft so geht, waren sie an Gehirnschlägen, Herzinfarkten und Lungenentzündungen gestorben.

»Warum geben Sie mir das?« fragte er, indem er sie ansah.

Obwohl sie auf die Frage vorbereitet gewesen sein mußte, ließ sie sich mit der Antwort Zeit. »Weil Sie der einzige Mensch sind, der da vielleicht etwas unternehmen kann.«

Brunetti wartete kurz, ob sie das näher erläutern würde, und als sie es nicht tat, fragte er: »Was meinen Sie mit ›da‹?«

»Ich habe Zweifel an ihrem Tod – an den Todes*ursachen*.«

Er schwenkte die Liste zwischen ihnen durch die Luft. »Aber sind die Todesursachen hier nicht aufgeführt?«

Sie nickte. »Doch. Aber wenn das, was da steht, nicht wahr ist, haben Sie dann die Möglichkeit, festzustellen, woran sie wirklich gestorben sind?«

Brunetti brauchte nicht erst nachzudenken, bevor er antwortete; für Exhumierungen gab es klare Gesetze. »Nicht ohne richterliche Anordnung oder ein Ersuchen der Familie.«

»Oh«, sagte sie. »Das wußte ich nicht. Ich war – wie soll ich sagen –, ich war so lange aus der Welt, daß ich nicht mehr weiß, wie diese Dinge ablaufen.« Sie schwieg einen Moment und fuhr dann fort: »Vielleicht habe ich es ja nie gewußt.«

»Wie lange haben Sie dem Orden angehört?« fragte er.

»Zwölf Jahre, seit meinem fünfzehnten Lebensjahr.« Sie bemerkte sein Erstaunen und sagte: »Das ist eine lange Zeit, ich weiß.«

»Aber so sehr waren Sie doch gar nicht aus der Welt«, meinte Brunetti. »Immerhin haben Sie eine Ausbildung als Krankenschwester gemacht.«

»Nein«, antwortete sie rasch. »Ich bin keine Krankenschwester. Jedenfalls keine ausgebildete. Der Orden hat gesehen, daß ich eine …« Sie verstummte abrupt, und Brunetti begriff, daß sie in der ungewohnten Lage gewesen war, eine Begabung an sich anzuerkennen oder sogar sich selbst zu loben, worauf ihr nichts anderes übrigblieb, als kurzerhand in Schweigen zu versinken. Nach einer Pause, die es ihr gestattete, jegliches Eigenlob aus dem, was sie sagen wollte, zu entfernen, fuhr sie fort: »Der Orden fand, daß es gut für mich wäre, wenn ich alten Leuten zu helfen versuchte, deshalb wurde ich in die Altenheime geschickt.«

»Wie lange waren Sie da?«

»Sieben Jahre. Sechs draußen in Dolo und eines im San Leonardo«, antwortete sie. Demnach wäre Suor Immacolata, wie Brunetti sich klarmachte, gerade zwanzig gewesen, als sie ins Heim seiner Mutter kam, ein Alter, in dem die meisten Frauen zu arbeiten anfingen, einen Beruf wählten, Männer kennenlernten, Kinder bekamen. Er stellte sich vor, was diese anderen jungen Frauen in diesen Jahren alles erreicht haben konnten, dann stellte er sich vor, wie das Leben für Suor Immacolata ausgesehen haben mußte, umgeben vom Geheul der Irren und dem Gestank der Inkontinenten. Wäre Brunetti ein Mann mit Sinn für Religion gewesen, einem Glauben an irgendein höheres Wesen, vielleicht hätte er Trost in dem spirituellen Lohn gefunden, den sie letztendlich für alle diese geopferten Jahre empfangen würde. Er schob den Gedanken beiseite und fragte, während er die Liste vor sich hinlegte und glättend mit der Hand darüberfuhr: »Was war ungewöhnlich am Tod dieser Leute?«

Sie ließ sich einen Augenblick Zeit, und als sie endlich antwortete, brachte sie ihn völlig durcheinander. »Nichts. Gewöhnlich haben wir alle paar Monate einen Todesfall, manchmal auch mehr, gleich nach den Ferien.«

Langjährige Erfahrung im Verhör der Willigen wie der Unwilligen gab Brunetti die Ruhe, mit der er fragte: »Warum haben Sie dann diese Liste zusammengestellt?«

»Zwei der Frauen waren Witwen, die dritte war nie verheiratet. Einer der Männer bekam nie Besuch.« Sie sah ihn an, wartete auf eine Ermunterung, aber er sagte noch immer nichts.

Ihre Stimme wurde sanfter, und Brunetti sah plötzlich wieder Suor Immacolata in ihrer weißen Tracht vor sich, die schwer mit dem Gebot rang, niemanden zu verleumden, über niemanden schlecht zu reden, nicht einmal über einen Sünder. »Zwei von ihnen«, fuhr sie schließlich fort, »habe ich das eine oder andere Mal sagen hören, daß sie bei ihrem Tod die *casa di cura* bedenken wollten.« Hier hielt sie wieder inne und blickte auf ihre Hände hinunter, die sich von der Handtasche gelöst und einander fest umklammert hatten.

»Und? Haben sie Wort gehalten?«

Sie schüttelte den Kopf, sagte aber nichts.

»Maria«, sagte er bewußt leise, »heißt das, sie haben nicht Wort gehalten, oder wissen Sie es nur nicht?«

Sie sah nicht zu ihm auf, als sie antwortete: »Ich weiß es nicht. Aber zwei von ihnen, Signorina da Prè und Signora Cristiani … haben gesagt, daß sie es wollten.«

»Wie haben sie das gesagt?«

»Signorina da Prè sagte eines Tages nach der Messe, vor etwa einem Jahr – es gibt keine Kollekte, wenn Padre Pio bei uns die Messe liest – las.« Sie griff sich nervös an die Schläfe, und Brunetti sah, wie ihre Finger zurückglitten und den schützenden Halt ihrer Haube suchten. Sie fand aber nur ihre unbedeckten Haare und zog die Finger weg, als hätte sie sich verbrannt.

»Nach der Messe«, wiederholte sie, »als ich sie in ihr Zimmer zurückbegleitete, sagte sie, es mache nichts, daß es keine Kollekte gebe, man werde nach ihrem Ableben schon sehen, wie großzügig sie gewesen sei.«

»Haben Sie nachgefragt, was sie damit meinte?«

»Nein. Ich fand es völlig klar, daß sie dem Heim ihr Geld vermachen wollte, oder einen Teil davon.«

»Und?«

Wieder schüttelte sie den Kopf. »Ich weiß es nicht.«

»Wie lange danach ist sie gestorben?«

»Drei Monate.«

»Hat sie das noch zu jemand anderem gesagt, das mit dem Geld?«

»Ich weiß es nicht. Sie hat nicht mit vielen geredet.«

»Und die andere Frau?«

»Signora Cristanti«, stellte Maria klar. »Sie war viel direkter. Sie hat gesagt, daß sie ihr Geld den Leuten vermachen wollte, die gut zu ihr waren. Das hat sie zu jedem gesagt, und immer wieder. Aber sie war ... Ich glaube nicht, daß sie so eine Entscheidung überhaupt treffen konnte, jedenfalls nicht, nachdem ich sie kennengelernt hatte.«

»Warum sagen Sie das?«

»Sie war nicht ganz klar im Kopf«, antwortete Maria. »Jedenfalls nicht immer. Es gab Tage, da schien sie völlig normal, aber die meiste Zeit war sie nicht ganz da; hielt sich wieder für ein junges Mädchen, wollte ausgeführt werden.« Nach kurzem Schweigen fügte sie in ganz und gar sachlichem Ton hinzu: »Das ist an der Tagesordnung.«

»Daß die Leute in der Vergangenheit leben?« fragte Brunetti.

»Ja. Die Armen. Die Vergangenheit ist ihnen wahrscheinlich angenehmer als die Gegenwart. Jede Vergangenheit.«

Brunetti fiel sein letzter Besuch bei seiner Mutter ein, aber er schob die Erinnerung von sich. Statt dessen fragte er: »Was ist aus ihr geworden?«

»Signora Cristanti?«

»Ja.«

»Sie ist vor etwa vier Monaten einem Herzinfarkt erlegen.«

»Wo ist sie gestorben?«

»Dort. In der *casa di cura*.«

»Wo hatte sie den Herzinfarkt? In ihrem Zimmer, oder an einem Ort, wo noch andere Leute waren?« Brunetti nannte sie nicht »Zeugen«, nicht einmal in Gedanken.

»Nein, sie ist im Schlaf gestorben. Friedlich.«

»Verstehe«, sagte Brunetti, ohne es wirklich zu meinen. Er ließ sich etwas Zeit, bevor er fragte: »Ist diese Liste so zu verstehen, daß die Leute Ihrer Ansicht nach an etwas anderem gestorben sind? Also nicht an dem, was jeweils hinter ihren Namen steht?«

Sie sah zu ihm auf, und ihre Überraschung wunderte ihn. Wenn sie mit so etwas schon zu ihm kam, mußte sie doch wissen, welche Bedeutung in ihren Worten lag.

Sie wiederholte, offenbar um Zeit zu gewinnen: »An etwas anderem?« Und als Brunetti keine Antwort gab, sagte sie: »Signora Cristanti hatte nie etwas am Herzen.«

»Und die anderen auf der Liste, die plötzlich gestorben sind?«

»Signor Lerini hatte es schon länger am Magen, aber sonst nichts«, sagte sie.

Brunetti sah wieder auf der Liste nach. »Diese andere Frau, Signora Galasso. Hatte sie irgendwelche gesundheitlichen Probleme?«

Er sah sie plötzlich erröten. »Das Schlimme ist, daß ich mir nicht sicher bin. Ich muß nur immer daran denken, was diese Frauen zu mir gesagt haben.« Sie hielt inne und blickte zu Boden. Schließlich sagte sie so leise, daß er sie nur mit Mühe verstehen konnte: »Ich mußte mit jemandem darüber sprechen.«

»Maria«, sagte er, und nachdem er ihren Namen genannt hatte, wartete er, bis sie zu ihm aufsah. Dann sprach er weiter: »Ich weiß, daß es eine ernste Sache ist, falsches Zeugnis wider seinen Nächsten zu reden.« Sie zuckte zusammen, als hätte der Teufel aus der Bibel zitiert. »Aber es ist auch wichtig, die Schwachen zu schützen und alle, die sich nicht selbst schützen können.« Brunetti erinnerte sich nicht, das in der Bibel gelesen zu haben, aber er fand, es gehörte unbedingt hinein. Als sie darauf nichts sagte, fragte er: »Verstehen Sie das, Maria?« Und als sie immer noch nicht antwortete, fragte er es anders: »Stimmen Sie dem zu?«

»Natürlich stimme ich dem zu«, sagte sie gereizt. »Aber wenn ich mich nun irre? Wenn ich mir das alles nur einbilde und diesen Leuten gar nichts zugestoßen ist? Dann wäre das doch üble Nachrede.«

»Wenn Sie das glaubten, wären Sie wohl nicht hier. Schon gar nicht in dieser Kleidung.«

Sie sagten beide eine Weile nichts, dann fragte Brunetti: »Waren diese Leute allein in ihren Zimmern, als sie starben?«

Sie überlegte kurz. »Ja.«

Brunetti schob die Liste zur Seite und wechselte, um seiner Geste auch verbal zu entsprechen, das Thema. »Wann haben Sie sich zu Ihrem Austritt entschlossen?«

Ihre Antwort hätte kaum rascher kommen können, wenn sie die Frage erwartet hätte. »Nachdem ich mit der Mutter Oberin gesprochen hatte«, sagte sie, und eine Erinnerung ließ ihre Stimme kratzig klingen. »Zuerst habe ich aber mit Padre Pio gesprochen, meinem Beichtvater.«

»Können Sie wiedergeben, was Sie zu den beiden gesagt haben?« Brunetti hatte der Kirche und all ihrem Getue und Gepränge schon so lange den Rücken gekehrt, daß er nicht mehr wußte, was man von einer Beichte weitersagen durfte und was nicht, und welche Strafen ein Zuwiderhandeln nach sich zog, er wußte nur noch, daß über die Beichte eigentlich nicht geredet werden sollte.

»Ja, ich glaube schon.«

»Ist das derselbe Priester, der die Messe liest?«

»Ja. Er gehört unserem Orden an, aber er wohnt nicht dort. Er kommt zweimal die Woche.«

»Von woher?«

»Von unserem Kloster hier in Venedig. Er war früher in dem anderen Pflegeheim schon mein Beichtvater.«

Brunetti merkte, wie gern sie sich durch Details ablenken ließ, darum fragte er: »Was haben Sie ihm gesagt?«

Sie überlegte kurz und rief sich wohl das Gespräch mit ihrem Beichtvater ins Gedächtnis: »Ich habe ihm von den Leuten erzählt, die gestorben sind, und daß einige vorher nicht krank waren«, sagte sie, dann brach sie ab und schaute weg.

Als Brunetti sah, daß sie nicht weiterreden würde, fragte er: »Haben Sie sonst noch etwas gesagt, etwas über das Geld, oder was die Leute selbst darüber gesagt hatten?«

Sie schüttelte den Kopf. »Damals wußte ich davon gar nichts. Das heißt, es war mir nicht eingefallen, weil ihr Tod mich so mitgenommen hatte, also habe ich ihm nur das gesagt – daß sie gestorben waren.«

»Und er?«

Sie sah jetzt wieder Brunetti an. »Er hat gesagt, das verstehe er nicht. Da habe ich es ihm erklärt. Ich habe ihm die Namen der Verstorbenen genannt und was ich über ihre Krankengeschichte wußte, daß einige von ihnen kerngesund gewesen waren, bevor sie plötzlich starben. Er hat sich das alles angehört und gefragt, ob ich mir ganz sicher sei.« Dann fügte sie hinzu, als spräche sie mit sich selbst: »Nur weil ich aus Sizilien stamme, halten die Leute hier oben mich immer für dumm. Oder verlogen.«

Brunetti warf einen Blick zu ihr hinüber, um zu sehen, ob in ihrer Bemerkung ein Tadel, ein Kommentar zu seinem eigenen Verhalten versteckt war, aber offenbar war das nicht der Fall.

»Ich denke, er konnte einfach nicht glauben, daß so etwas möglich war. Und«, fuhr sie fort, »als ich sagte, so viele Todesfälle auf einmal seien nicht normal, fragte er mich, ob ich wisse, wie gefährlich es sei, solche Dinge zu verbreiten. Wie gefährlich üble Nachrede sei. Als ich sagte, das wisse ich wohl, riet er mir zu beten.« Sie brach ab.

»Und?«

»Ich sagte ihm, ich hätte schon gebetet, tagelang. Dann fragte er, ob mir klar sei, was ich da angedeutet hätte, wie grauenvoll das sei.« Wieder unterbrach sie sich und fügte dann leise, wie nur für sich, hinzu: »Er war entsetzt. Ich glaube, die bloße Möglichkeit ging über seinen Verstand. Padre Pio ist ein sehr guter Mensch, und ziemlich weltfremd.«

Brunetti unterdrückte ein Lächeln. Das von einer Frau, die die letzten zwölf Jahre ihres Lebens in einem Kloster verbracht hatte! »Was dann?«

»Ich habe um eine Unterredung mit der Mutter Oberin gebeten.«

»Und Sie haben mit ihr gesprochen?«

»Es hat zwei Tage gedauert, aber schließlich hat sie mich empfangen, an einem Spätnachmittag, nach der Vesper. Ich habe ihr noch einmal alles gesagt, das mit den verstorbenen alten Leuten. Sie konnte ihre Überraschung nicht verbergen. Darüber war ich froh, denn es hieß, daß Padre Pio ihr gegenüber nichts erwähnt hatte. Das wußte ich ja eigentlich, aber was ich ihm gesagt hatte, war so schrecklich – also, da war ich mir doch nicht sicher ...« Ihre Stimme verebbte.

»Und?« fragte er.

»Sie hat mir nicht zugehört, hat gemeint, sie hört sich keine Lügen an, und was ich da angedeutet hätte, schade dem Orden.«

»Und dann?«

»Sie hat mir befohlen – unter Berufung auf mein Gehorsamsgelübde –, einen Monat lang zu schweigen.«

»Heißt das, wenn ich es richtig verstehe, daß Sie einen Monat lang mit keinem Menschen reden durften?«

»Ja.«

»Und Ihre Arbeit? Mußten Sie nicht mit den Patienten sprechen?«

»Bei denen war ich nicht.«

»Wie denn das?«

»Die Mutter Oberin hat mir befohlen, mich die ganze Zeit nur in meinem Zimmer und in der Kapelle aufzuhalten.«

»Einen ganzen Monat?«

»Zwei.«

»Wie bitte?«

»Zwei«, wiederholte sie. »Nach dem ersten Monat kam sie zu mir ins Zimmer und fragte, ob meine Meditationen und Gebete mir schon den richtigen Weg gewiesen hätten. Ich sagte ihr, ich hätte gebetet und meditiert – das hatte ich ja auch –, aber diese Todesfälle gingen mir noch immer nicht aus dem Kopf. Sie wollte wieder nichts hören und befahl mir, mein Schweigen wiederaufzunehmen.«

»Haben Sie das?«

Sie nickte.

»Und dann?«

»Ich habe die nächste Woche im Gebet verbracht, aber inzwischen konnte ich schon an gar nichts anderes mehr denken als an das, was diese Frauen gesagt hatten. Vorher hatte ich versucht, mir das Darandenken zu verbieten, aber nachdem ich einmal damit angefangen hatte, kam es mir immer wieder in den Sinn.«

Brunetti konnte sich gut vorstellen, was ihr nach über einem Monat Einsamkeit und Schweigen alles in den Sinn gekommen sein mochte. »Was geschah dann nach dem zweiten Monat?«

»Die Mutter Oberin kam wieder zu mir und fragte, ob ich zur Vernunft gekommen sei. Ich sagte ja, und das stimmte wohl auch.« Sie hielt mit Reden inne und bedachte Brunetti wieder mit diesem traurigen, nervösen Lächeln.

»Und dann?«

»Dann bin ich weggegangen.«

»Einfach so?« Brunetti dachte sofort an die praktische Seite: Kleidung, Geld, Transport. Merkwürdigerweise waren das dieselben Dinge, um die sich Leute sorgten, bevor sie aus dem Gefängnis entlassen werden sollten.

»Noch am selben Nachmittag bin ich mit den Leuten, die zur Besuchszeit gekommen waren, hinausgegangen. Niemand schien das komisch zu finden; keiner hat etwas gemerkt. Ich habe eine der Frauen, die gerade gingen, gefragt, ob sie mir sagen könnte, wo ich mir etwas zum Anziehen kaufen könne. Ich hatte nur siebzehntausend Lire.«

Sie verstummte, und Brunetti fragte: »Hat sie es Ihnen gesagt?«

»Ihr Vater war einer meiner Patienten, daher kannte sie mich. Sie und ihr Mann wollten mich gleich zum Abendessen mit zu sich nach Hause nehmen. Da ich sonst nirgends hinkonnte, bin ich mitgegangen. Zum Lido.«

»Und?«

»Unterwegs auf dem Boot habe ich ihnen erzählt, wozu ich mich entschlossen hatte, aber über den Grund habe ich ihnen nichts gesagt. Ich bin nicht sicher, ob ich ihn selbst kannte, oder ihn jetzt kenne. Ich wollte dem Orden oder dem Pflegeheim nichts Böses nachsagen. Das tue ich jetzt doch auch nicht, oder?« Brunetti, der keine Ahnung hatte, schüttelte den Kopf, und sie sprach weiter. »Ich habe nur der Mutter Oberin von diesen Todesfällen erzählt, daß mir das merkwürdig vorkam, so viele auf einmal.«

Brunetti meinte ganz und gar ruhig: »Ich habe irgendwo gelesen, daß alte Leute manchmal reihenweise sterben, ohne besonderen Grund.«

»Das habe ich ja eben gesagt. Gewöhnlich gleich nach den Ferien.«

»Könnte es auch hier so eine Erklärung geben?« fragte er.

Brunetti glaubte so etwas wie Zorn in ihren Augen aufblitzen zu sehen. »Natürlich könnte das sein. Aber warum hat sie dann versucht, mich zum Schweigen zu bringen?«

»Ich glaube, das haben Sie mir vorhin gesagt, Maria.«

»Was?«

»Ihr Gelübde. Gehorsam. Ich weiß nicht, wie wichtig das denen ist, aber es könnte sein, daß es ihnen mehr Sorgen bereitet als alles andere.« Als sie nicht antwortete, fragte er: »Halten Sie das für möglich?« Sie verweigerte weiterhin die Antwort, darum fragte er jetzt: »Wie ist es dann weitergegangen? Mit diesen Leuten am Lido?«

»Sie waren sehr nett zu mir. Nach dem Essen hat die Frau mir ein paar Kleider von sich gegeben.« Sie zeigte auf den Rock, den sie anhatte. »Ich bin die erste Woche bei ihnen geblieben, dann haben sie mir geholfen, diese Arbeit im Krankenhaus zu finden.«

»Mußten Sie sich dafür nicht irgendwie ausweisen?«

Sie schüttelte den Kopf. »Nein. Die waren so froh, jemanden zu finden, der zu dieser Arbeit bereit war, daß sie mir gar keine Fragen gestellt haben. Aber ich habe ans Bürgermeisteramt meiner Heimatstadt geschrieben und um Kopien meiner Geburtsurkunde und meines Personalausweises gebeten. Wenn ich in dieses Leben zurückkehren soll, werde ich die wohl brauchen.«

»Wohin haben Sie die schicken lassen, an die Klinik?«

»Nein, zu diesen Leuten.« Sie hatte die Besorgnis in seinem Ton gehört und wollte wissen: »Warum fragen Sie das?«

Er tat ihre Frage mit einer raschen Kopfbewegung ab. »Reine Neugier. Man weiß nie, wie lange so etwas dauert.« Es war eine dumme Lüge, aber Maria war so lange im Kloster gewesen, daß Brunetti bezweifelte, ob sie eine Lüge als solche erkennen würde, vor allem aus dem Munde eines Menschen, den sie als Freund betrachtete. »Haben Sie noch Verbindung mit irgend jemandem aus der *casa di cura,* oder von Ihrem Orden?«

»Nein, mit niemandem.« Nach kurzem Schweigen fügte sie hinzu: »Ich bin zwei Leuten begegnet, deren Eltern im San Leonardo meine Patienten waren. Aber ich glaube nicht, daß sie mich erkannt haben.« Hier lächelte sie und meinte dann: »Genau wie Sie.«

Brunetti erwiderte ihr Lächeln. »Wissen die Leute im Pflegeheim, wohin Sie gegangen sind?«

Sie schüttelte den Kopf. »Nein. Das können sie unmöglich wissen.«

»Würden die Leute vom Lido es ihnen sagen?«

»Nein. Ich habe sie gebeten, niemandem etwas von mir zu erzählen, und ich glaube, das tun sie auch nicht.« Anscheinend fiel ihr Brunettis Unbehagen von vorhin wieder ein, denn schon wollte sie wissen: »Warum fragen Sie?«

Er sah keinen Grund, ihr nicht wenigstens das zu sagen. »Wenn etwas dran ist an Ihrem ...«, begann er, merkte dann aber, daß er gar nicht wußte, wie er es nennen sollte: Eine Anschuldigung war es jedenfalls nicht, eigentlich nichts weiter als eine Wiedergabe unzusammenhängender Ereignisse. Er fing noch einmal von vorn an: »Wegen der Dinge, die Sie mir berichtet haben, könnte es ratsam sein, vorerst keinen Kontakt mit den Leuten von der *casa di cura* aufzunehmen.« Er machte sich klar, daß er keine Ahnung hatte, wer diese Leute waren. »Als Sie diese alten Frauen von ihrem Geld reden hörten, hatten Sie da irgendeine Ahnung, wem, ich meine welcher bestimmten Person, sie es vermachen wollten?«

»Darüber habe ich nachgedacht«, antwortete sie mit leiser Stimme, »und ich möchte es lieber nicht sagen.«

»Bitte, Maria, ich glaube, Sie können es sich jetzt nicht mehr aussuchen, was Sie über das alles sagen wollen und was nicht.«

Sie nickte, aber sehr langsam; sie mußte wohl zugeben, daß er recht hatte, aber das machte es ihr keineswegs angenehmer. »Sie könnten es der *casa di cura* selbst vermacht haben, oder dem Direktor. Oder dem Orden.«

»Wer ist der Direktor?«

»Doktor Messini, Fabio Messini.«

»Käme sonst noch jemand in Frage?«

Sie dachte einen Moment darüber nach, dann meinte sie: »Vielleicht Padre Pio. Er ist so gut zu den Patienten, daß viele ihn sehr gern haben. Aber ich glaube nicht, daß er etwas annehmen würde.«

»Die Mutter Oberin?« fragte Brunetti.

»Nein. Der Orden erlaubt uns nicht, etwas zu besitzen. Den Frauen jedenfalls nicht.«

Brunetti zog sich ein Blatt Papier heran. »Kennen Sie Padre Pios Familiennamen?«

Die Angst stand deutlich in ihrem Gesicht. »Sie werden aber doch nicht mit ihm reden, nein?«

»Ich glaube nicht. Aber wissen möchte ich ihn gern. Falls es nötig wird.«

»Cavaletti«, sagte sie.

»Wissen Sie mehr über ihn?«

Sie schüttelte den Kopf. »Nein, nur daß er zweimal die Woche kommt, um die Beichte zu hören, und wenn jemand sehr krank ist, kommt er, um ihm die letzte Ölung zu spenden. Ich hatte selten Zeit, mit ihm zu sprechen. Außerhalb des Beichtstuhls, meine ich.« Sie besann sich einen Augenblick, dann sprach sie weiter: »Das letzte Mal habe ich ihn vor etwa einem Monat gesehen, am Namenstag der Mutter Oberin, das war der zwanzigste Februar.« Plötzlich zog sie die Lippen ein und kniff die Augen zusammen, als täte ihr etwas furchtbar weh. Brunetti fürchtete schon, sie könne ohnmächtig werden, und beugte sich zu ihr vor.

Sie öffnete die Augen, sah ihn an und hob abwehrend die Hand. »Ist das nicht merkwürdig?« fragte sie. »Daß ich mich an ihr Namensfest erinnere?« Sie wandte den Blick ab, dann sah sie ihn wieder an. »Ich weiß nicht einmal mehr meinen Geburtstag. Nur den Tag der Unbefleckten, am achten Dezember.« Sie schüttelte den Kopf, ob traurig oder verwundert, hätte er nicht sagen können. »Es ist, als hätte ein Teil von mir die ganzen Jahre gar nicht mehr existiert, wie ausgelöscht. Ich weiß nicht mehr, wann mein Geburtstag ist.«

»Sie könnten vielleicht den Tag, an dem Sie das Kloster verlassen haben, dazu ernennen«, schlug Brunetti vor und lächelte zum Zeichen, daß er es nur freundlich meinte.

Sie hielt seinem Blick kurz stand, dann hob sie, die Augen geschlossen, Zeige- und Mittelfinger ihrer rechten Hand an die Stirn und rieb sich darüber. »*La vita nuova*«, sagte sie, mehr zu sich selbst als zu ihm.

Unvermittelt stand sie auf. »Ich glaube, ich möchte jetzt gehen, Commissario.« Ihr Blick war weniger ruhig als ihre Stimme, weshalb Brunetti keinen Versuch machte, sie aufzuhalten.

»Können Sie mir noch den Namen der Pension sagen, in der Sie wohnen?«

»La Pergola.«

»Am Lido?«

»Ja.«

»Und wie heißen die Leute, die Ihnen geholfen haben?«

»Warum wollen Sie denn das wissen?« fragte sie ernstlich erschrocken.

»Weil ich immer alles wissen möchte«, sagte er. Eine ehrliche Antwort.

»Sassi. Vittorio Sassi. Via Morosini Nummer elf.«

»Danke«, sagte Brunetti, ohne sich diese Namen zu notieren. Sie wandte sich zur Tür, und einen Moment lang glaubte er schon, daß sie ihn fragen würde, was er denn nun eigentlich in dieser Sache unternehmen wolle, aber sie sagte nichts. Er stand auf und kam hinter seinem Schreibtisch hervor, hoffte ihr wenigstens noch die Tür öffnen zu können, aber sie war schneller. Sie hatte sie bereits aufgemacht, warf noch einen kurzen Blick zu ihm zurück, ohne dabei zu lächeln, und ging aus dem Zimmer.

2

Brunetti wandte sich wieder der Betrachtung seiner Füsse zu, aber sie sprachen ihm nicht länger von Musse. Wie eine übermächtige Gottheit beherrschte seine Mutter all sein Denken, sie, die seit Jahren in den unerforschbaren Gefilden der Irren wandelte. Die Angst um ihre Sicherheit schlug mit wilden Flügeln auf ihn ein, obwohl er genau wusste, dass seiner Mutter nur noch eine letzte absolute Sicherheit blieb, eine Sicherheit, die sein Herz nicht wünschen konnte, sosehr ihn sein Verstand auch drängte. Unwillkürlich fühlte er sich hineingezogen in die Erinnerungen der letzten sechs Jahre, befingerte sie wie die Perlen eines grausigen Rosenkranzes.

Plötzlich stiess er mit einer heftigen Bewegung die Schublade zu und stand auf. Suor Immacolata – noch konnte er sie nicht anders nennen – hatte ihm versichert, dass seiner Mutter keine Gefahr drohe; bisher hatte er auch noch keinerlei Hinweis darauf, dass überhaupt Gefahr bestand. Alte Menschen starben nun einmal, und oft war es eine Erlösung für sie und ihre Nächsten, wie es auch für … Er ging zurück an seinen Schreibtisch und nahm die Liste, die sie ihm gegeben hatte, las noch einmal die Namen und das jeweilige Alter.

Schon stellte Brunetti die ersten Überlegungen an, wie er mehr über diese Leute erfahren könne, über ihr Leben und ihren Tod. Suor Immacolata hatte die Todesdaten notiert, über diese käme er an die Sterbeurkunden im Rathaus heran, das erste Wegstück im unüberschaubaren Labyrinth der Bürokratie, durch das er schliesslich auch an die Kopien ihrer Testamente käme. Spinnfäden – seine Neugier musste so leicht und luftig sein wie Spinnfäden, seine Fragen mussten so behutsam tasten wie die Schnurrhaare einer Katze. Er versuchte sich zu erinnern, ob er Suor Immacolata je gesagt hatte, dass er *commissario* war. Vielleicht hatte er es an einem jener langen Nachmittage, an denen seine Mutter ihm gestattete, ihre Hand zu halten – aber nur, solange die junge Frau, die sie am liebsten mochte, mit im Zimmer blieb –, einmal beiläufig erwähnt. Über irgend etwas hatten sie da ja reden müssen, denn seine Mutter sprach oft stundenlang kein Wort, summte nur tonlos vor sich hin. Und Suor Immacolata, wie durch die Tracht an ihrer Persönlichkeit amputiert, hatte selten etwas von sich erzählt – aber sie hatte Brunetti hin und wieder mit ihren scharfsinnigen Bemerkungen über die Menschen verblüfft, die ihre kleine, abgegrenzte Welt bewohnten. Damals mußte er wohl, wie immer auf der Suche nach Gesprächsthemen, um diese endlosen schmerzlichen Stunden zu füllen, auch über seinen Beruf gesprochen haben. Und sie hatte zugehört und sich erinnert und war nun, ein Jahr später, mit ihrer Geschichte und ihrer Angst zu ihm gekommen.

Früher hatte es für Brunetti gewisse Dinge gegeben, deren er Menschen nur schwer, manchmal auch gar nicht für fähig halten konnte. Er hatte einmal geglaubt, oder sich vielleicht auch nur mit aller Macht eingeredet, daß es für menschliche Niedertracht Grenzen gebe. Als er dann aber im Lauf der Zeit sehen mußte, wozu Menschen alles bereit waren, um ihre diversen Gelüste zu befriedigen – das verbreitetste von ihnen, Habgier, war oft auch das unwiderstehlichste –, hatte er diese Illusion unter der steigenden Flut abbröckeln sehen, bis er sich manchmal vorkam wie dieser verrückte irische König, dessen Namen er nie richtig aussprechen konnte, der am Meeresufer stand und mit seinem Schwert auf die anrollenden Wogen einhieb, rasend gemacht von der Unbezwingbarkeit der schwellenden Wasser.

Es erstaunte ihn also nicht mehr, daß alte Leute ihres Geldes wegen umgebracht wurden; was ihn erstaunte, waren höchstens die Methoden, weil sie zumindest auf den ersten Blick äußerst unzuverlässig oder leicht durchschaubar waren.

Auch hatte er im Lauf der Jahre, in denen er sein Handwerk

ausübte, gelernt, daß die wichtigste Spur, der es zu folgen galt, immer die des Geldes war. Der Ort, an dem sie begann, war gewöhnlich vorgegeben: die Person, der man es entweder mit Gewalt oder durch Täuschung genommen hatte. Der andere Ort, wo sie endete, war ungleich schwerer zu finden, allerdings auch der bedeutsamere. *Cui bono?*

Wenn Suor Immacolata recht hätte – er zwang sich, in der Möglichkeitsform zu denken –, dann müßte er als erstes das Ende der Spur finden, die das Geld dieser alten Leute hinterlassen hatte, und diese Suche konnte nur bei ihren Testamenten beginnen.

Er fand Signorina Elettra an ihrem Schreibtisch vor und war erstaunt, sie an ihrem Computer arbeiten zu sehen. Fast hatte er damit gerechnet, sie über der Zeitung oder einem Kreuzworträtsel anzutreffen, zur Feier von Pattas Abwesenheit. »Signorina, was wissen Sie über Testamente?« fragte er schon beim Eintreten.

»Daß ich noch keins gemacht habe«, sagte sie leichthin und lächelte, behandelte die Frage als etwas Fernliegendes, wie es wohl jeder tut, wenn er erst Anfang Dreißig ist.

Auf daß du nie in diese Verlegenheit kommen mögest, wünschte Brunetti ihr im stillen. Er erwiderte ihr Lächeln nur kurz, bevor er seinerseits wieder ernst wurde. »Schön, dann also über anderer Leute Testamente.«

Als sie merkte, daß es ihm ernst damit war, wirbelte sie auf ihrem Drehstuhl herum und sah ihn an, um auf seine Erklärung zu warten.

»Ich möchte in Erfahrung bringen, was in den Testamenten von fünf Leuten steht, die letztes Jahr hier im Altersheim San Leonardo gestorben sind.«

»Waren die Leute aus Venedig?« fragte sie.

»Das weiß ich nicht. Warum? Spielt das eine Rolle?«

»Testamente werden von dem Notar eröffnet, der sie aufgesetzt hat, unabhängig davon, wo der Betreffende gestorben ist. Wenn diese Leute ihr Testament hier in Venedig gemacht haben, brauche ich nur noch den Namen des Notars.«

»Und wenn ich den nicht kenne?« fragte er.

»Dann wird es schwieriger.«

»Schwieriger?«

Ihr Lächeln war offen, ihre Stimme sachlich. »Da Sie nicht einfach die Erben um Kopien bitten, Commissario, denke ich mir, daß von Ihren Nachforschungen niemand etwas wissen soll.« Wieder lächelte sie. »Es gibt eine Zentralstelle, wo sie registriert sind. Das Register wurde vor zwei Jahren im Computer erfaßt, kein Problem also, aber wenn die Notare in irgendeinem kleinen *paese* auf dem Festland sitzen, wo man das noch nicht auf dem Computer hat, dann könnte es etwas umständlicher werden.«

»Und wenn sie hier registriert sind, können Sie das in Erfahrung bringen?«

»Natürlich.«

»Wie?«

Sie blickte auf ihren Rock und schnippte ein unsichtbares Stäubchen weg. »Ich glaube, das möchten Sie gar nicht wissen.« Und als sie sah, daß sie seine volle Aufmerksamkeit hatte, fuhr sie fort: »Ich weiß nicht, ob Sie das verstehen würden, Commissario, oder ob ich es Ihnen richtig erklären könnte, aber es gibt Mittel und Wege, an die Codes heranzukommen, die einem Zugang zu fast allen Informationen verschaffen. Je öffentlicher das Ganze ist – Stadtverwaltungen, Staatsarchive –, desto leichter ist der Code herauszubekommen. Und wenn man den erst hat, ist es ... nun, als wären die Leute nach Hause gegangen und hätten die Bürotür offen- und das Licht angelassen.«

»Gilt das für alle staatlichen Behörden?« fragte Brunetti beklommen.

»Ich glaube, auch das möchten Sie lieber nicht wissen«, antwortete sie, ihr Lächeln wie weggewischt.

»Wie leicht kommt man an solche Informationen heran?« fragte er.

»Sagen wir mal, das hängt unmittelbar damit zusammen, wie geschickt derjenige ist, der danach sucht.«

»Und wie geschickt sind Sie, Signorina?«

Die Frage löste wieder ein Lächeln aus, ein ganz winziges. »Ich glaube, das ist noch so eine Frage, auf die ich lieber nicht antworten möchte, Commissario.«

Er betrachtete die weichen Konturen ihres Gesichts und entdeckte zum erstenmal zwei dünne Fältchen, die von den Augenwinkeln ausgingen, zweifellos eine Folge häufigen Lächelns. Es fiel ihm schwer zu glauben, daß er eine junge Frau mit kriminellen Talenten und, höchstwahrscheinlich, krimineller Energie vor sich hatte.

Ohne Rücksicht auf seinen Diensteid fragte Brunetti: »Wenn die Leute aber von hier sind, dann können Sie mir die Informationen beschaffen?«

Er sah, wie sie sich bemühte, jede Spur von Stolz aus ihrem Ton herauszuhalten, aber sie bemühte sich vergebens. »Aus dem standesamtlichen Archiv, Commissario?«

Brunetti nickte, amüsiert über den herablassenden Ton, in dem eine frühere Angestellte der Banca d'Italia von einer bloßen Behörde sprach.

»Die Namen der Haupterben kann ich Ihnen bis nach der Mittagspause besorgen. Mit den Testamentskopien dürfte es ein, zwei Tage dauern.«

Angabe können sich nur die Jungen und Schönen leisten, dachte Brunetti. »Nach der Mittagspause, das wäre gerade recht, Signorina.« Er ließ die Liste mit den Namen und Sterbedaten auf ihrem Schreibtisch liegen und ging in sein Dienstzimmer zurück.

Als er wieder am Schreibtisch saß, las er noch einmal die beiden Namen, die er sich aufgeschrieben hatte: Dr. Fabio Messini und Padre Pio Cavaletti. Er kannte keinen von ihnen, aber in einer Stadt mit solch inzestuöser Sozialstruktur war das für jemanden, der Informationen brauchte, unerheblich.

Er rief unten an, wo die Uniformierten ihren Dienst taten. »Vianello, könnten Sie mal kurz heraufkommen? Und bringen Sie auch Miotti mit, ja?« Während er auf das Erscheinen der beiden Polizisten wartete, malte er gedankenverloren Striche unter die Namen, und erst als Vianello und Miotti zur Tür hereinkamen, merkte er, daß es Kreuze waren. Er legte den Stift weg und wies die beiden zu den Stühlen vor seinem Schreibtisch.

Als Vianello sich hinsetzte, klappte seine Uniformjacke auf, die er nicht zugeknöpft hatte, und Brunetti sah, daß er dünner aussah als im Winter.

»Machen Sie eine Schlankheitskur, Vianello?« fragte er.

»Nein, Commissario«, antwortete der Sergente, überrascht, daß Brunetti das gemerkt hatte. »Fitneßtraining.«

»Was?« Brunetti, für den der Gedanke an Fitneßtraining fast etwas Obszönes hatte, versuchte seine Verblüffung erst gar nicht zu verbergen.

»Fitneßtraining«, wiederholte Vianello. »Ich gehe nach der Arbeit für eine halbe Stunde oder so ins Studio.«

»Und was machen Sie dort?«

»Trainieren, Commissario.«

»Wie oft?«

»Sooft ich kann«, antwortete Vianello, plötzlich ausweichend.

»Und wie oft ist das?«

»Hm, drei- bis viermal die Woche.«

Miotti saß stumm dabei und drehte den Kopf von einem zum anderen, während er dieser seltsamen Unterhaltung folgte. War das Verbrechensbekämpfung?

»Und was machen Sie, wenn Sie da hingehen?«

»Ich trainiere, Commissario.« Vianello sprach das Verb mit deutlichem Nachdruck.

Voll Interesse, wenn auch eher der gruseligen Art, beugte Brunetti sich vor, die Ellbogen auf den Schreibtisch und das Kinn auf die Hände gestützt. »Aber was? Auf der Stelle laufen? An Seilen schwingen?«

»Nein«, antwortete Vianello todernst. »Mit Geräten.«

»Was für Geräten?«

»Fitneßgeräten.«

Brunetti richtete den Blick auf Miotti, der, weil er jung war, vielleicht etwas davon verstand. Aber Miotti, dessen Jugend seinen Körper von selbst in Schuß hielt, schaute von Brunetti weg und wieder zu Vianello.

»Hm, ja«, beendete Brunetti das Thema, nachdem klar war, daß Vianello sich nichts weiter entlocken lassen würde, »Sie sehen jedenfalls sehr gut aus.«

»Danke, Commissario. Vielleicht möchten Sie es ja selbst einmal probieren.«

Brunetti zog den Bauch ein und setzte sich aufrechter hin, um nun wieder auf die Arbeit zu sprechen zu kommen. »Miotti«, begann er, »Ihr Bruder ist doch Priester, nicht wahr?«

»Ja, Commissario«, antwortete Miotti, sichtlich erstaunt, daß sein Vorgesetzter das wußte.

»Ein Ordenspriester?«

»Ja, Commissario. Dominikaner.«

»Ist er hier in Venedig?«

»Nein. Er war vier Jahre hier, aber vor drei Jahren haben sie ihn nach Novara geschickt, als Lehrer an einer Jungenschule.«

»Haben Sie Kontakt mit ihm?«

»Ja, Commissario. Wir telefonieren jede Woche, und drei- oder viermal im Jahr sehen wir uns.«

»Gut. Wenn Sie das nächste Mal mit ihm sprechen, könnten Sie ihn dann etwas fragen?«

»Und was wäre das, Commissario?« fragte Miotti, während er schon Notizbuch und Stift aus der Jackentasche zog und zu Brunettis Freude nicht nach dem Warum fragte.

»Fragen Sie ihn doch bitte, ob er irgend etwas über Padre Pio

Cavaletti weiß. Er gehört dem Orden vom Heiligen Sakrament hier in Venedig an.« Brunetti sah Vianellos hochgezogene Augenbrauen, aber der Sergente schwieg und hörte nur zu.

»Soll ich ihn nach etwas Bestimmtem fragen, Commissario?«

»Nein, nur nach allem, was ihm so einfällt oder woran er sich erinnert.«

Miotti wollte etwas sagen, zögerte dann aber und fragte: »Können Sie mir mehr über den Mann sagen, Commissario? Was ich meinem Bruder weitersagen kann?«

»Er ist Seelsorger der *casa di cura* unweit des Ospedale Giustinian, aber das ist alles, was ich über ihn weiß.«

Miotti hielt den Kopf gesenkt und schrieb, weshalb Brunetti fragte: »Wissen *Sie* etwas über ihn, Miotti?«

Der junge Polizist sah auf. »Nein, Commissario. Ich hatte mit den geistlichen Freunden meines Bruders nie viel zu tun.«

Mehr als die Worte war es der Ton, der Brunetti fragen ließ: »Hat das einen Grund?«

Statt zu antworten, schüttelte Miotti rasch den Kopf, blickte in sein Notizbuch und schrieb noch ein paar Worte dazu.

Brunetti warf Vianello über den gesenkten Kopf des Jüngeren hinweg einen Blick zu, aber der Sergente zuckte nur kaum wahrnehmbar mit den Schultern. Brunetti öffnete weit die Augen und nickte kurz zu Miotti hin. Vianello, der dies als eine Aufforderung interpretierte, auf dem Weg nach unten die Gründe für die Zurückhaltung des jungen Mannes zu erforschen, erwiderte das Nicken.

»Noch etwas, Commissario?« fragte Vianello.

»Bis heute nachmittag«, sagte Brunetti, um die Frage zu beantworten, aber mit den Gedanken bei den Testamenten, die Signorina Elettra ihm versprochen hatte, »dürfte ich die Namen einiger Leute haben, die ich gern mal aufsuchen würde, um mich mit ihnen zu unterhalten.«

»Soll ich mitkommen?« fragte Vianello.

Brunetti nickte. »Um vier«, entschied er, denn das gab ihm

reichlich Zeit, von der Mittagspause zurück zu sein.« »Gut. Dann wäre das vorerst alles. Ich danke Ihnen beiden.«

»Ich hole Sie ab«, sagte Vianello, bereits im Aufstehen. Als der jüngere Mann zur Tür ging, drehte Vianello sich noch einmal um, deutete mit dem Kinn auf Miottis Rücken und nickte Brunetti zu. Falls es irgend etwas Interessantes an Miottis Abneigung gegen die geistlichen Freunde seines Bruders gäbe, würde Vianello es ihm am Nachmittag sagen können.

Nachdem sie fort waren, zog Brunetti eine Schublade auf und nahm das Branchenverzeichnis heraus. Er sah unter Ärzten nach, fand aber in Venedig keinen Eintrag unter Messini. Dann versuchte er es im normalen Telefonbuch, wo drei Messinis verzeichnet waren, darunter ein Doktor Fabio Messini mit einer Anschrift in Dorsoduro. Brunetti notierte sich die Nummer und die Adresse, dann nahm er den Hörer ab und wählte aus dem Gedächtnis eine andere Nummer.

Nach dem dritten Klingeln wurde abgenommen, und eine Männerstimme sagte: »*Allò?*«

»*Ciao*, Lele«, sagte Brunetti, der an der rauhen Stimme gleich erkannt hatte, daß der Maler selbst am Apparat war. »Ich rufe an, weil ich etwas über einen deiner Nachbarn wissen möchte, Dottor Fabio Messini.« Wenn jemand in Dorsoduro wohnte, dann mußte Lele Cossato, dessen Familie seit den Kreuzzügen in Venedig ansässig war, etwas über ihn wissen.

»Ist das der mit der Afghanin?«

»Frau oder Hund?« fragte Brunetti lachend.

»Hund, wenn es der ist, den ich meine. Die Frau ist Römerin, aber die Hündin ist ein Afghane. Schön und anmutig. Die Hündin. Die Frau aber auch, wenn ich mir's recht überlege. Sie kommt mindestens einmal am Tag mit dem Hund an meiner Galerie vorbei.«

»Der Messini, den ich suche, leitet ein Pflegeheim in der Nähe des Ospedale Giustinian.«

Lele, der alles wußte, sagte: »Ist das nicht derselbe, dem auch das Heim gehört, in dem Regina ist?«

»Ja.«

»Wie geht es ihr, Guido?« Lele, nur wenige Jahre jünger als Brunettis Mutter, kannte sie seit Urzeiten und war einer der besten Freunde ihres Mannes gewesen.

»Immer gleich, Lele.«

»Gott schütze sie, Guido. Es tut mir leid.«

»Danke«, sagte Brunetti. Weiter gab es dazu nichts zu sagen.

»Und dieser Messini?«

»Soweit ich mich erinnere, hat er hier vor etwa zwanzig Jahren eine Praxis aufgemacht. Aber dann hat er Fulvia, die Römerin, geheiratet und mit dem Geld ihrer Familie die *casa di cura* eröffnet. Danach hat er seine Privatpraxis aufgegeben. Glaube ich jedenfalls. Und inzwischen leitet er meines Wissens vier oder fünf Altersheime.«

»Kennst du ihn persönlich?«

»Nein. Ich sehe ihn nur hin und wieder. Nicht oft. Jedenfalls nicht so oft wie seine Frau.«

»Woher kennst du sie?« fragte Brunetti.

»Sie hat über die Jahre ein paar Bilder bei mir gekauft. Ich mag sie. Intelligente Frau.«

»Mit gutem Kunstgeschmack?« fragte Brunetti.

Leles Lachen scholl durch den Hörer. »Die Bescheidenheit verbietet mir, diese Frage zu beantworten.«

»Wird irgend etwas über ihn geredet? Oder über beide?«

Am anderen Ende der Leitung entstand eine lange Pause, dann sagte Lele: »Mir ist nie etwas zu Ohren gekommen. Aber ich kann mich umhören, wenn du möchtest.«

»Ja, aber laß keinen merken, daß du fragst«, sagte Brunetti, obwohl er wußte, daß die Ermahnung unnötig war.

»Meine Zunge wird sein wie eine sanfte Brise auf stiller See«, versetzte Lele.

»Dafür wäre ich dir sehr dankbar, Lele.«

»Es hat aber nichts mit Regina zu tun, oder?«

»Nein, nichts.«

»Gut. Sie war so eine wundervolle Frau, Guido.« Und als ob ihm plötzlich bewußt geworden sei, daß er in der Vergangenheitsform gesprochen hatte, fügte er rasch hinzu: »Ich rufe dich an, sobald ich etwas erfahren habe.«

»Danke, Lele.« Brunetti hätte ihn um ein Haar noch einmal zur Diskretion ermahnt, aber dann überlegte er sich, daß einer, der in der venezianischen Kunst- und Antiquitätenszene so erfolgreich war wie Lele, ebensoviel Fingerspitzengefühl besitzen wie stahlhart sein mußte, und so verabschiedete er sich nur rasch.

Es war noch lange nicht zwölf, aber der Duft des Frühlings, der seit einer Woche die Stadt belagerte, lockte Brunetti nach draußen. Außerdem war er zur Zeit der Chef, warum sollte er also nicht einfach gehen, wann es ihm gefiel? Er fühlte sich noch nicht einmal verpflichtet, bei Signorina Elettra reinzuschauen und ihr zu sagen, wohin er ging; aller Wahrscheinlichkeit nach steckte sie sowieso bis zu den Ellbogen in ihrer Computerkriminalität, und da wollte er sich weder zum Mitwisser machen noch, um die Wahrheit zu sagen, ihr zwischen den Füßen sein, also überließ er sie ihrem Tun und machte sich auf den Weg zur Rialtobrücke und nach Hause.

Es war kalt und feucht gewesen, als er am Morgen die Wohnung verließ, und nun empfand er in der zunehmenden Wärme des Tages sein Jackett und den Mantel als Last. Er knöpfte beide auf, nahm seinen Schal ab und steckte ihn in die Tasche, aber es war immer noch so warm, daß er den ersten Schweiß dieses Jahres auf seinem Rücken spürte. Er fühlte sich wie eingesperrt in seinen wollenen Anzug, und schon meldete sich der verräterische Gedanke, daß sowohl Hose wie Jackett ein bißchen mehr spannten als zu Beginn des Winters, als er sie zum erstenmal angezogen hatte. An der Rialtobrücke angekommen, gab er sich plötzlich einen Ruck, nahm energisch Anlauf und begann die

Stufen hinaufzulaufen. Nach dem ersten Dutzend ging ihm die Luft aus, und er fiel ins Schrittempo zurück. Oben verschnaufte er kurz und schaute nach links zu dem Bogen, den der Canal Grande in Richtung San Marco und Dogenpalast beschrieb. Die Sonne blitzte auf dem Wasser, auf dem sich die ersten schwarzköpfigen Möwen der Saison wiegten.

Als er wieder bei Atem war, ging er auf der anderen Seite der Brücke hinunter, und der milde Tag stimmte ihn so zufrieden, daß er gar nicht einmal wie sonst Anstoß an den verstopften Straßen und dem Touristengewimmel nahm. An den Obst- und Gemüseständen, zwischen denen er hindurchging, sah er den ersten Spargel und überlegte, ob er Paola dazu bringen könnte, welchen zu kaufen. Ein Blick auf den Preis belehrte ihn, daß er darauf frühestens in einer Woche hoffen konnte, wenn der Markt damit überschwemmt war und der Preis auf die Hälfte sank. Im Weitergehen studierte er die Gemüse und die Preise und wechselte hin und wieder ein Kopfnicken oder einen Gruß mit Leuten, die er kannte. Am letzten Stand rechts entdeckte er etwas Grünes, dessen Blattform ihm bekannt vorkam, und ging hin, um es sich näher anzusehen.

»Ist das *puntarella*?« fragte er, ganz überrascht, diesen Salat schon so früh im Jahr auf dem Markt zu sehen.

»Ja, und außerdem der beste in Rialto«, versicherte ihm der Verkäufer, dessen Gesicht rot war vom jahrelangen Weingenuß. »Sechstausend das Kilo, und das ist billig.«

Brunetti weigerte sich, auf diese absurde Behauptung zu antworten. In seiner Jugend hatte dieses Zichoriengewächs ein paar hundert Lire das Kilo gekostet, und nur wenige Leute aßen es; wer es kaufte, verfütterte es meist an die Kaninchen, die illegal in den Hinterhöfen und Gärten gehalten wurden.

»Ich nehme ein halbes Kilo«, sagte Brunetti, während er ein paar Geldscheine aus der Tasche kramte.

Der Verkäufer beugte sich über die Gemüseberge und raffte eine Handvoll von den gezackten grünen Blättern zusammen.

Er zauberte wie ein Magier von irgendwoher ein braunes Papier, knallte es auf die Waage, ließ die Blätter darauf fallen und wickelte das Ganze rasch zu einem ordentlichen Päckchen zusammen, legte es auf eine Steige mit sorgsam aufgestapelten Baby-Zucchini und streckte die Hand aus. Brunetti gab ihm drei Tausendlirescheine, verlangte keine Plastiktüte und setzte seinen Heimweg fort.

Bei der Uhr hoch oben an der Mauer wandte er sich nach links in Richtung San Aponal und Zuhause. Ohne zu überlegen, bog er rechts ab, ging zu Do Mori hinein und ließ sich eine mit Schinken umwickelte dünne Brotstange geben, deren salzigen Geschmack er mit einem Glas Chardonnay hinunterspülte.

Einige Minuten später, wieder außer Atem von den über neunzig Stufen zu seiner Wohnung, schloß er die Tür auf und wurde von einem Düftegemisch begrüßt, das seine Seele wärmte und ihm von Heim, Herd, Familie und Freude sang.

Obwohl der betäubende Geruch nach Knoblauch und Zwiebeln keinen Zweifel daran ließ, rief er: »Paola, bist du da?«

Ein lautes »Sí« aus der Küche antwortete ihm und zog ihn über den Flur zu ihr. Er legte sein Päckchen auf den Küchentisch und ging zu Paola an den Herd, um ihr einen Kuß zu geben und zu sehen, was sie da in der Pfanne brutzelte.

Rote und gelbe Paprikastreifen schmorten in einer dicken Tomatensoße, aus der es nach Sardellen duftete. »*Tagliatelle?*« fragte er hoffnungsvoll.

Sie lächelte und beugte sich vor, um weiter in der Soße zu rühren. »Natürlich.« Dann drehte sie sich um und sah das Päckchen auf dem Tisch. »Was ist das?«

»*Puntarella*. Ich dachte, das paßt als Salat zur Anchovissoße.«

»Gute Idee«, meinte sie hörbar erfreut. »Wo hast du das aufgetrieben?«

»Bei dem Mann, der seine Frau schlägt.«

»Wie?« fragte sie verwirrt.

»Am letzten Stand rechts, wenn man zum Fischmarkt geht; der Mann mit der roten Nase.«

»Schlägt der seine Frau?«

»Na ja, wir hatten ihn schon dreimal in der Questura. Aber jedesmal zieht sie die Anzeige zurück, wenn sie wieder nüchtern ist.«

Brunetti sah sie im Geiste die Reihe der Verkäufer auf der rechten Marktseite durchgehen. »Ist das die Frau mit der Nerzjacke?« fragte sie schließlich.

»Ja.«

»Das wußte ich gar nicht.«

Brunetti zuckte die Achseln.

»Kannst du da nichts machen?« fragte sie.

Da er hungrig war und eine Diskussion seine Mahlzeit hinauszögern würde, antwortete er knapp: »Nein. Nicht unsere Aufgabe.«

Er warf Mantel und Jackett über die Lehne eines Küchenstuhls, holte eine Flasche Wein aus dem Kühlschrank und murmelte: »Hm, riecht gut«, während er auf der Suche nach einem Glas um sie herumging.

»Nicht eure Aufgabe?« wiederholte sie, und ihr Ton sagte ihm, daß sie »ein Thema« gefunden hatte.

»Nein, solange sie nicht offiziell Anzeige erstattet, was sie bisher aber nie getan hat.«

»Vielleicht hat sie Angst vor ihm.«

»Paola«, sagte er entnervt, denn er hatte darum herumzukommen gehofft, »sie bringt doppelt soviel auf die Waage wie er, mindestens hundert Kilo. Ich bin überzeugt, sie könnte ihn aus dem Fenster schmeißen, wenn sie nur wollte.«

»Aber?« fragte sie, denn sie hatte das Unausgesprochene aus seinem Ton herausgehört.

»Aber sie will nicht, würde ich sagen. Sie streiten, die Sache eskaliert, und dann ruft sie uns.« Er füllte sein Glas, trank einen Schluck und hoffte es hinter sich zu haben.

»Und dann?« fragte Paola.

»Dann nehmen wir ihn hopp, bringen ihn in die Questura und behalten ihn da, bis sie ihn am nächsten Morgen abholt. Das passiert etwa alle sechs Monate einmal, aber nie hat sie irgendwelche ernsthaften Gewaltspuren an sich, und jedesmal ist sie froh, ihn wieder mit nach Hause nehmen zu können.«

Paola dachte noch eine kleine Weile darüber nach, aber schließlich ließ sie das Thema mit einem Achselzucken fallen. »Komisch, nicht?«

»Sehr«, pflichtete Brunetti ihr bei. Aus langer Erfahrung wußte er, daß sie beschlossen hatte, das Thema nicht weiterzuverfolgen.

Als er sich bückte, um Mantel und Jackett von der Stuhllehne zu nehmen und zur Garderobe zu tragen, sah er einen braunen Umschlag auf dem Tisch liegen.

»Ist das Chiaras Zeugnis?« fragte er, während er danach griff.

»Hmmmh«, machte Paola, die gerade Salz in das Wasser tat, das auf der hinteren Herdflamme kochte.

»Wie ist es denn?« fragte er. »Gut?«

»Ausgezeichnet in allen Fächern, außer einem.«

»Leibeserziehung?« fragte er ein wenig ratlos, denn Chiara hatte sich gleich bei Schuleintritt zu den Besten in ihrer Klasse emporgearbeitet und diesen Platz bis jetzt gehalten. Aber seine Tochter war wie er, zog Faulenzen jeder sportlichen Betätigung vor, weshalb er sich nur bei diesem Fach vorstellen konnte, daß Chiara darin nicht gut war.

Er nahm das Blatt aus dem Umschlag und überflog es.

»Religionsunterricht?« fragte er. »Religionsunterricht?«

Paola sagte nichts, also wandte er sich wieder dem Zeugnis zu und las die Anmerkung des Lehrers zur Begründung der Note »unbefriedigend«.

»›Stellt zu viele Fragen‹?« las er laut. »Und: ›Stört den Unterricht.‹ Was soll das?« fragte Brunetti, indem er Paola das Blatt unter die Nase hielt.

»Da wirst du sie selbst fragen müssen, wenn sie nach Hause kommt.«

»Ist sie denn noch nicht da?« Brunetti befiel der irre Gedanke, daß Chiara vielleicht ihr schlechtes Zeugnis kannte und sich nun irgendwo versteckt hielt, sich nicht nach Hause traute. Doch bei einem Blick auf die Uhr sah er, daß es noch früh am Tag war; sie konnte erst in einer Viertelstunde da sein.

Paola, die gerade vier Teller auf dem Tisch verteilte, schubste ihn mit der Hüfte sanft beiseite.

»Hat sie dir darüber schon etwas gesagt?« fragte Brunetti, indem er Platz machte.

»Nichts Bestimmtes. Nur daß sie den Priester nicht leiden kann, aber nicht, warum. Beziehungsweise, ich habe sie nicht gefragt, warum.«

»Was ist das denn für ein Priester?« wollte Brunetti wissen, während er einen Stuhl unter dem Tisch hervorzog und sich an seinen Platz setzte.

»Wie meinst du das?«

»Ich meine, ob er – wie nennt man das noch? – ein weltlicher Priester ist oder einem Orden angehört.«

»Ich glaube, er ist ein normaler Pfarrpriester, von der Kirche bei der Schule.«

»San Polo?«

»Ja.«

Während dieses Gesprächs las Brunetti die Beurteilungen der anderen Lehrer, die samt und sonders Chiaras Intelligenz und Fleiß lobten. Ihr Mathematiklehrer nannte sie eine »außerordentlich begabte Schülerin mit einer besonderen Anlage für Mathematik«, und ihr Italienischlehrer ging so weit, Chiaras schriftlichen Ausdruck als »elegant« zu bezeichnen. Keiner der Kommentare enthielt irgendeine Einschränkung, nirgends trat die natürliche Neigung von Lehrern zutage, stets eine strenge Ermahnung einzuflechten, um der Eitelkeit zu wehren, die jedes lobende Wort gewiß zur Folge hatte.

»Ich verstehe das nicht«, sagte Brunetti. Er steckte die *pagella* wieder in den Umschlag und warf ihn sanft auf den Tisch. Nachdem er einen kurzen Augenblick überlegt hatte, wie er seinen Satz formulieren sollte, fragte er Paola: »Du hast nichts zu ihr gesagt, nein?«

In ihrem großen Freundeskreis sah jeder in Paola etwas anderes, alle aber kannten sie als *»una mangiapreti«,* eine Pfaffenfresserin. Ihr Haß auf alles Klerikale, der manchmal aus ihr herausbrach, konnte sogar Brunetti noch überraschen, obwohl ihn eigentlich schon lange nichts mehr so recht erschütterte, was Paola sagte oder tat. Aber dieses Thema war für sie ein rotes Tuch, etwas, was sie mehr als alles andere – und dies so unvermittelt wie unfehlbar – in flammende Wut versetzen konnte.

»Du weißt doch, daß ich zugestimmt habe«, sagte sie, wobei sie sich vom Herd weg- und ihm zuwandte. Es hatte Brunetti schon immer gewundert, daß Paola sich so bereitwillig dem Rat ihrer beiden Familien gebeugt hatte, die Kinder taufen und am Religionsunterricht teilnehmen zu lassen. »Ein Teil der abendländischen Kultur«, sagte sie oft mit eisiger Höflichkeit. Aber die Kinder waren nicht dumm und hatten schnell begriffen, daß Paola nicht diejenige war, an die man sich mit Glaubensfragen wenden konnte, allerdings hatten sie auch ebensoschnell begriffen, daß ihre Kenntnis der Kirchengeschichte und des theologischen Disputs nahezu allumfassend war. Wenn sie den Unterschied zwischen nizäischem und athanasianischem Glaubensbekenntnis erklärte, war dies eine Lehrstunde in nüchterner Objektivität und wissenschaftlicher Genauigkeit; wenn sie die Jahrhunderte des Blutvergießens brandmarkte, die aus diesem Unterschied erwuchsen, waren ihre Tiraden, um ein gemäßigtes Wort dafür zu wählen, unmäßig.

Sie hatte die ganzen Jahre Wort gehalten und niemals offen, zumindest nicht in Gegenwart der Kinder, etwas gegen das Christentum oder Religionen überhaupt gesagt. Wenn Chiara also etwas gegen Religion hatte oder sich von irgendwelchen

Vorstellungen zur »Störung des Unterrichts« verleiten ließ, so konnte der Auslöser nicht in etwas liegen, was Paola je gesagt hätte, jedenfalls nicht offen.

Beide drehten sich um, als sie die Tür aufgehen hörten, aber es war Raffi, nicht Chiara. »*Ciao, mamma*«, rief er auf dem Weg zu seinem Zimmer, um seine Schulsachen abzulegen. »*Ciao, papà.*« Wenig später kam er in die Küche. Er bückte sich, um Paola einen Kuß auf die Wange zu drücken, und Brunetti, der noch saß, sah seinen Sohn aus einer anderen Perspektive, nämlich größer.

Raffi hob den Deckel von der Bratpfanne, und als er sah, was darin war, gab er seiner Mutter gleich noch einen Kuß. »Ich sterbe vor Hunger, *mamma*. Wann essen wir?«

»Sobald deine Schwester da ist«, sagte Paola und drehte die Flamme unter dem kochenden Wasser kleiner.

Raffi schob seinen Ärmel zurück und sah auf die Uhr. »Du weißt doch, daß sie immer pünktlich ist. In genau sieben Minuten kommt sie zur Tür herein, also kannst du die Pasta doch jetzt schon ins Wasser tun.« Er griff sich ein Zellophanpäckchen *grissini* vom Tisch, riß es auf und zog drei von den dünnen Gebäckstangen heraus. Er steckte sich die Enden in den Mund und knabberte sie wie ein Kaninchen, das drei lange Grashalme mümmelt, in sich hinein, bis sie verschwunden waren. Dasselbe machte er mit drei weiteren. »Komm schon, *mamma*, ich bin schon fast verhungert, und heute nachmittag muß ich noch zu Massimo, Physik lernen.«

Paola stellte eine Platte mit gebratenen Auberginen auf den Tisch, nickte plötzlich zustimmend und begann, die Streifen frische Pasta ins kochende Wasser zu tun.

Brunetti nahm das Zeugnis aus dem Umschlag und reichte es Raffaele. »Weißt du etwas davon?« fragte er.

Erst seit wenigen Jahren, nachdem Raffi seine von den Eltern so bezeichnete »Karl-Marx-Phase« hinter sich gelassen hatte, waren auch seine Zeugnisse so makellos wie die seiner Schwester seit eh und je, aber selbst im schlimmsten schulischen Notstand jener Zeit war Raffi nie etwas anderes als stolz auf die Leistungen seiner Schwester gewesen.

Er las das Zeugnis von oben bis unten durch und gab es seinem Vater zurück, ohne etwas zu sagen.

»Und?« fragte Brunetti.

»Stört den Unterricht? So, so«, war sein ganzer Kommentar.

Paola schaffte es, beim Umrühren der Pasta ein paarmal laut an den Topf zu schlagen.

»Weißt du etwas davon?« wiederholte Brunetti.

»Also, nicht direkt«, sagte Raffi, der, falls er etwas wußte, offenbar Hemmungen hatte, damit herauszurücken. Als seine Eltern beide nichts sagten, meinte er betrübt: »*Mamma* wird Anfälle kriegen.«

»Weswegen?« fragte Paola mit aufgesetzter Munterkeit.

»Ach …« Raffi wurde von Chiaras Schlüssel im Türschloß unterbrochen.

»Aha, da kommt die Missetäterin persönlich«, sagte Raffi und goß sich ein Glas Mineralwasser ein.

Alle drei sahen Chiara zu, wie sie ihre Jacke an den Haken im Flur hängte, ihre Bücher auf den Boden fallen ließ, sie wieder aufhob und auf einen Stuhl legte. Dann kam sie zur Küche und blieb in der Tür stehen. »Ist jemand gestorben?« fragte sie ohne jede Andeutung von Ironie in der Stimme.

Paola bückte sich und nahm ein Sieb aus dem Schrank. Sie stellte es in den Ausguß und schüttete die Pasta mit dem kochenden Wasser hinein. Chiara blieb an der Tür. »Was ist los?« erkundigte sie sich.

Während Paola sich damit beschäftigte, zuerst die Pasta, dann die Soße in eine Schüssel zu geben, erklärte Brunetti: »Dein Zeugnis ist gekommen.«

Chiaras Gesicht wurde lang. Mehr als ein »Oh« kam nicht aus ihr heraus. Sie schlüpfte an Brunetti vorbei und setzte sich auf ihren Platz am Tisch.

Paola häufte allen vieren, bei Raffi beginnend, große Portionen Pasta auf die Teller, dann streute sie ihnen großzügig geriebenen Parmesankäse darauf. Alle fingen an zu essen.

Als Chiara ihren Teller leer hatte und ihn ihrer Mutter zum Nachschlag hinhielt, fragte sie: »Religion, ja?«

»Ja. Da hast du eine ziemlich schlechte Note«, antwortete Paola.

»Wie schlecht?«

»Unbefriedigend.«

Chiara unterdrückte eine Grimasse, aber mehr schlecht als recht.

»Weißt du, warum?« fragte Brunetti, die Hände über seinem leeren Teller, um Paola zu bedeuten, daß er nichts mehr wolle.

Chiara machte sich über ihre zweite Portion her, während Paola den Rest auf Raffis Teller lud. »Nein, ich glaube nicht.«

»Lernst du nicht fleißig genug?« erkundigte sich Paola.

»Da gibt's nichts zu lernen«, versetzte Chiara. »Nur diesen blöden Katechismus. Den hat man in einem Nachmittag im Kopf.«

»Also?« fragte Brunetti.

Raffi nahm sich ein Brötchen aus dem Korb, der auf dem Tisch stand, brach es durch und begann damit die Soße von seinem Teller aufzuwischen. »Don Luciano?« fragte er.

Chiara nickte und legte ihre Gabel hin. Sie warf einen Blick zum Herd, um zu sehen, was es noch zu essen gab.

»Kennst du diesen Don Luciano?« wandte Brunetti sich an Raffi.

Der verdrehte die Augen. »Mein Gott, wer kennt den nicht!« Dann zu seiner Schwester: »Warst du schon mal bei ihm zur Beichte, Chiara?«

Sie schüttelte rasch den Kopf, sagte aber nichts.

Paola stand auf und nahm die Vorspeisenteller von den größeren Tellern, die darunter standen. Dann öffnete sie die Herdklappe, nahm eine Platte mit *cotoletta alla milanese* heraus, verteilte Zitronenscheiben auf dem Rand und stellte das Ganze auf den Tisch. Während Brunetti sich zwei Stück Fleisch auf den Teller legte, nahm sich Paola schweigend von den Auberginen.

Brunetti sah, daß Paola sich heraushalten wollte, und fragte Raffi: »Wie ist es denn, bei ihm zu beichten?«

»Oh, er ist bei den Kindern berühmt«, antwortete Raffi, während er sich zwei Koteletts auftat.

»Berühmt wofür?« fragte Brunetti.

Statt zu antworten, warf Raffi einen Blick zu Chiara. Beide Eltern sahen sie kaum merklich den Kopf schütteln und sich dann angelegentlich über ihren Teller beugen.

Brunetti legte seine Gabel hin. Chiara sah nicht auf, und Raffi blickte kurz zu Paola, die immer noch schwieg.

»Na gut«, sagte Brunetti schärfer, als er eigentlich gewollt hatte. »Was geht hier vor, und was sollen wir über diesen Don Luciano nicht wissen?«

Er sah von Raffi, der seinem Blick auswich, zu Chiara und war überrascht, ihr Gesicht dunkelrot angelaufen zu sehen. Er dämpfte seinen Ton: »Chiara, darf Raffi uns sagen, was er weiß?«

Sie nickte, aber sah nicht auf.

Raffi tat es seinem Vater nach und legte ebenfalls seine Gabel hin. Aber dann lächelte er: »Es ist eigentlich nichts so Besonderes, *papà*.«

Brunetti schwieg. Paola hätte ebensogut taubstumm sein können.

»Es geht nur darum, wie er mit den Kindern redet. Wenn sie was mit Sex zu beichten haben.« Er verstummte.

»Sex?« wiederholte Brunetti.

»Du weißt schon, *papà*. Was Kinder da so machen.« Brunetti wußte es. »Und was macht Don Luciano dann?« fragte er.

»Er läßt es sich von ihnen schildern. Sie müssen ihm eben alles sagen.« Raffi gab einen Laut von sich, der ein Mittelding zwischen Kichern und Stöhnen war, und brach ab.

Brunetti warf einen Blick zu Chiara und sah, daß sie noch röter geworden war. »Verstehe«, sagte er.

»Eigentlich nur traurig«, meinte Raffi.

»Hat er das je mit dir gemacht?« fragte Brunetti.

»Nein, nein, ich gehe schon seit Jahren nicht mehr zur Beichte. Aber das macht er sowieso nicht bei den Jungen, nur bei den Mädchen.«

»Ist das alles, was er tut?« fragte Brunetti.

»Es ist alles, was ich weiß, *papá*. Ich hatte ihn bis vor ungefähr vier Jahren in Religion, und da hat er uns nur den Katechismus auswendig lernen und aufsagen lassen. Aber zu den Mädchen hat er immer so komische Sachen gesagt; ich meine seltsame, nicht zum Lachen komische.« Er wandte sich an seine Schwester: »Tut er das immer noch?«

Sie zuckte die Achseln.

»Bei dir, Chiara?« fragte Brunetti.

Sie schüttelte den Kopf.

»Bei einer, die du kennst?«

Wieder eine stumme Verneinung.

»Möchte jemand noch ein Kotelett?« fragte Paola in ganz normalem Ton. Zweimaliges Kopfschütteln und ein Grunzen waren die Antwort, die sie zum Anlaß nahm, die Platte abzuräumen. Sie aßen ihren *puntarella*-Salat in aller Stille, die nur vom Klappern ihrer Gabeln auf den Tellern unterbrochen wurde. Paola hatte zum Nachtisch eigentlich nur frisches Obst auftischen wollen, aber nun öffnete sie statt dessen eine Pappschachtel, die auf dem Küchentresen stand, und entnahm ihr eine dicke Torte, garniert mit frischen Früchten und gefüllt mit Schlagsahne. Ursprünglich hatte sie diese in die Universität mitnehmen wollen, um sie nach der monatlichen Fakultätssitzung ihren Kollegen vorzusetzen.

»Chiara, bist du so lieb und holst die Kuchenteller?« meinte sie, während sie ein breites silbernes Messer aus einer Schublade nahm.

Die Stücke, die sie abschnitt, waren für Brunettis Begriffe groß genug, um sie alle in einen Insulinschock zu jagen. Aber der süße

Kuchen, dann der Kaffee und dann das Gespräch über den ersten richtigen Frühlingstag, der ebenso süß war wie der Kuchen, ließen wieder so etwas wie eine friedliche Stimmung in der Familie aufkommen. Hinterher erklärte Paola, sie werde den Abwasch machen, während Brunetti beschloß, die Zeitung zu lesen. Chiara verzog sich in ihr Zimmer, und Raffi ging zu seinem Freund, um Physik zu pauken. Weder Brunetti noch Paola sprachen weiter über das Thema, aber beide wußten, daß sie mit Don Luciano noch nicht fertig waren.

3

Nach dem Mittagessen nahm Brunetti zwar seinen Mantel mit, aber er hängte ihn sich für den Weg zur Questura nur über die Schultern und genoß, behaglich durchgewärmt nach dem üppigen Mahl, die Milde des Tages. Er zwang sich, die Enge seines Anzugs zu ignorieren, indem er sich sagte, daß es nur die ungewohnte Wärme sei, die ihn das Gewicht des schweren Wollstoffs spüren ließ. Außerdem nahm doch im Winter jeder seine ein oder zwei Kilo zu; es tat einem wahrscheinlich nur gut, stärkte die Abwehrkräfte gegen Krankheiten.

Als er gerade von der Rialtobrücke hinunterging, sah er am *embarcadero* rechts von ihm ein zweiundachtziger Boot anlegen und rannte, ohne nachzudenken, los, um es zu erwischen, was er auch gerade noch schaffte, bevor es wieder ablegte und die Kanalmitte ansteuerte. Er begab sich auf die rechte Seite des Boots, blieb aber draußen an Deck und freute sich an der Brise und den Lichtreflexen, die auf dem Wasser tanzten. Rechts sah er die Calle Tiepolo näher kommen und spähte angestrengt die enge Gasse hinauf nach dem Geländer seiner Dachterrasse, aber das Boot glitt so schnell vorbei, daß er nichts erkennen konnte, und so wandte er seine Aufmerksamkeit wieder dem Canal Grande zu.

Brunetti fragte sich oft, wie es wohl in den Tagen der Serenissima gewesen war, als man diese herrliche Fahrt noch allein mit Ruderkraft machte, sich in einer Stille bewegte, in der keine Motoren brummten und Hupen dröhnten und man nichts als das »Ouie« der Bootsleute und das Platschen der Ruderblätter vernahm. So vieles hatte sich verändert: Die heutigen Kaufleute verkehrten miteinander über diese gräßlichen *telefonini*, nicht mehr mit Segelschiffen. Die Luft stank nach den Auto- und Industrieabgasen, die vom Festland herüberwehten; kein

Seewind schien in der Lage, die Stadt einmal richtig sauberzublasen. Das einzige, was die Zeit unangetastet gelassen hatte, war das tausendjährige Erbe der Käuflichkeit, und Brunetti fühlte sich bei dem Gedanken immer etwas unbehaglich, weil er sich nicht entscheiden konnte, ob er das gut oder schlecht finden sollte.

Er hatte an San Samuele aussteigen und den langen Weg über San Marco nehmen wollen, aber der Gedanke an die Menschenmassen, die das milde Wetter ins Freie gelockt haben mußte, ließ ihn weiter auf dem Boot bleiben, das er erst bei San Zaccaria verließ. Von dort nahm er den kürzesten Weg zur Questura, wo er kurz nach drei ankam, anscheinend aber vor den meisten uniformierten Kollegen.

In seinem Zimmer mußte er feststellen, daß der Papierkram auf seinem Schreibtisch sich während seiner Mittagspause vermehrt hatte – vielleicht konnte Papier sich ja fortpflanzen. Signorina Elettra hatte ihm, wie versprochen, eine säuberlich getippte Liste mit den Namen der Haupterben jener Leute hingelegt, die Suor Immacolata – er korrigierte sich: Maria Testa – ihm genannt hatte. Sie hatte auch die Adressen und Telefonnummern dazugeschrieben, und als Brunetti die Liste überflog, sah er, daß drei von ihnen in Venedig wohnten. Der vierte lebte in Turin, und im letzten Testament waren sechs Erben aufgeführt, die alle nicht in Venedig wohnhaft waren. Zuunterst lag eine getippte Notiz von Signorina Elettra, daß sie die Kopien der Testamente bis morgen nachmittag beschaffen könne.

Brunetti dachte kurz daran, sich telefonisch anzumelden, überlegte dann aber, daß es immer, zumindest beim ersten Gespräch, von gewissem Vorteil war, unangemeldet und nach Möglichkeit auch unerwartet zu erscheinen, also begnügte er sich damit, die Adressen auf dem Stadtplan, den er im Kopf hatte, in die geographisch sinnvollste Reihenfolge zu bringen und die Liste in seine Jackettasche zu stecken. Daß er sie lieber überraschte, hatte überhaupt nichts mit Schuld oder Unschuld der

Leute zu tun, mit denen er sprach; lange Erfahrung hatte ihn nur gelehrt, daß Menschen eher bei der Wahrheit blieben, wenn man sie überrumpelte.

Er beugte sich über die übrigen dienstlichen Papiere und begann zu lesen, lehnte sich aber schon bald auf seinem Stuhl zurück, zog den Stapel näher zu sich und las so weiter. Schon nach wenigen Minuten sorgten die Langweiligkeit des Inhalts, die Wärme des Zimmers und die Nachwirkung des Mittagessens dafür, daß ihm die Hände in den Schoß und das Kinn auf die Brust sanken. Irgendwann später wurde er vom Zuschlagen einer Tür auf dem Korridor aufgeschreckt. Er schüttelte den Kopf, fuhr sich ein paarmal mit den Händen übers Gesicht und wünschte sich einen Kaffee. Statt dessen sah er beim Aufblicken Vianello in der Tür stehen, die, wie ihm soeben dämmerte, während seines Nickerchens die ganze Zeit offen gewesen war.

»Ah, Sergente«, sagte Brunetti mit dem Lächeln dessen, der die volle Übersicht über alles und jeden in der Questura hat. »Was gibt's?«

»Ich hatte versprochen, Sie abzuholen. Es ist Viertel vor vier.«

»So spät schon?« meinte Brunetti mit einem kurzen Blick auf die Uhr.

»Ja, Commissario«, antwortete Vianello. »Ich war schon einmal hier, aber da waren Sie beschäftigt.« Vianello wartete, bis das richtig angekommen war, dann fügte er hinzu: »Was ich mache, hat den großen Vorteil, daß es mir soviel Schwung gibt, ein richtig gutes Gefühl.«

Brunetti, der keine Ahnung hatte, wovon Vianello da sprach, wollte gerade antworten, daß der Mensch bei allem, was er tue, ein gutes Gefühl haben solle, als ihm aufging, daß der Sergente wahrscheinlich sein Fitneßtraining meinte, und dazu sagte er lieber nichts.

»Ich meine, das gute Gefühl kommt davon, daß es mir soviel Schwung gibt«, fuhr der Sergente fort, aber als er sah, daß Brunetti nicht gewillt war, darauf einzugehen, sagte er: »Das Boot liegt bereit.«

Auf der Treppe nach unten fragte Brunetti: »Haben Sie mit Miotti gesprochen?«

»Ja, Commissario. Genau wie ich vermutet hatte.«

»Sein Bruder ist schwul?« fragte Brunetti, ohne Vianello dabei auch nur anzusehen.

Vianello blieb abrupt stehen, und als Brunetti sich zu ihm umdrehte, fragte der Sergente: »Woher wissen Sie das?«

»Es schien ihm unangenehm zu sein, von seinem Bruder und dessen klerikalen Freunden zu sprechen, und mir fiel nichts anderes ein, was Miotti an einem Priester unangenehm sein könnte. Er ist nicht gerade der größte Freigeist unter unseren Beamten.« Und dann meinte Brunetti nach kurzem Überlegen noch: »Außerdem überrascht es einen ja nicht besonders, wenn ein Priester schwul ist.«

»Das Gegenteil würde einen eher überraschen«, meinte Vianello, während er sich wieder in Bewegung setzte. Dann kam er auf Miotti zurück. »Sie haben aber immer gesagt, daß er ein guter Polizist ist, Commissario.«

»Nicht nur Freigeister können gute Polizisten sein, Vianello.«

»Nein, sicher nicht«, pflichtete Vianello ihm bei.

Brunetti erklärte dem Sergente kurz den Grund ihrer Besuche und merkte dabei, wie schwer es ihm fiel, die Skepsis aus seiner Stimme herauszuhalten. Kurz darauf verließen sie die Questura und sahen Bonsuan, den Bootsführer, schon wartend auf einer Polizeibarkasse stehen. Alles blitzte: die Messingbeschläge am Boot, Bonsuans Kragenspiegel, die frischen grünen Weinblätter an einer Mauer gegenüber, eine auf dem großen, glänzenden Wasserspiegel treibende Weinflasche. Es lag allein an diesem Licht, daß Vianello plötzlich die Arme ausbreitete und lächelte.

Die Bewegung machte Bonsuan auf ihn aufmerksam, der den

Sergente mit großen Augen ansah. Verlegen versuchte Vianello, aus dem Armeausbreiten das Gliederstrecken eines steifgesessenen Schreibtischmenschen zu machen, aber im selben Moment schwirrte ein verliebtes Mauerseglerpärchen tief übers Wasser, und Vianello ließ allen Schein fahren. »Frühling!« rief er dem Bootsführer glückselig zu und sprang neben ihm aufs Deck. Übermütig vor Freude klatschte er Bonsuan auf die Schulter.

»Verdanken wir das alles Ihrem Fitneßtraining?« erkundigte sich Brunetti, als er ebenfalls an Bord kam.

Bonsuan, der von Vianellos neuester Leidenschaft offenbar noch nichts wußte, bedachte den Sergente mit einem angewiderten Blick, drehte sich um, ließ den Motor an und lenkte die Barkasse auf den schmalen Kanal.

Unverdrossen blieb Vianello auf dem Deck, während Brunetti in die Kabine hinunterging und von einem Regal an der einen Kabinenwand einen Straßenplan nahm, um zu sehen, wie man am besten zu den drei Adressen auf seiner Liste kam. Von drinnen beobachtete er die beiden Männer: den Sergente, der seiner guten Laune mit der Ungeniertheit eines Heranwachsenden freien Lauf ließ; den mürrischen Bootsführer, der stur nach vorn blickte, als sie ins *bacino di San Marco* hinausfuhren. Soeben legte Vianello die Hand auf Bonsuans Schulter und zeigte nach Osten, um ihn auf ein entgegenkommendes Boot aufmerksam zu machen, dessen Segel von der frischen Frühlingsbrise gebläht waren. Bonsuan nickte einmal kurz, schaute aber sofort wieder in Fahrtrichtung. Vianello warf den Kopf in den Nacken und lachte, daß der tiefe Ton bis in die Kabine herunterdrang.

Brunetti hielt stand, bis sie mitten auf dem *bacino* waren, dann ließ er sich doch von Vianellos Fröhlichkeit anstecken und ging an Deck. Gerade als er hinaustrat, erwischte die Heckwelle einer vorbeifahrenden Lidofähre das Boot breitseits, und Brunetti verlor das Gleichgewicht und taumelte gegen die niedrige Reling. Vianellos Hand kam vorgeschossen, packte Brunetti am Ärmel, zog ihn zurück und hielt ihn fest, bis das Boot wieder ruhig lag. Dann ließ der Sergente ihn los und meinte: »In dieses Wasser lieber nicht.«

»Haben Sie Angst, ich könnte ertrinken?« fragte Brunetti.

Bonsuan mischte sich ein: »Eher daß Sie sich die Cholera holen.«

»Die Cholera?« fragte Brunetti lachend, denn das fand er doch reichlich übertrieben – das erste Mal übrigens, daß er Bonsuan einen Witz machen hörte.

Bonsuan warf den Kopf herum und sah Brunetti vollkommen ernst an. »Ja, die Cholera«, wiederholte er.

Als Bonsuan sich wieder zu seinem Steuerruder umdrehte, tauschten Vianello und Brunetti einen Blick wie zwei schuldbewußte Schuljungen, und Brunetti hatte den Eindruck, daß Vianello sich nur mühsam das Lachen verkniff.

»Früher, als Junge«, sagte Bonsuan ohne Einleitung, »bin ich vor unserm Haus geschwommen. Direkt in den Canale di Cannaregio gesprungen. Da konnte man bis auf den Grund sehen. Fische, Krebse. Jetzt sieht man nur noch Schlamm und Scheiße.«

Vianello und Brunetti wechselten wieder einen Blick.

»Wer einen Fisch aus diesem Wasser ißt, muß verrückt sein«, sagte Bonsuan.

Gegen Ende des letzten Jahres waren zahlreiche Cholerafälle bekanntgeworden, aber im Süden, wo so etwas eben vorkam. Brunetti erinnerte sich, daß die Gesundheitsbehörden den Fischmarkt in Bari geschlossen und die Ortsbevölkerung vor Fischverzehr gewarnt hatten, was ihm so vorgekommen war, als wollte man Kühen das Grasfressen verbieten. Herbstregen und Überschwemmungen hatten das Thema wieder aus den Zeitungen des Landes verdrängt, aber erst nachdem Brunetti sich schon zu fragen begonnen hatte, ob so etwas wohl auch hier im Norden möglich wäre und wie ratsam es war, etwas zu essen, was aus dem zunehmend verschmutzten Wasser der Adria kam.

Als das Boot an einem Gondelsteg links vom Palazzo Dario anlegte, packte Vianello das Ende einer zusammengerollten Leine und sprang damit an Land. Er stemmte sich nach hinten, um die Leine straff und das Boot fest am Anleger zu halten, bis Brunetti ausgestiegen war.

»Soll ich auf Sie warten, Commissario?« fragte Bonsuan.

»Nein, nicht nötig. Ich weiß nicht, wie lange es dauert«, antwortete Brunetti. »Sie können zurückfahren.«

Bonsuan hob lässig eine Hand an seinen Mützenschirm, eine Geste, die Ehrenbezeigung und Abschied zugleich war. Dann legte er den Rückwärtsgang ein und steuerte das Boot wieder auf den Kanal hinaus, ohne noch einen Blick zu den beiden Männern am Anleger zurückzuwerfen.

»Wohin zuerst?« fragte Vianello.

»Dorsoduro 378. Das ist in der Nähe des Guggenheim, auf der linken Seite.«

Sie gingen durch die schmale *calle* und bogen an der ersten Kreuzung rechts ab. Brunetti verspürte noch immer seinen Wunsch nach einer Tasse Kaffee und wunderte sich, daß hier beiderseits der Gasse nicht eine einzige Bar zu sehen war.

Ein alter Mann mit Hund kam ihnen entgegen, und Vianello trat hinter Brunetti, um den beiden Platz zu machen, dabei sprachen sie aber weiter über Bonsuans Bemerkung. »Glauben Sie wirklich, daß es mit dem Wasser so schlimm ist, Commissario?« fragte Vianello.

»Ja.«

»Aber manchmal schwimmen noch Leute im Canale della Giudecca«, beharrte Vianello.

»Wann?«

»Beim Redentore-Fest.«

»Da sind sie betrunken«, meinte Brunetti verächtlich.

Vianello zuckte die Achseln und hielt ebenfalls an, als sein Vorgesetzter stehenblieb. »Ich glaube, hier ist es«, sagte Brunetti und zog die Liste aus seiner Jackentasche. »Da Prè«, sagte er laut, während er die eingravierten Namen in den zwei Reihen Messingschilder links von der Tür las.

»Wer ist das?« erkundigte sich Vianello.

»Ludovico, Erbe der Signorina da Prè. Kann alles mögliche sein: Vetter, Bruder, Neffe.«

»Wie alt war sie?«

»Zweiundsiebzig«, antwortete Brunetti, die säuberlichen Spalten auf Maria Testas Liste vor Augen.

»Woran ist sie gestorben?«

»Herzinfarkt.«

»Besteht der Verdacht, daß dieser Mann …«, begann Vianello, wobei er mit dem Kinn auf das Messingschild deutete, »… irgend etwas damit zu tun hatte?«

»Sie hat ihm diese Wohnung und über fünfhundert Millionen Lire hinterlassen.«

»Und das heißt, daß es möglich wäre?« fragte Vianello.

Brunetti hatte erst vor kurzem erfahren, daß an dem Haus, in dem er wohnte, ein neues Dach fällig war und sein Anteil sich auf neun Millionen Lire belaufen sollte. »Wenn die Wohnung schön genug wäre«, antwortete er, »würde ich vielleicht auch jemanden umbringen, um sie zu kriegen.«

Vianello, der von dem neuen Dach nichts wußte, warf seinem Chef einen merkwürdigen Blick zu.

Brunetti drückte auf die Klingel. Es tat sich nichts, weshalb er nach einer geraumen Weile noch einmal drückte, diesmal viel länger. Die beiden Männer sahen sich an, und Brunetti zog die Liste heraus, um die nächste Adresse nachzusehen. Als sie sich gerade abwandten und nach links in Richtung Accademiabrücke gehen wollten, tönte aus der Sprechanlage über den Namensschildern eine hohe, geisterhafte Stimme.

»Wer ist da?«

Aus der Stimme war nur der geschlechtslose Klageton des Alters herauszuhören, dem Brunetti nicht entnehmen konnte, wie ihr Besitzer anzureden war: Signora oder Signore. »Bin ich richtig bei da Prè?« fragte er.

»Ja. Was wollen Sie?«

»Mein Name ist Brunetti. Es haben sich ein paar Fragen im Zusammenhang mit dem Nachlaß von Signorina da Prè ergeben, und wir müssen mit Ihnen sprechen.«

»Wer sind Sie? Woher kommen Sie?«

»Polizei.«

Ohne weitere Fragen klickte die Tür auf, und sie standen in einem großen Innenhof mit einem weinumrankten Brunnen in der Mitte. Die einzige Treppe nach oben war durch eine Tür linker Hand zugänglich. Auf dem zweiten Treppenabsatz kamen sie an eine offene Tür, und in dieser stand der kleinste Mann, den Brunetti je gesehen hatte.

Weder Vianello noch Brunetti waren besonders groß, aber beide überragten turmhoch diesen Mann, der noch immer kleiner zu werden schien, je näher sie kamen.

»Signor da Prè?« fragte Brunetti.

»Ja«, antwortete der Mann und kam ihnen einen Schritt entgegen, eine Hand ausgestreckt, die nicht größer war als die eines Kindes. Da er die Hand fast bis in die Höhe seiner Schulter hob, brauchte Brunetti sich nicht zu bücken, um sie zu ergreifen. Da Près Händedruck war fest und der Blick, mit dem er Brunetti ansah, klar und offen. Sein Gesicht war so schmal, daß es beinah an eine Messerschneide erinnerte. Entweder das Alter oder ständige Schmerzen hatten rechts und links von seinem Mund tiefe Furchen gegraben und unter seinen Augen dunkle Ringe eingeschnitten. Dadurch, daß er so klein war, konnte man sein Alter nicht richtig schätzen; zwischen fünfzig und siebzig Jahren war alles möglich.

Signor da Prè streckte Vianello, der Uniform trug, nicht die Hand hin, sondern nickte nur knapp in seine Richtung. Dann trat er durch die Tür zurück, um sie weiter zu öffnen und die beiden Männer in seine Wohnung zu bitten.

Mit einem gemurmelten »*Permesso*« folgten die Polizisten ihm in die Diele und warteten, bis er die Tür wieder zugemacht hatte.

»Bitte mir nach«, sagte der Mann und ging über den Flur voraus.

Brunetti sah von hinten den deutlichen Buckel, der sich links unter seinem Jackett abzeichnete wie das Brustbein eines Huhns. Da Prè hinkte zwar nicht direkt, aber sein Körper hatte beim Gehen eine starke Schlagseite nach links, als wäre die Wand ein Magnet und er selbst ein Sack voll Eisenspäne, der davon angezogen wurde. Er führte sie in ein Wohnzimmer mit Fenstern nach zwei Seiten. Links blickte man auf Dächer, während man rechts die zerbrochenen Fenster eines Hauses auf der gegenüberliegenden Seite der engen *calle* sah.

Die gesamte Zimmereinrichtung hatte dieselben Dimensionen wie die zwei riesigen Schränke an der hinteren Wand: ein Sofa mit hoher Lehne, auf dem sechs Leute Platz hatten; vier gedrechselte Stühle, den Ornamenten an ihren Armlehnen nach spanischer Herkunft, und eine gewaltige florentinische Kredenz, die Platte übersät von lauter kleinen Gegenständen, für die Brunetti kaum einen Blick übrig hatte. Da Prè erklomm einen der Stühle und bedeutete Brunetti und Vianello, auf zwei anderen Platz zu nehmen.

Brunettis Füße reichten, als er saß, nur noch knapp bis auf den Boden, während er die von da Prè in der Mitte zwischen Sitzfläche und Fußboden baumeln sah. Aber der aufmerksame Ernst im Gesicht des Mannes verhinderte, daß die weit auseinanderklaffenden Proportionen im mindesten lächerlich wirkten.

»Sie sagten, mit dem Testament meiner Schwester sei etwas nicht in Ordnung?« begann er kühl.

»Nein, Signor da Prè«, versetzte Brunetti. »Ich möchte kein Mißverständnis aufkommen lassen oder Sie in die Irre führen. Unsere Neugier gilt nicht dem Testament Ihrer Schwester oder irgendwelchen Verfügungen, die darin stehen. Wir interessieren uns vielmehr für ihren Tod, genauer gesagt die Todesursache.«

»Warum haben Sie das denn nicht gleich gesagt?« fragte da Prè, jetzt etwas freundlicher, aber nicht in einem Ton, der Brunetti gefallen hätte.

»Sind das Schnupftabakdosen, Signor da Prè?« mischte Vianello sich ein, wobei er aufstand und zu der Kredenz hinüberging.

»Wie?« fragte der kleine Mann schneidend.

»Sind das Schnupftabakdosen?« wiederholte Vianello. Dabei beugte er sich über die kleinen Gegenstände.

»Warum fragen Sie?« wollte Signor da Prè wissen, noch nicht freundlicher, aber eindeutig interessiert.

»Mein Onkel Luigi in Triest hat sie gesammelt. Als Junge habe ich ihn immer gern besucht, denn er hat sie mir gezeigt, und ich durfte sie anfassen.« Wie um Signor da Prè jede Angst zu nehmen, daß er dies auch hier tun würde, legte Vianello seine Hände auf den Rücken und bückte sich nur etwas tiefer zu den Dosen hinunter. Dann nahm er eine Hand wieder nach vorn und zeigte auf eine, aber so, daß sein Finger mindestens eine Handbreit davon entfernt blieb. »Ist die holländisch?«

»Welche?« fragte da Prè, indem er von seinem Stuhl rutschte, hinging und sich neben den Sergente stellte.

Da Prè reichte mit dem Kopf kaum bis zur Oberkante der Kredenz, so daß er sich auf die Zehenspitzen stellen mußte, um die Dose zu sehen, auf die Vianello zeigte. »Ja, eine Delfter Arbeit. Achtzehntes Jahrhundert.«

»Und die?« erkundigte sich Vianello, auch jetzt nur zeigend, ohne das Stück zu berühren. »Bayrisch?«

»Sehr gut«, lobte da Prè. Er nahm die winzige Dose und reichte sie dem Sergente, der sie vorsichtig in beide Hände nahm.

Vianello drehte die Dose um und betrachtete die Unterseite. »Ja, da ist das Zeichen«, sagte er und kippte sie so, daß da Prè sie sehen konnte. »Ist das nicht ein schönes Stück?« meinte er begeistert. »Die hätte meinem Onkel gefallen, besonders diese Unterteilung in zwei Kammern.«

Während die beiden Männer mit zusammengesteckten Köpfen weiter die kleinen Dosen betrachteten, sah Brunetti sich im Zimmer um. Drei der Bilder an den Wänden waren siebzehntes Jahrhundert, schlechte Bilder und schlechtes siebzehntes Jahrhundert: sterbende Hirsche, Eber und noch mehr Hirsche. Zuviel Blut und viel zuviel malerisch posierender Tod, als daß sie Brunetti interessiert hätten. Die anderen Bilder stellten offenbar biblische Szenen dar, aber auch sie hatten alle mit reichlich Blutvergießen zu tun, diesmal Menschenblut. Brunetti wandte seine Aufmerksamkeit der Zimmerdecke zu, die in der Mitte ein kunstvolles Stuckmedaillon hatte, von dem ein Kronleuchter mit unzähligen pastellfarbenen Blüten aus Muranoglas herunterhing.

Er sah wieder zu den beiden Männern, die jetzt vor der offenen rechten Tür der Kredenz hockten. Auf den Regalbrettern standen weitere kleine Dosen, Hunderte, wie es Brunetti vorkam. Er fühlte sich einen Moment regelrecht erdrückt von der Fremdheit dieses Riesenzimmers, in dem so ein winziges Püppchen von einem Mann sich verschanzt hatte, nur mit diesen bunt emaillierten Andenken an eine vergessene Zeit, in einer Größe, die für ihn das wahre Maß aller Dinge sein mußte.

Jetzt sah Brunetti die beiden Männer sich aufrichten. Da Prè schloß die Tür, kehrte zu seinem Stuhl zurück und nahm mit einem geübten Hopser seinen Platz wieder ein. Vianello blieb noch kurz stehen und ließ einen letzten bewundernden Blick über die auf der Platte stehenden Dosen wandern, dann ging auch er zu seinem Stuhl zurück.

Brunetti wagte ein erstes Lächeln, das da Prè erwiderte, bevor er mit einem Blick auf Vianello meinte: »Ich wußte gar nicht, daß solche Leute bei der Polizei arbeiten.«

Das hatte auch Brunetti nicht gewußt, aber es hinderte ihn keine Sekunde daran zu sagen: »Ja, der Sergente ist in der Questura durchaus bekannt für sein Interesse an Schnupftabakdosen.«

Da Prè vernahm in Brunettis Ton die Ironie, mit der die Unerleuchteten stets den wahren Liebhaber betrachten, und erwiderte: »Schnupftabakdosen sind ein wichtiger Bestandteil der europäischen Kultur. Die besten Kunsthandwerker des Kontinents haben Jahre – Jahrzehnte – ihres Lebens mit ihrer Herstellung verbracht. Man konnte einem Menschen nicht besser seine Hochachtung zeigen als dadurch, daß man ihm eine Schnupftabakdose schenkte. Mozart, Haydn ...« Vor Begeisterung verschlug es da Prè die Sprache, und er beendete den Vortrag, indem er mit einem seiner kleinen Ärmchen theatralisch auf die überladene Kredenz wies.

Vianello, der während der ganzen Rede stumm genickt hatte, sagte zu Brunetti: »Ich fürchte, Sie verstehen das nicht, Commissario.«

Brunetti wußte gar nicht, womit er es verdient hatte, daß ihm so ein schlauer Assistent gesandt worden war, der mit solcher Leichtigkeit selbst die widerborstigsten Zeugen zu entwaffnen verstand, und nickte demütig.

»Hat Ihre Schwester diese Liebhaberei geteilt?« knüpfte Vianello nahtlos an.

Der kleine Mann trat mit einem seiner winzigen Füßchen gegen die Querstrebe seines Stuhls. »Nein, meine Schwester hatte nichts dafür übrig.« Vianello schüttelte den Kopf über soviel Unverstand, und dadurch ermutigt fügte da Prè hinzu: »Und auch für sonst nichts.«

»Gar nichts?« fragte Vianello mit echt klingender Besorgnis in der Stimme.

»Nichts«, wiederholte da Prè. »Wenn man ihre Schwärmerei für Pfaffen nicht mitzählt.« So, wie er dieses Schimpfwort betonte, konnte man annehmen, daß ihn bei Geistlichen höchstens die Lektüre ihrer Todesanzeigen in Schwärmerei versetzen konnte.

Vianello schüttelte wieder den Kopf, als könnte er sich nichts

Gefährlicheres vorstellen, insbesondere für eine Frau, als Priestern in die Hände zu fallen. Und mit schreckerfüllter Stimme fragte er: »Denen wird sie doch wohl nichts vermacht haben, oder?« Worauf er ebenso rasch hinzufügte: »Entschuldigung. Das zu fragen steht mir nicht zu.«

»Ach was, das ist schon recht, Sergente«, sagte da Prè. »Versucht haben sie es, aber nicht eine Lira werden sie bekommen.« Ein hämisches Lächeln verbreitete sich auf seinem Gesicht, als er fortfuhr: »Keiner von denen, die sich etwas von ihrem Nachlaß erhofften, wird etwas bekommen.«

Vianello zeigte mit einem breiten Lächeln, wie froh er über dieses knappe Entrinnen aus der Katastrophe war. Er stützte den Ellbogen auf seine Armlehne, legte das Kinn in die Hand und machte sich bereit, Signor da Près Triumphgeschichte zu hören.

Der kleine Mann rutschte auf seinem Stuhl so weit nach hinten, daß seine Beine fast ganz auf der Sitzfläche lagen. »Sie hatte schon immer eine Schwäche für die Religion«, begann er. »Unsere Eltern haben sie auf Klosterschulen geschickt. Ich glaube, das ist der Grund, warum sie nie geheiratet hat.« Brunetti blickte rasch auf da Près Hände, die seine Armlehnen umklammert hielten, aber da war von einem Ehering nichts zu sehen.

»Wir haben uns nie vertragen«, sagte da Prè schlicht. »Ihr Interesse galt der Religion, meines der Kunst.« Womit er nach Brunettis Vermutung emaillierte Schnupftabakdosen meinte.

»Als unsere Eltern starben, haben sie uns diese Wohnung gemeinsam hinterlassen. Aber wir konnten nicht zusammenwohnen.« Hier nickte Vianello, um zu bestätigen, wie schwer es sei, mit einer Frau zusammenzuleben. »Ich habe ihr also meinen Anteil verkauft. Vor dreiundzwanzig Jahren. Und mir eine kleinere Wohnung gekauft. Ich brauchte das Geld, um meine Sammlung zu ergänzen.« Wieder nickte Vianello, diesmal aus Verständnis für die unerbittlichen Ansprüche der Kunst.

»Dann ist sie vor fünf Jahren gestürzt und hat sich das Hüftgelenk gebrochen, und das wollte nicht mehr recht zusammenheilen, so daß nichts anderes übrigblieb, als sie in der *casa di cura* unterzubringen.« Er hielt inne, ein alter Mann, tief in Gedanken über die Umstände, die das Pflegeheim unausweichlich machten. »Sie hat mich gebeten, hier einzuziehen und ein Auge auf ihre Sachen zu haben«, fuhr er fort, »aber ich habe abgelehnt. Ich wußte ja nicht, ob sie zurückkommen würde, und dann hätte ich wieder ausziehen müssen. Und ich wollte nicht erst meine ganze Sammlung hierherbringen – ohne sie möchte ich überhaupt nirgendwo leben –, nur um sie wieder woandershin zu schaffen, wenn meine Schwester wieder gesund würde. Zu riskant, da könnte allzuleicht etwas kaputtgehen.« Da Près Hände umkrallten in unbewußtem Entsetzen ob dieser Möglichkeit die Armlehnen noch fester.

Brunetti merkte, wie auch er mit dem Fortgang der Geschichte immer öfter zustimmend nickte, so sehr ließ er sich hineinziehen in diese Irrenwelt, in der ein zerbrochener Deckel tragischer war als eine gebrochene Hüfte.

»In ihrem Testament hat sie mich dann als Erben eingesetzt, mir die Wohnung hinterlassen, so daß ich meine Sammlung hierherbringen konnte. Das steht auch nicht in Frage. Aber dann wollte sie den Nonnen hundert Millionen Lire vermachen. Das hat sie, als sie dort war, zusätzlich in ihr Testament geschrieben.«

»Was haben Sie unternommen?« fragte Vianello.

»Ich bin damit zu meinem Anwalt gegangen«, antwortete da Prè ohne Zögern. »Er hat mich eine Erklärung unterschreiben lassen, daß sie in den letzten Monaten ihres Lebens nicht mehr ganz richtig im Kopf war – in der Zeit hat sie nämlich dieses Ding unterschrieben, Kodizill oder wie man das nennt. Die Sache liegt jetzt schon seit Monaten vor Gericht, aber mein Anwalt sagt, es wird bald ein Urteil geben. Dann können sie dagegen noch Widerspruch einlegen.« Da Prè verstummte wieder, ganz mit der Frage beschäftigt, wie es mit dem Verstand der Alten doch bergab gehen konnte.

»Und?« ermunterte Vianello ihn.

»Er sagt, die haben keine Chance, irgend etwas zu bekommen«, verkündete der kleine Mann mit großem Stolz. »Die Richter werden auf mich hören. Es war Irrsinn auf seiten Augustas.«

»Und Sie werden alles andere erben?« fragte Brunetti.

»Natürlich«, antwortete da Prè knapp. »Ich bin der nächste Angehörige.«

»War sie denn wirklich verrückt?« fragte Vianello.

Da Prè warf dem Sergente einen kurzen Blick zu und antwortete prompt: »Ach was. Sie war so klar im Kopf wie eh und je, bis zum letzten Mal, als ich sie gesehen habe, und das war einen Tag vor ihrem Tod. Aber ihr Vermächtnis war verrückt.«

Brunetti war sich nicht sicher, ob er den Unterschied verstand, aber statt eine Klarstellung zu suchen, fragte er: »Hatten Sie den Eindruck, daß die Leute im Pflegeheim von dem Vermächtnis wußten?«

»Wie meinen Sie das?« fragte da Prè mißtrauisch.

»Ist man nach ihrem Tod von dort an Sie herangetreten, bevor das Testament eröffnet wurde?«

»Einer, ein Priester, hat mich vor der Beerdigung angerufen und wollte in der Messe eine Predigt halten. Keine Predigt, habe ich ihm gesagt. Augusta hatte ihre Beerdigung vorher genau geregelt, sie wollte eine Seelenmesse. Darum kam ich also nicht herum. Aber sie hatte nicht ausdrücklich etwas von einer Predigt gesagt, also konnte ich wenigstens verhindern, daß die sich hinstellen und von einer anderen Welt faseln, wo alle frommen Seelen sich wiedersehen werden.« Da Prè lächelte; es war kein schönes Lächeln.

»Einer von denen war bei der Beerdigung«, fuhr er fort. »Großer, dicker Kerl. Hinterher ist er zu mir gekommen und hat gemeint, welch großer Verlust Augusta für die ›Gemeinschaft der Christen‹ sei.« Der Sarkasmus, mit dem da Prè diese Worte aussprach, versengte die Luft um ihn herum. »Dann hat er noch irgendwas davon gesagt, wie großzügig sie immer gewesen sei, was für eine gute Freundin der Kirche.« Da Prè hielt wieder inne, offenbar um die Szene noch einmal befriedigt Revue passieren zu lassen.

»Was haben Sie geantwortet?« fragte Vianello endlich.

»Ich habe ihm gesagt, sie hätte ihre Großzügigkeit mit ins Grab genommen«, erklärte da Prè mit einem neuerlichen kalten Lächeln.

Eine Weile sprachen weder Vianello noch Brunetti, dann fragte Brunetti: »Ist man an Sie herangetreten?«

»Nein. Nichts da. Mein Anwalt meint, die wissen, auf was für tönernen Füßen ihre Sache steht, und daß sie wohl kommen und mich fragen werden, ob ich zu einer Spende bereit bin, wenn sie auf einen Prozeß verzichten.« Nach einer kleinen Weile fuhr da Prè fort: »Daß sie meine Schwester in den Fingern hatten, heißt noch nicht, daß sie ihr Geld in die Finger kriegen.«

»Hat sie über dieses ›In-die-Finger-Kriegen‹, wie Sie es nennen, jemals gesprochen?« erkundigte sich Brunetti.

»Wie meinen Sie das?«

»Hat sie Ihnen gesagt, daß man ihr in den Ohren liegt, sie soll dem Heim ihr Geld vermachen?«

»Mir gesagt?«

»Ja, hat sie während ihres Aufenthalts in der *casa di cura* je erwähnt, daß man sie zu überreden versucht, dem Heim ihr Geld zu vermachen?«

»Weiß ich nicht«, antwortete da Prè.

Brunetti wußte nicht, wie er seine Frage formulieren sollte. Also wartete er, daß da Prè ihm das Nähere erklärte, was dieser auch tat: »Es war meine Pflicht, sie jeden Monat einmal zu besuchen, mehr Zeit konnte ich nicht erübrigen, aber wir hatten einander sowieso nichts zu sagen. Ich habe ihr die hier angekommene Post gebracht, aber das war meist nur frommer Kram: Zeitschriften, Bettelbriefe. Ich habe gefragt, wie's ihr geht. Aber es gab nichts, worüber wir hätten reden können, und da bin ich dann wieder gegangen.«

»Verstehe.« Brunetti stand auf. Sie hatte fünf Jahre dort verbracht und dann alles diesem Bruder vererbt, der zu beschäftigt gewesen war, um sie öfter als einmal im Monat zu besuchen, beschäftigt zweifellos mit seinen kleinen Dosen.

»Worum geht es hier überhaupt?« fragte da Prè, bevor Brunetti sich abwenden und gehen konnte. »Haben die doch noch beschlossen, das Testament anzufechten?« Er faßte nach Brunettis Ärmel. »Oder ist da etwas anderes vorgefallen, was ...« Er unterbrach sich, und Brunetti glaubte wieder ein Lächeln im Anzug zu sehen, aber dann hielt sich der kleine Mann die Hand vor den Mund, und der Moment war verpaßt.

»Es ist im Grunde nichts weiter, Signore. Wir interessieren uns eigentlich für jemanden, der dort gearbeitet hat.«

»Da kann ich Ihnen nicht helfen. Ich kannte niemanden vom Personal. Mit denen habe ich nie gesprochen.«

Auch Vianello stand jetzt auf und kam zu Brunetti. Die Herzlichkeit seines vorhergegangenen Gesprächs mit da Prè milderte ein wenig die schlecht verhohlene Entrüstung, die von seinem Vorgesetzten ausstrahlte.

Da Prè stellte keine weiteren Fragen. Er stand auf und geleitete die beiden Männer aus dem Zimmer und bis zur Wohnungstür. Dort ergriff Vianello die hochgestreckte Hand, schüttelte sie und dankte dem Mann, daß er ihm seine wunderschönen Schnupftabakdosen gezeigt hatte. Auch Brunetti drückte die erhobene Hand, aber er bedankte sich für nichts und war als erster zur Tür hinaus.

4

»Gräßlicher kleiner Kerl, so ein gräßlicher kleiner Kerl«, hörte Brunetti seinen Sergente vor sich hin brummeln, als sie zusammen die Treppe hinuntergingen.

Draußen war es kühler geworden, als hätte da Prè dem Tag die Wärme gestohlen. »Ein widerlicher Mensch«, fuhr Vianello fort. »Er glaubt, diese Schnupftabakdosen gehören ihm. Der Narr.«

»Was sagten Sie, Sergente?« fragte Brunetti, der Vianellos Gedankensprüngen nicht gefolgt war.

»Er meint, er besitzt diese Sachen, diese albernen kleinen Döschen.«

»Ich dachte, die hätten Ihnen gefallen.«

»Guter Gott, nein; ich finde sie abscheulich. Mein Onkel hatte Unmengen davon, und immer wenn wir zu ihm kamen, mußte ich sie mir ansehen. Er war auch so einer, der sich Sachen über Sachen zulegte und glaubte, sie gehörten ihm.«

»Gehörten sie ihm denn nicht?« fragte Brunetti und blieb an der Ecke stehen, um besser zu hören, was Vianello sagte.

»Natürlich gehörten sie ihm«, sagte Vianello, der jetzt vor Brunetti stand. »Das heißt, er hat sie bezahlt, hatte die Quittungen und konnte damit machen, was er wollte. Aber wir besitzen doch nie etwas wirklich, oder?« meinte er und sah Brunetti voll ins Gesicht.

»Ich weiß nicht genau, was Sie meinen, Vianello.«

»Denken Sie mal nach, Commissario. Wir kaufen Dinge. Wir ziehen sie an oder hängen sie an die Wand oder betrachten sie, aber jeder, der will, kann sie uns wegnehmen. Oder sie kaputtmachen.« Vianello schüttelte ärgerlich den Kopf, weil es ihm so schwerfiel, einen aus seiner Sicht doch recht einfachen Gedanken zu erklären. »Denken Sie an da Prè. Wenn er schon lange tot ist, wird ein anderer diese albernen Döschen besitzen, und danach wieder ein anderer, genau wie ein anderer sie auch vor ihm besessen hat. Aber daran denkt einfach niemand: daß Dinge uns überleben und weiterexistieren. Es ist so dumm, zu glauben, sie gehörten einem. Und es ist Sünde, daß sie einem so wichtig sind.«

Brunetti wußte, daß der Sergente ebenso gottlos und unehrerbietig war wie er selbst, wußte, daß seine einzige Religion die Familie und die Heiligkeit der Blutsbande war, weshalb er es merkwürdig fand, ihn von Sünde reden zu hören.

»Und wie konnte er die eigene Schwester fünf Jahre lang in diesem Heim lassen und sie nur einmal im Monat besuchen?« fragte Vianello, als glaubte er im Ernst, daß es darauf eine Antwort gäbe.

Brunettis Stimme war nichts anzuhören, als er erwiderte: »Ich denke mir, daß dieses Heim gar nicht so schlecht ist«, aber es klang so kühl, daß der Sergente sofort an Brunettis Mutter dachte, die auch in einem Heim war.

»So hatte ich das nicht gemeint, Commissario«, beeilte sich Vianello zu erklären. »Ich meine solche Heime überhaupt.« Und als er merkte, wie wenig besser das klang, fuhr er fort: »Ich meine, sie dann nicht öfter zu besuchen, sie dort einfach sich selbst zu überlassen.«

»Gewöhnlich ist dort viel Personal um sie herum«, lautete Brunettis Antwort, während er sich wieder in Bewegung setzte und am Campo San Vio links abbog.

»Aber Personal ist nicht Familie«, beharrte Vianello, der unerschütterlich daran glaubte, daß familiäre Zuwendung von größerem therapeutischem Nutzen war als alle Dienste, die man von Pflegekräften »kaufen« konnte. Aus Brunettis Sicht konnte der Sergente durchaus recht haben, aber er mochte dieses Thema nicht gerne weiterverfolgen, nicht jetzt und auch nicht in der näheren Zukunft.

»Wohin als nächstes?« fragte Vianello, womit er seine Bereitschaft zeigte, das Thema zu wechseln und sie beide, wenigstens vorübergehend, von Fragen abzulenken, die doch allenfalls nur weh taten.

»Es müßte irgendwo hier oben sein«, sagte Brunetti und bog in eine schmale *calle* ein, die von dem Kanal, an dem sie entlanggingen, wegführte.

Selbst wenn der Erbe des Conte Egidio Crivoni schon wartend hinter der Tür gestanden hätte, wäre die Stimme, die ihnen auf ihr Klingeln antwortete, nicht schneller über die Sprechanlage gekommen. Ebensoschnell sprang die schwere Tür auf, nachdem Brunetti erklärt hatte, daß sie Fragen zum Nachlaß von Conte Crivoni hätten. Sie stiegen zwei Treppen hinauf, dann noch zwei, wobei Brunetti auffiel, daß von jedem Treppenabsatz nur eine Tür abging. Das deutete darauf hin, daß jede Wohnung ein ganzes Stockwerk einnahm, was wiederum auf die Wohlhabenheit der Bewohner schließen ließ.

Als Brunetti gerade den Fuß auf den obersten Treppenabsatz setzte, öffnete ein schwarzgekleideter Majordomus die Tür. Das heißt, Brunetti schloß aus dem ernsten Nicken und der feierlich-distanzierten Haltung des Mannes, daß er ein Dienstbote war, und dieser Glaube bestätigte sich, als er sich erbot, Brunettis Mantel zu nehmen, und sagte, *la contessa* werde sie in ihrem Arbeitszimmer empfangen. Darauf verschwand der Mann kurz hinter einer Tür, kam aber sofort wieder, ohne Brunettis Mantel.

Sanfte braune Augen und ein kleines Goldkreuz am linken Revers, mehr bekam Brunetti nicht von ihm zu sehen, bevor der Mann sich umdrehte und ihnen über den Flur voranging. Bilder, lauter Porträts aus verschiedenen Jahrhunderten und in verschiedenen Stilen, hingen an beiden Wänden des Flurs. Obschon Brunetti wußte, daß Porträts immer so waren, fiel ihm hier doch auf, wie unglücklich die meisten Abgebildeten wirkten, unglücklich und noch etwas anderes: rastlos vielleicht, als fänden sie, daß sie ihre Zeit besser damit verbrächten, Wilde zu unterwerfen und Heiden zu bekehren, als für eine eitle irdische Erinnerung zu posieren. Die Frauen schienen zu glauben, dies alles durch das bloße Beispiel eines untadeligen Lebens bewerkstelligen zu können; die Männer schienen eher der Macht des Schwertes zu vertrauen.

Der Mann blieb vor einer Tür stehen, klopfte einmal und öffnete, ohne eine Antwort abzuwarten. Er hielt die Tür auf und ließ Brunetti und Vianello eintreten, dann schloß er sie leise hinter ihnen.

Brunetti dachte unwillkürlich an einen Vers von Dante:

Oscura profonda era e nebulosa
Tanto che, per ficcar lo viso al fondo
Io non vi discerneva alcuna cosa.

So düster war sie und so tief und neblig,
Daß, ob zum Grund ich heftete die Blicke,
Ich nichts zu unterscheiden drin vermochte.

Düster war auch dieses Zimmer, so finster, als hätten sie, wie Dante, das Licht der Welt, Sonne und Freude hinter sich gelassen, als sie hier eintraten. Hohe Fenster nahmen die eine Wand ein, alle versteckt hinter Samtvorhängen von einem ganz besonders düsteren Braun, irgendwo zwischen Sepia und getrocknetem Blut. Was dennoch an Licht durch sie hereindrang, machte die Lederrücken Hunderter von ernst aussehenden Büchern sichtbar, die sich an den übrigen Wänden vom Boden bis zur Decke reihten. Es war ein Parkettboden, keine laminierten Holzstäbe, die man als Meterware auslegte, sondern echtes Parkett, jeder Quader genau zurechtgeschnitten und zwischen den anderen festgeklopft.

In einer Zimmerecke sah Brunetti hinter einem massiven Schreibtisch, der mit Büchern und Papieren übersät war, den wuchtigen Oberkörper einer Frau in Schwarz. Die Strenge ihres Kleides und ihr finsterer Gesichtsausdruck ließen das übrige Zimmer plötzlich geradezu heiter erscheinen.

»Was wollen Sie?« fragte die Frau. Vianellos Uniform machte die Frage, wer sie seien, offenbar überflüssig.

Brunetti konnte sich von dort, wo er stand, keine klare Vorstellung vom Alter der Frau machen, aber ihre Stimme – tief, klangvoll und gebieterisch – ließ auf ein reifes, wenn nicht gar fortgeschrittenes Alter schließen. Er machte ein paar Schritte ins Zimmer, bis ihn nur noch wenige Meter von ihrem Schreibtisch trennten. »Contessa?« sagte er.

»Ich habe gefragt, was Sie wollen«, war ihre einzige Antwort.

Brunetti lächelte. »Ich will versuchen, so wenig wie möglich von Ihrer Zeit in Anspruch zu nehmen, Contessa. Ich weiß ja, wieviel Sie zu tun haben. Meine Schwiegermutter spricht oft von Ihrer Hingabe an gute Werke und der Unermüdlichkeit, mit der Sie so großzügig die Heilige Mutter Kirche unterstützen.« Er versuchte einen ehrfürchtigen Ton in den letzten Halbsatz zu legen, was ihm nicht leichtfiel.

»Und wer ist Ihre Schwiegermutter?« erkundigte sie sich in einem Tonfall, als erwartete sie, daß es ihre Nähmamsell sei.

Brunetti legte sorgfältig an, zielte und traf sie genau zwischen den engstehenden Augen: »Contessa Falier.«

»Donatella Falier?« fragte sie, ihr Erstaunen mehr schlecht als recht verbergend.

Brunetti tat, als hätte er davon nichts gemerkt. »Ja. Und wenn ich mich recht erinnere, hat sie erst letzte Woche von Ihrem neuesten Projekt gesprochen.«

»Sie meinen unseren Feldzug gegen den Verkauf von Verhütungsmitteln in Apotheken?« fragte sie, womit sie Brunetti die Information gab, die er brauchte.

»Ja«, sagte er lächelnd und nickte, als wäre er vollkommen mit ihr einig.

Sie erhob sich und kam hinter ihrem Schreibtisch hervor, die

Hand ausgestreckt, nun da sein Menschsein bestätigt war durch die Verwandtschaft, und sei sie nur angeheiratet, mit einer der vornehmsten Damen der Stadt. Im Stehen präsentierte sie die vollen Maße ihres Körpers, die bis dahin durch den Schreibtisch verdeckt gewesen waren. Sie war größer als Brunetti und mindestens zwanzig Kilo schwerer. Aber ihre Körpermasse bestand nicht aus dem robusten, festen Muskelfleisch der gesunden Dicken, sondern aus dem wabbligen Fett der ewig Seßhaften. Ihre Kinne hingen, eins unter dem anderen, bis auf das Brustteil ihres Kleides hinunter, das seinerseits kaum mehr war als ein Schlauch aus schwarzer Wolle, der von dem gewaltigen Balkon ihres Busens herabhing. Brunetti glaubte nicht, daß bei der Erschaffung dieses Fleischberges viel Freude oder wenigstens Spaß im Spiel gewesen war.

»Dann sind Sie also Paolas Mann?« fragte sie, während sie auf ihn zukam, wobei ein beißender Geruch nach ungewaschener Haut vor ihr herwehte.

»Ja, Contessa. Guido Brunetti«, sagte er und ergriff die dargebotene Hand, als nähme er einen Splitter des Kreuzes Jesu in Empfang, beugte sich darüber und hob sie bis kurz unter seine Lippen. Als er sich wieder aufrichtete, fügte er hinzu: »Es ist mir eine Ehre, Sie kennenzulernen«, was er tatsächlich so herausbrachte, als meinte er es ernst.

Er drehte sich zu Vianello um. »Und das ist Sergente Vianello, mein Assistent.« Vianello machte eine vollendete Verbeugung und ein Gesicht so ernst wie Brunetti, wobei er aussah, als wäre er von Stummheit geschlagen ob der Ehre, der Contessa vorgestellt zu werden. Sie würdigte ihn kaum eines Blickes.

»Bitte nehmen Sie Platz, Dottor Brunetti«, sagte sie und deutete mit fetter Hand auf einen Stuhl vor ihrem Schreibtisch. Brunetti ging zu dem Stuhl, dann drehte er sich um und winkte Vianello zu einem anderen Stuhl näher bei der Tür, wo er vor dem strahlenden Glanz ihrer Vornehmheit wahrscheinlich sicherer war.

Die Contessa kehrte an ihren Platz hinter dem Schreibtisch zurück und ließ sich langsam auf den Stuhl sinken. Sie schob ein paar Papiere beiseite und sah Brunetti an. »Hatten Sie nicht zu Stefano gesagt, es gebe irgendein Problem mit dem Nachlaß meines Mannes?«

»Nein, Contessa, so etwas Ernstes ist es nicht«, antwortete Brunetti mit einem Lächeln, das ganz locker wirken sollte. Sie nickte und wartete auf seine Erklärung.

Brunetti lächelte noch einmal, dann begann er nach Kräften zu improvisieren: »Wie Ihnen bekannt ist, Contessa, gibt es in diesem Land einen wachsenden Hang zur Kriminalität.«

Sie nickte.

»Es scheint, daß gar nichts mehr heilig ist, niemand mehr sicher vor denen, die alles daransetzen, Geld und Gut ihren rechtmäßigen Besitzern abzupressen oder abzuschwindeln.«

Die Contessa bestätigte dies mit einem betrübten Nicken.

»Die jüngste Erscheinungsform solcher Niedertracht beobachtet man dort, wo Leute sich in das Vertrauen älterer Menschen einschleichen, um sie dann, leider allzuoft mit Erfolg, zu betrügen und zu hintergehen.«

Die Contessa hob eine Hand, die dicken Finger hochgestreckt. »Wollen Sie mich warnen, daß es auch mir so ergehen könnte?«

»Nein, Contessa. Das nicht. Wir wollen nur sichergehen, daß Ihr verstorbener Gatte ...« – hier gestattete Brunetti sich ein trauriges Kopfschütteln ob der Tatsache, daß gerade die Tugendsamen doch allzu früh von uns genommen würden – »... daß Ihr verstorbener Gatte nicht ein Opfer solch ruchloser Falschheit geworden ist.«

»Wollen Sie sagen, daß Sie glauben, Egidio sei bestohlen worden? Betrogen? Ich verstehe nicht, wovon Sie reden.« Sie beugte sich so weit vor, daß ihr Busen auf die Schreibtischplatte zu liegen kam.

»Dann lassen Sie es mich unverblümt sagen, Contessa. Wir wollen sichergehen, daß es niemandem gelungen ist, den Conte vor seinem Tod zu überreden, ihn in seinem Testament zu bedenken, daß niemand ungebührlichen Einfluß auf ihn genommen hat, um an einen Teil seines Vermögens zu gelangen und damit zu verhindern, daß es seinen rechtmäßigen Erben zukommt.«

Die Contessa ließ sich das durch den Kopf gehen, sagte aber nichts.

»Wäre es möglich, daß sich so etwas zugetragen hat, Contessa?«

»Was gibt Ihnen Anlaß zu einem solchen Verdacht?« fragte sie.

»Der Name Ihres Gatten, Contessa, fiel mehr oder weniger zufällig im Zuge einer anderen Ermittlung.«

»Ging es dabei um Leute, die um ihr Erbe betrogen wurden?«

»Nein, Contessa, es ging um etwas anderes. Aber bevor wir amtlich tätig werden, wollte ich Sie persönlich aufsuchen – wegen des hohen Ansehens, in dem Sie stehen – und mich, wenn es geht, vergewissern, daß es gar nichts zu ermitteln gibt.«

»Und was brauchen Sie von mir?«

»Ihre Versicherung, daß es im Zusammenhang mit dem Testament Ihres Gatten keine Unannehmlichkeiten gegeben hat.«

»Unannehmlichkeiten?« wiederholte sie.

»Daß jemand bedacht wurde, der nicht zur Familie gehört«, erläuterte er.

Sie schüttelte den Kopf.

»Jemand, der nicht zum engen Freundeskreis zählt?«

Wieder schüttelte sie so entschieden den Kopf, daß ihre Doppelkinne hin und her schwangen.

»Eine Einrichtung, der er eine Spende zugesagt hat?«

Brunetti sah an dieser Stelle ihre Augen aufleuchten.

»Was verstehen Sie unter Einrichtung?«

»Manche dieser Schwindler bringen ihre Opfer dazu, für etwas Geld zu spenden, was sie ihnen als ehrenwerte wohltätige Einrichtung präsentieren. Wir hatten Fälle, da wurden Leute überredet, Geld für Kinderkrankenhäuser in Rumänien zu spenden, oder für ein angebliches Hospiz der Mutter Teresa.« Brunetti legte alle ihm zu Gebot stehende Empörung in seine Stimme, als er hinzufügte: »Abscheulich. Einfach schockierend.«

Die Contessa sah ihm in die Augen und schloß sich diesem Urteil mit einem Kopfnicken an. »Bei uns gab es nichts dergleichen. Mein Mann hat sein Vermögen seiner Familie hinterlassen, wie es sich gehört. Es gab keine fragwürdigen Vermächtnisse. Niemand hat etwas bekommen, dem es nicht zustand.«

Da Vianello unmittelbar im Blickfeld der Contessa saß, nahm er sich die Freiheit, mit einem energischen Kopfnicken zu bestätigen, daß dies so seine Ordnung hatte.

Überrascht, daß es ihm so leicht gelungen war, diese Informationen von der Contessa zu bekommen, stand Brunetti jetzt auf. »Sie haben mir einen Stein vom Herzen genommen, Contessa. Ich fürchtete schon, der Conte als ein für seine Großzügigkeit bekannter Mann sei womöglich Opfer dieser Leute geworden. Aber nach diesem Gespräch mit Ihnen bin ich froh zu wissen, daß wir seinen Namen aus unseren Ermittlungsakten streichen können.« Er legte noch etwas mehr Herzlichkeit in seine Stimme und fuhr fort: »Als Staatsdiener bin ich ja immer froh, wenn es so ausgeht, aber ich spreche als Privatmann, wenn ich Ihnen versichere, daß ich persönlich sehr erfreut über dieses Ergebnis bin.« Er sah sich zu Vianello um und bedeutete ihm aufzustehen.

Als er sich wieder der Contessa zuwandte, kam diese gerade hinter ihrem Schreibtisch hervor und wälzte ihm ihren gewaltigen Umfang entgegen.

»Können Sie mir dazu Näheres sagen, Dottore?«

»Nein, Contessa, solange ich weiß, daß Ihr Gatte mit diesen Leuten nichts zu tun hatte, kann ich meinen Kollegen sagen ...«

»Ihrem Kollegen?« unterbrach sie ihn.

»Ja, einer der anderen *commissari* leitet die Ermittlungen gegen diesen Schwindlerring. Ich schicke ihm eine Aktennotiz, daß Ihr Gatte davon Gott sei Dank nicht betroffen war, und dann kümmere ich mich wieder um meine eigenen Fälle.«

»Wenn es gar nicht Ihr Fall ist, warum sind Sie dann gekommen?« fragte sie unverblümt.

Brunetti lächelte, bevor er antwortete: »Ich hoffte, es wäre für Sie weniger unangenehm, wenn Ihnen diese Fragen von jemandem gestellt würden, der … ich will sagen, der sich Ihrer Stellung in der Gesellschaft bewußt ist. Ich wollte keine Unruhe über Sie bringen, auch wenn diese, wie ich weiß, nur vorübergehend gewesen wäre.«

Statt ihm für diese Zuvorkommenheit zu danken, nahm die Contessa die ihr zustehende Rücksichtnahme mit einem leichten Nicken zur Kenntnis.

Brunetti streckte die Hand aus, und als sie ihm die ihre gab, beugte er sich wieder darüber, wobei er es sich verkniff, die Hacken zusammenzuschlagen, wie er es einmal in einem sehr schlechten Film bei einem deutschen Schauspieler gesehen hatte. Seitdem wartete er auf eine Gelegenheit, das auch einmal zu tun.

Er ging rückwärts zur Tür, wo Vianello schon stand. Beide Männer verneigten sich leicht, bevor sie hinausgingen. Stefano, sofern das der Name des Mannes mit dem Kreuz am Revers war, erwartete sie – nicht etwa an eine Wand gelehnt, sondern mitten auf dem Flur stehend – mit Brunettis Mantel über dem Arm. Als er sie kommen sah, hielt er Brunetti den Mantel und ließ ihn hineinschlüpfen, dann geleitete er sie schweigend zur Wohnungstür und wartete, bis sie draußen waren.

5

Schweigend gingen die beiden Männer die Treppen hinunter und hinaus auf die Straße, wo der Frühlingsabend schon über die Stadt hereinbrach.

»Nun?« fragte Brunetti, als er seine Liste wieder aus der Tasche zog. Er las die nächste Adresse und schlug die Richtung dorthin ein; Vianello fiel neben ihm in Gleichschritt.

»Das also nennt man eine bedeutende Persönlichkeit in unserer Stadt?« gab Vianello statt einer Antwort zurück.

»Ich glaube, ja.«

»Dann gute Nacht, Venedig«, bekundete Vianello seine Ehrfurcht vor dem Adel. »War sie das, die damals das Lösegeld für Lucia gezahlt hat?« Die Frage des Sergente bezog sich auf einen gut zehn Jahre zurückliegenden, berühmt gewordenen Fall, bei dem die Gebeine der heiligen Lucia aus der gleichnamigen Kirche gestohlen worden waren, um damit ein Lösegeld zu erpressen. Den Dieben war eine nie genannte Summe ausgezahlt und die Polizei daraufhin zu einer Wiese auf dem Festland geführt worden, wo man dann irgendwelche Knochen fand, vermutlich die der heiligen Lucia. Die Knochen wurden aufs feierlichste in die Kirche zurückgebracht, und der Fall war abgeschlossen.

Brunetti nickte. »Ich habe munkeln hören, daß sie es war, aber man kann nie wissen.«

»Wahrscheinlich waren es sowieso Schweineknochen«, meinte Vianello, und sein Ton besagte deutlich, daß er dies hoffte.

Da der Sergente also auf eine indirekte Frage offenbar nicht antworten mochte, stellte Brunetti jetzt eine direkte: »Was halten Sie von der Contessa?«

»Sie hat richtig aufgehorcht, als Sie andeuteten, daß etwas an eine Institution geflossen sein könnte. Bei Verwandten und Bekannten schien sie da keine Bedenken zu haben.«

»Stimmt«, sagte Brunetti. »Die rumänischen Krankenhäuser.«
Vianello drehte sich um und sah Brunetti lange an. »Wo kamen denn alle diese Leute her, die sich Geld für Mutter Teresa haben abschwindeln lassen?«

Brunetti grinste achselzuckend. »Ich mußte ihr irgendwas erzählen. Es erfüllte seinen Zweck so gut wie alles andere.«

»Spielt ja sowieso keine Rolle«, meinte Vianello.

»Was spielt keine Rolle?«

»Ob Mutter Teresa das Geld bekommt oder irgendein Gauner.«

»Wie meinen Sie das?« fragte Brunetti verwundert.

»Es erfährt doch nie ein Mensch, wo das Geld geblieben ist, oder? Sie hat alle diese Preise bekommen, und irgendwer sammelt immer für sie Geld, aber man sieht nie etwas davon.«

Dies war eine Stufe des Zynismus, die selbst Brunetti noch nie erklommen hatte, weshalb er sagte: »Nun, immerhin haben die Leute, die sie aufnimmt, einen anständigen Tod.«

Vianellos Antwort kam prompt: »Wenn Sie mich fragen, wäre denen eine anständige Mahlzeit wahrscheinlich lieber.« Dann mit einem bedeutungsvollen Blick auf die Uhr und ohne seine Zweifel am Sinn ihres zeitaufwendigen Tuns auch nur im geringsten zu verhehlen: »Oder ein Schluck zu trinken.«

Brunetti verstand den Wink. Von den beiden Leuten, mit denen sie bisher gesprochen hatten, mochten sie auch noch so widerlich sein, hatte keiner den Eindruck irgendeiner Schuldverstrickung gemacht. »Noch eine«, sagte er, froh, daß es mehr nach einem Vorschlag als nach einem Befehl klang.

Vianello nickte müde; sein Achselzucken brachte zum Ausdruck, wie langweilig und immer wieder gleich doch ein Großteil ihrer Arbeit war. »Und danach *un'ombra*«, sagte er. Es war weder ein Vorschlag noch ein Befehl.

Brunetti nickte, denn der immer gleiche Verlauf ihrer Gespräche langweilte auch ihn bis zur Lähmung. Er las noch einmal die Adresse und bog in die *calle* zu ihrer Rechten ein. Dort fanden sie sich auf einem Hof wieder und blieben an der ersten Tür stehen, um nach etwas Hausnummerähnlichem zu suchen.

»Welche Nummer suchen wir eigentlich, Commissario?«

»Fünfhundertneunundvierzig«, las Brunetti von seinem Zettel ab.

»Das müßte gegenüber sein«, meinte Vianello. Er legte Brunetti eine Hand auf den Arm und zeigte zur anderen Hofseite.

Als sie den Hof überquerten, sahen sie, daß schon Narzissen und Osterglocken aus der dunklen Erde um den abgedeckten Brunnen in der Mitte lugten; die kleineren hatten ihre Blüten bereits gegen die nächtliche Kühle geschlossen.

Drüben fanden sie die gesuchte Nummer, und Brunetti klingelte.

Kurz darauf fragte eine Stimme durch die Sprechanlage, wer da sei.

»Ich komme wegen Signor Lerini«, antwortete Brunetti.

»Signor Lerini ist nicht mehr von dieser Welt«, antwortete die Stimme.

»Ich weiß, Signora. Ich habe ein paar Fragen zu seinem Vermächtnis.«

»Sein Vermächtnis ist im Himmel«, entgegnete die Stimme. Brunetti und Vianello wechselten einen Blick.

»Ich möchte nur über sein irdisches Vermächtnis sprechen, das er ja wohl hiergelassen hat«, sagte Brunetti, der seine Ungeduld erst gar nicht mehr zu verbergen suchte.

»Wer sind Sie?« bellte die Stimme.

»Polizei«, antwortete er ebenso knapp.

Es klickte, als die Frau energisch den Hörer auflegte. Dann passierte ziemlich lange nichts, aber schließlich sprang die Tür auf.

Wieder gingen sie Treppen hinauf. Wie in Contessa Crivonis Wohnungsflur waren hier die Wände des Treppenhauses mit lauter Porträts geschmückt, allerdings stellten sie alle dieselbe Person dar: Jesus auf seinem immer blutiger werdenden Passionsweg bis zum Kreuzestod auf dem Kalvarienberg, nämlich dem dritten Treppenabsatz. Brunetti nahm sich die Zeit, eines der Bilder genauer zu betrachten, und sah, daß es sich nicht um die erwarteten billigen Reproduktionen aus einer frommen Zeitschrift handelte, sondern um überaus detailgenaue Buntstiftzeichnungen, die trotz der liebevoll ausgeführten Wunden, Dornen und Nägel doch immer den gleichen saccharinsüßen Ausdruck im Gesicht des leidenden Christus zeigten.

Als Brunetti seinen Blick von dem gekreuzigten Jesus wandte, sah er eine Frau in der offenen Wohnungstür stehen und glaubte im ersten Moment, er sei erneut auf Suor Immacolata getroffen, die wieder in ihren Orden eingetreten war und ihr Habit trug. Aber auf den zweiten Blick sah er, daß es eine ganz andere Frau war und die einzige Ähnlichkeit in der Kleidung lag: bodenlanger Rock und ein unförmiger schwarzer Pullover über einer hochgeschlossenen weißen Bluse. Es fehlten nur noch die Haube und ein langer Rosenkranz an der Taille, und die Nonnentracht wäre perfekt gewesen. Ihre Gesichtshaut war papieren und viel zu weiß, als sähe sie selten oder überhaupt nie das Licht des Tages. Ihre Nase war lang und rosa an der Spitze, das Kinn zu klein für das übrige Gesicht. Das eigenartig Unberührte dieses Gesichts machte es Brunetti schwer, ihr Alter zu bestimmen, aber er schätzte es auf fünfzig bis sechzig Jahre.

»Signora Lerini?« fragte Brunetti, ohne ein Lächeln an sie zu verschwenden.

»Signorina«, verbesserte sie ihn so prompt, daß man den Eindruck hatte, sie habe diese Korrektur schon oft ausgesprochen und sich vielleicht sogar darauf gefreut.

»Ich bin hier, um Ihnen ein paar Fragen zum Nachlaß Ihres Vaters zu stellen«, sagte Brunetti.

»Und darf ich fragen, wer Sie sind?« entgegnete sie in einem Ton, der Demut und Aggressivität zu vereinen vermochte.

»Commissario Brunetti«, antwortete er, dann drehte er sich zu Vianello um. »Und das ist Sergente Vianello.«

»Sie müssen wahrscheinlich hereinkommen«, sagte sie.
Als Brunetti nickte, machte sie den Weg frei und hielt ihnen die Tür auf. Mit einem gemurmelten »*Permesso*« traten sie an ihr vorbei in die Wohnung. Brunetti bemerkte sofort einen Geruch, den er, obwohl er ihm bekannt vorkam, nicht gleich einordnen konnte. In der Diele stand eine Kommode aus Mahagoni mit lauter Fotos in kunstvollen Silberrahmen darauf. Brunetti schickte einen kurzen Blick darüber und sah wieder weg, aber dann schaute er doch noch einmal genauer hin. Alle Abgebildeten trugen fromme Gewänder der einen oder anderen Art: Bischöfe, Kardinäle, vier linkische Nonnen in einer Reihe, sogar der Papst. Während die Frau sich anschickte, sie in ein anderes Zimmer zu führen, bückte Brunetti sich ein wenig, um sich die Fotos genauer anzusehen. Alle waren signiert, viele mit Widmungen für »Signorina Lerini«; ein Kardinal ging gar so weit, sie als »Benedetta, geliebte Schwester in Christo« zu bezeichnen. Brunetti hatte das seltsame Gefühl, sich im Zimmer eines Teenagers zu befinden, dessen Wände mit riesigen Postern von Rockstars tapeziert waren, auch sie in den irren Kostümen ihrer Profession.

Rasch eilte er Signorina Lerini und Vianello nach und folgte ihnen in ein Zimmer, das auf den ersten Blick eine Kapelle zu sein schien, sich aber bei näherem Hinsehen als Wohnzimmer entpuppte. In einer Ecke stand eine hölzerne Madonnenfigur, zu deren beiden Seiten je sechs hohe Kerzen brannten, von denen der Geruch ausging, den Brunetti nicht sofort erkannt hatte. Vor der Statue stand ein Betpult, ohne weiches Kissen auf der hölzernen Kniebank.

An einer anderen Wand stand ein Altar anderer Art, offensichtlich für ihren verstorbenen Vater; zumindest für das Foto eines stiernackigen Mannes im dunklen Straßenanzug, der wichtigtuerisch an einem Schreibtisch saß und die Hände vor sich gefaltet hatte. Statt von Kerzen wurde das Bild durch zwei sanfte Strahler angeleuchtet, die irgendwo zwischen den Deckenbalken versteckt waren; Brunetti hatte den starken Verdacht, daß sie Tag und Nacht brannten.

Signorina Lerini ließ sich auf einem Stuhl nieder, setzte sich aber nur auf die Kante, den Rücken aufrecht und so gerade wie ein Schwert.

»Ich möchte Ihnen als erstes mein Beileid aussprechen, Signorina«, begann Brunetti, sowie sie alle saßen. »Ihr Vater war ein wohlbekannter Mann, zweifellos eine Zierde für die Stadt, und sein Hinscheiden muß für Sie schwer zu tragen sein.« Brunetti wußte nichts über den Mann, aber seine Pose auf dem Foto sprach von Macht, und die Wohnung sprach von Reichtum.

Die Frau kniff die Lippen zusammen und neigte den Kopf. »Wir müssen den Willen des Herrn freudig annehmen«, sagte sie.

Brunetti hörte neben sich Vianello ein gerade noch vernehmbares »Amen« flüstern, versagte es sich aber, einen Blick zu seinem Sergente zu werfen. Signorina Lerini jedoch blickte zu Vianello und sah einen Gesichtsausdruck, der dem ihren an Ernst und Frömmigkeit nicht nachstand. Ihre Miene entspannte sich daraufhin sichtlich, und ihr Rückgrat verlor etwas von seiner Starre.

»Signorina, ich möchte Sie nicht in Ihrem Leid stören, das sicherlich groß ist, aber es gibt einige Fragen zum Tod Ihres Vaters, die ich Ihnen jetzt gern stellen möchte.«

Alle Frömmigkeit schwand aus ihrem Gesicht, wie ausgelöscht vom Schock. »Zu seinem Tod?« wiederholte sie.

»Ja.«

»Das war doch sein Herz. So haben die Ärzte es mir gesagt.«

»Ja, das Herz.« Brunetti wartete ein paar Sekunden, dann fragte er: »Und sein Vermächtnis?«

»Wie ich schon sagte«, erklärte sie, auf einmal ganz ruhig, »sein Vermächtnis ist beim Herrn.«

Diesmal hörte Brunetti neben sich ein gehauchtes »*Sí, sí*« und sorgte sich, ob Vianello jetzt nicht doch ein bißchen übertrieb.

Doch Signorina Lerini sah den Sergente an und nickte, zweifellos davon angetan, daß sich im Zimmer noch ein zweiter Christ befand.

»Es ist bedauerlich, Signorina, daß wir, die wir zurückbleiben, uns nach wie vor mit den irdischen Dingen befassen müssen«, sagte Brunetti.

Bei diesen Worten warf Signorina Lerini einen Blick auf das Foto ihres Vaters, aber der konnte ihr offenbar auch nicht helfen. »Und womit befassen Sie sich?« fragte sie.

»Im Zuge anderer Ermittlungen«, wiederholte Brunetti seine Lügengeschichte, »sind wir darauf gestoßen, daß manche Bürger dieser Stadt auf Schwindler hereingefallen sind, die unter dem Deckmantel der Nächstenliebe an sie herantraten. Das heißt, die Leute geben sich als Vertreter verschiedener wohltätiger Organisationen aus und holen auf diese Weise Geld, oft viel Geld, aus ihren Opfern heraus.« Er wartete, um Signorina Lerini Zeit zu geben, eine gewisse Neugier auf das Gesagte an den Tag zu legen, aber er wartete vergebens und fuhr schließlich fort: »Wir haben Grund zu der Annahme, daß es einer dieser Personen gelungen ist, sich das Vertrauen einiger Patienten der *casa di cura* zu erschleichen, in der auch Ihr Vater war.«

Jetzt sah Signorina Lerini mit vor Neugier geweiteten Augen zu ihm auf.

»Können Sie mir sagen, Signorina, ob diese Leute je an Ihren Vater herangetreten sind?«

»Woher soll ich so etwas wissen?«

»Es könnte doch sein, daß Ihr Vater davon gesprochen hat, sein Testament zu ändern, vielleicht eine Zuwendung an eine wohltätige Organisation, von der Sie ihn vorher noch nie haben reden hören.« Sie sagte nichts darauf. »Stand etwas von solchen Zuwendungen im Testament Ihres Vaters, Signorina?«

»Was meinen Sie damit genau?« fragte sie.

Brunetti glaubte eine recht einfache Frage gestellt zu haben, dennoch erläuterte er: »Vielleicht eine Zuwendung an ein Krankenhaus, ein Waisenhaus?«

Sie schüttelte den Kopf.

»Aber er wird doch gewiß einer angesehenen kirchlichen Organisation etwas vermacht haben«, meinte Brunetti.

Sie schüttelte wieder den Kopf, wartete aber mit keiner Erklärung auf.

Plötzlich mischte Vianello sich ein. »Wenn ich Sie einmal unterbrechen dürfte, Commissario, ich würde doch meinen, daß ein Mann wie Signor Lerini gewiß nicht bis zu seinem Tod damit gewartet hat, die Früchte seiner Arbeit mit der Heiligen Mutter Kirche zu teilen.« Nach diesem Einwurf neigte Vianello seinen Oberkörper zu Signor Lerinis Tochter hinüber, die ihm für diesen Tribut an die Großherzigkeit ihres Vaters mit einem huldvollen Lächeln dankte.

»Ich finde«, sprach Vianello, durch ihr Lächeln ermutigt, weiter, »daß wir unsere Verpflichtungen gegenüber der Kirche ein Leben lang mit uns tragen, nicht nur in der Todesstunde.« Und nachdem er dieses angebracht hatte, hüllte der Sergente sich wieder in respektvolles Schweigen.

»Das Leben meines Vaters«, begann Signorina Lerini, »war ein leuchtendes Beispiel christlicher Tugend. Nicht nur, daß er sein ganzes Leben lang von vorbildlichem Fleiß war, auch seine liebende Sorge um das seelische Wohl eines jeden, mit dem er zu tun bekam, ob privat oder geschäftlich, hat Maßstäbe gesetzt, die schwerlich zu übertreffen sein werden.« Sie redete noch ein paar Minuten lang in diesem Stil weiter, aber Brunetti schaltete ab und ließ seinen Blick im Zimmer umherwandern.

Die schweren Möbel, Reliquien einer vergangenen Zeit, waren ihm wohlvertraut, alle für die Ewigkeit geschaffen, ohne jede Rücksicht auf Bequemlichkeit oder Schönheit. Nach einem raschen Rundblick über die zahlreichen Bilder, die sich alle mehr durch Frömmigkeit als durch Ästhetik auszeichneten, beschränkte Brunetti sein Augenmerk auf die wulstigen Klauenfüße der Tische und Stühle.

Er schaltete seine Aufmerksamkeit erst wieder ein, als Signorina Lerini sich dem Ende ihrer Rede näherte, die sie schon unzählige Male gehalten haben mußte. Ihr Vortrag war so routiniert, daß Brunetti sich fragte, ob sie überhaupt noch wußte, was sie sagte; vermutlich nicht.

»Ich hoffe, damit ist Ihre Neugier gestillt«, sagte sie, als sie endlich fertig war.

»Das ist gewiß ein sehr eindrucksvoller Tugendkatalog, Signorina«, sagte Brunetti. Signorina Lerini war damit zufrieden und lächelte. Ihrem Vater war sein Recht zuteil geworden.

Eines hatte Brunetti sie allerdings nicht erwähnen hören, weshalb er fragte: »Können Sie mir sagen, ob die *casa di cura* zu den Nutznießern der Großherzigkeit Ihres Vaters gehörte?«

Ihr Lächeln schwand. »Wie meinen Sie das?«

»Hat er sie in seinem Testament bedacht?«

»Nein.«

»Könnte er ihr etwas gestiftet haben, solange er dort war?«

»Das weiß ich nicht«, sagte sie mit sanfter Stimme, die deutlich machen sollte, wie wenig solche weltlichen Dinge sie interessierten; der scharfe Blick indessen, mit dem sie Brunetti bei Erwähnung einer solchen Möglichkeit ansah, verriet Argwohn und Mißvergnügen.

»Inwieweit hatte Ihr Vater noch die Kontrolle über seine Finanzen, während er dort war?« fragte Brunetti.

»Ich glaube, ich verstehe Ihre Frage nicht«, antwortete sie.

»Stand er in Verbindung mit seiner Bank, konnte er Schecks ausstellen? Oder wenn er das nicht mehr konnte, hat er Sie oder sonst jemanden, der seine Geschäfte führte, damit beauftragt, Rechnungen zu bezahlen oder Geschenke zu machen?« Noch deutlicher glaubte er die Frage nun wirklich nicht mehr formulieren zu können.

Ihr gefiel das nicht, das sah man, aber Brunetti hatte mit ihren Beteuerungen und dem Tugendgefasel keine Geduld mehr.

»Haben Sie nicht gesagt, daß Sie gegen Schwindler ermitteln, Commissario«, versetzte sie so scharf, daß Brunetti seinen eigenen Ton sofort bereute.

»Gewiß, Signorina, so ist es. Und ich wollte wissen, ob solche Leute sich vielleicht an Ihren Vater herangemacht und seine Großzügigkeit ausgenutzt haben, während er in der *casa di cura* war.«

»Wie hätte das vor sich gehen sollen?« fragte sie, und Brunetti sah, daß ihre rechte Hand die Finger der linken wie ein Schraubstock umspannt hielten und die Haut verdrehten wie an einem Hühnerhals.

»Wenn diese Leute andere Patienten besuchten oder sich aus welchem Grund auch immer dort aufhielten, könnten sie die Bekanntschaft Ihres Vaters gemacht haben.« Als sie nichts sagte, fragte Brunetti: »Wäre das nicht denkbar?«

»Und er hätte ihnen dann Geld geben können?« fragte sie.

»Möglich wäre es, aber nur theoretisch. Wenn in seinem Testament keine seltsamen Zuwendungen erscheinen und er keine ungewöhnlichen Verfügungen über seine Finanzen getroffen hat, glaube ich allerdings nicht, daß wir uns sorgen müssen.«

»Dann können Sie beruhigt sein, Commissario. Ich habe während seiner letzten Krankheit die Finanzen meines Vaters verwaltet, und er hat so etwas nie erwähnt.«

»Und sein Testament? Hat er während seines Aufenthalts in der *casa di cura* etwas daran geändert?«

»Nein.«

»Und Sie sind seine Erbin?«

»Ja. Ich war sein einziges Kind.«

Brunetti war mit seinen Fragen ebenso am Ende wie mit seiner Geduld. »Vielen Dank für Ihre Zeit und Ihr Entgegenkommen, Signorina. Was Sie uns gesagt haben, räumt jeden Verdacht aus, den wir hätten haben können.« Nach diesen Worten stand

Brunetti auf, und Vianello folgte sofort seinem Beispiel. »Mir ist jetzt viel wohler, Signorina«, fuhr er fort und lächelte so aufrichtig, wie er nur konnte. »Ihre Aussage beruhigt mich, denn sie bedeutet, daß Ihr Vater nicht zu denen gehört, die von diesen verabscheuungswürdigen Menschen übertölpelt wurden.« Er lächelte noch einmal und wandte sich zur Tür, so dicht gefolgt von Vianello, daß er es richtig fühlte.

Signorina Lerini erhob sich und begleitete sie zur Wohnungstür. »Nicht daß es auf dies alles ankäme«, sagte sie mit einer Handbewegung, die das Zimmer mit allem umfing, was sich darin befand. Vielleicht hoffte sie ja, mit dieser Geste alle vorhergegangenen Fragen abzutun.

»Nicht wenn es um unser ewiges Heil geht, Signorina«, sagte Vianello, und Brunetti war froh, daß er mit dem Rücken zu beiden stand, denn er wußte nicht, ob er seinen Schrecken und Abscheu über Vianellos Worte sonst schnell genug hätte verbergen können.

An der Wohnungstür verabschiedete er sich von Signorina Lerini, und zusammen gingen er und Vianello wieder in den Hof hinunter.

6

Draußen drehte Brunetti sich um und sagte: »Darf ich mir die Kühnheit nehmen und fragen, woher dieser plötzliche Ausbruch von Frömmigkeit kam, Sergente?« Er bedachte Vianello mit einem ungehaltenen Blick; der aber antwortete nur mit einem Grinsen. »Nun?« bohrte Brunetti.

»Ich habe nicht mehr soviel Geduld wie früher, Commissario. Und die Frau ist so weit hinüber, daß ich dachte, die merkt gar nicht, was ich da tue.«

»Das hat ja vermutlich geklappt«, sagte Brunetti. »Ein köstlicher Auftritt. ›Wenn es um unser ewiges Heil geht‹«, wiederholte er, ohne seinen Widerwillen zu verbergen. »Ich hoffe, sie hat Ihnen das abgenommen, denn mir kamen Sie dabei so falsch wie eine Schlange vor.«

»Oh, und ob sie es mir abgenommen hat, Commissario«, sagte Vianello, während sie den Hof verließen und in Richtung Accademiabrücke zurückgingen.

»Wieso sind Sie so sicher?« fragte Brunetti.

»Weil Heuchler nie auf die Idee kommen, daß andere Leute genauso falsch sein könnten wie sie.«

»Sind Sie überzeugt, daß sie eine Heuchlerin ist?«

»Haben Sie ihr Gesicht gesehen, als Sie davon sprachen, daß ihr Vater, ihr vergötterter Vater, etwas von der Knete verschenkt haben könnte?«

Brunetti nickte.

»Und?« fragte Vianello.

»Und was?«

»Ich denke, das zeigt doch zur Genüge, worum es bei dem ganzen Gefasel über Religion in Wirklichkeit geht.«

»Und was wäre das in Ihren Augen, Sergente?«

»Daß es sie zu etwas Besonderem macht, aus der Masse hervorhebt. Sie ist nicht schön, nicht einmal hübsch, und von Klugheit merkt man auch nichts. Also kann sie sich von anderen Menschen nur dadurch abheben, wie wir es ja wohl alle wollen, daß sie die Fromme spielt. Dann sagen alle, die ihr begegnen: ›Ach, was für eine beeindruckende, ernsthafte Frau.‹ Und sie braucht dafür überhaupt nichts zu tun, nichts zu lernen, nicht einmal an irgend etwas zu arbeiten. Oder wenigstens interessant zu sein. Sie braucht nur diese frommen Sprüche abzulassen, und alle rufen begeistert, wie gut sie ist.«

Brunetti war davon nicht überzeugt, aber er behielt seine Meinung für sich. Sicher, Signorina Lerinis Frömmigkeit hatte etwas Übertriebenes und Unstimmiges an sich, aber Brunetti glaubte nicht, daß dies Heuchelei war, davon hatte er im Laufe seines Berufslebens genug mitbekommen. Ihr Gerede von Religion und Gottes Willen klang für ihn ganz einfach nach Fanatismus. In seinen Augen fehlten ihr die Intelligenz und die Egozentrik, die man bei echten Heuchlern gewöhnlich antraf.

»Das hört sich an, als würden Sie sich mit dieser Art von Frömmigkeit gut auskennen, Vianello«, sagte Brunetti, während er auf eine Bar zusteuerte. Nachdem sie sich so lange mit frommem Getue hatten abgeben müssen, brauchte er etwas zu trinken. Vianello schien es nicht anders zu gehen, denn er bestellte ihnen zwei Glas Weißwein.

»Meine Schwester«, erklärte Vianello. »Allerdings ist sie da inzwischen herausgewachsen.«

»Was war denn mit ihr?«

»Angefangen hatte es ungefähr zwei Jahre vor ihrer Heirat.« Vianello trank einen Schluck, stellte sein Glas ab und knabberte an einem Cracker, den er sich aus einer Schale auf dem Tresen geangelt hatte. »Zum Glück war es mit der Heirat dann auch wieder vorbei.« Noch ein Schluck. Ein Lächeln. »Für Jesus war wohl kein Platz im Bett.« Ein größerer Schluck. »Es war schlimm. Wir mußten uns das monatelang anhören, dieses ewige Geleier über Beten und gute Werke und wie sehr sie die Heilige Jungfrau liebte. Es ging so weit, daß sogar meine Mutter – die eine echte Heilige ist – es nicht mehr aushielt.«

»Und?«

»Wie gesagt, sie heiratete, dann kamen Kinder, und sie hatte für Frömmigkeit und heiliges Getue keine Zeit mehr. Danach hat sie es wohl vergessen.«

»Meinen Sie, es könnte mit Signorina Lerini ebenso gehen?« fragte Brunetti und nippte an seinem Wein.

Vianello zuckte die Achseln. »In ihrem Alter – wie alt mag sie sein, fünfzig?« fragte er. Und als Brunetti nickte, fuhr er fort: »Die würde einer doch höchstens wegen ihres Geldes heiraten. Und daß sie davon etwas hergibt, ist wohl kaum zu erwarten, oder?«

»Sie können die Frau wohl wirklich nicht leiden, Vianello.«

»Ich kann Heuchler nicht leiden. Und ich kann Frömmler nicht leiden. Da können Sie sich vorstellen, was ich von einer Kombination aus beidem halte.«

»Aber Sie haben eben gesagt, Ihre Mutter sei eine Heilige. Ist sie nicht fromm?«

Vianello nickte und schob sein Glas über den Tresen. Der Barmann füllte es und sah zu Brunetti, der ihm seines ebenfalls zum Nachfüllen hinüberreichte.

»Doch. Aber bei ihr ist es echter Glaube, nämlich an menschliche Güte.«

»Ist das nicht der ganze Sinn des Christentums?«

Vianello hatte dafür nur ein ärgerliches Schnauben übrig. »Sehen Sie, Commissario, genau das meinte ich, als ich sagte, daß meine Mutter eine Heilige ist. Sie hat außer uns dreien noch zwei andere Kinder großgezogen. Der Vater war ein Arbeitskollege von meinem, und als seine Frau starb, fing er an zu trinken und kümmerte sich zu wenig um die Kinder. Da hat meine Mutter sie einfach zu uns geholt und mit uns aufgezogen. Ohne großes Trara, ohne jedes Gerede von Großmut. Und eines Tages hat sie meinen Bruder dabei erwischt, wie er eines von den anderen Kindern hänselte und sagte, sein Vater wäre ein Säufer. Zuerst dachte ich, sie würde Luca umbringen, aber sie hat ihn nur in die Küche gerufen und ihm gesagt, daß sie sich für ihn schämt. Sonst nichts, nur daß sie sich für ihn schämt. Und Luca hat eine Woche lang geheult. Sie war freundlich zu ihm, hat ihm aber deutlich gezeigt, wie ihr zumute ist.« Vianello trank wieder einen Schluck. Er war mit den Gedanken ganz in seiner Kindheit.

»Und weiter?« fragte Brunetti.

»Wie?«

»Wie ging es weiter? Mit Ihrem Bruder, meine ich.«

»Ach so. Zwei Wochen später gingen wir alle zusammen von der Schule nach Hause, und ein paar ältere Jungen aus der Nachbarschaft fingen an, dem Jungen irgendwas nachzurufen, demselben, den Luca gehänselt hatte.«

»Und?«

»Und Luca ist förmlich ausgerastet. Zwei von ihnen hat er blutig geschlagen und einen fast bis nach Castello gejagt. Und die ganze Zeit hat er gebrüllt, so was hätten sie nicht zu seinem Bruder zu sagen.« Vianellos Augen leuchteten auf bei der Erzählung. »Als er nach Hause kam, war er ganz blutverschmiert. Ich glaube, er hatte sich bei der Prügelei einen Finger gebrochen; jedenfalls mußte mein Vater ihn ins Krankenhaus bringen.«

»Und?«

»Hm, ja, und im Krankenhaus hat Luca meinem Vater dann alles erzählt, und als sie heimkamen, hat mein Vater es meiner Mutter erzählt.« Vianello trank seinen Wein aus und zog ein paar Geldscheine aus der Tasche.

»Was hat Ihre Mutter dann getan?«

»Ach, eigentlich nichts weiter. Sie hat nur an dem Abend *risotto di pesce* gekocht, Lucas Leibspeise. Zwei Wochen lang hatten wir derlei nicht bekommen. Als ob sie in einen Streik getreten wäre oder so was. Oder als hätte sie uns allen wegen Lucas Äußerungen einen Hungerstreik verordnet«, fügte er laut lachend hinzu. »Aber danach konnte Luca wieder lächeln. Meine Mutter hat nie ein Wort darüber verloren. Luca war das Nesthäkchen, und ich hatte immer gedacht, er wäre ihr Liebling.« Vianello nahm das Wechselgeld und steckte es in die Tasche. »So ist sie. Keine großen Predigten. Aber eine gute Seele durch und durch.«

Er ging zur Tür und hielt sie Brunetti auf. »Stehen auf dieser Liste noch mehr Namen, Commissario? Sie werden mir nämlich nicht einreden können, daß von diesen Leuten einer zu mehr als falscher Frömmigkeit fähig ist.« Vianello drehte sich um und sah auf die Uhr über der Bar.

Brunetti, der von Frömmigkeit ebenso die Nase voll hatte wie Vianello, sagte: »Nein, ich glaube nicht. Das vierte Erbe ist gleichmäßig unter sechs Kindern aufgeteilt.«

»Und das fünfte?«

»Da wohnt der Haupterbe in Turin.«

»Bleiben nicht mehr viele Verdächtige übrig, nicht wahr, Commissario?«

»Nein, das fürchte ich auch. Und allmählich glaube ich, daß es auch nicht viele Verdachtsmomente gibt.«

»Sollen wir überhaupt noch in die Questura zurück?« fragte Vianello, wobei er diesmal den Ärmel zurückschob und auf seine eigene Uhr sah.

Es war Viertel nach sechs. »Nein, den Weg können wir uns wohl sparen«, antwortete Brunetti. »Dann kommen Sie wenigstens mal zu einer vernünftigen Zeit nach Hause, Sergente.«

Vianello lächelte und wollte etwas sagen, besann sich kurz, gab dann aber doch zu: »Mehr Zeit fürs Fitneßstudio.«

»Hören Sie mir bloß damit auf«, versetzte Brunetti mit einer Miene gespielten Entsetzens.

Vianello lachte laut, als er die ersten Stufen der Accademiabrücke hinaufging, und Brunetti schlug den Heimweg über den Campo San Barnaba ein.

Auf diesem *campo* war es, als er gerade vor der frisch restaurierten Kirche stand und zum erstenmal ihre Fassade im neuen Glanz sah, daß Brunetti der Gedanke kam. Er bog in die *calle* neben der Kirche ein und hielt beim letzten Haus vor dem Canal Grande an.

Die Tür sprang beim zweiten Klingeln auf, und er betrat den riesigen Innenhof des Palazzos seiner Schwiegereltern. Luciana, die schon Dienstmädchen bei der Familie gewesen war, bevor Brunetti und Paola sich kennenlernten, öffnete die Eingangstür oberhalb der Treppe und begrüßte ihn freundlich lächelnd: »*Buona sera, dottore.*«

»*Buona sera*, Luciana. Schön, Sie wiederzusehen«, sagte Brunetti und gab ihr seinen Mantel, wobei ihm bewußt wurde, wie oft er ihn an diesem Nachmittag schon hin und her gereicht hatte. »Ich möchte gern zu meiner Schwiegermutter. Das heißt, falls sie zu Hause ist.«

Luciana ließ sich nicht anmerken, ob sein Anliegen sie überraschte. »Die Contessa liest. Aber sie wird Sie sicher gern empfangen, Dottore.« Während sie Brunetti in den Wohnflügel des Palazzos führte, fragte sie mit einer Stimme, in der echte Zuneigung lag: »Was machen die Kinder?«

»Raffi ist verliebt«, sagte Brunetti und freute sich an Lucianas herzlichem Lächeln. »Chiara auch«, fügte er hinzu und amüsierte sich diesmal über ihr entsetztes Gesicht. »Aber zum Glück ist Raffi in ein Mädchen verliebt und Chiara in das neugeborene Eisbärjunge im Berliner Zoo.«

Luciana blieb stehen und legte ihm eine Hand auf den Arm. »Dottore, Sie sollten sich mit einer alten Frau nicht solche Scherze erlauben«, sagte sie und nahm theatralisch die andere Hand vom Herzen.

»Wer ist sie denn?« fragte sie. »Ein nettes Mädchen?«

»Sara Paganuzzi. Die wohnen unter uns. Raffi kennt sie schon von klein auf. Ihr Vater hat eine Glasmanufaktur draußen auf Murano.«

»*Der* Paganuzzi?« fragte Luciana ehrlich neugierig.

»Ja. Kennen Sie die Leute?«

»Nicht persönlich, aber ich kenne seine Sachen. Schön, sehr

schön. Mein Neffe arbeitet auf Murano, und der sagt immer, Paganuzzi ist von den Glasmachern der beste.« Luciana blieb vor dem Studierzimmer der Contessa stehen und klopfte.

»*Avanti*«, hörte man die Stimme der Contessa von drinnen. Luciana öffnete die Tür und ließ Brunetti unangemeldet eintreten. Schließlich bestand wenig Gefahr, daß er die Contessa bei ungehörigem Tun oder bei der heimlichen Lektüre eines Body-Building-Magazins überraschte.

Donatella Falier sah über ihre Lesebrille hinweg zur Tür, dann legte sie ihr Buch aufgeklappt neben sich aufs Sofa, die Brille obendrauf, und erhob sich sofort. Sie kam mit raschem Schritt zu Brunetti und hob das Gesicht, um seine zwei leichten Wangenküsse entgegenzunehmen. Brunetti wußte, daß sie schon Mitte Sechzig war, aber sie wirkte gut zehn Jahre jünger; kein weißes Haar an ihr zu sehen, und was sie an Fältchen hatte, wurde durch sorgsam aufgelegtes Make-up nahezu unsichtbar; ihr zierlicher Körper war schlank und aufrecht.

»Guido, ist etwas passiert?« fragte sie ehrlich besorgt, und Brunetti bedauerte es einen Moment lang, im Leben dieser Frau ein solcher Fremdling zu sein, daß sein bloßes Erscheinen sie gleich an Gefahr oder Unglück denken ließ.

»Nein, nein, nichts. Allen geht es gut.«

Er sah sie bei dieser Antwort sichtlich aufatmen. »Gut. Gut. Möchtest du etwas trinken, Guido?« Sie blickte zum Fenster, als wollte sie die Zeit am verbliebenen Tageslicht ablesen und danach entscheiden, was man wohl am besten zu trinken anbot, und Brunetti merkte, wie sehr es sie überraschte, daß es bereits dunkel wurde. »Wie spät ist es denn?« erkundigte sie sich.

»Halb sieben.«

»Was, tatsächlich?« Sie ging zu dem Sofa zurück, auf dem sie gesessen hatte. »Komm, setz dich zu mir und erzähle mir, wie es den Kindern geht«, sagte sie, indem sie wieder Platz nahm, das Buch schloß und es neben sich auf ein Tischchen legte. Dann klappte sie ihre Brille zusammen und legte sie neben das Buch.

»Nein, hier, Guido«, sagte sie, als sie ihn zu einem Sessel gegenüber dem Sofa gehen sah.

Er tat wie geheißen und setzte sich neben sie. In den vielen Jahren seiner Ehe mit Paola war Brunetti so selten mit seiner Schwiegermutter allein gewesen, daß er kaum ein klares Bild von ihr hatte. Manchmal kam sie ihm vor wie die Oberflächlichkeit in Person und kaum imstande, sich selbst etwas zu trinken einzugießen, dann wieder verblüffte sie ihn mit ihren scharfsinnigen und treffsicheren Urteilen über anderer Leute Motive oder Charaktereigenschaften. Es verunsicherte ihn, daß er nie wußte, ob sie etwas ganz gezielt oder nur zufällig sagte. Sie war es gewesen, die vor einem Jahr den faschistischen Politiker Fini in »Mussofini« umgetauft hatte, ohne erkennen zu lassen, ob sie sich nur versprochen hatte oder ihrer Verachtung Ausdruck geben wollte.

Er berichtete der Contessa, wie es den Kindern ging, versicherte ihr, daß beide gut in der Schule waren, wegen der kühlen Nachtluft bei geschlossenen Fenstern schliefen und bei jeder Mahlzeit mindestens zweierlei Gemüse aßen. Der Contessa war das offenbar Beweis genug, daß es um ihre Enkelkinder gut bestellt war, so daß sie sich nun mit deren Eltern befassen konnte. »Und du und Paola? Du siehst jedenfalls gesund und kräftig aus, Guido«, meinte sie, worauf Brunetti sich unwillkürlich etwas gerader hinsetzte.

»Aber jetzt sag mir doch, was du trinken möchtest«, forderte sie ihn auf.

»Eigentlich gar nichts, vielen Dank. Ich bin hier, weil ich dich etwas über verschiedene Leute fragen möchte, die du vielleicht kennst.«

»So?« fragte sie, wobei sie ihre jadegrünen Augen auf ihn richtete und weit öffnete. »Aus welchem Grund?«

»Nun ja, auf die Namen sind wir im Zuge einer anderen Ermittlung gestoßen …«, begann er und ließ den Satz unvollendet.

»Und nun bist du hier, um zu hören, ob ich etwas über sie weiß?«

»Hm ... ja.«

»Was könnte ich denn wissen, was der Polizei eine Hilfe wäre?«

»Nun ja, private Dinge«, sagte Brunetti.

»Du meinst Klatsch?«

»Hm, ja.«

Sie wandte kurz den Blick ab und strich ein winziges Fältchen im Bezugsstoff der Sofalehne glatt. »Ich wußte gar nicht, daß die Polizei sich mit Klatsch abgibt.«

»Klatsch dürfte unsere ergiebigste Informationsquelle sein.«

»Ach, wirklich?« fragte sie, und als er nickte, meinte sie. »Das ist ja hochinteressant.«

Brunetti sagte nichts, und um der Contessa nicht direkt in die Augen sehen zu müssen, blickte er an ihr vorbei auf den Couchtisch und den Buchrücken, halb in der Erwartung, daß es ein Liebes- oder Kriminalroman war. »*The Voyage of the Beagle*«, las er laut den englischen Titel, kaum imstande, sein Erstaunen für sich zu behalten.

Die Contessa sah ebenfalls zu dem Buch und dann wieder zu Brunetti. »Aber ja, Guido. Hast du es gelesen?«

»Vor Jahren, auf der Universität, aber in einer Übersetzung«, brachte er jetzt in normalem Ton heraus, der kein Erstaunen mehr verriet.

»Doch, ich habe Darwin schon immer gern gelesen«, erklärte die Contessa. »Hat dir das Buch gefallen?« fuhr sie fort, was hieß, daß Klatsch und Polizeiarbeit noch lange warten konnten.

»Ja, damals schon. Ich weiß nur nicht, ob ich mich noch so genau erinnere, was drinstand.«

»Dann solltest du es noch mal lesen. Es zeigt so deutlich, was in seinem Kopf vorging. Ein wichtiges Buch, wahrscheinlich eines der wichtigsten unserer Zeit. Dieses hier und *Die Entstehung der Arten*, denke ich.« Brunetti nickte. »Soll ich es dir leihen, wenn ich es ausgelesen habe?« fragte sie. »Mit dem Englisch wirst du doch keine Probleme haben, oder?«

»Nein, das glaube ich nicht, aber ich habe momentan ziemlich viel zu lesen. Vielleicht später.«

»Es wäre sicher eine schöne Urlaubslektüre. Die vielen Strände. Und alle diese herrlichen Tiere.«

»Ja, ja«, bestätigte Brunetti, der absolut nicht mehr wußte, was er sagen sollte.

Die Contessa kam ihm zu Hilfe. »Und über wen möchtest du von mir nun Klatsch hören, Guido?«

»Also, nicht direkt Klatsch, sag mir nur, ob du über die Betreffenden etwas gehört hast, was für die Polizei vielleicht interessant wäre.«

»Und was wäre für die Polizei interessant?«

Er zögerte einen Moment, mußte dann aber zugeben: »Alles vermutlich.«

»Das dachte ich mir doch«, entgegnete sie. »Also?«

»Signorina Benedetta Lerini«, sagte er.

»Die drüben in Dorsoduro wohnt?« fragte die Contessa.

»Ja.«

Die Contessa dachte kurz nach, dann sagte sie: »Ich weiß über sie nur, daß sie sehr großzügig gegenüber der Kirche ist, oder sein soll. Ein Großteil des Geldes, das sie von ihrem Vater geerbt hat – ein gräßlicher Mensch übrigens, bösartig –, ist an die Kirche geflossen.«

»An welche Kirche?«

Die Contessa überlegte. »Ist das nicht merkwürdig?« meinte sie dann mit einer Mischung aus Erstaunen und Neugier. »Ich habe keine Ahnung. Ich habe lediglich gehört, daß sie sehr fromm sein soll und der Kirche viel Geld gibt. Aber das könnten meines Wissens die Waldenser oder Anglikaner oder sogar diese schrecklichen Amerikaner sein, die einen auf der Straße ansprechen, du weißt schon, die mit den vielen Frauen, die sie aber kein Coca-Cola trinken lassen.«

Brunetti wußte nicht, inwieweit das sein Wissen über Signorina Lerini erweiterte, also versuchte er es mit einem anderen Namen. »Und Contessa Crivoni?«

»Claudia?« rief die Contessa, wobei sie weder ihre erste Reaktion, nämlich Überraschung, noch die zweite zu verbergen suchte: reinstes Vergnügen.

»Wenn das ihr Vorname ist. Sie ist die Witwe des Conte Egidio.«

»Ach, das ist ja köstlich, wirklich köstlich«, meinte die Contessa mit einem Lachen, das wie eine Flöte klang. »Wenn ich das doch nur den Damen beim Bridge erzählen könnte!« Als sie Brunettis entsetztes Gesicht sah, beeilte sie sich jedoch zu versichern: »Nein, keine Sorge, Guido. Ich werde kein Sterbenswörtchen weitersagen. Nicht einmal zu Orazio. Paola hat schon oft erwähnt, daß sie mir nie etwas weitererzählen darf, was du ihr sagst.«

»So?«

»Ja.«

»Aber erzählt sie dir denn etwas weiter?« fragte Brunetti, ohne zu überlegen.

Die Contessa legte ihm lächelnd ihre beringte Hand auf den Arm. »Sag mal, Guido, du bist doch loyal gegenüber deinem Diensteid, nicht?«

Er nickte.

»Siehst du, und genauso bin ich loyal gegenüber meiner Tochter.« Sie lächelte noch einmal. »Und jetzt sag mir, was du über Claudia wissen möchtest.«

»Ich möchte etwas über ihren Mann wissen, wie sie mit ihm auskam.«

»Ich fürchte, mit Egidio kam niemand aus«, antwortete die Contessa ohne Zögern, um nachdenklich hinzuzufügen: »Aber das gilt wahrscheinlich genauso für Claudia.« Sie überlegte einen Moment, als ob ihr das gerade erst, als sie es aussprach, klargeworden wäre. »Was weißt du denn über ihn, Guido?«

»Nicht mehr als das, was man in der Stadt so redet.«
»Und das wäre?«
»Daß er sein Vermögen in den sechziger Jahren mit illegal gebauten Häusern in Mestre gemacht hat.«
»Und über Claudia?«
»Daß sie sich sehr für die öffentliche Moral einsetzt«, antwortete Brunetti freundlich.
Die Contessa lächelte. »O ja, das kann man sagen.«
Als sie dem nichts weiter hinzufügte, fragte Brunetti: »Was weißt du denn über sie, oder woher kennst du sie?«
»Über die Kirche San Simone Piccolo. Sie sitzt in dem Komitee, das Geld für die Restaurierung sammelt.«
»Bist du da auch drin?«
»Gütiger Himmel, nein. Sie hat mich dazu aufgefordert, aber ich weiß doch, daß die ganze Restaurierung nur vorgeschoben ist.«
»Wofür?«
»San Simone Piccolo ist die einzige Kirche in der Stadt, in der die Messe noch auf lateinisch gelesen wird. Wußtest du das?«
»Nein.«
»Ich glaube, die hatten irgendwie mit diesem französischen Kardinal zu tun – Lefebvre – der Latein und Weihrauch wiedereinführen wollte. Darum nehme ich an, daß alles Geld, das sie sammeln, nach Frankreich geschickt oder für Weihrauch ausgegeben wird, nicht für die Restaurierung der Kirche.« Sie grübelte darüber eine Weile nach, bevor sie fortfuhr: »Die Kirche ist ohnehin so häßlich, daß man sie nicht restaurieren sollte. Eine schlechte Imitation des Pantheons.«
Mochte Brunetti diesen Abstecher in die Architektur auch noch so interessant finden, er holte die Contessa doch zurück. »Aber was weißt du über sie?«
Die Contessa richtete den Blick von ihm auf die Vierblattfenster, die einen ungehinderten Blick auf die Palazzi am ande-

ren Ufer des Canal Grande erlaubten. »Welcher Gebrauch wird davon gemacht, Guido? Kannst du mir das sagen?«

»Kannst du mir sagen, warum du das wissen möchtest?« fragte er zurück.

»Weil ich nicht will, daß Claudia, auch wenn sie noch so eine unangenehme Person ist, aufgrund irgendwelchen Klatsches, der sich als falsch entpuppt, zu Unrecht leiden muß.« Bevor Brunetti etwas erwidern konnte, hob sie die Hand und sagte etwas lauter: »Nein, ich glaube, es kommt der Wahrheit näher, wenn ich sage, daß ich daran nicht schuld sein möchte.«

»Ich kann dir versichern, daß sie nicht unverdient leiden wird.«

»Das klingt in meinen Ohren sehr doppeldeutig.«

»Stimmt, ist es auch. Offen gestanden habe ich keine Ahnung, ob sie irgend etwas getan hat, oder auch nur, was das gewesen sein könnte. Ich weiß ja nicht einmal, ob überhaupt ein Unrecht geschehen ist.«

»Aber du kommst hierher, um dich über sie zu erkundigen?«

»Ja.«

»Dann muß deine Neugier doch Gründe haben.«

»Die hat sie. Aber ich versichere dir, daß es nichts weiter ist als das. Und wenn du mir etwas sagen kannst, was meine Neugier unbegründet erscheinen läßt, egal, was, dann werde ich es für mich behalten. Das verspreche ich.«

»Und andernfalls?«

Brunetti schürzte nachdenklich die Lippen. »Dann werde ich dem, was du mir gesagt hast, auf den Grund gehen und sehen, wieviel Wahrheit hinter dem Klatsch steckt.«

»Oft steckt ja gar keine dahinter«, sagte sie.

Er mußte lächeln. Der Contessa brauchte bestimmt niemand zu sagen, daß Klatsch ebensooft auf felsenharter Wahrheit gründete.

Nach längerem Schweigen sagte sie: »Es ist von einem Mann die Rede.« Weiter sagte sie nichts.

»In welcher Art ist davon die Rede?«
Statt einer Antwort winkte sie ab.
»Und von was für einem Mann?«
»Das weiß ich nicht. Könnte ein geistlicher Herr sein.«
»Ein Priester?« fragte er.
»Vielleicht. Aber ich weiß es nicht.«
»Was weißt du denn?« fragte er leise.
»Es sind solche Andeutungen gefallen. Nicht offen, verstehst du, nur so, daß man es als reine, aufrichtige Sorge um ihr Wohlbefinden verstehen konnte.« So etwas kannte Brunetti sehr gut: Eine Kreuzigung war gnädiger. »Du weißt, wie solche Dinge in Umlauf gebracht werden, Guido. Sie erscheint zu einem Treffen nicht, und schon fragt jemand, ob ihr etwas fehlt, oder jemand anders sagt, daß von Krankheit wohl nicht die Rede sein kann, weil sie aussieht wie das blühende Leben.«

»Ist das alles?« fragte Brunetti.

Wieder winkte die Contessa ab. »Der Ton macht's. Die Worte bedeuten im Grunde nichts, es ist nur der Ton, in dem sie gesprochen werden, der Unterton. Die Andeutung, die in der unschuldigsten Bemerkung mitschwingt.«

»Wie lange läuft das schon?«

»Guido«, sagte sie, indem sie sich gerader aufrichtete, »ich weiß nicht, ob da überhaupt etwas läuft.«

»Wie lange sind dann diese Andeutungen schon im Umlauf?«

»Ich weiß nicht. Seit einem guten Jahr, glaube ich. Lange habe ich es gar nicht verstanden. Oder man hat sich in meiner Gegenwart nur in acht genommen. Weil bekannt ist, daß ich so etwas nicht mag.«

»Ist sonst noch etwas geredet worden?«

»Wie meinst du das?«

»Zum Beispiel, als ihr Mann starb?«

»Nein, ich kann mich nicht erinnern.«

»Gar nichts?«

»Guido«, sagte sie, wobei sie sich wieder zu ihm herüberbeugte und ihm die Hand auf den Arm legte, »bitte vergiß nicht, daß ich keine Verdächtige bin, und bemühe dich, nicht so mit mir zu reden, als ob ich eine wäre.«

Er fühlte, wie er rot wurde, und sagte rasch: »Entschuldigung. Bitte entschuldige. Ich vergesse das manchmal.«

»Ja, das hat Paola mir schon gesagt.«

»Was hat sie gesagt?« fragte Brunetti.

»Wie wichtig es dir ist.«

»Wie wichtig mir was ist?«

»Was du für Gerechtigkeit hältst.«

»Was ich für Gerechtigkeit *halte*?«

»Oh, entschuldige, Guido. Ich glaube, jetzt habe ich dich gekränkt.«

Er tat das mit einem raschen Kopfschütteln ab, aber bevor er fragen konnte, was er denn ihrer Ansicht nach für Gerechtigkeit »halte«, erhob sie sich und sagte: »Wie dunkel es schon ist.«

Sie schien ihn ganz und gar vergessen zu haben, wie sie so mit dem Rücken zu ihm am Fenster stand. Brunetti betrachtete sie lange: ihr rohseidenes Kostüm, die hohen Absätze, den perfekten Chignon, die auf dem Rücken verschränkten Hände. Sie hätte ohne weiteres eine junge Frau sein können, so schlank und aufrecht sah ihre Silhouette aus.

Nach einer ganzen Weile drehte sie sich wieder um und blickte auf die Uhr. »Orazio und ich haben eine Essenseinladung, Guido. Wenn du also keine weiteren Fragen hast – ich glaube, ich muß mich jetzt umziehen gehen.«

Brunetti stand auf und ging zu ihr. Hinter der Contessa fuhren Boote auf dem Canal Grande vorbei, aus den Fenstern gegenüber fiel Licht darauf. Er wollte noch etwas sagen, aber bevor er den Mund aufmachen konnte, sagte sie: »Grüß bitte Paola und die Kinder von uns.« Sie tätschelte seinen Arm und ging an ihm vorbei. Dann war sie fort, und er stand allein da mit der Aussicht aus dem Palazzo, der eines Tages ihm gehören würde.

7

Nach sieben schloß Brunetti die Wohnungstür auf, hängte seinen Mantel weg und ging schnurstracks zu Paolas Arbeitszimmer. Er fand sie, wie nicht anders erwartet, in ihrem abgescheuerten Sessel, ein Bein unter sich gezogen, einen Stift in der Hand, ein offenes Buch auf dem Schoß. Sie sah auf, als er hereinkam, schmatzte ihm übertrieben laut einen Kuß entgegen, versenkte den Blick aber gleich wieder in ihr Buch. Brunetti setzte sich ihr gegenüber aufs Sofa, drehte sich dann zur Seite und streckte sich lang aus. Er nahm zwei Samtkissen und stopfte sie sich unter den Kopf. Zuerst schaute er an die Decke, dann schloß er die Augen, denn er wußte, daß sie nur noch den Abschnitt zu Ende lesen und sich dann ganz ihm widmen würde.

Eine Seite wurde umgeblättert. Minuten vergingen. Er hörte das Buch zu Boden fallen und sagte: »Ich wußte gar nicht, daß deine Mutter liest.«

»Na ja, bei schweren Wörtern läßt sie sich von Luciana helfen.«

»Ich meine, daß sie Bücher liest.«

»Anstelle von was? Handlinien?«

»Nein, wirklich, Paola, ich wußte nicht, daß sie richtige Bücher licst.«

»Ist sie immer noch bei Augustinus?«

Brunetti hatte keine Ahnung, ob das ein Scherz sein sollte oder nicht, also antwortete er: »Nein. Darwin. *The Voyage of the Beagle*.«

»Ach ja?« meinte Paola, offenbar kaum interessiert.

»Wußtest du, daß sie so was liest?«

»Wie du das sagst, sollte man meinen, sie läse Kinderpornos, Guido.«

»Nein, ich habe mich nur gefragt, ob du weißt, daß sie solche Bücher liest; daß sie eine ernsthafte Leserin ist.«

»Sie ist schließlich meine Mutter. Natürlich wußte ich das.«

»Aber du hast es mir nie gesagt.«

»Hättest du dann mehr für sie übrig als so?«

»Ich habe viel für deine Mutter übrig, Paola«, erklärte er, vielleicht etwas zu nachdrücklich. »Ich will nur sagen, daß ich nie so richtig wußte, wer sie ist. Oder«, verbesserte er sich, »*wie* sie ist.«

»Und wenn du weißt, was sie liest, weißt du, wer sie ist?«

»Kannst du mir etwas nennen, woran man das besser erkennt?«

Paola überlegte lange, ehe sie ihm die erwartete Antwort gab. »Nein, ich glaube nicht.« Er hörte sie auf ihrem Sessel herumrutschen, hielt aber die Augen geschlossen. »Wie bist du darauf gekommen, dich mit meiner Mutter zu unterhalten? Und woher weißt du das mit dem Buch? Du hast sie doch sicher nicht angerufen, um Lesetips einzuholen.«

»Nein, ich habe sie besucht.«

»Meine Mutter? Du hast meine Mutter besucht?«

Brunetti brummte.

»Warum denn das?«

»Um mich nach ein paar Leuten zu erkundigen, die sie kennt.«

»Nach wem?«

»Benedetta Lerini.«

»Oh, là, là!« jubilierte Paola. »Was hat sie verbrochen? Endlich gestanden, daß sie ihrem Vater, diesem alten Miststück, mit einem Hammer den Schädel eingeschlagen hat?«

»Soviel ich weiß, ist er an einem Herzinfarkt gestorben.«

»Zu allseitiger Freude, wie ich annehme?«

»Wieso allseitig?« fragte Brunetti, und als Paola längere Zeit nicht antwortete, öffnete er die Augen und spähte zu ihr hinüber. Sie hatte jetzt das andere Bein unter sich gezogen und ihr Kinn auf die Hand gestützt. »Nun?« drängte er.

»Komisch, Guido. Jetzt, wo du danach fragst, könnte ich dir gar nicht sagen, warum. Wahrscheinlich nur, weil ich immer gehört habe, was für ein schrecklicher Mensch er ist.«

»Schrecklich inwiefern?«

Wieder kam ihre Antwort mit großer Verzögerung. »Ich weiß es nicht. Ich kann mich an nichts erinnern, jedenfalls nichts Bestimmtes, was ich über ihn gehört hätte; nur so ganz allgemein, daß er ein Fiesling war. Komisch, nicht?«

Brunetti schloß die Augen wieder. »Komisch, ja, vor allem in dieser Stadt.«

»Du meinst, weil hier jeder jeden kennt?«

»So ungefähr.«

»Stimmt wohl.« Beide verstummten, und Brunetti wußte, daß sie in ihren Gedächtniswindungen kramte und nach irgendeiner Bemerkung, einem Kommentar suchte, einem Hinweis darauf, woher diese Meinung über den verstorbenen Signor Lerini stammte, die sie sich offenbar ungeprüft zu eigen gemacht hatte.

Paolas Stimme holte Brunetti aus dem Halbschlaf zurück. »Es war Patrizia.«

»Patrizia Belotti?«

»Ja.«

»Was hat sie gesagt?«

»Sie hat so ungefähr die letzten fünf Jahre vor seinem Tod für ihn gearbeitet und mir von ihm und seiner Tochter erzählt. Patrizia sagte, er sei der gräßlichste Mensch, den sie kenne, und alle im Betrieb hätten ihn gehaßt.«

»Er war in der Immobilienbranche, nicht?«

»Ja, unter anderem.«

»Hat sie gesagt, warum?«

»Warum was?«

»Warum die Leute ihn haßten.«

»Laß mich mal nachdenken«, sagte Paola. Und nach einer kurzen Pause fuhr sie fort: »Ich glaube, es hing mit Religion zusammen.«

Das hatte Brunetti sich schon fast gedacht. Nach der Tochter zu schließen, mußte er wohl einer dieser öligen Frömmler gewesen sein, die in ihrem Betrieb das Fluchen verboten und zu Weihnachten Rosenkränze verschenkten. »Was hat sie denn so erzählt?«

»Ach, du kennst doch Patrizia.«

Brunetti hatte Paolas Jugendfreundin nie besonders interessant gefunden, aber zugegebenermaßen hatte er sie in all den Jahren auch höchstens ein dutzendmal gesehen. »Hm-mh«, machte er.

»Sie ist sehr religiös.«

Brunetti erinnerte sich; es war einer der Gründe, warum er sie nicht sonderlich mochte.

»Soviel ich weiß, hat sie erzählt, daß er eines Tages fürchterlichen Krach geschlagen habe, weil irgend jemand, eine neue Sekretärin oder so, in ihrem Büro ein frommes Bild an die Wand gehängt hatte. Oder ein Kreuz. Ich weiß jetzt wirklich nicht mehr genau, was sie gesagt hat. Es ist lange her. Jedenfalls hat er Krach geschlagen, und sie mußte es wieder abnehmen. Und fürchterlich geflucht haben soll er auch. So richtig unflätig – Madonna dies, Madonna jenes. Wörter, die Patrizia nicht einmal wiedergeben mochte. An denen sogar du Anstoß nehmen würdest, Guido.«

Brunetti überging diese beiläufige Offenbarung, daß Paola ihn für eine Art Schiedsrichter in Sachen Unflat zu halten schien, und richtete seine Aufmerksamkeit statt dessen auf das, was er da über Signor Lerini erfuhr. Aus dieser Nebelwelt wurde er zurückgeholt, als er den sanften Druck von Paolas Körper an seiner Hüfte fühlte. Er rückte, ohne die Augen zu öffnen, ein Stückchen nach hinten, um auf dem Sofa Platz für sie zu machen, dann fühlte er ihren Ellbogen, ihren Arm, ihre Brust auf seinem Oberkörper.

»Warum hast du meine Mutter besucht?« vernahm er ihre Stimme gleich unter seinem Kinn.

»Weil ich dachte, sie kennt vielleicht diese Lerini, und die andere.«

»Welche andere?«

»Claudia Crivoni.«

»Und, kannte sie Claudia?«

»M-hm.«

»Was hat sie gesagt?«

»Etwas von einem geistlichen Herrn.«

»Einem Priester?« fragte Paola im selben Ton wie Brunetti, als er das gehört hatte.

»Ja. Aber es sind nur Gerüchte.«

»Was heißt, daß es wahrscheinlich stimmt.«

»Was?«

»Ach, Guido, sei kein Schaf. Was kann denn deiner Meinung nach stimmen?«

»Mit einem Priester?«

»Warum nicht?«

»Haben die nicht ein Gelübde abgelegt?«

Sie stieß sich von ihm ab. »Ich kann's nicht glauben. Meinst du allen Ernstes, das ändere die Sachlage?«

»Sollte es doch.«

»Ja, und Kinder sollten gehorsam und ehrerbietig sein.«

»Unsere nicht«, sagte er und lächelte.

Er fühlte Paolas Körper beben vor Lachen. »Wie wahr! Aber im Ernst, Guido, das mit den Priestern glaubst du doch nicht wirklich, oder?«

»Ich glaube nicht, daß sie mit irgend jemandem etwas hat.«

»Was macht dich so sicher?«

»Ich hab sie gesehen«, sagte er, und unvermittelt packte er Paola um die Taille und zog sie auf sich herunter.

Paola quietschte überrascht auf, aber es klang so vergnüglich erschrocken wie bei Chiara, wenn Raffi oder er sie kitzelten. Sie zappelte, aber Brunetti schloß die Arme nur noch fester um sie und zwang sie stillzuhalten.

Nach einer Weile sagte er: »Ich habe deine Mutter nie gekannt.«

»Du kennst sie seit zwanzig Jahren.«

»Nein, ich meine, ich habe sie nie als Menschen gekannt. So viele Jahre, und ich wußte gar nicht, wer sie war.«

»Das klingt richtig traurig«, sagte Paola, wobei sie sich auf seiner Brust hochstemmte, um ihm besser ins Gesicht sehen zu können.

Er entließ sie aus seinem Klammergriff. »Es ist ja auch traurig, einen Menschen seit zwanzig Jahren zu kennen und nicht zu wissen, wen man eigentlich vor sich hat. Soviel vertane Zeit.«

Sie ließ sich wieder hinuntersinken und kuschelte sich zurecht, bis ihre Formen sich seinem Körper angepaßt hatten. Einmal entfuhr ihm ein unwillkürliches »Uff«, als ihr Ellbogen sich in seinen Magen bohrte, aber dann lag sie still, und er legte die Arme wieder um sie.

Chiara, die eine halbe Stunde später hungrig nach Hause kam und wissen wollte, was es zum Abendessen gebe, traf sie in dieser Stellung schlafend an.

8

Am nächsten Tag erwachte Brunetti mit einem seltsamen Gefühl der Klarheit, als wäre ein plötzliches Fieber im Lauf der Nacht verflogen und er wieder zu Verstand gekommen. Er blieb noch lange im Bett und ließ sich alles durch den Kopf gehen, was er so an Informationen zusammengetragen hatte. Und statt zu dem Schluß zu kommen, daß er seine Zeit sinnvoll genutzt hatte, daß die Questura und ihre Belange bei ihm in guten Händen waren und er erfolgreich Verbrechen aufklärte, dämmerte ihm plötzlich die peinliche Erkenntnis, daß er hinter etwas hergejagt war, was alle Merkmale eines Hirngespinstes hatte. Nicht genug damit, daß er Maria Testas Geschichte unbesehen geglaubt hatte, nein, er hatte auch noch Vianello gekapert und einen Nachmittag damit vertan, Leute zu befragen, die ganz offensichtlich keine Ahnung hatten, wovon er redete, und sich schon gar keinen Reim darauf machen konnten, daß ein *commissario* der Polizei sich unangemeldet bei ihnen einfand.

Patta wurde in zehn Tagen zurückerwartet, und Brunetti hatte keinen Zweifel, wie der Vice-Questore reagieren würde, wenn er erfahren sollte, womit hier Polizisten ihre Zeit verplempert hatten. Selbst in der Wärme und Geborgenheit seines Bettes konnte Brunetti schon die Eiseskälte spüren, die Patta in seinen Kommentar legen würde: »Heißt das, Sie haben dieses Märchen geglaubt, das Ihnen eine *Nonne* erzählt hat, eine Frau, die sich ihr ganzes Leben lang hinter Klostermauern versteckt hat? Und dann sind Sie diesen Leuten auf die Pelle gerückt und haben sie glauben gemacht, ihre Angehörigen wären ermordet worden? Haben Sie den Verstand verloren, Brunetti? Wissen Sie überhaupt, was für Leute Sie da vor sich haben?«

Er beschloß, noch mit einem Menschen zu sprechen, bevor

er die Ermittlungen einstellte, und zwar mit jemandem, der ihm vielleicht nicht Marias Geschichte, aber wenigstens ihre Zuverlässigkeit als Zeugin bestätigen könnte. Und wer kannte sie besser als der Mann, dem sie in den letzten sechs Jahren ihre Sünden gebeichtet hatte?

Die Adresse, die Brunetti suchte, befand sich fast am äußersten Ende des *sestiere* Castello, unweit der Kirche San Pietro di Castello. Die ersten beiden Leute, die er auf der Straße fragte, konnten ihm nicht sagen, wo die Hausnummer zu finden war, doch als er sich nach den Patres vom Heiligen Sakrament erkundigte, bekam er prompt die Auskunft, das sei am Fuß der nächsten Brücke, zweite Tür links. So war es dann auch, bestätigt durch ein kleines Messingschild mit dem Namen des Ordens.

Die Tür wurde nach dem ersten Klingeln von einem weißhaarigen Mann geöffnet, der das Vorbild für die in der Literatur des Mittelalters so verbreitete Figur des guten Mönches hätte abgeben können. Aus seinen Augen strahlte Freundlichkeit wie Wärme von der Sonne, und auf dem übrigen Gesicht leuchtete ein breites Lächeln, als machte es ihn wahrhaft glücklich, daß ein Fremder an seine Tür kam.

»Kann ich Ihnen behilflich sein?« fragte er, als könnte ihm nichts eine größere Freude bereiten.

»Ich möchte Padre Pio Cavaletti sprechen, Bruder.«

»Ja, ja. Treten Sie näher, mein Sohn«, sagte der Mönch, wobei er die Tür noch weiter öffnete. »Vorsicht«, sagte er, nach unten zeigend und die andere Hand schon instinktiv nach Brunettis Arm ausgestreckt, um ihn zu stützen, wenn er über den Querbalken trat, der den Rahmen der schweren Holztür nach unten abschloß. Er trug das lange weiße Gewand von Suor Immacolatas Orden, darüber aber eine lehmbraune Schürze, auf der die jahrelange Arbeit mit Gras und Erde ihre Spuren hinterlassen hatte.

Ein süßer Duft hüllte Brunetti ein, und er blieb stehen, um zu sehen, woher er kam.

»Flieder«, erklärte der Mönch, erfreut über das sichtliche Wohlgefallen in Brunettis Miene. »Padre Pio ist ganz verrückt danach, er läßt ihn aus aller Welt kommen.« Was Brunetti bei einem neuerlichen Blick in die Runde bestätigt fand. Fliederbüsche, Fliederbäume in allen Größen und Formen füllten den ganzen Innenhof. Aber er sah nur wenige Büsche niedergebeugt von der Last dunkler Dolden; die meisten blühten noch gar nicht.

»Daß diese wenigen so stark duften!« sagte Brunetti mit kaum zu überhörender Verwunderung.

»Ja, ja«, versetzte der Mönch mit stolzem Lächeln. »Das sind die Frühblüher, diese dunklen; Dilatata und Claude Bernard und Ruhm von Horstenstein.« Brunetti vermutete, daß die fremd klingenden Wörter für die Namen der Fliedersorten standen, die er roch. »Die weißen da drüben an der Mauer«, sagte der Mönch, indem er Brunettis Ellbogen faßte und nach links zeigte, wo ein Dutzend grünblättriger Büsche sich an die hohe Backsteinmauer schmiegte, »White Summers und Marie Finon und Ivory Silk, die blühen frühestens im Juni, und wahrscheinlich werden wir einige von ihnen noch bis Juli in Blüte haben, wenn die Hitze nur nicht zu früh kommt.« Er blickte mit einer Zufriedenheit um sich, die sich in seinem Gesicht wie auch in seiner Stimme ausdrückte, als er sagte: »Wir haben siebenundzwanzig verschiedene Sorten in diesem Garten. Und in unserem Ordenshaus bei Trient sind es weitere vierunddreißig.« Ehe Brunetti darauf etwas sagen konnte, fuhr er fort: »Sie kommen von weit her – sogar aus Minnesota …«, er sprach das Wort mit italienischer Betonung, »… und aus Wisconsin …«, ein Wort, das ihm kaum von der Zunge wollte.

»Und Sie sind der Gärtner?« fragte Brunetti, obwohl das eigentlich keiner Frage bedurfte.

»Durch Gottes Güte, ja, der bin ich. Ich habe in diesem Garten schon gearbeitet«, begann er, wobei er Brunetti genauer ansah, »als Sie noch ein kleiner Junge waren.«

»Wunderschön, Bruder. Sie können stolz darauf sein.«

Der alte Mann warf Brunetti unter seinen buschigen Brauen hervor einen raschen Blick zu. Stolz war immerhin eine der sieben Todsünden. »Ich meine, stolz, daß solche Schönheit zu Gottes Ehre gereicht«, korrigierte sich Brunetti, und der Mönch konnte wieder lächeln.

»Der Herr macht nie etwas, was nicht schön ist«, sagte der alte Mann, schon auf dem Ziegelpfad, der durch den Garten führte. »Wer daran zweifelt, braucht sich nur seine Blumen anzusehen.« Er bekräftigte diese schlichte Wahrheit mit einem Kopfnicken und fragte: »Haben Sie einen Garten?«

»Nein, leider nicht«, antwortete Brunetti.

»Wie schade. Es ist so schön, Dinge wachsen zu sehen. Da spürt man das Leben.« Er blieb an einer Tür stehen, öffnete sie und trat beiseite, um Brunetti in den langen Gang des Klosters zu lassen.

»Tun Kinder es auch?« fragte Brunetti lächelnd. »Davon habe ich zwei.«

»Oh, Kinder bedeuten mehr als alles auf der Welt«, meinte der Mönch und lächelte Brunetti an. »Es gibt nichts Schöneres, und nichts gereicht dem Herrn zu größerer Ehre.«

Brunetti erwiderte das Lächeln und nickte; zumindest mit dem ersten Halbsatz war er einverstanden.

Der Mönch hielt vor einer Tür an und klopfte. »Gehen Sie nur hinein«, sagte er, ohne auf eine Antwort von drinnen zu warten. »Padre Pio sagt immer, wir sollen niemanden abhalten, der zu ihm möchte.« Mit einem Lächeln und einem Klaps auf Brunettis Arm machte der Mönch sich wieder auf den Weg zurück in seinen Garten und zu den Düften des Paradieses, als die Brunetti sie immer empfunden hatte.

An einem Tisch saß ein hochgewachsener Mann und schrieb. Als Brunetti eintrat, sah er auf, legte seinen Stift weg und erhob sich. Er kam hinter dem Schreibtisch hervor und mit ausgestreckter Hand auf seinen unbekannten Besucher zu, wobei ein Lächeln zuerst um seine Augen erschien und sich dann bis zum Mund ausbreitete.

Der Pater hatte so volle und rote Lippen, daß jeder, der ihn zum erstenmal sah, seine Aufmerksamkeit sofort auf sie richtete, aber welcher Geist in ihm wohnte, das verrieten seine Augen. Sie waren zwischen grau und grün und versprühten eine Neugier und ein Interesse an seiner Umgebung, das gewiß sein ganzes Handeln bestimmte, vermutete Brunetti. Er war groß und sehr schmal, was das Gewand des Ordens vom Heiligen Sakrament durch seine langen Falten noch betonte. Der Mann mußte schon Mitte Vierzig sein, aber sein Haar war noch dunkel, der einzige Hinweis auf das Alter war eine beginnende natürliche Tonsur auf dem Scheitel.

»*Buon giorno*«, sagte der Pater freundlich. »Was kann ich für Sie tun?« Obwohl er im singenden Tonfall des Veneto sprach, hatte er keinen venezianischen Akzent. Vielleicht aus Padua, dachte Brunetti, aber bevor er etwas sagen konnte, fuhr der Pater fort: »Aber entschuldigen Sie. Nehmen Sie doch bitte Platz. Hier.« Mit diesen Worten zog er einen von zwei kleinen Polsterstühlen heran, die links von seinem Schreibtisch standen, und wartete, bis Brunetti saß, ehe er sich ihm gegenüber auf dem anderen niederließ.

Plötzlich war Brunetti ganz von dem Wunsch erfüllt, diese Sache rasch hinter sich zu bringen und dann Maria Testa mitsamt ihrer Geschichte zu den Akten zu legen. »Ich möchte gern mit Ihnen über ein Mitglied Ihres Ordens sprechen, Padre.«

Ein Windstoß fuhr durch den Raum und raschelte in den Papieren auf dem Schreibtisch, was Brunetti die Verheißungen der bevorstehenden Jahreszeit ins Gedächtnis rief. Er fühlte, wie warm es war, und als er sich umschaute, sah er die Fenster zum Hof offenstehen, so daß die Fliederdüfte hereinströmen konnten.

Der Pater bemerkte Brunettis Blick. »Ich habe das Gefühl, ich verbringe den ganzen Tag damit, Papiere auf meinen Schreibtisch festzuhalten«, meinte er mit verlegenem Lächeln. »Aber der Flieder blüht nur so kurze Zeit, und ich möchte soviel wie möglich von seinem Duft genießen.« Er senkte kurz den Blick, dann sah er wieder zu Brunetti auf. »Das ist wahrscheinlich auch eine Art der Völlerei.«

»Ich halte es nicht für ein schlimmes Laster, Padre«, antwortete Brunetti mit ungezwungenem Lächeln.

Der Pater nickte, dankbar für Brunettis Worte. »Ich möchte nicht, daß es unhöflich klingt, Signore, aber ich glaube, ich muß Sie fragen, wer Sie sind, bevor ich mit Ihnen über einen Angehörigen unseres Ordens spreche.« Sein Lächeln war verlegen, und er streckte abbittend die Hand zwischen ihnen aus.

»Ich bin Commissario Brunetti.«

»Von der Polizei?« fragte der Pater, ohne seine Überraschung verbergen zu wollen.

»Ja.«

»Gütiger Himmel. Es wird doch niemandem etwas zugestoßen sein?«

»Nein, nein. Ich möchte mich nur nach einer jungen Frau erkundigen, die Mitglied Ihres Ordens war.«

»*War*, Commissario?« fragte der andere. »Eine Frau?«

»Ja.«

»Ich fürchte, dann kann ich Ihnen keine große Hilfe sein. Die Mutter Oberin könnte Ihnen viel mehr sagen als ich. Sie ist die geistliche Mutter der Schwestern.«

»Ich glaube aber, Sie kennen die Frau, Padre.«

»So, wer ist es denn?«

»Maria Testa.«

Das Lächeln, mit dem der Pater sich für seine Unwissenheit zu entschuldigen versuchte, war ganz und gar entwaffnend. »Der Name sagt mir leider nichts, Commissario. Könnten Sie mir sagen, wie sie hieß, als sie noch in unserem Orden war?«

»Suor Immacolata.«

Das Lächeln des Paters schwand, und ein Ausdruck des Schmerzes trat an seine Stelle. Er senkte den Kopf, und Brunetti sah, wie seine Lippen sich in stillem Gebet bewegten. Dann blickte er auf und fragte: »Demnach ist sie mit ihrer Geschichte zu Ihnen gekommen?«

Brunetti nickte.

»Dann glaubt sie wohl wirklich daran«, sagte Padre Pio mit reinem Mitgefühl in der Stimme. Plötzlich sah er Brunetti erschrocken an. »Sie hat sich doch nicht in Schwierigkeiten gebracht, indem sie diese Dinge verbreitete?«

Diesmal war es Brunetti, der die Hand vor sich ausstreckte. »Wir haben nur einige Fragen zu ihr, Padre. Glauben Sie mir, sie hat nichts Unrechtes getan.« Die Erleichterung des Paters war deutlich zu sehen. Brunetti fuhr fort: »Wie gut kannten Sie Suor Immacolata, Padre?«

Padre Pio ließ sich die Frage ein paar Augenblicke durch den Kopf gehen, bevor er sie beantwortete: »Das ist schwer zu sagen, Commissario.«

»Ich dachte, Sie wären ihr Beichtvater gewesen.«

Der Pater riß die Augen weit auf, aber dann senkte er rasch den Blick, um sich seine Überraschung nicht anmerken zu lassen. Er faltete die Hände und überlegte, was er sagen sollte, dann sah er Brunetti wieder an. »Ich fürchte, es wird Ihnen unnötig kompliziert vorkommen, Commissario, aber ich muß hier streng zwischen meinem Wissen über sie als ihr Vorgesetzter im Orden und meinem Wissen über sie als ihr Beichtvater unterscheiden.«

»Warum?« fragte Brunetti, obwohl er es wußte.

»Weil ich mich einer schweren Sünde schuldig machen würde, wenn ich Ihnen etwas weitersagte, was sie mir im Schutz des Beichtgeheimnisses anvertraut hat.«

»Aber was Sie als ihr Ordensvorgesetzter wissen, können Sie mir das sagen?«

»Ja, gewiß. Vor allem wenn ich ihr damit irgendwie helfen

kann.« Er nahm die Hände wieder auseinander, und Brunetti sah ihn nach den Perlen des Rosenkranzes tasten, der an seinem Gürtel hing. »Was möchten Sie denn wissen?« fragte der Pater.
»Ist sie ehrlich?«
Diesmal machte der Pater keinen Versuch, seine Überraschung zu verbergen. »Ehrlich? Meinen Sie, ob sie stiehlt?«
»Oder lügt.«
»Nein, das täte sie nie, weder das eine noch das andere«, antwortete der Pater prompt und ohne jeden Vorbehalt.
»Und welche Vorstellung hat sie von der Welt?«
»Ich fürchte, diese Frage verstehe ich nicht«, sagte er mit leichtem Kopfschütteln.
»Wie gut kann sie – Ihrer Meinung nach – die menschliche Natur beurteilen? Wäre sie eine verläßliche Zeugin?«
Nach langem Nachdenken meinte der Pater: »Ich glaube, das hinge davon ab, worüber sie urteilen sollte. Oder über wen.«
»Das heißt?«
»Ich halte sie für – hm – erregbar könnte man es vielleicht nennen. Oder gefühlsbetont. Suor Immacolata ist sehr schnell bereit, das Gute im Menschen zu sehen, eine Eigenschaft, die nicht hoch genug zu schätzen ist. Aber«, und hier umwölkte sich sein Gesicht, »oft ist sie ebensoschnell bereit, Böses zu argwöhnen.« Er hielt inne, um seine nächsten Worte abzuwägen. »Was ich jetzt sage, könnte leider nach einem Vorurteil der übelsten Art klingen.« Der Pater legte eine Pause ein, und man sah ihm deutlich an, wie unangenehm es ihm war, das zu sagen. »Suor Immacolata kommt aus dem Süden, und ich glaube, von daher hat sie bestimmte Vorstellungen von der Menschheit, oder der menschlichen Natur.« Padre Pio wandte den Blick ab, und Brunetti sah ihn an seiner Unterlippe nagen, als wollte er sich dieses Ärgernis abbeißen und sich so für das eben Gesagte bestrafen.
»Wäre das Kloster nicht ein unpassender Ort für solche Ansichten?«

»Nicht wahr?« antwortete der Pater sichtlich verlegen. »Ich weiß nicht, wie ich ausdrücken soll, was ich sagen möchte. Wenn ich es in theologischen Begriffen erklären dürfte, würde ich sagen, es mangelt ihr an Hoffnung. Wenn sie mehr Hoffnung hätte, ich glaube, dann hätte sie auch mehr Vertrauen in das Gute im Menschen.« Er schwieg und befingerte seine Rosenkranzperlen. »Aber mehr als das darf ich Ihnen leider nicht sagen, Commissario.«

»Wegen der Gefahr, etwas preiszugeben, was ich nicht wissen soll?«

»Was Sie nicht wissen dürfen«, sagte der Pater im Ton der absoluten Gewißheit. Als er Brunettis Blick sah, fügte er hinzu: »Ich weiß, daß manche Menschen das eigenartig finden, vor allem in der heutigen Welt. Aber es ist eine Tradition, die so alt ist wie die Kirche selbst, und ich finde, es ist eine der Traditionen, die wir mit aller Kraft erhalten sollten. Und die wir erhalten müssen.« Sein Lächeln wirkte traurig. »Mehr darf ich Ihnen leider nicht sagen.«

»Aber lügen würde sie nicht?«

»Nein. Da können Sie ganz sicher sein. Niemals. Sie könnte etwas falsch auslegen oder übertreiben, aber gewollt lügen, das täte Suor Immacolata nie.«

Brunetti stand auf. »Ich danke Ihnen, daß Sie mir Ihre Zeit geopfert haben, Padre«, sagte er und streckte die Hand aus.

Der Händedruck des Paters war fest und trocken. Er begleitete Brunetti zur Tür, und als Brunetti sich dort noch einmal bedankte, sagte er nur: »Gott mit Ihnen.«

Als Brunetti in den Innenhof trat, sah er den Gärtner an der hinteren Mauer des Klosters auf der Erde knien und mit den Händen an den Wurzeln eines Rosenstrauchs herumgraben. Der alte Mann sah ihn und drückte eine Hand flach auf den Boden, um sich hochzustemmen, aber Brunetti rief ihm zu: »Schon gut, Bruder, ich finde selbst hinaus.« Und noch nachdem er schon draußen war, wehte ihm der Fliederduft, einer

Segnung gleich, durch die *calle* nach, bis er um die nächste Ecke bog.

Am nächsten Tag war der zur Zeit amtierende Finanzminister zu Besuch in der Stadt, und obwohl es ein ganz privater Besuch war, mußte die Polizei für die Dauer seines Aufenthalts doch für seine Sicherheit sorgen. Deswegen, und weil eine nachwinterliche Grippeepidemie fünf Polizisten ans Bett fesselte, einen sogar im Krankenhaus, landeten die vollständigen Testamente der fünf Menschen, die im Pflegeheim San Leonardo verstorben waren, unbemerkt auf Brunettis Schreibtisch. Einmal dachte er noch daran und fragte sogar Signorina Elettra danach, worauf er aber nur die knappe Antwort erhielt, daß sie schon seit zwei Tagen auf seinem Schreibtisch lägen.

Erst als der Minister wieder nach Rom und in den Augiasstall des Finanzministeriums zurückgekehrt war, fielen Brunetti die Testamentskopien wieder ein, und das auch nur, weil sie ihm bei der Suche nach irgendwelchen vermißten Personalakten zufällig zwischen die Finger gerieten. Er beschloß, sie nur kurz zu überfliegen und sie dann Signorina Elettra mit der Bitte zurückzugeben, irgendwo ein Ablageplätzchen für sie zu finden.

Da er einmal Jura studiert hatte, war er vertraut mit der Sprache, den Klauseln, mit denen Leuten, die noch nicht tot waren, irdischer Krimskrams zugeeignet, zum Nießbrauch überlassen oder in Besitz gegeben wurde. Während er die umsichtigen Formulierungen las, mußte er unwillkürlich daran denken, was Vianello über die Unmöglichkeit wirklichen Besitzens gesagt hatte, denn hier hatte er den Beweis dieser Unmöglichkeit vor sich. Alle diese Sachen waren unter der Annahme der Eigentümerschaft den Erben zugeflossen und hatten so die Illusion verewigt, bis weitere Zeit verging und auch die Erben wieder durch den Tod um ihren Besitz gebracht wurden.

Vielleicht, dachte Brunetti, hatten diese keltischen Stammesfürsten es doch richtig gemacht, wenn sie ihre sämtlichen Schätze zusammen mit ihrem Leichnam auf einen Kahn laden und das Ganze brennend aufs Meer hinaustreiben ließen. Allerdings kam ihm der Gedanke, daß diese plötzliche Ablehnung materiellen Besitzes vielleicht nichts weiter war als eine Reaktion darauf, daß er sich eine Weile in der Nähe des Finanzministers hatte aufhalten müssen, eines derart ungehobelten, gewöhnlichen und dummen Menschen, daß Reichtum einem jeden zuwider werden mußte. Brunetti mußte darüber laut lachen, dann wandte er sich erneut den Testamenten zu.

Außer im Testament der Signorina da Prè wurde die *casa di cura* noch in zwei weiteren erwähnt: Signora Cristanti hatte dieser Einrichtung fünf Millionen Lire vermacht, gewiß keine Riesensumme; und Signora Galasso, deren Vermögen zum größten Teil an ihren Neffen in Turin ging, hatte dem Heim zwei Millionen zugedacht.

Brunetti war schon zu lange bei der Polizei, um nicht zu wissen, daß Menschen für solche kleinen Beträge zu Mördern wurden, oft mehr oder weniger ungeplant, aber er hatte auch gelernt, daß ein sorgfältig planender Mörder für solche Kinkerlitzchen selten seine Entdeckung riskieren würde. Und da ein Mörder in der *casa di cura* sehr planvoll hätte vorgehen müssen, um unentdeckt zu bleiben, war kaum anzunehmen, daß solche Summen jemandem, der mit dem Pflegeheim zu tun hatte, Anreiz genug gewesen wären, das Risiko einzugehen und diese alten Leute umzubringen.

Signorina da Prè war nach den Schilderungen ihres Bruders eine vereinsamte alte Frau gewesen, die sich gegen Ende ihres Lebens bemüßigt gefühlt hatte, sich der Institution gegenüber erkenntlich zu zeigen, in der sie ihre letzten Jahre verbracht hatte. Da Prè hatte gesagt, niemand habe ihn davon abbringen wollen, das Testament seiner Schwester anzufechten. Brunetti konnte sich nicht vorstellen, daß jemand, der tötete, um zu erben, sich so leicht wieder um die Beute bringen lassen würde.

Er prüfte die Daten und sah, daß die Testamente, in denen die *casa di cura* bedacht wurde, alle mindestens ein Jahr vor dem Tod der Erblasser aufgesetzt worden waren. Von den anderen waren zwei schon mehr als fünf Jahre, das letzte sogar zwölf Jahre vor dem Ableben unterzeichnet worden. Um sich da finstere Machenschaften vorzustellen, hätte es schon stärkerer Einbildungskraft und größeren Zynismus bedurft, als Brunetti sie besaß.

Daß gar keine Verbrechen stattgefunden hatten, war für Brunetti durchaus einleuchtend, wenn auch auf leicht verdrehte Weise, denn nur indem Suor Immacolata sich heimliche Untaten in der *casa di cura* einbildete, Dinge, die nur sie allein sah, konnte sie ihren Entschluß rechtfertigen, den Orden zu verlassen, der von Jugend an ihre geistliche und physische Heimat gewesen war. Brunetti hatte Schuldgefühle sich schon in seltsameren Formen ausdrücken sehen, gewiß, aber selten hatte er für Schuldgefühle so wenig Anlaß gesehen. Er mußte sich eingestehen, daß er ihr nicht glaubte, und es bedrückte ihn sehr, daß sie sich den Beginn ihrer *vita nuova* so versauerte. Sie hätte Besseres vom Leben und von sich selbst verdient gehabt als solche jämmerlichen Hirngespinste.

Die Unterlagen, bestehend aus fünf Testamentskopien und den Notizen, die Brunetti nach seinem und Vianellos Besuch bei den verschiedenen Leuten angefertigt hatte, landeten nicht bei Signorina Elettra, sondern in seiner untersten Schreibtischschublade, wo sie weitere drei Tage ruhten.

Patta kehrte aus dem Urlaub zurück, an der Polizeiarbeit noch weniger interessiert als vorher. Brunetti nutzte das zu seinem Vorteil, indem er von Maria Testa und ihrer Geschichte nichts erwähnte. Der Frühling machte Fortschritte, und Brunetti besuchte seine Mutter im Pflegeheim, was für ihn um so schmerzlicher war, als er Suor Immacolatas natürliche Güte erneut sehr vermißte.

Die junge Frau machte keinen weiteren Versuch, mit ihm Verbindung aufzunehmen, und so gestattete Brunetti sich, der Tugend der Hoffnung zu frönen, der Hoffnung nämlich, daß sie ihre Geschichte aufgegeben, ihre Ängste vergessen und ihr neues Leben in Angriff genommen hatte. Einmal faßte er sogar den Entschluß, sie draußen am Lido zu besuchen, aber als er die Adresse suchte, fand er die ganzen Unterlagen nicht, in denen sie stehen mußte, und auch der Name der Leute, die ihr bei der Arbeitssuche geholfen hatten, fiel ihm nicht ein. Rossi, Bassi, Guzzi – so ähnlich hatte er geklungen, wenn Brunetti sich recht erinnerte, aber dann holte ihn der ganze Ärger ein, der mit Pattas Rückkehr in die Questura verbunden war, und er vergaß Maria Testa völlig, bis zwei Tage später das Telefon klingelte und der Mann am anderen Ende sich als Vittorio Sassi vorstellte.

»Sind Sie der Mann, mit dem Maria gesprochen hat?« fragte Sassi.

»Maria Testa?« fragte Brunetti zurück, obwohl er gleich wußte, welche Maria gemeint war.

»Suor Immacolata.«

»Ja, sie war vor ein paar Wochen bei mir. Warum rufen Sie mich an, Signor Sassi? Was gibt's?«

»Sie ist verletzt.«

»Wie? Was ist passiert?«

»Sie wurde von einem Auto angefahren.«

»Wo?«

»Hier draußen, am Lido.«

»Wo ist sie?«

»Man hat sie ins Krankenhaus gebracht. Da bin ich jetzt, aber ich kann nichts über sie erfahren.«

»Wann war das?«

»Gestern nachmittag.«

»Warum haben Sie dann so lange damit gewartet, mich anzurufen?« wollte Brunetti wissen.

Die Antwort war ein langes Schweigen.

»Signor Sassi?« rief Brunetti, und als noch immer keine Antwort kam, fragte er in sanfterem Ton: »Wie geht es ihr?«

»Schlecht.«

»Was ist passiert?«

»Das weiß niemand.«

»Wieso?«

»Sie war gestern am Spätnachmittag auf dem Heimweg von der Arbeit, mit dem Fahrrad. Wie es aussieht, hat ein Auto sie von hinten angefahren. Der Fahrer hat nicht angehalten.«

»Wer hat sie gefunden?«

»Ein Lastwagenfahrer. Er sah sie im Straßengraben liegen und hat sie ins Krankenhaus gebracht.«

»Was hat sie für Verletzungen?«

»Ich weiß nichts Genaues. Als sie mich heute vormittag anriefen, haben sie gesagt, sie habe ein Bein gebrochen. Aber sie glauben, daß vielleicht auch ihr Gehirn verletzt ist.«

»Wer glaubt das?«

»Weiß ich nicht. Ich sage Ihnen nur, was mir der Anrufer gesagt hat.«

»Aber Sie sind jetzt im Krankenhaus?«

»Ja.«

»Woher wußte man denn dort, daß man sich mit Ihnen in Verbindung setzen sollte?« fragte Brunetti.

»Die Polizei war gestern in ihrer Pension – die Adresse hatte sie wohl in der Handtasche –, und der Inhaber hat ihr den Namen meiner Frau genannt. Er wußte noch, daß wir sie zu ihm gebracht hatten. Aber die haben mich erst heute vormittag angerufen, und da bin ich gleich hergekommen.«

»Warum rufen Sie mich jetzt an?«

»Als sie vorigen Monat nach Venedig gefahren ist, haben wir gefragt, wohin sie will, und sie hat gesagt, daß sie mit einem Polizisten namens Brunetti sprechen möchte. Sie hat nicht gesagt, worum es ging, und wir haben auch nicht gefragt, aber wir dachten, na ja, wir dachten eben, wenn Sie Polizist sind, wollen Sie sicher wissen, was ihr zugestoßen ist.«

»Danke, Signor Sassi«, sagte Brunetti, dann fragte er: »Wie hat sie sich verhalten, nachdem sie bei mir war?«

Falls Sassi die Frage merkwürdig fand, war es seiner Stimme nicht anzuhören. »Wie immer. Warum?«

Brunetti antwortete darauf lieber nicht und fragte statt dessen: »Wie lange bleiben Sie dort?«

»Nicht mehr lange. Ich muß wieder zur Arbeit, und meine Frau hat die Enkel bei sich.«

»Wie heißt denn ihr Arzt?«

»Das weiß ich nicht, Commissario. Hier herrscht das reine Chaos. Die Schwestern sind heute im Streik, und man findet kaum jemanden, der einem eine Auskunft geben kann. Und über Maria scheint überhaupt niemand etwas zu wissen. Könnten Sie nicht herkommen? Vielleicht hört man Ihnen wenigstens zu.«

»Ich bin in einer halben Stunde da.«

»Sie ist eine sehr gute Frau«, sagte Sassi.

Nachdem Sassi aufgelegt hatte, rief Brunetti unten bei Vianello an und bat ihn, ein Boot zu organisieren und in fünf Minuten mit ihm zum Lido zu fahren. Dann ließ er sich mit dem Krankenhaus am Lido verbinden und verlangte den Arzt in der Unfallaufnahme zu sprechen. Er wurde in die Gynäkologie, die Chirurgie und in die Küche weiterverbunden, bevor er angewidert auflegte und zu Vianello, Bonsuan und dem wartenden Polizeiboot hinuntereilte.

Während sie über die Lagune brausten, berichtete er Vianello von Sassis Anruf.

»Die Schweine«, sagte Vianello, als er das mit der Fahrerflucht hörte. »Warum haben die nicht angehalten? Sie einfach für tot am Straßenrand liegen zu lassen!«

»Vielleicht war das gewollt«, sagte Brunetti und sah, wie der Sergente plötzlich begriff.

»Na klar.« Vianello quittierte die einfache Erklärung mit

geschlossenen Augen. »Aber wir sind doch gar nicht in die *casa di cura* gegangen, um dort Fragen zu stellen. Woher sollten die wissen, daß sie mit uns gesprochen hat?« fragte er.

»Wir haben keine Ahnung, was sie alles gemacht hat, seit sie bei mir war.«

»Das nicht. Aber sie kann doch unmöglich so dumm gewesen sein, einfach hinzugehen und jemanden zu bezichtigen, oder?«

»Sie war den größten Teil ihres Lebens im Kloster, Sergente.«

»Und was heißt das?«

»Es heißt, daß sie wahrscheinlich denkt, man müsse einem Menschen nur sagen, daß er etwas Böses getan hat, dann wird er schnurstracks zur Polizei gehen, erklären, daß er bereut, und sich stellen.« Brunetti hörte, wie flapsig das klang, und sofort tat es ihm leid. »Ich meine, sie ist wahrscheinlich kein besonders guter Menschenkenner, und die meisten Motive könnte sie einfach nicht begreifen.«

»Da haben Sie wohl recht, Commissario. Ein Kloster ist sicher nicht die beste Vorbereitung auf die mißratene Welt, die wir geschaffen haben.«

Brunetti wußte darauf nichts zu erwidern und schwieg, bis sie an einem für Ambulanzboote reservierten Anleger hinter dem Ospedale al Mare festmachten. Sie sprangen vom Boot und sagten zu Bonsuan, er solle warten, bis sie wüßten, wie es weitergehe. Eine weit offenstehende Tür führte in einen weißgestrichenen Korridor mit blankem Betonfußboden.

Ein Pfleger in weißem Kittel kam ihnen entgegengerannt. »Wer sind Sie? Was haben Sie hier unten zu suchen? Niemand darf auf diesem Weg ins Krankenhaus.«

Brunetti hörte ihm gar nicht zu und hielt ihm nur seinen Dienstausweis unter die Nase. »Wo ist hier die Notaufnahme?«

Er sah den Mann mit sich kämpfen, ob er ihnen Widerstand entgegensetzen solle, aber dann siegte wie üblich der italienische Gehorsam gegenüber Obrigkeiten, vor allem uniformierten

Obrigkeiten, und der Mann erklärte ihnen den Weg. Minuten später standen sie vor einer Anmeldung, hinter der eine hohe Flügeltür in einen langen, hellerleuchteten Gang führte. Die Anmeldung war nicht besetzt, und auf Brunettis wiederholtes Rufen antwortete niemand.

Nach einiger Zeit kam ein Mann in zerknittertem weißem Kittel durch die Flügeltüren. »Entschuldigung«, sagte Brunetti und hielt den Mann mit hochgehaltener Hand an.

»Ja?« fragte dieser.

»Wie erfahre ich, wer hier Dienst in der Notaufnahme hat?«

»Wozu wollen Sie das wissen?« fragte der Mann gehetzt.

Brunetti zückte erneut seinen Dienstausweis. Der Mann warf einen Blick darauf und sah wieder zu Brunetti. »Was wollen Sie denn wissen, Commissario? Ich bin dazu verdammt, hier Dienst zu tun.«

»Wieso verdammt?« fragte Brunetti.

»Entschuldigung. Kleine Übertreibung. Ich mache schon sechsunddreißig Stunden Dienst, weil die Krankenschwestern beschlossen haben, in Streik zu treten. Ich habe hier mit einem Pfleger und einem Assistenzarzt neun Patienten zu versorgen. Aber Ihnen das alles zu erzählen hilft mir wahrscheinlich auch nicht weiter.«

»Bedaure, Doktor. Ich kann Ihre Krankenschwestern nicht festnehmen.«

»Schade. Was kann ich für Sie tun?«

»Ich möchte zu einer Frau, die gestern hier eingeliefert wurde. Von einem Auto angefahren. Wie ich höre, hat sie ein Bein gebrochen und möglicherweise Gehirnverletzungen.«

Der Arzt wußte sofort, wen er meinte. »Nein, kein Beinbruch. Es war die Schulter, und die war nur ausgerenkt. Und ein paar Rippen könnten gebrochen sein. Aber was mir Sorgen machte, war die Kopfverletzung.«

»*War?*«

»Ja. Wir haben sie, kaum eine Stunde nachdem sie hier eingeliefert worden war, ins Ospedale Civile bringen lassen. Selbst wenn ich das Personal hätte, wären wir für die Behandlung einer solchen Schädelverletzung nicht ausgerüstet.«

Es fiel Brunetti nicht leicht, seinen Ärger darüber zu zügeln, daß er für nichts und wieder nichts hier herausgekommen war. »Wie schlimm steht es denn?« fragte er.

»Sie wurde bewußtlos eingeliefert. Ich habe ihr die Schulter eingerenkt und die Rippen bandagiert, aber von Kopfverletzungen verstehe ich nicht genug. Ich habe ein paar Tests mit ihr gemacht. Wollte wissen, was sich in ihrem Kopf tat und warum sie nicht wieder zu sich kam. Aber dann war sie so schnell wieder von hier weg, daß ich gar keine Zeit hatte, mir Gewißheit zu verschaffen.«

»Ein Bekannter war hier und wollte sie besuchen«, sagte Brunetti. »Niemand hat ihm gesagt, daß sie nach Venedig verlegt wurde.«

Der Arzt wies mit einem Achselzucken alle Verantwortung von sich. »Ich sagte Ihnen ja, wir sind hier nur zu dritt. Jemand hätte ihm das sagen müssen.«

»Ja«, pflichtete Brunetti ihm bei, »das hätte ihm jemand sagen müssen.« Dann fragte er: »Können Sie mir sonst noch etwas über ihren Zustand sagen?«

»Nein. Da müssen Sie die Kollegen im Civile fragen.«

»Wo liegt sie dort?«

»Wenn die einen Neurologen zugezogen haben, dürfte sie auf der Intensivstation liegen. Oder sollte.« Der Arzt schüttelte den Kopf, ob aus Müdigkeit oder in Erinnerung an Marias Verletzungen, war für Brunetti nicht zu erkennen. Plötzlich wurde ein Türflügel von innen aufgestoßen, und eine junge Frau in ebenso zerknittertem Kittel kam heraus. »Dottore«, rief sie schrill und aufgeregt. »Wir brauchen Sie. Kommen Sie schnell.«

Der Arzt machte kehrt und folgte der Frau durch die Tür, ohne noch etwas zu Brunetti zu sagen. Vianello hatte er gar nicht erst zur Kenntnis genommen.

Brunetti machte ebenfalls kehrt und ging auf demselben Weg, den sie gekommen waren, wieder zum Boot. An Bord sagte er, ohne Bonsuan zu erklären, was los war: »Zurück, zum Ospedale Civile.« Er blieb unter Deck, während sie die unruhiger werdenden Wellen durchschnitten, beobachtete aber durch die Glasfenster der Kabinentür, wie Vianello dem Bootsführer berichtete, was sie erlebt hatten. Am Ende des Berichts schüttelten beide Männer angewidert die Köpfe, die einzig mögliche Reaktion auf jede längere Berührung mit dem öffentlichen Gesundheitssystem.

Eine Viertelstunde später legte das Boot am Ospedale Civile an, und Brunetti ließ Bonsuan wieder warten. Er und Vianello kannten aus langer Erfahrung den Weg zur Intensivstation und eilten schnell durch das Labyrinth der Korridore.

Auf dem Gang vor der Intensivstation stand ein Arzt, den Brunetti kannte, und zu diesem ging er.

»*Buon giorno*, Giovanni«, sagte er, als der Arzt ihn erkannte und lächelte. »Ich suche eine Frau, die gestern vom Lido hierher verlegt wurde.«

»Die mit den Kopfverletzungen?« fragte der junge Mann.

»Ja. Wie geht es ihr?«

»Allem Anschein nach ist sie mit dem Kopf zuerst gegen ihr Fahrrad und dann noch einmal auf den Boden geschlagen. Sie hat eine Platzwunde über dem Ohr. Aber wir bekommen sie nicht aus der Bewußtlosigkeit heraus, kriegen sie einfach nicht wach.«

»Weiß jemand …?« begann Brunetti, verstummte dann aber, weil er gar nicht wußte, was er fragen sollte.

»Wir wissen gar nichts, Guido. Sie kann heute aufwachen. Oder bewußtlos bleiben. Oder sterben.« Er stieß die Hände in die Taschen seines Arztkittels.

»Was macht man in so einem Fall?« fragte Brunetti.

»Als Arzt?«

Brunetti nickte.

»Wir untersuchen und untersuchen. Und dann beten wir.«
»Darf ich sie sehen?«
»Da gibt's außer Verbänden nicht viel zu sehen«, sagte der Arzt.
»Ich möchte trotzdem zu ihr.«
»Na gut. Aber allein«, sagte er mit einem Blick in Vianellos Richtung.

Vianello nickte und ging zu einem Stuhl an der Wand. Er hob den Innenteil einer alten Zeitung vom Boden auf und fing an zu lesen.

Der Arzt führte Brunetti den Korridor hinunter und blieb vor der dritten Tür rechts stehen. »Wir sind überfüllt, darum haben wir sie hierher gelegt.« Damit öffnete er die Tür und ging Brunetti voran.

Alles wohlvertraut: der Geruch nach Blumen und Urin, die Plastikflaschen mit Mineralwasser, die zum Kühlhalten auf den Fensterbrettern standen, das erwartungsvolle Elend. Von den vier Betten im Zimmer war eines leer. Brunetti sah Maria sofort. Sie lag im letzten Bett ganz hinten an der Wand. Er merkte nicht, wie der Arzt hinausging und die Tür hinter sich schloß, er ging zu dem Bett, blieb stehen, trat aber dann ans Kopfende.

Ihre dichten Wimpern waren kaum zu erkennen vor den dunklen Schatten unter beiden Augen; ein Büschel kurzer dunkler Haare schaute unter dem Verband um ihren Kopf hervor. Ihre Nase war auf einer Seite von dem Mercurochrom auf einer Schürfwunde verfärbt, die dort anfing und erst am Kinn endete. Die schwarzen Nähte begannen kurz über ihrem linken Wangenknochen und verschwanden unter dem Verband.

Unter der leichten blauen Decke wirkte ihr Körper nicht größer als der eines Kindes, gruslig verzerrt durch den dicken Verband um ihre eine Schulter. Brunetti starrte zuerst auf ihren Mund, und als er dort keine Bewegung erkennen konnte, auf ihre Brust. Anfangs war er nicht sicher, doch dann sah er die

Decke sich heben und senken, wenn sie leise ein- und ausatmete. Er fühlte sich erleichtert.

Hinter ihm stöhnte eine der anderen beiden Frauen auf, und die dritte, vielleicht dadurch gestört, rief nach einem Roberto.

Nach einer Weile ging Brunetti wieder in die Eingangshalle zurück, wo Vianello noch immer Zeitung las. Brunetti nickte ihm zu, und gemeinsam gingen sie zu dem wartenden Boot und fuhren zur Questura zurück.

9

Brunetti und Vianello waren sich auch ohne Worte darüber einig, daß sie auf ihre Mittagspause verzichten wollten. Kaum in der Questura, wies Brunetti den Sergente an, den Dienstplan zu ändern und dafür zu sorgen, daß vor Maria Testas Zimmer eine Wache aufgestellt wurde, und zwar Tag und Nacht.

Dann rief er bei der Polizei am Lido an, nannte seinen Namen und den Grund für seinen Anruf und fragte, ob es schon etwas zu dem Unfall mit Fahrerflucht vom Vortag gebe. Sie hatten nichts: keine Zeugen, niemanden, der eine verdächtige Beule am Wagen eines Nachbarn gemeldet hätte, einfach nichts, obwohl die Tageszeitung darüber berichtet und eine Telefonnummer angegeben hatte, unter der sich jeder melden konnte, der etwas über den Unfall wußte. Brunetti hinterließ noch seine Durchwahlnummer, erwähnte nicht zuletzt seinen Dienstgrad und bat um sofortige Mitteilung, sobald man etwas über den Fahrer oder den Wagen wisse.

Dann zog er seine Schublade auf und kramte darin herum, bis er die vergessene Akte fand. Er nahm sich das erste Testament vor, das von Fausta Galasso, der Frau, die fast alles ihrem Neffen in Turin vermacht hatte, und las aufmerksam die einzelnen Posten: drei Wohnungen in Venedig, zwei Bauernhäuser in der Nähe von Pordenone und drei Sparkonten in der Stadt. Er besah sich die Adressen der drei Wohnungen, aber sie sagten ihm nichts.

Kurz entschlossen nahm er den Hörer vom Telefon und wählte aus dem Gedächtnis eine Nummer.

»Immobilien Bucintoro«, meldete sich eine Frauenstimme nach dem zweiten Klingeln.

»*Ciao*, Stefania«, sagte er. »Hier Guido.«

»Ich habe deine Stimme gleich erkannt«, antwortete sie. »Wie geht's dir denn – aber bevor du mir das sagst, möchtest du nicht eine zauberhafte Wohnung in Canareggio kaufen, hundertfünfzig Quadratmeter, zwei Bäder, drei Schlafzimmer, Küche, Eßzimmer und ein Wohnzimmer mit Blick auf die Lagune?«

»Und wo ist der Pferdefuß?« fragte Brunetti.

»Guido!« rief sie entrüstet, wobei sie der ersten Silbe seines Namens die dreifache Länge gab.

»Ist sie vermietet, und die Mieter sind nicht rauszukriegen? Neues Dach fällig? Trockenfäule in den Wänden?« erkundigte er sich.

Kleine Pause, dann ein kurzes, schockiertes Lachen. »*Acqua alta*«, erklärte Stefania. »Wenn das Wasser über einsfünfzig steigt, hast du Fische im Bett.«

»Gibt keine mehr in der Lagune, Stefania. Alle vergiftet.«

»Dann eben Seetang. Aber es ist eine richtig schöne Wohnung, glaub mir. Ein amerikanisches Ehepaar hat sie vor drei Jahren gekauft und ein Vermögen für die Renovierung ausgegeben, aber das mit dem Wasser hatte ihnen niemand gesagt. Letzten Winter ist dann bei *acqua alta* das Parkett draufgegangen, der ganze neue Anstrich und Möbel und Teppiche im Wert von fünfzig Millionen Lire. Schließlich haben sie einen Architekten hinzugezogen, und der hat ihnen als erstes erklärt, daß da nichts zu machen ist. Jetzt wollen sie verkaufen.«

»Für wieviel?«

»Dreihundert Millionen.«

»Hundertfünfzig Quadratmeter?« fragte Brunetti.

»Ja.«

»Das ist geschenkt.«

»Stimmt. Kennst du jemanden, der daran interessiert sein könnte?«

»Stefania, das sind zwar sehr billige hundertfünfzig Quadratmeter. Aber auch wertlose.« Sie stritt das nicht ab und sagte nichts weiter. »Hast du Interessenten?« fragte er schließlich.

»Ja.«

»Wen?«

»Irgendwelche Deutschen.«

»Na, hoffentlich kriegst du die Wohnung an sie los.« Stefanias Vater war drei Jahre Kriegsgefangener in Deutschland gewesen.

»Wenn du keine Wohnung suchst, was willst du dann von mir? Etwas wissen?«

»Stefania!« flötete er, wobei er mit der zweiten Silbe ihres Namens dasselbe machte wie sie vorhin mit der ersten des seinen. »Glaubst du, ich könnte dich aus irgendeinem anderen Grund anrufen, als um deine liebliche Stimme zu vernehmen?«

»Ach, Guido, du bist einfach unwiderstehlich. Sag schon, was willst du wissen?«

»Ich habe hier drei Wohnungen und den Namen des letzten Eigentümers. Nun möchte ich gern wissen, ob sie zum Verkauf stehen, und wenn ja, was sie wert sind. Oder falls sie im letzten Jahr verkauft wurden, für wieviel.«

»Dafür brauche ich ein paar Tage«, sagte sie.

»Einen?« fragte er.

»Gut, einen. Gib mir die Adressen.«

Brunetti diktierte sie ihr und erklärte dazu, daß alle drei Wohnungen von einer Frau namens Galasso ihrem Neffen vermacht worden seien. Bevor sie auflegten, meinte Stefania noch, falls das Geschäft mit den Deutschen nicht zustande käme, erwarte sie von ihm einen Käufer für die Wohnung. Brunetti versprach, darüber nachzudenken, verkniff sich aber die Bemerkung, daß er sie gern seinem Vice-Questore empfehlen werde.

Das nächste Testament war das der Witwe Renata Cristanti. Was immer ihr verstorbener Marcello Cristanti zu Lebzeiten gemacht hatte, mußte er sehr gut gemacht haben, denn Signora Cristantis Vermächtnis umfaßte eine lange Liste von Wohnungen, vier Läden sowie Anlagen und Ersparnisse im Gesamtwert von über einer halben Milliarde Lire, die sie zu gleichen Teilen ihren sechs Kindern hinterlassen hatte, genau denen, die sich nie dazu bequemt hatten, sie zu besuchen. Während Brunetti das las, ging ihm als erstes die Frage durch den Kopf, wie es wohl zugegangen war, daß eine derart reiche Frau, die sechs Kinder hatte, ihre Tage im Altersheim eines Nonnenordens beschloß, der sich der Armut verschrieben hatte, und nicht in einer hypermodernen Klinik, die über alle neuesten Errungenschaften der geriatrischen Medizin verfügte.

Conte Crivoni hatte seiner Witwe die Wohnung vererbt, in der sie lebte, dazu zwei weitere Wohnungen und verschiedene Geldanlagen, deren Wert sich aus der Lektüre des Testaments allein nicht ergab. Weitere Begünstigte waren nicht genannt.

Wie Signor da Prè gesagt hatte, war alles, was seine Schwester hinterlassen hatte – bis auf die strittige Zuwendung an das Pflegeheim –, an ihn gegangen. In dem Testament, das ihn als Alleinerben nannte, wurden keine Sach- oder Geldwerte im einzelnen aufgeführt, so daß die Höhe des Nachlasses nicht daraus zu ersehen war.

Signor Lerini hatte alles seiner Tochter Benedetta vermacht, und da der gesamte Nachlaß somit an eine einzige Erbin ging, war auch hier der genaue Wert dem Testament nicht zu entnehmen.

Brunettis Sprechanlage summte. »Ja, Vice-Questore?«

»Ich möchte Sie gern kurz sprechen, Brunetti.«

»Ja, Vice-Questore. Ich komme sofort.«

Patta war seit über einer Woche wieder Chef in der Questura, aber bisher war es Brunetti gelungen, jede persönliche Begegnung zu vermeiden. Er hatte zu Pattas Rückkehr einen langen Bericht über die Tätigkeiten der einzelnen *commissari* verfaßt, darin aber Maria Testas Besuch nicht erwähnt, und erst recht nicht, was er selbst daraufhin unternommen hatte.

Signorina Elettra saß an ihrem Schreibtisch in Pattas kleinem Vorzimmer. Heute trug sie einen ungemein femininen dunkelgrauen Hosenanzug, der fast eine Parodie auf den von Patta bevorzugten Zweireiher mit Nadelstreifen war. Sie hatte, genau wie er, ein weißes Tuch in der Brusttasche stecken und, ebenfalls wie er, eine juwelenbesetzte kleine Nadel im Knoten ihrer Seidenkrawatte.

»Also, Fiat verkaufen«, hörte er sie sagen, als er ins Zimmer trat. Er war so verdutzt, daß er sie fast mit dem Einwurf unterbrochen hätte, er wisse gar nicht, daß sie ein Auto besitze, doch da fuhr sie fort: »Aber kaufen Sie davon sofort tausend Aktien von dieser deutschen Biotechnikfirma, von der ich Ihnen letzte Woche erzählt habe.« Sie hob die Hand, um Brunetti zu bedeuten, daß sie ihm noch etwas sagen wolle, bevor er zu Patta hineinging. »Und schaffen Sie mir noch heute die holländischen Gulden vom Hals. Ein Freund hat mich angerufen und mir erzählt, was der niederländische Finanzminister morgen in der Kabinettssitzung bekanntgeben wird.« Ihr Gesprächspartner am anderen Ende sagte etwas, und sie antwortete ärgerlich: »Es interessiert mich nicht, ob das Verluste bringt. Weg damit.«

Ohne ein weiteres Wort legte sie den Hörer auf und wandte sich Brunetti zu.

»Holländische Gulden?« fragte er höflich.

»Wenn Sie welche haben, verkaufen Sie.«

Brunetti hatte keine, bedankte sich aber trotzdem mit einem Nicken für den Tip. »Ganz auf Erfolg getrimmt«, meinte er.

»Wie nett, daß Sie es merken, Commissario. Gefällt es Ihnen?« Sie stand auf und trat ein paar Schritte von ihrem Schreibtisch zurück, alles komplett bis hin zu den Yuppie-Schühchen in Aschenputtelgröße.

»Schick«, sagte er. »Für Gespräche mit dem Börsenmakler genau richtig.«

»Eben, eben. Nur schade, daß er so ein Trottel ist. Alles muß ich ihm sagen.«

»Und was wollten Sie *mir* sagen?« fragte Brunetti.

»Ich dachte, bevor Sie zum Vice-Questore hineingehen, sollten Sie vielleicht wissen, daß wir demnächst Besuch von der Schweizer Polizei bekommen.«

Ehe sie ins Detail gehen konnte, witzelte Brunetti mit einem verschwörerischen Blick zu Pattas Tür: »Hat er Ihre Nummernkonten entdeckt?«

Signorina Elettra riß im ersten Moment erschrocken die Augen auf, doch ebenso schnell verschleierte Mißbilligung ihren Blick. »Nein, Commissario«, sagte sie betont sachlich. »Es hat mit der europäischen Kommission zu tun, aber dazu kann Ihnen Vice-Questore Patta vielleicht mehr sagen.« Sie setzte sich wieder an ihren Schreibtisch, kehrte Brunetti den Rücken zu und richtete ihre Aufmerksamkeit ganz auf ihren Computer.

Brunetti klopfte und trat auf Pattas Geheiß ein. Der Vice-Questore hatte sich im Urlaub offenbar gut erholt. Seine klassische Nase und das gebieterische Kinn waren von einer Bräune, die, da sie im März erworben war, nur noch mehr Eindruck machte. Außerdem schien der Vice-Questore ein paar Kilo abgespeckt zu haben, oder die Schneider in Bangkok verstanden seinen Embonpoint besser zu kaschieren als ihre Londoner Kollegen.

»Guten Morgen, Brunetti«, sagte Patta durch und durch freundlich.

Brunetti fühlte sich gewarnt und murmelte nur etwas Unverständliches zur Antwort, während er unaufgefordert Platz nahm. Daß Patta ihn nicht mit einem mißbilligenden Blick strafte, machte Brunetti nur noch vorsichtiger.

»Ich möchte Ihnen meine Anerkennung dafür aussprechen, wie Sie mich in meiner Abwesenheit vertreten haben«, begann Patta, und in Brunettis Kopf läuteten die Alarmglocken derart Sturm, daß er sich kaum mehr auf Pattas Worte konzentrieren konnte. Er nickte.

Patta trat ein paar Schritte von seinem Schreibtisch zurück und drehte sich dann wieder um, genau wie vorhin Signorina Elettra. Brunetti versagte es sich, den Vice-Questore ebenfalls zu fragen, ob er sich auf Erfolg getrimmt habe. Schließlich setzte Patta sich in den Sessel neben Brunetti.

»Wie Sie wissen, Commissario, haben wir das Jahr der internationalen polizeilichen Zusammenarbeit.«

Brunetti wußte davon eigentlich nichts. Vor allem lag ihm auch recht wenig daran, denn wie das Jahr auch immer heißen mochte, er wußte, daß es ihn unweigerlich etwas kosten würde, wahrscheinlich Zeit und Geduld.

»Wußten Sie das, Commissario?«

»Nein.«

»Nun gut, es ist aber so. Ausgerufen von der Kommission der Europäischen Gemeinschaft.« Als Brunetti sich unbeeindruckt von diesem Wunder zeigte, fragte Patta: »Sind Sie nicht neugierig zu erfahren, welche Rolle uns dabei zukommt?«

»Wer ist ›uns‹?«

Nach einer Pause, die wohl der verqueren Grammatik galt, antwortete Patta: »Italien natürlich.«

»Es gibt viele Städte in Italien.«

»Ja, aber nur wenige sind so berühmt wie Venedig.«

»Und nur wenige sind so arm an Verbrechen.«

Patta wußte darauf momentan nichts zu erwidern, fuhr dann aber einfach fort, als hätte Brunetti alles bisher Gesagte mit einem begeisterten Kopfnicken aufgenommen: »Unsere Rolle wird sein, daß wir in den nächsten Monaten die Polizeichefs unserer Partnerstädte zu Gast haben werden.«

»Welcher Städte?«

»London, Paris und Bern.«

»Zu Gast?«

»Ja. Die Polizeichefs werden herkommen, und wir fanden es ganz sinnvoll, sie in den Tagesablauf miteinzubeziehen, um ihnen einen Eindruck von der Arbeitsweise unserer Polizei zu vermitteln.«

»Wenn ich raten darf, Vice-Questore, wird Bern den Anfang machen. Diesen Kollegen bekomme ich zugeteilt, und nachdem er hier war, darf ich mich in den Hexenkessel von Bern stürzen, der aufregendsten aller europäischen Hauptstädte, und Sie übernehmen Paris und London.«

Patta ließ sich nicht anmerken, ob er sich durch diese Formulierung vor den Kopf gestoßen fühlte. »Er wird morgen hier eintreffen«, fuhr er fort, »und ich habe für uns drei ein Arbeitsessen anberaumt. Am Nachmittag, dachte ich, könnten Sie ihn dann durch die Stadt führen. Sie dürfen ein Polizeiboot benutzen.«

»Vielleicht nach Murano, zu den Glasbläsern?«

Patta hatte schon genickt und wollte sich gerade darüber auslassen, wie gut er die Idee fand, als Brunettis Ton ihm doch noch bewußt wurde. »Es gehört mit zu den Aufgaben unserer Dienststelle, Brunetti, für gute *public relations* zu sorgen.« Typisch Patta, hier einen englischen Ausdruck zu benutzen, obwohl er diese Sprache gar nicht beherrschte.

»Gut«, sagte Brunetti im Aufstehen. Er blickte auf den noch sitzenden Patta hinunter. »Sonst noch etwas, Vice-Questore?«

»Nein, ich glaube nicht. Wir sehen uns also morgen mittag?«

Brunetti antwortete mit einer unbestimmten Geste und verließ Pattas Zimmer.

10

Brunetti traf Signorina Elettra draußen in stiller Zwiesprache mit ihrem Computer an. Sie wandte sich lächelnd zu ihm um, wohl um ihm auf diese Weise zu zeigen, daß sie ihm die freche Bemerkung über ihre geheimen Schweizer Bankkonten zu verzeihen gewillt war. »Und?« fragte sie.

»Ich werde den Chef der Berner Polizei in der Stadt herumführen dürfen. Wahrscheinlich kann ich von Glück reden, daß ich ihn nicht auch noch zu mir nach Hause einladen muß.«

»Was sollen Sie denn mit ihm machen?«

»Keine Ahnung. Ihm die Stadt zeigen. Ihn hier durch die Questura schleifen. Vielleicht sollte ich ihm ja mal die Leute zeigen, die wegen einer Aufenthaltsgenehmigung vor dem Ufficio Stranieri Schlange stehen.« Brunetti waren seine eigenen Gefühle nicht ganz geheuer, aber er konnte sich einfach nicht freimachen von einem wachsenden Unbehagen über diese vielen Menschen, die sich jeden Morgen vor dem Ausländeramt einfanden, meist junge Männer aus Ländern, die mit der europäischen Kultur nichts gemein hatten. Noch während er daran herumkaute und seine Überlegungen in wohlgeformte Sätze zu kleiden versuchte, wurde ihm klar, daß sie im Kern auf genau den gleichen dumpfen Empfindungen beruhten, die ihren Ausfluß in den fremdenfeindlichen Ausfällen der Mitglieder jener Parteien und Grüppchen fanden, die dem Land seine ethnische und kulturelle Reinheit zurückzugeben versprachen.

Signorina Elettra riß ihn aus diesen düsteren Gedanken. »Vielleicht wird es ja gar nicht so schlimm, Dottore. Die Schweizer haben uns in letzter Zeit manchmal sehr geholfen.«

Er lächelte. »Vielleicht könnten Sie ihm ein paar Paßwörter für ihre Computer entlocken, Signorina.«

»Das haben wir gar nicht nötig, Commissario. Die Paßwörter der Polizeicomputer sind sehr leicht zu knacken. Aber die, mit denen man wirklich etwas anfangen könnte, die für die Banken – nicht einmal ich würde meine Zeit damit vertun, an die heranzukommen zu wollen.«

Noch ehe ihm klar war, wie er darauf kam, sagte Brunetti plötzlich: »Signorina, ich möchte Sie um einen Gefallen bitten.«

»Ja, Commissario?« fragte sie und nahm schon ihren Stift zur Hand, als hätte er sich nie einen Scherz mit ihr erlaubt.

»Es geht um einen Priester in San Polo, einen Don Luciano. Den Nachnamen kenne ich nicht. Könnten Sie für mich herausbekommen, ob es mit ihm einmal Ärger gegeben hat?«

»Ärger, Commissario?«

»Ob einmal wegen irgend etwas gegen ihn ermittelt wurde. Oder ob er oft versetzt worden ist. Genauer gesagt, versuchen Sie zu erfahren, wo er zuletzt tätig war und warum man ihn hierhergeschickt hat.«

»Die Schweizer Banken wären einfacher«, meinte sie, mehr zu sich selbst.

»Wie bitte?«

»An so etwas ist sehr schwer heranzukommen.«

»Auch wenn einmal etwas gegen ihn vorlag?«

»Solche Dinge haben es an sich, irgendwie unterzugehen, Commissario.«

»Was für Dinge?« fragte Brunetti, hellhörig geworden durch ihren überaus sachlichen Ton.

»Eben so etwas wie Ermittlungen gegen einen Priester. Oder nur schon öffentliches Aufsehen. Denken Sie an die Sache mit dieser Sauna in Dublin. Wie schnell das wieder aus den Schlagzeilen heraus war.«

Brunetti erinnerte sich. Da war im letzten Jahr, allerdings nur im *manifesto* und in der *Unità*, etwas über einen irischen Priester gemeldet worden, der in Dublin in einer Schwulensauna an Herzinfarkt gestorben war und von zwei anderen Priestern, die zufällig auch dort waren, die Sterbesakramente empfangen hatte. Diese Geschichte, über die Paola sich halb totgelacht hatte, war schon am nächsten Tag mit keiner Silbe mehr erwähnt worden, und das in der linken Presse.

»Aber mit Polizeiakten ist es doch sicher etwas anderes«, bohrte er.

Sie sah auf und bedachte ihn mit dem gleichen mitleidigen Lächeln, mit dem Paola oft eine Diskussion beendete. »Ich besorge mir seinen richtigen Namen und sehe mal nach, Commissario.« Sie klappte die Seite ihres Notizblocks um. »Noch etwas?«

»Nein, im Moment nicht«, sagte Brunetti und ging aus dem Zimmer, um sich langsamen Schrittes wieder in sein eigenes zu begeben.

In den paar Jahren, seit Signorina Elettra in der Questura arbeitete, hatte Brunetti sich an ihre spezielle Art von Ironie gewöhnt, aber manchmal gab sie immer noch Dinge von sich, mit denen er rein gar nichts anzufangen wußte, wenngleich er sich andererseits geniert hätte nachzufragen. So hatte er mit Signorina Elettra auch noch nie über Religion oder Kirche gesprochen, aber bei näherer Überlegung konnte er sich des Verdachts nicht erwehren, daß ihre Ansichten von denen seiner Frau nicht allzusehr abwichen.

Sowie er wieder in seinem Zimmer war, schob er alle Gedanken an Signorina Elettra und die Heilige Mutter Kirche beiseite und nahm den Hörer vom Telefon. Er wählte Lele Cossetos Nummer, und als der Maler sich nach dem zweiten Klingeln meldete, sagte Brunetti ihm, daß er noch einmal wegen Doktor Messini anrufe.

»Woher weißt du, daß ich zurück bin, Guido?« fragte Lele.

»Zurück von wo?«

»Aus England. Ich hatte eine Ausstellung in London und bin seit gestern nachmittag wieder da. Wollte dich heute gleich anrufen.«

»Weswegen?« fragte Brunetti, zu neugierig, um sich erst einmal höflich nach dem Erfolg der Ausstellung zu erkundigen.

»Es scheint, daß Fabio Messini die Frauen liebt«, antwortete Lele.

»Im Gegensatz zu uns andern allen, Lele?«

Lele, der in jungen Jahren einen einschlägigen Ruf in der Stadt genossen hatte, mußte lachen. »Nein, ich meine, er liebt die Gesellschaft junger Damen und läßt sie sich gern etwas kosten. Außerdem gibt es anscheinend zwei davon.«

»Zwei?«

»Zwei. Eine hier in der Stadt, in einer Vierzimmerwohnung nahe San Marco, für die er die Miete bezahlt, und eine draußen am Lido. Keine der beiden Damen geht einer Arbeit nach, aber beide sind sehr gut gekleidet.«

»Ist er der einzige?«

»Der einzige was?«

»Der einzige, der sie besucht«, versuchte Brunetti es zu umschreiben.

»Hmm, danach habe ich gar nicht gefragt«, meinte Lele mit hörbarem Bedauern ob dieser Unterlassung. »Beide sollen sehr schön sein.«

»Sollen? Wer sagt das?«

»Freunde«, antwortete Lele geheimnisvoll.

»Was erzählen diese Freunde noch?«

»Daß er beide zwei- bis dreimal die Woche besucht.«

»Was sagtest du, wie alt er ist?«

»Gesagt habe ich nichts, aber er ist in meinem Alter.«

»Soso«, machte Brunetti in neutralem Ton, schwieg einen Moment und fragte dann: »Haben deine Freunde zufällig auch etwas über das Pflegeheim gesagt?«

»Die Heime«, korrigierte Lele.

»Wie viele sind's denn?«

»Inzwischen offenbar fünf, das eine hier, und vier auf dem Festland.«

Brunetti schwieg so lange, daß Lele schließlich fragte: »Bist du noch da, Guido?«

»Ja, ja, Lele. Ich bin noch da.« Er überlegte kurz, bevor er fragte: »Wußten deine Freunde noch mehr über die Pflegeheime?«

»Nein, nur daß in allen fünfen derselbe Orden das Personal stellt.«

»Die Schwestern vom Heiligen Sakrament?« fragte Brunetti, denn so hieß der Orden, der das Pflegeheim seiner Mutter betrieb und dem Maria Testa nicht mehr angehörte.

»Ja. In allen fünf.«

»Wie kann es dann sein, daß sie ihm gehören?«

»Das habe ich nicht gesagt. Ich weiß nicht, ob sie ihm wirklich gehören oder ob er nur der Direktor ist. Aber er ist für alle fünf zuständig.«

»Verstehe«, sagte Brunetti, der schon seine nächsten Schritte plante. »Danke, Lele. Und weiter haben sie nichts gesagt?«

»Nein«, antwortete Lele trocken. »Kann ich Ihnen sonst noch irgendwie zu Diensten sein, Commissario?«

»Entschuldige, Lele«, sagte Brunetti, »ich wollte nicht ungezogen sein. Tut mir leid. Aber du kennst mich ja.«

Das konnte man wirklich sagen. Lele kannte Brunetti von dessen Geburt an. »Schon gut, Guido. Laß dich mal wieder blicken, ja?«

Brunetti versprach es, verabschiedete sich herzlich und hatte sein Versprechen, kaum daß der Hörer aufgelegt war, schon wieder vergessen. Er nahm den Hörer von neuem ab und ließ sich von der Vermittlung mit der Casa di Cura San Leonardo beim Ospedale Giustinian verbinden.

Minuten später hatte er Dottor Messinis Sekretärin am Apparat und verabredete für vier Uhr nachmittags einen Termin, um mit dem Direktor über eine Verlegung seiner Mutter, Regina Brunetti, ins San Leonardo zu sprechen.

11

Obwohl der Stadtteil, in dem sich das Ospedale Giustinian befand, geographisch nicht weit von Brunettis Wohnung entfernt war, kannte er sich dort nicht besonders gut aus, wahrscheinlich weil er nicht zwischen seiner Wohnung und den Bezirken lag, in denen er normalerweise zu tun hatte. Er kam dorthin nur gelegentlich auf dem Weg zur Giudecca oder auch an manchen Sonntagen, wenn Paola und er einen Spaziergang zu den Fondamenta delle Zattere machten, um sich in einem der Cafés am Wasser in die Sonne zu setzen und die Zeitungen zu lesen.

Was Brunetti über diese Gegend wußte, war wie so vieles, was er und alle übrigen Venezianer von ihrer Stadt kannten, eine Mischung aus Legenden und Tatsachen. Hinter dieser Mauer lag der Garten der ehemaligen Filmdiva, die jetzt mit einem Industriellen aus Turin verheiratet war; hinter jener wohnte der Letzte aus dem Geschlecht der Contradini, von dem man munkelte, er habe sein Haus seit zwanzig Jahren nicht mehr verlassen. Diese Tür führte ins Haus der letzten lebenden Donna Salva, die man seit Jahren nur noch zur Eröffnung der jeweiligen Opernsaison sah, dann aber stets in der Königsloge und immer ganz in Rot gekleidet. Brunetti kannte diese Mauern und Türen so, wie Kinder ihre Comic- und Fernsehhelden kannten, und gleich diesen Figuren riefen die Häuser und Palazzi ihm seine Jugend in Erinnerung, als er die Welt noch anders gesehen hatte.

Wie Kinder den Possen von Mickymaus und Popeye entwuchsen und die Illusionen durchschauten, die dahintersteckten, hatte Brunetti im Lauf seiner Polizeijahre die oft recht düstere Wirklichkeit erfahren, die sich hinter den Mauern seiner Jugend verbarg. Die Diva trank, und der Industrielle aus Turin war schon zweimal festgenommen worden, weil er sie geschlagen hatte. Der letzte Contradini lebte tatsächlich seit zwanzig Jahren hinter einer dicken Mauer mit oben einbetonierten Glasscherben, bewacht und versorgt von drei Dienstboten, die ihn gar nicht erst von seiner Überzeugung abzubringen versuchten, daß Mussolini und Hitler noch an der Macht wären und die Welt somit sicher sei vor den dreckigen Juden. Und von der letzten lebenden Donna Salva wußten nur wenige, daß sie lediglich in die Oper ging, weil sie dort Vibrationen vom Geist ihrer Mutter zu empfangen glaubte, die vor fünfundsechzig Jahren in derselben Loge gestorben war.

Das Pflegeheim stand ebenfalls hinter einer hohen Mauer. Eine Bronzetafel verkündete den Namen und die Besuchszeiten: täglich von neun bis elf. Nachdem Brunetti geklingelt hatte, trat er ein paar Schritte zurück, sah aber keine Glasscherben auf der Mauer. Wer sich in einem Pflegeheim befand, würde wohl kaum noch die Kraft aufbringen, eine solche Mauer zu erklimmen, sagte er sich, Glas hin oder her. Und da ihnen Geld ohnehin zu nichts mehr nütze war, besaßen diese Alten und Gebrechlichen nichts mehr außer ihrem Leben, was man ihnen hätte rauben können.

Die Tür wurde von einer Nonne in weißer Tracht geöffnet, die ihm gerade bis zur Schulter reichte. Unwillkürlich beugte er sich vor: »*Buona sera, suora,* ich bin mit Dottor Messini verabredet.«

Die Schwester blickte ratlos zu ihm auf. »Aber der Dottore ist nur montags hier«, sagte sie.

»Ich habe erst heute vormittag mit seiner Sekretärin telefoniert, sie sagte, ich könne um vier Uhr herkommen, um mit ihm über eine Verlegung meiner Mutter in dieses Haus zu sprechen.« Brunetti warf einen Blick auf die Uhr, um seinen Verdruß zu überspielen. Die Sekretärin hatte ihm den Zeitpunkt der Verabredung präzise bestätigt, und es irritierte ihn, daß jetzt niemand hier sein sollte.

Die Nonne lächelte, und Brunetti bemerkte zum erstenmal,

wie jung sie war. »Oh, dann haben Sie die Verabredung sicher mit Dottoressa Alberti, seiner Stellvertreterin.«

»Könnte sein«, räumte Brunetti liebenswürdig ein.

Sie gab die Tür frei, und er trat in einen großen Innenhof mit überdachtem Brunnen in der Mitte. An diesem geschützten Ort trugen die Rosen schon dicke Knospen, und von einem dunkelvioletten Fliederbusch in der Ecke wehte Brunetti ein süßer Duft entgegen. »Sehr schön hier«, meinte er.

»Ja, nicht wahr?« sagte sie und ging voraus zu einem Durchgang auf der gegenüberliegenden Hofseite.

Während sie den sonnenbeschienenen Hof überquerten, sah Brunetti sie im Schatten des Balkons, der an zwei Seiten des Gebäudes entlanglief: Aufgereiht wie ein bildlich dargestelltes *memento mori* saßen sie da, sechs oder sieben reglose Gestalten in Rollstühlen, die starren Augen so hohl wie an griechischen Statuen. Er ging unmittelbar vor ihnen vorbei, aber keiner von den alten Leuten nahm es zur Kenntnis.

Drinnen im Haus waren alle Wände in einem heiteren Hellgelb gestrichen, und alle hatten Handläufe in Hüfthöhe. Die Böden waren blitzsauber bis auf den einen oder anderen verräterischen schwarzen Strich, der von den Gummirädern der Rollstühle stammen mußte.

»Bitte hier entlang«, sagte die junge Nonne, als sie nach links in einen Korridor abbog. Brunetti, der ihr folgte, konnte dabei nur mit einem kurzen Blick feststellen, daß der Speisesaal dieses ehemaligen Palazzo samt Fresken und Kronleuchtern noch immer seinem ursprünglichen Zweck diente, jetzt allerdings mit Resopaltischen und Plastikstühlen.

Die Nonne blieb vor einer Tür stehen, klopfte einmal, öffnete, als sie von drinnen etwas hörte, und ließ Brunetti ein.

Das Büro, in das Brunetti trat, hatte vier hohe Fenster zum Hof. Das einfallende Licht wurde von den kleinen Glimmereinschlüssen im venezianischen Fußboden zurückgeworfen und füllte den Raum mit einem magischen Schimmer. Da der einzige Schreibtisch vor den Fenstern stand, konnte Brunetti die dahinter sitzende Gestalt erst genauer erkennen, als seine Augen sich an das auf ihn einflutende Licht gewöhnt hatten: Er sah die Silhouette einer korpulenten Frau in einer Art losem dunklem Kleid.

»Dottoressa Alberti?« fragte er und hielt sich leicht rechts, während er auf sie zuging, um in den Schatten zu kommen, den ein schmales Stück Wand zwischen zwei Fenstern warf.

»Signor Brunetti?« Die Frau erhob sich und kam hinter ihrem Schreibtisch hervor. Sein erster Eindruck hatte ihn nicht getrogen: Sie war eine kräftige Frau von etwa seiner Größe und wohl auch etwa von seinem Gewicht, das sich bei ihr hauptsächlich um Schultern und Hüften verteilte. Sie hatte das runde, blühende Gesicht einer Frau, die gern aß und trank, mitten darin saß eine überraschend kleine, nach oben gebogene Nase. Ihre Augen waren bernsteinfarben und standen weit auseinander, gewiß das Hübscheste an ihr. Das lose Kleid war lediglich ein gelungener Versuch, die Körperfülle mit dunkler Wolle zu kaschieren.

Er nahm ihre ausgestreckte Hand und war überrascht, daß sie sich wie bei so manchen Frauen, wenn sie einem die Hand geben, mehr wie ein toter Hamster anfühlte. »Sehr erfreut, Sie kennenzulernen, Dottoressa, und vielen Dank, daß Sie sich die Zeit für ein Gespräch mit mir nehmen.«

»Das gehört zu unserem Dienst an der Gemeinschaft«, antwortete sie schlicht, und Brunetti brauchte einen Augenblick, um zu begreifen, daß sie es vollkommen ernst meinte.

Nachdem er, vor ihrem Schreibtisch sitzend, die angebotene Tasse Kaffee ausgeschlagen hatte, erklärte er ihr, daß er und sein Bruder, wie er ihrer Sekretärin schon am Telefon gesagt habe, mit dem Gedanken spielten, ihre Mutter nach San Leonardo zu verlegen, aber sie wollten sich vor einem solchen Schritt doch ein wenig über diese Einrichtung informieren.

»San Leonardo wurde vor sechs Jahren eröffnet, Signor Brunetti, vom Patriarchen gesegnet und mit Personal beschickt durch die ausgezeichneten Schwestern des Ordens vom Heiligen Sakrament.« Brunetti nickte, wie um anzudeuten, daß er das Habit der Nonne erkannt habe, die ihn hergeführt hatte.

»Wir sind eine gemischte Einrichtung«, sagte sie.

Bevor sie weitersprechen konnte, unterbrach Brunetti: »Entschuldigen Sie, Dottoressa, was darf ich darunter verstehen?«

»Es bedeutet, daß wir Patienten hier haben, deren Pflegekosten vom öffentlichen Gesundheitssystem getragen werden. Wir haben aber auch Privatpatienten. Könnten Sie mir sagen, zu welcher Kategorie Ihre Mutter gehören würde?«

Lange Jahre in den Korridoren der Bürokratie, wo er für seine Mutter das Recht auf die Behandlung erkämpfen mußte, die ihr nach den vierzig Arbeitsjahren seines Vaters zustand, hatten Brunetti nur zu deutlich klargemacht, daß sie unter das öffentliche Gesundheitssystem fiel, dennoch lächelte er Dottoressa Alberti an: »Sie wäre natürlich Privatpatientin.«

Ob dieser Mitteilung schien Dottoressa Alberti förmlich aufzugehen und noch mehr Raum hinter ihrem Schreibtisch auszufüllen. »Natürlich ist Ihnen klar, daß dies nicht den geringsten Einfluß auf die Behandlung hat, die unsere Patienten erhalten. Wir müssen es nur wegen der Abrechnungen wissen.«

Brunetti nickte lächelnd, als glaubte er ihr aufs Wort.

»Und der Gesundheitszustand Ihrer Mutter?«

»Gut, gut.«

Sie schien an dieser Antwort weniger interessiert zu sein als an der vorherigen.

»Wann wollten Sie und Ihr Bruder sie denn eventuell hierher verlegen?«

»Wir dachten, noch vor Ende dieses Frühjahrs.«

Dottoressa Alberti lächelte und nickte bei diesen Worten.

»Natürlich«, fügte Brunetti hinzu, »möchte ich das nicht gern tun, bevor ich eine gewisse Vorstellung von dieser Einrichtung hier habe.«

»Selbstverständlich«, sagte Dottoressa Alberti und griff nach einer dünnen Mappe, die links auf ihrem Schreibtisch lag. »Ich habe alle Informationen hier, Signor Brunetti. Diese Mappe enthält ein Verzeichnis aller Leistungen, die unsere Patienten in Anspruch nehmen können, eine Liste unseres ärztlichen Personals, eine kurze Geschichte des Hauses sowie des Ordens vom Heiligen Sakrament, und schließlich eine Aufzählung unserer Gönner.«

»Gönner?« fragte Brunetti höflich.

»Dabei handelt es sich um Mitglieder der Gesellschaft, die sich in der Lage gesehen haben, Gutes über uns zu sagen, und uns gestatten, uns auf sie zu berufen. Gewissermaßen als Empfehlung für die hohe Qualität der Betreuung, die wir unseren Patienten zukommen lassen.«

»Natürlich. Verstehe«, sagte Brunetti mit bedächtigem Kopfnicken. »Stehen Ihre Preise auch darin?«

Dottoressa Alberti ließ sich nicht anmerken, ob sie diese Frage in irgendeiner Weise anstößig oder geschmacklos fand, sie bejahte nur mit einem Nicken.

»Dürfte ich mich hier vielleicht ein wenig umsehen, Dottoressa? Damit ich mir ein Bild machen kann, ob unsere Mutter sich hier wohl fühlen würde?« Bei diesen Worten wandte Brunetti das Gesicht ab, als ob er sich für die Bücher an der Wand interessierte. Dottoressa Alberti sollte ihm die doppelte Lüge nicht ansehen: Seine Mutter würde nie in dieses Haus kommen, sowenig wie sie sich irgendwo je wieder wohl fühlen könnte.

»Es spricht nichts dagegen, daß eine der Schwestern Sie durchs Haus führt, Signor Brunetti, oder wenigstens durch einen Teil.«

»Das wäre sehr freundlich, Dottoressa«, sagte Brunetti, wobei er sich mit einem liebenswürdigen Lächeln erhob.

Sie drückte einen Knopf auf ihrem Schreibtisch, und kurz darauf trat die junge Nonne von vorhin, ohne anzuklopfen, ein.

»Sie wünschen, Dottoressa?« fragte sie.

»Schwester Clara, ich möchte Sie bitten, Signor Brunetti den

Aufenthaltsraum und die Küche zu zeigen, vielleicht auch eines der Privatzimmer.«

»Eine Bitte hätte ich noch, Dottoressa«, sagte Brunetti, als wäre ihm das eben erst eingefallen.

»Ja?«

»Meine Mutter ist sehr religiös, sehr fromm. Wenn es irgendwie geht, möchte ich gern auch noch mit der Mutter Oberin sprechen.« Als er sah, daß sie etwas einwenden wollte, sprach er rasch weiter: »Nicht, daß ich irgendwelche Bedenken hätte; ich habe über San Leonardo nur Gutes gehört. Aber ich habe nun einmal meiner Mutter versprochen, mit der Oberin zu reden. Und ich brächte es nie übers Herz, sie anzulügen.« Er setzte sein jungenhaftes Lächeln auf, das an ihr Verständnis für seine Lage appellieren sollte.

»Eigentlich ist das nicht üblich«, begann sie. Dann wandte sie sich an Schwester Clara: »Glauben Sie, daß es geht, Suora?«

Die Nonne nickte und sagte: »Ich habe die Mutter Oberin eben aus der Kapelle kommen sehen.«

»In dem Fall«, sagte Dottoressa Alberti, wieder an Brunetti gewandt, »könnten Sie vielleicht ein paar Worte mit ihr sprechen. Schwester, würden Sie Signor Brunetti zu ihr führen, nachdem er Signora Viottis Zimmer gesehen hat?«

Die junge Nonne nickte und ging wieder zur Tür. Brunetti trat an den Schreibtisch und streckte die Hand aus. »Sie haben mir sehr geholfen, Dottoressa. Ich danke Ihnen.«

Sie stand auf, um seine Hand zu nehmen, und wieder fühlte er sich beim Händedruck leicht abgestoßen. »Gern geschehen, Signore. Und wenn Sie noch irgendwelche weiteren Fragen haben, zögern Sie nicht, mich anzurufen.« Damit nahm sie die Mappe und reichte sie Brunetti.

»Ach ja«, sagte er und nahm sie mit dankbarem Lächeln, ehe er sich zur Tür wandte. Dort drehte er sich noch einmal um und dankte ihr erneut, bevor er Schwester Clara nach draußen folgte.

Im Hof wandte sie sich nach links, trat wieder in das Gebäude und ging einen breiten Korridor hinunter. An dessen Ende kamen sie in einen großen, offenen Raum, in dem mehrere alte Leute saßen. Einige waren in Gespräche vertieft, die zusammenhanglos wirkten, weil alles schon so oft gesagt worden war. Einige saßen nur in ihren Sesseln und schienen in Erinnerungen verloren, vielleicht auch in Bedauern.

»Das ist der Aufenthaltsraum«, erklärte Schwester Clara unnötigerweise. Sie ließ Brunetti kurz stehen und ging eine Zeitschrift aufheben, die einer alten Frau aus der Hand gefallen war. Sie gab ihr das Heft mit ein paar aufmunternden Worten in venezianischem Dialekt.

Als sie zu Brunetti zurückkam, sprach er sie in Veneziano an: »Das Heim, in dem meine Mutter jetzt ist, wird auch von Ihrem Orden geführt.«

»Welches?« fragte sie, weniger aus echter Neugier als offenbar aus der durch ihren Beruf antrainierten Gewohnheit, Interesse zu zeigen.

»Die Casa Marina in Dolo.«

»Ah, ja. Dort arbeitet unser Orden schon seit Jahren. Warum wollen Sie Ihre Mutter denn hierher verlegen?«

»Es wäre für meinen Bruder und mich näher. Und unsere Frauen würden sie dann auch lieber besuchen.«

Sie nickte, wußte offenbar nur zu gut, wie ungern viele Leute ihre betagten Angehörigen besuchten, besonders wenn es nicht die eigenen Eltern waren. Sie führte Brunetti über den Flur zurück in den Innenhof.

»Dort war jahrelang eine Schwester, die dann aber, soviel ich weiß, hierher versetzt wurde«, sagte Brunetti betont beiläufig.

»So?« fragte sie mit demselben höflichen, nichtssagenden Interesse. »Welche denn?«

»Suor Immacolata«, sagte er, wobei er aus seiner größeren Höhe ihre Reaktion beobachtete.

Es sah aus, als wäre sie gestolpert oder hätte den Fuß zu hart auf den unebenen Steinboden gesetzt. »Kennen Sie sie?« fragte Brunetti.

Er sah sie gegen die Lüge ankämpfen. Schließlich sagte sie: »Ja«, aber nichts weiter.

Als hätte er von allem nichts gemerkt, fuhr Brunetti fort: »Sie war sehr gut zu meiner Mutter. Genauer gesagt, meine Mutter hat sie sehr ins Herz geschlossen. Mein Bruder und ich sind richtig froh, daß sie hier ist, denn offenbar hat sie einen beruhigenden Einfluß auf unsere Mutter.« Er blickte auf Schwester Clara hinunter und fügte hinzu: »Sie wissen ja sicher, wie das bei manchen alten Leuten ist. Manchmal sind sie ...« Er ließ den Satz unvollendet.

Schwester Clara öffnete eine Tür und sagte: »Hier ist die Küche.«

Brunetti sah sich mit geheucheltem Interesse um.

Nachdem die Küche ausreichend begutachtet war, führte sie ihn in die entgegengesetzte Richtung und eine Treppe hinauf. Im Gehen erklärte sie: »Hier oben wohnen die Frauen. Signora Viotti ist heute mit ihrem Sohn fort, Sie können sich also ihr Zimmer ansehen.« Brunetti verkniff sich die Bemerkung, daß Signora Viotti da eigentlich mitzureden hätte, und folgte der Nonne durch den Flur, der hier cremeweiß gestrichen war, aber auch diese allgegenwärtigen Handläufe hatte.

Sie öffnete eine Tür, und Brunetti warf einen Blick in das Zimmer und sagte, was man eben so sagt, wenn man komfortable Sterilität vor sich sieht. Schon wollte Schwester Clara sich wieder zur Treppe wenden.

»Bevor ich zu Ihrer Mutter Oberin gehe, würde ich gern noch Suor Immacolata guten Tag sagen«, sagte Brunetti und beeilte sich hinzuzufügen: »Das heißt, wenn es möglich ist. Ich möchte sie ja nicht von ihren Pflichten abhalten.«

»Suor Immacolata ist nicht mehr hier«, antwortete Schwester Clara in angespanntem Ton.

»Oh, das höre ich aber ungern. Meine Mutter wird zutiefst

enttäuscht sein. Und mein Bruder auch.« Brunetti versuchte seiner Stimme einen einsichtigen und doch resignierten Klang zu geben, als er fortfuhr: »Aber es gilt die Werke des Herrn zu tun, ganz gleich, wohin wir gestellt werden.« Und als die Nonne darauf nicht antwortete, fragte er: »Ist sie in ein anderes Pflegeheim versetzt worden, Schwester?«

»Sie ist nicht mehr unter uns«, sagte Schwester Clara.

Brunetti blieb wie angewurzelt stehen und tat bestürzt. »Ist sie tot? Gütiger Himmel, Schwester, das ist ja furchtbar.« Und als wäre ihm nachträglich das Gebot der Pietät eingefallen, flüsterte er: »Gott sei ihrer Seele gnädig.«

»Ja, Gott sei ihrer Seele gnädig«, sagte Schwester Clara, indem sie sich zu ihm umdrehte. »Sie hat den Orden verlassen. Sie ist nicht tot. Sie wurde von einem unserer Patienten erwischt, als sie aus seinem Zimmer Geld stehlen wollte.«

»Gütiger Himmel«, rief Brunetti, »das ist ja entsetzlich.«

»Als er hinzukam, hat sie ihn zu Boden gestoßen und ihm das Handgelenk gebrochen, und dann ist sie fort, einfach verschwunden.«

»Wurde die Polizei verständigt?«

»Nein, ich glaube nicht. Niemand wollte einen Skandal.«

»Wann war das?«

»Vor ein paar Wochen.«

»Na, ich finde aber, da sollte die Polizei verständigt werden. So ein Mensch darf doch nicht frei herumlaufen. Sich das Vertrauen und die Hinfälligkeit alter Leute zunutze zu machen. Das ist abscheulich.«

Schwester Clara sagte darauf nichts. Sie führte ihn durch einen schmalen Flur, wandte sich nach rechts und blieb vor einer schweren Holztür stehen. Sie klopfte einmal, hörte von drinnen eine Stimme, öffnete die Tür und ging hinein. Kurz darauf kam sie wieder heraus und sagte: »Die Mutter Oberin empfängt Sie.«

Brunetti bedankte sich und trat mit einem »*Permesso?*« ein.

Dann schloß er die Tür hinter sich und ließ, während er sich wieder umdrehte, den Blick rundum schweifen.

Das Zimmer war so gut wie leer, bis auf ein riesiges, geschnitztes Kruzifix an der hintersten Wand. Daneben stand im Habit des Ordens eine hochgewachsene Frau, die aussah, als habe sie sich gerade von dem Betschemel vor dem Kruzifix erhoben. Sie trug auf ihrem ausladenden Busen eine kleinere Ausführung des Kruzifixes, und der Blick, mit dem sie Brunetti musterte, verriet weder Neugier noch Begeisterung.

»Ja?« fragte sie, als hätte er sie bei einem besonders interessanten Gespräch mit dem Herrn im Lendentuch unterbrochen.

»Ich hatte um eine Unterredung mit der Mutter Oberin gebeten.«

»Ich bin die Oberin dieses Klosters. Was wünschen Sie?«

»Ich möchte mich gern über Ihren Orden informieren.«

»Zu welchem Zweck?« fragte sie.

»Um Ihre heilige Mission besser zu verstehen«, antwortete Brunetti in völlig neutralem Ton.

Sie entfernte sich von dem Kruzifix, ließ sich auf einem Stuhl links neben einem leeren Kamin nieder und zeigte dann auf einen kleineren Stuhl zu ihrer Linken. Brunetti setzte sich so, daß er sie ansah.

Die Oberin sagte lange nichts, eine Taktik, die Brunetti gut kannte, denn gewöhnlich brachte man den anderen damit zum Reden, oft zu unüberlegtem Reden. Er saß nur da und betrachtete ihr Gesicht. In ihren dunklen Augen funkelte Intelligenz, und die schmale Nase verriet entweder die Aristokratin oder die Asketin.

»Wer sind Sie?« fragte sie.

»Commissario Guido Brunetti.«

»Von der Polizei?«

Er nickte.

»Es kommt nicht oft vor, daß die Polizei ein Kloster besucht«, meinte sie endlich.

»Ich würde sagen, das hängt davon ab, was in dem Kloster vorgeht.«

»Und was soll das heißen?«

»Genau das, was ich sage. Daß ich hier bin, hat mit dem zu tun, was sich unter Mitgliedern Ihres Ordens möglicherweise abspielt.«

»Zum Beispiel was?« fragte sie spöttisch.

»Zum Beispiel verleumderische üble Nachrede und Nichtanzeige einer Straftat, um nur das zu nennen, was ich selbst erlebt habe und bezeugen kann.«

»Ich habe keine Ahnung, wovon Sie reden«, sagte sie.

Brunetti glaubte es ihr. »Eine Angehörige Ihres Ordens hat mir heute gesagt, daß Maria Testa, früher Suor Immacolata und Mitglied Ihres Ordens, aus diesem ausgeschlossen wurde, weil sie versucht habe, einem Patienten Geld zu stehlen; außerdem wurde mir gesagt, daß sie in Ausführung dieser Tat das Opfer zu Boden gestoßen und ihm das Handgelenk gebrochen habe.« Brunetti wartete, ob sie darauf etwas sagen würde, doch als nichts kam, fuhr er fort: »Wenn diese Tat geschehen ist, dann war sie eine strafbare Handlung, und eine weitere strafbare Handlung war die Nichtanzeige der ursprünglichen Straftat bei der Polizei. Sollte die Tat aber gar nicht geschehen sein, so hätte die Person, die mir davon berichtet hat, sich der üblen Nachrede schuldig gemacht.«

»Hat Schwester Clara Ihnen das erzählt?« fragte sie.

»Das spielt keine Rolle. Entscheidend ist, daß die Bezichtigung einen unter den Angehörigen Ihres Ordens allgemein verbreiteten Glauben wiederzugeben scheint.« Brunetti schwieg kurz und fügte dann hinzu: »Oder die Wahrheit.«

»Es ist nicht die Wahrheit«, sagte sie.

»Woher dann dieses Gerücht?«

Sie lächelte zum erstenmal, aber ein besonders schöner Anblick war das nicht. »Sie wissen doch, wie Frauen sind, sie verbreiten Gerüchte, und das vor allem übereinander.« Brunetti, der das immer für eine eher männliche Eigenschaft gehalten hatte, antwortete nichts darauf. Sie fuhr fort: »Suor Immacolata ist nicht, wie Sie meinen, ein ehemaliges Mitglied unseres Ordens. Ganz im Gegenteil. Sie ist nach wie vor an ihre Gelübde gebunden.« Und als vermutete sie, daß Brunetti diese nicht kannte, zählte sie an den Fingern ihrer rechten Hand auf: »Armut. Keuschheit. Gehorsam.« Die ersten beiden sprach sie ruhig, das dritte heftig erregt aus.

»Wenn sie doch aber ausgetreten ist, nach welchem Gesetz ist sie dann trotzdem noch Mitglied Ihres Ordens?«

»Nach dem Gesetz Gottes«, antwortete sie scharf, als verstünde sie von solchen Dingen schließlich mehr als er.

»Hat dieses spezielle Gesetz irgendeine juristische Relevanz?«

»Wenn nicht, dann stimmt etwas nicht mit einer Gesellschaft, die so etwas zuläßt.«

»Ich will Ihnen gern zugestehen, daß mit unserer Gesellschaft manches nicht in Ordnung ist, Mutter Oberin, aber ich werde Ihnen nicht zugestehen, daß dazu auch das Gesetz zählt, nach dem eine junge Frau von siebenundzwanzig Jahren eine Entscheidung, die sie als Jugendliche getroffen hat, wieder rückgängig machen darf.«

»Woher kennen Sie denn überhaupt ihr Alter?«

Ohne darauf einzugehen, fragte Brunetti: »Haben Sie einen Grund für Ihre Behauptung, Maria sei immer noch Mitglied Ihres Ordens?«

»Ich ›behaupte‹ nichts«, erwiderte sie mit beißendem Sarkasmus, »ich sage nur Gottes Wahrheit. Er ist es, der ihre Sünde vergeben wird; ich werde sie nur wieder in unserem Orden willkommen heißen.«

»Wenn Maria nicht getan hat, was ihr vorgeworfen wird, warum hat sie dann den Orden verlassen?«

»Ich kenne diese Maria nicht, von der Sie sprechen. Ich kenne nur Suor Immacolata.«

»Wie Sie wollen«, räumte Brunetti ein. »Warum hat sie den Orden verlassen?«

»Sie war schon immer sehr eigenwillig und aufsässig. Es ist ihr immer schwergefallen, sich dem Willen Gottes und der größeren Weisheit ihrer Vorgesetzten zu unterwerfen.«

»Was ein und dasselbe sein soll, nehme ich an?« fragte Brunetti.

»Machen Sie nur Scherze, wenn es Ihnen beliebt, Sie haben es selbst zu verantworten.«

»Ich bin nicht zum Scherzen hier, Mutter Oberin. Ich bin hier, um zu klären, warum sie den Ort verlassen hat, an dem sie arbeitete.«

Die Nonne dachte über diese Forderung lange nach. Brunetti sah sie mit der einen Hand an das Kruzifix auf ihrem Busen fassen, eine unbewußte, unwillkürliche Gebärde. »Es wurde darüber geredet...«, begann sie, ließ den Satz aber unvollendet. Sie senkte den Blick, sah, wie ihre Hand das Kruzifix befingerte, und nahm sie herunter. Dann sah sie wieder Brunetti an. »Sie hat sich geweigert, einem Befehl zu gehorchen, den sie von ihrer Vorgesetzten bekommen hat, und als ich ihr für diese Sünde des Ungehorsams eine Buße auferlegen wollte, ist sie gegangen.« Sichtlich widerstrebend fügte sie hinzu: »Ich muß zugeben, daß ihr Verhalten mich überrascht hat. In der Vergangenheit war sie immer...« Sie hielt inne, und Brunetti beobachtete, wie in ihr die Wahrheit und die Verantwortung ihres Amtes miteinander im Widerstreit lagen. »Sie hat immer willig ihre Pflicht getan. Aber sie ist leicht erregbar. Bei Leuten ihrer Herkunft ist das ja oft so.«

Nicht einmal christliche Gesinnung vermochte ihr Mißtrauen gegenüber Sizilianern zu besiegen.

Brunetti ließ es ihr durchgehen. »Haben Sie mit ihrem Beichtvater gesprochen?«

»Ja. Als sie ging.«

»Und hat er Ihnen etwas gesagt, was sie ihm möglicherweise anvertraut hat?«

Sie schaffte es, ob dieser Frage richtig schockiert dreinzublikken. »Was sie ihm in der Beichte gesagt hat, durfte er mir selbstverständlich nicht weitersagen. Das Beichtgeheimnis ist heilig.«

»Heilig ist nur das Leben«, versetzte Brunetti, um diese Worte sogleich zu bereuen.

Er sah sie eine Erwiderung hinunterschlucken und stand auf. »Danke«, sagte er. Falls es sie überraschte, wie abrupt er dieses Gespräch beendete, zeigte sie es jedenfalls nicht. Brunetti ging zur Tür und öffnete sie. Als er zurückblickte, um auf Wiedersehen zu sagen, saß die Mutter Oberin noch immer stocksteif auf ihrem Stuhl, und ihre Hand befingerte das Kruzifix.

12

Brunetti schlug den Heimweg ein, kaufte unterwegs noch Mineralwasser und war gegen halb acht zu Hause. Als er die Wohnungstür aufschloß, wußte er sofort, daß alle da waren: Chiara und Raffi lachten im Wohnzimmer über irgend etwas im Fernsehen, und Paola sang in ihrem Arbeitszimmer Rossini mit.

Er trug die Flaschen in die Küche, begrüßte die Kinder und ging zu Paolas Zimmer. Ein kleiner CD-Spieler stand auf dem Bücherregal; Paola saß mit dem quadratischen Librettoheftchen in der Hand da, saß und sang.

»Cecilia Bartoli?« fragte er beim Hineingehen.

Sie sah auf, ganz erstaunt, daß er die Stimme der Sängerin erkannt hatte, der sie gerade bei ihrer Arie half, und ohne zu argwöhnen, daß er den Namen auf der neuen CD von *Il Barbiere di Siviglia* gelesen hatte, die sie vor einer Woche erstanden hatte.

»Woher weißt du das?« fragte sie und vergaß vorübergehend, »*Una voce poco fa*« weiterzusingen.

»Wir haben unsere Augen überall«, sagte er, dann korrigierte er sich: »Ich meine, unsere Ohren.«

»Sei nicht so albern, Guido«, versetzte sie lachend. Sie klappte das Libretto zu, warf es neben sich auf den Tisch, beugte sich vor und schaltete die Musik aus.

»Meinst du, die Kinder hätten Lust, zum Abendessen auszugehen?« fragte er.

»Nein. Die gucken sich gerade irgendeinen blöden Film an, der bis acht dauert, und ich habe schon was auf dem Herd.«

»Was denn?« erkundigte er sich, wobei er merkte, daß er richtig hungrig war.

»Gianni hatte heute sehr schönes Schweinefleisch.«

»Gut. Und was machst du daraus?«

»Ragout mit Steinpilzen.«
»Und dazu Polenta?«
Sie lächelte. »Natürlich. Kein Wunder, daß du diesen Bauch kriegst.«
»Was für einen Bauch?« fragte Brunetti und zog sein Bäuchlein rasch ein. Als sie nicht antwortete, meinte er: »Der Winter ist jetzt zu Ende.« Und um sie, vielleicht auch sich selbst, von der Debatte um seinen Bauch abzulenken, berichtete er ihr über die Ereignisse des Tages, seit er den Anruf von Vittorio Sassi bekommen hatte.
»Hast du ihn schon zurückgerufen?« fragte Paola.
»Nein, ich hatte zuviel um die Ohren.«
»Dann tu's doch jetzt«, sagte sie und stand auf, damit er von dem Apparat in ihrem Arbeitszimmer aus telefonieren konnte, während sie selbst in die Küche ging, um Wasser für die Polenta aufzusetzen.
»Und?« fragte sie, als er kurz darauf nachkam, und reichte ihm ein Glas Dolcetto.
»Danke«, murmelte er und trank ein Schlückchen. »Ich habe ihm gesagt, wie es ihr geht und wo sie ist.«
»Was hast du für einen Eindruck von ihm?«
»So anständig, daß er ihr eine Arbeit und eine Wohnung suchen hilft, und so besorgt, mich anzurufen, nachdem das passiert war.«
»Was war das denn deiner Meinung nach?«
»Könnte ein Unfall gewesen sein, aber auch etwas Schlimmeres«, sagte Brunetti zwischen zwei Schlucken Wein.
»Du meinst, daß jemand sie umbringen wollte?«
Er nickte.
»Warum?«
»Käme ganz darauf an, mit wem sie gesprochen hat, seit sie bei mir war. Und was sie gesagt hat.«
»Würde sie so unbedacht sein?« fragte Paola. Sie wußte über Maria Testa nur, was Brunetti ihr im Lauf der Jahre über Suor

Immacolata erzählt hatte, und das waren stets Lobeshymnen über ihre Geduld und ihre Nächstenliebe als Nonne gewesen, also eigentlich nichts, wonach sie hätte beurteilen können, wie diese junge Frau sich in einer Situation wie der von Brunetti geschilderten verhalten würde.

»Ich glaube nicht, daß sie selbst darin etwas Unbedachtes sehen würde. Sie war den längsten Teil ihres Lebens Nonne, Paola«, sagte er, als erklärte das alles.

»Was soll das heißen?«

»Daß sie keine rechte Vorstellung davon hat, wie Menschen sich verhalten. Wahrscheinlich ist sie mit menschlicher Bosheit oder Falschheit nie in Berührung gekommen.«

»Hast du nicht gesagt, daß sie Sizilianerin ist?« meinte Paola.

»Das ist nicht komisch.«

»Es sollte auch gar kein Scherz sein, Guido«, versetzte Paola gekränkt. »Ich meine es ganz ernst. Wenn sie in dieser Gesellschaft aufgewachsen ist ...« Sie wandte sich vom Herd ab. »Was hast du gesagt, wie alt sie war, als sie in den Orden eintrat?«

»Fünfzehn, glaube ich.«

»Also, wenn sie in Sizilien aufgewachsen ist, dürfte sie schon genug erlebt haben, um Bosheit für möglich zu halten. Romantisiere sie nicht. Sie ist keine Gipsheilige, die gleich zusammenbricht, wenn sie jemanden etwas Unschickliches tun oder sich schlecht benehmen sieht.«

Brunetti konnte die Verärgerung nicht aus seiner Stimme heraushalten, als er erwiderte: »Fünf alte Leute umzubringen, kann man wohl kaum als schlechtes Benehmen abtun.«

Paola sagte nichts darauf, sondern sah ihn nur groß an und wandte sich ab, um Salz in das kochende Wasser zu schütten.

»Schon gut, schon gut. Ich weiß, daß wir nicht viel an Beweisen haben«, lenkte er ein, und als Paola eisern abgewandt stehen blieb, korrigierte er sich weiter. »Also gut, gar keine Beweise. Aber wieso geht dann das Gerücht um, sie hätte Geld gestohlen und einen von den alten Leuten verletzt? Und warum hätte man sie angefahren und an der Straße liegen gelassen?«

Paola öffnete das Päckchen Maismehl, das neben dem Topf stand, und nahm eine Handvoll heraus. Während sie antwortete, ließ sie es mit der einen Hand ins kochende Wasser rieseln und rührte mit dem großen Löffel in der anderen. »Könnte Unfall mit Fahrerflucht gewesen sein«, sagte sie. »Und Frauen unter sich haben außer Klatschen nicht viel zu tun«, fügte sie hinzu.

Brunetti saß mit offenem Mund da. »Und das von einer Frau«, meinte er schließlich, »die sich als Feministin betrachtet? Der Himmel sei davor, daß ich mir einmal anhören muß, was Nichtfeministinnen über alleinlebende Frauen sagen.«

»Es ist mein Ernst, Guido. Frauen oder Männer, das ist doch alles eins.« Unbeeindruckt von seinem stummen Protest rührte sie weiter Maismehl ins kochende Wasser. »Laß Menschen lange genug unter sich, und sie können nur noch übereinander klatschen. Noch schlimmer ist es, wenn sie keine Zerstreuung haben.«

»Zum Beispiel Sex?« fragte er, um sie ein bißchen zu schokkieren oder ihr wenigstens ein Lachen zu entlocken.

»Vor allem ohne Sex.«

Sie war fertig mit dem Maismehl, und Brunetti ließ sich das, was sie beide eben gesagt hatten, durch den Kopf gehen.

»Hier, rühr du mal weiter, während ich den Tisch decke«, sagte sie, indem sie den Platz vor dem Herd freigab. Sie wollte ihm den Holzlöffel reichen.

»Ich decke den Tisch«, sagte er, stand auf und öffnete den Schrank. Bedächtig verteilte er Teller, Gläser und Besteck. »Gibt es Salat?« fragte er. Als Paola nickte, nahm er vier Salatschälchen aus dem Schrank und stellte sie auf den Küchentresen. »Nachtisch?«

»Obst.«

Er nahm vier weitere Teller heraus.

Dann setzte er sich wieder hin und griff nach seinem Glas. Er trank einen Schluck und sagte: »Also gut. Vielleicht war es ein Unfall, und vielleicht ist es reiner Zufall, daß sie in der *casa di cura* schlecht von ihr reden.« Er stellte das Glas ab und goß Wein nach. »Glaubst du das?«

Sie rührte noch einmal die Polenta und legte den Löffel quer über den offenen Topf. »Nein, ich glaube, daß jemand sie umzubringen versucht hat. Und ich glaube, daß jemand die Geschichte von dem Gelddiebstahl gezielt in die Welt gesetzt hat. Alles, was du mir je über sie erzählt hast, sagt mir, daß sie niemals lügen oder stehlen würde. Und ich bezweifle, daß jemand, der sie gut kennt, es ihr zutrauen würde. Es sei denn, die Behauptung stammt von einer Autoritätsperson.« Sie nahm sein Glas, trank einen Schluck und stellte es wieder hin.

»Komisch, Guido, aber genau das gleiche habe ich mir vorhin angehört.«

»Das gleiche?«

»Es gibt im *Barbiere* diese wunderschöne Arie – und rede mir jetzt nicht dazwischen, daß es im *Barbiere* viele wunderschöne Arien gibt. Es ist die, in der dieser Dingsda, Basilio, der Musiklehrer, von *una calunnia* singt, wie eine einmal in die Welt gesetzte Verleumdung wächst, bis der Verleumdete ...« – und hier überraschte sie Brunetti, indem sie ihm die letzten Takte der Baßarie vorsang, nur eben in ihrem hellen Sopran: »*Avvilito, calpestato, sotto il pubblico flagello per gran sorte va a crepar.*«

Sie war noch nicht fertig, als beide Kinder in der Küchentür erschienen und erstaunt ihre Mutter anblickten. Nachdem Paola geendet hatte, rief Chiara: »Aber *mamma*, ich wußte ja gar nicht, daß du singen kannst.«

Paola sah ihren Mann an, nicht ihre Tochter, als sie erwiderte: »Es gibt eben an Müttern immer wieder Neues zu entdecken.«

Als sie mit dem Essen fast fertig waren, kamen sie so sicher, wie die Nacht dem Tag folgt, auf die Schule zu sprechen, und bei der Gelegenheit erkundigte Paola sich nach Chiaras Religionsunterricht.

»Ich möchte da nicht mehr hin«, sagte Chiara, während sie sich einen Apfel aus der Obstschale auf dem Tisch nahm.

»Ich verstehe gar nicht, warum ihr sie nicht sich abmelden laßt«, schaltete sich Raffi ein. »Es ist doch sowieso nur Zeitverschwendung.«

Paola würdigte seinen Beitrag keiner Antwort und fragte statt dessen Chiara: »Wie kommst du darauf, Chiara?«

Sie zuckte die Achseln.

»Soviel ich weiß, hast du einen Mund zum Sprechen, Chiara.«

»Ach, hör auf, *mamma*. Wenn du in dem Ton mit mir redest, weiß ich schon, daß du mir überhaupt nicht zuhören wirst.«

»Und was für ein Ton ist das, wenn ich fragen darf?«

»Genau der«, blaffte Chiara.

Paolas Blick suchte bei den Männern der Familie Hilfe gegen diesen ungerechtfertigten Angriff ihrer Jüngsten, doch diese waren nicht zu erweichen. Chiara schälte weiter an ihrem Apfel herum, wollte es unbedingt an einem Stück schaffen. Der Schalestreifen hätte inzwischen gewiß schon bis ans Tischende gereicht.

»Entschuldige, Chiara«, sagte Paola.

Chiara warf ihr einen kurzen Blick zu, löste das letzte Stück Schale, schnitt ein Stück von ihrem Apfel ab und legte es ihrer Mutter auf den Teller.

Brunetti fand es an der Zcit, die Verhandlung fortzuführen. »Warum willst du dich vom Religionsunterricht abmelden, Chiara?«

»Raffi hat recht. Es ist Zeitverschwendung. Ich konnte den Katechismus schon nach einer Woche auswendig, und jetzt müssen wir ihn nur immer wieder aufsagen, wenn er uns aufruft. Langweilig ist das, und in der Zeit könnte ich lesen oder meine Hausaufgaben machen. Aber das schlimmste ist, daß er es nicht mag, wenn wir Fragen stellen.«

»Was denn für Fragen?« erkundigte sich Brunetti, nachdem er das letzte Stück von Chiaras Apfel angenommen und ihr damit Gelegenheit gegeben hatte, einen neuen zu schälen.

»Zum Beispiel«, sagte sie, ganz auf ihr Messer konzentriert, »hat er heute gesagt, daß Gott unser Vater ist, und dabei immer so von ihm gesprochen wie von einem Mann. Da hab ich mich gemeldet und gefragt, ob es stimmt, daß Gott ein Geist ist. Ja, das stimmt, hat er gesagt. Da hab ich gefragt, ob es denn auch stimmt, daß ein Geist sich von einem Menschen dadurch unterscheidet, daß er keinen Körper hat und überhaupt nicht aus Materie ist. Und als er das auch bejahte, hab ich gefragt, wieso Gott denn dann ein Vater, also ein Mann sein soll, wenn er doch ein Geist ohne Körper ist.«

Brunetti warf einen Blick über Chiaras gesenkten Kopf hinweg, aber zu spät; Paolas Gesicht zeigte keine Spur eines triumphierenden Lächelns. »Und was hat Don Luciano darauf gesagt?«

»Oje, wütend ist er geworden und hat mich angebrüllt, daß ich mich aufspielen wollte.« Sie hob den Kopf und sah Brunetti an, vergaß für einen Moment ihren Apfel. »Aber das stimmte gar nicht, *papà*. Ich wollte mich überhaupt nicht aufspielen. Ich wollte es nur wissen. Das finde ich nämlich unlogisch. Ich meine, Gott kann doch nicht beides zugleich sein, oder?«

»Ich weiß nicht, Engelchen. Es ist lange her, daß ich so was gelernt habe. Ich nehme an, Gott kann jederzeit sein, was er will. Vielleicht ist Gott so groß, daß unsere kleinen Gesetze über materielle Wirklichkeit und unser winziges Universum gar keine Bedeutung für ihn haben. Hast du darüber mal nachgedacht?«

»Nein, das nicht«, sagte sie und schob ihren Teller fort. Sie überlegte ein Weilchen, dann meinte sie: »Wäre wohl möglich.« Wieder ein nachdenkliches Schweigen: »Kann ich jetzt meine Hausaufgaben machen gehen?«

»Natürlich«, sagte Brunetti, wobei er sich zu ihr hinüberbeugte und ihr das Haar verwuschelte. »Und wenn du Schwierigkeiten mit deinen Mathematikaufgaben hast, den richtig kniffligen, dann komm damit zu mir.«

»Und was machst du dann, *papà*? Mir erklären, daß du mir leider nicht weiterhelfen kannst, weil Mathe zu deiner Zeit so ganz anders war?« fragte Chiara lachend.

»Mache ich es denn bei deinen Mathematikaufgaben nicht immer so, Schätzchen.«

»Eben. Bleibt dir jawohl auch nichts anderes übrig, wie?«

»Ich fürchte, ja«, sagte Brunetti und schob seinen Stuhl zurück.

Als Chiara und Raffi gegangen waren, wandte Brunetti sich an Paola: »Also«, sagte er.

»Also was?«

»Es wird Zeit, daß sie sich von diesem Unterricht abmeldet.« Paola hielt beim Tischabräumen inne und sah ihn schweigend an. Sie wartete.

»Hat sie zu dir noch etwas über die Sachen gesagt, die er von sich gibt?«

Sie schüttelte den Kopf. »Nein. Es sind wohl mehr die anderen Mädchen, die über ihn reden, aber was ich von Chiara höre, klingt so, als fänden sie es nicht nur komisch, sondern auch schockierend.«

»Herrgott noch mal«, platzte Brunetti heraus. »Sind die denn alle so?«

»Alle wie?« fragte Paola.

»Alle so wie dieser widerliche Mensch.«

Es verging eine ganze Weile, bevor sie antwortete. »Nein, ich glaube nicht.« Und fast widerstrebend fügte sie hinzu: »Ich glaube nicht, daß es viele sind, aber es ist ja meist so, daß nur die Schlimmen uns auffallen. Und dann verallgemeinern wir das.«

»Ich dachte immer, du haßt sie«, sagte Brunetti.

»Wen? Priester?«

Sie lächelte. »Kann sein, daß es so klingt, wenn ich wütend bin. Aber eigentlich hasse ich sie gar nicht. Ich hasse nur Tyrannen. Und geistliche Tyrannen sind die schlimmsten, die feigsten. Aber Priester an sich, nein. Es gibt zu viele gute darunter.«

Brunetti nickte. »Hoffentlich. Was machen wir jetzt, einen Brief schreiben?«

»Ja.«

»Müssen wir einen Grund angeben?«

»Das glaube ich nicht. Wir schreiben nur, daß sie mehr Zeit für die anderen Fächer braucht.«

»Und damit hat sich's schon?«

Paola nickte. »Damit hat sich's schon.«

13

Da er das Thema Religion offenbar ebensowenig aus seinem Privatleben wie aus seinem Beruf heraushalten konnte, widmete Brunetti sich an diesem Abend der Lektüre der alten Kirchenväter, ein Zeitvertreib, der ihm wenig lag. Beim ersten Buch faßte er sofort eine Abneigung gegen das Pathos des Verfassers, weshalb er sich das nächste vornahm. Doch darin stieß er auf einen Absatz, in dem es hieß, daß »... der Mann, welcher, von unmäßiger Liebe hingerissen und zur Befriedigung seiner Leidenschaft, mit seiner Frau so inbrünstigen Verkehr pflegt, daß er, wäre sie nicht seine Frau, dennoch den Wunsch haben würde, ihr beizuwohnen, eine Sünde begeht«.

Brunetti nahm den Blick von dem Buch. »Beiwohnen?« fragte er laut und schreckte damit Paola auf, die neben ihm saß und über den Notizen für ihren morgigen Unterricht schon halb eingeschlafen war.

»Hmm?« machte sie fragend.

»Lassen wir solche Leute wirklich unsere Kinder erziehen?« fragte er und las ihr die Stelle vor.

Er fühlte ihr Achselzucken mehr, als daß er es sah. »Was soll das bedeuten?« fragte er dann.

»Es bedeutet, wenn du einen auf Diät setzt, denkt er von da an nur noch ans Essen. Oder wenn du einem das Rauchen verbietest, hat er nur noch Zigaretten im Sinn. Daraus folgt für mich logisch, daß einer, dem man den Sex verbietet, von dem Thema regelrecht besessen sein wird. Wenn du ihm dann noch die Macht gibst, anderen vorzuschreiben, wie sie ihr Sexualleben zu gestalten haben, also, dann ist der Ärger doch vorprogrammiert. Das ist ungefähr so, als wollte man Helen Keller Kunstgeschichte lehren lassen, meinst du nicht?«

»Warum hast du mir von alldem noch nie etwas gesagt?« fragte er.

»Wir haben ein Abkommen. Ich habe versprochen, mich nie in die religiöse Erziehung der Kinder einzumischen.«

»Aber das ist doch Irrsinn«, rief er und klatschte mit der Hand auf das offene Buch.

»Natürlich ist es Irrsinn«, antwortete sie vollkommen ruhig. »Aber ist es größerer Irrsinn als das meiste, was sie so zu sehen bekommen oder lesen?«

»Ich weiß nicht, was du meinst.«

»Sexclubs, Kinderpornos, Telefonsex. Was du willst. Es ist nur die Kehrseite dessen, was dieser Fanatiker da geschrieben hat«, meinte sie, wobei sie wegwerfend auf das Buch in Brunettis Händen deutete. »In beiden Fällen wird Sex zur Obsession, entweder weil man nicht darf, oder weil man nicht genug davon kriegen kann.« Sie wandte sich wieder ihren Notizen zu.

»Aber«, begann Brunetti nach kurzem Überlegen, wartete, bis sie aufsah, und als er sich ihrer Aufmerksamkeit sicher glaubte, fragte er: »Aber erzählen die ihnen wirklich solche Sachen?«

»Wie gesagt, Guido, das überlasse ich alles dir. Du warst der Meinung, sie müßten – wenn ich mich richtig an deine wörtliche Formulierung erinnere – ›die abendländische Kultur erfahren‹. Also bitte, der Mensch, von dem dieser besonders bösartige Satz stammt, ist Teil der abendländischen Kultur.«

»Aber so was können die doch nicht den Kindern beibringen«, beharrte er.

Paola zuckte die Achseln. »Frag Chiara«, sagte sie und beugte sich wieder über ihre Notizen.

Brunetti, mit seinem Zorn allein gelassen, legte das Buch weg und nahm ein anderes von dem Stapel neben dem Sofa. Er machte es sich mit Josephus' *Geschichte des jüdischen Krieges* bequem und war gerade bei Kaiser Vespasians Belagerung von Jerusalem, als das Telefon klingelte.

Er griff über das Tischchen, das neben ihm stand, und nahm den Hörer ab. »*Pronto*«, sagte er.

»Commissario? Hier Miotti.«

»Ja, Miotti, was gibt's?«

»Ich dachte, ich sollte Sie lieber anrufen, Commissario.«

»Warum, Miotti?«

»Einer von den Leuten, bei denen Sie und Vianello waren, ist tot, Commissario. Ich bin jetzt dort.«

»Wer ist es?«

»Signor da Prè.«

»Was ist passiert?«

»Wir wissen es nicht genau.«

»Was heißt, Sie wissen es nicht genau?«

»Vielleicht sollten Sie lieber kommen und es sich selbst ansehen, Commissario.«

»Wo sind Sie?«

»In der Wohnung, Commissario. Die Adresse ist ...« Brunetti unterbrach ihn. »Ich kenne die Adresse. Wer hat Sie gerufen?«

»Der Mann, der unter ihm wohnt. Bei ihm kam Wasser durch die Decke, da ist er hinaufgegangen, um nachzusehen, was los ist. Er hat einen Schlüssel, ist also hineingegangen und hat Signor da Prè im Bad auf dem Boden gefunden.«

»Und?«

»Wie es aussieht, ist er gestürzt und hat sich das Genick gebrochen, Commissario.«

Brunetti wartete auf weitere Erklärungen, und als keine kamen, sagte er: »Rufen Sie Dr. Rizzardi.«

»Das habe ich schon, Commissario.«

»Gut. Ich bin in etwa zwanzig Minuten da.« Brunetti legte auf und drehte sich zu Paola um, die nicht mehr las, sondern neugierig auf die andere Hälfte des Gesprächs wartete, das sie soeben mitgehört hatte.

»Da Prè. Er ist gestürzt und hat sich das Genick gebrochen.«

»Der kleine Bucklige?«

»Ja.«

»Armer Mann, so ein elendes Pech«, war ihr spontaner Kommentar.

Brunetti brauchte etwas länger für den seinen, der dann auch den Unterschied zwischen ihren beiden Temperamenten und ihren Berufen widerspiegelte: »Vielleicht.«

Paola ging nicht darauf ein. Sie sah auf die Uhr. »Es ist fast elf.«

Brunetti legte Josephus auf den heiligen Benedikt und stand auf. »Dann also bis morgen früh.«

Paola legte ihre Hand auf die seine. »Mach dir einen Schal um, Guido. Es ist kalt draußen.«

Er bückte sich und küßte sie aufs Haar, dann holte er seinen Mantel, vergaß auch den Schal nicht und machte sich auf den Weg.

Als er zu da Près Haus kam, stand ein uniformierter Polizist auf der gegenüberliegenden Straßenseite. Der Beamte salutierte, als er Brunetti erkannte, und antwortete auf dessen Frage, daß Dr. Rizzardi schon da sei.

Oben stand ein zweiter Uniformierter, Corsaro, an der offenen Wohnungstür. Er salutierte ebenfalls und gab den Weg frei. »Dr. Rizzardi ist drinnen, Commissario.«

Brunetti trat ein und ging in den hinteren Teil der Wohnung, von wo Licht und Männerstimmen herausdrangen. Er kam in ein Zimmer, das offenbar das Schlafzimmer war, und sah an der rückwärtigen Wand ein kleines Bett stehen, fast wie ein Kinderbett. Beim Durchgehen trat er in etwas Weiches, Nasses. Er blieb wie angewurzelt stehen und rief nach Miotti.

Augenblicklich erschien der junge Sergente an der Tür gegenüber. »Ja, Commissario?«

»Machen Sie mal Licht.«

Miotti gehorchte, und Brunetti blickte auf seine Füße hinunter und suchte vergebens seine irrationale Angst zu bekämpfen, daß er in einer Blutlache stehen könnte. Er atmete erleichtert auf, als er sah, daß es nur ein nasser Teppich war, vollgesogen mit dem Wasser, das durch die offene Badezimmertür herausgeflossen war. Beruhigt setzte er seinen Weg fort und blieb vor der erhellten Türöffnung stehen, durch die Geräusche menschlicher Betriebsamkeit drangen.

Drinnen sah er Dr. Rizzardi, wie er ihn schon allzuoft gesehen hatte, nämlich über den reglosen Körper eines Toten gebeugt.

Rizzardi erhob sich, als er die Bewegung hinter sich bemerkte. Er streckte die Hand aus, stockte, streifte den dünnen Gummihandschuh ab, streckte sie erneut aus und sagte: »*Buona sera, Guido.*« Er lächelte nicht, und selbst wenn, es hätte an dem strengen Ernst seiner Miene nichts geändert. Zu lange Beschäftigung mit dem gewaltsamen Tod in all seinen Erscheinungsformen hatte ihm fast alles Fleisch um Nase und Wangen fortgezehrt, als wäre sein Gesicht aus Marmor, und jeder Tod hätte ein winziges Stückchen davon abgemeißelt.

Rizzardi trat zur Seite, damit Brunetti den kleinen Körper auf dem Boden sehen konnte. Im Tod noch kleiner geworden, schien da Prè zu Füßen von Riesen zu liegen. Er lag auf dem Rücken, den Kopf grotesk zur Seite verdreht, doch ohne daß dieser den Boden berührte, fast wie eine bekleidete Schildkröte, die mutwillige Jungen auf ihren Panzer umgedreht und so ihrem Schicksal überlassen hatten.

»Wie ist das passiert?« fragte Brunetti. Er sah, daß Rizzardis Hosenbeine vom Aufschlag bis zum Knie durchnäßt waren, und auch seine eigenen Schuhe wurden schon feucht, denn sie standen in einem halben Zentimeter Wasser.

»Wie es aussieht, wollte er sich ein Bad einlassen und ist dabei auf dem Boden ausgerutscht.« Brunetti blickte sich um. Die Badewanne war leer, und das Wasser lief nicht mehr. Ein runder schwarzer Stöpsel lag ordentlich auf dem Wannenrand.

Brunetti sah wieder auf den Toten hinunter. Er trug Anzug und Krawatte, aber keine Schuhe und Strümpfe. »Barfuß auf den Kacheln ausgerutscht?« fragte er.

»Sieht so aus«, antwortete Rizzardi.

Brunetti verließ das Bad wieder, und Rizzardi, der mit seiner Arbeit fertig war, folgte ihm. Brunetti schaute sich im Schlafzimmer um, obwohl er keine Ahnung hatte, wonach er suchte. Er sah drei Fenster mit zugezogenen Vorhängen und an den Wänden ein paar Bilder, die ihm vorkamen, als wären sie vor Jahrzehnten dort aufgehängt und dann vergessen worden. Der Teppich war ein alter Perser, völlig durchweicht und mit stumpfen Farben. Ein rotseidener Morgenmantel lag auf dem Fußende des Betts, und darunter, genau da, wo das Wasser noch nicht hingekommen war, sah Brunetti die kleinen Schuhe ordentlich nebeneinander stehen, darauf die zusammengelegten dunklen Socken.

Brunetti ging hin, bückte sich und hob die Schuhe auf. Er nahm die Socken in die eine Hand, drehte die Schuhe um und besah sie sich von unten. Das schwarze Gummi der Sohlen und Absätze war glatt und glänzte, wie man es oft bei Schuhen sieht, die nur im Haus getragen werden. Einziges Zeichen der Abnutzung waren zwei graue Scheuerstellen an den Außenkanten der Absätze. Brunetti stellte die Schuhe wieder hin und legte die kleinen Socken darauf.

»So habe ich noch nie einen ums Leben kommen sehen«, sagte Rizzardi.

»Hat's da nicht vor Jahren mal einen Film gegeben, über einen, der diese Krankheit hatte, bei der man aussieht wie ein Elefant? Ist der nicht so umgekommen?«

Rizzardi schüttelte den Kopf. »Den habe ich nie gesehen. Ich habe über so etwas gelesen, zumindest über die Gefahr, die ein Sturz für solche Leute bedeutet. Aber normalerweise brechen sie sich nur ein paar Rückenwirbel.« Rizzardi blickte grübelnd ins Leere, und Brunetti wartete, weil er annahm, Rizzardi gehe im Geiste die einschlägige medizinische Literatur durch. Nach einem Weilchen sagte Rizzardi: »Nein, stimmt nicht. Es ist schon vorgekommen. Nicht oft, aber es ist vorgekommen.«

»Na, dann haben Sie hier womöglich eine Variante entdeckt, die neu genug ist, daß sie in die Lehrbücher kommt«, meinte Brunetti gelassen.

»Vielleicht«, antwortete Rizzardi, schon auf dem Weg zu seiner schwarzen Arzttasche, die auf einem Tischchen neben der Tür stand. Er warf die Gummihandschuhe hinein und schloß die Tasche. »Ich nehme ihn mir gleich am Vormittag vor, Guido, aber danach werde ich Ihnen auch nichts anderes sagen können als jetzt. Er hat sich das Genick gebrochen, als der Kopf im Sturz nach hinten kippte.«

»Sofortiger Tod?«

»Muß wohl. Ein glatter Bruch. Er wird noch gefühlt haben, wie er mit dem Rücken auf den Boden schlug, aber ehe er Schmerz empfinden konnte, muß er schon tot gewesen sein.«

Brunetti nickte. »Danke, Ettore. Ich rufe Sie an. Nur für den Fall, daß Sie doch noch etwas finden.«

»Ab elf«, sagte der Arzt.

Sie gaben sich die Hand, und Rizzardi ging aus dem Zimmer. Brunetti hörte, wie der Arzt mit leiser Stimme noch etwas zu Miotti sagte, dann klappte die Wohnungstür zu. Miotti kam herein, hinter ihm Foscolo und Pavese von der Spurensicherung.

Brunetti nickte ihnen zu und sagte: »Ich brauche alle Fingerabdrücke, die Sie finden, besonders im Bad, und dort vor allem um die Wanne herum. Und Fotos aus jedem Blickwinkel.« Er trat beiseite, so daß die Männer einen Blick ins Bad werfen konnten.

Pavese stellte seine Fototasche in einer trockenen Ecke ab, nahm das Stativ heraus und begann es auszuziehen.

Brunetti kniete sich hin, jetzt ohne sich um das Wasser zu kümmern. Er stützte sich auf die Hände und legte die Wange fast auf den Boden, um den Fußboden vor der Badezimmertür aus dieser Schräge zu inspizieren. »Wenn Sie irgendwo einen Fön finden«, sagte er zu Foscolo, »könnten Sie hier vielleicht das Wasser wegtrocknen – nicht aufwischen – und dann ein paar

Aufnahmen von diesem Stück Fußboden machen.« Er grenzte mit einer kreisenden Handbewegung die Stelle ein.

»Wozu, Commissario?« fragte der Fotograf.

»Um zu sehen, ob es hier Schürfspuren gibt, irgendein Anzeichen dafür, daß er vielleicht ins Bad geschleift wurde.«

»Ach, so ist das?« meinte Pavese, während er seine Kamera aufs Stativ setzte und die Schraube festzog.

Statt zu antworten, zeigte Brunetti auf ein paar Druckstellen, die unter dem Wasserfilm kaum zu sehen waren. »Hier. Und hier.«

»Wird gemacht, Commissario. Keine Sorge.«

»Danke«, sagte Brunetti, dann erhob er sich und fragte Miotti: »Haben Sie ein Paar Handschuhe? Ich habe vergessen, welche mitzubringen.«

Miotti griff in seine Jackentasche und nahm ein Päckchen mit eingeschweißten Gummihandschuhen heraus. Er riß es auf und gab Brunetti ein Paar. Während dieser sie überstreifte, nahm Miotti ein zweites Paar heraus und zog es an.

»Wenn Sie mir sagen könnten, wonach wir suchen, Commissario ...«

»Ich weiß es nicht. Nach allem, was auf Fremdeinwirkung hindeutet, oder auf irgendeinen Grund dafür.« Es gefiel Brunetti, daß Miotti nichts dazu sagte, wie wenig dies seine Frage beantwortete.

Brunetti ging ins Wohnzimmer, wo er sich mit da Prè unterhalten hatte, und sah sich aufmerksam um. Immer noch wurden alle Stellflächen von den kleinen Dosen eingenommen. Er ging zur Kredenz und zog die oberste Schublade zwischen den beiden Türen auf. Sie enthielt weitere Schnupftabakdosen, manche einzeln in Watte gebettet wie quadratische Eier in schneeweißen Nestern. In der zweiten und dritten Schublade war es nicht anders. Die unterste enthielt Papiere. Zuoberst lag eine Mappe mit Schriftstücken, die in geradezu militärischer Systematik geordnet waren, aber darunter lagen Stapel über Stapel von Papieren wild durcheinander, einige mit der Schrift nach oben, andere nach unten, wieder andere doppelt gefaltet, andere einfach. Brunetti nahm die Mappe und die übrigen Papierstapel mit beiden Händen heraus, bevor er merkte, daß er sie nirgends ablegen konnte, denn überall, wohin er blickte, standen Dosen.

Schließlich trug er das Ganze in die Küche und breitete die Papiere auf dem Holztisch aus, der dort stand. Es überraschte ihn nicht, daß die Mappe da Près Korrespondenz mit Antiquitätenhändlern und Privatsammlern enthielt, in der es um Alter, Herkunft und Preise von Schnupftabakdosen ging. Darunter lagen die Rechnungen, offenbar für Aberhunderte von kleinen Döschen, von denen er manchmal zwanzig und mehr auf einmal erstanden hatte.

Brunetti legte die Mappe beiseite und sah die restlichen Papiere durch, aber wenn er gehofft hatte, irgendeinen Hinweis darauf zu finden, warum da Prè hatte sterben müssen, sah er sich getäuscht. Es waren Stromrechnungen, ein Brief von da Près früherem Vermieter, ein Werbezettel von einem Möbelhaus in Vicenza, ein Zeitungsartikel über die Folgen der langzeitigen Einnahme von Aspirin sowie die Beipackzettel verschiedener Schmerzmittel, auf denen ihre Nebenwirkungen aufgelistet waren.

Während nebenan die Spurensicherung am Werk war und immer wieder ein Blitzlicht aufflammte, wenn der Leichnam fotografiert wurde, nahm Brunetti sich das Schlafzimmer und die Küche vor, wo er nichts fand, was auf finstere Machenschaften anstelle eines Unfalls hindeutete. Miotti, der eine Schachtel mit alten Zeitungen und Zeitschriften gefunden hatte, war auch nicht erfolgreicher.

Kurz nach ein Uhr durften die Sanitäter des Krankenhauses die Leiche mitnehmen, und gegen zwei war die Spurensicherung fertig. Brunetti bemühte sich, alle Papiere und sonstigen Gegenstände, die er und Miotti beim Durchkämmen der Wohnung in der Hand gehabt hatten, wieder dahin zu tun, wo sie gewesen waren, aber er wußte einfach nicht, wohin mit den unzähligen kleinen Schnupftabakdosen, die zur Abnahme von Fingerabdrücken eingestäubt, zur Seite oder nach hinten geschoben und auf dem Boden abgestellt worden waren. Schließlich gab er es auf, zog seine Gummihandschuhe aus und forderte Miotti auf, seinem Beispiel zu folgen.

Als die anderen sahen, daß Brunetti sich zum Gehen anschickte, sammelten auch sie ihre Taschen, Kameras, Schachteln und Bürsten ein, alle froh, hier Schluß machen und diese gräßlichen kleinen Dosen, die ihnen so viele Stunden Arbeit beschert hatten, zurücklassen zu können.

Brunetti sagte Miotti noch, er brauche morgen nicht vor zehn in die Questura zu kommen, aber er wußte, daß der junge Mann schon um acht da sein würde, wenn nicht früher.

Draußen schlug ihm Nebel entgegen, diese Nachtstunde war die trostloseste und feuchteste. Er wickelte sich seinen Schal um den Hals und ging zum Accademia-Anleger, aber als er hinkam, stellte er fest, daß er ein Boot um zehn Minuten verpaßt hatte und das nächste erst in vierzig Minuten fuhr. Also beschloß er, zu Fuß zu gehen, und nahm den Weg über den Campo San Barnaba, vorbei an den verschlossenen Toren der Universität und der ebenfalls für die Nacht verrammelten Casa Goldoni.

Im Gehen dachte er über die rechtlichen Folgen nach, die da Près Tod haben würde. Das Erbe seiner Schwester war noch zu regeln, und sein plötzliches Ableben gab den Begünstigten des umstrittenen Testaments nun Gelegenheit, ihren Anspruch auf einhundert Millionen Lire geltend zu machen, ein stolzer Betrag für einen Orden, den ein Gelübde zur Armut verpflichtete.

Brunetti begegnete niemandem, bis er zum Campo San Polo kam, wo ein grün uniformierter Wachmann mit einem Schäferhund bei Fuß seine späte Runde drehte. Die beiden Männer nickten sich im Vorbeigehen zu, während der Hund sich nicht um Brunetti kümmerte und nur darauf bedacht war, seinen Herrn nach Hause und ins Warme zu ziehen. Als er sich der Unterführung näherte, die vom *campo* wegführte, hörte er ein leises Platschen. Er blieb an der Brücke stehen und schaute ins Wasser hinunter, wo er eine langschwänzige Ratte langsam wegschwimmen sah. Brunetti zischte einmal kurz, aber die Ratte ignorierte ihn ebenso wie der Hund und strebte nur langsam weiter nach Hause und ins Warme.

14

Am nächsten Morgen ging Brunetti auf dem Weg zur Questura bei da Près Adresse vorbei und sprach mit Luigi Venturi, dem Mann, der einen Stock tiefer wohnte und die Leiche gefunden hatte. Von ihm erfuhr er nichts, was er nicht auch durch ein Telefonat hätte erfahren können: Da Prè hatte wenige Freunde, selten Besuch, und Venturi wußte nicht, wer die Besucher waren; die einzige lebende Verwandte, von der da Prè je gesprochen hatte, war die Tochter eines entfernten Cousins, die irgendwo bei Verona wohnte. In der vergangenen Nacht hatte Venturi nichts Ungewöhnliches gesehen oder gehört, bis dann das Wasser durch seine Küchendecke zu sickern begann. Nein, da Prè hatte nie von irgendwelchen Feinden gesprochen, die ihm etwas hätten zuleide tun wollen. Venturi bedachte Brunetti bei dieser Frage mit einem merkwürdigen Blick, und Brunetti beeilte sich, ihm zu versichern, daß die Polizei diese unwahrscheinliche Möglichkeit nur ausschließen wolle. Nein, weder er noch da Prè hatten die Angewohnheit, die Tür zu öffnen, ohne sich zuvor zu vergewissern, wer da war. Weitere Fragen ergaben, daß Signor Venturi den größten Teil des Abends ein Fußballspiel im Fernsehen verfolgt und an da Prè oder irgendwelche Vorgänge in dessen Wohnung erst gedacht hatte, als er in seine Küche gegangen war, um sich vor dem Zubettgehen eine Tasse Malzkaffee zu machen, und dort das Wasser an der Wand herunterlaufen sah, worauf er nach oben gegangen war, um festzustellen, was da los war.

Nein, man konnte die beiden Männer nicht als Freunde bezeichnen. Signor Venturi war Witwer, da Prè hatte nie geheiratet. Aber daß sie im selben Haus wohnten, hatte beiden genügt, um einander ihre Schlüssel anzuvertrauen, obwohl bis zur vorigen Nacht keiner je Anlaß gehabt hatte, davon Gebrauch zu machen. Weiter erfuhr Brunetti nichts, und er war sicher, daß es auch nichts weiter zu erfahren gab.

Unter den Papieren, die so ungeordnet in da Près Schublade gelegen hatten, waren auch mehrere Briefe eines Anwalts mit Büroadresse in Dorsoduro gewesen, und Brunetti rief, sowie er in der Questura war, dort an. Der Anwalt hatte, wie es in Venedig offenbar nicht anders möglich war, schon von da Près Tod gehört und versucht, die Tochter des Cousins zu verständigen. Sie war jedoch mit ihrem Mann, einem Gynäkologen, für eine Woche in Toronto, wo er an einem Kongreß teilnahm. Der Anwalt sagte, er wolle sie weiter zu erreichen versuchen, sei aber in keiner Weise sicher, ob die Nachricht sie zur Rückkehr nach Italien bewegen könnte.

Auf Brunettis Fragen konnte der Anwalt so gut wie nichts über da Prè sagen. Obwohl er seit Jahren sein Anwalt war und auch die Sache mit dem Testament der Schwester bearbeitete, waren sie füreinander nie mehr als Anwalt und Klient gewesen. Über da Près Leben wußte er so gut wie nichts, er rückte nur auf Nachfrage damit heraus, daß der Nachlaß, von der Wohnung abgesehen, nicht sehr viel wert sei. Da Prè habe fast sein ganzes Geld in diese Schnupftabakdosen gesteckt, und die habe er dem Museo Correr vermacht.

Danach rief Brunetti bei Rizzardi an, und bevor er noch etwas fragen konnte, sagte der Pathologe: »Ja, er hatte eine kleine Prellung an der linken Kinnseite und eine neben der Wirbelsäule. Beide können von dem Sturz stammen. Im Fallen hat es ihm den Kopf nach hinten gerissen, wie ich Ihnen schon heute nacht gesagt habe. Er war auf der Stelle tot.«

»Aber könnte er geschlagen oder gestoßen worden sein?«

»Es wäre möglich, Guido, aber Sie kriegen mich nicht dazu, so etwas zu sagen, jedenfalls nicht amtlich.« Brunetti widersprach lieber nicht. Er dankte dem Arzt und legte auf.

Pavese, der Fotograf von der Spurensicherung, sagte am Telefon, Brunetti solle besser ins Labor herunterkommen und sich die Bilder selbst ansehen. Als er hinkam, sah er vier Vergrößerungen, zwei in Farbe und zwei in Schwarzweiß, an die Korkwand im Labor geheftet.

Brunetti stellte sich davor und betrachtete sie, wobei er den Kopf ruckartig immer weiter nach vorn bewegte, bis er die Bilder schon fast mit der Nasenspitze berührte. Da sah er im linken unteren Quadranten zwei schwache parallele Striche. Er legte den Finger darauf und drehte sich zu Pavese um: »Die hier?«

»Ja«, antwortete der Fotograf und kam zu ihm. Sanft schob er mit dem Radiergummi am Ende seines Bleistifts Brunettis Finger beiseite und fuhr den beiden Strichen nach.

»Schleifspuren?« fragte Brunetti.

»Kann sein. Kann aber auch vieles andere sein.«

»Haben Sie sich die Schuhe angesehen?«

»Das hat Foscolo gemacht. Die Absätze sind hinten abgescheuert, aber an vielen Stellen.«

»Könnte man die Spuren an den Schuhen mit denen hier in Beziehung bringen?« fragte Brunetti.

Pavese schüttelte den Kopf. »Nicht überzeugend.«

»Aber er könnte ins Bad geschleift worden sein?«

»Ja«, sagte Pavese, fügte jedoch ebenso schnell hinzu: »Aber es kann auch vieles andere gewesen sein. Ein Koffer. Ein Stuhl. Ein Staubsauger.«

»Was war es Ihrer Meinung nach, Pavese?«

Pavese tippte, bevor er antwortete, mit dem Bleistift auf das Foto. »Ich weiß nur, was ich hier sehe, Commissario. Zwei parallele Striche auf dem Boden. Kann alles mögliche sein.«

Brunetti wußte, daß er aus dem Fotografen nicht mehr herausbekommen würde, also bedankte er sich und ging wieder hinauf in sein Zimmer.

Auf seinem Schreibtisch lagen zwei Zettel in Signorina Elettras Handschrift. Auf dem ersten teilte sie ihm mit, daß eine Frau namens Stefania angerufen hatte und um Rückruf bat. Auf dem zweiten stand, daß Signorina Elettra ihm etwas »in der Angelegenheit dieses Priesters« zu sagen habe. Sonst nichts.

Brunetti wählte Stefanias Nummer und bekam wieder diese fröhliche Begrüßung zu hören, der zu entnehmen war, daß auf dem Immobilienmarkt Flaute herrschte.

»Hier Guido. Bist du diese Wohnung in Canareggio los?«

Stefanias Stimme wurde wärmer. »Morgen nachmittag soll der Vertrag unterschrieben werden.«

»Und jetzt zündest du Kerzen an, damit es kein *acqua alta* gibt?«

»Guido, wenn ich damit das Wasser fernhalten könnte, bis der Vertrag unterschrieben ist, würde ich auf allen vieren nach Lourdes kriechen.«

»So schlecht geht das Geschäft?«

»Das kannst du dir gar nicht vorstellen.«

»Verkaufst du sie an diese Deutschen?« fragte er.

»Ja.«

»Sehr gut«, antwortete Brunetti. »Hast du etwas über die Wohnungen herausbekommen?«

»Ja, aber sonderlich interessant ist das nicht. Alle drei sind seit Monaten auf dem Markt, aber die Sache wird dadurch kompliziert, daß der Eigentümer in Kenia lebt.«

»In Kenia? Ich dachte, in Turin. Jedenfalls steht diese Adresse im Testament.«

»Kann durchaus sein, aber er lebt seit sieben Jahren in Kenia und ist in Venedig nicht mehr gemeldet. Steuerlich ist das ein derartiger Alptraum, daß keiner sich mit diesen Wohnungen abgeben mag, schon gar nicht bei der herrschenden Marktlage. Du kannst dir dieses Chaos überhaupt nicht vorstellen.«

Nein, das konnte Brunetti wirklich nicht, ihm genügte die Information, daß der Erbe seit sieben Jahren in Kenia lebte.

Stefania fragte: »Genügt dir das, um …«, aber das Klingeln eines Telefons in ihrem Büro unterbrach sie. »Das ist der andere Apparat. Ich muß dich abhängen, Guido. Drück mir die Daumen, daß es ein Kunde ist.«

»Mach ich. Und danke, Steffi. *Auf Wiedersehen.*«

Sie lachte und legte auf.

Er rief die Polizeiwache am Lido an und erfuhr, daß man noch nichts über den Wagen oder den Fahrer wußte, der in den Unfall mit Fahrerflucht, als der die Sache noch immer behandelt wurde, verwickelt gewesen war. Darauf ging er nach unten zu Signorina Elettra. Sie blickte auf, als er hereinkam, und lächelte ihm kurz zu. Brunetti sah, daß sie heute einen hochgeschlossenen schwarzen Hosenanzug trug. Am Hals fiel ihm ein schmaler, blendendweißer Streifen ins Auge, der ganz wie ein Priesterkragen über dem Revers hervorblitzte. »Ist das Ihre Vorstellung von klösterlicher Schlichtheit?« fragte Brunetti, als er sah, daß der Anzug aus Rohseide war.

»Ach, das«, sagte sie, als wartete sie schon auf die nächste Kleidersammlung, um das Ding loswerden zu können. »Jede Ähnlichkeit mit Klerikern ist rein zufällig, das versichere ich Ihnen, Commissario.« Sie nahm ein paar Blätter von ihrem Schreibtisch und reichte sie ihm. »Wenn Sie das gelesen haben, verstehen Sie bestimmt, warum ich auf die Zufälligkeit solchen Wert lege.«

Er nahm die Blätter und las die ersten Zeilen. »Don Luciano?« fragte er.

»Derselbe. Ein vielgereister Mann, wie Sie sehen werden.« Sie wandte sich wieder ihrem Computer zu und ließ Brunetti Zeit zum Lesen.

Das erste Blatt enthielt eine kurze Biographie des Luciano Benevento, geboren vor siebenundvierzig Jahren in Pordenone. Seine Schulzeit war vermerkt, ebenso sein Eintritt ins Priesterseminar mit siebzehn Jahren. Hier gab es eine Lücke, wahrscheinlich seine Priesterausbildung, aber das hinten angeheftete Schulzeugnis wies ihn nicht als einen hervorragenden Schüler aus.

Noch während seiner Seminaristenzeit war Luciano Benevento aktenkundig geworden, nämlich durch einen Zwischenfall in einem Zug, bei dem eine Mutter ihr Kind bei ihm im Abteil zurückgelassen hatte, um in den Speisewagen zu gehen und etwas zu essen zu holen. Was sich in ihrer Abwesenheit zugetragen hatte, konnte nie ganz geklärt werden, und am Ende hatte man alles der Phantasie des kleinen Mädchens zugeschrieben.

Nach seiner Ordination vor dreiundzwanzig Jahren war Don Luciano in ein kleines Dorf im Tirol entsandt worden und dort vier Jahre geblieben, bis er versetzt wurde, nachdem der Vater eines zwölfjährigen Mädchens, das er in Religion unterrichtete, im Dorf seltsame Geschichten über Don Luciano und die Fragen erzählt hatte, die er seiner Tochter in der Beichte stellte.

Seine nächste Stelle hatte er im Süden gehabt, und dort war er sieben Jahre geblieben, bis er in ein Heim gesteckt wurde, das die Kirche für Priester unterhielt, die Probleme hatten. Welcher Art Don Lucianos Probleme gewesen waren, wurde nicht ausgeführt.

Nach einem Jahr in diesem Heim wurde Don Luciano einer kleinen Gemeinde in den Dolomiten zugewiesen, wo er fünf Jahre lang unauffällig unter einem Pfarrer arbeitete, dessen strenges Regiment angeblich in ganz Norditalien seinesgleichen suchte. Nach dem Tod dieses Pfarrers übernahm Don Luciano die Gemeinde, aber nach zwei Jahren wurde er aus diesem Dorf wegversetzt, wobei von einem »streitsüchtigen kommunistischen Bürgermeister« die Rede war.

Von dort kam Don Luciano in eine kleine Gemeinde an der Peripherie von Treviso, wo er eineinviertel Jahre blieb, bevor er vor drei Jahren in die Pfarrei San Polo versetzt wurde, von deren Kanzel er nun predigte und von wo er an die Schulen geschickt wurde, um seinen Beitrag zur religiösen Unterweisung der Jugend Venedigs zu leisten.

»Wie sind Sie daran gekommen?« fragte Brunetti, nachdem er fertiggelesen hatte.

»Vielfältig und geheimnisvoll sind die Wege des Herrn«, antwortete Signorina Elettra gelassen.

»Diesmal ist die Frage ernst gemeint, Signorina. Ich möchte wissen, wie Sie an diese Informationen gekommen sind«, sagte er, ohne ihr Lächeln zu erwidern.

Sie sah ihn eine kleine Weile an. »Ich habe einen Freund, der im Amt des Patriarchen arbeitet.«

»Ein Kirchenmann?«

Sie nickte.

»Und der hat Ihnen das gegeben?«

Sie nickte wieder.

»Wie haben Sie denn das geschafft, Signorina? Ich könnte mir vorstellen, daß solche Informationen doch eher vor Laien geheimgehalten werden.«

»Das denke ich auch, Commissario.« Ihr Telefon klingelte, aber sie machte keine Anstalten, den Hörer abzunehmen. Nach dem siebten Ton verstummte es. »Er hat ein Verhältnis mit einer Freundin von mir.«

»Verstehe«, sagte er. Dann fragte er beiläufig: »Und damit haben Sie ihn erpreßt?«

»Nein. Keineswegs! Er will schon seit Monaten da raus, einfach weggehen und ein anständiges Leben anfangen. Aber meine Freundin hat ihn zum Bleiben überredet.«

»Im Amt des Patriarchen?«

Sie nickte.

»Als Priester?«

Sie nickte wieder.

»Wo er mit derart heiklen Dokumenten umgeht?«

»Ja.«

»Warum will Ihre Freundin, daß er dort bleibt?«

»Das möchte ich Ihnen lieber nicht sagen, Commissario.«

Brunetti wiederholte seine Frage nicht, rührte sich aber auch nicht von ihrem Schreibtisch.

»Was er tut, ist in keiner Weise kriminell.« Sie ließ sich das eben Gesagte durch den Kopf gehen und fügte dann hinzu: »Im Gegenteil.«

»Ich glaube, in diesem Fall muß ich genau wissen, ob das auch stimmt, Signorina.«

Zum erstenmal in den Jahren, die sie zusammenarbeiteten, erntete Brunetti einen Blick offenen Mißfallens von Signorina Elettra. »Und wenn ich Ihnen mein Wort gebe?« fragte sie.

Bevor Brunetti antwortete, betrachtete er die Blätter in seiner Hand, schlechte Fotokopien der Originaldokumente. Ziemlich verwischt, aber doch zu erkennen, sah man am oberen Rand das Siegel des Patriarchen von Venedig.

Brunetti sah auf. »Ich glaube, das wird nicht nötig sein, Signorina. Da könnte ich auch gleich an mir selbst zweifeln.«

Sie lächelte nicht, aber die Anspannung wich aus ihrem Körper, ihrer Stimme. »Danke, Commissario.«

»Meinen Sie, Ihr Freund könnte mir auch Informationen über jemanden besorgen, der Ordenspriester ist, kein Pfarrpriester?«

»Wenn Sie mir den Namen sagen – versuchen könnte er es auf jeden Fall.«

»Pio Cavaletti. Er gehört dem Orden vom Heiligen Sakrament an.«

Sie notierte sich den Namen und sah zu ihm auf. »Noch etwas, Commissario?«

»Nein, vielen Dank.«

»Ich werde ihm das erst heute abend geben. Ich bin bei den beiden zum Abendessen«, erklärte Signorina Elettra.

»Bei Ihrer Freundin?« fragte Brunetti.

»Ja. Solche Dinge bereden wir nie am Telefon.«

»Aus Angst davor, was ihm dann passieren könnte?« fragte Brunetti, ohne selbst so recht zu wissen, wie ernst er das meinte.

»Zum einen«, antwortete sie.

»Und zum anderen?«

»Aus Angst davor, was uns passieren könnte.«

Er musterte sie, um zu sehen, ob sie scherzte, aber ihr Gesicht war ernst und verkniffen. »Glauben Sie das, Signorina?«

»Diese Organisation ist noch nie sehr nett mit ihren Feinden umgegangen.«

»Und das sind Sie, eine Feindin?«

»Durch und durch.«

Brunetti wollte schon nach dem Grund fragen, hielt sich aber zurück. Nicht, daß er ihn nicht hätte wissen wollen – ganz im Gegenteil –, aber er wollte keine Diskussion über dieses Thema anfangen, schon gar nicht in ihrem Büro und genau vor der Tür, durch die in jedem Moment Vice-Questore Patta hätte hereinkommen können. Statt dessen sagte er: »Ich wäre Ihrem Freund sehr dankbar für jede Information, die er mir geben kann.«

Das Telefon klingelte wieder, und diesmal nahm sie ab. Sie fragte, wer am Apparat sei, und bat um einen Augenblick Geduld, bis sie sich den Vorgang auf ihren Bildschirm geholt habe.

Brunetti nickte ihr zu und ging wieder in sein Zimmer hinauf, die Papiere in der Hand.

Und das, dachte Brunetti, während er in sein Dienstzimmer hinaufging, war der Mann, dem er ahnungslos noch bis vor wenigen Tagen die religiöse Erziehung seiner Tochter anvertraut hatte. Er konnte nicht einmal sagen, daß er und Paola es gemeinsam getan hätten, denn sie hatte sich von Anfang an herausgehalten. Er hatte immer gewußt, daß sie dagegen war, aber die sozialen Folgen einer ausdrücklichen Ablehnung des Religionsunterrichts hätten die Kinder tragen müssen, nicht die Eltern, die für sie entschieden. Wo würde ein Kind, dessen Eltern es nicht am Religionsunterricht teilnehmen ließen, sich aufhalten, während seine Altersgenossen den Katechismus und das Leben der Heiligen lernten? Was ging in einem Kind vor, dessen Weg ins Leben nicht von den rituellen Stationen der Erstkommunion und Firmung gesäumt wurde?

Brunetti erinnerte sich an einen Prozeß, der letztes Jahr Schlagzeilen gemacht hatte: Einem durch und durch ehrbaren Ehepaar, kinderlos, er Arzt, sie Anwältin, war von einem Turiner Gericht die Adoption eines Kindes verwehrt worden, weil sie beide Atheisten und darum nach Ansicht des Gerichts als Eltern ungeeignet waren.

Über die Geschichte jener irischen Priester hatte er nur gelacht, als wäre Irland irgendein Drittweltland im Würgegriff einer primitiven Religion, und nun waren hier in seinem eigenen Land die gleichen Würgemale zu erkennen, wenn auch nur für den voreingenommenen Blick.

Brunetti hatte keine Ahnung, was er mit diesem Pfarrer machen sollte; juristisch hatte er nichts in der Hand. Der Mann war nie angezeigt worden, und Brunetti hielt es für aussichtslos, an irgendeinem seiner früheren Wirkungsorte jemanden zu finden, der offen gegen ihn sprach. Die Infektion war weitergegeben worden, sollten sich jetzt andere damit rumschlagen – eine ziemlich normale Reaktion, und diejenigen, die ihn jetzt los waren, würden mit Sicherheit schweigen, um keinen Skandal heraufzubeschwören.

Brunetti wußte, daß die Gesellschaft sexuelle Übergriffe eher auf die leichte Schulter nahm und kaum mehr darin sah als Exzesse männlicher Leidenschaft. Er teilte diese Sichtweise nicht. Auch fragte er sich, was das für eine Therapie sein mochte, der man Priester wie Don Luciano in diesem Heim unterzog, in das man ihn gesteckt hatte. Wenn man Don Lucianos Lebensweg *nach* seinem dortigen Aufenthalt zum Maßstab nahm, konnte die Therapie nicht besonders wirksam gewesen sein.

In seinem Zimmer warf Brunetti die Papiere auf den Schreibtisch und blieb ein Weilchen davor sitzen, dann stand er auf und ging ans Fenster. Da er draußen nichts Interessantes entdeckte, kehrte er an den Schreibtisch zurück und suchte sich sämtliche Unterlagen in Sachen Maria Testa und zu den verschiedenen Ereignissen zusammen, die man in irgendeiner Weise mit dem in Verbindung bringen konnte, was sie ihm an jenem ruhigen, inzwischen auch schon Wochen zurückliegenden Tag erzählt hatte. Er las alles durch und machte sich hin und wieder eine Notiz. Als er fertig war, starrte er ein paar Minuten lang die Wand an, dann griff er zum Telefon und ließ sich mit dem Ospedale Civile verbinden.

Zu seiner Überraschung kam er ohne jede Schwierigkeit zur diensthabenden Schwester der Intensivstation durch, und nachdem er sich vorgestellt hatte, erfuhr er von ihr, daß die »Polizeipatientin« in ein Privatzimmer verlegt worden sei. Nein, ihr Zustand habe sich nicht verändert; sie sei noch immer ohne Bewußtsein. Ja, wenn er einen Moment warten wolle, werde sie den Polizisten holen, der vor ihrer Tür sitze.

Dieser entpuppte sich als Miotti. »Ja, Commissario?« fragte er, als Brunetti seinen Namen nannte.

»Irgend etwas Neues?«

»Alles ganz ruhig hier.«

»Und was machen Sie?«

»Ich lese, Commissario. Sie haben hoffentlich nichts dagegen.«

»Besser lesen als den Schwestern nachgaffen, denke ich. Hat jemand sie besucht?«

»Nur dieser Mann vom Lido. Sassi. Sonst niemand.«

»Haben Sie schon Ihren Bruder gesprochen, Miotti?«

»Ja, Commissario. Erst gestern abend.«

»Und haben Sie ihn nach diesem Padre gefragt?«

»Ja, Commissario.«

»Und?«

»Also, zuerst wollte er nichts sagen. Ich weiß nicht, ob er nur keinen Klatsch verbreiten wollte. So ist Marco eben«, erklärte Miotti, als wolle er seinen Vorgesetzten um Nachsicht für eine derartige Charakterschwäche bitten. »Aber dann habe ich ihm gesagt, daß ich es unbedingt wissen muß, und da hat er gemeint, es werde geredet – nur geredet, Commissario –, daß Cavaletti mit Opera Pia zu tun habe. Er wußte nichts mit Bestimmtheit, alles nur vom Hörensagen. Verstehen Sie, Commissario?«

»Ja, ich verstehe. Sonst noch etwas?«

»Nicht direkt, Commissario. Ich habe nur überlegt, was Sie vielleicht noch wissen möchten, was Sie wahrscheinlich fragen werden, wenn ich Ihnen das sage, und da dachte ich, Sie würden wahrscheinlich wissen wollen, ob Marco glaubt, daß an dem Gerede etwas dran ist. Also habe ich ihn das gefragt.«

»Und?«

»Er glaubt es, Commissario.«

»Danke, Miotti. Dann widmen Sie sich mal wieder Ihrer Lektüre.«

»Danke, Commissario.«

»Was lesen Sie denn?«

»*Quattroruote*«, nannte Miotti das beliebteste Automagazin.

»Aha. Ich danke Ihnen, Miotti.«

»Nichts zu danken, Commissario.«

Gütigster Jesus am Kreuz, errette uns! Wenn Brunetti an Opera Pia dachte, konnte er nicht umhin, innerlich eines der liebsten Stoßgebete seiner Mutter nachzusprechen. Wenn es ein in Rätsel gehülltes Geheimnis gab, dann Opera Pia. Brunetti wußte nicht mehr darüber, als daß es eine religiöse Organisation war, halb geistlich, halb weltlich, die sich dem Papst zu absolutem Gehorsam verpflichtet fühlte und nach einer irgendwie gearteten Erneuerung der Macht oder Autorität der Kirche strebte. Und kaum hatte Brunetti darüber nachgedacht, was er über Opera Pia wußte und woher er es wußte, wurde ihm klar, daß er überhaupt nicht sicher sein konnte, was davon der Wahrheit entsprach und was nicht. Wenn eine geheime Gesellschaft definitionsgemäß ein Geheimnis ist, kann schließlich alles, was man darüber »weiß«, ebensogut falsch sein.

Die Freimaurer mit ihren Ringen und Kellen und Cocktailschürzchen hatten Brunetti immer Spaß gemacht. Er wußte kaum etwas Genaueres über sie, hatte sie aber immer für eher harmlos als bedrohlich gehalten, auch wenn ihm klar war, daß dies zu einem nicht geringen Teil daher kam, daß er sie allzuoft schon durch den herrlichen Jux der *Zauberflöte* verniedlicht gesehen hatte.

Aber Opera Pia war etwas völlig anderes. Er wußte noch weniger darüber – so gut wie nichts –, doch schon der Name jagte ihm einen kalten Schauer über den Rücken.

Er versuchte sich von dummen Vorurteilen freizumachen und sich alles ins Gedächtnis zu rufen, was er je unmittelbar über Opera Pia gehört oder gelesen hatte, irgend etwas Handfestes und Nachprüfbares, aber ihm fiel nichts ein. Unwillkürlich mußte er an »die Zigeuner« denken, denn er »kannte« die Zigeuner etwa ebenso, wie er Opera Pia »kannte«: nur vom Hörensagen, von Weitererzähltem, aber nie war ihm ein Name, ein Datum oder eine Tatsache bekanntgeworden. Alles zusammen erzeugte jene Aura des Geheimnisvollen, die wohl von jeder geschlossenen Gesellschaft für die ausgeht, die nicht dazugehören.

Er überlegte, ob er jemanden kannte, der ihm Näheres sagen könnte, aber außer Signorina Elettras anonymem Freund im Amt des Patriarchen fiel ihm niemand ein. Wenn die Kirche eine Natter an ihrem Busen nährte, dann mußte man die Information in diesem Busen suchen.

Sie blickte auf, als er hereinkam, erstaunt, ihn schon wieder zu sehen. »Ja, Commissario?«

»Ich möchte Ihren Freund um noch einen Gefallen bitten.«

»Der wäre?« fragte sie, schon mit der Hand auf ihrem Notizblock.

»Opera Pia.«

Ihre Überraschung verriet sich für Brunetti nur durch die minimal geweiteten Augen. »Was möchten Sie darüber wissen, Commissario?«

»Wie diese Leute in die Vorfälle hier verwickelt sein könnten.«

»Sie meinen, in die Sache mit den Testamenten und der Frau im Krankenhaus?«

»Ja.« Und fast wie im nachhinein fügte Brunetti hinzu: »Könnten Sie ihn wohl auch noch bitten, festzustellen, ob irgendeine Verbindung zu Padre Cavaletti besteht?« Nachdem sie das notiert hatte, fragte er: »Wissen Sie etwas über die Organisation, Signorina?«

Sie schüttelte den Kopf. »Nicht mehr als jeder andere. Sie ist geheim, sie spaßt nicht, und sie ist gefährlich.«

»Finden Sie das nicht ein bißchen übertrieben?«

»Nein.«

»Wissen Sie, ob sie hier in der Stadt ein ...« – Brunetti kannte die richtige Bezeichnung nicht – »... eine Sektion hat?«

»Keine Ahnung, Commissario.«

»Merkwürdig, nicht?« meinte Brunetti. »Keiner weiß etwas

Genaues über sie, aber das hindert uns nicht daran, sie mit Mißtrauen zu betrachten und Angst vor ihr zu haben.« Als sie nicht antwortete, bohrte er nach: »Finden Sie das nicht merkwürdig?«

»Ich sehe das anders, Commissario«, sagte Signorina Elettra.

»Inwiefern?«

»Ich denke mir, wenn wir über sie Bescheid wüßten, hätten wir noch größere Angst.«

16

Unter den Papieren auf seinem Schreibtisch fand er Dottor Fabio Messinis Privatnummer, wählte sie und verlangte den Arzt zu sprechen. Die Frau am anderen Ende erklärte, der Dottore sei zu beschäftigt, um ans Telefon zu kommen, und fragte, wer ihn sprechen wolle. Brunetti sagte nur: »*Polizia*«, worauf sie hörbar widerwillig antwortete, sie werde den Dottore fragen, ob er vielleicht doch einen Augenblick Zeit habe.

Viele Augenblicke vergingen, bevor die Stimme eines Mannes sagte: »Ja?«

»Dottor Messini?«

»Am Apparat. Wer ist da?«

»Commissario Brunetti.« Brunetti wartete, bis sein Dienstgrad auf der anderen Seite angekommen war, dann sagte er: »Wir möchten Ihnen gern ein paar Fragen stellen, Dottore.«

»Worum geht es, Commissario?«

»Um Ihre Pflegeheime.«

»Was ist damit?« fragte Messini eher ungeduldig als neugierig.

»Es geht um einige Leute, die darin arbeiten.«

»Über das Personal weiß ich gar nichts«, erwiderte Messini obenhin, womit er augenblicklich Brunettis Argwohn auf den Einwanderungsstatus der philippinischen Krankenschwestern in dem Heim lenkte, in dem seine Mutter war.

»Ich würde das lieber nicht am Telefon besprechen«, sagte Brunetti, der wußte, daß ein bißchen Geheimniskrämerei oft schon genügte, um sowohl den Einsatz zu erhöhen als auch die Neugier des jeweiligen Gesprächspartners zu wecken.

»Also, Sie werden kaum erwarten, daß ich in die Questura komme, oder?« fragte Messini, in dessen Stimme der Sarkasmus der Mächtigen unüberhörbar war.

»Außer Sie möchten vermeiden, daß Ihre Patienten durch eine Razzia der Guardia di Frontiera aufgeregt werden, wenn sie kommt, um Ihre philippinischen Krankenschwestern zu vernehmen ...« Brunetti wartete einen Sekundenbruchteil, bevor er »*dottore*« hinzufügte.

»Ich weiß nicht, wovon Sie reden«, behauptete Messini in einem Ton, der das Gegenteil besagte.

»Wie Sie meinen, Dottore. Ich hatte gehofft, wir könnten darüber in aller Ruhe sprechen und die Sache vielleicht regeln, bevor sie sich zur Peinlichkeit entwickelt, aber leider scheint das ja nicht möglich zu sein. Ich bedaure die Störung«, sagte Brunetti, sehr bemüht um einen verbindlich-abschließenden Ton.

»Einen Augenblick, Commissario. Vielleicht habe ich etwas übereilt gesprochen, und wir sollten uns doch besser treffen.«

»Wenn Sie zu beschäftigt sind, Dottore, habe ich dafür volles Verständnis«, sagte Brunetti kurz angebunden.

»Nun ja, natürlich bin ich beschäftigt, aber ich könnte sicher die Zeit finden, vielleicht heute nachmittag. Lassen Sie mich nur eben in meinem Terminkalender nachsehen.« Der Ton wurde gedämpft, als Messini am anderen Ende die Muschel zuhielt und mit jemandem sprach. Kurz darauf meldete sich seine Stimme wieder. »Ich sehe gerade, daß meine Mittagsverabredung abgesagt wurde. Darf ich Sie zum Essen einladen, Commissario?«

Brunetti sagte nichts, sondern wartete auf den Namen des Restaurants, aus dem die Höhe der Bestechungssumme zu ersehen wäre, die Messini wohl zahlen zu müssen glaubte.

»Da Fiori?« schlug Messim vor. Es war nicht nur das beste Lokal in der Stadt, das Angebot verriet außerdem, daß Messini wichtig genug war, um dort jederzeit kurzfristig einen Tisch zu bekommen. Noch interessanter fand Brunetti, daß damit sein Verdacht wegen der Pässe und Arbeitserlaubnisse der ausländischen Schwestern in Messinis Pflegeheimen bestätigt wurde.

»Nein«, sagte Brunetti im Ton eines Beamten, der es nicht

gewöhnt ist, mit einem Mittagessen bestochen zu werden – nur mit einem Mittagessen.

»Verzeihen Sie, Commissario. Ich fand nur, der Ort biete eine angenehme Atmosphäre zum Sichkennenlernen.«

»Vielleicht können wir uns ja in meinem Büro in der Questura kennenlernen.« Brunetti wartete einen Sekundenbruchteil, dann lachte er, ganz Mann von Welt, über seinen eigenen Scherz und fügte hinzu: »Wenn Ihnen das genehm ist, Dottore.«

»Natürlich. Würde halb drei Ihnen passen?«

»Ausgezeichnet.«

»Dann freue ich mich darauf, Ihre Bekanntschaft zu machen, Commissario«, sagte Messini und legte auf.

Drei Stunden später, und noch rechtzeitig vor Dottor Messinis erwartetem Besuch, war die Liste der ausländischen Krankenschwestern in seinen Pflegeheimen fertig. Die meisten kamen, wie Brunetti sich richtig erinnert hatte, von den Philippinen, zwei aber auch aus Pakistan und eine aus Sri Lanka. Alle waren in Messinis computerisierter Gehaltsliste aufgeführt, von der Signorina Elettra sagte, man komme in das System so leicht hinein, daß sogar Brunetti selbst das von seinem privaten Telefon aus geschafft hätte. Da die Geheimnisse ihres Computers für ihn undurchdringlich waren und blieben, wußte er nie, wann sie scherzte. Und wie gewöhnlich fragte er nicht, ja er überlegte nicht einmal, ob ihre Manipulationen legal waren.

Mit der Namensliste ging er zu Anita ins Ufficio Stranieri hinunter, und binnen einer Stunde brachte sie ihm die Akten. In allen Fällen waren die Frauen als Touristinnen eingereist und hatten ihre Visa verlängert bekommen, nachdem sie den Nachweis vorgelegt hatten, daß sie an der Universität Padua studierten. Brunetti mußte lächeln, als er die Reihe der Fächer sah, für die sie angeblich eingeschrieben waren, zweifellos um genau die Aufmerksamkeit zu vermeiden, die sie jetzt erregten: Geschichte, Jura, Politikwissenschaft, Psychologie und Agronomie. Er lachte laut über den Einfallsreichtum gerade bei diesem letzten Fach, das die Universität gar nicht anbot. Vielleicht entpuppte sich Dottor Messini als ein Mensch mit schrulligem Humor.

Der *dottore* war pünktlich; Schlag halb drei öffnete Riverre die Tür zu Brunettis Dienstzimmer und meldete: »Dottor Messini möchte zu Ihnen, Commissario.«

Brunetti hob den Blick von den Akten der Krankenschwestern, nickte Messini kurz zu, und als wäre es ihm gerade erst eingefallen, erhob er sich dann und zeigte auf den Stuhl vor seinem Schreibtisch. »Guten Tag, Dottore.«

»Guten Tag, Commissario.« Messini nahm Platz und sah sich in Brunettis Zimmer um, wohl um sich ein Bild von seiner Umgebung und wahrscheinlich auch von dem Mann zu machen, zu dem er gekommen war.

Messini hätte einen Edelmann aus der Renaissance abgeben können, einen von den reichen, korrupten. Er war groß und breit gebaut und hatte den Punkt im Leben erreicht, an dem aus Muskeln Fleisch wird, aus Fleisch dann sehr bald Fett. Das Schönste an ihm war der Mund mit den festen, wie gemeißelten Lippen, die an den Winkeln von Natur aus aufwärts gebogen waren, was auf Humor schließen ließ. Seine Nase war für den großen Kopf ein wenig zu kurz, und die Augen standen eine Spur zu eng beieinander.

Seine Kleidung flüsterte Wohlstand; die Schuhe funkelten dasselbe Wort. Seine Zähne, die so gut überkront waren, daß es aussah, als wären sie vom Alter leicht angegilbt, präsentierten sich in einem freundlichen Lächeln, als er das Zimmer fertig inspiziert hatte und seine Aufmerksamkeit nun Brunetti zuwandte.

»Sie sagen, Sie hätten Fragen zu den Leuten, die für mich arbeiten, Commissario?« Messinis Stimme klang lässig und entspannt.

»So ist es, Dottore. Ich habe Fragen zu einigen von Ihrem Pflegepersonal.«

»Und was wären das für Fragen?«
»Wie es kommt, daß sie in Italien arbeiten.«
»Ich habe es Ihnen heute vormittag schon am Telefon gesagt, Commissario ...«, begann Messini, wobei er ein Päckchen Zigaretten aus der Innentasche seines Jacketts nahm. Ohne um Erlaubnis zu fragen, zündete er sich eine an, sah sich nach einem Aschenbecher um und legte, als er keinen fand, das abgebrannte Streichholz auf den Rand von Brunettis Schreibtisch. »Ich kümmere mich nicht um Personalfragen. Das ist Sache meiner Verwaltung. Dafür bezahle ich die Leute.«

»Und sicher großzügig«, sagte Brunetti mit einem Lächeln, das anzüglich sein sollte.

»Sehr«, bestätigte Messini, der die Worte wie auch den Ton wahrgenommen hatte und aus beidem Mut schöpfte. »Wo liegt denn das Problem?«

»Es scheint, daß einige Ihrer Mitarbeiter nicht die richtigen Genehmigungen haben, um legal in diesem Land arbeiten zu dürfen.«

Messini zog in gut gespieltem Schock die Augenbrauen hoch: »Das fällt mir schwer zu glauben. Ich bin ganz sicher, daß alle Anträge ausgefüllt und die entsprechenden Genehmigungen erteilt wurden.« Er sah Brunetti an, der mit einem kaum merklichen Lächeln auf seine Unterlagen blickte. »Wenn es natürlich so ist, Commissario, daß vielleicht irgend etwas übersehen wurde, daß noch andere Formulare ausgefüllt werden müssen oder ...« – er hielt inne, suchte das höflichste Wort und fand es auf Anhieb –, »oder daß noch irgendwelche Anmeldegebühren zu entrichten sind, dann möchte ich Ihnen versichern, daß ich von Herzen gern alles tun werde, was nötig ist, um meine Situation zu normalisieren.«

Brunetti lächelte ob der Geläufigkeit, mit der Messini durch die Blume zu sprechen verstand. »Das ist sehr großzügig von Ihnen, Dottore.«

»Sehr freundlich, wie Sie das ausdrücken, aber ich finde es nur korrekt. Ich möchte alles tun, was in meiner Macht steht, um mir das Wohlwollen der Behörden zu erhalten.«

»Wie gesagt, sehr großzügig«, wiederholte Brunetti mit einem Lächeln, das seine Käuflichkeit unterstreichen sollte.

Offenbar mit Erfolg, denn Messini sagte: »Sie brauchen mir diese Anmeldegebühren nur zu nennen.«

»Genaugenommen«, sagte Brunetti, indem er die Papiere hinlegte und zu Messini hinübersah, der jetzt mit seiner Zigarettenasche in große Not geriet, »genaugenommen ist es gar nicht das Pflegepersonal, über das ich mit Ihnen sprechen wollte. Es geht eigentlich mehr um eine Angehörige des Ordens vom Heiligen Sakrament.«

Nach Brunettis Erfahrung schafften unaufrichtige Leute es selten, unschuldig dreinzublicken, aber Messini blickte ebenso unschuldig wie verwirrt drein. »Der Orden vom Heiligen Sakrament? Sie meinen die Nonnen?«

»Es sind auch Priester darin, soviel ich weiß.«

Das schien Messini neu zu sein. »Ja, ich glaube schon«, sagte er nach einer Pause. »Aber nur die Nonnen arbeiten in den Pflegeheimen.« Seine Zigarette war fast bis auf den Filter heruntergebrannt. Brunetti sah ihn auf den Fußboden blicken, statt der Zigarette jedoch lieber die Idee fallenlassen und den Stummel vorsichtig mit der Glut nach oben neben dem Streichholz auf den Schreibtischrand stellen.

»Vor etwa einem Jahr wurde eine der Schwestern versetzt.«

»Ja?« fragte Messini, nur mäßig interessiert, aber durch den Themenwechsel offenbar etwas verwirrt.

»Sie wurde vom Pflegeheim Dolo in ein anderes hier in der Stadt versetzt, ins San Leonardo.«

»Wenn Sie es sagen, Commissario. Ich weiß relativ wenig über das Personal.«

»Anders als bei den ausländischen Schwestern?«

Messini lächelte. Beim Thema Krankenschwestern fühlte er sich wieder auf sicherem Boden.

»Ich möchte wissen, ob Ihnen bekannt ist, warum sie versetzt wurde.« Und bevor Messini etwas sagen konnte, fügte Brunetti hinzu: »Sie könnten Ihre Antwort vielleicht als eine Art Anmeldegebühr betrachten, Dottor Messini.«

»Ich weiß nicht, ob ich das verstehe.«

»Macht nichts, Dottore. Ich möchte von Ihnen gern hören, was Sie über die Versetzung dieser Ordensschwester wissen. Ich glaube nicht, daß sie von einem Ihrer Heime in ein anderes hätte versetzt werden können, ohne daß Sie etwas davon gehört hätten.«

Messini überlegte kurz, und Brunetti beobachtete das Spiel der Emotionen im Gesicht des anderen, der sich vorzustellen versuchte, welche Gefahr für ihn in der einen oder der anderen Antwort lag, die er darauf geben konnte. Endlich sagte er: »Ich weiß nicht, worauf Sie hinauswollen, Commissario, aber was Sie auch immer wissen wollen, ich kann es Ihnen nicht sagen. Alle Personalangelegenheiten werden von meiner Personalabteilung bearbeitet. Glauben Sie mir, wenn ich Ihnen da helfen könnte, täte ich es, aber ich bin damit nicht unmittelbar befaßt.«

Wenn einer mit »Glauben Sie mir« begann, stellte sich in aller Regel heraus, daß er log, aber hier hatte Brunetti den Eindruck, daß Messini die Wahrheit sprach. Er nickte und sagte: »Die bewußte Ordensschwester hat das Pflegeheim vor einigen Wochen verlassen. Wußten Sie das?«

»Nein.«

Brunetti nahm ihm auch das ab.

»Wie kommt der Orden vom Heiligen Sakrament eigentlich dazu, in Ihren Pflegeheimen tätig zu werden, Dottore?«

»Das ist eine lange und komplizierte Geschichte«, antwortete Messini mit einem Lächeln, das ein anderer wahrscheinlich durch und durch charmant gefunden hätte.

»Ich bin nicht in Eile, Dottore. Sind Sie's?« Brunettis Lächeln war alles andere als charmant.

Messini griff nach seinen Zigaretten, steckte sie aber wieder in die Tasche, ohne sich eine anzuzünden. »Als ich vor acht Jahren die Leitung der ersten Pflegeheime übernahm, standen sie gänzlich unter der Regie des Ordens, und ich wurde nur als medizinischer Direktor eingestellt. Aber dann zeigte sich im Lauf der Zeit immer deutlicher, daß sie schließen müßten, wenn sie weiter als Wohlfahrtseinrichtungen betrieben würden.« Messini warf Brunetti einen langen Blick zu. »Die Menschen sind so knauserig.«

»Wie wahr«, lautete der einzige Kommentar, den Brunetti sich darauf gestattete.

»Jedenfalls habe ich mir Gedanken über die Geldnot dieser Einrichtung gemacht – ich hatte mich schon ganz der Hilfe für die Alten und Kranken verschrieben – und klar gesehen, daß sie nur lebensfähig bleiben konnte, wenn sie in ein Privatunternehmen umgewandelt wurde.« Als er sah, daß Brunetti ihm folgen konnte, fuhr er fort: »Also kam es zu einer Umorganisation – in der Wirtschaft würde man es wohl Privatisierung nennen –, und ich übernahm neben der medizinischen Leitung auch die kaufmännische.«

»Und der Orden vom Heiligen Sakrament?« fragte Brunetti.

»Das Hauptanliegen des Ordens war schon immer die Sorge um die Alten gewesen, und so wurde beschlossen, ihn in die Personalbestellung zu integrieren, nur daß die Nonnen zu bezahlten Angestellten wurden.«

»Und ihre Gehälter?«

»Werden natürlich an den Orden bezahlt.«

»Natürlich«, äffte Brunetti, aber ehe Messini sich diesen Ton verbitten konnte, fragte er weiter: »Und wer nimmt diese Gehälter entgegen?«

»Keine Ahnung. Wahrscheinlich die Mutter Oberin.«

»Auf wen lauten die Überweisungen?«

»Auf den Orden.«

Obwohl Brunetti die ganze Zeit höflich lächelte, war Messini völlig verunsichert. Allmählich begriff er gar nichts mehr. Er zündete sich nun doch eine zweite Zigarette an und legte das neue Streichholz auf der anderen Seite neben den aufrecht stehenden Filter der ersten.

»Wie viele Ordensleute arbeiten für Sie, Dottore?«

»Das müssen Sie meine Buchhaltung fragen. Ich schätze, so um die dreißig.«

»Und wieviel verdienen sie?« Bevor Messini wieder auf seine Buchhaltung verweisen konnte, wiederholte Brunetti die Frage: »Wieviel verdienen sie?«

»Ich glaube, so um die fünfhunderttausend Lire im Monat.«

»Mit anderen Worten, etwa ein Viertel dessen, was eine Krankenschwester bekäme.«

»Die meisten sind keine ausgebildeten Krankenschwestern«, erklärte Messini. »Sie sind Schwesternhelferinnen.«

»Und da sie einem religiösen Orden angehören, nehme ich an, daß Sie keine Steuern und Sozialabgaben für sie abführen müssen.«

»Commissario«, sagte Messini, in dessen Stimme sich zum erstenmal Zorn einschlich, »mir scheint, Sie wissen das schon alles, weshalb ich nicht verstehe, daß Sie mich extra hierherbestellt haben, um sich diese Fragen beantworten zu lassen. Und sollten Sie vorhaben, in dieser Art fortzufahren, hielte ich es außerdem für besser, wenn mein Anwalt zugegen wäre.«

»Ich habe nur noch eine weitere Frage, Dottore. Und ich versichere Ihnen, daß für eine Hinzuziehung Ihres Anwalts keinerlei Notwendigkeit besteht. Ich bin weder von der Guardia di Finanza noch von der Guardia di Frontiera. Wen Sie einstellen und wie wenig Sie bezahlen, ist einzig Ihre Sache.«

»Dann fragen Sie.«

»Wie viele Ihrer Patienten haben schon Ihnen oder dem Pflegeheim Geld vermacht?«

Obwohl Messini von der Frage überrascht zu sein schien, beantwortete er sie schnell. »Drei, glaube ich, und jedesmal habe ich das Erbe zurückgewiesen. Ich versuche derartigem einen Riegel vorzuschieben. Die wenigen Male, die ich erfahren habe, daß jemand so etwas vorhatte, habe ich mit den Angehörigen gesprochen und sie gebeten, den Betreffenden möglichst davon abzubringen.«

»Das ist sehr großzügig von Ihnen, Dottore. Man könnte es sogar großherzig nennen.«

Messini war der Spielchen müde, weshalb er jetzt kein Blatt mehr vor den Mund nahm. »Wer so etwas täte, wäre ein Trottel.« Er ließ seine Zigarette auf den Boden fallen und trat sie aus. »Überlegen Sie mal, wie das aussähe. Wenn so etwas bekannt würde, kämen die Leute in Scharen angerückt, um ihre Angehörigen bei uns herauszuholen und woanders unterzubringen.«

»Was ist in den Fällen, in denen Sie die Erbschaft ausgeschlagen haben, aus dem Geld geworden?«

»Ich habe keine Ahnung.«

»Könnte es an jemand anderen im Pflegeheim gegangen sein?«

»Nicht an meine Leute. Zumindest nicht an die weltlichen. Es wäre ein Grund zur fristlosen Entlassung.«

»Könnte es an einen von den Ordensleuten geflossen sein?«

»Die haben ein Armutsgelübde abgelegt. Zumindest die Frauen.«

»Verstehe«, sagte Brunetti. »Könnten Sie mir einen von denen nennen, die Sie davon abgebracht haben? Beziehungsweise einen Angehörigen?«

»Was haben Sie vor?«

»Dort anzurufen.«

»Wann?«

»Sowie Sie dieses Zimmer verlassen, Dottore. Bevor Sie das nächste Telefon erreichen.«

Messini gab sich gar nicht erst empört. »Caterina Lombardi. Ihre Familie wohnt irgendwo in Mestre. Ihr Sohn heißt Sebastiano.«

Brunetti notierte sich das. Dann sah er auf und sagte: »Ich

glaube, das ist alles, Dottore. Ich danke Ihnen, daß Sie sich die Zeit für mich genommen haben.«

Messini stand auf, aber er gab Brunetti nicht die Hand. Wortlos ging er zur Tür und verließ das Zimmer. Er knallte die Tür aber nicht hinter sich zu.

Noch bevor Messini die Questura verlassen und womöglich sein Handy benutzen konnte, hatte Brunetti schon mit der Frau von Sebastiano Lombardi gesprochen, die ihm bestätigte, daß Dottor Messini ihnen nahegelegt hatte, ihre Schwiegermutter von einer Testamentsänderung zugunsten des Pflegeheims abzubringen. Bevor sie auflegte, lobte sie Dottor Messini noch in den höchsten Tönen und sprach von seiner menschlichen Wärme und liebenden Sorge für alle seine Patienten. Brunetti schloß sich dem ebenso überschwenglich wie scheinheilig an. Auf diesem Akkord endete das Gespräch.

17

Brunetti beschloß, den Rest des Nachmittags in der Biblioteca Marciana zu verbringen, aber er verließ die Questura, ohne jemandem zu sagen, wohin er ging. Vor seinem Juraexamen an der Universität Padua hatte er drei Jahre lang Geschichte an der Ca' Foscari studiert und war dort zu einem ganz brauchbaren Rechercheur geworden, der sich zwischen den vielen Bänden der Marciana ebenso zurechtfand wie in den verschlungenen Gängen des Archivio di Stato.

Als er die Riva degli Schiavoni hinaufging, kam von fern die von Sansovino gebaute Bibliothek in Sicht, und wie immer erfreute ihre architektonische Ungebärdigkeit sein Herz. Die großen Baumeister der Serenissima hatten nur Menschenkraft zur Verfügung gehabt: Flöße, Seile und Flaschenzüge; und doch hatten sie ein Wunder wie dieses zu erschaffen vermocht. Er dachte an so manches scheußliche Bauwerk, mit dem die heutigen Venezianer ihre Stadt verschandelt hatten: das Hotel Bauer Grünwald, die Banca Cattolica, den Bahnhof – und beklagte nicht zum erstenmal die Folgekosten menschlicher Habgier.

Er kam von der letzten Brücke herunter auf die Piazza, und alle Trübsal floh, vertrieben von der Macht einer Schönheit, die nur der Mensch erschaffen konnte. Der Frühlingswind spielte mit den riesigen Fahnen vor der Basilika, und Brunetti mußte lächeln, als er sah, wieviel imposanter der über sein scharlachrotes Feld stürmende Markuslöwe war als die drei parallelen Streifen Italiens.

Er schlenderte über die Piazza, ging unter der Loggetta hindurch, dann in die Bibliothek, einen Ort, der selten Touristen sah, was nicht die geringste seiner vielen Attraktionen war. Er ging zwischen den beiden Riesenstatuen hindurch, zeigte an der Rezeption seinen Leserausweis und begab sich weiter in die

Referenzbibliothek. Dort suchte er im Hauptkatalog das Stichwort Opera Pia, und nach einer Viertelstunde hatte er Verweise auf vier Bücher und sieben Artikel in verschiedenen Zeitschriften.

Als er der Bibliothekarin seine Anforderungszettel gab, bat sie ihn lächelnd, irgendwo Platz zu nehmen, weil es etwa zwanzig Minuten dauern werde, alles zusammenzusuchen. Lautlos, denn er befand sich an einem Ort, wo Umblättern schon eine Ruhestörung war, suchte er sich einen Platz an einem der langen Tische. Während er dort wartete, zog er wahllos einen Band aus seiner Klassikerreihe heraus und begann den lateinischen Text zu lesen, nur aus Neugier, ob und wieviel von dieser Sprache noch bei ihm hängengeblieben war. Er hatte die Briefe Plinius' des Jüngeren erwischt und blätterte langsam darin nach dem Brief mit der Schilderung des Vesuvausbruchs, bei dem der Onkel des Autors ums Leben gekommen war.

Brunetti war halb durch diesen Bericht, erstaunt einerseits über das geringe Interesse des Autors an einem Ereignis, das als eines der bedeutendsten in der Antike galt, andererseits über sich selbst, weil er noch so viel von der Sprache jener Zeit behalten hatte, als die Bibliothekarin kam und ihm einen Stapel Bücher und Zeitschriften auf den Tisch legte.

Er bedankte sich mit einem Lächeln, stellte Plinius in seine staubige Versenkung zurück und nahm sich die Bücher vor. Die ersten zwei Traktate schienen von Mitgliedern der Opera Pia zu stammen, zumindest aber von Leuten, die der Organisation und ihren Zielen wohlgesinnt waren. Brunetti blätterte sie rasch durch, merkte, wie er von dem schwülstigen Vokabular und dem ewigen Gerede von »heiliger Mission« schon ganz kribbelig wurde, und legte sie beiseite. Die beiden anderen waren in der Tendenz ablehnender und – vielleicht deswegen – interessanter.

Opera Pia, gegründet 1918 von Don Paolo Echeveste, einem Priester, der sich auf adlige Abkunft berief, hatte es sich zur Aufgabe gemacht, der katholischen Kirche wieder mehr politischen Einfluß zu verschaffen.

Eines ihrer erklärten Ziele war die Ausweitung christlicher Prinzipien – und somit christlicher Macht – in der säkularen Welt. Zu diesem Zweck waren ihre Mitglieder gehalten, die Lehren des Ordens und der Kirche an ihrem Arbeitsplatz, zu Hause und in ihrem gesellschaftlichen Umfeld zu verbreiten.

Um dies zu fördern, war der Orden nach militärischem Vorbild organisiert und alle Macht sicherheitshalber in den höheren Rängen konzentriert, wozu noch ein erfundener halbmilitärischer Jargon gehörte, der für ein gewisses Zusammengehörigkeits- und, woran Brunetti nicht zweifelte, Überlegenheitsgefühl sorgen sollte. Ledige Mitglieder wurden offenbar angehalten, all ihren Besitz dem Orden zu übertragen, während Verheiratete nur »Geschenke« zu machen hatten. Alle aber bekamen ein Testamentsformular ausgehändigt, das ihnen die Möglichkeit gab, alles, was sie besaßen, dem Orden zu vermachen. Als Brunetti las, daß Sex generell mißbilligt wurde, mußte er einen Moment von dem Buch aufsehen. Es ging doch immer entweder um Sex oder Geld oder Macht; man nahm ihnen das Geld und verbot ihnen den Sex, und schon war klar, worum es bei Opera Pia ging.

Die Mitgliedschaft im Orden war geheim. Und obwohl seine Sprecher, lauter Männer natürlich, vehement und beharrlich bestritten, Opera Pia sei deswegen ein Geheimbund, blieb eine gewisse Undurchschaubarkeit der Ziele und Aktivitäten konsequent erhalten, und die genaue Zahl der Mitglieder konnte niemand nennen. Brunetti nahm an, daß die übliche Rechtfertigung dafür auch hier lautete: Existenz eines »Feindes«, der die Vernichtung des Ordens plane – ganz zu schweigen von der moralischen Ordnung des Universums. Wegen des politischen Einflusses, den viele Mitglieder hatten, und dank der schützenden Hand des amtierenden Papstes zahlte Opera Pia weder Steuern, noch wurde ihr in irgendeinem der Länder, in denen der Orden zur Zeit seinem heiligen Geschäft nachging, juristisch auf die Finger gesehen. Von den vielen Geheimnissen, die den Orden umgaben, waren seine Finanzen das undurchdringlichste.

Brunetti durchblätterte schnell den Rest des ersten Buchs mit seinen Abhandlungen über »Rekruten«, »Auserwählte« und »Treuepflichten« und wandte sich dem zweiten zu. Hier fand er viel Spekulation, noch mehr Argwohn, aber kaum Fakten und keine Beweise für Unrechtstaten. Die Bücher schienen wenig mehr zu sein als die Kehrseite der hell glänzenden Medaille, die von den Anhängern des Ordens vorgezeigt wurde: viel Eifer und wenig Substanz.

Er nahm sich die Zeitschriften vor, mußte aber sogleich irritiert feststellen, daß alle von ihm gesuchten Artikel sorgsam mit einer Rasierklinge herausgetrennt worden waren. Er ging damit durch den Hauptlesesaal zurück zu der Bibliothekarin, die immer noch an ihrem Tisch saß, während zwei verschwommene Scholaren an den Ufern der Lichtpfützen um die Leselampen herum vor sich hin dösten. »Hier sind Sachen herausgeschnitten worden«, sagte Brunetti, indem er ihr die Zeitschriften auf den Tisch legte.

»Wieder mal die Abtreibungsgegner?« fragte sie ohne Überraschung, dafür um so leidgeplagter.

»Nein, Leute von Opera Pia.«

»Noch viel schlimmer«, meinte sie gelassen und zog die Zeitschriften zu sich heran. Jede klappte beim Aufschlagen wie von selbst bei der fehlenden Seite auf. Die Bibliothekarin schüttelte den Kopf über dieses Werk der Zerstörung und die Sorgfalt, mit der es vollbracht worden war. »Ich weiß nicht, ob wir das Geld haben, um von allen immer wieder Ersatzexemplare zu kaufen«, sagte sie, während sie die Zeitschriften behutsam auf die Seite legte, wie um ihnen nicht weiteren Schmerz zuzufügen.

»Passiert das oft?«

»Erst in den letzten Jahren«, antwortete sie. »Scheint die neueste Protestform zu sein. Die vernichten jeden Artikel, in dem etwas steht, womit sie nicht einverstanden sind. Vor Jahren gab es, glaube ich, mal einen Film in dieser Art, über Leute, die Bücher verbrannten.«

»Das tun wir ja wenigstens nicht«, sagte Brunetti lächelnd, um wenigstens diesen kleinen Trost anzubringen.

»*Noch* nicht«, erwiderte sie und wandte ihre Aufmerksamkeit einem der Studenten zu, der an ihren Tisch gekommen war.

Draußen auf der Piazza blieb Brunetti stehen und blickte auf das Bacino di San Marco hinaus, dann drehte er sich um und betrachtete die lächerlichen Kuppeln der Basilika. Er hatte einmal etwas über einen Ort in Kalifornien gelesen, wohin die Schwalben jedes Jahr am selben Tag zurückkehrten. Der St.-Josephs-Tag? Hier war es so ähnlich: Die Touristen schienen alle in der zweiten Märzwoche wiederzukommen, wie von einem inneren Kompaß speziell an diese Gestade geführt. Es wurden jedes Jahr mehr, und jedes Jahr erwies die Stadt sich ihnen zunehmend gefälliger als ihren eigenen Bürgern. Obsthändler machten dicht, Schuhmacher schlossen ihre Werkstätten und verwandelten sich in Souvenirverkäufer mit Masken, maschinell gefertigten Spitzen und Plastikgondeln im Angebot.

Brunetti erkannte seine hundsmiserable Laune, die sich durch die Begegnung mit Opera Pia zweifellos noch verschlimmert hatte, und wußte, daß er dagegen nur etwas tun konnte, indem er zu Fuß ging. Er machte sich auf den Weg an der Riva degli Schiavoni entlang, rechts von ihm das Wasser, links die Hotels. Er schlug in der Spätnachmittagssonne eine rasche Gangart an, und als er die erste Brücke erreichte, fühlte er sich schon besser. Dann sah er die Möwen unelegant aufs Wasser platschen und fühlte, wie sein Herz sich aufschwang und im Kielwasser eines vorbeigleitenden Vaporetto nach San Giorgio hinübersegelte.

Der Wegweiser zum Ospedale Civile brachte ihn auf die Idee, und zwanzig Minuten später war er dort. Die diensthabende Schwester der Station, auf die man Maria Testa gelegt hatte, sagte ihm, daß deren Zustand unverändert sei und sie jetzt in einem

Privatzimmer liege, Nummer 317, den Gang hinauf und dann rechts.

Vor Zimmer 317 fand Brunetti einen leeren Stuhl, auf dem, mit den aufgeklappten Seiten nach unten, das neueste Mickymaus-Heftchen lag. Ohne nachzudenken, ohne anzuklopfen, öffnete Brunetti die Tür und ging ins Zimmer, wo er instinktiv neben die noch zugehende Tür trat und mit einem schnellen Blick den ganzen Raum erfaßte.

Auf dem Bett lag eine zugedeckte Gestalt; Schläuche führten zu Plastikflaschen über und unter ihr. Der dicke Verband war noch um ihre Schulter, ebenfalls um ihren Kopf. Aber der Mensch, den Brunetti sah, als er ans Bett trat, schien verändert: Die Nase war zu einem dünnen Schnabel verkümmert, die Augen waren tiefer in den Schädel gesunken, der Körper war unter den Decken kaum noch auszumachen, so dünn war sie in den paar Tagen geworden.

Brunetti betrachtete, wie schon letztes Mal, ihr Gesicht, hoffte etwas darin lesen zu können. Sie atmete langsam und machte zwischen den Atemzügen so lange Pausen, daß er jedesmal fürchtete, der nächste könne ganz ausbleiben.

Im Zimmer sah er keine Blumen, keine Bücher, kein Zeichen, daß hier ein Mensch lag. Er fand das erst sonderbar, dann ging ihm auf, wie traurig es war. Sie war so eine schöne Frau in der Morgenröte ihres Lebens, jedoch an ein Krankenbett gefesselt und nur noch zum Atmen imstande, und nichts deutete darauf hin, daß irgend jemand auf der Welt davon wußte oder daß auch nur eine einzige Menschenseele bei dem Gedanken litt, die Morgenröte werde nie mehr heraufziehen.

Alvise saß, in seine Lektüre vertieft, vor dem Zimmer und blickte nicht einmal auf, als Brunetti herauskam.

»Alvise«, sagte Brunetti.

Gedankenabwesend hob er den Kopf, erkannte Brunetti, sprang sofort auf und salutierte, den Comic noch in der Hand. »Commissario?«

»Wo waren Sie?«

»Ich bin dauernd eingeschlafen, da bin ich auf einen Kaffee nach unten gegangen. Nur damit ich nicht wirklich einschlief und jemand ins Zimmer gekonnt hätte.«

»Und solange Sie weg waren, Alvise? Haben Sie nicht daran gedacht, daß in Ihrer Abwesenheit jemand hätte hineingehen können?«

Wäre er der tapfere Cortez gewesen, der stumm auf einem Gipfel Dariens ausharrte, Alvise hätte über diese abwegige Vorstellung nicht erstaunter sein können. »Aber die hätten dazu doch wissen müssen, *wann* ich weg war.«

Brunetti sagte nichts.

»Ist es nicht so, Commissario?«

»Wer hat Sie hierher eingeteilt, Alvise?« fragte Brunetti.

»In der Questura hängt ein Plan, Commissario; wir kommen abwechselnd her.«

»Wann werden Sie abgelöst?«

Alvise warf seinen Comic auf den Stuhl und sah auf die Uhr. »Um sechs.«

»Und wer löst Sie ab?«

»Das weiß ich nicht. Ich gucke immer nur, wann ich selbst dran bin.«

»Ich möchte, daß Sie diesen Platz nicht wieder verlassen, bevor Ihre Ablösung da ist.«

»Ja, Commissario. Ich meine, nein.«

»Alvise«, sagte Brunetti mit vorgerecktem Kopf, wobei er Alvises Gesicht so nah kam, daß er den Kaffee und den Grappa in seinem Atem riechen konnte, »wenn ich wieder herkomme und Sie hier sitzen oder lesen sehe, oder Sie befinden sich nicht vor dieser Tür, dann sind Sie schneller aus dem Polizeidienst geflogen, als Sie es Ihrem Gewerkschaftsvertreter erklären können.« Alvise öffnete den Mund, um etwas zu erwidern, aber Brunetti schnitt ihm das Wort ab. »Noch ein Ton, Alvise, ein einziger, und Sie sind erledigt.« Er machte kehrt und ging.

Er sah den Beamten weder salutieren, noch hörte er sein angstvoll geflüstertes: »Ja, Commissario.«

Brunetti wartete bis nach dem Abendessen, bevor er Paola erzählte, daß er im Zuge seiner Ermittlungen jetzt auf Opera Pia gestoßen sei. Das Zögern hatte nichts mit Bedenken hinsichtlich ihrer Diskretion zu tun, mehr mit Furcht vor ihrer unausweichlich explosiven Reaktion auf diesen Namen. Er erlebte sie lange nach dem Essen, als Raffi schon in seinem Zimmer verschwunden war, um seine Griechisch-Hausaufgaben zu machen, und Chiara in ihrem, um noch zu lesen, aber die Verzögerung dämpfte nicht das Feuerwerk.

»Opera Pia? Opera Pia?« krachten die ersten Böller durchs Wohnzimmer, wo sie beide saßen und sie ihm einen Knopf an ein Hemd nähte, während er auf dem Sofa lümmelte und die Beine auf dem niedrigen Tischchen vor ihm übereinandergeschlagen hatte. »Opera Pia?« schrie sie noch einmal, denn es hätte ja sein können, daß eines der Kinder es noch nicht gehört hatte. »Opera Pia hat die Finger in diesen Pflegeheimen? Kein Wunder, daß die alten Leute da sterben; wahrscheinlich bringen die sie um, damit sie von ihrem Geld wieder ein paar wilde Heiden zur Heiligen Mutter Kirche bekehren können.« Brunetti hatte sich in den Jahrzehnten mit Paola schon an den Extremismus der meisten ihrer Ansichten gewöhnt; und er hatte gelernt, daß sie beim Thema Kirche sofort in Weißglut geriet und selten noch klar denken konnte. Aber recht hatte sie immer.

»Ich weiß nicht, ob sie die Finger drin haben, Paola. Ich weiß nur, was Miottis Bruder gesagt hat, nämlich daß gemunkelt wird, der Padre sei dort Mitglied.«

»Na also, genügt das nicht?«

»Wofür?«

»Um ihn einzusperren.«

»Wofür einsperren, Paola? Dafür, daß er in Religionsfragen anderer Meinung ist als du?«

»Komm mir nicht mit solchen Spitzfindigkeiten, Guido«, sagte sie und drohte ihm mit der Nähnadel, um zu zeigen, wie ernst es ihr war.

»Ich bin nicht spitzfindig. Ich versuch's nicht mal zu sein. Aber ich kann nicht hingehen und einen Priester verhaften, nur weil gemunkelt wird, daß er einer religiösen Organisation angehört.«

Paolas Schweigen war zu entnehmen, daß sie das wohl oder übel akzeptieren mußte, aber die Wut, mit der sie die Nadel in seine Hemdmanschette stach, zeigte auch, wie ärgerlich sie das fand. »Du weißt, was das für ein machthungriges Gesindel ist«, sagte sie.

»Das mag ja stimmen. Ich weiß, daß viele Leute das glauben, aber ich habe keine konkreten Beweise dafür.«

»Hör doch auf, Guido, über Opera Pia weiß jeder Bescheid.«

Er richtete sich ein wenig auf. »Da bin ich mir nicht so sicher.«

»Wieso?« fragte sie mit einem zornigen Blick.

»Ich meine, daß alle glauben, sie wüßten über Opera Pia Bescheid, aber es ist immerhin ein Geheimbund. Ich habe meine Zweifel, ob jemand außerhalb der Organisation wirklich viel darüber weiß. Jedenfalls nichts Verläßliches.«

Brunetti beobachtete, wie Paola sich das durch den Kopf gehen ließ, die Nadel unbewegt in der Hand, den Blick starr auf seinem Hemd. So hitzig sie beim Thema Religion auch werden konnte, sie war doch auch Wissenschaftlerin, und darum hob sie jetzt den Kopf und sah zu ihm herüber. »Vielleicht hast du recht«, räumte sie sichtlich ungern ein, dann fügte sie hinzu: »Aber ist es nicht merkwürdig, daß so wenig darüber bekannt ist?«

»Wie gesagt, es ist eine Geheimorganisation.«

»Die Welt ist voller Geheimorganisationen, aber die meisten sind doch nur ein Witz: Freimaurer, Rosenkreuzer und alle diese Satanskulte, die sie in Amerika dauernd erfinden. Aber vor Opera Pia haben die Leute wirklich Angst. Wie vor einem Terrorkommando.«

»Findest du das nicht ein bißchen übertrieben, Paola?«

»Du weißt, daß ich dieses Thema nicht rational angehen kann, also verlange es bitte nicht von mir.« Sie schwiegen beide eine Weile, dann fuhr sie fort: »Aber es ist wirklich merkwürdig, wie sie es geschafft haben, sich mit so einem Ruf zu umgeben und dabei trotzdem fast völlig geheim zu bleiben.« Sie legte das Hemd weg und steckte die Nadel in das Kissen neben ihr. »Was wollen die eigentlich?«

»Jetzt redest du wie Freud«, sagte Brunetti lachend. »Was will das Weib?«

Sie lachte. Verachtung für Freud und alles, was er je von sich gegeben hatte, war Teil des geistigen Kitts, der sie zusammenhielt. »Aber im Ernst. Was glaubst du, worauf die es wirklich abgesehen haben?«

»Da fragst du mich zuviel«, mußte Brunetti zugeben. Und nachdem er eine Weile nachgedacht hatte, antwortete er: »Macht vermutlich.«

Paola zwinkerte ein paarmal mit den Lidern und schüttelte den Kopf. »Das ist für mich immer so beängstigend, daß jemand Macht haben möchte.«

»Nur weil du eine Frau bist. Es ist das einzige, wovon Frauen glauben, sie wollten es nicht. Aber wir wollen.«

Sie sah auf, schon halb lächelnd, weil sie glaubte, er mache wieder einen Scherz, doch Brunetti fuhr mit vollkommen ernster Miene fort: »Wirklich, Paola. Ich glaube, Frauen können nicht verstehen, wie wichtig es für uns Männer ist, Macht zu haben.« Er sah, daß sie etwas einwenden wollte, und schnitt ihr das Wort ab. »Nein, nein, das hat nichts mit Uterusneid zu tun. Jedenfalls glaube ich das nicht – von wegen Minderwertigkeitsgefühl, weil wir keine Kinder bekommen können und das auf andere Weise ausgleichen müssen.« Brunetti verstummte; so hatte er das noch nie ausgesprochen, nicht einmal vor Paola. »Vielleicht ist es nichts weiter, als daß wir einfach kräftiger sind und ungestraft andere herumschubsen können.«

»Das ist aber sehr vereinfacht, Guido.«

»Ich weiß. Was nicht heißt, daß es falsch ist.«

Sie schüttelte wieder den Kopf. »Ich begreife es einfach nicht. Am Ende ist es doch so, egal, wieviel Macht wir haben, wir werden alt und schwach, und alles ist wieder futsch.«

Brunetti fiel plötzlich auf, wie sehr das nach Vianello klang: Sein Sergente hatte materiellen Wohlstand als eine Illusion bezeichnet, und jetzt sagte seine Frau ihm, Macht sei auch nichts Realeres. Was machte das aus ihm: den krassen Materialisten im selben Joch mit zwei Klausnern?

Sie sagten längere Zeit beide nichts. Endlich sah Paola auf ihre Uhr, stellte fest, daß es schon nach elf war, und sagte: »Ich muß morgen schon früh unterrichten.« Doch ehe sie aufstehen konnte, klingelte das Telefon.

Sie wollte hin, aber Brunetti war schneller, denn er rechnete fest damit, daß es Vianello oder jemand aus dem Krankenhaus war. »*Pronto*«, meldete er sich, trotz aller Angst und Erregung mit ruhiger Stimme.

»Spreche ich mit Signor Brunetti?« fragte eine fremde Frauenstimme.

»Ja.«

»Signor Brunetti, ich muß mit Ihnen reden«, begann sie hastig. Aber dann stockte sie, als hätte der Mut sie verlassen, und sagte: »Oder könnte ich vielmehr mit Signora Brunetti sprechen?«

Ihre Stimme klang so angespannt, daß Brunetti nicht zu fragen wagte, wer sie sei, weil er fürchtete, sie werde sonst gleich wieder auflegen. »Einen Moment bitte, ich hole sie«, sagte er und legte den Hörer neben den Apparat. Er wandte sich Paola zu, die noch auf dem Sofa saß und zu ihm aufsah.

»Wer ist das?« fragte sie leise.

»Ich weiß es nicht. Sie möchte dich sprechen.«

Paola kam und nahm den Hörer. »*Pronto?*«

Da Brunetti nicht recht wußte, was er tun sollte, wollte er

gerade schon hinausgehen, da fühlte er plötzlich Paolas Hand um seinen Arm. Sie warf ihm einen raschen Blick zu, aber dann sagte die Frau am anderen Ende etwas, und Paola wurde von ihm abgelenkt und ließ ihn los.

»Ja, doch, natürlich dürfen Sie.« Paola begann, wie es ihre Angewohnheit war, mit dem Telefonkabel zu spielen, indem sie es wie eine Serie lebender Ringe um ihre Finger wickelte. »Ja, ich erinnere mich an Sie vom Elternabend.« Sie zog die Ringe von den Fingern ihrer linken Hand und wickelte sie auf die rechten. »Ja, ich bin sehr froh, daß Sie anrufen. Doch, ich finde, das war genau richtig.«

Ihre Hände hielten jetzt still. »Bitte, Signora Stocco, versuchen Sie ruhig zu bleiben. Es wird schon wieder gut. Kann sie es verkraften? Und Ihr Mann? Wann kommt er nach Hause? Hauptsache, Nicoletta wird damit fertig.«

Paola sah zu Brunetti auf, der fragend die Augenbrauen hochzog. Sie nickte zweimal, ohne daß er eine Ahnung hatte, was das heißen sollte, und lehnte sich an ihn. Er legte den Arm um sie und hörte weiter ihr und dem Krächzen am anderen Ende zu.

»Natürlich, ich sage es meinem Mann. Aber ich glaube nicht, daß er etwas machen kann, wenn Sie nicht ...« Die andere Stimme fiel ihr ins Wort. Sie redete lange.

»Ich verstehe, das verstehe ich vollkommen. Wenn Nicoletta damit fertig wird. Nein, ich finde nicht, daß Sie mit ihr darüber reden sollten, Signora Stocco. Doch, ich spreche noch heute abend mit ihm und rufe Sie morgen an. Wenn Sie mir bitte Ihre Nummer geben würden.« Paola bückte sich und kritzelte eine Nummer hin, dann fragte sie: »Kann ich irgend etwas für Sie tun?« Sie hielt inne und sagte dann: »Aber nein, überhaupt keine Umstände. Ich bin froh, daß Sie angerufen haben.«

Wieder eine Pause, dann sagte Paola: »Ja, ich habe Gerüchte gehört, aber nichts Bestimmtes, nichts in dieser Art. Doch, doch, da bin ich ganz Ihrer Meinung. Ich spreche mit meinem Mann darüber und rufe Sie morgen an. Aber bitte, Signora Stocco, ich bin froh, wenn ich Ihnen irgendwie von Nutzen sein kann.« Weitere Geräusche am anderen Ende der Leitung.

»Versuchen Sie jetzt ein bißchen zu schlafen, Signora Stocco. Hauptsache, Nicoletta kann es verkraften. Nur darauf kommt es an.« Nach einer weiteren Pause sagte Paola: »Ja, natürlich dürfen Sie wieder anrufen, wenn Sie möchten. Nein, die Tageszeit spielt keine Rolle. Wir sind zu Hause. Natürlich, natürlich. Keine Ursache, Signora. Gute Nacht.« Sie legte den Hörer auf und drehte sich zu ihm um.

»Das war Signora Stocco. Ihre Tochter Nicoletta ist in Chiaras Klasse. Sie waren zusammen im Religionsunterricht.«

»Don Luciano?« fragte Brunetti, schon neugierig darauf, welchen Blitz die Mächte der Religion ihm nun wieder entgegenschleudern würden.

Paola nickte.

»Was war denn?«

»Das hat sie nicht gesagt. Oder sie weiß es nicht. Sie hat Nicoletta heute abend bei den Hausaufgaben geholfen – ihr Mann ist diese Woche geschäftlich in Rom –, und wie sie sagt, hat Nicoletta zu weinen angefangen, als sie ihr Religionsbuch sah. Als ihre Mutter fragte, was los sei, wollte sie nichts sagen. Aber nach einer Weile hat ihr das Mädchen dann erzählt, daß Don Luciano in der Beichte irgendwelche Sachen zu ihr gesagt hätte, und dann hätte er sie noch angefaßt.«

»Wo angefaßt?« fragte Brunetti, ebenso als Vater wie als Polizist.

»Das wollte sie nicht sagen. Signora Stocco wollte nicht zuviel daraus machen, aber ich glaube, sie ist ziemlich fertig. Während sie mit mir sprach, hat sie geweint. Sie hat mich gebeten, mit dir darüber zu reden.«

Brunetti war in Gedanken schon weit voraus. Er fragte sich, was erst passieren müsse, bevor er den Vater vom Polizisten trennen und etwas unternehmen könne. »Das Mädchen müßte uns alles sagen«, meinte er.

»Ich weiß. Aber wie ich die Mutter verstanden habe, wird sie das wahrscheinlich nicht.«

Brunetti nickte. »Solange sie nicht redet, kann ich nichts unternehmen.«

»Ich weiß«, sagte Paola wieder. Sie schwieg eine Weile, dann fügte sie hinzu: »Aber ich kann.«

»Was meinst du damit?« fragte Brunetti, überrascht von der Plötzlichkeit und Größe der Angst, die ihn befiel.

»Keine Sorge, Guido. Ich rühre ihn nicht an. Das verspreche ich dir. Aber ich werde dafür sorgen, daß er seine Strafe bekommt.«

»Du weißt nicht einmal, was er getan hat«, entgegnete Brunetti. »Wie kannst du da schon von Strafe reden?«

Sie trat ein paar Schritte von ihm weg und sah ihn an, wollte etwas sagen, besann sich aber. Nach einer Pause, in der er sie zweimal zum Sprechen ansetzen und es sich wieder anders überlegen sah, kam sie zu ihm und legte ihm die Hand auf den Arm. »Mach dir keine Sorgen, Guido. Ich werde nichts Ungesetzliches tun. Aber ich werde ihn bestrafen und, wenn nötig, vernichten.« Sie sah seinen Schock in Vertrauen umschlagen und sagte: »Entschuldige, ich vergesse immer, wie sehr du Melodramatik verabscheust.« Sie sah auf die Uhr und dann wieder zu ihm auf. »Wie gesagt, es ist spät, und ich muß früh unterrichten.«

Damit ließ Paola ihn stehen und begab sich in Richtung Schlafzimmer und Bett.

Brunetti schlief normalerweise gut, aber in dieser Nacht hielten Träume ihn wach, Träume mit Tieren. Er sah Löwen und Schildkröten und ein ganz besonders wunderliches Tier mit langem Bart und kahlem Kopf. Die Glocken von San Polo zählten ihm die Stunden vor, leisteten ihm Gesellschaft: in dieser langen, schwer zu ertragenden Nacht. Um fünf dämmerte ihm die Erkenntnis, daß Maria Testa wieder aufwachen und reden mußte, und kaum hatte er das eingesehen, fiel er in einen so friedlichen und traumlosen Schlaf, daß nicht einmal Paolas geräuschvolles Fortgehen ihn aufwecken konnte.

Er erwachte dann kurz vor neun, blieb noch zwanzig Minuten im Bett liegen, um sich seinen Plan zurechtzulegen, wobei er erfolglos die Tatsache auszublenden versuchte, daß sie es war, die alle mit ihrer Wiederauferstehung verbundenen Risiken trug. Der Drang, dem Gedanken die Tat folgen zu lassen, wurde so mächtig, daß er ihn schließlich aus dem Bett und unter die Dusche trieb, danach aus der Wohnung und in die Questura. Von dort rief er den Chefarzt der Neurologie im Ospedale Civile an und erhielt den ersten Dämpfer, denn der Arzt erklärte ihm nachdrücklich, daß Maria Testa unter gar keinen Umständen verlegt werden könne. Ihr Zustand sei noch zu instabil und bedenklich für eine solche Strapaze. Aus der Erfahrung langjähriger Kämpfe mit dem ganzen Gesundheitssystem vermutete Brunetti den wahren Grund eher darin, daß es lediglich dem Krankenhauspersonal zu lästig wäre, aber er wußte auch, daß jede Diskussion darüber sinnlos war.

Er ließ Vianello zu sich heraufkommen und setzte ihm seinen Plan auseinander. »Wir müssen also nur«, schloß er, »in der morgigen Ausgabe des *Gazzettino* die Meldung plazieren, daß sie aus dem Koma erwacht sei. Sie wissen, wie die auf so etwas fliegen – ›Vom Rande des Grabes zurück‹. Wenn dann die Leute, die in dem Auto gesessen haben, erst einmal glauben, daß sie wieder zu sich gekommen ist und reden kann, müssen sie es wohl oder übel noch mal versuchen.«

Vianello betrachtete Brunettis Gesicht, als sähe er etwas ganz Neues darin, aber er sagte nichts.

»Nun?« drängte Brunetti.

»Haben wir noch die Zeit, das in die morgige Ausgabe zu kriegen?« fragte der Sergente.

Brunetti sah auf die Uhr. »Natürlich.« Als Vianello daraufhin kein zufriedeneres Gesicht machte, fragte er: »Was haben Sie denn?«

»Es gefällt mir nicht, sie in noch größere Gefahr zu bringen«, antwortete der Sergente endlich. »Sie als Lockvogel zu benutzen.«

»Ich sagte doch, daß jemand im Zimmer sein wird.«

»Commissario«, begann Vianello, und sein betont geduldiger Ton ließ Brunetti sofort aufhorchen. »Jemand im Krankenhaus wird darüber Bescheid wissen müssen.«

»Natürlich.«

»Und?«

»Und was?« blaffte Brunetti. Er hatte alles bedacht und kannte die Gefahr, und seine heftige Reaktion auf Vianellos Frage konnte nur Ausdruck seines eigenen Unbehagens sein.

»Das ist ein Risiko. Leute reden. Da muß nur einer in die Cafeteria im Erdgeschoß gehen und sich nach ihr erkundigen. Irgend jemand – ein Pfleger, eine Schwester, sogar ein Arzt – wird früher oder später fallenlassen, daß sie eine Wache im Zimmer hat.«

»Dann sagen wir eben nichts von einer Wache. Wir sagen, die Wache wurde abgezogen. Wir können sagen, es wären Verwandte.«

»Oder Ordensmitglieder?« meinte Vianello so gleichmütig, daß Brunetti nicht heraushören konnte, ob es hilfsbereit oder sarkastisch gemeint war.

»Im Krankenhaus weiß niemand, daß sie Nonne ist«, sagte Brunetti, obwohl er daran ernsthaft zweifelte.
»Das würde ich gern glauben.«
»Was heißt das, Sergente?«
»Ein Krankenhaus ist eine kleine Welt. Da bleibt nichts lange geheim. Ich meine also, wir sollten davon ausgehen, daß die wissen, wer sie ist.«

Auch nachdem Vianello das Wort »Lockvogel« ausgesprochen hatte, mochte Brunetti nicht gern zugeben, daß er sie genau als das benutzen wollte. Da er es aber müde war, von Vianello alle die Ungewißheiten und Bedenken zu hören, die er sich schon den ganzen Vormittag auszureden versucht hatte, fragte er: »Stellen Sie diese Woche die Dienstpläne auf?«

»Ja, Commissario.«

»Gut. Die Schichten sollen bleiben, aber die Wachen werden ins Zimmer verlegt.« Er mußte an Alvise und sein Comicheft denken und fuhr fort: »Sagen Sie den Leuten, sie haben unter gar keinen Umständen das Zimmer zu verlassen, es sei denn, sie sorgen dafür, daß in ihrer Abwesenheit eine Schwester bei ihr ist. Und teilen Sie mich auch für eine der Schichten ein, ab heute, von Mitternacht bis um acht.«

»Ja, Commissario«, sagte Vianello und stand auf. Brunetti wollte sich dem Papierkram auf seinem Schreibtisch zuwenden, aber der Sergente machte keine Anstalten zu gehen. »Etwas Merkwürdiges an diesem Fitneßtraining ...«, begann er, wartete dann, und als Brunetti endlich aufsah, fuhr er fort: »Es hat die Wirkung, daß ich viel weniger Schlaf brauche. Wir können uns die Wache also teilen, wenn Sie wollen. Dann brauchen wir für die anderen beiden Schichten nur zwei Leute und können das mit den Arbeitsstunden besser hinbiegen.«

Brunetti bedankte sich mit einem Lächeln. »Wollen Sie den Anfang machen?« fragte er.

»Ja, gut«, erklärte Vianello sein Einverständnis. »Ich hoffe nur, das geht nicht allzu lange.«

»Ich dachte, Sie brauchen nicht mehr so viel Schlaf.«
»Stimmt auch, aber Nadia wird nicht begeistert sein.«
Paola sicher auch nicht, dachte Brunetti.

Vianello machte mit der rechten Hand eine Bewegung, aus der nicht zu ersehen war, ob sie ein lässiger Salut oder ein Zeichen komplizenhaften Einverständnisses sein sollte.

Nachdem der Sergente nach unten gegangen war, um den Dienstplan aufzustellen und Signorina Elettra anzuweisen, beim *Gazzettino* anzurufen, beschloß Brunetti, den Wellenschlag noch ein bißchen zu verstärken. Er rief im Pflegeheim San Leonardo an und hinterließ eine Nachricht für die Mutter Oberin, daß Maria Testa – er bestand auf diesem Namen – im Ospedale Civile auf dem Weg der Besserung sei und hoffe, in nächster Zukunft, vielleicht Anfang nächster Woche, Besuch von der Mutter Oberin zu bekommen. Bevor er auflegte, bat Brunetti die Nonne noch, dies auch Dottor Messini weiterzusagen. Dann schlug er die Nummer des Klosters nach, rief dort an und war überrascht, daß sich ein Anrufbeantworter meldete. Er sprach eine Nachricht ungefähr gleichen Inhalts für Padre Pio darauf.

Er überlegte, ob er auch noch Contessa Crivoni und Signorina Lerini anrufen sollte, entschied dann aber, sie die Nachricht von Suor Immacolatas Wiederherstellung der Zeitung entnehmen zu lassen.

Als Brunetti kurz darauf in Signorina Elettras Büro ging, sah sie zwar auf, lächelte aber nicht, wie sonst üblich. »Was gibt's für Kummer, Signorina?«

Statt zu antworten, zeigte sie auf einen Aktendeckel, der vor ihr auf dem Schreibtisch lag. »Mit Padre Pio Cavaletti, Dottore.«

»Soo schlimm?« fragte Brunetti, ohne selbst zu wissen, was er mit »soo« meinte.

»Lesen Sie mal, dann wissen Sie's.«

Brunetti nahm das Aktenmäppchen und klappte den Deckel neugierig auf. Es waren Fotokopien von drei Schriftstücken darin. Das erste war ein kurzer Brief von der Zweigstelle Lugano der Schweizerischen Bank an »Signor Pio Cavaletti«; das zweite war ein Brief an den Patriarchen auf dem Briefpapier und mit der Unterschrift eines der bekanntesten Anwälte der Stadt; das dritte trug das ihm nun schon vertraute Wappen des Patriarchen von Venedig.

Er sah wieder kurz zu Signorina Elettra, die stumm dasaß und mit sittsam auf dem Schreibtisch gefalteten Händen wartete, bis er fertiggelesen hatte. Er blickte wieder auf die Papiere und las sie langsam durch.

> Signor Cavaletti. Wir bestätigen Ihre Einzahlung vom 29. Januar in Höhe von 36 – in Worten sechsunddreißig – Millionen Lire (ital.) auf Ihr Konto bei unserer Bank. Ihr derzeitiger Kontostand beträgt 46 547 Schweizer Franken.

Der Computerbrief trug keine Unterschrift.

> In Anbetracht der Rückerstattung der von der Mutter meiner Mandantin an Pio Cavaletti gezahlten Gelder hat meine Mandantin sich entschieden, ihre Betrugsanzeige zurückzuziehen.

> Aufgrund der von Ihrer Kanzlei an uns übermittelten Informationen wurde beschlossen, Padre Pio Cavaletti von seiner Mitgliedschaft im Orden Opera Pia zu entbinden. Angesichts der in dem Begleitschreiben enthaltenen Informationen wurde ferner beschlossen, gegen ihn weder kirchen- noch zivilrechtliche Maßnahmen einzuleiten; sein Ausschluß aus dem Orden ist jedoch unwiderruflich.

Nachdem er alles gelesen hatte, sah Brunetti auf. »Als was verstehen Sie das, Signorina?«

»Genau als das, was es ist, Dottore.«

»Und das wäre?«

»Nötigung.« Sie hielt kurz inne, bevor sie hinzufügte: »Ich bin zugegebenermaßen überrascht, daß sie ihn rausgeschmissen haben.«

Brunetti nickte und fragte: »Woher sind die Sachen?«

»Nummer zwei und drei aus den Akten im Amt des Patriarchen.«

»Und Nummer eins?«

»Aus verläßlicher Quelle«, lautete ihre einzige Erklärung, und Brunetti verstand, daß sie mehr dazu auch nicht zu sagen bereit war.

»Ich nehme Ihr Wort dafür, Signorina.«

»Danke«, sagte sie artig.

»Ich habe über Opera Pia nachgelesen«, erzählte er. »Weiß vielleicht der Freund Ihrer Freundin, ich meine der im Amt des Patriarchen, ob diese Leute sehr …«– Brunetti hatte eigentlich »mächtig« sagen wollen, aber etwas beinah Abergläubisches hielt ihn davon ab – »… ob diese Leute in der Stadt sehr präsent sind?«

»Er sagt, es ist sehr schwierig, etwas Bestimmtes über sie oder ihr Tun zu sagen, besonders in Italien. Aber er ist überzeugt, daß ihre Macht etwas sehr Reales ist.«

»Genau das haben die Leute früher über Hexen gesagt, Signorina.«

Sie runzelte halb skeptisch, halb zustimmend die Stirn und nickte.

Brunetti fuhr fort: »Und es könnte dasselbe sein – daß die Leute nämlich sehr bereitwillig das Schlimmste glauben, sobald von etwas Geheimem die Rede ist.«

Sichtlich widerstrebend meinte sie: »Schon möglich.«

»Ich wußte gar nicht, daß Sie so entschiedene Ansichten über Religion haben«, sagte er.

»Das hat doch mit Religion überhaupt nichts zu tun«, fuhr sie auf.

»Nein?« Brunetti staunte nicht schlecht.

»Nur mit Macht.«

Brunetti machte ein nachdenkliches Gesicht. »Wird wohl stimmen«, meinte er dann.

Signorina Elettras Stimme klang etwas entspannter, als sie jetzt sagte: »Vice-Questore Patta läßt Ihnen sagen, daß der Besuch des Schweizer Polizeichefs verschoben wurde.«

Brunetti hatte kaum zugehört. »Genauso redet meine Frau.« Als er sah, daß sie nicht mitkam, fügte er erklärend hinzu: »Über das mit der Macht.« Und als sie verstanden hatte, fragte er: »Entschuldigung, was sagten Sie über den Vice-Questore?«

»Der Besuch des Schweizer Kollegen wurde verschoben.«

»Ach, den hatte ich schon ganz vergessen. Vielen Dank, Signorina.« Damit legte er ihr den Umschlag wieder auf den Schreibtisch und ging in sein Zimmer, um seinen Mantel zu holen. Auf der Treppe nach oben dachte er darüber nach, wie leicht es doch war, dem italienischen Nationalsport zu frönen und überall Komplotte und große Verschwörungen zu vermuten und dabei den einen Bösewicht, den man unmittelbar vor der Nase hat, zu übersehen. Wieviel einfacher, ein System zu verdammen als einen Menschen.

Diesmal öffnete auf Brunettis Klingeln ein Mann in den Fünfzigern, mit einem Gewand, das wohl eine Mönchskutte darstellen sollte, aber nur aussah wie ein schlecht gearbeitetes Hemd. Als Brunetti ihm sagte, er wolle Padre Pio sprechen, faltete der Pförtner nur die Hände und senkte den Kopf, sagte aber nichts. Dann führte er Brunetti über den Innenhof, wo von dem Gärtner nichts zu sehen war, während der Flieder noch stärker duftete. Drinnen mischten sich Weihrauch- und Wachsgeruch mit dem süßen Duft des Flieders. Einmal kam ihnen ein jüngerer Mann entgegen, und die beiden Laienbrüder nickten einander schweigend zu, was auf Brunetti nur wie frommes Theater wirkte.

Der Mann, den Brunetti bei sich schon nur noch den »stummen Diener« nannte, blieb vor der Tür zu Padre Pios Zimmer stehen und bedeutete Brunetti mit einem Nicken, daß er eintreten solle, was er, ohne anzuklopfen, tat. Drinnen fand er die Fenster geschlossen, dafür bemerkte er diesmal das Kruzifix an der hinteren Wand, ein religiöses Symbol, gegen das Brunetti eine besondere Abneigung hatte.

Ein paar Minuten später ging die Tür auf, und Padre Pio kam herein. Wie Brunetti noch wußte, trug er das Habit mit Würde und ganz so, als wäre es ihm sogar bequem. Wieder fiel Brunettis Blick als erstes auf die vollen Lippen, aber wie beim letzten Mal erkannte er, wie dominierend an diesem Mann die Augen waren, graue Augen, die Intelligenz ausstrahlten.

»Schön, Sie wiederzusehen, Commissario«, sagte der Padre. »Vielen Dank für Ihre Nachricht. Suor Immacolatas Genesung ist sicherlich eine Antwort auf unsere Gebete.«

Am liebsten hätte Brunetti sich dieses frömmlerische Getue verboten, doch er widerstand der Versuchung und sagte nur: »Ich möchte noch ein paar Fragen von Ihnen beantwortet haben.«

»Gern. Solange es – wie ich Ihnen letztes Mal erklärt habe – keine Preisgabe von Dingen erfordert, die dem Siegel der Verschwiegenheit unterliegen.« Obwohl der Pater immer noch lächelte, merkte Brunetti, daß seine veränderte Stimmung dem Mann nicht entgangen war.

»Nein, ich glaube nicht, daß irgend etwas davon Ihre Schweigepflicht berührt.«

»Gut. Aber bevor Sie anfangen, machen wir es uns doch wenigstens bequem.« Er führte Brunetti zu denselben beiden Stühlen und ließ sich, nachdem er sein Habit mit geübter Eleganz zur Seite geschlagen hatte, auf dem einen nieder. Dann griff er mit der rechten Hand unter sein Skapulier und begann an seinem Rosenkranz zu fingern. »Was möchten Sie denn von mir wissen, Commissario?«

»Erzählen Sie mir etwas über Ihre Arbeit im Pflegeheim.«

Cavaletti lachte einmal kurz und meinte: »Ich weiss nicht, ob man es so nennen kann, Dottore. Ich diene den Patienten und einem Teil des Personals als Seelsorger. Menschen näher zu ihrem Schöpfer zu bringen ist eine Freude, keine Arbeit.« Er wandte den Blick, aber erst, nachdem er gesehen hatte, wie wenig er Brunetti mit diesen Phrasen beeindruckte.

»Sie nehmen ihnen die Beichte ab?«

»Ich weiss nicht, ob das jetzt eine Frage oder eine Feststellung war, Commissario«, sagte Cavaletti mit einem Lächeln, als wolle er seiner Bemerkung auch den leisesten Anflug von Sarkasmus nehmen.

»Es war eine Frage.«

»Dann will ich sie Ihnen beantworten.« Sein Lächeln war nachsichtig. »Ja, ich nehme den Patienten und einigen von den Mitarbeitern die Beichte ab. Es ist eine grosse Verantwortung, besonders die Beichten der alten Leute.«

»Und warum, Padre?«

»Weil sie dem Ende ihres Erdendaseins näher sind.«

»Verstehe«, sagte Brunetti, und als wäre es nur die logische Konsequenz aus der vorausgegangenen Antwort, fragte er: »Haben Sie ein Konto bei der Schweizerischen Bank in Lugano?«

Das friedliche Lächeln auf den Lippen des Mannes blieb unverändert, aber Brunetti sah, wie die Augen sich fast unmerklich und nur für einen winzigen Moment verengten. »Was für eine sonderbare Frage«, sagte Cavaletti mit sichtlich verwirrtem Stirnrunzeln. »Was hat das denn mit der Beichte dieser alten Leute zu tun?«

»Genau das versuche ich herauszufinden, Padre«, sagte Brunetti.

»Eine sonderbare Frage ist es trotzdem«, meinte Cavaletti.

»Unterhalten Sie ein Konto bei der Schweizerischen Bank in Lugano?«

Der Pater nahm die nächste Perle zwischen die Finger und sagte: »Ja. Ein Teil meiner Familie lebt im Tessin, und ich besuche sie zwei- bis dreimal im Jahr. Ich finde es einfach praktischer, das Geld dort zu haben, statt es mit mir hin- und herzuschleppen.«

»Und wieviel Geld haben Sie auf diesem Konto, Padre?«

Cavaletti blickte in die Ferne und rechnete, schließlich antwortete er: »Es werden keine tausend Franken sein.« Und hilfsbereit fügte er hinzu: »Das sind rund eine Million Lire.«

»Ich kann Lire in Schweizer Franken umrechnen, Padre. Es gehört zu den ersten Dingen, die ein Polizist hierzulande lernen muß.« Brunetti lächelte, um dem Pater zu zeigen, daß es ein Scherz war, aber Cavaletti erwiderte das Lächeln nicht.

Brunetti stellte seine nächste Frage: »Warum wurden Sie von Opera Pia ausgeschlossen?«

Cavaletti ließ seinen Rosenkranz los und hob die Hände, streckte sie Brunetti mit theatralisch flehender Gebärde entgegen. »Aber Commissario, was stellen Sie doch für sonderbare Fragen! Wenn ich nur wüßte, welche Zusammenhänge da in Ihrem Kopf bestehen!«

»Das ist keine Antwort, Padre.«

Nach einem langen Schweigen sagte Cavaletti: »Man hat mich für außerstande befunden, ihren hohen Ansprüchen gerecht zu werden.« Er sagte es ohne jede Ironie, und Brunetti meinte sogar so etwas wie Bedauern herauszuhören.

Brunetti stand auf. »Das wäre alles, Padre. Ich danke Ihnen, daß Sie sich Zeit für mich genommen haben.«

Zum erstenmal konnte der Pater seine Überraschung nicht verbergen und starrte Brunetti ein paar Sekunden lang nur an. Dann beeilte er sich jedoch, aufzuspringen und mit ihm zur Tür zu gehen, die er aufhielt, bis Brunetti aus dem Zimmer war.

Auf dem Flur gewahrte Brunetti zweierlei: den Blick des Paters, der sich in seinen Rücken bohrte, und kurz vor der offenen Tür am Ende des Ganges den schweren, betörenden Duft des Flieders, der vom Hof hereinwehte. Keines von beiden fand er angenehm.

19

Kurz nach drei Uhr morgens trennte Brunetti sich schweren Herzens von Paola und dem Bett und zog sich an. Erst als er sein Hemd zuknöpfte, war er klar genug im Kopf, um den Regen gegen die Schlafzimmerfenster peitschen zu hören. Brummelnd ging er zum Fenster, öffnete den Laden und schloß ihn schnell wieder vor den nassen Böen, die ins Zimmer fegten. An der Wohnungstür zog er seinen Regenmantel an und griff sich einen Schirm, wobei Vianello ihm einfiel und er noch einen zweiten nahm.

In Maria Testas Zimmer traf er, obwohl er fast eine halbe Stunde vor der vereinbarten Zeit da war, auf einen übermüdeten und schlechtgelaunten Vianello. In stillschweigender Übereinkunft näherte keiner der beiden Männer sich der schlafenden Frau, als wäre ihre totale Hilflosigkeit eine Art Flammenschwert, das sie auf Abstand hielt. Sie begrüßten sich flüsternd und gingen dann in den Korridor hinaus, um sich zu unterhalten.

»Irgendwas Besonderes?« fragte Brunetti, während er seinen Regenmantel auszog und beide Schirme an die Wand lehnte.

»Etwa alle zwei Stunden kommt eine Schwester«, antwortete Vianello. »Soweit ich das beurteilen kann, tut sie aber nichts. Guckt sie nur an, fühlt ihr den Puls und schreibt etwas aufs Krankenblatt.«

»Sagt sie etwas?«

»Wer, die Schwester?« fragte Vianello.

»Ja.«

»Kein Wort. Tut so, als ob ich unsichtbar wäre.« Vianello gähnte. »Gar nicht so einfach, wach zu bleiben.«

»Warum machen Sie nicht ein paar Liegestütze?«

Vianello sah Brunetti lange an, sagte aber nichts.

»Danke, daß Sie da waren, Vianello«, entschuldigte Brunetti

sich gewissermaßen. »Ich habe Ihnen einen Schirm mitgebracht. Es schüttet wie aus Kübeln.« Als Vianello dankend nickte, fragte Brunetti: »Wer kommt als nächster?«

»Gravini. Danach Pucetti. Ich löse dann Pucetti nach seiner Schicht ab.« Brunetti bemerkte, wie feinfühlig Vianello die Zeitangabe umging – Mitternacht –, wann er den jüngeren Beamten ablösen würde.

»Danke, Vianello. Schlafen Sie ein bißchen.«

Vianello nickte und unterdrückte mühsam ein Gähnen. Dann nahm er den zusammengerollten Schirm.

Als Brunetti die Tür aufmachte, um wieder ins Zimmer zu gehen, drehte er sich noch einmal um und fragte Vianello: »Gab es Probleme mit der Besetzung?«

»Noch nicht«, antwortete Vianello, schon halb im Gehen, über die Schulter.

»Wie lange?« fragte Brunetti, der nicht recht wußte, wie er die Manipulation der Dienststundenabrechnung nennen sollte.

»Kann man nie wissen, aber ich schätze mal, es dauert noch drei oder vier Tage, bis Tenente Scarpa etwas merkt. Vielleicht auch eine Woche. Länger aber nicht.«

»Hoffen wir, daß die vorher anbeißen.«

»Falls überhaupt jemand beißen will«, faßte Vianello endlich doch seine Skepsis in Worte und drehte sich um. Brunetti sah seinem breiten Rücken noch nach, bis er an der ersten Treppe nach rechts abbog und verschwand, dann ging er wieder ins Zimmer. Er hängte seinen Mantel über den Stuhl, auf dem Vianello gesessen hatte, und stellte den Schirm in eine Ecke.

Neben ihrem Bett brannte ein kleines Lämpchen, das kaum ihren Kopf beleuchtete und den Rest des Zimmers in tiefem Schatten ließ. Brunetti glaubte nicht, daß die Deckenlampe die Frau im Bett stören würde – es wäre ja sonst sogar ein gutes Zeichen gewesen –, aber er mochte sie dennoch nicht anknipsen, also setzte er sich in den Schatten und verzichtete aufs Lesen, obwohl er seinen Marc Aurel mitgebracht hatte, einen Autor, der ihm schon so manchen Trost in schwierigen Zeiten gespendet hatte.

Während die Nachtstunden langsam dahinrannen, ließ Brunetti noch einmal die Ereignisse seit dem Tag, an dem Maria Testa zu ihm in die Questura gekommen war, im Geiste vorüberziehen. Jedes einzelne konnte bloßer Zufall gewesen sein: die Sterbefälle unter den Alten, der Unfall, bei dem Maria vom Fahrrad geschleudert worden war, da Près Tod. Aber alle zusammen wogen so schwer, daß sich für Brunetti jeder Gedanke an Unfall oder Zufälligkeiten verbot. Und wenn das ausgeschlossen war, dann standen diese drei Dinge miteinander in Verbindung, auch wenn er noch nicht wußte, in welcher.

Messini riet den Leuten davon ab, ihm oder dem Pflegeheim Geld zu vermachen; Padre Pio wurde in keinem der Testamente genannt, und die Schwestern des Ordens durften nichts besitzen. Die Contessa hatte selbst genug Geld und war auf die Hinterlassenschaft ihres Mannes kaum angewiesen; da Prè hatte keine anderen Wünsche als noch mehr kleine Döschen für seine Sammlung; und Signorina Lerini schien allem weltlichen Pomp abgeschworen zu haben. *Cui bono? Cui bono?* Man mußte nur noch herausfinden, wer aus diesen Todesfällen einen Nutzen zog, dann läge der Weg offen vor ihm, wie von einem fackeltragenden Engel erhellt, und würde ihn zu dem Mörder führen.

Brunetti wußte, daß er ein Mann mit vielen Schwächen war: Stolz, Trägheit und Rachsucht, um nur die zu nennen, die er für die offenkundigsten hielt, aber er wußte auch, daß Habgier nicht dazugehörte, und immer wenn er sich mit ihren vielen Ausdrucksformen konfrontiert sah, fühlte er sich in einer fremden Welt. Er wußte, daß Habgier ein verbreitetes, vielleicht das verbreitetste aller Laster war, und konnte sie ja auch mit dem Verstand begreifen, aber sie drang ihm nie bis ans Herz und ließ seinen Verstand völlig kalt.

Er sah zu der Frau im Bett, die so völlig reglos und still dalag. Keiner der Ärzte hatte eine Ahnung vom Ausmaß des Schadens, von den körperlichen Schäden abgesehen. Einer hatte es unwahrscheinlich genannt, daß sie je wieder aus dem Koma erwachen würde. Ein anderer hielt es für wahrscheinlich, daß sie schon in ein paar Tagen wieder aufwachen könnte. Die weiseste Antwort hatte vielleicht eine der hier arbeitenden Schwestern gegeben: »Wir müssen hoffen und beten und auf Gottes Güte vertrauen.«

Während er sie so ansah und sich erinnerte, welch tiefe Nächstenliebe immer aus ihren Augen gestrahlt hatte, wenn sie sprach, kam eine andere Schwester herein. Sie ging ans Bett, stellte das Tablett, das sie bei sich hatte, auf das Tischchen neben Marias Bett und faßte ihr Handgelenk. Den Blick auf ihrer Armbanduhr, hielt sie Marias Handgelenk ein paar Augenblicke fest, legte es dann wieder auf die Bettdecke und trug ihren Befund auf dem Krankenblatt ein, das am Fußende des Bettes hing.

Sie nahm ihr Tablett und ging zur Tür. Als sie Brunetti sah, nickte sie, lächelte aber nicht.

Sonst geschah die ganze Nacht nichts. Gegen sechs Uhr kam dieselbe Schwester wieder ins Zimmer, wo Brunetti inzwischen an die Wand gelehnt stand, um wach zu bleiben.

Um zwanzig vor acht kam Gravini in hohen Gummistiefeln, Regenmantel und Jeans herein. Noch bevor er guten Morgen gesagt hatte, erklärte er Brunetti: »Sergente Vianello hat gemeint, wir sollten lieber keine Uniform tragen, Commissario.«

»Ja, ich weiß, Gravini. In Ordnung so.« Das einzige Fenster des Zimmers blickte in einen überdachten Durchgang, so daß Brunetti nicht sehen konnte, wie das Wetter geworden war. »Wie sieht's denn draußen aus?« fragte er.

»Es schüttet, Commissario. Soll bis Freitag so weitergehen.«

Brunetti schlüpfte in seinen Regenmantel und bedauerte, daß er letzte Nacht keine Gummistiefel angezogen hatte. Er hatte gehofft, noch nach Hause gehen und duschen zu können, bevor er sich in die Questura begab, aber es wäre Irrsinn gewesen, jetzt durch die ganze Stadt zurückzulaufen, wo er seiner Arbeitsstätte hier schon so nah war. Außerdem würden ein paar Tassen Kaffee es ja auch tun.

Das war dann doch nicht der Fall, und als er in seinem Dienstzimmer ankam, war er schlecht gelaunt und ganz auf Ärger eingestellt. Dieser kam schon ein paar Stunden später, als der Vice-Questore ihn anrief und zu sich befahl.

Signorina Elettra war nicht an ihrem Schreibtisch, und Brunetti mußte ohne die Vorwarnung, die sie ihm sonst immer gab, in Pattas Zimmer gehen. Unausgeschlafen, wie er heute morgen war, mit Sand in den Augen und zuviel Kaffee im Magen, war es ihm allerdings herzlich egal, ob er diese Vorwarnung hatte oder nicht.

»Ich hatte ein beunruhigendes Gespräch mit meinem Tenente«, sagte Patta ohne Einleitung.

Zu jedem anderen Zeitpunkt hätte Brunetti mit stiller, hämischer Befriedigung zur Kenntnis genommen, daß Patta unabsichtlich zugab, was die ganze Questura wußte: Tenente Scarpa war Pattas Kreatur, aber heute war er so abgestumpft von der durchwachten Nacht, daß ihm das besitzanzeigende Fürwort gar nicht weiter auffiel.

»Haben Sie mich verstanden, Brunetti?« fragte Patta.

»Ja, Vice-Questore. Ich kann mir nur nicht so recht vorstellen, was den Tenente beunruhigt haben könnte.«

Patta lehnte sich auf seinem Stuhl nach hinten. »Ihr Verhalten zum Beispiel«, fauchte er.

»Und was speziell an meinem Verhalten, Vice-Questore?«

Brunetti sah, daß sein Vorgesetzter allmählich die Urlaubsbräune verlor. Und die Geduld. »Diesen Kreuzzug unter anderem, den Sie anscheinend gegen die Heilige Mutter Kirche führen«, sagte Patta, dann unterbrach er sich, als hätte er selbst begriffen, wie übertrieben sich diese Beschuldigung anhörte.

»Konkret ausgedrückt?« fragte Brunetti, wobei er mit der Hand an seinem Kinn entlangfuhr und eine Stelle entdeckte, die er ausgelassen haben mußte, als er sich mit dem Elektrorasierer, den er im Schreibtisch hatte, morgenfrisch machte.

»Wie Sie Männern nachstellen, die das Priestergewand tragen. Ihr ruppiges Betragen gegenüber der Mutter Oberin des Ordens vom Heiligen Sakrament.« Hier legte Patta eine Pause ein, als wolle er die Schwere dieses Vorwurfs erst einmal wirken lassen.

»Und meine Fragen nach Opera Pia – stehen die auch auf Tenente Scarpas Liste?«

»Wer hat Ihnen das gesagt?« wollte Patta wissen.

»Wenn der Tenente eine so umfassende Liste meiner Verfehlungen aufgestellt hat, nehme ich an, daß auch die darauf stehen. Zumal er, wie ich glaube, den Befehl zu so etwas von Opera Pia erhält.«

Patta schlug mit der Hand auf den Schreibtisch. »Tenente Scarpa erhält seine Befehle von mir, Commissario.«

»Soll ich das so verstehen, daß auch Sie dazugehören?«

Patta zog seinen Stuhl näher an den Schreibtisch und beugte sich weit vor. »Commissario, ich glaube nicht, daß dies der Ort ist, an dem Sie die Fragen stellen.«

Brunetti zuckte die Achseln.

»Besitze ich Ihre Aufmerksamkeit, Commissario Brunetti?«

»Ja, Vice-Questore«, sagte Brunetti, der sich zu seiner eigenen Überraschung gar nicht anstrengen mußte, um ruhig und gelassen zu sprechen. Ihm war das alles völlig egal, er fühlte sich frei von Patta und Scarpa.

»Es sind Beschwerden über Sie eingegangen, Beschwerden der verschiedensten Art. Der Prior des Ordens vom Heiligen Sakrament hat angerufen und sich dagegen verwahrt, wie Sie mit Angehörigen seines Ordens umspringen. Außerdem sagt er, daß Sie eine Angehörige seines Ordens versteckt halten.«

»Versteckt?«

»Daß sie ins Krankenhaus gebracht wurde, inzwischen wieder bei Bewußtsein ist und nun zweifellos anfangen wird, Verleumdungen über den Orden zu verbreiten. Stimmt das?«

»Ja.«

»Und Sie wissen, wo sie ist?«

»Sie haben es eben selbst gesagt, im Krankenhaus.«

»Wo Sie aus und ein gehen, aber niemand anderen zu ihr lassen?«

»Wo sie unter Polizeischutz steht.«

»Polizeischutz?« wiederholte Patta so laut, daß Brunetti befürchtete, man könne ihn bis ins Erdgeschoß hören. »Und wer hat diesen Polizeischutz genehmigt? Warum ist davon auf den Dienstplänen nichts erwähnt?«

»Haben Sie die Dienstpläne gesehen, Vice-Questore?«

»Es soll nicht Ihre Sorge sein, wer die Dienstpläne gesehen hat, Brunetti. Sagen Sie mir nur, warum der Name dieser Frau nicht darauf erscheint.«

»Wir haben es als ›Überwachung‹ eingetragen.«

»Seit vier Tagen sitzen Polizisten in diesem Krankenhaus herum und tun nichts, und Sie wagen es, das als ›Überwachung‹ zu bezeichnen?«

Brunetti konnte sich gerade noch davon abhalten, Patta zu fragen, ob er eine Abänderung in »Bewachung« wünsche.

»Und wer ist jetzt dort?« wollte Patta wissen.

»Gravini.«

»Also, dann holen Sie ihn da raus. Die Polizei in dieser Stadt hat Besseres zu tun, als vor dem Zimmer einer davongelaufenen Nonne herumzusitzen, die es irgendwie geschafft hat, im Krankenhaus zu landen.«

»Ich glaube, daß sie in Lebensgefahr ist, Vice-Questore.«

Patta fuchtelte wütend mit der Hand durch die Luft. »Ich weiß nichts von Gefahr. Es ist mir auch egal, ob sie in Gefahr ist. Wenn sie sich imstande gesehen hat, den Schutz der Mutter Kirche zu verlassen, sollte sie auch bereit sein, in dieser Welt, auf die sie so wild ist, die Verantwortung für sich selbst zu übernehmen.« Er sah, daß Brunetti widersprechen wollte, und wurde noch lauter. »Gravini hat in zehn Minuten aus dem Krankenhaus und wieder hier im Wachraum zu sein.« Erneut setzte Brunetti zu einer Erklärung an, aber Patta schnitt ihm das Wort ab. »Es hat kein Polizist vor diesem Zimmer zu sitzen. Wenn doch, wenn einer trotzdem hingeht, wird er unverzüglich vom Dienst suspendiert.« Patta beugte sich noch weiter über den Schreibtisch und fügte drohend hinzu: »Dasselbe erwartet den, der ihn hingeschickt hat. Haben Sie verstanden, Commissario?«

»Ja, Vice-Questore.«

»Und ich wünsche, daß Sie sich von den Angehörigen des Ordens vom Heiligen Sakrament fernhalten. Der Prior erwartet keine Entschuldigung von Ihnen, wenngleich ich das, nach allem, was ich über Ihr Betragen gehört habe, schon außergewöhnlich finde.«

Brunetti kannte dergleichen bei Patta, aber so außer sich hatte er ihn noch nie erlebt. Während Patta weiterredete und sich immer mehr in seinen eigenen Zorn hineinsteigerte, begann Brunetti über den Grund für diese extreme Reaktion seines Vorgesetzten zu spekulieren, und ihm fiel als einzige befriedigende Erklärung ein, daß der Mann Angst hatte. Wenn Patta lediglich als Staatsdiener fungierte, würde er sich kaum mehr als entrüsten; Brunetti hatte das bei Patta oft genug erlebt, um zu wissen, daß es sich bei dem, was da zutage trat, um etwas völlig anderes handelte, etwas viel Gewichtigeres. Also Angst. Konnte es sein, daß Patta noch jemand anderem als dem Staat zu Diensten war?

Pattas Stimme holte ihn zurück. »Haben Sie verstanden, Brunetti?«

»Ja, Vice-Questore«, sagte Brunetti, schon im Aufstehen. »Ich rufe Gravini an«, sagte er und ging zur Tür.

»Wenn Sie jemand anderen hinschicken, Brunetti, sind Sie erledigt. Verstanden?«

»Ja, Vice-Questore. Ich habe verstanden«, sagte er. Patta hatte nichts davon gesagt, daß jemand nicht in seiner Freizeit dort sitzen dürfe, aber für Brunetti hätte das sowieso nichts geändert.

Er rief von Signorina Elettras Vorzimmer aus im Krankenhaus an und verlangte Gravini. Es folgte ein längeres Hin und Her, weil der Polizist sich weigerte, das Zimmer zu verlassen und an den Apparat zu kommen, selbst als Brunetti ihm ausrichten ließ, es sei ein Befehl vom Commissario. Nach über fünf Minuten kam Gravini endlich ans Telefon und sagte als erstes: »Es ist jetzt ein Arzt bei ihr im Zimmer. Er bleibt, bis ich wiederkomme.« Erst dann fragte er, ob er mit Brunetti spreche.

»Ja, Gravini, ich bin's. Sie können jetzt zurückkommen.«

»Ist es vorbei, Commissario?« fragte Gravini.

»Sie können in die Questura zurückkommen«, wiederholte Brunetti. »Aber gehen Sie zuerst nach Hause, und ziehen Sie Ihre Uniform an.«

»Ja, Commissario«, sagte der junge Mann, durch Brunettis Ton von weiteren Fragen abgehalten, und legte auf.

Bevor Brunetti in sein Dienstzimmer zurückkehrte, ging er kurz in den Wachraum und nahm sich den neuesten *Gazzettino* von einem der Tische. Er schlug den Venediger Lokalteil auf, fand aber darin keine Meldung über Maria Testa. Er nahm sich den Hauptteil vor, aber da war auch nichts. Er zog sich einen Stuhl heraus, breitete die Zeitung auf dem Tisch aus und ging Spalte für Spalte die ganze Zeitung durch. Nichts. Die Meldung war gar nicht erschienen, und dennoch hatte jemand, der mächtig genug war, um Patta Angst einzujagen, von Brunettis Interesse an Maria Testa erfahren. Und was noch interessanter war: Zu diesem Jemand mußte irgendwie durchgedrungen sein, daß die junge Frau ihr Bewußtsein wiedererlangt habe. Während er die Treppe zu seinem Zimmer hinaufging, huschte ein ganz kurzes Lächeln über Brunettis Gesicht.

20

Beim Mittagessen fand Brunetti die Stimmung der übrigen Familie ebenso gedämpft wie die Laune, die er aus der Questura mitbrachte. Er schrieb Raffis Schweigen irgendwelchen Problemen in der Entwicklung seiner Romanze mit Sara Paganuzzi zu; Chiara litt vielleicht noch immer unter dem Schatten, der auf die Vollkommenheit ihrer schulischen Leistungen gefallen war. Der Grund für Paolas düstere Laune war wie immer am schwersten auszumachen.

Die Frotzeleien, mit denen sie sich sonst ihre gegenseitige Zuneigung zeigten, blieben aus. Statt dessen redeten sie irgendwann doch tatsächlich übers Wetter und, als ob das nicht schon schlimm genug wäre, sogar über Politik. Alle waren sichtlich erleichtert, als die Mahlzeit zu Ende ging. Die Kinder, höhlenbewohnenden Tieren gleich, die vom Widerschein ferner Blitze erschreckt worden waren, verzogen sich schleunigst in ihre Zimmer. Brunetti, der die Zeitung schon gelesen hatte, ging ins Wohnzimmer und begnügte sich damit, den Regen auf die Dächer prasseln zu sehen.

Als Paola nachkam, brachte sie Kaffee mit, und Brunetti beschloß, es als ein Friedensangebot zu betrachten, obwohl er nicht genau wußte, welche Art von Vertragsabschluß damit verbunden werden sollte. Er nahm den Kaffee und bedankte sich. Dann trank er einen Schluck und fragte: »Nun?«

»Ich habe mit meinem Vater gesprochen«, sagte Paola, während sie sich aufs Sofa setzte. »Er war der einzige, der mir einfiel.«

»Und was hast du ihm gesagt?« fragte Brunetti.

»Was Signora Stocco zu mir gesagt hat, und was die Kinder erzählt haben.«

»Über Don Luciano?«

»Ja.«

»Und?«

»Er hat gesagt, er will sich darum kümmern.«

»Hast du ihm irgend etwas über Padre Pio erzählt?« fragte Brunetti.

Sie sah auf, erstaunt über die Frage. »Nein, natürlich nicht. Wie kommst du darauf?«

»Ach, nur so«, sagte er.

»Guido«, begann sie und stellte ihre leere Tasse auf den Tisch. »Du weißt, daß ich mich nicht in deine Arbeit einmische. Wenn du meinen Vater nach Padre Pio oder Opera Pia fragen willst, mußt du es schon selbst tun.«

Brunetti hatte kein Verlangen, seinen Schwiegervater in diese Sache einzuschalten, in keiner Weise. Er wollte Paola aber nicht sagen, daß der Grund für dieses Zögern seine Zweifel waren, welcher Seite sich Conte Orazio zur Loyalität verpflichtet fühlen würde, Brunettis Beruf oder Opera Pia. Sowenig Brunetti wußte, wie groß der Reichtum und die Macht des Conte waren, so wenig wußte er über deren Ursprung und die Beziehungen oder Verpflichtungen, die sie möglich machten.

»Hat er dir geglaubt?« fragte er.

»Natürlich hat er mir geglaubt. Wieso fragst du das überhaupt?«

Brunetti versuchte sich mit einem Achselzucken herauszuwinden, aber ein Blick von Paola verwehrte ihm diese Chance. »Es ist ja nicht so, daß du die allerzuverlässigsten Zeugen hättest.«

»Wie meinst du das?« fragte sie in scharfem Ton.

»Kinder reden schlecht von einem Lehrer, der einem von ihnen eine schlechte Note gegeben hat. Dann das Wort eines Kindes, gefiltert durch eine Mutter, die bei eurem Gespräch offenkundig hysterisch war.«

»Was willst du eigentlich, Guido, den *advocatus diaboli* spielen? Du hast mir diese Akte aus dem Amt des Patriarchen gezeigt. Was denkst du denn, was dieser Schweinehund die ganzen Jahre gemacht hat? Tausendlirescheine aus dem Opferstock geklaut?«

Brunetti schüttelte den Kopf. »Nein, ich habe keinen Zweifel, nicht den geringsten, was er getan hat, aber das ist nicht dasselbe, wie einen Beweis zu haben.«

Paola tat das mit einer Handbewegung als Unsinn ab. »Ich werde ihm das Handwerk legen«, sagte sie mit unverhohlener Angriffslust.

»Oder nur dafür sorgen, daß er wieder versetzt wird?« fragte Brunetti. »Wie die es jahrelang mit ihm gemacht haben?«

»Ich habe gesagt, ich will ihm das Handwerk legen, und das werde ich auch tun«, wiederholte Paola, jede Silbe einzeln betonend wie für einen Tauben.

»Gut«, sagte Brunetti. »Ich hoffe es. Ich hoffe, du kannst das.«

Zu seiner maßlosen Verblüffung antwortete Paola mit einem Bibelzitat: »›Wer aber eines aus diesen Kleinen, die an mich glauben, ärgert, dem wäre es besser, daß ein Mühlstein an seinen Hals gehängt und er in die Tiefe des Meeres versenket würde.‹«

»Wo hast du denn das her?« fragte Brunetti.

»Matthäus. Kapitel achtzehn, Vers sechs.«

Brunetti meinte kopfschüttelnd: »Es ist schon merkwürdig, ausgerechnet dich aus der Bibel zitieren zu hören.«

»Dazu soll sogar der Teufel imstande sein«, antwortete sie, jetzt aber zum erstenmal wieder mit einem Lächeln, mit dem sie das ganze Zimmer erhellte.

»Gut«, pflichtete Brunetti ihr bei. »Ich hoffe, dein Vater hat die Macht, etwas zu tun.« Er rechnete schon halb damit, daß sie antworten würde, es gebe nichts, was ihr Vater nicht tun könne, und überraschte sich selbst mit der Erkenntnis, daß zumindest er dies fast glaubte.

Als hätte die Erwähnung ihres Vaters sie daran erinnert, sagte Paola: »Meine Mutter hat angerufen und läßt dir sagen, daß es ein Banker ist.«

Brunetti verstand im Moment nicht, wovon die Rede war, und fragte: »Wer ist ein Banker?«

»Contessa Crivonis Liebhaber.« Als sie sah, daß Brunetti jetzt mitkam, fuhr sie fort: »Sie hat sich mit einer ihrer Bridge-Damen unterhalten. Die hat gesagt, daß sie die Affäre mit ihm schon seit Jahren hat. Und offenbar wußte ihr Mann davon.«

»Er wußte davon?« fragte Brunetti offen erstaunt.

»Er bevorzugte Knaben.«

»Glaubst du das?« fragte er.

»Wie es aussieht, diente ihr Mann ihnen als Tarnung. Da hat wohl keiner von beiden seinen Tod gewünscht.«

Brunetti schüttelte den Kopf, aber er glaubte es. Er erzählte Paola von Pattas Wutausbruch und seinem Befehl, den Polizeischutz von Maria Testa abzuziehen. Er versuchte erst gar nicht, seine Gewißheit zu verbergen, daß Padre Pio und die hinter ihm stehenden Mächte die eigentliche Quelle dieses Befehls waren.

»Was machst du nun?« fragte Paola, als er fertig war.

»Ich habe schon mit Vianello gesprochen. Er hat einen Freund, der als Pfleger im Krankenhaus arbeitet, und der hat sich bereit erklärt, tagsüber ein Auge auf sie zu haben.«

»Das ist nicht viel, oder?« meinte sie. »Und nachts?«

»Vianello hat sich erboten – ich habe ihn nicht gefragt, Paola, er hat es von sich aus angeboten –, bis Mitternacht bei ihr zu sein.«

»Und das heißt, du bist von Mitternacht bis um acht bei ihr?«

Brunetti nickte.

»Wie lange soll das gehen?«

Brunetti hob die Schultern. »Bis die sich entschließen, etwas zu unternehmen, denke ich.«

»Und was meinst du, wie lange das dauern wird?«

»Hängt davon ab, wieviel Angst sie haben. Oder wieviel sie ihrer Meinung nach weiß.«

»Du glaubst, daß es Padre Pio ist?«

Brunetti hatte es immer zu vermeiden versucht, den Namen

desjenigen zu nennen, den er eines Verbrechens verdächtigte, und so hielt er es auch diesmal, aber Paola konnte die Antwort aus seinem Schweigen ablesen.

Sie stand auf. »Wenn du schon die ganze Nacht aufbleiben sollst, dann versuch doch wenigstens jetzt etwas zu schlafen.«

»›Eine Frau ist ihres Mannes reichster Schatz, seine helfende Hand, eine feste Stütze. Ein Weinberg ohne Hecke wird überwuchert werden; ein Mann ohne Frau wird zu einem hilflosen Wanderer‹«, zitierte er, froh, sie wenigstens einmal in ihrem eigenen Lieblingsspiel schlagen zu können.

Sie konnte ihre Überraschung sowenig verbergen wie ihr Vergnügen. »Es stimmt also?« fragte sie.

»Was?«

»Daß der Teufel wirklich aus frommen Schriften zu zitieren versteht.«

Mitten in der Nacht quälte Brunetti sich wieder aus dem warmen Kokon seines Bettes und zog sich zu den Geräuschen des Regens an, der noch immer auf die Stadt niederrauschte. Paola schlug kurz die Augen auf, hauchte einen Kuß in seine Richtung und war gleich darauf wieder eingeschlafen. Diesmal dachte er an seine Gummistiefel, verzichtete aber auf einen zweiten Schirm für Vianello.

Im Krankenhaus gingen sie wieder auf den Flur hinaus, um miteinander zu reden, aber viel zu sagen gab es nicht. Tenente Scarpa hatte nachmittags mit Vianello gesprochen und Pattas Befehl bezüglich des Personals weitergegeben. Wie Patta hatte auch er nichts dazu gesagt, was die Beamten in ihrer Freizeit tun dürften oder nicht, was Vianello dazu ermuntert hatte, mit Gravini, Pucetti und einem reumütigen Alvise zu sprechen, und sie alle hatten sich aus freien Stücken erboten, die Tagwachen zu übernehmen. Pucetti wollte Brunetti sogar schon um sechs Uhr morgens ablösen.

»Sogar Alvise?« fragte Brunetti.

»Sogar Alvise«, antwortete Vianello. »Daß er dumm ist, muß nicht heißen, daß er nicht guten Willens wäre.«

»Stimmt«, sagte Brunetti. »Das scheint nur im Parlament so zu sein.«

Vianello lachte, zog seinen Regenmantel an und wünschte Brunetti gute Nacht.

Ins Zimmer zurückgekehrt, ging Brunetti ganz nah an das Bett und betrachtete die schlafende Frau. Ihre Wangen waren noch tiefer eingefallen, und die einzigen Lebenszeichen waren die helle Flüssigkeit, die aus einer über ihr hängenden Flasche durch einen Schlauch langsam in ihren Arm lief, und das unbarmherzig langsame Heben und Senken ihres Brustkorbs.

»Maria?« rief er, und dann: »Suor Immacolata?« Ihre Brust hob und senkte sich, hob und senkte sich, und die Flüssigkeit tröpfelte, aber sonst geschah nichts.

Brunetti knipste die Deckenlampe an, zog seinen Marc Aurel aus der Tasche und begann zu lesen. Um zwei kam eine Krankenschwester, fühlte Marias Puls und notierte ihn auf dem Krankenblatt. »Wie geht es ihr?« fragte Brunetti.

»Ihr Puls ist schneller geworden«, sagte die Schwester. »Das passiert manchmal, wenn eine Veränderung bevorsteht.«

»Heißt das, sie wird aufwachen?«

Die Schwester lächelte nicht. »Das wäre eine Möglichkeit«, sagte sie und verließ das Zimmer, ehe Brunetti fragen konnte, welches die andere Möglichkeit wäre.

Um drei knipste er das Licht aus und schloß die Augen, doch als ihm der Kopf auf die Brust fiel, zwang er sich aufzustehen und lehnte sich an die Wand hinter dem Stuhl. Er legte den Kopf zurück und schloß die Augen.

Einige Zeit später ging die Tür wieder auf, und eine andere Schwester kam in das abgedunkelte Zimmer. Wie die in der vorigen Nacht hatte sie ein zugedecktes Tablett bei sich. Brunetti beobachtete schweigend, wie sie durchs Zimmer ging, bis sie vor dem Bett stand, gerade in dem kleinen Lichtkegel der Nachttischlampe. Sie griff nach der Bettdecke und zog sie fort, und Brunetti, der es unschicklich gefunden hätte, bei dem zuzusehen, was sie mit der schlafenden Frau machen würde, senkte den Blick.

Und da sah er die Spur, die ihre Schuhe auf dem Fußboden hinterlassen hatten, eine gerade Reihe nasser Abdrücke. Noch ehe er selbst richtig wußte, was er tat, machte Brunetti einen Satz durchs Zimmer, die rechte Hand über den Kopf erhoben. Er war noch nicht bei ihr, als das Handtuch von dem Tablett zu Boden fiel und er das lange Messer sah, das darunter versteckt gewesen war. Er stieß einen lauten Schrei aus, wortlos, bedeutungslos, und sah das Gesicht von Signorina Lerini, als sie sich nach der aus dem Dunkel auf sie zuschießenden Gestalt umdrehte.

Das Tablett krachte zu Boden, und sie wandte sich gegen Brunetti, ließ das Messer in einer instinktiven Bewegung durch die Luft sausen. Brunetti versuchte auszuweichen, aber er war noch zu sehr in Bewegung und geriet so in ihre Reichweite. Die Klinge schnitt durch seinen linken Ärmel und quer in die Muskeln seines Oberarms. Sein Schrei war ohrenbetäubend, und er schrie wieder und wieder in der Hoffnung, daß jemand herbeikäme.

Die rechte Hand auf der Schnittwunde, wandte er sich ihr zu, voller Angst, sie könnte sich auf ihn stürzen. Aber sie war zurückgewichen zu der Frau im Bett, und vor seinen Augen zog sie das Messer auf Hüfthöhe zurück. Brunetti zwang sich erneut zu ihr hin und nahm die Hand von dem verletzten Arm. Noch einmal gab er diesen wortlosen Schrei von sich, doch sie ignorierte ihn und ging noch einen Schritt näher an Maria heran.

Brunetti ballte die rechte Hand zur Faust, hob sie hoch über den Kopf und ließ sie auf ihren Ellbogen sausen, um ihr das Messer aus der Hand zu schlagen. Er fühlte zuerst, dann hörte er das Zerbrechen von Knochen, wußte aber nicht, ob es ihr Arm oder seine Hand war.

Da drehte sie sich um, den Arm schlaff an der Seite, das Messer noch in der Hand, und begann zu kreischen: »Antichrist! Ich muß den Antichrist töten. Die Feinde Gottes sollen in den Staub getreten werden und nicht mehr sein. Seine Rache ist mein. Den Dienern Gottes soll kein Leid geschehen durch die Worte des Antichristen.« Vergebens versuchte sie die Hand zu heben, doch nun öffneten sich ihre Finger, und das Messer fiel zu Boden.

Mit der rechten Hand packte er ihren Pullover und riß sie vom Bett weg. Sie leistete keinen Widerstand. Er stieß sie zur Tür, die gerade in diesem Moment aufging. Ein Arzt und eine Krankenschwester kamen ins Zimmer gestürzt.

»Was geht hier vor?« verlangte der Arzt zu wissen. Er knipste die Deckenlampe an.

»Auch das Licht des Tages soll es Seinen Feinden nicht gestatten, sich Seinem gerechten Zorn zu entziehen«, redete Signorina Lerini mit von Leidenschaft bewegter Stimme weiter. »Seine Feinde sollen verdammt und vernichtet werden.« Sie hob die linke Hand und richtete einen zitternden Finger auf Brunetti. »Sie meinen, Sie könnten verhindern, daß Gottes Wille erfüllt werde. Sie Narr! Er ist größer als wir alle. Sein Wille wird geschehen.«

Im hellen Licht, das jetzt das Zimmer erfüllte, sah der Arzt das Blut, das vom Arm des Mannes tropfte, und den Speichel, der aus dem Mund der Frau sprühte. Sie redete wieder, diesmal zu dem Arzt und der Schwester. »Ihr habt einen Gottesfeind beherbergt, ihr habt dieser Frau Hilfe und Trost gespendet, obwohl ihr wußtet, daß sie ein Feind Gottes ist. Aber einer, der klüger ist als ihr, hat alle eure Pläne durchschaut, dem Gesetz Gottes zu trotzen, und er hat mich gesandt, um der Sünderin Gottes Gerechtigkeit widerfahren zu lassen.«

Der Arzt wollte wieder fragen: »Was geht hier ...«, aber Brunetti brachte ihn mit einer Handbewegung zum Schweigen.

Er ging zu Signorina Lerini und legte ihr sanft die Hand auf den Arm. Mit leiser, einschmeichelnder Stimme begann er mit ihr zu sprechen. »Die Wege des Herrn sind vielfältig, meine

Schwester. Eine andere wird gesandt werden, Ihre Stelle einzunehmen, und dann sollen alle Seine Werke erfüllt werden.«

Signorina Lerini blickte ihn jetzt an, und er sah ihre geweiteten Pupillen und den aufgerissenen Mund. »Sind Sie auch vom Herrn gesandt?« fragte sie.

»Sie sagen es«, antwortete Brunetti. »Schwester in Christo, Ihre früheren Werke sollen nicht unbelohnt bleiben«, versuchte er ihr ein Stichwort zu geben.

»Sünder! Beide waren Sünder und hatten Gottes Strafe verdient.«

»Viele sagen, daß Ihr Vater ein gottloser Mensch war und des Herrn gespottet hat. Gottes Liebe ist allumfassend und geduldig, aber Er läßt Seiner nicht spotten.«

»Noch im Sterben hat er Gott verhöhnt«, sagte sie, und blankes Entsetzen trat dabei in ihren Blick. »Noch als ich sein Gesicht zudeckte, hat er Gott verhöhnt.«

Brunetti hörte hinter sich die Krankenschwester und den Arzt miteinander tuscheln. Er drehte den Kopf zu ihnen um und befahl: »Ruhe!« Sie gehorchten, erschreckt von seinem Ton und von dem Irrsinn im Blick der Frau. Er wandte sich wieder Signorina Lerini zu.

»Aber es mußte sein«, half er nach. »Es war Gottes Wille.«

Ihre Züge entspannten sich. »Sie verstehen das?«

Brunetti nickte. Der Schmerz in seinem Arm wurde von Minute zu Minute stärker, und als er einmal nach unten blickte, sah er die Blutlache unter seiner Hand. »Und sein Geld?« fragte er. »Es wurde stets viel benötigt, um die Feinde Gottes zu bekämpfen.«

Ihre Stimme wurde jetzt fester. »Ja. Die Schlacht hat begonnen und muß ausgefochten werden, bis wir das Reich Gottes zurückerobert haben. Der Lohn der Gottlosen muß in die Hände der Diener Gottes gelangen, auf daß sie Sein heiliges Werk verrichten können.«

Er wußte nicht, wie lange er die Krankenschwester und den

Arzt hier noch gewissermaßen als Geiseln festhalten konnte, deshalb riskierte er jetzt die Behauptung: »*Nostro signore* hat mir von Ihrer Großzügigkeit berichtet.«

Sie honorierte diese Enthüllung mit einem seligen Lächeln. »Ja. Er hat mir gesagt, daß die Reichtümer meines Vaters sofort benötigt würden. Das Warten hätte noch Jahre dauern können. Gottes Befehlen ist zu gehorchen.«

Er nickte, als fände er es vollkommen begreiflich, daß ein Priester ihr befohlen haben sollte, ihren Vater zu ermorden. »Und da Prè?« fragte er so beiläufig, als handelte es sich nur um ein unbedeutendes Detail, etwa die Farbe eines Halstuchs. »Dieser Sünder«, fügte er noch hinzu, was aber gar nicht nötig gewesen wäre.

»Er hatte mich gesehen, an dem Tag, als ich meinem sündigen Vater Gottes Gerechtigkeit widerfahren ließ. Aber er hat mich erst später angesprochen.« Sie beugte sich kopfnickend zu Brunetti vor. »Auch er war ein sündiger Mensch. Habgier ist eine schreckliche Sünde.«

Hinter sich hörte er eilige Schritte, und als er sich umsah, waren die Krankenschwester und der Arzt verschwunden. Er hörte sie über den Korridor davoneilen und dann in der Ferne laute Stimmen.

Er machte sich die durch ihre Flucht entstandene kurze Verwirrung zunutze, um wieder auf die *casa di cura* zu kommen, und fragte: »Und diese anderen? Die Leute, die mit Ihrem Vater dort waren – welche Sünden hatten sie begangen?«

Bevor er sich überlegen konnte, wie seine Fragen in den Wortschatz ihres Irrsinns zu kleiden wären, richtete sie einen verwunderten, forschenden Blick auf ihn. »Wie?« fragte sie. »Welche anderen?«

Brunetti erkannte sofort, daß ihr Nichtverstehen Ausdruck ihrer Unschuld war, weshalb er ihre Gegenfrage außer acht ließ und statt dessen fragte: »Und dieser kleine Mann, dieser Signor da Prè? Was hat er getan, Signorina? Hat er Ihnen gedroht?«

»Er wollte Geld. Ich habe ihm gesagt, daß ich nur Gottes Willen getan habe, aber da hat er geantwortet, es gibt keinen Gott und keinen Willen. Das war Gotteslästerung. Er hat des Herrn gespottet.«

»Und das haben Sie *nostro signore* gesagt?«

»*Nostro signore* ist ein Heiliger«, behauptete sie.

»Er ist wahrhaft ein Mann Gottes«, pflichtete Brunetti ihr bei.

»Und hat er Ihnen gesagt, was Sie tun sollen?« fragte er.

»Er hat mir gesagt, was Gottes Wille ist, und ich bin hingeeilt, um ihn zu tun. Er hat mir gesagt, Sünde und Sünder gehören vernichtet. Es mußte verhindert werden, daß der kleine Mann Schande über Gottes heiligen Auftrag brachte.« Hier lachte sie, daß es Brunetti kalt überlief. »Seine Habgier hat ihn vernichtet. Ich habe zu ihm gesagt, daß ich ihm das Geld bringe, und er hat mich eingelassen. Er hat der Rache des Herrn die Tür geöffnet.«

»Hatte *nostro signore* Ihnen gesagt, daß Sie ihn …?« begann Brunetti, aber in diesem Moment kam der Arzt mit drei Pflegern ins Zimmer gestürzt, und in dem Lärm und dem Durcheinander war Signorina Lerini für ihn verloren.

Zu guter Letzt wurde Signorina Lerini, nachdem man ihr den gebrochenen Ellbogen reponiert und geschient hatte, auf die Psychiatriestation gebracht, wo sie starke Beruhigungsmittel bekam und rund um die Uhr bewacht wurde. Brunetti wurde im Rollstuhl in die chirurgische Ambulanz verfrachtet, wo man ihm eine Spritze gegen die Schmerzen gab und mit vierzehn Stichen die Armwunde nähte. Der von der Krankenschwester, die den ganzen Vorfall beobachtet hatte, ins Krankenhaus gerufene Chefarzt der Psychiatrie verbot jeglichen Besuch bei Signorina Lerini, deren Zustand er, ohne sie gesehen zu haben, als »sehr ernst« diagnostizierte. Der Arzt und die Krankenschwester, die Brunettis Gespräch mit Signorina Lerini mit angehört hatten, konnten auf Befragen keine näheren Angaben machen, nur ihren Eindruck wiedergeben, daß viel religiöses Geschwafel darin enthalten war. Brunetti wollte noch wissen, ob sie sich erinnerten, daß er Signorina Lerini nach ihrem Vater und Signor da Prè gefragt hatte, aber für sie war alles nur wirres Zeug gewesen.

Um Viertel vor sechs fand Pucetti sich vor Maria Testas Zimmer ein, wo er von Brunetti nichts sah und hörte, obwohl der Regenmantel des Commissario über einem Stuhl hing. Als er die Blutspuren auf dem Fußboden sah, galt sein erster Gedanke der Sicherheit der Frau. Er eilte ans Bett, doch als er darauf hinunterblickte, sah er, daß ihre Brust sich immer noch beim Atmen hob und senkte. Dann schaute er in ihr Gesicht und sah, daß sie die Augen offen hatte und zu ihm heraufstarrte.

21

Brunetti erfuhr von der Veränderung in Maria Testas Zustand erst kurz vor elf, als er, den verwundeten Arm in einer Schlinge, in der Questura ankam. Gleich darauf war Vianello bei ihm.

»Sie ist wach«, sagte er ohne Vorrede.

»Maria Testa?« fragte Brunetti, obwohl er es gleich wußte.

»Ja.«

»Was noch?«

»Ich weiß nicht. Pucetti hat hier gegen sieben angerufen und diese Nachricht hinterlassen, aber ich selbst habe sie erst vor einer halben Stunde bekommen. Als ich im Krankenhaus anrief, waren Sie schon fort.«

»Wie geht es ihr?«

»Das weiß ich nicht. Nur, daß sie wach ist. Als Pucetti das den Ärzten sagte, sind offenbar drei von ihnen zu ihr ins Zimmer gegangen und haben ihn hinausgeschickt. Er nimmt an, sie wollten irgendwelche Untersuchungen vornehmen. Da hat er hier angerufen.«

»Sonst hat er nichts gesagt?«

»Soviel ich weiß, nicht, Commissario.«

»Und was ist mit der Lerini?«

»Wir wissen nur, daß sie ruhiggestellt wurde und niemand zu ihr darf.« Das war nicht mehr, als was Brunetti schon gewußt hatte, als er das Krankenhaus verließ.

»Danke, Vianello«, sagte er.

»Haben Sie sonst noch etwas für mich zu tun, Commissario?« fragte Vianello.

»Im Moment nicht. Ich gehe später noch mal ins Krankenhaus.« Er schüttelte seinen Regenmantel ab und warf ihn über einen Stuhl. Bevor Vianello hinausging, fragte Brunetti: »Der Vice-Questore?«

»Ich weiß nichts. Er sitzt in seinem Zimmer, seit er hier ist. Gekommen ist er erst um zehn, und ich glaube nicht, daß er vorher schon davon gehört hat.«

»Danke«, sagte Brunetti, und Vianello ging.

Allein in seinem Zimmer, nahm Brunetti ein Fläschchen Schmerztabletten aus seinem Regenmantel und ging zur Herrentoilette am Ende des Korridors, um sich ein Glas Wasser zu holen. Er schluckte zwei Pillen, dann noch eine dritte und steckte das Fläschchen wieder in die Manteltasche. Er hatte die Nacht davor so gut wie nicht geschlafen, und das bekam er jetzt zu spüren, wie er es immer spürte, nämlich in den Augen, die juckten und brannten. Er setzte sich auf seinen Stuhl, lehnte sich zurück und verzog das Gesicht vor Schmerzen, als er mit dem Arm an die Lehne stieß.

Signorina Lerini hatte gesagt, »beide« Männer wären Sünder gewesen. Hatte da Prè sie bei einem seiner monatlichen Besuche bei seiner Schwester aus dem Zimmer ihres Vaters kommen sehen, an dessen Todestag? Und hatten Brunettis Besuch bei ihm und die Fragen, die er ihm gestellt hatte, ihn zum Nachdenken darüber gebracht? Wenn ja, dann hatte der kleine Mann bei seinem Erpressungsversuch nicht die Wahnvorstellung von ihrer göttlichen Sendung bedacht, die sie erfüllte und beseelte, und damit hatte er sich selbst das Grab geschaufelt. Er hatte Gottes Plan bedroht und so sein eigenes Todesurteil gesprochen.

Brunetti ging im Geiste noch einmal sein Gespräch mit Signorina Lerini durch. Er hatte es, als er so vor ihr stand und den Irrsinn in ihrem Blick sah, nicht gewagt, den Priester beim Namen zu nennen, und somit hatte er nur ihre Beteuerung, daß »*nostro signore*« ihr gesagt habe, was sie tun solle. Sogar als sie ihm die Morde an ihrem Vater und da Prè erklärt hatte, waren ihre Worte so durchsetzt gewesen von den Fieberphantasien ihres Religionswahns, daß die beiden Zeugen dieses Geständnisses – denn anders konnte man es kaum nennen – überhaupt nicht wußten, was sie da gehört hatten. Zwar war ihr tätlicher Angriff auf ihn zweifellos eine Straftat gewesen, aber es bestand wohl wenig Aussicht, von einem Richter einen Haftbefehl zu bekommen. Und wenn er an diesen irren Blick und die heilige Empörung dachte, mit der sie gesprochen hatte, fragte er sich erst recht, ob irgendein Richter bereit wäre, ein Verfahren gegen sie zu eröffnen. Brunetti betrachtete sich kaum als Experten in Sachen Geistesgestörtheit, aber was er letzte Nacht erlebt hatte, sah ihm doch sehr danach aus. Und wenn die Frau verrückt war, schwand jede Chance, sie oder den Mann, der sie nach Brunettis fester Überzeugung auf ihre heilige Mission geschickt hatte, je vor Gericht zu bringen.

Er rief im Krankenhaus an, kam aber nicht zu der Station durch, auf der Maria Testa lag. Er beugte den Oberkörper weit nach vorn und ließ sich von seinem eigenen Gewicht auf die Füße ziehen. Ein Blick aus dem Fenster sagte ihm, daß es wenigstens zu regnen aufgehört hatte. Er legte sich mit dem rechten Arm den Regenmantel um die Schultern und verließ sein Zimmer.

Als Brunetti den – uniformlosen – Pucetti vor Maria Testas Zimmer sitzen sah, fiel ihm ein, daß nun, nachdem jemand sie zu ermorden versucht hatte, ein Polizeischutz ganz offiziell möglich war.

»Guten Morgen, Commissario.« Pucetti sprang auf und salutierte zackig.

»Guten Morgen, Pucetti«, antwortete Brunetti. »Was tut sich so?«

»Den ganzen Vormittag gehen Ärzte und Schwestern ein und aus. Aber wenn ich etwas frage, gibt mir keiner eine Antwort.«

»Ist im Moment jemand drin?«

»Ja, eine Nonne. Ich glaube, sie hat etwas zu essen hineingebracht. Jedenfalls hat es so gerochen.«

»Gut«, sagte Brunetti. »Essen muß sie. Wie lange ist das schon her?« fragte er, im Augenblick tatsächlich außerstande, sich zu erinnern, wie lange das Ganze schon ging.

»Vier Tage, Commissario.«

»Ja, stimmt. Vier Tage.« Brunetti erinnerte sich zwar noch immer nicht, war aber gern bereit, dem jungen Mann zu glauben. »Pucetti?«

»Commissario?« antwortete Pucetti, diesmal ohne zu salutieren, wenn ihm das auch sichtlich schwerfiel.

»Gehen Sie mal nach unten und rufen Sie Vianello an. Er soll jemanden zu Ihrer Ablösung herschicken, und sagen Sie ihm, er soll das offiziell im Dienstplan eintragen. Und dann gehen Sie nach Hause zum Essen. Wann haben Sie wieder Dienst?«

»Erst übermorgen, Commissario.«

»War heute Ihr freier Tag?«

Pucetti blickte auf seine Tennisschuhe hinunter. »Nein, Commissario.«

»Was dann?«

»Ich hatte noch Urlaub. Da habe ich ein paar Tage davon genommen. Ich dachte – äh –, ich könnte Vianello hier ein bißchen zur Hand gehen. Bei dem Regen lohnt es sich sowieso nicht, wegzufahren.« Pucetti betrachtete angelegentlich einen Fleck an der Wand links hinter Brunettis Kopf.

»Also, wenn Sie Vianello anrufen, sagen Sie ihm, er soll das irgendwie abändern, so daß Sie heute Dienst haben. Sparen Sie sich Ihren Urlaub für den Sommer auf.«

»Danke, Commissario. Wäre das dann alles?«

»Ich denke, ja.«

»Dann auf Wiedersehen, Commissario«, sagte der junge Mann und wandte sich in Richtung Treppe.

»Und danke, Pucetti«, rief Brunetti ihm nach. Zur Antwort hob Pucetti nur eine Hand, blickte aber nicht zurück oder quittierte Brunettis Dank auf irgendeine andere Weise.

Brunetti klopfte an die Tür.

»*Avanti*«, rief eine Stimme von drinnen.

Er drückte die Tür auf und ging hinein. Mit einem gewissen Erschrecken sah er eine Nonne im nun schon wohlvertrauten Habit des Ordens vom Heiligen Sakrament neben dem Bett stehen und Maria Testa das Gesicht abwischen. Sie warf einen Blick zu Brunetti herüber, sagte aber nichts. Auf dem Tischchen neben dem Bett stand ein Tablett, mitten darauf eine halb leergegessene Schale mit Suppe, wie es aussah. Das Blut – sein Blut – war nicht mehr auf dem Boden.

»Guten Morgen«, sagte Brunetti, ohne ganz verbergen zu können, wie nervös ihn der Anblick des Habits machte.

Die Nonne nickte, sagte aber noch immer nichts. Sie trat einen kleinen Schritt vor, bis sie – vielleicht unwillentlich – zwischen ihm und dem Bett stand.

Brunetti trat daraufhin so weit nach links, daß Maria ihn sehen konnte, worauf sie die Augen weit aufriß und sich mit nachdenklich gerunzelter Stirn offenbar an ihn zu erinnern versuchte. »Signor Brunetti?« fragte sie schließlich.

»Ja.«

»Was machen Sie denn hier? Ist etwas mit Ihrer Mutter?«

»Nein, nein, mit meiner Mutter ist nichts. Ich komme Sie besuchen.«

»Was ist denn mit Ihrem Arm?«

»Nichts. Gar nichts.«

»Aber woher wissen Sie, daß ich hier bin?« Als sie die Panik hörte, die sich in ihre Stimme schlich, hielt sie inne und schloß die Augen. Dann öffnete sie diese langsam wieder und sagte mit einer Stimme, die regelrecht zitterte von der Anstrengung, ruhig zu sprechen: »Ich begreife gar nichts.«

Brunetti näherte sich dem Bett. Die Nonne schoß ihm einen Blick zu und schüttelte den Kopf, was Brunetti, falls es eine Warnung sein sollte, nicht beachtete.

»Was begreifen Sie nicht?« fragte er.

»Ich weiß nicht, wie ich hierhergekommen bin. Die sagen, ich wäre auf dem Fahrrad von einem Auto angefahren worden, aber ich habe doch gar kein Fahrrad. Im ganzen Pflegeheim gibt es kein Fahrrad, und ich glaube auch nicht, daß wir damit fahren dürften, wenn doch welche da wären. Und dann soll ich am Lido gewesen sein. Ich war aber noch nie am Lido, Signor Brunetti, mein ganzes Leben nicht.« Ihre Stimme wurde immer höher.

»Wo waren Sie denn Ihrer Erinnerung nach?« fragte er.

Die Frage schien sie zu erschrecken. Sie griff sich mit der Hand an die Stirn, genau wie er es sie damals in seinem Dienstzimmer hatte tun sehen, und wieder schien sie überrascht zu sein, daß sie den schützenden Halt ihrer Haube nicht fand. Mit den Kuppen des Zeige- und Mittelfingers rieb sie über den Verband, der ihre Schläfe bedeckte, als wollte sie die Gedanken dort herausholen.

»Ich weiß, daß ich im Pflegeheim war«, sagte sie schließlich.

»Da, wo meine Mutter ist?« fragte Brunetti.

»Natürlich. Da arbeite ich doch.« Die Nonne trat vor, vielleicht auf die zunehmende Erregung in Maria Testas Stimme hin. »Ich glaube, Sie sollten jetzt keine weiteren Fragen stellen, Signore.«

»Nein, nein, er soll bleiben«, flehte Maria.

Brunetti sah die Unentschlossenheit der Nonne und sagte: »Vielleicht ist es leichter, wenn nur ich rede.«

Die Nonne sah von Brunetti zu Maria Testa, die nickte und flüsterte: »Bitte. Ich möchte wissen, was passiert ist.«

Die Nonne blickte auf ihre Uhr und sagte in diesem energischen Ton, den Leute anschlagen, wenn sie die Chance bekommen, ihre begrenzte Macht zu gebrauchen: »Also gut, aber nur fünf Minuten.« Brunetti hoffte daraufhin, sie würde hinausgehen, was sie aber nicht tat, sie stellte sich nur ans Bettende und hörte ganz offen ihrem Gespräch zu.

»Sie waren auf einem Fahrrad, als das Auto Sie anfuhr, und Sie waren am Lido, wo Sie in einer Privatklinik arbeiteten.«

»Aber das ist unmöglich«, sagte Maria. »Ich sagte Ihnen doch, ich war noch nie am Lido. Noch nie.« Kaum hatte sie das gesagt, unterbrach sie sich und meinte dann: »Entschuldigung, Signor Brunetti. Sagen Sie mir, was Sie wissen.«

»Sie arbeiteten dort seit ein paar Wochen. Das Pflegeheim hatten Sie schon einige Zeit davor verlassen. Irgendwelche Leute haben Ihnen geholfen, eine Arbeitsstelle und eine Unterkunft zu finden.«

»Eine Arbeitsstelle?«

»In der Klinik; da haben Sie in der Wäscherei gearbeitet.«

Sie schloß kurz die Augen, öffnete sie wieder und sagte: »Ich weiß nichts vom Lido.« Erneut griff sie sich mit der Hand an die Schläfe. »Aber warum sind Sie hier?« fragte sie Brunetti, und er hörte aus ihrem Ton heraus, daß sie sich an seinen Beruf erinnert hatte.

»Sie waren vor ein paar Wochen bei mir in der Questura und haben mich gebeten, mich um etwas zu kümmern.«

»Um was?« fragte sie mit verwundertem Kopfschütteln.

»Um etwas, was sich Ihrer Meinung nach im Pflegeheim San Leonardo abspielte.«

»San Leonardo? Aber da war ich nie.«

Brunetti sah, wie sie die Hände auf der Decke zu Fäusten ballte, und fand, daß es wenig Sinn hatte, auf diese Weise fortzufahren. »Ich glaube, wir lassen das jetzt lieber. Vielleicht fällt Ihnen ja wieder ein, was passiert ist. Jetzt brauchen Sie Ruhe. Und Sie müssen essen und wieder zu Kräften kommen.« Wie oft hatte er diese Frau so ähnliche Worte schon zu seiner Mutter sagen hören!

Die Nonne trat vor. »Das genügt jetzt, Signore.« Brunetti mußte ihr recht geben.

Er streckte den gesunden Arm aus und tätschelte Marias Hand. »Es wird schon alles wieder. Das Schlimmste ist überstanden. Sie brauchen nur Ruhe und müssen essen.« Er lächelte und wandte sich zum Gehen.

Bevor er bei der Tür war, wandte Maria sich an die Nonne

und sagte: »Entschuldigung, Schwester, aber ich brauchte eine …« Sie brach ab und senkte sittsam oder verlegen den Blick.

»Eine Bettpfanne?« fragte die Nonne, ohne im mindesten ihre Lautstärke zu dämpfen.

Maria nickte, noch immer gesenkten Blicks.

Die Nonne gab einen ungehaltenen Ton von sich und kniff die Lippen zusammen. Sie drehte sich um und ging zur Tür, öffnete sie und hielt sie für Brunetti auf.

Da rief Maria von hinten mit dünnem, ängstlichem Stimmchen: »Bitte, er soll bei mir bleiben, bis Sie wieder da sind, Schwester. Ich möchte nicht allein sein.«

Die Nonne schaute zu ihr zurück, dann zu Brunetti. Schließlich ging sie hinaus und zog die Tür hinter sich zu.

Brunetti drehte sich zu Maria um.

»Es war ein grünes Auto«, sagte Maria ohne Einleitung. »Ich kann nicht zwischen den verschiedenen Marken unterscheiden, aber es ist direkt auf mich zugefahren. Es war kein Unfall.«

Völlig verdutzt fragte Brunetti: »Sie erinnern sich also?«

»Ich erinnere mich an alles«, sagte sie mit einer Stimme, die kräftiger war, als er sie je sprechen gehört zu haben meinte. »Man hat mir gesagt, was Ihnen passiert ist, und ich hatte einen Tag zum Nachdenken.«

Er wollte an ihr Bett gehen, aber sie streckte abwehrend die Hand aus. »Bleiben Sie da. Sie soll nicht wissen, daß wir miteinander gesprochen haben.«

»Aber warum?« fragte er.

Diesmal war es Maria, die verärgert die Lippen zusammenkniff. »Vielleicht gehört sie dazu. Die bringen mich um, wenn sie glauben, daß ich mich erinnere.«

Er sah durch das Zimmer zu ihr hinüber, und die ansteckende Energie, die von ihr ausstrahlte, warf ihn fast um. »Was haben Sie vor?« fragte er.

»Am Leben zu bleiben«, spie sie ihm entgegen, dann ging

die Tür auf, und die Nonne kam wieder herein, eine Bettpfanne vor sich her tragend. Wortlos ging sie an Brunetti vorbei zum Bett.

Er sagte nichts, wollte auch nicht riskieren, mit Maria noch einen letzten Blick zu wechseln, und ging hinaus. Er zog die Tür hinter sich zu.

Als er den Korridor entlang in Richtung Psychiatriestation ging, fühlte er auf einmal, wie die Fliesen unter seinen Füßen in Bewegung gerieten. Mit einem Teil seines Verstandes wußte er, daß dies nichts weiter als Erschöpfung und Schock war, aber das hinderte ihn nicht, in den Gesichtern der ihm Entgegenkommenden zu forschen, ob sie den Erdstoß etwa auch gespürt hatten. Dann fand er es plötzlich beängstigend, daß es ihn trösten würde zu wissen, daß es ein Erdbeben gewesen war. Er ging in die Cafeteria im Erdgeschoß und verlangte ein Glas Aprikosennektar, dann bat er um ein Glas Wasser und nahm noch zwei Schmerztabletten. Wie er sich so unter den anderen in der Cafeteria mit ihren Verbänden und Schienen umsah, fühlte er sich zum erstenmal an diesem Tag zu Hause.

Als er sich wieder auf den Weg zur Psychiatriestation machte, fühlte er sich besser, wenn auch nicht gut. Er überquerte den offenen Hof, ging an der Radiologie vorbei und stieß die Glastür zur Psychiatriestation auf. Genau in diesem Moment sah er vom anderen Ende des Korridors eine weißgewandete Gestalt ihm entgegenkommen, und wieder fragte sich Brunetti, ob er Urlaub von seinen fünf Sinnen genommen habe oder von einer Art psychologischem Erdbeben heimgesucht werde. Aber nein, es war nichts mehr und nichts minder als Padre Pio, der ihm da entgegenkam, den hochgewachsenen Körper von einem dunklen wollenen Umhang umwallt, der am Kragen geschlossen war, und zwar, wie Brunetti mit fast halluzinatorischer Klarheit erkannte, mit einer aus einem alten Mariatheresientaler gefertigten Spange.

Es war schwer zu beurteilen, wer von ihnen beiden erstaunter war, jedenfalls fing sich aber der Pater als erster wieder und sagte: »Guten Morgen, Commissario. Ist es vorschnell von mir, wenn ich vermute, daß wir beide hier sind, um dieselbe Person zu besuchen?«

Brunetti brauchte eine kleine Weile, bis er sprechen konnte, dann sagte er nur den Namen: »Signorina Lerini?«

»Ja.«

»Die können Sie nicht besuchen«, sagte Brunetti, ohne seine Feindseligkeit länger zu unterdrücken.

Padre Pios Gesicht erblühte zu genau demselben liebenswürdigen Lächeln, mit dem er Brunetti bei ihrem ersten Zusammentreffen im Kloster des Ordens vom Heiligen Sakrament begrüßt hatte. »Aber Commissario, Sie werden doch gewiß nicht das Recht haben, einem kranken Menschen, der des geistlichen Zuspruchs bedarf, den Besuch seines Beichtvaters zu verweigern?«

Beichtvater! Natürlich. Das hätte Brunetti sich denken können. Aber bevor er etwas sagen konnte, fuhr der Pater fort: »Jedenfalls kommen Sie mit Ihrem Verbot zu spät, Commissario. Ich habe schon mit ihr gesprochen und ihr die Beichte abgenommen.«

»Und ihr geistlichen Trost gespendet?« fragte Brunetti.

»Sie sagen es«, antwortete Padre Pio mit einem Lächeln, das Liebenswürdigkeit nie gekannt hatte.

Brunetti merkte, wie Übelkeit in ihm hochstieg, aber die hatte nichts mit dem soeben getrunkenen Aprikosennektar zu tun. Wut und Ekel ergriffen von ihm Besitz wie ein plötzlicher Krampf, und er konnte beide sowenig unterdrücken wie die Tabletten den Schmerz in seinem Arm. Unter Mißachtung der Erfahrungen einer ganzen Generation packte er den Pater an seinem Gewand und fühlte mit Freude, wie sich das feine Tuch in seiner Hand zusammenknüllte. Er riß den Pater unsanft zu sich heran, so daß dieser, auf dem falschen Fuß erwischt, ihm entgegentaumelte, bis ihre Gesichter nur noch eine Handbreit voneinander entfernt waren. »Wir wissen über Sie Bescheid«, zischte Brunetti.

Der Pater riß zornig eine Hand hoch und befreite sich aus Brunettis Griff. Er wich vor ihm zurück, machte kehrt und wollte zur Tür. Aber dann hielt er ebenso plötzlich an und kam wieder auf Brunetti zu, den Kopf hin und her wiegend wie eine Schlange. »Und wir wissen über Sie Bescheid«, zischte er zurück, dann war er verschwunden. Brunetti überlief es kalt.

22

Draußen auf dem Campo SS. Giovanni e Paolo blieb Brunetti zunächst noch ein paar Minuten vor dem Krankenhauseingang stehen und konnte sich nicht entscheiden, ob er sich überwinden und in die Questura gehen oder lieber nach Hause zurückkehren und ein bißchen schlafen sollte. Er betrachtete die Gerüste an der Vorderseite der Basilika und sah, daß die Schatten schon halb die Fassade hinaufgekrochen waren. Er sah auf die Uhr und konnte es nicht fassen, daß der Nachmittag schon halb vorbei war. Er wußte nicht, wo ihm diese Stunden abhanden gekommen waren: Vielleicht war er in der Cafeteria eingeschlafen, mit dem Kopf an der Wand hinter seiner Stuhllehne. So oder so, die Stunden waren dahin, auf ähnliche Weise entflogen wie Maria Testas Lebensjahre.

Nachdem er zu dem Schluß gekommen war, daß es einfacher wäre, in die Questura zu gehen, schon weil das näher war, überquerte er den Campo und schlug diese Richtung ein. Von Durst und wiederkehrenden Schmerzen geplagt, kehrte er unterwegs in einer Bar ein, um ein Glas Mineralwasser zu trinken und noch eine Schmerztablette zu nehmen. In der Questura angekommen, fand er den Vorraum sonderbar leer, und erst als ihm einfiel, daß Mittwoch war, der Tag, an dem das Ufficio Stranieri geschlossen war, verstand er den Grund für diese ungewohnte Ruhe.

Da ihm ein bißchen vor den vier Treppenfluchten zu seinem Dienstzimmer graute, beschloß er, es hinter sich zu bringen und gleich mit Patta zu reden. Doch als er die erste Treppe hinaufging, die zu Pattas Dienstzimmer führte, merkte er erstaunt, wie leicht das Treppensteigen eigentlich war, und fragte sich, warum er nicht in sein eigenes Zimmer hatte hochgehen wollen, es fiel ihm aber nicht mehr ein. Er überlegte, wie schön es doch wäre, wenn er die Treppen einfach hinaufliegen könnte, wieviel Zeit ihm das täglich sparen würde, aber dann fand er sich in Signorina Elettras Vorzimmer wieder und vergaß die Fliegerei.

Sie blickte von ihrem Computer auf, als er hereinkam, und als sie seinen Arm sah und merkte, in welchem Zustand er war, sprang sie auf und kam hinter ihrem Schreibtisch hervor. »Was ist denn mit Ihnen, Commissario?« Ihr Erschrecken war ihr so deutlich anzusehen und anzuhören, daß Brunetti richtig gerührt war. Wie gut es die Frauen doch haben, dachte er, daß sie ihre Gefühle so offen zeigen dürfen, und wie wohltuend die Zeichen ihrer Zuneigung oder Sorge doch sind!

»Danke, Signorina«, sagte er und widerstand dem Drang, ihr die Hand auf die Schulter zu legen zum Dank für diese offene Anteilnahme, die sie ihm zeigte, ohne daß es ihr selbst wohl klar war. »Ist der Vice-Questore da?«

»Ja, er ist da – aber sind Sie sicher, daß Sie jetzt zu ihm wollen?«

»O ja. Es ist genau der richtige Zeitpunkt.«

»Kann ich Ihnen einen Kaffee besorgen, Dottore?« fragte sie, während sie ihm aus dem Regenmantel half.

Brunetti schüttelte den Kopf. »Nein, schon gut, Signorina. Danke für das Angebot, aber ich will nur ein paar Worte mit dem Vice-Questore reden.«

Die Gewohnheit, und nur die Gewohnheit, veranlaßte Brunetti, an Pattas Tür zu klopfen. Als er eintrat, begrüßte Patta ihn mit dem gleichen Erstaunen, das Signorina Elettra bei seinem Anblick an den Tag gelegt hatte, aber während Signorina Elettras Erstaunen mit Sorge gepaart gewesen war, ging es bei Patta nur mit Mißbilligung einher.

»Was ist denn mit Ihnen los, Brunetti?«

»Jemand hat versucht, mich umzubringen«, antwortete er wegwerfend.

»Große Mühe kann sich der Betreffende nicht gegeben haben, wenn das alles ist, was er erreicht hat.«

»Stört es Sie, wenn ich mich setze, Vice-Questore?«

Patta, der darin kaum mehr sah als einen Versuch Brunettis, auf seine Verwundung aufmerksam zu machen, nickte ungnädig und zeigte auf einen Stuhl. »Wie ist das zugegangen?« wollte er wissen.

»Letzte Nacht im Krankenhaus …«, begann Brunetti, aber Patta fiel ihm ins Wort.

»Ich weiß, was im Krankenhaus passiert ist. Diese Frau wollte die Nonne töten, weil sie die verrückte Idee hatte, diese habe ihren Vater umgebracht«, sagte Patta, legte eine längere Pause ein und fuhr dann fort: »Gut, daß Sie da waren und das verhindern konnten.« Wenn Patta sich angestrengt hätte, wäre ihm das womöglich noch widerwilliger über die Lippen gekommen.

Brunetti hörte zu und wunderte sich nur über das Tempo, mit dem Patta überzeugt worden war. Er wußte ja, daß man eine Geschichte dieser Art konstruieren würde, um Signorina Lerinis Verhalten zu erklären, aber er hätte nicht gedacht, daß sie so frech daherkommen würde.

»Könnte es nicht eine andere Erklärung geben, Vice-Questore?«

»Zum Beispiel?« fragte Patta mit gewohntem Argwohn.

»Daß die Nonne etwas wußte, was Signorina Lerini geheimhalten wollte.«

»Was könnte eine Frau dieser Sorte denn schon für Geheimnisse haben?«

»Eine Frau welcher Sorte, wenn ich fragen darf?«

»Eine Zelotin«, antwortete Patta wie aus der Pistole geschossen. »Eine von denen, die nichts als Religion und Kirche im Kopf haben.« Aus Pattas Ton war nicht zu schließen, ob er so etwas bei Frauen guthieß oder nicht. »Nun?« meinte er herausfordernd, als Brunetti dazu schwieg.

»Ihr Vater hatte nichts am Herzen«, sagte Brunetti.

Patta wartete, ob Brunetti noch etwas sagen würde, und als das nicht der Fall war, verlangte er zu wissen: »Und was soll das bitte heißen?« Brunetti antwortete noch immer nicht. »Etwa, daß Sie glauben, die Frau habe ihren Vater getötet?« Er stieß sich von seinem Schreibtisch ab, um seiner Ungläubigkeit sichtbaren Ausdruck zu geben. »Haben Sie den Verstand verloren, Brunetti? Eine Frau, die täglich in die Messe geht, bringt doch ihren Vater nicht um!«

»Woher wissen Sie, daß sie täglich in die Messe geht?« fragte Brunetti, der über seine eigene Fähigkeit staunte, ganz ruhig zu bleiben und gewissermaßen über diesem Gespräch zu stehen, als wäre er an den Ort hinaufgetragen worden, an dem die Auflösungen aller dieser Rätsel versteckt gehalten wurden.

»Weil sowohl ihr Arzt als auch ihr geistlicher Ratgeber bei mir angerufen haben.«

»Was haben die Ihnen erzählt?«

»Der Arzt hat mir gesagt, daß es anscheinend ein Nervenzusammenbruch war, hervorgerufen durch verzögertes Leid um den Tod ihres Vaters.«

»Und ihr ›geistlicher Ratgeber‹, wie Sie ihn nennen?«

»Wie würden Sie ihn denn bezeichnen, Brunetti? Als etwas anderes? Oder ist er Teil dieses finsteren Szenarios, das Sie sich da anscheinend zusammenreimen?«

»Was hat er gesagt?« wiederholte Brunetti.

»Daß er der Analyse des Arztes zustimmt. Und dann hat er noch gesagt, es würde ihn nicht wundern, wenn herauskäme, daß ebendiese Einbildung über die Nonne schließlich zu dem tätlichen Angriff im Krankenhaus geführt habe.«

»Und ich nehme an, als Sie ihn gefragt haben, wie er darauf komme, hat er geantwortet, er sei nicht ermächtigt, Ihnen zu sagen, wie er an diese Information gekommen sei«, sagte Brunetti, der sich immer weiter von diesem Gespräch und den beiden Männern entfernte, die es führten.

»Woher wissen Sie das?« fragte Patta.

»Aber Vice-Questore«, sagte Brunetti, wobei er aufstand und Patta mit dem Finger drohte, »Sie werden doch nicht von mir erwarten, das Siegel des Beichtgeheimnisses zu brechen.« Er wartete gar nicht erst ab, was Patta darauf zu sagen hatte, sondern schwebte zur Tür hinüber und verließ das Zimmer.

Signorina Elettra trat sehr eilig zurück, als die Tür aufging, und Brunetti drohte auch ihr mit dem Finger. Dann aber lächelte er und fragte: »Könnten Sie mir in meinen Mantel helfen, Signorina?«

»Selbstverständlich, Dottore«, sagte sie, nahm den Mantel von dem Stuhl, über dem er lag, und hielt ihn für ihn auf.

Nachdem der Mantel um seine Schultern lag, bedankte er sich und wollte zur Treppe. Da stand plötzlich Vianello in der Tür, herbeigezaubert wie ein Engel. »Bonsuan wartet mit dem Boot, Commissario«, sagte er. Später erinnerte sich Brunetti, daß er neben dem Sergente die Treppe hinunterging und dieser seinen gesunden Arm faßte. Und er erinnerte sich, daß er Vianello gefragt hatte, ob auch er sich schon einmal darüber Gedanken gemacht habe, wie leicht es wäre, wenn sie einfach die Treppen hinauf- und hinunterfliegen könnten, um in ihre Dienstzimmer zu kommen, doch dann verloren sich seine Erinnerungen an diesen Tag und gesellten sich zu all den verlorenen Stunden im Leben der Suor Immacolata.

23

Die Infektion in Brunettis Arm wurde später den Fasern aus seinem Harris-Tweed-Jackett zugeschrieben, die in die Wunde gelangt und aufgrund schlampiger medizinischer Versorgung dort verblieben waren. Natürlich stammte diese Erklärung nicht vom Ospedale Civile; der dortige Chirurg beharrte darauf, daß die Infektion durch einen verbreiteten Staphylokokkenstamm hervorgerufen worden und bei einer derart schweren Verwundung zu erwarten gewesen sei. Aber sein Freund Giovanni Grimani berichtete ihm später, daß in der chirurgischen Ambulanz Köpfe gerollt seien, und ein Pfleger sei in die Küche versetzt worden. Grimani sagte nicht – zumindest nicht offen –, es sei die Schuld des Chirurgen gewesen, der viel zu hastig gearbeitet habe, aber Brunetti und Paola entnahmen das seinem Ton. Das alles erfuhr Brunetti aber erst viel später, lange nachdem die Infektion so schlimm und sein Verhalten so wunderlich geworden war, daß man ihn ins Krankenhaus brachte.

Dank der Großzügigkeit seines Schwiegervaters gegenüber dieser Institution kam der phantasierende Brunetti ins Ospedale Giustinian, wo er in ein Privatzimmer gelegt und vom gesamten Personal, nachdem es erfahren hatte, mit wem er verwandt war, mit größter Zuvorkommenheit und Höflichkeit behandelt wurde. Während der ersten Tage, in denen er von einer Bewußtlosigkeit in die nächste fiel und die Ärzte nach dem richtigen Antibiotikum gegen seine Infektion suchten, sagte man ihm nichts über deren Ursache, und nachdem dieses Medikament endlich gefunden und die Infektion erfolgreich bekämpft worden war, zeigte er kein Interesse an der Frage, wer eigentlich schuld gewesen war. »Was würde es denn schon ändern?« fragte er den enttäuschten Grimani, der doch so stolz darauf war, daß er Freundschaft über die Solidarität mit seinen Arztkollegen gestellt hatte.

Während seines Krankenhausaufenthalts, zumindest in den lichten Perioden, hatte Brunetti sich wiederholt nach Maria Testa erkundigt, aber niemand sagte ihm mehr, als daß sie im Krankenhaus liege und stetig zu Kräften komme. Brunetti fand es absurd, daß man ihn im Krankenhaus hielt, und am selben Tag, an dem ihm die Infusionskanüle aus dem Arm genommen wurde, verlangte er, entlassen zu werden. Paola, die ihm beim Anziehen half, erklärte, draußen sei es so warm, daß er keinen Pullover brauche, aber sie hatte ein Jackett mitgebracht, das er sich um die Schultern legen konnte.

Als ein geschwächter Brunetti und eine erleichterte Paola auf den Korridor hinaustraten, wartete dort Vianello. »Guten Morgen, Signora«, sagte er zu Paola.

»Guten Morgen, Vianello. Wie nett von Ihnen, daß Sie gekommen sind«, sagte sie mit gespielter Überraschung. Brunetti lächelte über ihren vergeblichen Versuch, sich ganz zwanglos zu geben, denn er war sicher, daß sie das Ganze mit Vianello verabredet hatte, und ebenso sicher, daß Bonsuan am Nebeneingang im Polizeiboot mit laufendem Motor wartete.

»Sehr gut sehen Sie aus, Commissario«, war Vianellos Begrüßung.

Beim Ankleiden hatte Brunetti sich darüber gewundert, wie lose seine Hose saß. Anscheinend hatte das Fieber einiges von dem Übergewicht weggezehrt, das er sich über die Wintermonate zugelegt hatte, und seine Appetitlosigkeit hatte ein übriges getan. »Danke, Vianello«, sagte er und beließ es dabei. Als Paola sich in Bewegung setzte, wandte Brunetti sich an den Sergente und fragte: »Wie geht es ihr?« Er brauchte nicht zu erklären, wen er meinte.

»Fort. Beide sind fort.«

»Wie bitte?«

»Signorina Lerini wurde in eine Privatklinik gebracht.«

»Wo?«

»In Rom. So hat man es uns jedenfalls gesagt.«

»Haben Sie das überprüft?« fragte Brunetti.

»Signorina Elettra hat es bestätigt.« Und ehe Brunetti noch fragen konnte, erklärte er: »Die Klinik steht unter der Leitung des Ordens vom Heiligen Sakrament.«

Brunetti wußte nicht, welchen Namen er nun gebrauchen sollte. »Und Maria Testa?« fragte er schließlich und schlug sich mit diesem Namen auf die Seite der Entscheidung, die sie getroffen hatte.

»Sie ist verschwunden.«

»Was heißt das, verschwunden?«

»Guido«, sagte Paola, indem sie zu ihm zurückkam, »hat das nicht Zeit?« Damit machte sie wieder kehrt und ging weiter den Korridor hinunter, zum Nebenausgang und dem wartenden Polizeiboot.

Brunetti folgte ihr, und Vianello fiel neben ihm in Gleichschritt.

»Berichten Sie«, sagte Brunetti.

»Die ersten Tage, nachdem Sie hierhergekommen waren, haben wir die Wachen noch vor ihrem Zimmer gelassen ...«

Brunetti unterbrach ihn. »Hat jemand versucht, zu ihr hineinzukommen?«

»Dieser Pater. Aber dem habe ich gesagt, wir hätten den Befehl, keinen Besuch zu ihr zu lassen. Da ist er zu Patta gegangen.«

»Und?«

»Patta hat sich einen Tag lang geziert, dann hat er gesagt, wir sollen sie fragen, ob sie den Pater empfangen will.«

»Und was hat sie geantwortet?«

»Ich habe sie gar nicht gefragt. Aber zu Patta habe ich gesagt, sie wolle ihn nicht empfangen.«

»Und weiter?« fragte Brunetti, aber da waren sie schon an der Krankenhaustür, wo Paola stand und sie ihm aufhielt, und als er nach draußen trat, sagte sie: »Willkommen im Frühling, Guido.«

Und es stimmte. Während seiner zehn Tage im Krankenhaus war wie durch Zauber der Frühling gekommen und hatte die Stadt erobert. Die Luft war mild und duftete nach Wachstum, die Balzgesänge kleiner Vögel erfüllten die Luft, und auf der anderen Seite des Kanals sah man Rosenknospen durch ein Eisengitter in der Backsteinmauer sprießen. Wie Brunetti sich gedacht hatte, stand Bonsuan am Ruder des Polizeiboots, das an den Stufen angelegt hatte, die vom Krankenhaus zum Kanal hinunterführten. Bonsuan begrüßte sie mit einem Kopfnicken und, wie es Brunetti vorkam, fast sogar mit einem Lächeln.

Mit einem gebrummelten »*Buon giorno*« half der Bootsführer zuerst Paola an Bord, dann Brunetti, der, geblendet von dem plötzlichen hellen Licht, fast gestolpert wäre. Vianello löste die Leine und sprang ebenfalls an Bord, und Bonsuan steuerte das Boot in Richtung Canale della Giudecca.

»Und was dann?« fragte Brunetti.

»Dann hat eine von den regulären Krankenschwestern, die sie pflegten, ihr erzählt, daß der Pater sie besuchen wolle, wir ihn aber nicht zu ihr ließen. Ich habe später mit der Krankenschwester gesprochen, und die sagte, sie – ich meine die Testa – sei anscheinend beunruhigt darüber gewesen, daß er sie besuchen wollte, und fast froh, daß wir ihn nicht zu ihr gelassen hatten.« Ein Schnellboot raste rechts an ihnen vorbei und spritzte Wasser in ihre Richtung. Vianello sprang zur Seite, aber das Wasser platschte nur harmlos gegen die Bootswand.

»Und weiter?« drängte Brunetti.

»Dann war sie weg. Wir hatten die Wachen abgezogen, aber ein paar von den jungen Burschen und ich haben uns nachts noch in der Nähe aufgehalten, nur um die Dinge im Auge zu behalten.«

»Wann ist sie verschwunden?«

»Vor zwei Tagen. Am Nachmittag wollte der Arzt nach ihr sehen, da war sie nicht mehr da. Ihre Sachen waren fort, und von ihr war weit und breit keine Spur.«

»Was haben Sie unternommen?«

»Wir haben im Krankenhaus herumgefragt, aber niemand hatte sie gesehen. Sie war einfach verschwunden.«

»Und ihr Beichtvater?«

»Er hat einen Tag nach ihrem Verschwinden angerufen – da wußte außer uns noch keiner davon – und sich beschwert, daß wir ihn von ihr fernhielten. Patta glaubte zu dem Zeitpunkt noch, sie wäre im Krankenhaus, und da ist er eingeknickt und hat gesagt, er wolle sich persönlich darum kümmern, daß Cavaletti zu ihr könne. Er hat mich zu sich gerufen und mir gesagt, sie müsse ihn empfangen, und da habe ich ihm erst mitgeteilt, daß sie verschwunden ist.«

»Was hat er daraufhin getan? Oder gesagt?«

Vianello dachte ein Weilchen nach, bevor er antwortete: »Ich glaube, er war erleichtert, Commissario. Als ich ihm sagte, daß sie weg ist, schien er sich fast zu freuen. Er hat sogar noch in meiner Gegenwart diesen Pater angerufen. Ich mußte selbst mit ihm sprechen und ihm sagen, daß sie weg ist.«

»Haben Sie eine Ahnung, wo sie sein könnte?« fragte Brunetti.

»Nein«, antwortete Vianello, ohne zu zögern.

»Haben Sie diesen Mann am Lido angerufen, diesen Sassi?«

»Es war das erste, was ich getan habe. Er hat gesagt, ich soll mir keine Sorgen um sie machen, aber mehr war von ihm nicht zu erfahren.«

»Meinen Sie, er weiß, wo sie steckt?« fragte Brunetti. Er wollte Vianello nicht drängen und sah zu Paola, die am Ruder stand und mit Bonsuan plauderte.

Schließlich antwortete Vianello: »Muß er wohl. Aber er traut niemandem und verrät nichts, auch uns nicht.«

Brunetti nickte und wandte sich von dem Sergente ab. Er

blickte übers Wasser zu San Marco hinüber, das rechts von ihnen soeben in Sicht kam. Er erinnerte sich an diesen letzten Tag bei Maria Testa im Krankenhaus, an diese Entschlossenheit in ihrer Stimme, und große Erleichterung überkam ihn, daß sie sich zum Weglaufen entschlossen hatte. Brunetti würde versuchen, sie zu finden, doch er hoffte, daß sie unauffindbar bleiben möge – für ihn wie für jeden anderen. Möge Gott die Hand über sie halten und ihr die Kraft geben für ihre *vita nuova*.

Paola, die sah, daß sein Gespräch mit Vianello beendet war, gesellte sich zu ihnen. Genau in dem Moment kam von hinten eine Windbö und wehte ihr die blonden Haare auf beiden Seiten vors Gesicht.

Lachend hob sie die Arme, fuhr mit den Händen unter die Haare und strich sie wieder zurück, dann schüttelte sie den Kopf hin und her, als wäre sie eben nach langem Tauchen an die Oberfläche gekommen. Als sie die Augen öffnete, sah sie, daß Brunetti sie beobachtete, und lachte noch lauter. Er legte ihr den gesunden Arm um die Schultern und zog sie an sich.

Von aufwallender Liebe ins Jünglingsalter zurückversetzt, fragte Brunetti: »Hast du mich vermißt?«

Sie ließ sich anstecken und antwortete: »Geschmachtet habe ich. Die Kinder haben nichts zu essen bekommen. Meine Studenten verkommen aus Mangel an intellektueller Anregung.«

Vianello ließ sie lieber allein und ging zu Bonsuan hinauf.

»Was hast du denn so gemacht?« erkundigte sich Brunetti, als hätte sie in den letzten zehn Tagen nicht die meiste Zeit bei ihm im Krankenhaus gesessen.

Er fühlte durch ihren Körper, wie auf einmal ihre Stimmung umschlug, und drehte sie zu sich herum. »Was ist denn los?«

»Ich möchte dir das Heimkommen nicht vermiesen«, sagte sie.

»Das könnte mir nichts und niemand vermiesen, Paola«, meinte er, lächelnd über diese simple Wahrheit. »Sag's mir bitte.«

Sie sah ihm einen Moment in die Augen und sagte dann:

»Ich habe dir doch gesagt, daß ich meinen Vater um Hilfe bitten wollte.«

»Wegen Don Luciano?«

»Ja.«

»Und?«

»Er hat mit ein paar Leuten gesprochen, Freunden in Rom. Ich glaube, er hat eine Lösung gefunden.«

»Sag sie mir.«

Das tat sie.

Die Haushälterin öffnete auf Brunettis zweites Klingeln die Tür zum Pfarrhaus. Sie war eine unscheinbare Frau von vielleicht Ende Fünfzig und hatte die glatte, makellose Haut, die ihm schon oft in den Gesichtern von Nonnen und anderen Frauen aufgefallen war, die sich lange ihre Jungfräulichkeit bewahrt hatten. »Ja, bitte?« fragte sie. »Was kann ich für Sie tun?« Sie mochte früher einmal hübsch gewesen sein mit ihren dunkelbraunen Augen und dem breiten Mund, aber die Zeit hatte sie derlei Dinge vergessen lassen, oder ihr fehlte der Wille zur Schönheit, und so war ihr Gesicht verwelkt und stumpf und schlaff geworden.

»Ich möchte gern mit Luciano Benevento sprechen«, sagte Brunetti.

»Sind Sie ein Gemeindemitglied?« fragte sie, erstaunt, daß er den Namen des Priesters ohne seinen Titel nannte. »Ja«, antwortete Brunetti nach einem nur ganz winzigen Zögern; immerhin war seine Antwort ja geographisch korrekt.

»Wenn Sie mit in sein Arbeitszimmer kommen, werde ich Don Luciano rufen.« Sie wandte sich von Brunetti ab, der die Tür hinter sich schloß und ihr durch die marmorgeflieste Eingangsdiele folgte. Sie öffnete ihm die Tür zu einem kleinen Zimmer und verschwand durch die Diele, auf der Suche nach dem Pfarrer.

In dem Zimmer standen zwei Sessel nah beieinander, vielleicht um die Intimität der Beichte zu fördern. An einer Wand hing ein kleines Kruzifix, gegenüber ein Bild der Madonna von Krakau. Auf einem niedrigen Tischchen lagen ein paar Ausgaben von *Famiglia Cristiana* und ein paar Überweisungsformulare zum gefälligen Gebrauch für jedermann, der sich zu einer Spende für *Primavera Missionaria* veranlaßt sehen könnte. Brunetti ignorierte die Zeitschriften, die Bildnisse und die Sessel. Er blieb in der Mitte des Zimmers stehen, vollkommen klar im Kopf, und wartete auf das Erscheinen des Pfarrers.

Wenige Minuten später ging die Tür auf, und ein großer, dünner Mann trat ein. Durch das lange Gewand und den hohen Kragen seines Amtes wirkte er noch größer, als er war, und dieser Eindruck wurde verstärkt durch seine aufrechte Haltung und den langbeinigen Gang.

»Ja, mein Sohn?« sagte er im Eintreten. Er hatte dunkelgraue Augen, von denen Lachfältchen nach allen Richtungen abstrahlten. Sein Mund war breit, sein Lächeln lud dazu ein, sich ihm nur ruhig anzuvertrauen. Lächelnd kam er auf Brunetti zu und bot ihm brüderlich die Hand.

»Luciano Benevento?« fragte Brunetti, die Hände an den Seiten.

»Don Luciano Benevento«, korrigierte er mit sanftem Lächeln.

»Ich bin hier, um mit Ihnen über Ihre neue Aufgabe zu sprechen«, sagte Brunetti, nach wie vor nicht willens, den Mann mit seinem geistlichen Titel anzureden.

»Ich fürchte, das verstehe ich nicht. Was für eine neue Aufgabe?« Benevento schüttelte den Kopf.

Brunetti zog einen langen weißen Umschlag aus der Innentasche seines Jacketts und überreichte ihn wortlos.

Der Priester nahm ihn, warf einen Blick darauf und sah seinen Namen auf der Vorderseite stehen, zu seiner Beruhigung sogar mit seinem Titel. Er öffnete ihn, blickte zu dem schweigenden Brunetti auf und zog ein Blatt Papier heraus, das er ein Stückchen von sich abhielt, um zu lesen, was darauf geschrie-

ben stand. Als er fertig war, sah er zuerst Brunetti und dann wieder den Brief an, den er ein zweites Mal las.
»Das verstehe ich nicht«, sagte er. Er ließ die rechte Hand, die den Brief hielt, sinken.
»Ich finde, das ist doch eindeutig.«
»Aber ich verstehe es nicht. Wie kann man mich versetzen? Dazu muß ich gefragt und mein Einverständnis eingeholt werden, bevor man so etwas macht.«
»Ich glaube nicht, daß irgend jemand sich für Ihre Wünsche interessiert, jedenfalls nicht mehr.«
»Aber ich bin seit dreiundzwanzig Jahren Priester. Natürlich muß man mich anhören. Das kann man doch nicht einfach mit mir machen, mich wegschicken und nicht einmal sagen, wohin.« Der Priester wedelte zornig mit dem Brief durch die Luft. »Hier steht nicht drin, in welche Pfarrei ich versetzt werden soll, nicht einmal, in welche Provinz. Man gibt mir nicht den kleinsten Hinweis auf meinen künftigen Verbleib.« Er hob den Arm wieder und streckte Brunetti den Brief entgegen. »Sehen Sie sich das an. Die schreiben nur, daß ich versetzt werde. Das könnte Neapel bedeuten. Womöglich sogar Sizilien, um Gottes willen!«
Brunetti, der weit mehr wußte, als in dem Brief stand, sah ihn sich gar nicht erst an.
»Was für eine Pfarrei soll das sein?« haderte Benevento weiter. »Was für eine Gemeinde werde ich vorfinden? Die können doch nicht annehmen, daß ich da so einfach mitmache. Ich rufe beim Patriarchen an. Ich werde mich darüber beschweren und dafür sorgen, daß da etwas geändert wird. Die können mich nicht nach Belieben in irgendeine Pfarrei versetzen, nach allem, was ich für die Kirche getan habe.«
»Es ist keine Pfarrei«, sagte Brunetti ruhig.
»Wie?« fragte Benevento.
»Es ist keine Pfarrei«, wiederholte Brunetti.
»Was meinen Sie damit, keine Pfarrei?«
»Genau was es heißt. Sie werden keiner Pfarrei zugeteilt.«

»Aber das ist doch widersinnig«, stellte Benevento mit echter Empörung fest. »Natürlich muß ich einer Pfarrei zugeteilt werden. Ich bin Pfarrpriester. Es ist meine Aufgabe, Menschen zu helfen.«

Brunettis Gesicht war die ganze Zeit völlig unbewegt geblieben. Sein Schweigen provozierte Benevento zu der Frage: »Wer sind Sie eigentlich? Was wissen Sie hierüber?«

»Mein Name spielt keine Rolle. Ich bin jemand, der in Ihrer Pfarrei wohnt«, sagte Brunetti. »Und meine Tochter hat bei Ihnen Religionsunterricht.«

»Wer?«

»Eine von der Mittelschule«, sagte Brunetti, der keinen Anlaß sah, den Namen seiner Tochter preiszugeben.

»Was hat das hiermit zu tun?« verlangte Benevento zu wissen. Seine Stimme verriet die zunehmende Wut.

»Es hat sehr viel damit zu tun«, antwortete Brunetti und deutete mit einer Kopfbewegung auf den Brief.

»Ich habe keine Ahnung, wovon Sie reden«, sagte Benevento, dann wiederholte er seine Frage: »Wer sind Sie? Wozu sind Sie hergekommen?«

»Ich bin hier, um Ihnen diesen Brief zu übergeben«, sagte Brunetti ruhig, »und um Ihnen mitzuteilen, wohin Sie versetzt werden.«

»Wieso sollte der Patriarch dazu jemanden wie Sie schicken?« fragte Benevento, triefend vor Sarkasmus.

»Weil man ihm gedroht hat«, erklärte Brunetti unumwunden.

»Gedroht?« fragte Benevento, jetzt mit ruhiger Stimme, aber die Nervosität, die in seinem Blick lag, konnte er nur sehr schwer verbergen. Von dem gütigen Pfarrer, der vor wenigen Minuten dieses Zimmer betreten hatte, war nicht mehr viel übrig. »Womit könnte man dem Patriarchen denn drohen?«

»Mit drei jungen Mädchen. Alida Bontempi, Serafina Reato und Luana Serra«, zählte Brunetti ihm die Namen der Mädchen auf, deren Eltern sich beim Bischof von Trient beschwert hatten.

Benevento riß den Kopf nach hinten, als hätte er von Brunetti drei Ohrfeigen bekommen. »Ich weiß nicht …«, wollte er beginnen, doch da sah er Brunettis Gesicht und schwieg fürs erste.

Nach einer Weile lächelte er, ganz Mann von Welt, Brunetti an. »Sie werden doch den Lügen nicht glauben, die solche hysterischen kleinen Mädchen verbreiten? Über einen Priester!«

Brunetti gab ihm darauf erst gar keine Antwort.

Benevento wurde zorniger. »Ist es wirklich Ihr Ernst, sich hier hinzustellen und mir zu sagen, daß Sie die scheußlichen Geschichten glauben, die sich diese Mädchen über mich ausgedacht haben? Glauben Sie, daß ein Mann, der sein Leben dem Dienst an Gott geweiht hat, fähig wäre zu tun, was die gesagt haben?« Als Brunetti noch immer nicht antwortete, klatschte Benevento mit dem Brief wütend an sein Bein und wandte sich von Brunetti ab. Er ging zur Tür, öffnete sie, knallte sie aber wieder zu und drehte sich zu Brunetti um. »Und was bilden die sich ein, wohin sie mich schicken können?«

»Nach Asinara«, sagte Brunetti.

»Was?« schrie Benevento.

»Nach Asinara«, wiederholte Brunetti, überzeugt, daß jeder, selbst ein Priester, den Namen dieses Hochsicherheitsgefängnisses mitten im Tyrrhenischen Meer kannte.

»Aber das ist ein Gefängnis. Man kann mich nicht ins Gefängnis stecken. Ich habe mir nichts zuschulden kommen lassen.« Er machte zwei Schritte auf Brunetti zu, als hoffte er ihm irgendein Zugeständnis entringen zu können, und sei es nur kraft seines eigenen Zorns. Brunettis Blick gebot ihm stehenzubleiben. »Was denken die, was ich da tun soll? Ich bin kein Verbrecher.«

Brunetti hielt seinem Blick stand, sagte aber nichts.

Benevento schrie in das Schweigen hinein, das von seinem Gegenüber ausstrahlte: »Ich bin kein Verbrecher. Die können mich nicht dorthin schicken. Die können mich nicht bestrafen; ich habe noch nicht einmal vor Gericht gestanden. Die können mich wegen etwas, was ein paar kleine Mädchen erzählt haben, nicht einfach ins Gefängnis stecken, ohne Gerichtsverhandlung, ohne Urteil.«

»Sie wurden wegen nichts verurteilt. Sie werden als Seelsorger dorthin versetzt.«

»Wie? Als Seelsorger?«

»Ja. Damit Sie sich um die Seelen der Sünder kümmern.«

»Aber das sind gefährliche Männer«, erklärte Benevento, der seine Stimme nur mühsam ruhig hielt.

»So ist es.«

»Was?«

»Es sind Männer. Auf Asinara gibt es keine jungen Mädchen.« Benevento sah sich mit irrem Blick im Zimmer um, ob nicht irgendein vernünftiges Ohr hörte, was man ihm antat. »Aber das können die nicht machen. Ich lege mein Amt nieder. Ich gehe nach Rom.« Diesen letzten Satz brüllte er.

»Sie werden am Ersten kommenden Monats abreisen«, sagte Brunetti mit eisiger Ruhe. »Das Patriarchat stellt ein Boot, dann wird ein Auto Sie nach Civitavecchia bringen und dafür sorgen, daß Sie das wöchentliche Schiff zur Gefängnisinsel besteigen. Bis dahin haben Sie Ihr Pfarrhaus nicht zu verlassen. Wenn Sie es doch tun, werden Sie verhaftet.«

»Verhaftet?« polterte Benevento. »Wofür denn?«

Brunetti beantwortete diese Frage nicht. »Sie haben zwei Tage Zeit zur Vorbereitung.«

»Und wenn ich einfach nicht gehe?« fragte Benevento im Ton dessen, der es gewöhnt ist, vom hohen moralischen Roß herunter zu sprechen. Brunetti antwortete nicht, weshalb der andere seine Frage wiederholte. »Und wenn ich nicht gehe?«

»Dann bekommen die Eltern dieser drei Mädchen anonyme Briefe, in denen steht, wo Sie sich aufhalten. Und was Sie hier gemacht haben.«

Beneventos Schock war offenkundig, dann die Angst, so

unmittelbar und greifbar, daß er die Frage nicht unterdrücken konnte: »Was werden die tun?«
»Wenn Sie Glück haben, verständigen sie die Polizei.«
»Was meinen Sie damit, wenn ich Glück habe?«
»Nichts anderes, als was ich gesagt habe. Wenn Sie Glück haben.« Brunetti ließ ein paar Sekunden verstreichen, dann sagte er: »Serafina Reato hat sich letztes Jahr erhängt. Sie hatte sich ein Jahr lang bemüht, bei irgend jemandem Glauben zu finden, aber keiner wollte ihr zuhören. Sie hat gesagt, daß sie es täte, weil ihr keiner glaubte. Jetzt glaubt man ihr.«

Benevento riß für einen Moment die Augen weit auf, sein Mund zog sich zu einem engen Rund zusammen. Umschlag und Brief fielen zu Boden, aber Benevento merkte es nicht.

»Wer sind Sie?« fragte er.

»Sie haben zwei Tage Zeit«, war Brunettis Antwort. Er stieg mit einem Schritt über die zwei Stücke Papier auf dem Boden und ging zur Tür. Die Hände schmerzten ihn, weil er sie die ganze Zeit zu Fäusten geballt an seinen Oberschenkeln gehalten hatte. Er blickte sich im Weggehen nicht einmal mehr um. Auch schlug er die Tür nicht zu.

Draußen entfernte Brunetti sich rasch vom Pfarrhaus und bog in eine schmale *calle* ein, die erste, die er sah, und die ihn zum Canal Grande führen würde. Als er schließlich ans Wasser kam, wo es nicht mehr weiterging, blieb er stehen und schaute zu den Häusern auf der anderen Seite hinüber. Ein Stückchen nach rechts stand der Palazzo, in dem Lord Byron eine Zeitlang gelebt hatte, und in dem daneben hatte Brunettis erste Freundin gewohnt. Boote glitten vorbei und trugen den Tag und seine Gedanken mit sich fort.

Er empfand keinen Triumph ob seines billigen Sieges; ihn erfüllte höchstens Traurigkeit über diesen Mann und sein elendes, verhunztes Leben. Dem Priester war das Handwerk gelegt, wenigstens für so lange, wie man ihn dank Conte Orazios Macht und Beziehungen auf der Insel festhalten konnte. Brunetti dachte an die Warnung, die er von dem anderen Geistlichen erhalten hatte, und an die Macht und Beziehungen, die hinter dieser Drohung steckten.

Plötzlich platschten zwei schwarzköpfige Möwen so heftig aufs Wasser, daß es Brunettis Schuhe bespritzte, und begannen um ein Stückchen Brot zu kämpfen. Schnabel an Schnabel rissen sie es zwischen sich hin und her, kreischend und krächzend. Dann schluckte eine von ihnen es hinunter, und gleich darauf beruhigten sich die beiden Vögel und trieben friedlich nebeneinander auf dem Wasser.

Brunetti blieb eine Viertelstunde dort stehen, bis der Krampf aus seinen Händen gewichen war. Dann steckte er sie in die Jackentaschen, nahm Abschied von dem Möwenpaar und ging durch die *calle* zurück nach Hause.